U0923500

长篇小说

回声

HUI SHENG

成 刚◎著

中国文史出版社

图书在版编目（CIP）数据

回声 / 成刚著 . —北京 : 中国文史出版社，
2016.9

ISBN 978-7-5034-8114-7

Ⅰ . ①回… Ⅱ . ①成… Ⅲ . ①长篇小说—中国—当代
Ⅳ . ① I247.5

中国版本图书馆 CIP 数据核字（2016）第 215925 号

图书策划：方云虎　有　森
责任编辑：詹红旗　方云虎
装帧设计：文豪社

出版发行：中国文史出版社
网　　址：www.chinawenshi.net
社　　址：北京市西城区太平桥大街 23 号　　邮编：100811
电　　话：010-66129236　66192736（发行部）
传　　真：010-66192703
印　　装：廊坊市海涛印刷有限公司
经　　销：全国新华书店
开　　本：720×1020 mm　1/16
印　　张：26　　字数：426 千字
版　　次：2017 年 1 月 北京第 1 版
印　　次：2017 年 1 月 第 1 次印刷
定　　价：58.00 元

目　录

在我们幼小蹒跚学步的时候，经常被自己的影子吓得抱头鼠窜，长大后才知道，那其实是太阳光把我们投射在地上的另一个自己。太阳把我们定格在这个时代，定格在这片神奇的土地上。

一只被关在实验室笼子里的白鼠，安然地享受着上帝配给它的食物和水，尽管简单粗糙，但它一直认为生活在天堂世界，快乐而幸福。有一天把它放归自然，它忧郁而死。

凡尘的生活让我们庸俗不堪。假如我们生活在天庭，从此不食人间烟火，那么，我们一定能够成为一个没有欲望的、高尚的、脱离了低级趣味的人。

但有人说，那是神！

上篇

在我们幼小蹒跚学步的时候，经常被自己的影子吓得抱头鼠窜，长大后才知道，那其实是太阳光把我们投射在地上的另一个自己。太阳把我们定格在这个时代，定格在这片神奇的土地上。

我和庄宝盒风马牛不相及，但人们还是十分习惯地把我俩联系在一起，这大概缘于我跟他从小是同学和邻居，长大后又同娶了牛家的姐妹。

我叫何书盒。二十世纪五十年代最后一晚十一时出生，正是这一个小时的时差，让我跻身五零后而不是六零后。身份是学生，初始文化程度高中。

我俩的出生地相距遥远。他出生在遥远的青藏高原，我则出生在蒲松龄的故乡，据父亲说离蒲家庄只有百步之遥。

后来我俩阴差阳错地做了邻居。在说到各自的孩子时，两家母亲都把起名字当成了笑话讲。

庄宝盒的母亲榆叶说，当年她怀了老庄的孩子，足月前星夜兼程赶往丈夫所在的部队。那时候家乡正大炼钢铁，闹饥荒，吃不饱肚子。吃不饱肚子连生孩子都没劲儿，孩子赶在部队里出生，至少可以吃上饱饭。但是行至半路上宝盒子就急不可待地要见他英雄的父亲了，于是生在了进藏的卡车上。

进藏的时候正是初冬，气温骤降到零下三十摄氏度，庄宝盒呱呱坠地，连个暖和的地方都没有。司机于大哥脱下油乎乎的军大衣把他裹上，又找来个盛工具的木头箱子把他搁在里头，这才保住了他的命。他安然于睡梦中进入海拔三千米的青藏高原，等父亲小心翼翼地从箱子里抱出他来时，他竟用一泡热乎乎的尿液和响亮的哭声向打扰他温柔梦境的老庄表示抗议。

娘说：“多亏了于大哥的军大衣和那只破木箱子！”

老庄朗声地大笑道：“老于你就甭谢了，他老婆生孩子的时候盖的是我的花被子，这算扯平了！至于这只木箱子，我得保留起来，这哪里是只破木箱，简直就是个宝盒子，给我送来这么一个活蹦乱跳的儿子！”

于是，这个生在冰天雪地里的孩子就有了一个响亮的名字：庄宝盒。

而我的出生完全不跟他一个版本，我出生在书香门第。

据民国版的《何氏家谱》记载，我爷爷的爷爷是清末举人。他七次会考都无果而终，愤懑之余用毛驴驮箱古书躲到深山老林里苦读，时隔数年诞生了一部伟大的著作，这便是享誉海内外的《籁园札记》。这套书对音韵、训诂、注经、证史颇有见解。所撰石鼓辩证以小学印证古人，又以鼓文勘对史实，广证博考，得到清代国学大师俞正燮的推崇。

我在父亲的案头上见过这部泛黄的名著，商务印书馆一九五八年的版本，厚厚的十几册，比我的年龄还大一岁。后来为了保存这套书，我家在一个接着一个的运动中饱受惊扰。好在我家祖上也就是一个文化家族，房无一间、地无一垄，因而多次运动都有惊无险。

但珍藏这样的书毕竟是要惹麻烦的，和这套书一起的还有一套《何氏家谱》，三个版本，从康熙到民国三十二年版本不等。它用精致香樟木夹板夹着，字是烙上去的，外面裹着红绸布，十分庄严大气。谱中除了记载着何家数十世一脉传承的家族信息，还记载着老祖宗驾鹤西去、皇帝托大臣送来的祭品清单，这在一般的家谱中绝无仅有，是一份不可多得的文化遗产。

每逢外面有风吹草动父亲和母亲就吓得浑身筛糠，因此这两套书经常转移地方。起初它藏在父亲的书房里。说是书房，其实就是用木板隔出来的一块空间，里面有个黄颜色的木头箱子，后来怕有人看到，便把它搬到厨房里藏起来。

我排行老二，姐姐何书香比我大两岁。母亲喜欢叫她大丫头或者小香儿。那天半夜三更母亲正帮着父亲转移书箱，突然有了临盆的感觉，到医院都来不及了，就把我生在了箱子旁。

说来奇怪，我生下来就睁着眼，冷静地盯着父亲的脸，仿佛他做了什么见不得人的事，盯得他毛骨悚然，直接不敢看我。母亲把奶头儿塞进我嘴里，然后对着父亲说，这孩子生来跟书有缘，将来肯定也是个有学问的人，你给他起个有文采的名字吧！

父亲瞅着我歪瓜裂枣般的脑袋和深邃得吓人的眼神，突然觉得很滑稽，无声地咧开嘴笑了。我竟然赶在这样的场合呱呱坠地，头上顶着草，身上沾满灰尘，狼狈不堪。而唯一让二老欣慰的是，我来到这个黑咕隆咚的世界时竟然不哭不闹，吃饱了奶便安静地躺在那里，仿佛那是张舒服安逸的大床而不是只书箱。

后来母亲说我经常在夜里哭闹，但无论怎么哭只要一放到老祖宗的书堆里便安静极了。父亲大声地笑着说：“这孩子跟书有缘！大丫头叫书香，老二就叫书盒吧！但愿他能成为一个有文化的人，继承何家的文化传统，光宗耀祖。”

生下来一百天父母抱着我到南门里的大光明照相馆照百岁照，当着摄影师的面我非要吃奶。母亲那时候才二十来岁，年轻漂亮，当着男人的面不好意思解怀，我就不依不饶地哭，直到母亲心一横破了例。摄影师很有眼光和胆识，趁着我母亲不注意的时候按下了快门，那张照片从此成了母亲的珍藏版。照片上的母亲黑发披肩，胸乳半袒，欲语还羞，美丽动人。

父亲私下里也很喜欢这张照片，但是吃那位摄影师的醋，认为他占了母亲的便宜，板着脸向人家索要底版，反复恫吓人家，不能翻洗扩印，否则向公安局报案云云。吓得摄影师脸都惨白了，发誓现场冲洗，父亲当面带走底片云云。父亲这才满意地取了照片，吹着《梭罗河》的口哨回家。

父亲在这张他最满意的照片后面抄写了一首泰戈尔的诗：

“祝福这颗小小的心灵，

这洁白的灵魂，

是它为我们的大地赢得了天堂赐予的吻。”

后来他说抄那首诗时欣喜何家终于有人继承家业，心里因为生了个带把儿的儿子而感到特别温暖，但是一想到我的眼神就惊得脊梁上冒冷汗。

后来我向他表明，继承家业我不敢承诺，但至少我投胎投对地方了，投了个书香门第。

事实证明老爸的这个判断是英明正确的，我出生在一大堆泛着书香的古书旁，受此熏陶，从小就爱学习，连模样都长得文静。后来渐渐长大了，更是白面书生一个。母亲回忆说，我最后跟她一起到女澡堂子里洗澡的时候是五岁，按常理，本该我多看几眼那些美丽而千奇百怪的胴体，不料却遭到了女人们的围观，因为我长得又白又水灵，像个瓷娃娃。女人们都忍不住伸手摸一摸我的皮肤，看是不是水做的。庄宝盒的母亲第一次见到我，就曾惊讶地说：“你家孩子是咋生咋长的，像白面馍馍，是不是胎里做了手脚？我家宝盒子咋就又黑又瘦，简直就是没发好的地瓜面窝头。”

榆叶这个比喻没有一点儿的夸张，地瓜面窝头是那个年代的主食，整个国家刚刚从苏联老大哥的勒索中缓过劲儿来，有吃的就不错了。关键在于她生了这么个丑陋的孩子，却没有一点内疚。在她看来，模子是好模子，儿子生得丑，完全是男人下的种不好或者说生活条件不好造成的。

事实证明庄宝盒母亲怀他的时候，的确没好好考虑过优生。老庄从部队回家探亲，榆叶去车站接他，半道上老庄就憋不住了，拉着她钻进了地瓜沟里。事毕，女人的屁股让叶茎汁液染黑了一大片，好几天洗不下来。种瓜得瓜，种豆得豆！地瓜沟里下的种自然长得像地瓜面窝头。

他比我大两个月，却矮我一头。脸黑黑的、瘦瘦的，皮肤粗糙。我母亲怀我的时候可是大门不出二门不迈，天天盘腿坐在炕头看杨柳青的年画，比着画上的胖娃娃生，因此我生下来白里透红，与众不同；脸蛋胖嘟嘟的，眼睛水汪汪的，简直就是画里那个骑在麒麟上的童子。老庄认为，怪就怪宝盒这孩子生在缺氧的高原上，身子没能完全发育起来。他说部队平常煮饭都是七成熟，这孩子选那么个地方出生，没成个傻瓜就烧高香了。

老庄这话说得有些扯淡，庄宝盒一点也不傻。别看他其貌不扬，但却绝顶聪明，心眼儿多出我不止一个。榆叶说，他两岁还不会说话，只知道淘气。渐渐长大以后，他也似乎不善于和成人打交道，在学习新事物上也不用心。我用了三个月就赶超了他的身高和体重，但智商赶上没赶上没法儿判断。那时候还没有婴幼儿智商测评系统，即便有也用不上，都是借鉴苏联的经验，欧洲种群和亚洲种群根本不是一回事儿。

铺陈这些纯粹是多余，我和庄宝盒本来没有半点牵涉。他远在大西北，我生活在内地。然而，正如毛主席语录中所说，“我们都来自五湖四海，为了一个共同的革命目标走到一起来了”。父亲一次偶然的决定或者说老庄一次偶然的闹情绪，把我们两家联系在了一起。我和庄宝盒成了同学和邻居。

那一年我俩都刚满十岁。

那时候日子过得虽然穷，但我们家有了一样电器——一台电子管的收音机，是母亲带领我和姐姐到建筑工地上砸石子挣的，全家人砸了一冬天的石子钱让父亲给挥霍了。母亲让他卖了石子给全家每人扯一块布，缝件新衣裳过年，他却搬回家一个管听不管用的收音机，气得母亲两个月不让他上床。

四月的一天，山顶上的高音喇叭通知要大家守在家里，接听从北京传来的重要消息。大家都觉得挺神秘，但厂领导就是不说，只是严肃地告诫大家，要做好收听收看工作，回头还要写心得。

那时候邻居们都没有电视机，听也没有听说过，收音机也只有我们家有，十几家邻居都集中在我家的小院子里，等着听领导传达的那个重要消息。父亲早早把收音机搬到窗台上，调好频率，还备了茶和烟。等从收音机传来响亮的《东方红》音乐声，并且知道是我国发射了第一颗人造地球卫星“东方红一号”时，小院欢声雷动，大家巴掌都拍红了，老庄都激动得哭了。

晚上天气晴好，大家听完《东方红》的乐曲便齐头仰望天空，希望看到那颗小小的快速移动的卫星。我则约着庄宝盒爬到后山上去，觉得那样离天更近一些。晴好的天空犹如一架浩渺的星盘，我俩被罩在星盘下显得无比渺小。他说卫星是白色的，闪闪发光，像涂了白油漆的月饼。我却认为卫星不可能涂油漆，更不可能是块月饼。卫星应该是红色的，要不怎么广播里总是说它是红色卫星呢。我俩争执不休，最终也没有结果。

后来随着年龄一天天增大，我们之间产生了许多的瓜葛，剪不断理还乱，左右了我的大半生。我和庄宝盒既是形影不离的童年伙伴又是恩爱情仇的冤家，我们曾视对方为生死相依的朋友，却又因为不同的生活道路而分道扬镳。

庄宝盒的父亲是新中国第一批汽车兵，驻守在唐古拉山口。那里海拔五千多米，是青藏公路必须经过的关口。老庄说那里每年只刮一次风，从年初一刮到年三十；那里每年只有一个季节，那就是四季气温零摄氏度以下。他说，当年军阀马步芳派了三个骑兵团护送九世班禅进藏，行至唐古拉山下时遭暴风雪袭击，全军覆没。一次，老庄开车经过山口时，亲眼看到一群大鸟想飞过山口，却被大风刮得跌落到山涧里。

十岁的时候庄宝盒跟随父母告别青藏，回到内地，我们就成了邻居。一直到高中毕业，我们各自有了工作，我俩都是好得不能再好的朋友。

我父亲二十世纪五十年代初初中毕业，在一家国营发电厂工作。那时候工人阶级是领导阶级，工资待遇不高但政治待遇不错，除了经常参加组织的各项政治活动，还住着一套日本人逃走时扔掉的红顶房子。他曾自豪地告诉我，当年红房子里住的是一位电气工程师，现在却是我们一家四口。

新中国刚成立那年我父亲考上的初中，这在当时已经是很高的学历了。

父亲的才华不浅，他从六岁就临摹颜真卿的帖子，还私下里自学过西洋油画，因此，电厂每年“五一国际劳动节”和“十一国庆节”搞成果展览，他都是不可或缺的人物。他还被抽调参加全省的第一、第二个五年计划工业成就展览会筹备小组，一待就是半年。我父亲很珍惜领导对他的信任，也很享受这份荣誉，他满怀信心做一名新中国的工人阶级。

那时候非常讲究出身，我爷爷当过八路军独立团的团长，这成为每次运动的护身符，从没有人打我家的坏主意。但有一件事让何家尴尬，这就是我爷爷虽然是英雄，却只是个传说，一点儿证据也拿不出来。在日本鬼子投降前夕，他离奇失踪了，同时失踪的还有他的勤务员，一名叫雷恩辉的小战士。新中国成立后，组织多次考证也没有给他下定论，就这么一直搁置着。严格地说，我父亲一点儿也没有沾上光，倒是背上不小的嫌疑。不单我父亲背黑锅，凡何家人一律灰溜溜的，遇上运动就担惊受怕，唯恐组织上弄出个叛徒、逃兵什么的罪名来给扣上。

我父亲以实际行动向党证明，他是一个无产阶级后代。生我的那一年，国家先是面临苏联老大哥的经济断奶，后又面临美帝国主义叫嚣反攻大陆，经常派特务爬上岸，甚至密谋破坏我们的工厂，形势非常严峻。父亲神情庄严地对母亲说，国家决定要把工厂搬到深山里，搬到敌人飞机侦察不到的地方，这涉及成千上万的工人、军人、学生和知识分子，要向深山老林大动迁。

我母亲担心地问到那里吃什么，父亲学着电影《列宁在十月》中瓦希里的样子，把母亲抱在怀里，拍着她的后背，幽默地说：“牛奶会有的，面包也会有的，一切都会有的！”

母亲嘴上不说，心里还是很担心，这意味着我们家也要跟着搬。父亲含混地说，他已经向党组织写了决心书，决心书上只写了三句话：

到农村去，到边疆去，到祖国最需要的地方去！

何光荣

于是，整整十年，我父亲蜗居在大山的兵工厂里，心甘情愿地当了一名普通电工。那里是鄂豫皖三省交界的地方，不但远离沿海，而且山深林密，坐车到最近的县城至少要一天的时间。驻地叫野狼沟，显而易见，光听名字就猜得到多么荒凉偏远。工厂还有一个神秘的数字代号，对外统一叫作

“三线”。

我一直不知道工厂为什么不叫厂名而叫“三线”，更分不清什么“大三线”“小三线”。问我父亲，他胡乱地编造说，厂区跑一天也跑不到头儿就是“大三线”，跑半天就到头儿了就是“小三线”。后来才清楚，原来“大三线”是按国家要求建设的大国防工业项目，而“小三线”是响应国家号召各省兴建的小国防工业项目。

我父亲是第一批到达“小三线”的建设者，他不但自己来到如此艰苦的地方，还把我们全家都骗了来。

和我父亲相比，庄宝盒的父亲回内地却不怎么光彩。他在部队闹情绪闹了一年多。谁都承认他是个好司机，开车多年从未发生过事故。部队本不打算让他转业，但他坚持不懈地写请调报告。团里不批，他就挎包里带上干粮、水壶里装上水，天天到团长办公室里汇报工作。后来看还不行，就去团长的家里坐着。当时，团长的爱人请了一个月的假从内地到青藏高原探亲，人家春宵一刻值千金，他却偏偏赖在那里不走。

他之所以想转业与战友和他妻子的暧昧有关。老庄的老婆进高原生完孩子，住了几个月，就借口不适应，带着庄宝盒返回了老家。当时，跑那趟线的是老于。老婆来和走都是坐他的车，老于还替榆叶接生，这让老庄想起来心里就不舒服。

问题的关键是榆叶回去后，又生了一个白白胖胖的儿子，写信叮嘱，一定要让老于大哥看看，并且附了一张照片。老庄疑心生暗鬼，拿了照片跟宝盒子比，一比就比出了差距，钻了牛角尖，借着喝酒和老于干了一仗，团长实在不好护着，从宽严带兵的角度批准了他的转业请求。

这些事是我长大以后偷听的，老爸对老妈说的。在这之前，我还是一个屁大一点儿的孩子，什么也不懂。我只是和庄宝盒成了很好的伙伴，我的父母也成了老庄家的好邻居和朋友，后来他家发生了很大的变故，都是我父母帮着摆平。庄宝盒也因此成了我家的半个儿子，一直到他上了高中，还是一天三趟地到我们家串门，想吃就吃、想睡就睡、想拿就拿，我父母对他毫无办法或者说一概由着他。

我和宝盒子是在小学三年级分到一个班上的，他坐前排我坐后排。

他在青藏上的学还是在老家上的学，老师一概不知道，不过他的学习成绩一塌糊涂。他甚至连自己的名字都写不好，跟虫子爬似的。班里原来有一个成绩坐“红椅子”底儿的同学，绰号胡闹。所谓“红椅子”就是每年寒暑假，学校都要公布考试成绩，从第一名一直排到最后一名，老师用红笔在榜上画一个大大的对号，成绩好的同学自然高高在上，成绩差的就落在了最下面，就是那个“红椅子”底儿。自从庄宝盒来之后，胡闹同学便把椅子底儿让给了他。老师经常揪着他的耳朵到前台示众，一站就是一上午。

宝盒子满脸无所谓的样子，老师在上面讲他就在后面做鬼脸、打手势，老师转过身来时他又装得一本正经，这让那位满脸雀斑的老处女班主任无可奈何，绝望之余，用手指点着他的脑门儿，给了他一个最精辟的总结：

“庄宝盒，你十年活八岁，简直越活越倒退！习都白学了！”

“习都白学了”是我听到的最精彩的倒装句，“十年活八岁”是我听到的最经典的俗语。不过同学们都知道，生命不可逆天生长，庄宝盒当然不会倒退。他一直在长大，嘴唇上长出两小绺儿说黄不黄、说黑不黑的胡须，脸上生满了青春痘；他总是习惯地保持着莫名其妙的微笑，挨老师批的时候也从不改变。我怀疑他戴着张假面具，从小学一直戴到中学，再到高中、下乡；即使是他独自待着的时候，脸上也总会这样微笑。有一回老庄喝酒失言，我才知道，那是庄宝盒钻木箱子时冻的，准确地说叫小儿面神经麻痹症。

老庄转业，转到野狼沟的兵工厂，并不比青藏高原条件优越多少，但是至少大有进步。这里条件同样艰苦，艰苦到单凭思想觉悟很难留住。那时候全国都在倡导先生产后生活，首批支援“三线”建设的城市知青，背着背包，唱着战歌，扛着红旗走进山来，但是没过两年都灰溜溜地走了，有些人走时连组织关系都没有带，剩下的都是地方或周边地区的职工，因此，组织上为留住人才，才考虑要先生活后生产，因陋就简地建起了职工食堂、小卖部、托儿所、粮油供应站、书店等生活设施。

厂筹建处主任杨文革统揽全局，筹建处下面有后勤保障部，专门负责这件事，职工家属优先安排干临时工。我母亲自结婚生子那一刻，就遵循祖训在家相夫教子，想助我父亲成为栋梁，想把我培养成优秀的接班人，但这显然扼杀了她的才华，也无端消耗了她的青春。她生我姐那年十九岁，生我的时候尚不满二十一周岁，搁在今天，还肩背玩具熊书包、手举冰激凌满街上卖萌，但她那时候已经是两个孩子的妈妈了，需要工作来养家糊口。她学着南方人的样子，用背包带背着姐姐，前胸上挂着我上下班。

后来妈妈在厂里的小卖部得到一份工作，直接受杨主任的领导。杨文革的女儿杨心红是我的同学，他老婆马小萍也是临时工，在办公室做统计员。

我妈妈被分配到蔬菜组卖菜，两个人的身份按照当时流行的说法，分工不同、没有高低贵贱之分，但实际比较起来差别还是很大的。

马小萍虽说名字上有个小字，但人一点也不小，长得五大三粗，人们给她起了个形象的绰号“大洋马”。大洋马每天都会到小卖部，统计进了多少货、卖出了多少钱，烂掉了的菜也要用眼估算出来。她总是怀疑蔬菜组的人偷偷把菜带回家，我母亲其实从来没有那么做过，因此心里气不过。每次，我母亲都会用脚踢着那些烂菜叶子，跟她讨价还价。不过，有一年冬天小卖部进了少量新鲜的韭菜，一小把韭菜被烂白菜叶遮住了，我母亲偷偷拿回了家，父亲硬是逼着她送回去了。从那天起我母亲便不再去小卖部上班，而是去了条件更为艰苦的食堂，这或许成为她一块难掩的伤痛。

我们家属于最早搬进野狼沟的职工家庭。山里没有学校，来自五湖四海的职工子弟借读于当地山村的学校。上学的地方在海拔很高的山崖上，它背靠大山鹰愁峰，俯瞰野狼沟。学校会集了远近十几个山村的孩子，连后山水磨头村的孩子也要翻山越岭，步行十几里来上学。

我家住的山坳离学校并不算远，但是每天至少要走七八里山路，想走近道，就得像猴子一样在陡峭的山路上爬上爬下。

山里孩子穷，平时衣裳穿得补丁摞补丁，脚下蹬着用旧胶轮车胎缝制的“皮凉鞋”。我和庄宝盒算是城里人，穿着“回力”篮球鞋或是“白力士”网球鞋，脏了的时候就花二分钱买块滑石粉，蘸上水擦一擦，这比他们多了无比的优越感。

当然，我们的穿戴也曾引起山里孩子的公愤，每每我们走过，他们便会整齐划一地喊着：“小白鞋，不系带，尼龙袜子露一半儿！”

这首儿歌既有讥讽也有羡慕的成分。有一次我的网球鞋脏了，急着要去演出节目，就用白粉笔偷偷涂了一下，让农村学生告到校长那里，校长好一顿剋我。

庄宝盒总会想出许多办法，整蛊那些忠厚有余而灵活不足的山里同学，比起我们来，他见多识广。我对他佩服得五体投地。当我还在对着地理课本，遐想青藏高原究竟是什么样子的时候，人家已经跟着爹娘走过好几回了。首次高原之旅可以追溯到在娘的肚子里，他扒着娘的肚脐眼看外面的世界。

那年代看电影，无非就是几个社会主义国家的。

“朝鲜电影哭哭笑笑，罗马尼亚电影搂搂抱抱，越南电影飞机大炮，中国电影新闻简报。”这个广泛流传于二十世纪六七十年代的顺口溜，很形象地概括了当时的情况。

有一天晚上看朝鲜电影《卖花姑娘》，大家边看边哭，庄宝盒哭得鼻涕一把泪一把，让人无比感动。第二天我才看到，他把鼻涕全涂到了我的身上。

有一次看《新闻简报》，庄宝盒指着屏幕上一处山峰说：“看！唐古拉山口，我就是在那里出生的！”

尽管我们都怀疑，他在娘肚子里是怎么记住那座高山的，但是还是无话可说，七嘴八舌地催他讲青藏高原的故事。庄宝盒总是吹牛，说他每次去都要走一个月，因为路太远了，孙悟空翻跟头，都翻晕了头，也没翻到他爸驻地的山上。火车有时候不得不站起来跑一段，遇上飞机就像鸟儿衔着虫子一样，衔它一程，然后扔在地上再跑。他神秘地对小伙伴们说，飞机的翅膀是会动的，如果它不动，不拍打翅膀把上面的冰拍掉，就会被冻住从天空掉下来；他还说山上的冰雪很厚，厚得可以坐滑冰车了。有一次，父亲的卡车一加油门，飞出去足足一百米，连布哈河都飞了过去。

唐古拉山多高、布哈河多宽，山里的孩子根本不知道，对他的话深信不疑。尽管这些山里孩子个个身怀绝技，抓着悬崖上的青藤，从这边荡到那边不费吹灰之力，但他们还是相信，庄宝盒比他们更有本事。在兵工厂进山之前，山里孩子从来没有见过汽车，更甭说火车飞机了，庄宝盒说什么样子就是什么样子。他说火车能站起来，飞机可以拍打着翅膀像鸟一样飞行，孩子们从来没有怀疑的余地。

他简直就成了真理的化身。看来迷信能产生崇拜，谎言说多了就成了真理。

有一回我试图抢庄宝盒的风头，说随着科学的进步，进入二十一世纪人类会发明机器人。机器人能帮着工人干活儿，会帮助农民种地，还会陪着人说话、干家务，甚至会跟棋手下象棋。这是我从《十万个为什么》上看到的。我半夜三更地站在父母的床前，哭闹着要买书，父亲拗不过我，陪我从县城新华书店把书买回来。这是一把开启智慧的金钥匙，我视若珍宝。我把书都翻烂了，记住了书中的每个故事、每个人物，甚至能背下书中所有的条目。我清晰地记得，书页中有一幅插图：一个方脑袋、圆眼睛的机器人坐在那里下象棋，一个戴红领巾的孩子无可奈何地皱着眉头、摸着头皮，他显然不是机器人的对手。

“哈哈，一派胡言！如果有你说的这种机器人，我大头朝下，从山顶一直走到山底下。”庄宝盒挥动着手臂说。

从山顶一直走到山底，意味着要用手支撑着身体走出十里路，山里遍地都是沙砾，路边还时常伸出带刺的灌木；尤其是夏天，路面上经常会蹿出蜥蜴来，它们仓皇地跳来跳去，不小心就钻进凉鞋，被踩得血肉模糊。

我不敢作声了，好像我的描述从来就是一种虚幻。这种现象一直持续到高中，成年以后我还经常出现这样的情况。心理学家分析是我缺乏自信。小时候我害怕庄宝盒和我打赌，即使我有一千条理由，在他的无理反缠中也会一败涂地。庄宝盒会在我的退缩中狂笑不止，他的追随者也都跟着笑得面目狰狞。我完全处于孤立无援的状态下，有时一连好几天都在他们的耻笑包围之中。无论我走到哪里，在什么场合下，他们都会拿出这件事来羞辱我、笑话我。

从那时候起我就坚信一个真理，善良也是一种懦弱，善良的结果是备受伤害。

好在有一个女同学总是在关键时候站出来，郑重地对同学们说："我信！何书盒同学所说的每一句话、每一件事我都信！"

她就是牛玉琴。

牛玉琴是我的同学也是我的同桌。

我俩同岁，但她个子却比我高出一头。她是鹰愁峰背后、水磨头村村支书的小女儿。这个村是农业学大寨的模范村，远近闻名。按道理说，水磨头村比任何一个村都有办校条件，但牛支书偏偏不同意。他的两个女儿也要翻过高高的鹰愁峰，到山南的联小来读书。我从来没有翻过那座高山，它像一堵墙一样横在天地间，每天云雾缭绕；我更没有去过水磨头村，我只是每天看到，有一条白带子挂在山脊上，牛金岭说，那是她每天上学必走的路。

牛金岭是牛玉琴的姐姐，也在这所联小上学，和妹妹同在一个班上，是一个胖胖的女孩。

牛玉琴是学校的校花，班级的晴雨表。代课老师柳玉卿是从后山里来的，他非常崇拜或者说惧怕牛支书。害怕牛支书当然就害怕他的女儿。牛玉琴说什么时候上课钟声就会恰如其分地响起来，她说什么时候下课老师就会声嘶力竭地喊：

"生产队要收割苞米，都到操场上集合！"

我相信她的那些威严都是她爹带给她的，不过她充满了正义感。她的样子很像草原英雄小姐妹中的姐姐玉荣；她也从不刁蛮，只有一次例外。有一天，柳老师把劳动课改成去收橡子，牛玉琴对我说：“你甭去，我们也都不去！”

橡子一直是山区人们的主要食物，橡子面的味道虽然不好，吃多了干得拉不下屎来，但总比饿肚子要强。青黄不接的时候，山里人都把橡子磨成粉食用。我迟疑地听着越来越紧密的钟声，一脚门里一脚门外，骑在教室的门槛上，不知是进还是退。

牛玉琴脸上挂着自信的笑容，把我堵在门口，说：“你听我的没错！我们村都拿橡子面来喂猪了，他们还敢收来给社员吃。我告诉爹，公社会开他的斗私批修会。再说了，摘橡子要到鹰愁峰的后山，乡下同学干完活儿可以直接回家，你们城里的孩子迷了路怎么办？”

“可是，这是柳老师的安排。”我支吾地说。

牛玉琴让我直接走人就是，她会跟柳老师说。后来我背起书包回家了，柳老师果然没有问我。而庄宝盒执意要跟着上山，结果他遇到一条胳膊粗的花蛇，吓得抱着树干滑到地上，肚皮被橡子树磨得跟蛇皮差不多。

柳老师用了三个多小时才背着他送到厂医务室。伤在肚子上不好包扎，医生只好消了毒，用紫药水乱涂了一阵，乍一看很像肚皮上趴着许多毛毛虫。他为了哗众取宠，故意用绷带把一条胳膊吊在脖子上，像样板戏《红灯记》中跳车摔伤胳膊的叛徒王连举。他借着这副样子，连值日卫生也不打扫了，一逃就是好几个星期。

对于上山采橡子这事，庄宝盒耿耿于怀，有一天他问我：“牛玉琴怎么啥事都向着你？”我故作淡定地说：“可能她觉得我有理吧！我妈说过，向人难向理！”

“你不上山采橡子居然有理？你有什么理？”庄宝盒没想到我甩出这么一套理论，可他找不出反驳的话来。

我和牛玉琴是偶然分到一个桌子上的，从我第一眼见到她，就觉得我俩似曾相识，没有陌生感。我想她也一样，当我抱着书包站在桌子前时，她下意识地“呀”了一声，很快就移走了摊在桌子上的书。柳老师赔着笑说：“牛玉琴同学，今后你要多帮助他！”

牛玉琴把板凳朝我这边挪了挪，然后双手伸直，坐在我的旁边，脸红得跟鸡冠花似的。

那是我第一次跟她坐得那么近，那年，她小学还没毕业，但已经开始发育了。天挺热，她穿着件粉红色的小褂，上面夹杂着许多白色小碎花；尽管衣服是宽大的，但掩饰不住胸前那两小坨隆起。妈妈说，农村孩子发育得早，庄宝盒则不无恶毒地说：

“你看见牛玉琴胸脯上那一对东西了吧，我早晚会摸一摸。”

庄宝盒要摸牛玉琴，这让我莫名其妙地焦虑。

这大概是我性意识模糊的开始，那时候我十一岁了。要按这个推论，庄宝盒的性意识应该开始于两个月前，因为他比我大两个月。感到明显变化始于一件事，我偶然间发现了庄宝盒的一个小秘密，他经常偷趴到女生厕所的墙壁上，听女生小便。每当那边泉水叮咚，他的小雀儿就会肿成一支红棒槌，尿尿也尿不成一条线。我讨厌他那样做，但又不敢制止，于是我也开始关注自己，每次我听女生尿尿时，裆里的小雀儿还是小雀儿，一点变化都没有，这让我格外沮丧，担心自己发育不全。

现在回忆起来那叫情窦未开。

那天当我听说他要摸牛玉琴的胸的时候，不屑地说：“你做梦吧！你敢摸她的胸，我就敢摸她姐的脸。”

摸胸和摸脸不是一个概念。牛玉琴和牛金岭在全班乃至全校都是最高贵的女生，敢摸她们的胸无异于摸老虎屁股。听了我的牛皮话庄宝盒跳起来，同我拉钩上吊，然后，他便借着课间操的时间与女同学商定来一场攻城大赛。

那个年代我们穷得像孙子，但快乐得像大爷。家长没钱给买玩具，我们就就地取材。“攻城”是孩子们当中最流行的游戏，男女不分性别，自动分成两派，在空地上画出两个城堡。甲方的通道正好在乙方城堡的外围，相反，乙方的通道也正好要经过甲方的防区。无论是甲方想攻进乙方城堡，还是乙方想攻进甲方城堡，都需要合力突破对方的防线。如果被对方推出界外或者拉进界里，都算牺牲或做了俘虏。一方人数减少直至被占领城堡为败。

庄宝盒有意和牛玉琴互为对手，成为双方的将军，我当然乐意当牛玉琴的士兵。当牛玉琴带领众将士沿着通道冲杀过来的时候，几乎没遇到抵抗便站到了城堡中的临时兵营里，接下来只要她大喊一声，我们便发起攻城，凭借人数的优势，不久就可以大获全胜、鸣金收兵了。

庄宝盒的阴谋直到这一刻才显露无遗，他站在守城队伍最靠前的位置，当牛玉琴带头冲过来的时候，他用结实的胳膊把牛玉琴抱得严严实实。小伙伴们毫无察觉，全体队员行动统一，跟随在牛玉琴的后面。这缘于我们平时所受的教育，都把对方视为敌人，勇敢无畏，哪怕牺牲到最后一兵一卒，也要占领对方的阵地。牛玉琴是我们的精神领袖，她强壮的身体简直就是庄宝盒的噩梦，她一面用身体死死地护住队员，一面拼命向对方城堡靠近；她的一只脚已经深入到对方的圈子里了，只要我们从她的身后突进去就大获全胜了。谁也没有注意到，这时候有一只邪恶的、黑乎乎的手隐蔽地伸进了牛玉琴的小褂里。牛玉琴从不穿内衣，庄宝盒声东击西的战术获得了空前的成功，他像玩泥巴球那样，恣意地揉捏着那一对软绵绵的肉球。

后来他私下里对我说："手感太奇妙了、太光滑了！简直就是一对小玻璃球。"

女孩子的胸乳怎么会像玻璃球，这个比喻让我困惑多年。长大成人后，我曾做过实验，却怎么也没有他说的那种感觉。

但那次阴谋得逞之后他言之凿凿，何况我有言在先，如果他摸了牛玉琴的胸，我就得摸牛金岭的脸。

这个约定让我追悔莫及。那时候的牛金岭已长得像个成年女生了。她个子不高但胸脯很厚，最要命的是她脸上已经生青春痘了，每次我近距离地看她，都会被她那油亮油亮、裹着黑头的青春痘吓得闭上眼睛。我发誓，宁愿下河捉满身都是痘痘的癞蛤蟆，也绝不碰牛金岭的脸。

其实我说这些都是借口，重要的是我惧怕牛金岭。她平日里性格内向，不苟言笑，从来不跟男生说话；我无论如何也不相信，一母所生，她和牛玉琴的性格竟然有那么大的差别。上初中的时候，牛玉琴是班上的文艺委员，她最喜欢唱的就是革命现代京剧《杜鹃山》，柯湘有段最著名的唱段：

"乱云飞，松涛吼，群山奔涌……"

只要她一张口唱，我心里便：

"枪声急，军情紧，肩头压力重千斤，团团烈火烧我心！"

当然，牛金岭个子比妹妹矮，也没有妹妹漂亮，她唯一超过妹妹的是一对胸乳和滚圆的屁股。

上初中的时候我们都已经集体转移到公社联中了，我非常喜欢上体育课。因为上体育课就意味着能看到牛金岭的身体。每次跳绳或者是翻木马，她的胸乳总是按捺不住地上蹿下跳，像怀里揣着两只小兔子。这一年秋天，公社里学演革命样板戏《红灯记》，要从我们学校里找饰演李铁梅的女演员。

导演挑了半天才选定牛金岭，说她长得有大人样儿。她果然胜任这个角色。只是有一回出了意外，戏演到第八场《刑场斗争》，爹爹和奶奶被枪杀，两个鬼子兵架着她返回台上时，用力往前一甩，由于甩得过猛，她屁股重重地坐在地上。舞台的地板不结实，瞬间断成两截，她被夹在了舞台的空隙里，来了个人仰马翻。后来同学们给她起了个很形象的绰号“炸药包”。

庄宝盒似乎非常了解我的性格，胆小怕事，从不做违反纪律的事。就连我偷看牛金岭领口这事儿，都被我记在日记里作为检讨，为此，我两个星期都不敢正眼看她。庄宝盒不止一次地诱惑我，如果我敢摸牛金岭的脸，他就给我看样好东西。

他说的好东西是一本厚厚的书，蓝色的封面，泛黄的纸张，这本书经常搁在庄宝盒的书包里，是老庄从青藏线上带回来的。据说，当年庄宝盒还没有出生的时候，他老爸就已经在为儿子出生做准备了。高海拔地区没有专门的医生，部队的卫生员是个胎毛未褪的小伙子，没有结过婚，都不知道女人长什么玩意儿，让他为老婆接生，简直是开国际玩笑。因此，老庄找卫生员去玩，顺手把人家的《赤脚医生手册》揣到大衣里带走了。那本书足有一块砖头厚，里面醒目地画有男女生理结构及外阴图。老庄当时的想法是，如果来不及送总医院，他完全可以自己为老婆接生。

这本书最终没有派上用场，倒成了庄宝盒性启蒙的最生动教材。他痴迷于这本手册，连课都不好好听了。老师在上面讲，他就把书搁在抽屉里，在桌子上挖一个洞，假装睡觉的样子偷看。他有不少死党，都用糖果或者小玩意儿交换看过书中的图画，只有我坚定地不接受这份诱惑。

那个时候山外正进行轰轰烈烈的运动，山里也被波及但基本稳定，教育界掌权的是教改会，有工人、农民和“臭老九”，俗称“三结合”班子。

我上初中的时候教改会试着开设卫生课，把性教育作为卫生课内容之一。当时性教育绝对是禁区，全国都谈性色变。工人代表说，与其让孩子们在黑暗中摸索多年，还不如教他们一两招儿，这样有利于孩子的成长。农民兄弟就憨厚地点头表示同意，举例说，谁家没生过牛、配过狗、骟过猪？男女那点事儿对于孩子们来说太司空见惯了；再说，农村全家人睡大炕，大人在炕这头儿造小人儿，孩子在炕那头儿照样呼呼大睡。于是“臭老九”从眼镜后面拿目光扫视众人，暧昧地说：“要不就试试？反正也就是纸上谈兵，不能来真格的。”

那时候出了一部电影《决裂》，批判的是旧式教育脱离实际。有一个最经典的场景，一位老师戴着厚厚的眼镜片，手拿教杆大讲马尾巴的功能，引起了全国观众的同仇敌忾。后来经过事实证明马尾巴确实有它的功能，比如能保持马儿奔跑的平衡，夏季可驱赶蚊蝇、消暑降温，还可以繁衍生息，躲避敌害，保护自己等。

上卫生课，全体教师一致认为最难讲的就是精子如何和卵子结合。上这种课不能跟上物理、化学课那样亲自召集学生实验。于是，教改会就把这一最艰巨的任务交给了吕老师。吕老师还是处女，实践能力差，但是理论非常精通，说话也大胆，她反复给同学们讲，精子是从男人的睾丸里产生出来的，卵子是从女人的卵巢里产生出来的，当精子和卵子一结合，就诞生出小宝宝来，但同学们整堂课一句也没有听懂。庄宝盒忍不住地大声嚷嚷道："什么叫睾丸啊，这个睾字真难记！我们都听不懂，老师能不能在黑板上画出来？"

吕老师的手便僵硬在那里，思索了半天，才在黑板上写了个大大的"睾"字，然后在"血"和"幸"两个字节上分别画了两个圈，气急败坏地转身说："记住，这是两个字合成的！血在上，幸在下。男人们一血脉喷张，女人们就幸福了！这就是睾丸的睾字！"

我相信这是吕老师上得最生动的一堂生理课，以至于数十年后我仍从中受益，绝对不会忘记这个"睾"字的写法，而且知道它是男女幸福的源泉。

那天吕老师讲到这些的时候庄宝盒再次浮升起诡秘的笑容，这笑容再一次使我神情恍惚，想到了他书桌里的那本书。它对我的诱惑太大了，我表面上拒绝，内心里充满了渴望。以至于以后许多晚上，我徘徊在他的家门外，期盼着他能从窗子里看到我，怜悯我做出的屈服，借我一阅那本书。

然而我空等了好几天，庄宝盒始终没有出现。父亲看出了异常，隔着窗子喊我："书盒子，你在外面转悠什么？面儿也不照，是不是惹什么祸了？"

大人的思想永远停留在我还是个孩子上，他经常说我"七岁八岁狗也嫌"，可我升初中那年已经十二岁了，内心悄悄爬上一些色情的东西。比如洗澡的时候瞧着大人们裆里的玩意儿，比比谁的大、谁的黑；我还会独自对着镜子，把小雀儿拨弄成红萝卜，感受那种又胀又痒的感觉。比如有时候我会对着牛玉琴的背影和牛金岭的胸口发呆，特别是经常日思夜想那本书里的内容，简直不能自制。

一天晚上我忍无可忍，借口上茅房偷偷溜到宝盒子窗前，攀着窗台朝里张望，才发现宝盒子正趴在凳子上，裤子脱到膝盖，接受老子对他的惩罚。老庄用军用皮带抽打他瘦小的屁股。因为光线的关系，庄宝盒的屁股呈现出一瓣大、一瓣小，一片白、一片暗的效果，这不由得让人看了心惊肉跳。看来他正遭受有史以来最严厉的家暴，皮肤被抽起一道道紫色的痕迹。

老庄一边抽打一边凶狠地逼问："书是不是你拿的？你年纪轻轻为什么不学好？非要看这种黄书。"

小时候我也常挨父亲的打，不过父亲打我，从来都是手高高扬起轻轻落下，打在身上像搔痒一般，而老庄手则是轻轻扬起狠狠落下，这种教训孩子的方式让人震惊。宝盒子趴在凳子上，像只被扒了皮的狗，可怜巴巴；我甚至看到他裆里那只小雀儿和卵蛋，瑟瑟地缩着头，吓得几乎要缩到肉里去了。

我父亲曾多次指责老庄家的教育方式，但无济于事，老庄前头答应，回过头去照样对儿子施暴。母亲则表示出对他的充分理解，教育孩子是门大学问，说好说，做起来难。庄宝盒已经成了老师眼中的问题孩子，每次开家长会，老师都向老庄抖搂一大堆不是，其他家长也群起而攻之。他的假期通知书里永远是这样开头：

"庄宝盒同学品质较好，道德端正，但是……"

老庄从来不看下面的内容，因为下面都是儿子的罪名了：

课堂上自由散漫，

从不完成作业，

字迹潦草，成绩不理想，

贪玩，爱挑拨同学关系。

最重要的一条：上课看黄书，传播资产阶级腐朽思想。

正是这最后一条，让老庄决定彻底修理他。

"啥叫资产阶级思想，我想都没想。我也没看黄书！"庄宝盒趴在凳子上顽强地拧着脖子，抗拒着父亲的暴行，挣扎着反问："如果是黄书，你为啥看？为啥买？"

老庄扬起的胳膊停滞在空中，他显然没有意识到儿子会这样顽固不化，支吾地说："我是大人，对于我来说这不是黄书。"

宝盒子闭上眼，咬紧牙关，继续坚持着他的观点："你能看我就能看！"

老庄的手臂无力地垂了下来，皮带被扔在地上，像条僵死的蛇趴在脚下。无论是过去还是现在，中国人一直秉承传统的理念：言传身教；老子和儿子之间总隔着一层温情脉脉的面纱。如果哪天拳脚相向，不是道德出了问题就是自己出了问题。

老庄似乎默认了这种无奈，坐到凳子上，窸窣地用手指从烟荷包里捏出些散烟末儿来，又从桌上的作业本上撕下一小片纸，卷成烟卷，点燃来抽，顿时，房间里爬满蜘蛛网样的烟雾。他仿佛内疚似的小声嘟囔道："当年我在西藏，卫生条件不好，交通也不方便。你妈冰天雪地地进藏生你，我本是想替你妈接生，就偷拿了卫生员的书！"

庄宝盒本来觉得这是场胜利，面带微笑，听了父亲的这番话震惊得说不出话来。他偷了大人的书，父亲却声称是偷来指导接生的。那么，这本书的性质就发生了质变，由一本黄书变成了具有非凡意义的葵花宝典！

庄宝盒嘴巴惊愕地张着，半天合不上，突然俯在凳子上大哭起来，他略带嘶哑的声音具有非凡的穿透力，穿过低矮的玻璃窗，散落在那天夜晚的雨幕里；沙哑的哭声直挂到宿舍后那棵巨大的柿树上。我看到那些柿子在稀疏的风雨声中摇头晃脑，窃窃私语。

那天夜里我就躲在柿子树下，满山遍野都是雨打树叶的声音，非常奇妙。后来我被一只从天而降的柿子砸中了头部，头上鼓起一个大包，像恶作剧时吸在脑门上的一只橡胶瓶塞子。我敢打赌，那只柿子一定是同情庄宝盒而故意袭击我的。

我刹那间明白了老庄的苦心，这简直就是一部人生宝典，一部让灵魂脱俗的传世经书。庄宝盒到处宣扬这本书，其实是一种无知、一种作践、一种下流！那本书里的插图本是他妈妈圣洁的身体，却被他用来满足偷窥和快乐的意淫。我从庄宝盒的哭声里不由得联想到他妈那只红红的鼻子，她是本身就长成这样子还是被高原冻成这个样子不得而知。虽然那个雨夜我的做法与脑子里的想法风马牛不相及，但显然已经从那本书的诱惑里解脱出来了，有些不可名状的快乐。

宝盒子因为偷书而挨打，我因为知道了这本书的来历而突然淡然，情感得到释放。我钻回屋子，用湿毛巾揉着发疼的脑袋躺到床上，打算就着雨声好好睡一觉，宝盒子湿漉漉的脑袋却从后窗上探进来。

他悄悄地对我说，第二天就得把书还给父亲了，他打算当天晚上让我看看。

他说偷书被发现这事儿纯粹是吕老师告的状。书本来是在父亲的箱子里锁着的，他整年不动那个箱子。现在可好，父亲勒令他最晚明天早晨还回去。他说吕老师把他的书包、课桌都搜过几回了，根本没被搜到过，他把它藏在山上的一个鸟洞里了，随时可以取出来还给父亲。

但是，他迟迟不还的原因是因为把其中一页撕了，这一页至关重要。

“究竟你撕的是哪一页，让你爸如此恼火？”

我马上就猜到了最糟的结果，开窗让他跳进房间里来。他哆哆嗦嗦地站在我的床边，浑身都滴着雨水。

宝盒子穿着西装，这在当年绝无仅有。二十世纪七十年代，学生穿的都是军便服。蓝布面料，胸前两个口袋，前腰两个口袋。庄宝盒不但穿西装，而且脖子上永远围着一条红色的围巾。他的西装是大翻领的，下面系了两个扣子。我时常迷惑不解，他一年四季都穿这件衣服，脏得连颜色都分辨不出来了，也从来没见他脱下来洗过。后来我才知道，那是他娘给他买的，当年看望父亲经过乌鲁木齐，娘嫌他没件像样的衣服，就从百货商场给他挑了这么一件。

那天夜里庄宝盒穿西装、戴围巾站在我的屋子里，地板上全是雨水。我这才发现，他围那条围巾是有阴谋的，那张书页就藏在围巾里，裹了层塑料纸，不但防潮还不易被人发现。我让他脱掉衣裳，晾在床头上，钻到我的被窝里。庄宝盒照办了，但他没穿内裤，坚持让我关掉灯，不然他死也不脱裤子、不上床。我只好佯装答应，在感觉到他脱了裤子的一刹那重新把灯打开，这下看得清清楚楚了，因为寒冷或者过度惊吓，庄宝盒的小雀儿已缩成一只蚕蛹，即使是他腹股沟长了好几根草，但仍然像个未发育好的孩子。

我得意地笑起来。庄宝盒扑过来抢灯绳，我却故意闪来闪去。我穿着裤衩儿他却没有，他要么用双手来抢灯绳，要么用手来护住裆，这让他顾此失彼。正当我以为这让我很解气、很开心的时候，大人被惊动了，隔着墙壁问我在干什么，我只好撒谎说在打蚊子，重新关了灯，庄宝盒这才得以解脱，飞快地钻到被窝里来。

庄宝盒好久不洗澡了，身上不知是汗味儿还是尿臊的味道，但我实在顾不得了。我打开手电筒，急不可待地去看那张图。

我的心跳在那一刹那停止了，原来是一张女性生殖器官图！

如果说在这之前，我一直把女性的身体看成是神秘的海市蜃楼，但是那天夜里，幻觉破灭了。原来是个丑陋的现实，女人原是这样子的，身边所有的女孩子都是这样子的！

我心里突然有一种莫名其妙的失落，但是我又不得不承认那是一种诱惑。雨夜的气温很低，但我仍然浑身燥热起来，裆里的小雀儿也开始不听话，疯狂地长成只虫子，把内裤顶成个大包，就连庄宝盒的嗤笑都顾不得了。

半夜的时候我推开窗子跳到雨地里，在泥地里跳来跳去，任凭大雨把我从头到脚浇了个透湿，落汤鸡一般，直到把那只虫子重新浇灭成小蛹子为止。

从那天晚上起我开始对异性感兴趣。

最终我也没有摸过牛金岭的脸。在我看过那张图、鼓足勇气要实践我的诺言后不久，牛金岭就休学走了，听说她去了七十公里外的毛山县城。她父亲为她在那里找到一个好工作，是县医院的护士，有指标可以转正。牛玉琴渐渐占据了我思想的全部，她个头儿长得更高了，身体也发育得越来越成熟，一颦一笑、一举一动都充满了少女的魅力。

我开始注意牛玉琴，无论是在班上还是班下；我总是注意她的身影，一会儿不见她心里就莫名其妙地烦躁。我更注意她的穿着打扮，她喜欢穿短的不能再短的花裤头，上身箍着一件无袖的花布小褂；上体育课的时候，她身体每个部位都那么柔韧，她的皮肤纵使被暴烈的太阳暴晒变黑，也总是那么健美，黑里透着红，且从没有一点蚊叮虫咬的疤痕。

出了联中不远有一座石头修建的拦水坝，夏日中午，同学们总会结伴到那里洗澡。老师严令禁止学生游泳，每天午后上课，第一件事就是在每个男同学的胳膊上画指印，如果哪个同学留下白色的指印就证明去下水了，要站一下午，但这丝毫阻挡不住同学们的游泳热情。

水坝四面环山，中午的太阳直射在山谷里，把这里的灌木叶子都晒得有气无力。即使是这样，我们城里的孩子依旧捂得严严实实，反而是山里的孩子更加开放。男孩子们光着屁股，女孩子也穿得很少。牛玉琴通常穿一件贴身的背心和一条薄薄的花裤衩儿，从坝顶高高的石头上跳下去。她入水的时候绝对不亚于跳水运动员，没有一丝水花，水面会涌出许多气泡来，而她从泡沫中蹿出来的时候，发上、脸上、身上总是闪着晶莹的水珠。她一面用手胡乱地拂着脸上的水，一面鱼儿一般地在水面上乱蹦乱跳。她小巧而精致的臀部、颀长的美腿无论如何也跟庄宝盒那幅图契合不起来。她上岸的时候，总是习惯性地抖动着背心的带子，会不经意地露出一抹白色的隆起，她竟没有意识到或者是有意挑战我的偷窥。

这种做贼一样的心态主宰了我好多年，只到高中毕业参加工作，成为一名医务工作者，对人体司空见惯才有所收敛。后来，我娶了她的姐姐牛金岭做我的女人，我已经平静地接受了现实。有生命的东西和没有生命的东西是不一样的，我乐于从牛金岭的炸药包那里感受她巨大的威力。

牛玉琴成为我心中永远的痛。

老庄死于一场精心策划的谋杀。

至少大家都是这么猜测的，这成了宝盒子多少年来心中一块不能愈合的伤疤。

他时常向我抱怨，他脑袋里潜藏着一只老鼠，经常半夜三更地出来撕咬神经，他动用了所有的手段想赶走它；喝酒买醉、抽烟装睡、手淫搞累，但是这只老鼠总是驱赶不走。它行踪诡秘，有时候非常温顺，伏在暗处不动，有时候性格暴躁、行为怪诞地在大脑里跑来跑去。他试着和脑子里的老鼠做朋友，但这只老鼠品行恶劣，总是左右着他的思想，让他处于舆论和道德的中心，这让他很难堪也很无奈，所以他宁愿跟我们这些童年伙伴渐行渐远，这样他心里的压力会小一点儿。

我当然不信他这套狗屁理论，他纯粹拿我当傻瓜。那时候我不仅小雀儿蜕变成黑色的大鸟了，周围还垒了厚厚的鸟窝，思想上也成熟了许多，但是，我总是在同其他男人争宠中落败。痛定思痛，原来是人的成长并不完全和身体的成长成正比，年龄是一回事，阅历又是一回事。杨心红曾形象地把我比喻成小公鸡，鸡冠红红、羽毛丰满，也会打鸣了，但是离女人心目中的白马王子还差十万八千里。

庄宝盒也好不到哪儿去。七十年代中期的那年夏天，我即将高中毕业走上工作岗位，这一年，我俩成了最要好的朋友和孽债最深的冤家，原因是我俩同时爱上了牛玉琴。

牛玉琴已经转到水磨头公社高中读书了，兵工厂自己办了子弟学校。既然是子弟学校，农村孩子就不能来此上学了，我们为此失去了很多乡下的好朋友、好同学。

不过那年头特别强调军民鱼水情，部队是鱼，老百姓是水，水离了鱼能行，鱼离了水不行。学校经常心血来潮，联合地方举办运动会或者诗朗诵比赛。

我和牛玉琴在公社的读毛选积极分子朗诵大会上合作过一次。会场选在一块正在兴建的农田里。那块农田是全公社最大也是最平整的山地，地头儿插满了红旗，站在上头四下看，到处红旗飘扬，广播喇叭歌声阵阵，足见人民群众是多么扬眉吐气。

牛玉琴代表水磨头公社中学朗诵老三篇中的《为人民服务》，我代表职工学校朗诵《纪念白求恩》，庄宝盒则夹杂在社员中朗诵《愚公移山》。我和牛玉琴尚好，在万人注目中倒背如流，庄宝盒却当众出了丑，当他背到“我死了以后有我的儿子，儿子死了，又有孙子，子子孙孙是没有穷尽的”时，误说成“自己的孙子是没有一样的啊”，惹得全场哄笑不止。这让带队的老师既尴尬又紧张，好在只是一场普通的比赛，没有人上纲上线，否则老师一定倒霉。

比赛过后不久牛玉琴也退了学。当时社会上有一种说法，农村女孩子学上得再好，最后还是回村修理地球，但我相信，牛玉琴的父亲不会糊涂到这个程度，反而更相信庄宝盒打听到的确切消息。水磨头村正在物色一名赤脚医生，牛玉琴的爹在村里当支书，这个名额非她莫属。爹早为姐妹俩设计好了一条通往幸福的康庄大道。在村子里干上两年，然后从公社讨个指标，再经贫下中农推荐，堂而皇之地上大学，到那时，她就真正成为从农村广阔天地走出去的大学生，从深山里飞出去的金凤凰。

那一年我也面临着重要的抉择，高中即将毕业，是上山下乡还是留城举棋不定。我姐姐两年前已经下乡了，她去了新疆建设兵团。为了一个要好的男同学不辞而别，我爸妈都很伤心，发誓与她断绝关系。

我表姨从年轻就没有孩子，姐一直跟着她生活。母亲说我姐后面她又怀过一个孩子，却因为年龄隔得太近狠心流掉了，待引下来一看是个男孩，十分后悔，心里就对姐产生了疙瘩。母亲的心结不止这个，有一年，她带姐去表姨家串门，人家桌子上摆着一碟子咸鸭蛋，表姨应付地让了一句“坐下来一起吃吧！”母亲虚荣心极强，就说吃过了。我姐心里馋，嘴上却不敢说，站在那里眼泪汪汪的。出门后母亲很生气，就吓唬她道：“你若想吃咸鸭蛋，就跟着你表姨过！”没想到我姐竟然真的点点头，第二天，就一个人去找表姨把这事儿说了。表姨喜出望外，上门找我母亲。那天，她整整提了一篮子咸鸭蛋，我母亲全让她提回去了。当表姨左手提着那篮子咸鸭蛋，右手牵着我姐的手走远的时候，母亲差不多哭昏了过去。

那一年社会上谣传很多，知青的思想也比较迷茫。我姐来信说，很多下乡的同学都遇到了问题，或不适应，或遇到了生活困难、遭遇不公。她还好，有男朋友的家人照顾，但是很多内地去的知青，特别是大城市去的忍受不住那种冷落和孤寂，跟当地青年谈开了恋爱或者相互恋爱，这影响到他们返城或者就业上学。稍晚的时候，从知青点流传过来一些歌，都是那种非常消沉的内容，其中一首就是还流传至今的《远飞的大雁》：

“远飞的大雁，

请你快快飞嗯嗯嗯，

捎封信儿到北京……”

知青们把后面的歌词改了，改成捎封信儿给亲人。带队的知青组长和地方革委会派工作组去查，但查来查去查不到源头，再翻看那些手稿，觉得歌词并不是那么反动，相反，婉转流畅，在寂寞的夜晚哼唱，简直是一种精神上的解脱。压反而不如疏，因此，也就雷声大雨点儿小。姐手抄了一份寄给我，我几天就学会唱了，转抄给其他同学，大家觉得并没有什么不好，相反还挺有文学品位。

我姐何书香属于家庭的叛逆者，父母从来不让我提起她，但是，母亲会背着家人拿出姐的照片流泪。姐信里所透露的下乡情况很有普遍性，我们这些即将高中毕业同学的家长都十分担心，孩子再下乡会不会吃苦？今后有没有出路？厂筹建处主任杨文革身兼数职，其中一个职务就是知青上山下乡领导小组的组长。

杨文革原来不姓杨，也不叫文革，有了解他身世的人说，他本姓焦，但具体怎么改名换姓没有人说得清。他模样看上去比我父亲还老，但是户口上的年龄却小。那时已经是处级干部了，平时总穿着工装，戴着近视眼镜，看上去温文尔雅的。但是谁若把他看成是温和善良的人就大错特错了，和他打过交道的人都说他心狠手辣。他是我们厂的筹建处主任兼知青上山下乡领导小组组长；筹建处主任自然是个肥缺，后者虽说名衔有点小，但在知青家长的眼里同样重要。

那一年边疆形势不稳，大批城市知青要求返城，我姐姐也在上述的学生之列，这使她与男朋友产生了难以弥补的裂痕。国家实际已经在关注知青问题了，他们既非农民又非军人，千里迢迢去边疆干什么？内地的政策于是出现了微调，就近下乡，并且明确表示，要选择富裕村，群众基础要好，村集体领导班子要强。知青重点是接受再教育，让这群八九点钟的太阳在大风浪里炼红心，将来好好接过无产阶级革命的班。

毕业前夕，杨文革变着法儿组织了一次野营拉练，把同学们拉到野狼沟外的大山上搞军训，实则是给我们洗脑。全体毕业生以班级为单位，背着从厂武装部借来的半自动步枪，打起背包在山里转了整整一天。后来，来到一个山青水秀的地方，没想到这里竟是牛玉琴的家，村名叫水磨头。

水磨头这个名字挺有意思，一位村民介绍，就是灵依河发大水的时候漫过头顶，但是这位村民接着说，他在村子里住了六十多年，一次也没见过水没过头顶，连小腿都没有没过。同学们先是参观村子里的大寨梯田，又参观新盖成的知青点宿舍，那是两排崭新的大瓦房，就坐落在河畔，空气新鲜，环境优美。晚上还参加了忆苦思甜大会，大会之前大家先是齐唱《不忘阶级苦》这首歌，它忧伤的旋律把许多同学都唱哭了。

“天上布满星，

月亮亮晶晶，

生产队里开大会，

诉苦把冤伸！”

忆苦的主讲人就是牛玉琴的爹，村支书牛得田。

这个名字起得好，牛得田就有活儿干，饿不死。晚饭前，牛支书特意让大队的饲养员做了一锅地瓜叶掺地瓜面的稀粥，起名叫忆苦思甜饭。同学们徒步在大山里走了一天，饿得前心贴着后背，一见有饭吃，好一顿大吃大喝。没想到很快就来了情况，肚子根本承受不了，先是腹胀难忍，后来干脆屁呲狼烟。当牛支书讲到万恶的旧社会，家里穷，结婚都没有像样的被子，两口子合盖一件破羊皮袄时，同学们窃窃私语或者掩嘴偷笑起来。庄宝盒恰在这时放出一个很大动静的屁来，立刻引起一阵哄堂大笑，本来挺严肃的会场被他搅得秩序大乱。

牛玉琴那天也在会场，对于这件事耿耿于怀，她后来虽然没有说，但对于庄宝盒态度的最终转变或许有很大的影响。

回到学校后，同学们斗志昂扬，纷纷写了血书“志愿到广阔天地炼一颗红心”。庄宝盒是其中最狂热分子之一。我在他的鼓动下也当场写了决心书，算是对上山下乡的一种支持。

父母亲却对我的事保持相当的冷静与克制。

母亲表扬我的做法是对的，形势所迫，谁也不能当革命的绊脚石和拦路虎，但说是一回事，做又是一回事，千万不要在这个问题上认死理。枪总是打出头鸟，运动运动，来得快去得也快。我实在佩服母亲，她当卖菜的临时工真是屈才了，她完全把国家的政策研究透彻了。

和我姐下乡时的形势相比，知青政策已开始调整，凭着她敏锐的神经感觉，这场运动将告一段落，至少是到了尾声。姐姐也来信说，她把迁过去的户口都重新迁出来了，同学们正在商量着一起离开新疆。如果是这样，我姐姐就会重新回归我们的家庭，这无论对我还是对我父母都是一种安慰。父亲让我先不要急于报名，沉两天再说。他说我们家已经有人下过乡了，我完全可以选择留城就业。

对于是上山下乡还是留城我并不很在意，对于年轻人来说，能到广阔天地干一番事业也不失为一种选择。但潜意识告诉我，我是因为想念牛玉琴才积极要求下乡的。自从她离开学校，我只在水磨头村见过她一面，我忽然觉得已经爱上了这个农村姑娘。

牛玉琴已经完全发育成大姑娘了，做野营队伍的随队医生。她梳着两条粗粗的大辫子，背着药箱，穿着白大褂，领口露出粉色的小翻领，衬出她白里透红的脸庞，非常美丽动人。我变得异常暴躁，没头没脑地对父亲说：

“我留城能做什么？接你们的班，步你们的后尘？当钻一辈子山沟的军工战士？我有我的理想！我想到农村去锻炼自己，将来能接无产阶级的班，成为一个对祖国有用的人！”

活脱脱又是一个我姐！父亲惊愕地望着我，不知道我这些话是发自肺腑还是跟别人学来的，他只是惊诧我长大了，不仅能顶嘴了，而且有自己的思想了。

这大概是他从小养我到大，听到的最响亮的一席话，也是最令他挑不出毛病的一席话。父亲眼里刚刚点起的火炬被凭空一阵狂风暴雨淋湿了，熄灭下去、黯淡下去了；望着他那岁月爬上痕迹的脸，我心里泛起一股莫名的忧伤。

跟父亲的中庸相比，母亲说话却从来直截了当。她说我们已经身在大山里了，还炼什么炼？她悉数我家，跟庄宝盒家的情况不一样，也跟杨主任家不一样。老庄家有三个孩子，我们家就两个，且大女儿已经到边疆去了。

“知道的是女儿偷跑的，不知道的，就认为是我们父母支持她走的！”母亲信誓旦旦地说。

母亲的话有理。杨文革这两年风头正盛，他不仅管着厂里职工的吃喝拉撒睡，连招工、分配都大权独揽。他家有两个孩子，但一个也没有报名。大女儿户口不在本地，落在了另外一座城市。二女儿杨心红在身边，大洋马逢人就讲她身体不好，有心脏病，不能从事重体力劳动。但我母亲一针见血，说她纯粹是装出来的，谁家女儿不随母亲？杨心红从小就长得又粗又壮。

对于杨家故意放风儿这件事，母亲一肚子怨气，她说平时大家都在一起住，互相知根知底，还玩这种小把戏做什么？我也可以证明，母亲说得没错，杨心红跟我是同学，她在学校是运动健将，论长跑和扔铅球谁也比不过她。

那天晚饭以后母亲到邻居家串门，寻找统一战线。庄宝盒带头报了名，而且当着全班同学的面，咬破手指头写了血书。当我把这个消息告诉母亲时，她有一丝不知所措，看怪物似地瞪我半天。

老庄家和我们住一排干打垒的房子。所谓干打垒，就是在向阳的山坡地上开出一片相对平整的地方，用青石和水泥盖起房子。限于有限的空地，每排只有两家，且横七竖八什么朝向都有。我家和庄宝盒家只隔着一道低矮的石墙。

笑容满面出门的母亲很快就回来了，眼圈红红地对父亲说：“一家不知一家，你瞧榆叶那过的是什么日子？怪不得孩子宁愿下乡也不愿意待在家里。”

榆叶是庄宝盒母亲的名字。我母亲是那种腿闲不住，嘴也闲不住的女人，平时走到哪里都能逗得人们笑声一片，她在家也总闲不住，女人堆里那些笑话和闲话，她都拿回来讲给父亲听。比如她经常讲老庄喜欢和大洋马打情骂俏。榆叶在食堂里干临时工，有一次，老庄在食堂里吃早饭，赶上大洋马检查工作，冲着榆叶横挑鼻子竖挑眼，老庄看不过了，就走过去，敲着碗底对大洋马说：“马小萍，我出个谜语给你猜！猜着了，我老庄任你骑来骑你骂，要是猜不着，你也就别为难榆叶了，咱们这叫扯平了。”

马小萍牛眼一瞪道：“讲！”于是，老庄便不紧不慢地念道：“越拨弄越长，越拨弄越硬！”

此谜语一出，女人都飞红了脸。马小萍恼羞成怒，横眉骂道：“臭老庄，少在这里耍流氓，小心让俺家老杨专你的政！”

老庄一听，也不甘示弱，跳着脚道：“你少拿老杨吓人，我庄成器偏不吃这一套，什么耍流氓，是你思想不健康才往坏处想。我说的是炸油条！”

他这一番话让大家由惊转喜，一阵哄笑，大洋马觉得受了愚弄，下不来台，莞尔一笑道：“既然你给我玩儿这种邪的，我也放一个你猜，猜着了，我马小萍从此把榆叶当亲娘供养着，天天让她吃油条喝豆浆，如果猜错了，你老庄得给我舔脚后跟！”

老庄兴奋地跳将起来：“君子一言，快马一鞭，请讲！”

大洋马顿了顿，然后严肃地说道：“肉尖对肉缝，白水往里弄，吃饱了吗……哼！”

大洋马绘声绘色地“哼”了一声，惹得四周一片掩饰的笑声，大家都屏气凝神，等待老庄回答，他却无论如何也猜不出了。老庄的思想那会儿绝对想邪了，除非是男女那点事儿，谁还有肉尖对肉缝，而且哼哼的？

大洋马见老庄尴尬得满头是汗，答不上来，这才微然一笑，说道：“你也别往歪处想，我说的是女人奶孩子。”

众人又是一阵开心的大笑，大洋马争足了面子，挺着大奶子走了，只留下老庄在那里发呆。

那天母亲从老庄家回来，破例没有多说话，只是不断地唉声叹气。到后来我也没弄明白，母亲态度为什么反常，但我渐渐感觉到了老庄一家的不同。

我不清楚，庄宝盒一家是如何从青藏那么遥远的地方搬到内地的。庄宝盒说，光火车就坐了一个月，还要不断地倒车。老庄临走前，从藏民那里淘了些结实好看的家具，有一个藏柜、一个藏桌和一个藏箱，本想到内地的时候换些钱，但是在车上倒来倒去，到终点站的时候，不但外包装散了，连家具表面上的彩绘都磕碰坏了。

杨主任安排车去省城接站，听说有好几个木箱子，便派了辆板挂车。车到厂里的时候，安排厂民兵小分队的人卸车，但民兵小分队临时要参加誓师大会保卫，于是野蛮装卸，等到拆开包装箱看时，已经面目全非了，我清楚地记得老庄守着那堆木头脸上绝望的神情。

这次野蛮的接站和装卸，成为老庄和杨文革结怨的开始。

老庄曾找杨主任要求赔偿，他说这些家具可以称得上是文物了，价值不菲。杨文革却不买他的账，说如果是文物老庄就涉嫌违法了，它就是几件普通的木器。如果老庄愿意，他可以让木工房照原样做几件，但条件是原件要上交。他作为这个厂的负责人，不能让国家财产受损失。老庄当然不能接受，为这事他没少往杨主任的办公室跑，俩人一见面就吵，后来冲突升级，动了手，积怨到你死我活的程度。

我爸待的兵工厂建在三省交界处，厂部在一个省，生活区在一个省，生产区又在另一个省。我家住的地方叫野狼沟，是一条纵深数十公里的峡谷。

野狼沟地势险要，一条山路曲折贯穿山中，沿着山路行走时，无论是春夏秋冬，总会感觉到阴风阵阵，即使是烈日当头的中午，谷中的风也总是凉凉的。

厂房和车间就建在这条峡谷的深处，是这座峡谷的最开阔地带，地势平缓。这里海拔很高，一般树木不喜欢生长，只有一些奇形怪状的杂木。整个厂区依山而建，厂房鳞次栉比，在两旁陡峭山体的映衬下显得十分矮小，这让来自平原且住惯了宽敞房子的母亲十分不习惯，她从进山第一天起就分不清东西南北。

我家住在东山坡上，三面环山，一面临河，每天早晨睁开眼，我第一眼就看到连绵起伏的山梁和那条进山的大道。山口耸立着一座数十米高的钢架，上面画着一幅油画《毛主席去安源》。年轻的伟人身穿蓝布长衫，手持雨伞走在布满荆棘的小道上，他身后风卷残云，脚下江山如画。我之所以喜欢这幅画，是因为它是我父亲的杰作。我父亲从小就学画，画这样的油画当然不在话下。

庄家和何家算是有缘，有缘在于我家搬来不久老庄家就也搬来了，老庄宿舍的钥匙还是父亲替他领的。先前一天，我母亲就带着我为老庄家打扫卫生。房子虽然不大，但父亲很满足地对老庄说，在这之前职工是住不上这么好的房子的，党中央号召先生产后生活，同帝国主义抢时间，全家老少都睡帐篷。老庄当时瞪着眼问我爸，都睡帐篷，想跟老婆亲热怎么办？我爸又是甩手又是瞪眼地说：“这是该问的话吗？往后守着孩子不能开这种玩笑！”

老庄进厂的时候厂领导刚刚换了说法，先生活后生产，大家热情空前高涨。我家是最早享受待遇的一批，分到了靠东山坡的三间房。这里一年四季朝阳，每当早晨太阳升起来，第一缕阳光就照进我矮小透明的玻璃窗，映得屋子里明晃晃的。而老庄家的房子没有这种优势，阳光不但照不到窗子里去，连半边院子也照射不到，全被背后的高山挡住了，春秋还好，冬天十分阴冷，墙壁总是湿漉漉的。

但这毕竟是能克服的困难，再说大家都是宣誓来建设“新三线”的，这样的苦都吃不了那还算什么军工人？

老庄一家来时情绪也空前高涨，不管怎么说从寒冷的高原来到了温暖的内地是件幸运的事。青藏高原那地方一年到头下雪，想洗个热水澡都奢侈，现在好了，只要高兴，光着屁股跳进深水潭里，卵蛋泡成海茄子都没人管。

老庄来的那天下起了蒙蒙细雨，这种雨在野狼沟相当普遍。当载着老庄一家子的卡车缓缓开进山里的时候，天已经完全黑下来了，杨主任打着雨伞，站在画像前等他。那里有一盏路灯，就挂在扯起的钢架上，摇摇晃晃，照得山体和周边的树木惨白。雨水仿佛密织的网从天而降。杨文革伸出像女人一样雪白的手，满脸微笑地说：“欢迎你们全家响应党和国家的号召，从遥远的大西北来到野狼沟，成为祖国骄傲的军工战士！”

说完他把雨伞伸过去，替老庄老婆遮挡住雨水，女人的身子和半个脸立刻被罩在阴影里，表情模糊。老庄晃动庞大的身体挤过来，一把推开他，嘴里骂道：“你少来这一套！我上好的家具全让你这帮人给毁了，我千里迢迢运回来容易吗？你们得赔我！”

老庄的这句话破坏了现场的气氛，杨主任黑着脸把伞收回去，那些跟来帮忙的人扭头都走了，把老庄一家晾在那里。雨下得越来越大了，卡车上的篷布因为淋了雨而特别沉重，想重新盖上几乎不可能。那些破损的木器看上去不堪一击，辗转千里运回来的东西，在离家门不足一百米时被当作劈柴一样泡在雨里。

我父亲在关键时刻挺身而出，他把身上的雨衣披到了老庄的身上，晃了晃手电筒扭头走了，原来他是挨家挨户喊人去了。大家听说来了新邻居，杨主任又扔下人走了，个个义愤填膺，拼足了力气把篷布重新盖好。老庄显然被感动了，自我安慰地说，大不了重新找木工拼装一下，这些都是上好的实木，不怕风吹雨淋，即使是沉在水里也千年不腐，只可惜上面那些彩绘，有些是描金的。我父亲笑了，说：“既然不怕水，干脆就趁着人多赶紧卸车。木工你也不用到处找，别看我是电工，但木匠活儿一样干得好！”

说出的话就要兑现，整整一个冬季，每天吃完晚饭后我父亲就到老庄家里替他修理那些破损的家具，半夜前隔壁总会传来“噼噼啪啪”的木匠工具声，到过年四处响起“噼噼啪啪”的鞭炮声的时候，老庄家的声音戛然而止，损坏的家具簇新地立在眼前。老庄感激得说什么也得请我父亲喝酒，他有原汁原味的青稞酒，我父亲则神情坚决地推掉了，他说也就是占用点儿业余时间。要说喝酒，等年三十晚上，让我妈多做两个菜，两家一块儿热热闹闹地过个年。

那是在大山里过得最有意义的一个年，大人们坐在矮桌上喝酒，我和孩子们则跑到外面放鞭炮。鞭炮声在山里的夜空里格外响亮，群山回荡。后来，小伙伴都聚集到厂部的空地上看焰火。所谓焰火，其实是厂民兵小分队朝着山上打枪。打的都是曳光弹，织成一面火网，偶尔有流弹四处乱蹿，像一只只不听话的萤火虫，既震撼又好看。我第一次看到会场上摆了那么多的真枪，有转盘机枪、手枪、冲锋枪、半自动和全自动步枪，民兵最后把楼顶上的高射机枪都搬来了，射击声震耳欲聋。我和庄宝盒用手掌堵着耳朵，弯腰四处抢弹壳。

老庄带回来的家具被磕坏了，大家并不同情他，因为那看上去像封建迷信品。大家反而怪他小题大做，赶跑了帮助搬家的人。但如果仅冲着老庄对杨主任发脾气，就说明他脾气坏也是冤枉了他，他是个军人，军人有军人的作风。做事干脆利落，从不拖泥带水，也从不小肚鸡肠，他就是个炮筒子，放过炮之后就风平浪静了。

乍从高原回到内地，他和家人充满了喜悦与感动，那点损失并不算什么。记得头一次我跟着母亲去他家串门，居然被这一家人的喜悦感染。起初，我以为庄宝盒就兄弟一个人，但是从他母亲的身后一下子钻出三个脑袋。庄宝盒站在兄妹中间其貌不扬，兄弟和妹妹长得又结实又好看，只有他像个病秧子。他母亲穿着斜襟镶着边儿的老土布衣裳，头上戴着绿围巾，面无表情；更古怪的在于她长着一只红鼻子，乍一看上去像挂着只红辣椒。我母亲说她的红鼻子是高原长期缺氧的结果，但我半信半疑，人家高原缺氧面颊发红才对。后来事实证明，她的鼻子红是鼻炎造成的，也有中医称是胃热的表现，但不管怎么样，这个叫榆叶的红鼻子女人，一下子赢得了我和母亲的好感。

老庄身材很高，壮壮的，走路外八字，总是低着头，两只手总一甩一甩的，像一只屁股里攒了好多蛋的鸭子。我母亲经常对父亲嘀咕："仰脸的老婆低头的汉！遇上老庄这种男人，一定要格外小心！"但这却丝毫不影响我们两家修好。

我不明白，男人低头跟性格、人品有什么关系，但母亲的警告不无道理，事实证明果真如此。比如老庄遇事好较真，对除我们家以外的其他人比较凶，说着说着就发火。遇上公家分东西，老庄也从来不吃亏，少给一分他也会找上门去。后来我父亲分析老庄的性格，坦言他是因为家庭困难造成的，全家五口人，完全凭他一个人的工资生活，听说榆叶还在乡下借了一些债，他不斤斤计较才怪。

但不管怎么说老庄从来没冲我父亲发过脾气，我们两家关系很好，这种良好的邻里关系掩盖了他所有的缺点。后来老庄一家虽然支离破碎了，但我和庄宝盒依然是好朋友，我们双方的父母依然是好邻居；我对所有攻击老庄家的言行，一律持反感和不屑一顾的态度，有时候谁说老庄家的坏话，我还会跟庄宝盒联手对付他。

有关老庄死于谋杀这件事，在当时轰动一时，但是，若干年后企业破产人员离散，军工企业以及它的辉煌被打入另册，大家都选择了健忘。人们提及那个年代的往事，除了难言的沉默就是一声无奈的叹息，大家都不知道该如何谈起。

这种结果对于我来说仅仅视为一种失落，而对于庄宝盒来说则是一种无形的折磨。我们都是从那个年代走过来的，期待有真相，可是真相在岁月中丢失了，在未来的日子里我们辨别不清真伪，辨别不清这是我们的错还是父辈们的错。后来有人主动站出来，说社会应该来承担责任，但是，这个社会是由谁来组成的？是过去那些人还是现在这些人？是活在现在的过去那些人，还是活在过去的现在那些人？莫衷一是。

老庄之死官方一直没有真正的说法，大家讳莫如深。不仅如此，就连三线建设这件事，后来许多年连提及的人都没有，仿佛那些人和事都人间蒸发了。我时常想起当年数百万大军唱着歌，扛着红旗，乘着卡车进军大山的宏伟场面，对我的父辈们来说，他们一生都在坚守自己的理想，他们一生都在为之奋斗，可社会没有给他们相应的回报，哪怕是一点儿理解与补偿也好；他们是对是错没有人认真地回答过，他们或默默无闻或在艰难的时代转型中完成着自我救赎。

我清晰地记得，每当父亲遇到困难或者不高兴的事时，总是唱着：

“毛主席的战士最听党的话，
哪里需要，哪里需要哪里么哪安家。
祖国让我守边防啊，
扛起枪我就走，
打起背包就出发！”

那一年冬天，老庄神秘地死在了野狼沟的大山里，埋在了山后灵依河的河床上，他的死重于泰山或者轻于鸿毛从没有人做过定性，只是在他的儿子和他儿子的朋友心里埋藏了几十年。他出事的时候我们年龄尚小。那时候庄宝盒下乡我留城，知青点离兵工厂三十多公里，就是牛玉琴的家乡水磨头村。

庄宝盒到农村插队事先我并不知情，不单是我，连老庄也被蒙在鼓里。

他既没同家里商量也没有跟任何同学说，就自个儿到杨组长那里报了名。等我从其他同学的嘴里探到风声时，他早已披红戴花，在众人欢送的锣鼓声中爬上了送行的卡车。

那天的气氛非常热烈，厂部前的小广场上人声鼎沸，军绿色的“解放”牌卡车装饰一新，知青披红戴花，车头也戴了花，车帮上挂着彩绸和标语。立在山头的大喇叭里反复播放着那首欢快的歌曲：

“到农村去到边疆去，
到祖国最需要的地方去，
到农村去到边疆去，
到革命最艰苦的地方去！”

那年秋天，我为了留城冷落了庄宝盒。我和他见面很少，因为高中一毕业，父亲就给我找了一份临时工做。我父亲从省城得到一个准确而具有权威性的消息，独生男孩或者家中有下过乡知青的、生活困难者等列举的N种情况可以就业，也就是说，国家允许部分年轻人不到广阔天地炼红心，而直接成为无产阶级革命事业的接班人。

当我母亲亲自去找杨文革探听风声的时候，杨主任吓得赶紧关上了房门，用惊愕而神秘的神情向母亲发问：“这么机密的文件，基层都还没有传达，你怎么知道的？”

我母亲脸上挂着胜利的微笑，恰到好处地抛出她的撒手锏：“这件事瞒得了别人瞒不了我，我们家老何省里头有人！一定拜托您杨大主任，谁让我们都在一条船上，谁让我儿子和你女儿是非常要好的同学呢！”

母亲骗杨文革说省里有人，其实就是我姐姐的未来公爹，他在省机关大院茶水房，能借着给领导送水的时候，从办公桌上偷窥点儿基层看不到的内部参考消息。

有关我跟杨心红是同学的话题，我一直不想提起，因为这会大大影响我的情绪。杨心红实际年龄比我大，她是半路上插班进来的，到全体同学骑车进县城照毕业照的时候，她已经提前退学了，因此照片上没有她。不过听老师说，她人不在但毕业证照发，这让我正直善良的心很受伤。

我待业的时候杨心红早已成为厂部的一名话务员了，就是电影《列宁在十月》中战士们抱着大声喊“小姐们都昏过去了”的那种话务员。她每天上下班都要从我家墙外走过，从脚步声上我就能判定她是不是正朝着我住的房间张望。我家房子的窗台几乎矮到跟台阶一样高低了，我每每撩开窗帘，正好看到她结实的臀部和粗壮的大腿。我实在不忍心偷窥，因为丝毫没有美感，但我又忍不住经常偷看，因为实在充满了诱惑，我能一览她的粉底裤。

我父亲是电工班的班长，家里装有内部电话，杨心红经常打电话找我聊天，当然她说得最多的还是本周厂部有没有电影。那时候，厂工会为了改善职工业余文化生活，经常放电影。总机室跟厂宣传科斜对门，放什么片子她第一时间知道。我总是很矛盾，我实在不想听她那嗲声嗲气的声音，但是又禁不住那些时效新闻的诱惑，我隔着电话听到她那尖锐的笑声，就能想象得到她那笑声背后颤成一堆的冻粉，裆里的大鸟儿总是不安分地蠢蠢欲动。

杨心红的家族史可以追溯到满清格格和哥萨克洋毛子通奸的时代，在呼伦贝尔美丽的大草原和遥远的西西伯利亚静静的顿河边，两个种族的苟合大战最终以生下金毛碧眼黄皮肤的杨心红的祖先为止。这是庄宝盒跟我讲的，他的话十有八九是信口开河，满嘴胡扯，我虽然不信，但是杨心红的确有着祖先通奸留下的痕迹，她个子高高壮壮的，头发金黄，眼睛呈蓝灰色，尤其是那一脸麻雀屎让人毫不怀疑她就是一个混血儿。

母亲通融我留城的事，居然用婚姻做诱饵，这让我既受伤又深感害怕。

我受伤是因为看不上杨心红，害怕是因为母亲在杨心红的父母面前玩火。谁不知道杨心红妈是什么人，“仰脸的老婆低头的汉——难缠！”如果把老庄比作低头的汉子，那大洋马绝对是仰脸的老婆。

有关杨文革的故事在厂里广为流传，但大家都信誓旦旦，绝没有刻意伤害他的意思，无非就是为寂寞单调的山里生活添一点儿乐趣。传说他是随娘改嫁，生父姓杨，继父姓焦。他娶大洋马的时候，媒人带人上门相亲，屋子里一下子蹿出四条汉子。大洋马当时就傻了眼，到底她是要嫁给谁？媒人心生一计，让兄弟四人报各自的名字，老大就报叫焦依春，老二报叫焦依夏，老三报叫焦依秋。大洋马一听脸就红了，抿着嘴，扭捏地说：“咋都这么个叫法，咋没叫一年的呢？”不料站在最后面的老四上前一步说：“我就叫焦依年！”

焦依年后来做了大洋马的丈夫。这个焦依年就是杨文革。

有关杨文革改名字这事儿，大伙儿都是猜测，说洞房花烛夜，两人行好事，战不一会儿焦依年就败下阵来，大洋马不满足，嗔怪道：“你兄弟四人，有叫一春的，叫一夏的，叫一秋的，俺选了个时间最长的，原来也是银样镴枪头！”

焦依年羞愧难当，第二天就去恢复了杨姓，后来改名杨文革，那时候他在革委会工作，有这个条件。

我母亲居然敢拿婚姻游戏杨家人，真是吃了熊心豹子胆了，父亲深感忧虑。而我母亲却胸有成竹地说，书盒子离结婚娶媳妇还差十万八千里呢，事儿到哪儿算哪儿。

我之所以举这个例子，是想说明，我那个年龄尚是大人计谋里的一枚棋子，甭说老庄死这样的大事，就连自己的命运都掌握不了。庄宝盒曾多次找我商量，调查父亲之死，我也多次陪他到各部门去找。但是那些人老谋深算，随便一个理由便把我俩打发了。杨主任给出了最权威的说法，它就是一桩普通的交通肇事逃逸案。那天深夜，老庄喝醉了酒，窜到了公路上，一辆无牌车把他撞了，然后这辆车和司机都逃跑了，命案就此画上了句号。

老庄死的时候是最寒冷的冬天，他的死没有引起任何波澜，只是引来人们一声叹息。他就好比路上的一粒沙尘，转瞬间被大风吹得无影无踪。他死于一个多事的冬天，在他死之前半个月内，中国有一颗巨星也同时陨落了。老天都似乎预感到了不安，从腊月里起，就一直下起了小雪，时断时续，即使是无雪的日子也天气阴霾。

我对数十年前的那个早晨刻骨铭心。

那天早晨天气寒冷，远近高低的山峦和道路都铺了薄薄的一层雪。野狼沟延绵的山体被大片大片的乌云包围，连天色都越发显得灰蒙了。老庄被发现时卧在雪地里，浑身赤裸。那条路是通往厂区的必经之路，早晨六点半钟就有人上班经过那个地方，包括我的父亲，奇怪的是，居然没有人发现雪堆里躺着一个人。

没被人发现说明雪已经掩埋住他的身子了，而且他躺的那个地方在路的中央，离路口十多米，那么寒冷的早晨，人们都尽可能地用帽子或者围巾包裹起自己。老庄保持着一种静卧的姿势，自始至终都没有任何挣扎的痕迹。他死了也许只有几十分钟，也许已有数小时，缩成一团，鼻腔里流出来的乌血还没有来得及流到嘴边就凝固了，仿佛一抹喝到嘴边的防锈漆。

老庄死的时候刚刚跨过一九七六年新年，人心惶惶，人们都在为国家的命运担忧还是为自己的未来担忧不得而知，谁也没有心情关注一个普通男人的死，包括庄宝盒，都采取一种被动接受或者说默认的态度。由厂保卫处和毛山县公安局联合组成的调查组，只是走马观花地到现场走了一趟，把一份证明文件交给庄宝盒便缩着脖子走了。那份文件上说，这是一桩交通肇事逃逸案，他们将在抓到肇事者之后再另行追究责任。

老庄的丧事是我父亲和其他工友一手操办的，他被埋在野狼沟山背面，一处平坦的河边上。那条河叫灵依河，但当地人说，它实际只是灵依河的一条支流，真正的灵依河在鹰愁峰的背面，也就是牛玉琴所住的村子西面。

老庄的墓地距厂区十几里，离一处战国时期的石长城很近。那天，拉他遗体的是辆嘎斯汽车，苏联制造的，看上去小巧却十分有劲，四五十度的山坡根本不在话下。车上除了三个大人就是我和庄宝盒。宝盒子似乎并不很痛心父亲的死，他只是孤独而落寞地坐在父亲的担架旁。我从他略带沮丧的脸和拉着父亲冰凉的手这些细节上，才隐约读到他内心的悲伤。

我父亲请当地的石匠凿了一块碑，刻上“庄成器之墓”几个字以及他的生卒年份，只到这时候，我才知道他有个这么怪的名字，大致缘于老一辈希望他成大器吧。没想到却出师未捷身先死。就在老庄即将被乱石和河土掩埋得一点痕迹不剩的时候，庄宝盒突然面对父亲的新坟跪下了，声泪俱下地喊道：“爸，我知道你死得冤，儿子一定为你讨还公道！”

那一刻我不清楚庄宝盒只是胡言乱语还是真有决心，老庄的案子还没有水落石出就被埋了，这等于他主动放弃或者说已经被公安部门放弃了，即使追到天涯海角也要把肇事者绳之以法的允诺只不过是句面子上的话。那些谋杀老庄的人筹划得太缜密或者说手法伪装得太高明了，现场根本没有留下一点儿痕迹。他们早就算到那天后半夜会下雪，早知道那地方会积存下许多雪，所以才把老庄扔在那个地方，造成他被撞身亡的假象。我们任何证据都拿不出来，只知道他在死之前一个星期，就已经被厂民兵小分队控制起来了，原因是他有作风问题。

民兵小分队都是从厂各部门抽调来的，直接受一把手指挥，从某种意义上说，他们相当于紫禁城里的御林军，其权力也是相当大的。从战备值班、会场保卫到治安联防、邻里通奸、男女早恋，只要领导一声令下，他们总会第一时间冲到前面。

而庄成器之死是那么诡秘，诡秘到任何人都持有怀疑态度，但又找不出破绽。头天晚上，庄宝盒刚好从知青点返厂，约我去厂部的露天电影院看电影。

所谓露天电影院是在厂部南边，人们在一块相对平整的土地上垒了一堵石墙，墙壁上抹了白石灰膏当银幕，这便是电影院了。墙壁对面有座山坡，放映机刚好放到山坡的平坦处，人们借势坐在山坡上，从上面往下看非常清楚得力。

那道墙离老庄死的地方直线距离只有二十米，近到只要死者扬扬手或者发出轻微的呼喊，前排的观众就能听到，然而，老庄却一声不吭地就这么躺到第二天中午。

厂里人都不相信老庄死于交通肇事逃逸，但是都拿不出证据，证明老庄那天干什么或者有人见过他，他们只是反复向调查人员说，老庄当天还被关在民兵小分队里。但杨主任说，他提前一天就被放出来了，因为老庄说，他儿子要从知青点回来，跟他商量生活上的问题，杨主任是知青组组长，无论从教育或者感化的角度，他都有充分理由放老庄回家。

我父亲仍然坚持老庄和我们家是邻居，如果他回家，我家不可能看不到。杨文革气得一拍桌子站起来，瞪眼道："老何，我郑重警告你！说话要重事实、讲根据，如果你想栽赃陷害，绝没有好下场！"

这句话立刻就把我爸的胆吓回去了，我爸更怕的是站到身后的民兵小分队队员，其他人也都悻悻地走了，这无形中为这些人开脱了嫌疑，但是有一个明显的谬误他们却无法解释，当时，进山的道路有驻军哨卡，过哨卡是需要通行证的。但是哨兵说，那天夜里根本没有车辆进出，对于这个明显的漏洞，厂保卫处也是一脸的无奈，只是安慰大家要相信领导、相信公安的力量，在抓到凶手或者找到谋害的线索之前，一切皆是猜测。

我一直对庄宝盒怀有深深的内疚，内疚的原因是，那天他回来是专程来找我的，想聊聊烦心事，顺便打听父亲为什么被抓，但是因为我母亲的原因，耽误了他们父子见面。

头天下午四点多钟庄宝盒就到了家，他忘了带家里的钥匙，便到我家问。庄宝盒平时经常在我们家蹭饭吃，但不知怎么的，那天我母亲黑着脸不让他进门。我只好找了把锤子，顺手拿了两个馒头，溜出门帮着开锁。庄宝盒一边啃着冷干粮，一边问老爸的事。我也说不太清楚，只含糊地告诉他，听说老庄牵扯到一件风流案里。

那天下起了小雪，我躲在家里没事干。杨心红来电话说，晚上厂部要放电影，电影的名字她没用心记，只说是什么阴谋爱情之类的。

天快黑了我才出了门。母亲干涉我与庄宝盒见面，是因她听信了杨心红的话，说我正在跟一个农村姑娘谈恋爱，这个女孩叫牛玉琴。

杨心红一直利用职业之便骚扰我，偷听我的电话内容，并且用来讨好我母亲。当然，她也报告一些好消息，诸如，哪天食堂蒸大包子了，后勤又来了新鲜的鲅鱼了，肉食店剩下新鲜的肥肉了，她都第一时间打电话给我母亲。我母亲乐于享受这种暖融融的亲情，渐渐地对她有了好感。

我母亲怪庄宝盒这么重要的情报不告诉她，并且怀疑他在其中作祟。牛玉琴远在鹰愁峰，我怎么能够跟她搭上关系？肯定是他来回传递情报。那时候城乡差别不光限于贫富差距上，更重要的是户口关系。找个城里人意味着工作、粮食、煤炭关系、孩子户口、身份、上学、医疗都有了保障，但如果媳妇是农村的，这一切将统统不复存在。因此，找农村媳妇将会颠覆传统，除非万不得已，家里人不会同意的。

母亲自从嫁给我父亲对何家从来都表现得忠心耿耿，尽管她也承认找对象要有爱情，但她更相信门当户对。她经常说："人的命天注定！"但是，她还是生怕我这个独苗会找个农村的媳妇，生个农村户口的孙子，给老何家制造出天大的难题。相比起牛玉琴，她宁愿选择杨心红，现在看这女孩子满是缺点，腚大一点，头小一点，思想简单一点，但是一旦娶回家，就全成了优点。胸大利于孩子吃奶，腚大生孩子健康，头脑简单易于管教，还有比这更好的优点吗？我母亲一贯相信，城里人优于乡下人，所以她发誓，要阻止我跟庄宝盒见面，甚至搬了条凳子堵在门口，如果我要出门，就从她身上踏过去！

我当然不会从母亲身上踏过去，但我也不至于傻到连门也出不去。我借口先睡觉熄了灯，把自己锁在卧室里，趁着我妈脑子没转弯的空隙，打开后窗顺利和庄宝盒会师。

见到他的时候，他只穿了件单薄的黑呢子外套，蹲在我家后墙下。在那种低温下，这样的衣裳完全只是摆设，他被迫缩着脖子和肩膀，连一丝笑容都挤不出来了。我脱下棉大衣给他披上，那是我托好几层关系淘得的一件军大衣，平时都舍不得穿。

露天电影院在家属区的后面，隔着一座不高的山坡，冬天天黑得早，五点多钟天就完全黑到底了，这时候，白班工人们才刚好下班。厂区道路上架设了路灯，开着的时候仿佛一朵朵黄菊。屋后的山顶上安装着一只大喇叭，每天会按时播放军号，它统领着军工厂人们的精神生活，起床号、吃饭号、熄灯号我都耳熟能详，其他时候，它会播放一些革命歌曲和现代样板戏，这便是山区夜晚的全部。

广播喇叭是整个工厂的时钟，如果它一直播放就说明时间还早，电影还没有开始，如果它停下来，便说明电影马上就要开演了。厂里职工都有看电影占座位的习惯，这边大人从容地坐在家里吃晚饭，那边耐不住寂寞的孩子便早早搬着凳子去占地方。每次厂部放电影，便仿佛是盛大的节日，人们脚步杂乱地从我家门前的路上走过。冬天的晚上，气温降到零下十几摄氏度，不得不穿上厚厚的棉靴，因此，踩在路面上发出沉重的声响，仿佛一群你拥我挤走过的羊群。

那天晚上我和庄宝盒爬上家属院后面的山丘，从那里穿过去，离露天电影院只有几步之遥。山顶上的高音喇叭早已经不发声了，奔赴露天电影院的人也骤然减少了，这说明电影马上就要放映了。

我和庄宝盒显然不是冲着电影去的，我俩爬上后面的山丘便停下了，站在高处俯瞰，黑压压的人群聚在山脚下像一群无组织无纪律的羊，肆意地发出乱糟糟的声音。人群的中心挑着一盏白炽灯，放映机就安放在那里，灼眼的光柱投射到那堵墙壁上。

庄宝盒指着山坡上的一块石头说："我们就坐在这里吧！"

我目测了一下距离，那里离银幕少说也有一百二十米。

我找了块突起的石头落座，石头冰凉，想暖热它有点难，整个屁股都冻麻木了。我故意向他靠了靠，这样我可以借他的身体取暖。庄宝盒还算有良心，他褪下一条袖子，把半个大衣搭在我的头上，搭成一个窝，这样我也可以借以躲避山上寒冷的风了。

宝盒回厂一趟不容易，水磨头村在鹰愁峰山后，要绕过这座海拔一千多米的山峰，至少需要走三十多公里的路。由于两地不通车，交通十分不便。牛玉琴的父亲来厂里游说，搞军地共建，杨文革就上了他的当，吹出大话，给水磨头村建条像样的公路。不过建好后才发现，那是条简易得不能再简易的沙石路，宽的地方五米，窄的地方也就三米，勉强开过一辆车，且坡陡弯路多，夏天遇洪水、冬天遇下雪，再大胆的司机也不敢贸然走。

不过修这条路方便了知青点的人们往返，大家都夸杨文革很会当领导，其实内幕只有少数人知道，牛玉琴就是其中之一。她说杨主任收了她爹的礼，虽说不大但是奇缺。原来，杨文革特别喜欢吃野猪肉，他经常让司机老肖开车来山里打猎，有一次他喝醉了酒，承认之所以修这条路，就是为了方便打猎。水磨头村后面有座山叫母猪岭，经常有野猪出没，他每次来都颇有收获，即使打不到野猪，她爹也会到村里拖头猪出来，杀了放到后备厢里。

牛玉琴还模糊地描述，她爹为了讨好这个财神爷，还专门让村里一个年轻寡妇陪酒，寡妇不但陪酒还陪人。

厂里偶尔会派公车往知青点运送物资，无非是面粉、蔬菜和一些支农物资。有以工会名义的，有以团委名义的，有的干脆就统称支农物资。杨文革有一次在全厂大会上讲，谁让孩子在人家手底下接受再教育呢？要多考虑一下政治影响，少考虑经济得失，这让知青家长们非常感动，当场就哭鼻子抹眼泪的。牛支书背靠大树好乘凉，也不客气，经常性地会提出各种要求。化肥紧张，从县上批了条子也很难保障供应，军工厂出面便轻松多了。杨主任给村里送去一车日本产尿素，化肥施到了地里，包装袋却穿到了村民的身上，凡是跟牛支书对眼的都分到了外包装袋，早晨生产队派活，队员前身清一色“日本产”，后腚上清一色“尿素”。牛支书也亲自穿过一条这样的裤子，不过他别出心裁，把“尿素”缝在了前裆上，把“日本产”缝在了后腚上。

那天庄宝盒是搭乘便车回来的。他不是来找我叙旧而是专程回来看望父亲的。

老庄开车的技术全厂一流，进山的路崎岖难走，司机们都不愿走，只有他满不在乎，这比起青藏高原的路来简直就是一马平川。人们都知道杨文革和老庄有过节儿，平时老庄不买他的账，但是自从庄宝盒下了乡，老庄便主动要求往水磨头送货。

那天是每周例行一趟的日子，老庄没有准时出现在知青点，庄宝盒就有点怀疑，问临时换的司机，他老爸怎么没来。司机支支吾吾地说他父亲被厂民兵小分队抓了现行，关在厂部已经一个星期了。庄宝盒问怎么回事，司机坚持说不知道。

庄宝盒转身就往村委跑，那里有一部长途电话，想找杨主任问问情况。杨心红是总机，不知是故意不接通还是办公室真的没有人，反正她告诉庄宝盒大家都提前走了，晚上厂里要放电影。

“抓人这么大的事，厂里为什么事先不通知我？”庄宝盒气急败坏，冲着杨心红张冠李戴地质问。

杨心红最喜欢看电影，但那天晚上她值班，由此推断好像来了例假，心情格外烦躁，没好气地回他：“你冲我吼有什么用，谁叫你老爸乱搞男女关系？再说了，你家里也没人了，我倒是想打电话告诉你，可是我爸他不让，他说你是知青，思想稳定最重要。”

几句话就把庄宝盒闷住了，杨心红说得没错，那时候，就是通知庄宝盒家里也没有人了。他母亲不久前带着弟弟妹妹跑了，说去了河南老家，但有知情人透露，她极有可能带着孩子去了东北，找老庄的老战友去了，这与传说吻合。老庄经常家庭施暴，这个家已经待不下去了。她一个女人家没别的去处，只能去找她认识的人，据说，当年她在回内地的路上种下了那个男人的种，这便是庄宝盒的弟弟。

老庄就为这事和妻子冷战，数年冷战的结果是老庄爱上了酒和另外的女人，这让榆叶既气愤又无奈。其实，榆叶在走与不走的问题上很纠结，她当年是多么疯狂地爱这个高原汽车兵，结婚三天老庄就返回了部队，她冒着高山缺氧的危险，挺着大肚子进藏，为的就是这份来之不易的幸福。她也的确跟开车的老于发生过关系，不过当时她没觉得是自己出轨，而是一路跟老于聊天，老于嘴甜心苦，她可怜这些长年累月坚守在满目荒凉和大雪世界的男人。

夫妻间的冷战直接影响到家庭的和睦，庄宝盒选择下乡，正是基于眼不见心不烦的无奈。他发誓断绝与家庭的关系，凡是厂里人都知道他跟老子的矛盾，大家各怀着幸灾乐祸和惺惺相惜不等的心情。

老庄因为作风问题被人抓了现行。据保卫处的人说，老庄一直跟杨文革有矛盾，而且这个矛盾还相当复杂，至于复杂在哪儿，一句话半句话也说不清，但显然不是相互看着不顺眼那么简单，也不仅仅是为了那车家具，这只是个导火索。

当初庄成器一家能从遥远的大西北调回内地，杨文革是出了力的，手续也是他帮着跑的。在老庄来到野狼沟之前，人们经常看到一个红鼻子的女人，胳膊上挎着个包袱来找杨主任，两人经常坐着吉普车出入。老庄回来不久，就传出来把一丝不挂的杨主任扔出食堂仓库的故事。这件事我母亲可以做证，不过她没有对任何人谈起过。出事的那天正是午后，还是我母亲扔了件工装给杨文革，让他从容地离开现场。后来老庄向上级反映，也有组织部门的人专门调查，但是榆叶和杨文革都坚定咬住不松口，那天不过是关起门来捉老鼠，天气太热，杨文革把上衣脱了，被撞上门来的老庄误会了。老庄也就偃旗息鼓，关起门来把老婆打了个鼻青脸肿，事情也就过去了。

我很喜欢庄宝盒的父亲，喜欢他身上那股子男人的气概。他从来不拘小节，脸色漆黑，好像长年不洗脸一样。他个头很高，走路外八字，手一甩一甩地有股匪气和霸气。他长年戴着军帽，帽檐儿都被汗渍浸得变了颜色，也不见他洗一洗。我母亲常常善解人意地说，老庄不容易，一参军就在青藏线上开车，简直就是在阎王面前招摇，一不小心就让小鬼抓了去，这无形中也加深了我对他的同情和理解。

有一次我去毛山县城买书，他恰好要去拉给养，便拍着胸脯对我母亲保证，咋捎我去的咋捎我回来。那个时候有两种人最吃香：听诊器和方向盘。住在大山的人要到外面去，基本就是搭厂里的顺风车，这让那些司机很张狂。老庄却是例外，他总是有求必应，这让其他的司机很记恨。

毛山县城离厂驻地七十里山路，一路上老庄把板挂车开得飞快，甚至老肖的吉普车都撵不过他。那天，杨主任坐在吉普车上，两人在只有几米宽的盘山公路上较上了劲，互不相让。老庄开的是十六轮的卡车，在前面横冲直撞，老肖在后面左突右闯硬是没过去，不久，老庄便把吉普车逼到了沟里。当时我坐在驾驶室里，前心后背都被冷汗湿透了，对他说："庄叔，你开车也太野了！"老庄不以为然地说："这还叫开车？你小子坐车上，我温柔多了。若换在青藏线上，我非把这俩狗日的逼到山沟里摔死！"

杨主任和老肖都耿耿于怀，找了种种借口欲把他置于死地而后快。我有理由相信他们借作风问题强行抓了老庄，并最终导致他死于一场莫名其妙的交通事故。

我一直坚信老庄的作风问题是杨主任刻意加罪的，老肖起到了助纣为虐的作用。老庄被家庭变故搞得焦头烂额，他一心想着跟杨主任争胜负，麻痹大意到竟然让老肖充当同伙，阴谋睡了杨文革的老婆。

马小萍非常自恋，自恋到整天穿上漂亮的衣裳在行人稀少的厂路上行走，遇到人就打招呼问她漂不漂亮？当然这个阴谋还没有来得及实施，老庄就被抓了。老庄的阴谋很简单，杨文革要到省里开会，他拿了两瓶叫"高原红"的酒去找老肖，让他故意装作车子坏了，让杨主任下车推车。一来可以杀杀杨文革的锐气，二来他乘机去找杨主任的老婆睡觉。

大洋马非常胆小，晚上从来不敢一个人睡觉，所以无论多晚，杨文革都得赶回家陪她。老庄送了一盒奶酪给她，说她男人当天晚上赶不回来了。那时候甭说西藏产的奶酪，就是内地产的大白兔奶糖也不多见，马小萍含到嘴里一粒心都融化了，半推半就地让老庄钻进怀里吃奶。但是，事到临头老肖做了叛徒，他让杨主任推着推着车，突然良心发现或者说顿生歹意，招呼他上车，顶着浓浓夜色把车开到了家门口。而那个时候，老庄刚刚吃饱了奶准备解带宽衣，杨主任破门而入抓了他的现行。

老庄死于民兵小分队或者说死于杨主任的阴谋一点儿也不用怀疑，他的死亡时间至少要向上推算一个星期。他们打死了人，为了掩盖事实真相，制造了这起车祸。我曾陪着宝盒子考察过现场，有多重疑虑。那是入冬最冷的一天，大道上车少人稀，老庄不可能光着膀子，穿条内裤躺到冰冷的道上，保留着原始的姿势。他死的那天晚上，我俩正在看电影，如果路上有车辆驶过，肯定能够看到。换个观点说，车子如果撞了人，不可能一点痕迹都不留下。我俩专门到山口检查站，查过当晚过往车辆的记录，大雪封山，根本没车进出登记过。

庄宝盒和父亲形同陌路，但即使是这样亲情仍让他心里隐隐作痛。他时常向我提及那个夜晚，他后悔先去找我而不是直接去小分队要人，这成了他心上一块永远抹不去的伤痛，也成为最大的无头案。数十年后，庄宝盒仍然不断地为他爹的死叫屈，向社会各界呼吁，说他有证据证明，父亲当年就是被杨文革害死的，她的女儿庄小美能够证明一切。人们问他庄小美怎么证明？庄宝盒信誓旦旦地说，庄小美的前世便是爷爷庄成器，是再生人。爷爷托梦给孙女，杨文革和老肖就是杀他的仇人。然而，人们都认为庄宝盒疯了，什么前生后世、因果报应、再生人，人们都这么口口相传，但谁也都没有见过，更不可能拿来当证据；什么孙女是爷爷的再生，唯物主义论告诉我们，世界上从来就没有牛鬼蛇神。新中国反的就是“四旧”，庄宝盒是在为“四旧”招魂。

我父母及庄宝盒的父母，连同那个时代、那座兵工厂一起消失了，消失在浩瀚的历史长河里。老庄以及他的风流故事都被人们淡忘了，人们淡忘那段历史就像喝了孟婆的迷魂汤，喝了西行路上的忘情水一样干净彻底。只有经历并且迷茫过、痛苦过、迷恋过的那一代人依然记得。

我和庄宝盒常常会拾起这段往事，空而无味地嗅着。

我再一次回忆起数年前的那个冬夜，庄宝盒去约我看电影，放映的是一部外国影片《阴谋与爱情》。

我清晰地记得这部电影以及这部电影前后所发生的事，不单因为这是一部名作，而更为重要的是，这部电影跟我最要好的朋友的父亲之死有关。我并不喜欢席勒的作品，我只读过几年高中，文字水平完全不能驾驭欧洲那些啰里啰唆的倒装句、押韵句和苍白的情调，它对于我想当文学家的梦想是一个挑战，我看这部电影纯粹是为了满足虚荣心。

那天晚上我俩坐在最后排的山体上，一边看电影一边心不在焉地说话。从山上看下去，电影屏幕只有巴掌那么大，声音也被寒风割裂得断断续续，根本听不出意思来。庄宝盒说，他是来救父亲的，但实在不知该依托什么人、从哪儿下手。我们商量了一个又一个方案，最后商定由我出面找老爸谈，让他跟杨主任交涉。那时，我俩都没有意识到老庄被抓的严重性，因为厂小分队经常随意抓人。抓了人，找领导说说情或者写份检查，贴在厂部的壁报栏上就放出来了。我们谈论的主题还是牛玉琴。牛玉琴是我的梦中情人或者说是我的初恋，没想到庄宝盒偏偏也爱上她，他告诉我，之所以选择下乡，一方面是受不了父亲的脾气，更重要的是他喜欢上了她。他说他做出了那么大的牺牲，就是准备和我摊牌，他一定要追到这个女孩子。

“我知道你对牛玉琴好，牛玉琴也喜欢你。可是你的家庭容不下她，我就不一样了，我的事我自己做主。”庄宝盒说。

他分析得很对，说得也是实话，但我乍听到这话，还是难以接受，我问他：“你非得成为我的情敌或者你非要告诉我，你非牛玉琴不娶？”

“是的，我非她不娶！”庄宝盒坚决地说。

“我约你出来，就是想告诉你这些，作为你的朋友，我不说出来实在憋得慌。我一旦说出来，心里就轻松多了，也更坚定了信心。今后你还把我当朋友就是朋友，你把我当敌人也随便！”

夜色里我看不清他的脸，正如夜色里猜不透他的心一样。半年的农村历练，他的脸更黑了，手也起了老茧；我更惊诧他话里透出来的那份沉着，广阔天地很快就把一个胸无城府的年轻人，历练成老谋深算或者说意志消沉的死硬分子。

他曾经不止一次地对我说过，能不下乡就不要下乡，现实和理想有很大差别。人在条件优越的时候往往看不出本性，大家都温良恭俭让，但事关命运前途的时候，大家才会撕破脸划破皮，斗得你死我活。

“我的就是我的，一旦我决定了，谁也甭想把她从我手里抢走！”

他竟然冲动到从大衣里钻出来，在我面前来回走动，朝我又攥拳头又瞪眼，瞧着他那副雄心勃勃的模样，我第一次感觉到他是那么陌生，陌生到感觉眼前站的是另一个人。

我相信在那晚我俩谈话的时候有人正于黑暗里筹划针对老庄的谋杀，或者说他们的谋杀早已完成了，正密谋怎么掩盖事实的真相，但这一切我俩浑然不知。我一直怀疑，我们坐的那个地方有问题，那里是一个乱石堆，石头的个头相当大,也相对整齐。据说是战国时期的城墙遗址。夏天的时候，我俩也常到这里来乘凉，每次经过那些石堆，宝盒子总吓唬我，说当年这里就是古战场，我的脚下就埋葬着士兵的骨骸，至今游动着他们不散的灵魂。为了证明他说的话是正确的,他还从石头缝里拖出一根又粗又长的骨头，那显然不是动物而是人类的，这更让我毛骨悚然。后来我才意识到他是骗人的，那绝对是动物的骨头，哪有千年不腐的人骨，即使是铁棒也早被岁月侵蚀掉了。

那晚从野狼沟倒灌过来的风湿乎乎的，空气中弥漫着一股说不出的味道。我只是模糊地意识到要变天了，很快就要下雪。在我俩刚走出家属区，翻过矮矮的山梁和黑幽幽的城墙遗址时，我曾看到有一团火球在乱石堆上滚动。我曾不止一次地见过山顶闪过一道道五彩的光芒,秋夏季里尤其鲜明。宝盒子坚称，那不过是电影机或者是探照灯反射过来的光束，经过云层折射变成的颜色。我相信我有第六感,庄宝盒只是凡人拙眼,他根本就看不到，与他争辩简直是对牛弹琴。那天晚上，我的确看到了头顶上的光有些异常，它先是绿色的，后来变换成七彩的颜色，仿佛现在的北极光。它先是静止不动，后来遇到了大风，形状被扭曲了，盘旋在天空仿佛一条巨龙。

后来我才意识到那晚我看到的是老庄刚刚升天的灵魂。他也许是留恋野狼沟，无意中看到了山坡上的儿子，才不甘地在山顶上徘徊良久。然而，那时候庄宝盒的心思完全在牛玉琴身上，根本没有注意到天空中那双忧伤的眼睛。

尽管庄宝盒在角逐牛玉琴的问题上表现得异常坚决，但我坚信我比他优势明显。他跟牛玉琴同住在一个村子里，从知青点到牛玉琴的家不过隔着一片光秃秃的山坡，山坡的左侧是一片杨树林，右边是灵依河。冬天的时候一片萧条，站在门前，便可一眼看到整个村子笼罩在炊烟和懒洋洋的太阳光线中。

每天早晨或者晚上庄宝盒会无一例外地穿过树林和河床去找牛支书汇报心得。牛支书对此十分感动，说他苗正心红，是整个知青点表现最好的青年。他不止一次地表示，一定向上级推荐他，培养他走与工农兵相结合的道路；他说在农村广阔天地大有作为，这意味着他有可能被推荐到公社当干部或者到大学里深造。但我觉得事情并不像他说得那么简单，也不像他说得那么乐观，比他有家庭背景、有势力、有能力的知青多了去了，怎么牛支书偏偏看中他？

高中毕业以后我一直赋闲在家，有一天父亲说给我找了一份临时工，让我在筹建处的门外等，我巧遇到了牛玉琴。她跟在一个中年男人的后头，说跟爹到厂里谈点事儿。早在野营拉练的时候我就见过她爹了，只不过那天晚上会场的灯光比较暗，我没有太深的印象。牛玉琴一见我，就喜笑颜开地说："何书盒，我也要来你们厂里干活了，你可别忘了招待老同学。"

我没弄明白她这话的意思，自从她退学回村，我就再也没有跟她交往，只听庄宝盒说，她当了赤脚医生。那时候赤脚医生很吃香，一部叫《红雨》的故事片就是歌颂赤脚医生的，片里的插曲耳熟能详：

"赤脚医生向阳花，
贫下中农人人夸。"

我对于赤脚医生怀有顶礼的膜拜，每当从收音机或者广播喇叭里听到这首歌，我便想到牛玉琴，想象她就是我身边的红雨，也像歌里唱的：

"出诊愿翻千层岭，
采药敢登万丈崖，
迎着斗争风和雨，
革命路上铺彩霞。"

我绝对没有想到牛玉琴不好好脱了鞋当赤脚医生反而到厂里来干活儿，这意味着今后我可以天天见到她了，而庄宝盒为此放弃了留城的机会，显然老道失算了。

我心里乐得像开了花，嘴上却故意轻描淡写地说："你不是当赤脚医生了吗？不在村里好好为贫下中农治病，跑到工厂里干什么？"

牛玉琴似乎并不在意我话里的刻薄，开心地说："这有什么矛盾吗？我还是村里的赤脚医生，我只是陪着爹来，给村里的姐妹们找份活儿干，这大冷的天，村里也没什么副业，还不如干活儿挣点钱。"

"哈哈，最好是别提钱，你爹是村支书，钱是资本主义的尾巴。"

我故意这么说。其实我对什么是资本主义一知半解，只听到广播里天天这么说。好像这种稀里糊涂的事也发生在了牛玉琴的公社，一个老太太把阿尔巴尼亚错听成她二大娘家，提着一篮子鸡蛋要支援人家。

没想到我的话让牛玉琴生气了，她瞪起秀气的眼睛来对我说："何书盒，你嘴不要这么刻薄，你先进！你先进怎么不到我们村去下乡，反而躲着干临时工？再说了，我爹挣钱也是为了集体，我当赤脚医生也误不了出来干活儿，不然怎么能看到你！”

她的话既凌厉又透出无可辩驳的魅力，特别是最后一句让我怦然心动，原来她本是在村里当赤脚医生的，因为我，她主动一个人干两个人的活儿。这样一来，庄宝盒所有的努力都白费了，所有的谎话都不攻自破了。当他放弃留城的条件，去追逐自以为是的爱情的时候，爱情之船却偏偏离他远去，载着梦幻和理想向着我悠悠而来了。

那一年冬天庄宝盒向我吐露心事，说他已经爱上牛玉琴，牛玉琴却明确向我示好。我夹在两个人中间左右为难。庄宝盒之所以选择告诉我，是想逼我让步，但我实在说不出口。我不看好庄宝盒和牛玉琴这段爱情，我更不甘心将自己喜欢的女孩子拱手让给别人。

庄宝盒似乎非常清楚我俩的差距，他苦口婆心，甚至说到感动处声泪俱下。他说他下乡完全是为了牛玉琴，他下乡后就以知青点为家，别人一个月回趟家，他坚持半年才回来这么一回；他说最初下乡的血是热的，热到快要沸腾了，可是每在农村多待一天，他身体就会多一份冷却。中秋的时候同学们都回去了，只有他一个人坚守在知青点上，宿舍里除了他，只有一条狗。为了排遣孤独和寂寞，他学会了弹吉他，当月亮升起，照亮河滩的杨树林时，他唱起那首悲伤的苏联歌曲《三套车》。后来在唱《山楂树》和《红河谷》的时候，他听到了狗的狂吠，他知道是牛玉琴来了，正悄悄倚在大树下，陪他度过那个美好而孤独的夜晚。

我曾问过牛玉琴那天夜里她真穿过杨树林去听庄宝盒唱歌吗？牛玉琴就笑着说，她哪敢啊！知青点过去是个古战场，死过好多士兵，村里老百姓把他们叫作阴兵。每天夜里，猫头鹰就叫个不停，阴兵跑来跑去的，她哪敢去听他唱歌，还倚在大树底下。

我猜不准两个人谁在说实话，谁在说谎话，但我更相信牛玉琴。去知青点首先要蹚过灵依河的水漫桥，牛玉琴曾不止一次地告诉我说，这条河曾是一个很有名的古战场，死了很多人。灵是灵魂的意思，依是依托，也就是说，这条河的名字寄托了一个很有意义的寓意：让灵魂有所依。牛玉琴说，她经常听到有灵魂不停地在河面上哭泣，她断不会深更半夜独自在那里徘徊。

但庄宝盒不轻易回家是事实，他下乡后老庄便成了孤家寡人，天天晚上家里黑着灯，偶然看到窗子亮起了灯光，也是老庄孤独和苍凉的身影。他经常喝醉了，醉到一进屋里就躺倒大睡。有时候他口渴，跑到院子里对着水龙头喝水，喝得咕咚咕咚直响。我父亲感叹说，老庄这样下去早晚要出事，我母亲就让我父亲送过去一碗稀饭或者几个馒头。

有关牛玉琴来厂找工作的事到此为止，并不是老爹派她来的，而是她非要来，原因是能见到我。在老庄出事前后的日子里，牛玉琴已到筹建处报到了。具体细节是杨心红告诉我的，厂里要选择靶场，牛支书主动把山后的洼地献了出来。那块地四面环山，既隐蔽又偏僻，非常适合，是当年牛支书带领乡亲们开山炸石，一块石头一块石头垒起来的，刚栽上了果树。洼地做了兵工厂的靶场，乡亲们就少了收入，作为交换条件，厂里给水磨头村一定的招工名额。杨文革便找人事处商量，人事处长看杨文革的眼色行事，说招正式工这事，厂里做不了主，但招临时工还行。牛支书只好退而求其次，组建了一支妇女援建队，名曰支援“三线”军工建设。

不过在领队的问题上牛支书犯了难，牛家没有男孩，牛金岭已经去了县城，只有牛玉琴独撑门面。那时候，他的权威正受到另一个新崛起家族的挑战，他不想空手就这么让外姓夺了权，想来想去还是让牛玉琴负责。她既是村里的赤脚医生，又是妇女援建队的队长，这样做一切都会在他的掌控之中。

后来我才发现牛支书派来的这些人根本不是干活儿的，而纯粹是来混钱的，清一色的娘子军，全都是跟他沾亲带故的。那年头，女人干活儿常常被潜规则困扰，女人在权衡孰轻孰重的时候，很容易上村干部的圈套。谁能保证牛支书就那么大公无私。

我不清楚父亲是动用何等关系把我弄到这里干临时工的，居然做了牛玉琴的下属。牛玉琴对我加入她的队伍见怪不怪，还非常形象地给我起了个绰号“党代表”。

电影《红色娘子军》中的洪常青就是这样的领导人之一。

我非常坚决地要退出这支临时工队伍，但是被我父亲严厉制止了，他说招工还不知猴年马月，我这样长期待业根本不是办法。牛玉琴封我做党代表第二天就后悔了，向我赔礼道歉，说只是随便说着玩的，这支娘子军缺少男人，我是唯一的男人，她希望我留在队里，不干活儿都没什么，只要我安心地待着就好。

我只好默许当这个党代表了，不仅仅是牛玉琴，那些山里的女人都对我非常友好，她们见惯了乡下男人的粗糙，我细瓷碗一样的皮肤和女孩子一样清秀的脸庞都让她们惊讶，居然有长得这么精细的男人。

那时候我情窦未开，只是朦胧地喜欢牛玉琴，但是，牛玉琴对我的喜欢远远不能用朦胧来形容。她已经长成大人了，身体的成熟只是一部分，思想上的成熟才是真正的成熟。她很有人缘，也乐于支配这些女人。不过，也不能太高估这些山里女人，她们看上去年轻貌美但口无遮拦，什么荤的话都能说出口。重要的不是这一点，而是她们一点儿重活也不想干，整天三五成群地满工地转，朝那些工地上的男人抛媚眼、打手势。她们总是互相攻击，从跟老公公扒灰到跟野男人钻苞米地，女人们无所不揭。

但有一样是肯定的，她们宁肯自己出力流汗也不让我干活儿。牛玉琴每天来，习惯性地背着卫生箱，这时候不管我在干什么，那些女人总是笑眯眯地喊我："小伙子，你的女朋友来了！"牛玉琴一律用嗔怒的口吻对她们说："都不许胡说八道，人家何书盒还是个孩子！"大胆的女人于是开玩笑地对另一个女人说："还孩子呢，你敢让这么大的孩子吃奶吗？"

于是那个被戏耍的女人便反击一句："你才让他吃奶呢！"然后去追那个开玩笑的女人，女人们闹成一团。

我从未接触过这么粗俗的人、听过这么粗鲁的玩笑，涨红着脸，不知该怎么对付这些肆意妄为的女人。这几乎成了我每天的必修课，我从她们身上学到许多在学校和社会上学不到的内容。而牛玉琴总是友好地冲着我笑，拉起我的手躲到没人的地方去。电影《春苗》中曾有人攻击田春苗的手是"粗瓷碗雕不出细花来"，而牛玉琴虽然也是赤脚医生，但是手又细又嫩，握我的时候软软的，这时候，我所有的尴尬都会变得无关紧要。有时候，她眯起很好看的小眼睛反复问我，城里人也喜欢按面相起名字吗？我为什么叫何书盒，是因为喜欢读书，还是有容量盛书？

这种问题从小学就问，都不知道回答她多少遍了，但是她总是不厌其烦。有一回，我不客气地回敬她："你为什么叫赤脚医生，为什么没有光着脚？"牛玉琴被我问住了，嘻嘻笑了，说："亏你还是个高中生，赤脚只是个比喻，形容跟贫下中农在一起。再说我们村净是山地，光着脚也不能走路啊！"

说着，她便脱下鞋子坐在山溪里洗脚，她的脸红红的，脖子也是红的，但腿和脚却是白白的，白得如同池塘里的莲藕，这让我怦然心动。

更多的时候我拒绝不了她那清纯得没有一丝杂念的目光和笑容，而我总是想起一张严肃的面孔，冲着我俩说："你们不要总是躲在一边说话！你们俩如果都偷懒，别人还怎么干活儿？"

这张面孔便是牛金岭，她前阵子借着星期天来过一次，说是看妹妹，但我感觉动机不纯。牛玉琴对姐的话报之以轻蔑的一笑，然后说：“我才不怕别人说闲话，爹弄这么多妇女来，本来就是摆样子的！干不干工钱照付。”

她不但这样说，还立竿见影地把锹柄往地上一放，一屁股坐在上面，然后高喊：“姐妹们，都过来歇着！何书盒，你也到树下歇会儿，别晒黑了你的小白脸儿！”

她的臀部很优雅，优雅得我都想当那根锹把儿，让她在我身上坐。她的领口也总是开得很大，那一抹香酥的天空让我有种偷窥的欲望。

那年牛金岭已经是县医院的护士了，她说是来看妹妹，其实是借机来看我。但她一个人胆怯，叫上庄宝盒。有村支书的女儿帮忙请假，知青们无话可说，于是俩人爬上生产队的拖拉机，朝野狼沟进发。那台车头一天拉过猪，满车厢都是猪粪，以至于庄宝盒患上了应激性鼻炎，跳下车的时候鼻涕直流，这让他在牛玉琴的面前很没有面子。

牛金岭上班以后就变得又白又胖了，这可能跟伙食有关，庄宝盒形象地称之为婴儿肥。我在她面前根本不敢说话，但牛金岭显然比过去爱说话了，她一个劲儿地跟我没话找话说。无非就是这些年的变化，同学们都干了什么，还有她的工作如何有意思等。但庄宝盒不同，他经过下乡的历练已经能从容应对了。他说在知青点男女之间常常开玩笑，最过火的一次是给个女知青脱了内衣，女知青暴露了胸前的胎记，这块胎记本来是准备给未婚夫一个惊喜的，却提前曝了光，她差点跳了灵依河。

他陪着牛金岭来的，醋意十足地对我说：“何书盒，你交了桃花运了！牛金岭可是牛支书的掌上明珠，多少知青想她都想得睡不着觉，可她不远万里来到野狼沟，为的都是你！”

这是“老三篇”文章中的一句话，他进行了篡改，那些年，我们经常出口成章。“你少班门弄斧！”牛玉琴鄙视地对他说，但是，她对于姐来看她还是十分开心，何况我们又是老同学聚会。牛玉琴笑成一朵杜鹃花。那天，我好好领她们在厂里玩了一天，中午我在食堂管的饭。

但我这个党代表只当了几个月，随着工厂建设进入调整阶段，水磨头村的妇女队解散了，我的身份也自然撤销了。那一年，对中国人民来说是悲痛的一年，发生了太多让人震惊的事情。吉林省下了一场很大的陨石雨，三位国家领导人相继去世，还有 7.8 级的唐山大地震令许多人丢掉了性命。但是，在那一年我终于参加了工作，我时常怀念那个冬天以及当临时工的日子，与其说我怀念那个冬天，毋宁说是怀念跟牛玉琴在一起的时光。

我被分配到职工医院。这是第一份工作。

说第一份工作是因为后来我又从事过多种工作，做过杂志编辑、当过小报记者、自由撰稿人，最后做了编剧。正应了母亲的话，我这辈子都与文字打交道，岂不知只是表面风光，其实是最辛苦最穷的职业，说不上是成功还是失败。

中年以后与同龄人谈到人生的得失，大家纷纷感慨，我们这个年龄段的人总是搭错车。人家上学我们插队，人家插队推荐上大学，轮到我们又恢复高考了。我们想进领导班子，唯文凭论，当我们考了文凭，又要求注重实践经验，总之，步子永远迈不到点子上，总是与机遇擦肩而过。

但人不能太贪婪，命运垂青你一次就足够了，这就是国家给我安排的第一份工作。

“听诊器、方向盘、杀猪刀子、售货员”都是那个年代最光荣最抢手的职业，我竟然毫不费力地就得了个头彩。

这个光荣职业归功于我母亲缜密的心计，她在我和杨心红之间抛出了一根红线。待价而沽的日子里，杨心红每每从我门前走过，都忍不住频频张望，有时候故意咳嗽两声，在我的注目礼中，她把那粗糙的臀部扭成一朵美丽的睡莲。不久，我的报到函就下来了。父亲去厂劳资处取那份包含无限期待的公函时，手都激动得发抖。杨文革满含深意地对我父亲说：“小何可是百里挑一，你要叮嘱孩子，千万不要辜负组织对他的期望！”

父亲诺诺地说不出话来，什么组织期望，其实就是杨主任的期望，期望我成为他的姑爷。但我实在对杨心红没有感觉。母亲劝我，千万不要把这层窗户纸捅破，时间会淡化一切。

看来我母亲老谋深算，去职工医院报到那天，我像只撒了欢儿的驴子，连蹦带跳。但我的兴奋劲儿还没有过去，一瓢冷水就泼到头上，杨心红打过电话来，说她的爸爸兼着医院的支部书记，决定着我今后的升迁、上学或者进步之路。

我感到刚逃出一张网又钻进了另一张网，这就好比孙悟空想跳出如来佛的手掌心，他翻了七十二个跟头，行了十万八千里，结果看到根旗杆，尿了一泡尿，得意地以为到了没人管的天边，结果还是没跳出如来佛的手心去。那不是旗杆而是人家的手指头。

这个故事老少皆知，但没人知道我就是那个孙猴子。职工医院是座独立的小楼，在厂部大楼的斜对面，但医院楼地势要比厂部大楼低出来不少，从总机室可以俯瞰医院的全貌。连男厕的窗子都可以看得一清二楚，今后我掏出鸟儿来尿尿的表情，怕都要被看得一清二楚。

新职工入职典礼的那一天，父亲亲自陪我走到厂部食堂的入口。新职工要在那里集合，接受半个月的培训。他叮嘱我，初入社会不要做扬起尾巴的狗，而是要做夹起尾巴的人。我不太理解其中的含义，但这句话影响了我的大半生。杨主任亲自给我们上第一堂课，主题是如何克服小资产阶级思想，做好无产阶级革命事业的接班人。他话音未落，我就抢在了大家的前头，热烈地鼓起掌来，这阴差阳错地带动了整个会场的气氛。事后杨心红给予我高度的评价，她没想到我会那么主动，全会场二百多人，只有我的掌声最热烈。

我不知道这话是褒是贬，是否做出了错误的判断。但母亲警告我凡事要小心，这可是在人生最重要的十字路口，一个不经意的举动就会影响一生。事实证明母亲的话是对的，没过几天，杨文革就在全体医务人员大会上庄严地宣布，我将赴毛山县医院进修。

我彻底地被母亲伟大的智慧折服了。她不过是个家庭妇女，却能把这个世界看得如此透彻。自从她生了孩子后，从来没有被组织垂青过，最大的骄傲是庆祝三八妇女节，女民兵不够了，她来凑数。那天，年轻的妇女们背上钢枪，穿上工装，戴上白手套，在嘹亮的女声合唱《七绝·为女民兵题照》歌声中走上操场，列队从男人们面前走过。母亲精神抖擞，在一群妇女中鹤立鸡群。好几个月过去了她还沉浸在走秀里，每天嘴里哼唱着：

“飒爽英姿五尺枪，
曙光初照演兵场，
中华儿女多奇志，
不爱红装爱武装。”

出发那天我代表赴外学习的男女庄严宣誓：“我们是工人阶级的后代，一定不辜负组织对我们的信任，不辜负党和人民对我们的重托。不学到救死扶伤、全心全意为人民服务的本领，坚决不回来！”

也只有在那个时候我才能说出如此慷慨激昂的话，内心充满了赴汤蹈火的意志和决心。同行的女生们兴奋得满脸通红，她们有从知青点招募回来的，有从县城弃学来的，也有从外省市通过关系进来的，满怀着感激或者崇敬的心情。杨文革慈祥地望着我们一行人，冷静地用双手压了压说：“要回来，要回来！你们这又不是去战场，学个一年半载就要回来。工厂需要你们，领导和同志们需要你们！你们是职工医院的新生力量，要为军工事业服务，为人民服务！”

那是我经历过的最隆重的时刻、见到过的最亲切的领导了，在以后数十年的职业生涯里，只有在红色电影里才能重温这样的场面。我终于踏进了工厂的大门，低下了年轻而高傲的头颅，学着夹起尾巴来做人。我被一条温柔的红线拴住了，感觉自己就像一条狗，被主人用绳子牵着，想挣脱出去简直是痴心妄想。

毛山县城是我见到的中国版图上最小、最落后的县城，它蜷缩在山脚一块不足五平方公里的山坳里，比不上一个公社驻地大。同事们很快就总结出一套顺口溜：一条马路九盏灯，电影院里满天星。东街一个理发店，西街一个大茅坑。”

我对毛山县城不熟悉，唯一的熟人就是牛金岭。

我在四月初走出了野狼沟，那个季节灵依河已经解冻了，到处溪水潺潺。山崖上的花依次开放，争奇斗艳。去县城的路上，可以看到阴坡上的冰雪还没有完全解冻，阳光底下明晃晃的像面镜子。

我们乘坐的是军绿色的崭新大巴，挂着军牌，这足以证明我们的身份特殊，让整个县城刮目相看。当车子拐进县医院大门的时候，我一眼就看到站在欢迎队伍里的牛金岭。她穿着白色的隔离服，戴着护士帽，衣领里戴着一条红丝巾，有些诗意的活泼，特别鲜艳。她显然早就知道我要来，朝我会意地招手示意，那一刻，我突然发现她很美，是一种比牛玉琴更加成熟的美；我禁不住从座椅上站起来，敲打着车窗，表示对她的感谢之情。

母亲说我天生就是个被动主义者，什么是被动主义我不懂，大概就是我性格中的懦弱成分决定我向来逆来顺受。比如父母希望我成为一名医生，我就乖乖地进了医院；比如母亲说杨心红这姑娘好，将来肯定能生个大胖小子，我就整天想象着如何适应她那滚圆的后腚。母亲完小毕业，在女人中绝对算是有文化的了，她教育子女的方式也总是越俎代庖式的。而父亲受家庭礼仪熏陶多年，“仁义礼智信、温良恭俭让”牢记于心，在教育我的方式上，也是循循善诱，这遭到母亲的无端指责，说我父亲不像男人，像个娘儿们。父亲从不上火，但他反击的理由十分准确到位，他问：“你见过谁家的娘儿们娶着媳妇养着一双儿女？”母亲被反驳得说不出话来，其实她心里明白，再也没有比我父亲更好的男人了。

父亲的确是好男人，他既不抽烟也不喝酒，家务活儿样样都会，琴棋书画无所不通，还会木匠活儿。他在厂里也是好职工，每年都发有标兵、劳模奖状。但父亲对这一切都不看重，他看重的是要做个文化人，家庭也成为文化家庭。他说何家祖祖辈辈以文化为本，到我爷爷这辈子却沉沦下去，光想着闹革命，闹到最后连命都没了，这是何家之大不幸。他还感叹，他这辈子是不行了，他赶的时代不好，无力振兴何家，唯有寄希望于我。

“爸，你常讲我爷爷的爷爷的故事，为什么从不提我爷爷？”我带着一丝挑衅问。

这是我第一次向父亲提问，在这之前对此问题一直讳莫如深。我的这个问题让父亲十分尴尬，他毫无招架之力或者说无法自圆其说。

何家的家谱尚在，家庭的文化传承不可谓不透彻，设计不可谓不精妙。父亲经常信口拈来，津津乐道，但是却总是忽略了一个人的存在，这就是我爷爷。父亲不说，母亲也绝口不提，即使是亲戚友人、街坊邻居也从来没有人提起过。他仿佛不是我们何家的人，仿佛从来没有这样一段血脉的传承。但是随着年龄渐渐长大，我总想探究这个问题。正如当年我沉迷于庄宝盒那幅神秘的器官图一样，我开始对何家的历史产生了浓厚的兴趣，这个问题让我整个冬季都躁动不安。

我的话显然击中了父亲的要害，也最终打开了他沉重的记忆之门。他沉默许久才对我说，民国初年我爷爷曾是位讼师，就是替人写状子的那种人，相当于现在的律师。可是现在律师这个职业也废了，我爷爷其实就是个旧社会的臭文人。

我父亲特别强调旧社会，这与他先前零星透露的情况稍有出入。我爷爷怎么会是个臭文人？又是怎么当的讼师？父亲说民国初年，那有一定的历史了，怎么后来又闹开了革命？革命就革命了，为什么后来就没了音信？地里没他的坟，家里没他的牌位。何家守着独立团团长这么个大人物，竟然夹着尾巴一声不吭，甚至连向组织要一纸证明的勇气都没有。

那天我向父亲发出一连串的询问，我思路严谨，字字斟酌，文采相当好。

父亲一时语塞，脸红一阵白一阵，他最后还是嘟囔地说我爷爷其实是一个谜，全家人都不想提起他。他民国的时候真是一个讼师，后来他从家乡跑了，先是在外地教书，后来参加了八路军，还当了独立团的团长。一九四五年日本鬼子投降前，在老家红石岗有一场大决战，他的独立团全部打光了，他也失去了踪迹，被组织定为失踪人员。

这是我第一次完整地听说爷爷的事，而且是在运动刚过去的时期。那时候三位国家领导人刚刚离去，人们也尚未从悲痛中猛醒过来。我们家一直生活在平静里，父亲的家庭出身一栏一直写着下中农，我的家庭出身里一直写着学生。在崇尚红色的年代里，我们家竟没有一点儿与红色有关的痕迹。而我偶然从父亲的嘴里得知，我家居然还有一个当八路而且是团长的爷爷。

我爷爷他叫什么、是哪个独立团？他带的部队还有没有幸存者？这些都让我着迷，急于想从父亲那里探出些什么。解放多年了，我爷爷失踪了，但组织上肯定有独立团的档案。退一万步说，即使他的团全部打光了，怎么组织定论只用“失踪”两个字？这其中一定有人为的原因。

凭他的职位、凭他的团长身份定性牺牲或者粉身碎骨并不困难。抗日战争、解放战争、抗美援朝那么多战场上失踪的人员，组织都毫不犹豫地给了他们应有的荣誉，而我爷爷竟然被定义为失踪人员。

除非有两个可能，不是我父亲撒谎就是组织还有隐瞒的问题。

父亲似乎对我后一个想法不愿过多解释，他嘟嘟囔囔地说，爷爷的问题不是新问题而是老问题了，从日本鬼子投降到解放战争结束，过去这么多年了，组织上早有过结论了，仅仅是列为失踪人员。这些年他一个人在外，从来没有想到去为爷爷之死寻找些什么。经历了那么多的运动，能够平静地生活着就是一种幸福。父亲说老家也没人过多地关注此事，毕竟他们都是农村人。那里也是山区，是一片不毛之地，荒凉至极，举目望不到边的是红色的石头和光秃秃的山岗，还有比这更可怕的，是贫穷而导致的心灵麻木与荒芜。

父亲和我的谈话到此为止，这只不过是我第一次关注成人的世界，证明我长大了。父亲说得对，在当时的环境下，还能有什么比平平安安过日子更让人欣慰，有什么比默默无闻更让我父亲母亲谢天谢地的？！那是个单色彩的年代，绝对不允许个性张扬。能做个“红五类”当然好，但既然我爷爷把这一切都带走了，我们也只能选择沉默，选择这种灰色的人生。父亲常说，人在享受权力和利益的同时就得担当同样的责任与义务。父亲的道理现实而朴实，他故意淡化上一代的功与过，就是在保护家人。爷爷失踪了，成为烈士当然好，但是如果突然有一天有人跳出来，指责他是叛徒或是逃兵，那么，我们老何家的天也就塌了。

父亲说人应该有知恩图报之心，特别应该感谢杨心红的爸爸，他为我铺就了一条金光大道。他告诫我，将来无论娶不娶人家的女儿，都不要忘记了人家，这个年代还能替别人做事的干部不多见。

这是我和父亲唯一一次公开谈论婚姻大事。那时候我初出茅庐，踌躇满志，想成为一名医生，还想成为一名作家。在人生坚定的目标面前，杨心红就微不足道了，她只是我生命之路上的一道风景，我更愿意把她当作一块垫脚石。

这块理论上的垫脚石并没有帮到我，一年后她的父亲就调走了，到另外一座城市当了一名教授。虽说职务升了，但是权力没有了，他唯一能做到的就是为杨心红谋了一个位子，校办工厂的文员。有一年我见到她，怀里抱着个瘦猫一样的孩子，一边掏出肥大的奶子哺育孩子，一边呵斥他的男人。她哧哧地笑着问我："何书盒，你和牛玉琴有结果没有？要是早结婚的话，现在孩子也该断奶了吧？"

我和牛玉琴没有结果，也没有尚在吃奶的孩子，但是，我承认在那段日子里我和这姐妹俩接触得比较多。

工厂替我在县城租了间房子，位于县医院后面一条胡同里。那条胡同很古老，青砖黑瓦，曲折纵深。那天早晨，我去上班的时候天正下着浓雾，遇到一个白胡子老人，飘飘若仙而来。他远远地叫住我说："小伙子，我早晨出门第一个就遇到你！看来我们有缘，我免费给你算一卦，你今天会交桃花运，遇到你人生中的伴侣。"

我从未见过这个老人，也猜不透他说这话的意思，是向我要钱还是向我讨吃的。我看那个老头很邋遢，怀疑他只是垂涎我手里的油条豆浆，那是我的早餐。我一边惬意地咀嚼着那些食物，一边蔑视地望着他微笑的面孔。我觉得人有时候很卑鄙，人与人很虚伪；如果转换角色，当我食不果腹的时候，我也许会说出更恭维的话来。

我把半根油条递给他，挑衅地问："既然你算得那么准，你说说我的今生伴侣会是什么样子？"

老头伸出脏兮兮的手，抓起那半根油条，仿佛是山珍海味似的往嘴里填着，一边说："我从昨天就没有吃饭了，饿得头昏眼花，所以我看不清楚，但你未来的伴侣一定是个女的，而且是与你朝夕相处的人。"

废话！我的伴侣不是个女的难道是男人？那时候还没有同性恋的说法。至于朝夕相处那也是肯定的，难道我会找一个一辈子见不到面的女人做老婆？就像手抄小说《第二次握手》里的情节？简直是开玩笑！

我嗤之以鼻，不再理会他，面带冷笑地朝医院走去。我更加觉得这个乞丐平常，平常得同街上的流浪狗一样，见谁都摇尾乞怜。我更诧异方才那种飘飘欲仙的感觉，只是一种幻觉。

我是七点钟的早班，路上除了那个乞丐再没遇上任何人，医院后院也是空空的，但是当我拐进外科病房的大门时，却遇到了牛金岭。

当时我刚走进长长的、有些黑暗的走廊，整个病区还沉浸在懒懒的睡意中，偶然有陪床的人端着大便或是小便盆，做贼一样地溜过走廊去厕所，身后留下一股难闻的臭味儿。

正如老乞丐所说我的确见到了牛金岭，但我不相信那是事实，我只是觉得是一个诅咒。我站下来，犹豫该不该主动打招呼，牛金岭已经先站下来，冲着我“嘿”了一声，然后笑着说：“何书盒，你来得这么早？”

借着微光我看到她的脸上有一丝惊喜，不由得想起了那个老人的话，言不由衷脱口而出：“是啊，果然遇到了你！”

牛金岭显然很吃惊，大清早的我说话就这么不着调，茫然地笑着说：“这是什么话？我本来就值夜班，你不遇到我还会遇到谁？”

牛金岭是妇产科护士。刚来的时候我也问过她，但从来没到她的工作地点去过，我不由得问：“你不是在妇产科吗，怎么到外科来了？”

没想到我这句话把牛金岭问红了脸，她略带窘迫地说：“妇产科的就不能来外科吗？门本来是通着的！再说，两个科室从来就不分家！”

说着她用手指了指前面，我看到那里有一个门，早晨起来果然是开着的。也就是说，这边是外科，那边便是妇产科。基层医院很多业务都不分家，外科医生常常被调去做剖腹产，当然妇产科医生也常来外科帮忙。但那仅限于医生之间，牛金岭是护士，我更有理由相信她是故意从这里走的，希望见到我。

这样说似乎有些自作多情，但是事实证明，自从那天以后，我见到牛金岭的次数明显增多了。每天早晨她总是出入那个门。门通向妇产科，虽然挂着白色的窗帘，但我总是能通过门缝儿或是缝隙看到那边的情景，那个神秘的地方总是传来婴儿朗朗的哭声。

牛金岭的脸上露出害羞的微笑，她对我说：“何书盒，你初来乍到，有什么困难尽管找我，我也会经常来看你的！”

虽然我们是同学但自尊和骄傲都不容我向她乞求帮助，我只是含糊地在嗓子眼儿应着，给她一个安慰的笑，心里却在想那个乞丐。

那个乞丐说我会遇上未来的伴侣，也许只是巧合。这个世界总是由许多巧合组成，我这辈子都不打算娶牛金岭，因为我压根儿就不喜欢她。我喜欢的是牛玉琴。但是命运却偏偏把我和牛金岭扯在一起。

我迟疑地朝后退了一步，靠墙站立，让她飘飘然地从面前走过。说实话，她穿着洁白的护士服挺好看：她个头儿不高但身体结实，胸部高挺，臀部恰如其分地向后微微撅着，显得非常性感，用炸药包来形容虽然有点儿过分，但却恰如其分。她脸上的痘痘也没有了，皮肤光滑而富有弹性。

然而似乎应了乞丐的话，那天我不但遇到了牛金岭，而且以后一直与她朝夕相处。她仿佛一下子从地里冒出来似的，上班、下班、打饭、领药，甚至团组织活动我都能遇到她，牛金岭无处不在，她阳光般的笑脸总是在我眼前晃动。

县城没有夜生活，医院的年轻人下了班，除了逛街就是串科室。牛金岭经常到我科室里来玩儿，告诉我哪天团支部有活动，电影院来了什么新片，《冰山上的来客》《刘三姐》《五朵金花》就是那时候看的。有时候，她还告诉我食堂里做了什么好菜。炊事班老王经常拿肉花卷贿赂小姑娘，牛金岭当然毫不客气，伸手就拿两个，疼得老王直龇牙，一个她自己吃，一个送给我。

有一次我做器械护士，上台过了午饭时间。刚下手术台，她便打过科室电话来："今天食堂里吃羊肉包子，知道你没下台，所以我打好了放在你的饭盒里。"

隔着窗子我就能看到她得意扬扬的样子，正捧着话筒向我微笑招手。不过我不喜欢吃羊肉，只是乐于接受她的这种热情。这也许缘于我们是同学，但更深层次的原因还在于内心那份虚荣。

同事都用怀疑的目光看待这事，那个时候恋爱是绝对不允许的，我完全可以用同学关系掩饰过去，但是，这事还是传到了厂里。杨主任某天下午突然不期而至，把我们进修生集合到会议室里。鉴于特殊的原因，开会之前他把我单独叫到一边，语重心长地说："小何，我听说了你许多的事。你不要忘记是谁把你送来进修的。你是工人阶级的后代，组织上曾对你寄予无限厚望。"

我心惊肉跳地表示请杨主任放心，我不会忘记他的教导，我也没做对不起组织和个人的事，我特别把重音放在"个人"两个字上，我还再一次发誓，一定完成组织交给我的进修任务，争取早日学成回厂。

杨主任见我态度诚恳，这才放松下来，说有人向他反映我这段时间跟水磨头村党支书的大女儿牛金岭来往频繁，值得组织上警惕。

“我认识那个姑娘。我这就去找院长，让他们管教好自己的人，年纪轻轻的不准谈恋爱。”

我大声抗议，这是谁无中生有？牛金岭不过是我同学！杨主任也似乎觉得去找人家医院有些唐突，语气缓了一步说：“难道心红跟我反映的情况有假？不管怎么说，你有则改之，无则加勉！”

我确实应该抱着有则改之、无则加勉的态度，因为那个年代随便飞来的帽子太多了。杨主任前脚走，杨心红后脚就打过电话来，说她爸突然袭击绝对不是捕风捉影，有人反映我正在追求牛金岭，她爸出于义愤或者担心我会犯错误所以才贸然出击。

“电话是从水磨头村打出来的，直接打到我家，我偷听了整个谈话的内容。”杨心红神秘兮兮地对我说。

我因为留城被同学们误认为逃避上山下乡，他们都不屑与我为伍。我到毛山县医院进修没有几个人知道。既然电话是从水磨头村打出来的，那这个人一定了解牛金岭，并且清楚我和牛家姐妹的关系。这个告密者不是藏在知青点就是杨心红掩耳盗铃。

杨心红似乎从我语气里听出了端倪，委屈地说她绝对没有说谎，这个电话是中午打来的，平时她爸午饭后总要睡一觉，这当然引起了她的注意。她说那个声音十分熟悉。

“你好好想一想，他是谁？”我想起电影《秘密图纸》,还有《铁道卫士》,其中的有些情节出奇的相似。

杨心红想了半天也一无所获，她只是反复说声音怪怪的，鼻音很重，肯定是在话筒上做了手脚。

那年头我看反特电影看多了，曾私下学习过许多特务打电话的方法，比如拧开话筒放置一分硬币或者用纸包住话筒，这样说话的声音就会变腔调了，但纯粹是出于娱乐。这个人非庄宝盒莫属，他玩这种玩意儿是小菜一碟。我唯一不敢想的是诬告我和牛金岭谈恋爱对他有什么好处。

冷静下来我才打了个冷战，庄宝盒之所以要这么做，是想造成一种假象，我和牛金岭好上了。这样牛玉琴自然会把感情投注到他的身上，或者说我因为牛金岭闹得沸沸扬扬，他渔翁得利。

“你也是老话务员了，谁的声音还听不出来？干脆说是不是庄宝盒？”我终于说出了我的猜疑。

杨心红心思却不在这上面，而是急不可待地问我是不是跟女同学发生关系了？

如果说过去我一直对杨心红态度暧昧，那么从那一天起，我有一种天塌地陷的感觉。尽管那一年我已经年满十八岁，知道跟女人发生关系意味着什么，也通过庄宝盒那张图知道了男人女人的生理结构不同，但是如果把它与爱情混淆起来，我还是不能接受。

那是个无性的年代，至少我是这么理解的。婚前发生性关系是要付出代价的，轻则写检查、受批判，重则戴高帽子游街。我屡屡见到被抓了现行的，脖子上挂着双破鞋，胸前牌子上写着“男流氓”或者“女流氓”游街的场景。我很困惑，什么时候才是合理的、组织支持的？什么情况下是流氓、无耻的？的确不好把握。

父亲告诫我，最好的方法就是远离女人，即便是心有所想也不能对任何人讲。想到这里我兀自笑了，对着电话向杨心红发誓，我和牛金岭绝对没有超出同学的关系，不然生个儿子没屁眼儿！

杨心红的电话是打到县医院急诊室的，那是整个医院唯一的值班电话。那天晚上，牛金岭闲得无聊，正在隔壁和姑娘们围在火炉旁学唱电影歌曲。当时最流行的电影歌曲除了《花儿为什么这样红》，还有朝鲜电影《一个护士的故事》，大家唱着唱着心潮便澎湃起来，提议到院子里赏雪。从午夜时分天空就飘了小雪，把屋顶和地面都染白了。牛金岭表面上不动声色，但比别人更加竖起耳朵，我和杨心红的谈话一句不落地听到了，她站起来，面带讥笑地说：“不听某些人在这里打情骂俏了！才多大啊，就已经讨论生孩子有没有屁眼儿了，没屁眼儿的那是吞金兽！”

她的话引起了女孩子们一阵哄笑，有人隔着矮墙扔过话：“何书盒，你说话可要小声点！小心人家给你生个没屁眼儿的儿子！”

我知道这群姑娘都向着牛金岭说话，于是故作恶意地说：“我要是生个女儿呢？”

我这话是故意说给女生们听的，杨心红却误以为我故意气她，在电话那头恶狠狠地说：“你诅咒人，可恶！”

我相信这话伤到了杨心红，但那天晚上我的注意力全在牛金岭身上。放下电话的时候我看到女生们都在院子里热火朝天地堆雪人。雪越下越大，雪堆也就越大，牛金岭用煤块儿给雪人安了两只眼睛，一个女生则跑到食堂找来红萝卜，给雪人安了一个大鼻子，这样，那个雪人便活灵活现地矗立在院子里了。只是他没有牛金岭那样的红棉袄，也没有她背上又黑又粗的辫子。我透过窗子看着这一切，深浸在一种莫名其妙的感动里。不得不说，那个夜晚牛金岭非常美丽，是那种忧伤后的美丽，她的麻花辫儿优雅地甩来甩去，仿佛两条游动得很好看的鳗鱼。

对于有人告黑状我很受伤，但最终不了了之。我不可能去找庄宝盒，那正中了他的奸计。第二天，牛金岭听了这件事的前因后果后，主动消除了隔阂，她对我说，她都不当回事，我反而畏手畏脚干什么。

“谈恋爱有什么不对？只要不是乱搞男女关系。人家电影里还假借夫妻从事地下工作呢！”

她这个比喻可谓恰如其分，可这是我不想要的结果。我根本就没有想娶牛金岭为妻。我喜欢牛玉琴，她已深入我的思想，我每一次思想的律动都念着她的名字，庄宝盒竟然用造谣的方式企图把我排挤在外。牛金岭也乐得谣言传播，这样她不费吹灰之力就把舆论的主动权控制在自己的手里了。

不过表面上牛金岭表现得非常理性，她对我说以后有人再拿她做文章，就说我喜欢牛玉琴，牛金岭是我未来的姐姐。

这种说法从牛金岭的嘴里说出来的确迷惑了不少人，大家都背着我偷偷议论，我怎么会喜欢上一个农村姑娘？同事看我的眼光都是怪怪的。我去找牛金岭，对她说这是何苦，我既和她没关系，也没爱上她妹妹。

她狡黠地笑了，眨着眼说：“今天不爱不代表将来不爱，今天没关系也不代表明天没有。眼下我们是一个战壕里的战友，共同目标就是战胜那个苏联女人。”

她把杨心红比作苏联女人，虽然刻薄但想象力丰富。

周末我本想回野狼沟看望父母，但夜里下了一场大雪把进山的道路都封死了。牛金岭喊我陪她值班，她说夜里生了很多孩子，让我去看孩子。

大雪封山就意味着整个毛山县城成了孤城，清晨起来，大街上不见一个人影，妇产科门诊也门可罗雀，连值班医生都借机回家睡觉去了，护士站里就牛金岭一个人。

虽然我跟牛金岭只隔着一道没有上锁的门，但我从来没踏入一步。那天早晨，我踌躇地站在婴儿室的门外，有些不知所措，无论是对牛金岭还是对刚从另一个世界来的婴儿们，我都怀着某种好奇。牛金岭似乎早从玻璃门里看到我了，她打开门的瞬间笑容灿烂，如同射进来的一缕阳光，除了她的笑脸，我还听到婴儿们的哭声从身后传来，组成一首欢迎的大合唱。

牛金岭不止一次地告诉我，进入冬季以后婴儿的出生率明显高了，幸好这两天下雪，不然肯定人满为患。但我想的却是另一个话题，大雪把道路封住了，但是却封不住人心的欲望，在乏味的生活状态下造人是唯一的乐趣，尽管当时有非常严厉的计划生育政策，人们还是乐此不疲。牛金岭面带怜悯地告诉我，就在昨天夜里，一位产妇生下了男婴后大出血，此刻正躺在冰冷的停尸房里，他甚至都没有吃到母亲一口奶。

我实在不好评价这个清晨是喜是忧，一个新生命的开始往往伴随着旧生命的死亡，人生就是这样无常。那天早晨我被牛金岭带到育婴室里，那里有只巨大的保暖箱。我在箱子里见到了那个婴儿，他全身插满了管子，皮肤赤红，不像个婴儿而更像一只没长毛的老鼠。

在那之前我从没有近距离地接触过新生儿，那天，我才发现新生儿简直是丑陋无比。我担心这只老鼠能不能熬过当天，因为他连送到嘴边的奶瓶都不会吸吮。牛金岭也不无忧心，这是医院专供奶粉，市面上根本买不到。

但那个男婴顽强地扭着头，闭住嘴，拒绝了这唯一能救活他的液体，发出猫叫一样的哭声。牛金岭可怜而且无助，在屋子里团团转，她蛾眉紧蹙，突然做出了一个大胆的决定，一把把我推出房门，“嘣”地关上了门扇。

牛金岭的这个举动非常突然，突然到我竟不知道她要做什么。房门上有块玻璃，上面挂着纱帘，影影绰绰。当我努力透过纱帘想看清牛金岭要做什么的时候，我看到了惊人的一幕。

牛金岭竟然把保暖箱打开了，并动手清理掉“小老鼠”身上的那些导管。那一刻，这只老鼠一样的男婴被这突然的举动惊扰了，睁开小眼打量着这个惊扰他的女生。他赤红的身体被牛金岭小心翼翼地托在手掌里，身体上细小的绒毛都清晰可见；他被托起的那一瞬间细弱地哭着，四肢无力地在空中乱蹬，表示对牛金岭的抗议。牛金岭审视着这个红色的肉团，似乎有一会儿的迟疑，然后腾出一只手来，摸索着解开了衣襟。

那一刻牛金岭刚好背对着我，看不到她的表情，但我相信她的脸一定是涨红的。当她把婴儿抱到胸前的时候，我分明听到了她痛苦或是欢乐的一声呻吟，婴儿的哭声戛然而止，我听到嘴唇吸吮乳头的声音。

我张大着嘴巴说不出话来。这太让人震惊了！牛金岭竟然采取这样的方式安抚这个婴儿。这时候太阳恰好从地平线上升起来，把第一缕阳光投射到产房的玻璃窗上。窗上面开满了冰凌花，造型独特，美丽壮观。并不太明亮的太阳光折射到玻璃上，焕发出五彩的光芒。我眼被刺得生疼，只能看到牛金岭朦胧的侧影，她被奇异的光环笼罩，脸和胸乳上的绒毛在阳光下熠熠闪光。

整个病房的空气一时间都仿佛凝固了，我的心跳也停止了，目光痴呆地望着那个小生命伸出小手，抱住牛金岭球一样的胸乳贪婪地吸吮着。婴儿安静下来，牛金岭脸上露出满足的笑容，她伸出手轻轻地抚摸婴儿的头，并且扭过身来向着我微笑。

牛金岭还是个情窦未开的少女，她怎么会当着我的面给婴儿喂奶？我逃也似的逃离了妇产科病房。

一整天我都躲在科室里不露面，仿佛宽衣解带的人不是牛金岭而是我。傍晚的时候牛金岭过来了，问我早晨怎么不打招呼就走了。我脸涨得通红，支支吾吾地说不出话来。后来我鼓足勇气问她，怎么会给婴儿喂奶？牛金岭笑了，嗔怒地说："色鬼，谁让你偷看我的！"

我辩解没有偷看，而是那个纱帘透明，她似乎不经意地"噢"了一声，然后说，遇到喂不进奶的新生儿，科里的护士都是这么做的。

"就是给孩子喂个奶，也值得你大惊小怪的。"她似乎不满地说。

反倒是我少见多怪了，但我实在接受不了她这样做，这也太夸张了，她还没有结婚，甚至恋爱都没有过，怎么会把处子之身给婴儿。

牛金岭一脸无所谓的表情，说女人的身体早晚会交给某个男人，与其交给一个陌生的男人，还不如施舍了孩子。

简直就是谬论，但我无力反驳她。我俩从一开始谈论的时候，她就用挑衅的眼光盯着我看，盯得我脊梁骨冒汗。其实我并不是吃婴儿的醋，但是却忍不住耿耿于怀。

看到我的窘迫牛金岭露出了笑容："我知道你喜欢我妹妹，你都做我的妹夫了，还有什么不好意思的。"

她转身而去，留下一串快乐的笑声。那只硕大的辫子如惊鸿一瞥，更像是一阵风。她快乐的笑声感染了我，不，毋宁说是她充满挑逗的笑声惊醒了我。多少年后我才明白，那一天，她其实是向我发起一场勇敢的挑逗，就像庄宝盒用泼脏水的方法陷害我一样，牛金岭则用身体向我发起了温柔的总攻。

就在我被牛金岭胸乳击中的时候，在鹰愁峰北麓水磨头村，知青们却仍在沿袭着一成不变的日子。他们的到来只是让山里人知道了什么是贫富悬殊，什么是城乡差别，什么是天外有天、人外有人。山里人平静的生活从此被打乱，平衡的心态从此变得不平衡。

老庄之死对庄宝盒打击很大，他完全把自己封闭和隔离起来，变得孤独而凶狠。即使我参加工作这样的大事，他也没道一声喜，更没到县医院去看过我。

庄宝盒从小就会开车，这得益于他爸是汽车兵，得益于他在边疆那些年，经常跟车打交道。据说，他六岁的时候就把卡车开得又快又稳。有一次老庄停车忘了拔钥匙，他偷偷把车开到了悬崖边上。

牛支书夸庄宝盒有开车的天赋，不管什么类型的车他试开一趟就会，拖拉机更不在话下。村里派他到县城去拉化肥，牛玉琴搭便车去进药，特意让他绕道县医院。她给姐捎了些核桃和花生，其实是顺便看我。拖拉机停在了县医院门口，庄宝盒自始至终没进医院大门，从车斗里拖下个草苫子，躲到树底下睡大觉。

那天我正有手术，戴着手套跑出来找他，牛金岭早已先到了，指着他鼻子破口大骂："庄宝盒，你良心让狗给吃了！咱们可从小就是同学，你到了门口却连个招呼也不打！"

庄宝盒扭着脖子不看我们，不停地用黑乎乎的毛巾擦头上的汗。我想他也许无颜面对我，但我从不记他的仇，从牛玉琴看我的眼神就明白，他所有的伎俩都是失败的。

后来我和庄宝盒站在歪脖子树下，有一句没一句地聊着，牛金岭则和牛玉琴躲到药房里密谈。我从牛金岭的口里得知，牛玉琴那天是来说服姐姐帮忙的，帮忙把我介绍给她。

牛金岭的内心很矛盾。喂奶事件发生后，她便如实把自己的想法告诉了我，让我在她们姐妹之间选择。我当然不会随便吐露心声，我怎么能知道牛金岭是怎样一个人？我一直认为人生的初恋应该是美好的，不应这样实际，还要谈判。

就在我犹豫不决的时候庄宝盒却正一步步接近牛玉琴。他每天早晨蹚过冰冷的河水，跑到牛支书的院墙外高声地请示工作。他总是搬块石头踩着，攀着石墙大声地问："牛支书，我是知青庄宝盒，向你请示任务！今天是喂猪还是下地开荒。”

知青的任务和生活有专门的村民代表负责，每隔一段时间他们考核知青们喂猪的次数或者开垦荒地的亩数，并根据干活儿多少记工分，画考勤表。庄宝盒的早请示晚汇报显然打乱了秩序，大家都很不满，只有牛支书满意。

牛支书每天起得很早，身背着一杆半自动步枪巡山。枪是县里头奖的，当年他当基干民兵的时候，抓了一个美蒋特务。严格说那也不是特务，只是一个想钻进军工厂的靶场看热闹的地富反坏右分子。靶场里有许多还没有打上钢印的步枪，他见枪眼开，想偷两支回去打猎，却被牛支书捉了现行。

他当水磨头村的支书多年了，有时候借着巡逻钻女人的被窝，他一边骑着别人家的娘儿们一边想村里的工作，很有一种成就感。庄宝盒并不知道他这个爱好，找不着他就会满村子里喊。牛支书躲在女人的炕上，一面骑着晃着，一面听庄宝盒大呼小叫，身体会突如其来地强壮，往往答非所问。比如把该喂猪说成李家寡妇的牛跌了膘，让知青牵着到北坡上放一放，或者村西头老绝户的房塌了帮着榜一榜。村民们更了解牛支书，有人便会善意地指着东山岭说，牛支书一大早就爬到山头上耩地去了，庄宝盒一面爬山一面疑惑，东山岭那么陡的山梁怎么会有地？

进修的日子我相当闭塞，除了牛玉琴每月一次到县药材公司购药，借着看姐姐来看我；除了我每月一次回家看望父母，几乎听不到外面的消息。后来才听说，工厂正在面临生死抉择。外部世界的形势变了，工厂面临续建还是缓建的问题。父亲和母亲商量，不到最后不把实话告诉我，让我安心在外进修。父亲说不管将来工厂存不存在，学医都是有用处的，可以到地方医院工作。

那一年知青大量返城，牛玉琴带来了水磨头村知青的最新消息，说本来知青下乡就是镀金，随着形势的变化，大多数人都逃避出工、逃避接受改造，他们生病、请假、编了各种理由回城或者通过各种关系离开山村。

“这么说下乡的政策要改了？我姐姐也该回来了？”我对父亲说。父亲用一声叹息回答我，然后悄悄把我拉到一边，告诉我给姐姐写封信，问问那边的情况，但不要让妈妈知道。

“我知道你妈是伤心失望，哪有母亲不疼女儿的。”

我给姐姐寄去了一封信但石沉大海，后来我发了封电报也没有回音。牛玉琴再来县城进药，找我聊天，埋怨现在的风气越变越坏。过去村子里路不拾遗、夜不闭户，她爹深更半夜检查战备，老乡家推门就进去，主人家的狗都不咬。自从知青来了，农家的鸡和狗经常失踪，大家发现知青点的垃圾里有鸡毛和吃剩的狗骨头。

她的话带有偏听偏信但不偏执，我相信大多数知青是好的，他们小小年纪就离家、离开父母，跑到条件艰苦的大山里，虔诚地接受贫下中农的再教育，偷鸡摸狗、玷污荣誉的只是极少数。我也宁愿相信水磨头村不是圣地，我早就听说牛支书经常借检查进到别人家，他是检查战备还是检查人不得而知。

“庄宝盒的表现怎么样？”我打断她的话，这才是我所关心的。

提到庄宝盒牛玉琴脸上现出一丝暧昧，眼睛瞅向别处，随随便便地说：“他呀，表现得不好也不坏。我爹挺喜欢他。”

“有人喜欢就挺好！庄宝盒是我的同学、朋友，也是你的同学、朋友。他没爹没娘了，生活上你得多照顾他点！”我学着人模狗样地说。

每次牛玉琴来，牛金岭都在一旁，她听了脸上明显流露出不屑和鄙视。

“别一口一个你的朋友、同学。庄宝盒比你更适应社会，你还是先管好自己吧！”

我总是在两姐妹面前不得要领，我讨好姐姐，妹妹不愿意；我讨好妹妹，姐姐吃醋。而当我提到庄宝盒的时候，两个人都怪怪的。

但我还是从她们的话里听出了端倪，庄宝盒现在很得牛支书的赏识，日子过得比我好。围绕着姐妹俩对我的轮番进攻，围绕着庄宝盒对牛玉琴的步步陷阱，我更应该相信谁，更应该帮助谁？或者说我该怎么办？

中秋节我跟人换了个班，回野狼沟探望父母。

庄宝盒意外地从知青点回来了。他恍惚地打开家门的时候，月亮刚好爬上东山梁，照亮斑驳的石头小院。我家的房门尚被山梁挡在阴影里，他家却正处在明处，这样，我可以从容地偷窥他，而他看不到我。

庄家呈现出落败的荒芜，若不是我父亲经常拧开铁丝，替他打扫庭院，怕早已长满了荒草。父亲总是幻想着老庄有一天还会出现。母亲倒冷静，说老庄要是还能回来可就见着鬼了。

庄宝盒一直保存着家里的钥匙，挂在脖子上，居然磨得锃亮。门锁锈迹斑斑，他费了半天的力气还是打不开。正当他满脸沮丧的时候，我隔着院墙喊他：“庄宝盒，先到我家来吧！我爸妈替你准备好了月饼，还有你喜欢吃的米饭！”

米饭是珍品，凭证供应。那时候全民备战备荒，要求勒紧裤腰带节约粮食，甚至还要忙时吃干，闲时吃稀，不忙不闲时半干半稀。能吃到香喷喷的大米饭是很难得的。就像我爷爷当八路常常吃小米一样，吃大米干饭就成为军工战士特殊的待遇。

中秋我家里蒸好了干米饭，摆好了月饼等着庄宝盒入席，这在往年十分常见，而不常见的是那晚庄宝盒态度坚决，谢绝了我爸妈的邀请，固执地要打开那把生锈的铁锁。

因为这个意外我和爸妈都没了心情，守着一桌子饭菜没动碗筷，直到它慢慢地冷却。慢慢冷却下来的还有庄宝盒，在我父亲独自喝闷酒的时候，他从石墙边慢吞吞地走过来，先对我父母亲说抱歉，然后揽着我的肩说想和我到外面去转转。

这大概是庄宝盒最正式、也是最文质彬彬的一次了，我父亲居然被酒给噎住了，咳嗽着说不出话来。母亲惊诧之余则不无夸耀地说："呀，宝盒子说话办事都像大人啦！"

庄宝盒成了大人我不敢恭维，但那天晚上他的确板着面孔，装得一本正经，他故意挺直的身板和有意蓄起的小胡子让人看了滑稽可笑，他端着架子一直爬上宿舍区后面的山梁。

走过那处乱石堆旁时，我说："宝盒子，你就别这样端着了，我实在替你感到累！"

他在黑暗中无声地咧开嘴，对我说："累？我自从下乡后就一直这样，习惯了！"

他居然说习惯了。但我总觉得那天晚上他有种虚伪的成分，像戴了个假面具。我不知道这其中掩藏着什么阴谋。

我俩分别选了一块平整的石头，坐在古石墙上，我明显感觉到庄宝盒全身有一丝颤抖。我俩的目光所及之处便是那堵石墙，后面是灰白的马路，当年老庄就无声地倒在那里。

中秋节的月亮大如磨盘，月光下的山峦如同白昼，连百米开外的大路也显得格外清晰。庄宝盒却显得极为平静，他甚至都没有朝着那里张望一眼。他平静地说要到县卫校去读书了，这是贫下中农的推荐。

"推荐，你懂吗？就要恢复高考了，这是最后一个名额，也就意味着是最后的机会！"

他说到最后一个名额、最后一次机会的时候眼光闪烁了一下，这使我相信，他内心十分得意，只是怕引起我的嫉妒深藏于心罢了。他还有一层意思，这就是我没有机会像他一样走推荐这条道路了，我要想上大学，就必须经过高考。

“哈哈哈……”

我笑起来。我笑是因为听说高考就要恢复了，潜在的机会或多或少不得而知。杨心红曾经向我透露，她爸曾想推荐我上大学，但是这至少要在工作岗位上锻炼两年。我表面上满不在乎其实内心充满了失意，我参加工作已经一年半了，却眼睁睁看着推荐的大门关闭了。

“我有点儿不信！按照规定，推荐你上大学至少要在农村锻炼两年以上。你毕业的时间跟我一样，满打满算也就是一年半！”我大笑地摇着头说。

我实在不想让他的话成为现实，这其中有嫉妒也有对他的不屑。论长相，庄宝盒实在不算是个男人，他只有一米六几，满脸青春痘。论势力他父亲死了，几乎是一个无家可归的人。同他一起下乡的知青有能力、有势力的不在少数，他却第一个被推荐上县卫校，这不能不说是一个奇迹。

他见我在那里冷笑，宽容地望着我，然后神秘地靠近我，小声说：“我早猜到了，说了你也不信。实话告诉你，这是我追牛玉琴的结果。我未来的老丈人看上我了，专门跑公社申请了一个指标，让我到毛山卫校学习两年。”

毛山卫校很有名，有名不在于它的规模，而在于它培养出的学生几乎占据了毛山县的各级医院。牛金岭就在那所学校学习过。

我吃惊地瞪着他的脸，月光下仿佛在看一只癞蛤蟆在表演，他居然当着我的面强调在追牛玉琴，而且初见成效。牛玉琴可是我的梦中情人，他竟然完全无视我的感觉。我认为他是有意刺激我或者在我面前炫耀，他的一番话也收到了实际的效果，我完全蒙了，根本不知道接下来如何面对。

那个中秋的晚上山梁上泛着奇异的亮光。我一直认为那是月亮的光芒，其实不然，那是天空围着月亮的一道奇异彩虹，从山梁一直横跨到月亮之上。在彩虹的照耀下，他脸上的每颗痘痘都放着光。我知道自己失败了，我爱上了牛玉琴，还在犹豫该主动追她或者是纠结于适不适合做我爱人的时候，他已经捷足先登、稳操胜券了；我这才意识到庄宝盒不简单，干事持之以恒。早在上学的时候，他就借我之名接近牛玉琴、讨好牛玉琴，利用下乡接近她的爹，讨好她的爹；就像围猎一样，一步步精心设计，包围并接近目标。

我从不敢轻易回首那段青春的经历，因为有许多的无奈、后悔和龌龊；我们每个人生来都是一张白纸，然后被五颜六色的生活染上不同的颜色，无意中涂脏了或者洒上墨水，就永远带着遗憾，那些你不想要的颜色把你以后的日子染得面目全非。

庄宝盒站在板凳上完成了对牛玉琴的占领。

这个计划蓄谋已久，是前一个计划的延伸。他从县供销社淘来四瓶茅台酒和两只烧鸡，直接提到了牛玉琴的家里。牛玉琴的爹就着他的阴谋，啃着香喷喷的鸡腿喝了个酩酊大醉，头歪在椅子上，嘴角剩留着呕吐物睡着了。

庄宝盒要和一米七的牛玉琴发生关系还真得费些心思。好在老丈人已经醉得不省人事，他从容地把牛玉琴逼到墙角上，搬个板凳，双脚立在上面，完成了他最伟大的壮举。

这事做得相当冒险，流氓和情侣只有一步之遥。如果牛玉琴叫起来，被人抓了现行，他一定被打成流氓分子，遭受批判甚至牢狱之灾。但牛玉琴选择了沉默，只要她叫起来，整个性质就变了，她也许会身败名裂，全村瞩目。

宝盒子正是抓住了牛玉琴的这个弱点，所以才得以成功。牛支书早就有意收庄宝盒为婿，这也是庄宝盒乘人之危，把人家女儿搞到手的重要原因之一。牛支书把传宗接代看得比命都重要，过于沉重的劳动和频繁的性生活使他的生命质量下降，年过半百了一直没能生出儿子来。即使他把村里所有睡过的女人都算进去，也没有一个带着他血统的男娃，这让他非常苦闷。

这种苦闷的最终解决办法是他按照农村最传统的方式引人入赘。这个人最初是村里的一个青年人，但后来被外乡的女人拐走了，牛支书只好重新筛选。好在这时候村里来了知青，有城里的户口，比原先的设想还好。至于把目光锁定到庄宝盒身上却是迫不得已，除了他以外那些知青太高傲了，他们不肯轻易答应娶农村姑娘为妻，而宁愿一辈子都和泥巴锄头打交道。

在众多知青死守着一文不值的城市荣誉的时候，庄宝盒却毅然决然地把牛玉琴睡了。

他不但把牛支书的女儿睡了，而且不经意把这个消息扩散出去，全知青点都知道了。大家在鄙视他的同时更多惊讶他的勇敢。

换另一个人这件事肯定要受到组织追究，但是睡了人家高兴又另当别论。无论牛支书走到哪里，都是恭维的声音，村民们说，牛支书为农村女青年做出了榜样，如果人人都像他这样，敢于把姑娘嫁给知识青年，那么知识青年到农村去这一形势一定会得到光大和发扬，城市和乡村一定会打成一片。

到公社开会，公社书记也是给予高度赞扬，他在赞扬的同时把对牛支书的声援变成了实际行动，公开宣布庄宝盒将作为知青模范代表到毛山县卫校上学，他对着扩音喇叭说：“虽说知识青年的使命就要完成了，就要回城了。但是，像庄宝盒这样的革命青年，勇于打破旧的体制，长期扎根农村干革命，一辈子为贫下中农服务，这说明知识青年到农村去、接受贫下中农再教育的决定是英明的。我们就是要让那些敢于同旧世界决裂、敢于抛弃城市优越生活、自愿到农村这个广阔天地扎根干一辈子的优秀知识青年不能流汗再流泪！”

全体进修生都参加了在县城召开的表彰大会，广播喇叭里还播出了公社书记铿锵有力的大会发言录音，县文化馆的橱窗里也展出了庄宝盒身披红花的大照片。那是省里一位记者拍的彩色照片，难得一见。庄宝盒双眼闪光，黑黢黢的脸上泛着油光。

杨文革作为嘉宾坐在主席台上，那是他最后一次以军工厂领导的身份出席活动。我特别注意了一下，每次提到庄宝盒的名字他都会热烈地鼓掌，戴红花的时候甚至激动得站了起来。

会场设在县礼堂，门口有值勤民警。我们都事先领到了通知书，上面有开会人的名字，牛金岭是代表医院团支部去的。我在人群里看到了她，她穿件军绿色的列宁装，双排扣，领口翻出来花格子的衬衣，犹如长出的一片花草。那时候人们多穿中山装和学生服，面料多灰蓝为主，她的颜色则是鲜艳的，很扎眼。

她隔着座位朝我扬了扬手，我突然感觉她的样子很美，美到心灵有一丝感动。

同样感动的还有庄宝盒，因为在这之前，他一直纠结于父亲的被害与杨文革有关。杨心红那天也随车来到了县城，就站在我身边。她充满深意地对我说：“爸爸的用心良苦你是最清楚的。树立这种典型，对误入歧途或者说正在误入歧途的青年是种触动，更是警醒！”

我猜不透她这话的含义。我每个月都写一份思想汇报交到医院，医院把它交到杨主任的手里。杨主任说这样严格对待，有益于对青年人进行约束和管理，防止犯错误。他手里有个档案袋，所有人员的思想汇报都放在里面，这份档案从医德医风到工作纪律再到个人表现，有没有早恋、流氓习气甚至如何对待女病人都有涉及。杨主任孜孜不倦地阅读并且给每人做出评判，他经常会突然来到我们中间，利用一个下午或一整天的时间开会整肃纪律。

表彰大会只开了一上午，这预示着杨主任下午有充足的时间来整肃我们。杨心红却对我说，只要我能陪着她四处走走，她完全可以从父亲那里请下假来，但我宁愿坐到会场里开会。

知青点的知青们也来了，杨文革突然心血来潮，提议跟县医院搞一个文艺大联欢。县医院领导当然高兴，腾出会议室，并且表示团支部早有准备，也可以出个节目。

既然是联欢会就没有必要搞批判，再说，比起我们进修的人来知青们的问题多了，所以大部分时间都是杨主任在讲话。杨主任好就好在他知道在什么场合说什么话，守着外人他光说知青的好，表扬知青们如何在教育实践的道路上大踏步前进，涌现出许多像庄宝盒这样的优秀知识青年。这正是杨文革政治上成熟的表现，但是在联欢会即将开始时杨主任话锋一转，扯到了进修生的思想道德问题上，他含沙射影地说："今天我借这个机会强调一下思想问题。有一部分工人阶级的后代，意志非常薄弱，深受资产阶级的香风毒草的侵袭，若不及时悬崖勒马，就有滑向修正主义深渊的可能。到那时你们怎么接好革命的班？"

杨主任用手敲击着桌子，目光严肃地望着大家，他的话音虽然不高，但充满了震慑，所有期待着联欢会开始的年轻人都吓得把头缩到脖子里去，整个会场里只有杨心红扬扬得意的眼神像探照灯一样扫过大家。好在我已经学会了沉着和冷静，站起来，口是心非地说："杨主任，您的讲话高屋建瓴！我们是工人阶级的后代，一定不辜负您的希望，不辜负组织的希望，把本领学习好，为军工建设服务！"

从我的话音里听不出任何的虚假，措辞充满了向上的力量，这至少感动了会场上的人。话音未落，庄宝盒就率先鼓起掌来。那天他是全县的知青典型，他的掌声就是对我的最好肯定与褒奖，就连杨主任也觉得跑题了，转为和蔼的表情轻轻拍手叫好。他说："何书盒的发言很好，已经触及了灵魂深处闹革命。至于今后人生的成长，还要不断努力！"

说罢，他宣布联欢会开始。我和姑娘们演出的是《洗衣歌》，六个姑娘一个小伙儿，分演藏族姑娘和解放军战士。联欢会结束的时候天色不早了，杨主任宣布给大家放两天假。大家一听，欢呼着挤上回厂的大巴车，五十多个人挤了个水泄不通，我晚上一步被挡在了车门外。

我已经很长时间没有回厂看父母了，失去这个机会那又要等到下个月。

杨心红看到了，说挤不上没关系，便拉着我去吉普车那边。吉普车上还有个位子。我本不想搭领导的车，但是杨主任已经笑容可掬地发话了："小何，你就跟心红坐在后排，今天你的发言很有水平，看来我没有看错人！"

他的话充满暧昧，什么叫没看错人？我用眼睛的余光去看杨主任，他笑逐颜开。看来我已经被他们父女套牢了，车不坐也得坐，金龟婿的美名不背也得背。我挤上去的时候恰好碰到了杨心红坚实而柔软的臀部，我有理由相信，不久它即将归属于我。那可是块好地，定将收获最结实的何家后人。

就在车子即将开动的时候，牛金岭不知何时站到了车前，左手叉腰右手指着车上的我喊道："何书盒，手术室还有手术，你却擅自脱岗，如果病人出了意外，你该负什么责任！"

她脸色苍白，更多的是愤怒和歇斯底里，连司机老肖也是一脸的惊愕，下意识地踩了下刹车。我不记得还有台手术要做，即使是有手术也轮不到我，这明显是牛金岭的托词，但是我却无力去戳穿她。

正在僵持的时候，杨心红已经按捺不住愤怒了，一把推开我，歇斯底里地喊着："何书盒，你本来就不该上我爸的车，你滚下去！"

我在两个女人的怒火中狼狈地跳下车，背后还有数十人目瞪口呆的目光追逐。我使用"女人"这个词汇，是因为她们的表现已经远远超出了未婚女子的行为，用争风吃醋来形容再恰当不过了。而我心中的初恋永远是那种朦胧的、风刮过枝头都会惊飞这只爱情鸟儿的优雅。杨心红做不到，牛金岭也做不到。

我的爱情道路一开始就被人做了修订，沿着别人替我设计好的方向越走越远，而庄宝盒最美好的时代已经悄然开启，他卫校一年半以后就转到县中医院当实习医生了。

庄宝盒到毛山县中医院当实习医生的时候，我依然只是个进修学员，连处方权都没有。而庄宝盒则可以盘坐在椅子上，装出一副少年老成的样子，安然地抽着患者递过来的烟，在巴掌大的处方上龙飞凤舞地签上自己的名字。他写的字样子非常难看，像刮风一样向着一边跑，就连他的胳膊和身体都是倾斜的，这常常让患者们怀疑他是不是才疏学浅。

我爱情的鸟儿到了年底终于飞走了，杨心红要随着父亲调入省城。她最后一次见我是在车路过县城的时候，心血来潮让老肖停了车，跑到公用电话亭给我打了个电话。那时她的心已完全被城市生活吸引了，她之所以给我打电话完全是炫耀。她说：“看来我俩注定没有缘分。你命中注定要娶那个村支书的女儿，她那对老母猪奶子完全可以喂饱你和你未来的孩子！”

我不清楚这种歹毒的言论如何从一个女生的口中说出，足见她对牛金岭有多大的仇恨，我也不清楚她怀有什么样的心态，在主动放弃我时还会破口大骂另一个女生。这大概源于女性天性的嫉妒吧；嫉妒可以撕破人与人温情脉脉的面纱，可以让人生恨。

在我懵懂的青年时代，两个性格迥然不同的女生从我的生命中远去了，我甚至都没有来得及仔细审视她们的美。我一直认为初恋是最美好的，它是人生开出的第一朵花，因此也格外珍贵。但我不敢说，我的初恋情人就是牛玉琴。我还没有来得及爱她，这朵最美的花朵就被庄宝盒摘走了。至于杨心红，只是十字路口遭遇的一段风景，我们偶然相遇，她愤然把我抛在荒凉的野狼沟。

庄宝盒和牛玉琴的婚礼选在了第二年五月，他俩完全是奉子成婚。

在那个初夏，县城开满了杜鹃花。这种花生命力特别顽强，无处不生长。房前屋后、庭院路边，天气稍暖的时候它含苞待放，全城因此冷香浮动，简直是一副很好的催情剂。

牛金岭告诉我这个消息时，我正端着治疗盘跟在年轻的护士长身后，为病人做早治疗，盘子里上百支针管五颜六色，呈现出恶毒之美。我本来是帮忙的，帮忙的原因居然是喜欢年轻护士长春光无限的胸乳。护士长新婚燕尔，看人看物都是美好的，她喜欢裸身穿隔离服，这在医院习以为常。夏天的时候，医护人员大多不喜欢穿内衣，那样很热，尤其是手术室的工作人员，经常裸体穿隔离服，最多穿一条内裤，只要一弯腰就会从脖子一直看到腰间。这些人天长日久生活工作在一起，你看我，我也看你，都见怪不怪。年轻的护士长胸部发育得很好，也乐于我贪婪的目光在她胸前扫来扫去，没想到却遇到了牛金岭。

牛金岭说牛玉琴要结婚了，她请假帮妹妹去买婚礼用的东西。听到这个消息我脑子一片空白，手中的盘子愤怒地抖了一下，划过五指，以果断的坠落向牛金岭表示不满。五颜六色的针管顷刻间粉身碎骨，溅起的药水如同五月清晨开放的罂粟花。

护士长眼里充满了愤怒，即使我偷看她，她也没有这么激动过：“你这简直就是犯罪！你知道这些药值多少钱？很多都是进口的！”

惊恐未定中我首先想到的是担责。护士长说得没错，这些针药是病人全天的用量，有的药远比一盘子山珍海味更值钱，我却因为一句话而毫不吝啬地把它们摔碎了。

我不知所措地站在原地，任那些罂粟花在脚下流淌，无法料想后果有多严重。那些液体的颜色很好看，五颜六色，仿佛散落着花瓣的流动小河。

病房里一时间很静，宁静得可以听得见心跳。然后，我听到牛金岭平静的声音，她说："护士长，事情都是因为我而起，是我不小心碰到了盘子。如果说因此赔偿的话，你只管找我好了，从我的工资里扣！"

护士长吃惊地瞪大了眼睛，觉得这个牛金岭很奇怪，居然替别人背黑锅，然而她分明听到牛金岭的声音字字珠落玉盘，铮铮作响。

"那……就按医嘱重新再配一次药吧！"护士长的语气明显变得温和了许多。

"按说，小何是来帮我忙的，发生这样的事我也有责任。好在科室里的人都还没有上班，我可以瞒下来。只是需要重新消毒的针管。"

牛金岭脸上露出了笑容，她说这不用愁，她想法子就是了，说罢，风风火火地走了。过了一会儿她回来了，手里拿着两只饭盒，里面盛满了尚带着余温的针管。

针管事件与喂奶事件对于我的婚姻起到了多大的发酵作用不得而知，但我对牛玉琴的情感随着那盘针药砰然落地而释放，对牛金岭的好感则迅速升温，当她邀我一起去见庄宝盒和牛玉琴的时候，我竟然答应了。

我再一次见到了牛玉琴，眼前的她依然漂亮而且鲜嫩如初，但我相信我心中的那个牛玉琴已死，从被庄宝盒占领的那一刻起，我就不再苦思冥想她了。

庄宝盒买了崭新的"飞鸽"自行车，腕上戴的也是"上海"牌手表，这两样都要凭票供应，他显然很有手段。除了这两样，他的服装也是新做的，灰色的中山装，兜里别着"中华"牌钢笔，外加手指上夹的"大丰收"过滤嘴香烟，一副城里人的派头。而牛玉琴身穿墨绿色涤卡小翻领上衣，深蓝色斜纹布喇叭裤，头发烫过了，分理成两只小辫子，稚气地甩在脑后。

庄宝盒早一天就回村里了，知青点的人都回去了，空床有的是。一大早他们就从水磨头村出发，居然骑行了七十里山路。那天正刮着东北风，而庄宝盒腿不软、气不短、脸不白，足见爱情的力量有多强大。

牛金岭和我在县城里静候，这样我们就省了许多力气。瞧着庄宝盒谦恭的样子，我不无讥讽地大笑道：“宝盒子，人生有三大乐事，你全占了！”

庄宝盒把车停下，活动着双腿问我：“哪三大乐事？”我说：“骑车顺风、下坡儿、载娘儿们！”他仰起下巴哈哈地大笑起来，一边说：“书盒子，你这是恶心我。今天可是我大喜的日子，所以不跟你计较。不过你说错了，我今天骑车不但顶着风还一路上坡，只是载个娘儿们这事是真的！”

我俩默契地开着玩笑，这显然让两姐妹意外。牛金岭嗔怒地瞪了我一眼，便拉起妹妹朝着百货店走去。

那时候街上流行萝卜裤、包腚褂、小白鞋和尼龙袜，而我永远是赶不上时髦的，一年四季穿着父亲发的劳保用品。上衣是小帆布工作服改的，毛衣是用线手套拆了织的，鞋子也是电工穿的绝缘鞋，总之，我的穿戴大多与劳保用品有关。

百货公司是毛山县城最大的国营商店，原是用战备物资仓库改的，足有半个篮球场大。里面光线黑暗，售货员竟然没有认出来谁是新郎官来，随意拉郎配地把我和牛玉琴拉在了一起。

“我干售货员也不是一天两天了，这点眼光还是有的，你俩看起来简直就是天生的一对、地配的一双！”

她用嘴努了努牛金岭和庄宝盒，“你看，即使不说话我也分得出来，他们是一对！两口子都有夫妻相的。”

话音未落，就气得牛金岭上前一步，站到售货员面前抢白道：“你不要乱说好不好，有这样的夫妻相吗？”倒是庄宝盒冷静，一把拉住她说：“姐，一会儿牛玉琴选彩礼，看何书盒出钱不？”

这倒将了我和那个售货员一军。村里姑娘嫁夫起码要八大件，单是自行车、手表、缝纫机这三样我就买不起，想到牛金岭拉我来，不过是为妹妹撑门面，我索然无味，借个理由溜了出去。

其实庄宝盒并没有花多少钱，牛玉琴只是象征性地选了几样花布和日用品，我们便结伴返回村里。庄宝盒和牛玉琴骑一辆车子，我和牛金岭骑一辆。进山的路竟然一路平坦，自行车链条沙沙作响，凉风习习，非常惬意。不一会儿，牛金岭就借口累让我降低速度，我俩远远地落在后头。她的手开始不老实，我整个的身体都绷紧了。我以为有流氓想法的只有我，但我发现女人有时候比男人更疯狂。

牛金岭说家里早就为姐妹俩准备好了一切。特别是庄宝盒，老爸死了，娘改嫁了，从房子装修到嫁妆，老丈人都为他置办好了。爹是村支书，要求别人移风易俗，在自家女儿这种事上也不能张扬。

看来牛金岭已经把我列为婚姻的不二人选，在这之前她甚至没有征求过我的意见，我甚至都没有经历过初恋、经历忐忑不安的媒妁之言，就被她张开的大网牢牢地网住了。牛金岭以她特有的城府把我紧紧地裹在了石榴裙下，她甚至都没有像妹妹那样付出性就把我俘获了，唯一的付出只是胸乳。

对于这样一个结果我耿耿于怀，我相信这是牛金岭亲手导演的一场戏，这场戏成为我一道永远也过不去的坎儿。后来我约着她去爬山，在村子后面那座叫母猪岭的山梁上，面对着生她养她的山村，我从容不迫地把手伸进她的怀里，没有一丝内疚。在我强行解开她腰带的时候她奋力地反抗着阻止了，严肃地告诉我那样会怀孕的。

我离真流氓只有一步之遥。

庄宝盒女儿出生的那年我正式辞去工厂的工作，去省城的一家杂志社做外围编辑。那年秋天，我以一部短篇爱情小说《初恋》打动了省城一位女编辑的芳心。

在那部小说里，我把牛玉琴和牛金岭作为一、二号主人公，把庄宝盒化身成邪恶的第三者插足，把自己当成一个受害者。在我笔下，庄宝盒被描述成一个道德败坏、无恶不作、欺男霸女的公子哥，他在玩弄了姐姐之后又玩弄了妹妹，摇身一变成了一位逃离家乡的大学生。

这部小说纯属弥天大谎，现实中两个原型绝对没有那么傻瓜，庄宝盒也没有无耻到那个程度。但是，我一直认为现实中的牛家姐妹是充分利用她们的优势才俘获了我和庄宝盒,她们在婚姻的考量上精打细算。那个年代，城乡代沟不是用金钱能够填平的，她们用美色在农村人和城里人之间搭起了一座桥梁。但我坚信即使是乡下人找了城里人或者城里人找了乡下人，其婚姻的纽带也难以维系得没有一丝裂痕，在所谓的幸福背后是深刻的危机，它像一把刀子随时都有可能把夫妻间的系带割断。

转眼我已经参加工作三年多了，光在毛山县城就待了两年半。

那一年国家发生了一些变化，因为国家领导人逝世而带来的举国恐慌慢慢消失殆尽了，大家觉得日子该怎么过还得怎么过，重要的是粉碎了什么帮，大家都觉得有了某种希望。至于希望什么，大家一时半会儿地又都说不清。

米国的飞机再也不敢飞到我国领空来挑衅和侦察，我们的原子弹和氢弹足可以通过气球飘到敌人的国土上去。有人提出关停并转一批军工项目，其中包括建在野狼沟的兵工厂。

父亲喜忧参半，军工企业撤并，我们全家也许会并到城市里去，也许就地遣散。但我宁愿相信这是一句美丽的谎言。在后来的日子，有权有势的人都争相调走了，杨心红一家就是最好的例证。父亲说，厂里只剩下一些老工人还在老老实实地扎根“三线”闹革命，大家每天期盼的就是国家会为他们专门下一道公文。

我招集着同事去找杨主任，推开他办公室门的时候，看到屋子里早已人满为患，有知青要求落实政策的，也有工人要求调动的，杨文革一脸的无奈。

“大三线建设都停下来了，何况我们这是小三线，国家暂时还照顾不到我们这些人，大家只能采取自我消化的办法！”

“那我们要求回厂！”有人带头说。杨文革苦笑了一下，说道：“你们回来我并不反对，不过现在工厂正在梳理和疏散人员，连工农兵学员都要重新审定，你们都是社招的，社招就意味着你们学历和文凭都拿不出来。厂里经过研究决定，保留你们的编制，工资待遇不变，多则两年少则一年，只要能找到出路，组织绝不拦你们。”

看来我要失业了。

我的创作灵感就是那段日子被激活的。我们已经成了企业的包袱，进修单位不管，工厂也不管。我从收音机里听完了刘心武的小说《班主任》，心潮澎湃，在这之前我已经熟读了徐瑛的长篇小说《向阳院的故事》和浩然的《艳阳天》，决心自己也写一部小说。

我蛰伏在出租屋里半个月足不出户，一气呵成，我让房主把房门从外面锁上，除了吃饭其他时间一律不得打开。牛金岭四处找不到我。编辑老师来信邀我面谈，在气氛庄严的编辑部里，她流着眼泪说，这部小说的成功在于我不仅写了两对男女的初恋，而且透过爱情折射出对于未来的思考。她说我通篇文字中透出一种忧虑和绝望，这是一个作者走向文学所必须具备的气质。换句话说，我的文字水平不高，也不懂得写作技巧，但是这种稚朴恰恰适合当作家，终有一天我会获得成功。

我并没有感觉到自己的成功。这部小说发表后连一丝水花都没有泛起来。当初我们一起来的人已经全部从毛山县医院离开了，具体去了哪里也没人知道。我赋闲在家，有时候到单位看看，那里也是门可罗雀。母亲催父亲去厂里找找，总不能看着儿子这样闲下去。那时候我们全家的工资加起来也没有原先一个人的高，只能叫作勉强糊口。父亲不耐烦地说：“找谁？谁能做得了主？”

记得我曾采访过一位新中国成立前的地下党员，他被捕入狱多年，敌人证据不足又把他放了出来。我问他什么最痛苦？敌人的严刑逼供还是战友的牺牲？他说这一切都不是，最痛苦的是明明组织就在身边你却找不到它。那一年我就有这种痛苦的感觉。

我痛定思痛，决定创作另一部短篇小说《涅槃》。我寄给那位女编辑，她叫梅卿，我理所当然地叫她梅老师。然而，稿件寄出去两个月如石沉大海。文学稿件的最长回复期是三个月，这意味着编辑部不采用了，我决定贸然去找她。

那是一次突发奇想的决定，是我在绝望中的最后希望。我从野狼沟到省城经历了十几个小时的颠簸。在城市里我甚至连公交车都不会坐，我从前门上车，被横眉冷对的售票员推了下来，后来我找到了那家编辑部，它缩在一座天桥的下面，从外面看就是个简陋的杂货铺。

一个比梅卿更年轻的女编辑告诉我，梅老师已经一周没到班儿上了，编辑部没有她的任何联络方式。那天就要下班了，自行车的大军浩浩荡荡，天空还飘着小雨，整个城市被花花绿绿的雨伞和塑料的雨衣遮盖，我看不清下面人的面孔，他们每个人都有一个目的地、都有一个故事，而我的目的地在哪儿？家在哪儿？

我囊中羞涩，决定找一家便宜的旅馆住下。母亲在我临起程时往我的衣兜塞了二十元钱，她说穷家富路，但我不忍心花她老人家一分钱。后来饥肠辘辘，我走进了一家国营饭店，花一毛钱要了一碗油渣子炖冬瓜，又花五分钱买了一大碗米饭吃了个饱，然后在天桥的底下找了一个空地躺下，从那个地方可以看到编辑部的大门，黑暗中它像两只黑洞洞的眼睛。

那是我在这座久负盛名的城市中待的第一个夜晚，连自己都难以想象我竟然像乞丐一样露宿街头。第二天一大早我就醒了，迎着第一缕霞光我见到了一个熟悉的身影。当时梅卿逆光站着，她背后是大片的阳光，呈现出金黄的颜色，仿佛油画家笔下的金黄色麦田，这正好映衬她娇好的身姿。那是我人生中最美好的一个早晨，我看到了最美好的一瞬间，最美好的一个人！看到我宿在天桥底下，她竟然流下了伤心的眼泪，从中我断定她是一个善良的人。

那一天我看到了她眼中所透露出来的善良和感动。她允诺先借调我到编辑部工作一段时间,主要负责组稿约稿。我的组织关系可暂时放在《女性》杂志编辑部。那份杂志没有刊号，属于非法刊物。她笑着说：“你可不要小看这样一份杂志，它的发行量超过十万份!”

我就这样做了一名没有名分的编辑。我之所以一直不愿对任何人说起，是因为那段经历令我难以启齿。我不愿说还有一个原因，是因为梅卿老师相当年轻，年轻到我们站在一起分不清谁是老师谁是学生。她非常漂亮，漂亮到我从来不敢正视她的脸；她看人的时候能看得你灵魂出窍，即使发起怒来你也误认为她是微笑的。

梅卿的家庭关系、社会背景多年后我才知道，那时候我已经成为她的铁杆儿崇拜者，并成为杂志社的一支笔。我集采编于一身，还身兼广告部主任，单位收入像钱塘江涨潮一样滚滚而来。

对于这份临时工作父母坚决反对，因为这背离了他们最初对我的期待。他们希望我穿上白大褂成为圣洁的医生，但我无心插柳成了一名文字编辑。母亲把一腔愤怒都发泄到父亲身上，说就因为老何家从根上就痴迷文化，所以才穷得喝凉水，上无片瓦下无立锥之地。

这等于当着面打老祖宗的脸，父亲表示出少有的愤怒，跺着脚说：“痴迷文化有什么不好?！何家就有这点儿光荣传统！”

我更多地理解父亲的苦衷，他太渴望为国家建功立业、为何家树碑立传了。我爷爷是那个时代最彰显的英雄模式，可惜他死得不明不白。如果那时候我像电影《英雄儿女》中的王芳那样，有一个工人爸爸还有一个老革命爸爸，我有一个英雄的爷爷或者说我父亲有一个英雄的爸爸，他就不会从城市来到山沟，靠争做一名军工战士来提高自己。我母亲也不会靠着跟杨主任暧昧来为我争取到一份好工作。我只要在身份栏里填上革命后代便可以分配到最重要的岗位，被推荐上名牌大学或者成为组织重点培养对象。总之，有太多的诱惑或机会却因为爷爷的失踪而成了泡影，我只能靠自我救赎。

接到牛金岭电话的那天早上我刚上班。单位正组织搬家，梅卿笑着问我：“没听说你有女朋友啊？怎么这女的张口就说是你爱人？”

她连续几个月到省新闻出版署为《女性》杂志申请了个刊号，并把身份挂靠在妇联。梅卿在全员大会上信心满满，要把这份杂志办成全省乃至全国的著名妇女期刊。

我不用猜就知道是牛金岭，她总是咄咄逼人。我说这肯定是口误，梅卿便善解人意地笑起来，说她已经告诉对方九点钟以后把电话打到新地址，并把新工作地点的电话都告诉她了。

梅卿所说的新地址是座旧写字楼，它先前有一家政府背景的咨询公司，刚刚搬走，只留下满地纸屑和尘土。在我们租用前地上的这些纸片都是沉甸甸的金子和钞票，现在却是一片狼藉，透过阳光能看到飘浮在空气里的尘埃是多么张狂。

九点，牛金岭果然准时打过电话来了。我埋怨她怎么对谁都称爱人，她冷笑道："不称爱人称什么，我不说是你爱人她能告诉我这个电话号码？"

这是牛金岭刁蛮的一面，总是我行我素。为了不引起矛盾，我只好退一步，问她找我有什么事。牛金岭说："找你当然有事！我妹妹生了，她生了一个女儿！"

牛玉琴生了个女儿，本是件好事，但是我听到这个消息却是嫉妒大于喜悦。奇怪就奇怪在牛金岭完全没有初为大姨妈的那种快乐，她语气里透着惊恐："你说说，她怎么生下来一个怪物？"

我不清楚牛金岭嘴里的怪物是什么意思，既然是个女儿也就罢了，怎么又成了怪物？我还没有问她，牛金岭便忍不住地一口气说下去："医院上下都在议论这件事。当时我和庄宝盒都在场。孩子生下来嘴里堵着一口羊水，脸憋得通紫，我一巴掌打下去，她才'哇'地一下子哭出来。我把她抱在怀里，她竟然伸着小胳膊打了一个响亮的哈欠。"

牛金岭如此这般地描绘当时的情景。

"你是说她生下来就打哈欠？"这个玩笑开得有点儿过，刚出生的婴儿怎么会伸胳膊打哈欠？但听牛金岭的语气绝对没有开玩笑的意思。我持着话筒，莫名其妙地哈哈笑起来，我看到空气里的尘埃被吹出去很远又试图卷土重来，被我挥手甩开。

那天早晨全单位进行卫生大扫除，声音嘈杂，我只好把放大按键打开，整个房间里除了弥漫着的尘埃就是牛金岭尖声尖气的声音。

"你有没有听到或者看到她会说话？我刚看了一份资料，说我们这个世界上有一种再生人，生下来就带着前世的记忆。"我开玩笑地说。

好多人都停下手里的活儿站在那里，脸上呈现出幸灾乐祸的神情，这其中就有唐方，她是新来的实习生，从一开始她就排斥我。上次我把小说手稿寄到编辑部，明明写着梅卿老师收，她却私自拆开扔到了废纸篓里，幸亏梅卿把它捡了回来，成就了我的一段神话。

我想报复唐方，所以故意把监听键松开了。而我也明显感觉到牛金岭不可能大清早起来开玩笑。牛玉琴怀孕我是知道的，庄宝盒告诉过我她的预产期。这婴儿生下来行为异常，所以她一大早给我打电话求助。

她的声音夹杂着愠怒，其实我能帮她做些什么呢？这纯粹是女人的天性，六神无主的时候总是希望从男人那里得到慰藉。牛金岭注定把我当成她的男人或者说当成孩子的姨夫了，尽管我和她还没有开结婚证明。

上次去她家的时候我俩做了些尝试，说不上是她引诱我还是我引诱她。她案头早摆好了从村委会撕下的空白证明，一纸证明足可以使我俩心安理得地扯掉那块遮羞布。

证明的格式都是空前统一的，上面写着：

“慈证明 ××× （空格）和 ×××（空格）为 ×× 公社 ×× 村社员，经组织审查同意（空格），现去你处办理（空格），请接洽。

此致

无产阶级革命敬礼！

× 年 × 月 ×× 日

我曾无数次在牛金岭的宿舍里看到这张空白证明信，盖着水磨头村党支部的红印。有时候她把它放在床头橱上，有时候她把它夹在《钢铁是怎样炼成的》的书页里，还有一次跟几个避孕套套放在一起。总之，是在我一眼能看得到的地方。我曾多次注意到牛金岭看这张纸时温柔和坚定的眼神，它仿佛是一张护身符，只要这张空白证明信在，她所做的一切都是合理合法的。

我却对这张纸怀着强烈的反感，它像一把刀高悬在头顶，每当我充满欲望的时候这张纸便警告我，这是我的不归路，是我通向死亡的通行证。如果哪一天我活得不耐烦了，把那几个空格胡乱地填成：“××× 和 ××× 为 ××× 公社 ××× 村社员，经组织审查同意死亡，现去你处办理火化，请接洽。”那也一定会顺理成章。

牛金岭显然曲解了我的意思，她充满愤怒地说：“何书盒，你不要太得意，你以为你躲到省城我就找不到你了？告诉你，我都好几个月不来那个了，说不定怀上了你的孩子。你不要拿再生人吓唬我，说不准他一生下来比我妹的孩子还厉害，张嘴就会叫你爸！”

这几句话把我打蒙了，那时候我还不想结婚，更重要的是我只是在城门外跑了几回马，和她还没有越过城池怎么就怀上了孩子？弄不好，轻则开除公职重则被打成流氓犯，连户口也会被注销了。我立即投降，说：“这种事千万不要开玩笑，这事要是传出去，我还怎么有脸工作，你还怎么有脸见人！”

我脸上像有许多小蚂蚁在爬。我手捂着话筒，把声音压得小之又小，但是明显感觉到同事们异样的目光。

“放屁！”牛金岭竟然情绪激动地开骂，这出自她的嘴里几乎不可想象，可见她对我有多大的仇恨。现在说什么都晚了，我在人家城门外放过马，说不定精虫子偷偷钻进了城门，把人家肚子搞大了，人家不告我就不错了，有多少委屈只好往肚子里咽。我匆忙地挂断了电话，一个上午沮丧地理不出头绪。同事们都像打了鸡血，兴奋得满脸通红。尤其是唐方，几次冲着我冷笑，我猜想那个上午他们的话题全是围绕着我。

牛金岭的话终是虚惊一场，当天下午她就打电话过来，承认只是想吓唬我一下，她的启发来自一位女同事。女同事盖了男同学的被子，回去肚子就大了，她以为是怀了孕，到妇产科一检查，原来是肠梗阻。但牛金岭并不觉得这事上她做得过分，因为她认为我太大男人主义了，如果带入婚姻一定一发不可收拾，她事前要给我个教训。但是妹妹的孩子有特异功能是真，县城条件不好，庄宝盒当天就把母女俩送回娘家了，有老娘照顾着会比较好。

那段日子我没有时间回家，杂志社刚刚筹备，梅卿让我具体负责，有干不完的工作，我一直忙碌了两个月才终露端倪。

我借故到基层采风，回了趟野狼沟，车路过毛山县城，当然不会放过去看牛金岭的机会。那时候我已经很轻松地就可以摸到牛金岭的胸乳了，离最终攻城拔寨不远了。牛金岭已确定成为县医院妇产科正式的助产士了，而我及我家尚远在野狼沟等待着工厂解散的通知。但这个等待相当漫长，杨文革曾在职工大会上公开讲，现在是八仙过海各显神通！这么大个工厂，国家投上好几个亿，不能说散就散了，谁也背不起这个责任，不如就这么慢慢地消化，等到工厂变成一堆废铜烂铁，到那时你不走也会遭人赶。

工资全都停了，每月只发几十块钱的生活费。父亲曾告诉我省城有位老同学，当年两人同时申请去支援“三线”，老同学没过政审关，谁料想因祸得福，人家几经调动，现在已经是电力研究所的总工程师了。他所里正缺一名锅炉工，据说已经有十几个人盯着了，其中还包括两个从边垦回城的女知青。我爸的同学获了国家科研二等奖，老所长要对他特别奖励。我爸的老同学就说奖励不要了，只求所长开恩，调进个人来就行。老所长艰难地同意了。我爸的同学老伴儿死了，本想申请个指标找个女人，但既然老同学有难，就只好先顾这头儿。他还透露，前几天有个三十出头的小寡妇半夜找上门来，说只要帮她从边疆把户口迁到内地，让她做什么都行。

老同学主动忍受着寂寞之苦把名额给我爸，这让我爸非常纠结，红着脸道：“你替我掂量掂量，觉得这事成，你就抓紧替我跑一趟，你省城熟，去的时候别忘了给你李叔送点儿礼。”

爸口中的李叔即他的初中同学，据说，当年我爸还跟人家争过女同学，我爸一封情书把人家即将到手的鸭子给赶跑了，但那位女同学在了解到我爸的身世后也没敢嫁给他，最后嫁了个有政治靠山的人。具有讽刺意味的是，我爸从来不求人，尤其是跟他有过节儿的人，但现在却不得不屈下身来求老同学办事，在我面前也从此直不起腰来。当年，他毅然决然地选择报效祖国，献身“三线”，得到的却是这样的结果。如果这事成功，从今往后他完全可以一边烧锅炉一边温习老祖宗的教诲，说不定有天也会写出一部光宗耀祖的巨著来。

我把我的想法当调侃说给父母听，父亲装聋作哑，母亲却笑了，说：“书盒子说得是！你爸怎么也是高才生，这么多年光顾了工作，竟从来没有时间静下来读点书，做点自己喜欢的事。以后进了省城，离图书馆、博物馆都近了，说不定真能干出点事业来。”

父亲没吭声，当天就搬出了黄书柜，把那些已经泛黄的书取出来，一本本地摆在床上欣赏。那些书由于岁月已久开始破碎，窸窣地掉下一些碎屑来，仿佛老人身上掉下的皮肤。

有关我跟牛金岭的恋爱外面已经传遍了，唯有我的父母还蒙在鼓里。这正应了那句话，最后知道的一定是最亲近你的人。

母亲那段时间总是疑神疑鬼，她回家说，无论她走到哪里都感觉怪怪的，人家总是在她背后嘀嘀咕咕，可当面又不言语。父亲就劝她以后不要这么敏感，感叹地说：“人心不古啊！咱家要去省城工作了，他们不羡慕嫉妒恨才怪呢！”

我却哑巴吃饺子心里有数，人们的议论不是冲着我爸妈的，而是冲着我的。医院已经名存实亡了，只剩下一部救护车值班。老肖也不给杨主任开车了，调到了职工医院当司机。那辆军绿色的救护车非常扎眼，每每驶进县医院牛金岭便打听我家的情况，有心人就问她：“你打听老何家干什么？”牛金岭就红着脸不说话，看病的人猜个八九不离十，然后说：“老何家可都是些好人！”

人家都叫我爸老何，其实他一点也不老，才四十不惑但已经很显老了。母亲本来乌黑漂亮的头发也有了白发。她平时最不愿意梳头，怕的就是掉头发，满地都是，所以经常蓬头垢面的。

当然，绝不能就此认为我母亲邋遢。她只是不愿意梳头，平时还是很爱梳洗打扮，我和爸的被套从来都是雪白的，没有一丝脑油和污垢，散发着肥皂的清香。

剪不断理还乱的是我和牛金岭的感情，我一只脚早已陷入沼泽不能自拔，而另一只脚还企图选择另一块坚实的土地，所以患得患失。庄宝盒破例拜访我们家，让这个谜局一下子变得复杂起来。

那次回家我有意在县城做了一下逗留，只想见一见牛金岭。毛山县城一条马路九盏灯的历史已归于过去，正逢周末，通往城区的大街上车水马龙。我有意从医院后门溜进去，没想到两个人挡住了去路，其中一个说：“哈哈，踏破铁鞋无觅处，得来全不费功夫。如果不是我心血来潮走后门，怕就错过了你！”

我一看傻了眼，眼前站着庄宝盒和牛玉琴。

牛玉琴比婚前胖了不少，皮肤变得更加细腻洁白，胸前隆起了两座奶山，隔着很远我都闻得见散发出的奶香。原来婚姻给予女人的不仅仅是结婚生子，而是凤凰涅槃。庄宝盒则更黑更瘦了，胸脯瘦成鸡架，连中山装都几乎撑不起来了。由于长期吸烟，他牙齿焦黄，手指头也被烟熏得像半截木炭。

我看到他们夫妻时，庄宝盒怀里抱着婴儿。婴儿被裹在一床厚厚的花棉被里。牛玉琴指着棉被对我说：“打开被子，让姐夫看看咱们的女儿！”

我这才意识到身份变化的不单是他俩，还有我。

牛玉琴最初看到我的神情是慌乱的，她让我看她的女儿，其实是转移视线。后来瞧见我对那床厚厚的被子感兴趣，她紧张的情绪才慢慢消退。在她的指挥下，庄宝盒神情庄严，一层层地剥开被子，像剥开一只厚皮的橘子，我终于看到那被子里露出一个小脸儿来。

尽管我在见到这个婴儿之前已经见识过无数婴儿，尽管我早就听牛金岭描述过她的特征，但是在第一眼看到她后还是吓了一跳。那是个跟庄宝盒脑袋差不多大小的婴儿，红红的脸蛋、黑黑的头发。她蜷缩在被子里似乎不太舒服，委屈地皱着眉，闭着眼，鼻子和嘴巴都拥挤在一起。我仔细地端详，她的眼睛更像牛玉琴，眉毛细长，弯成两条匀称的细线；她眼睫紧紧地闭着，宛若正踌躇在山涧林梢上期待升起的月牙儿。我曾在无数个夜里期盼成为那个赏月的人，然而这一切都毁于庄宝盒。

我瞅见这个可爱的小人儿便有些嫉妒涌上心头，不禁用手轻轻地逗着她的脸蛋，犹如逗着她母亲的脸蛋那般柔软，一边说："可真是个小美人坯子！宝盒子，看来决定庄稼成色好不好的关键不在于种子而在于地，要是我跟牛玉琴成了一对，生出个孩子说不定比这还漂亮！"

庄宝盒咧嘴笑了笑算是对我的回答，他居然没有当场反击我。我怀疑他是守着牛玉琴故意装斯文。奇怪的是牛玉琴对我轻佻的言行也不予驳斥，嗔笑地出手打了我一下，嘴里说："讨厌！"

她的手柔弱无骨，样子比任何时候更娇羞好看。我乘机抓住她。庄宝盒终于被我的挑逗激怒，一把打开我说："还是好好享用我的大姨子吧！我倒觉得，牛金岭更适合青石板上创出高产来！"

"青石板上创高产"是学大寨时喊的口号。上级号召农业要创稳产高产，在青石板上挑上土，种起了庄稼。当年，牛玉琴的父亲带领社员和知青，没白没黑地往青石板上运红土，但是一场山洪把他的梦想泡成了汤，不但没有创出高产来，还扭了腰，最终连个带把的儿子都没有产出来。

庄宝盒竟然用这个拿我开玩笑，放在过去我早就恼火了，但是自从我跟牛金岭好了以后，跟人打架的勇气都没有了。

说我默认这种说法倒不如说是心虚更确切。从表面上看，牛玉琴长得漂亮，但她是那种外表花哨骨子里坚硬的女人，这从她高高的眉骨、宽阔的两颊和夸张耸动的双肩就可以看出端倪来。而牛金岭外貌平平，也没有显著的特点，她的面颊平滑圆润，连双肩都瘦削到男人很想一把揽过来。母亲告诫我，方脸颧骨高的女人克男人，而平脸削肩的女人有旺夫相。我一直受此恐吓，担心会娶一个克男人的媳妇，现在看来庄宝盒已捷足先登。

我哈哈大笑着收回手，本来我就是逗他们的，这种奇怪的想法居然能使我沾沾自喜，简直是变态。现在说什么都是废话，生米都做成了熟饭。庄宝盒已经娶妻生女了，顺畅得就像吃了顿早餐，这大概与老丈人当着村支书有关，图章随便盖。我比他小两个月，虽说暗地里也早跟牛金岭小动作不断，但至少表面上还是单身汉。我还没想好做不做他俩的姐夫，所以我也不在乎他开这样的玩笑。

两个男人见面开起这种粗鲁的玩笑，令牛玉琴觉得很难堪。那天即使我竭力掩饰，牛玉琴也能猜得出我背后的真实想法。我是喜欢过她的，她机不逢时或者说阴差阳错地做了庄宝盒的女人。从我站在她面前那一刻起，她就感觉到我的神情紊乱，不能自持。

她伸出手，从庄宝盒的怀里抱过孩子，沉下脸，淡漠地说："何书盒，我们牛家也是有身份、有地位的人家。我姐百里挑一，你娶不娶她是你的事，可是，我姐这里也不是旅店，你想来就来、想走就走！"

这无疑是对我的严重警告，牛家也不是平常人家，妹妹是全公社闻名的赤脚医生，姐姐是县医院的白衣天使，爹把两人捧若明珠，我不能把婚姻视为儿戏。如果我不认真对待，就是在玩儿火，不是在火中涅槃就是在火中灭亡。

那天她的这番话好似一把锋利的削皮刀，把我虚伪的脸皮削落了一地，而庄宝盒在牛玉琴面前装疯卖傻其实是最聪明的选择。他趁着双手解放的机会，从兜里摸出一包烟来，笑吟吟地递给我一支，又熟练地晃晃盒子，弹出一根烟叼在自己嘴上，吸了一口，喷云吐雾地说："牛玉琴说得对！你可考虑好，人生就只有一次机会，过了这个村就没有这个店了！"

我接过烟，试着吸了两口，借以掩饰我的尴尬，这才发现，吸烟并不是件好事，又苦又辣呛得我直咳嗽。庄宝盒吸烟的牌子已经换了，从"大丰收"变成了"勤俭"，过滤嘴也变成了普通纸烟，这充分说明他经济的拮据。他已经是县中医院的正式医生了，今天是孩子的百日宴，他们先去照相馆照相然后回老丈人家。

"去年我们婚礼你都没去参加，我到处都找不到你，孩子的百日宴你无论如何也要到场。"庄宝盒又深深地吸了一口烟，严肃地说。

"这我需要跟牛金岭商量一下。"我试着退了一步，回答。

"这你不用商量！我姐早就答应了，她正准备给你打电话呢！"牛玉琴接过话说。

说着，便背过身去，解开衣襟给婴儿喂奶。如果说未婚女子视胸乳为她们贞操的一部分的话，那么结过婚的女子便天真地认为给孩子喂奶天经地义，在这点上连神仙老子都无可指责。

我是跟牛玉琴一起长大的，上学的时候我视她的身体为一生探究的谜，现在看来也不过如此，岁月把所有的神圣都打碎了，她面对着我毫无羞耻感；我相信她一定把我当成柳下惠了，坐怀不乱，其实，我在见到她的起初满心都是浑蛋想法，很想彻底地撩起她的衣襟，瞧一瞧那片向往已久的天空。

其实明天才是女儿的百日，庄宝盒说他们提前一天回家只是早做准备。老丈人已经跟公社领导打过招呼了，也跟全村的人都说好了，要置办酒席。按照移风易俗的规定，村支书是不能铺张的，但事在人为，老丈人承诺新事新办，绝对不收群众一分礼。全体村民白吃白喝，晚上还要放电影。

村里要放的电影一部是《草原英雄小姐妹》，一部是《红雨》，都是牛支书亲自挑选的，前一部暗示着他有两个女儿，后一部则是歌颂赤脚医生的。后来公社放映队说这两部电影都有政治问题，拷贝都已经收回去了，换成了《生死恋》和《庐山恋》；一部日本影片，一部中国电影。牛支书就生气了，威胁要取消放映。放映员忙赔笑说，日本片子是栗原小卷主演的，她演的《望乡》把中国男人的魂儿都勾走了；中国片子是郭凯敏和张瑜主演的，听说影片里有亲嘴儿的镜头，牛支书这才勉强同意。没想到那晚人山人海，附近山里的村民们都拥到水磨头村去看电影，不少人点了火把向水磨头村挺进，站在村头的坡上，可以看到无数条火龙从不同的山坳里向这边游走。

知青走了以后只留下空空的房子和场院，牛支书把宴席安置在那里。其他村子群众闻讯蜂拥而来的时候，水磨头村的村民们还没有喝完酒，电影也没有开场，都被村里派出的民兵挡在了村头。这些村民都不耐烦地站在村口等，后来人越聚越多，变得不怎么安分起来，都朝着人墙挤，守村的民兵不得不用竹竿敲打那些蠢蠢欲动的头，打得下面的人尖声怪叫，持竿的人却越敲越起劲。这在乡下叫晃台。后来公社书记来了，看到这么多村民拥挤在一起，怕出现踩踏事故，黑着脸对牛支书说："这怎么得了，先把电影取消了吧！改天再放。"大家怀着不舍和满肚的牢骚，又空等了两个钟头才散场。

后来电影倒是补上了，不过又换了片子，改成《人证》和《追捕》，鉴于其中有裸体女人的镜头，还是吸引了大量的村民。不过看过电影以后大家都不满意，裸体那段剪掉了，至于那句著名的台词："昭仓都跳下去了，唐塔也跳下去了，那么请你也从这里跳下去吧！"我多少年后仍然记忆犹新。

相信庄宝盒也不会忘记，因为那是一个时代的记忆。数年后，当他从医院的大楼上一跃而下的时候，他脑海里一定回荡着这句话。

那年我在山里见到了最震撼的一幕，大家为了看电影，点起火把，从数十里外的山里向这里会聚，后半夜的时候还看到不断有火把从后山梁爬过来，他们边走边唱，那类似喊山的号子声令人难忘。

夜深，当所有人都走开之后我和牛金岭留在院子里，在小石桌前对坐，有些装模作样。看她游离的眼神和心不在焉的表情，我就知道她正等待着我向她发出邀请。于是我从桌下小心地碰了碰她的腿，牛金岭吃吃地笑了，嗔笑地打了我一下说："何书盒，我可警告你，我俩还没领证，你甭想打我的歪主意！"

其实歪主意我早就打过了，偷情的欲望不断在我身体里发酵，我站起身，大着胆子跨过那张石桌，把她抱起朝屋子里走去。也许我的步子和呼吸太过沉重，以至于隔壁院子里的狗狂吠不止。牛金岭缠绕的手臂增强了我的信心，我把她扔到炕上，急不可待地脱去她的衣服。

这时，我分明听到了婴儿的笑声，绕梁不断，飘忽不定。

凭空里出现的婴儿笑声把我的情欲彻底打断、摧毁了。我惊恐地跳起来，一边系着裤腰带一边四处打量，房檩和屋顶上的苇箔都是新的，房梁也是新做的，尚贴着上梁大吉的红帖子，白炽灯发出耀眼的光芒，少说也有四十瓦，在水磨头村，也只有村支书家里才点这么亮的灯泡。

这么明净的环境，我实在搞不清楚是哪儿的婴儿在笑。如果说是牛玉琴的女儿，她才三个月大，不会发出如此明晰而响亮的声音，再说庄宝盒一家子远在山脚下，再大的笑声也传不到这里来。如果是幻觉，我却分明听到它绕梁不绝，足以证明是真实存在的。

我沮丧地坐在炕头，不知接下来如何是好，我彻头彻尾地让婴儿莫名其妙的笑声给打败了。牛金岭有些恼怒地系上衣扣，问我："何书盒，你告诉我，是不是有了别的女人了？"

这哪儿跟哪儿啊！我只是听到了婴儿的笑声，他打乱了我的节奏；我只是不习惯开着灯跟女人做那件事，但我一时又找不到拉线开关。我举目四望，它原来被安在房梁靠墙的地方了，灯绳断了一截。

我镇定一下情绪，重新坐回炕沿上，抚摸着牛金岭，试图找回刚才的感觉。但是晚了，外面传来了庄宝盒的喊声，并且不停地拍打着院门。不等我把手从牛金岭的身上移开，他已经一头撞进来了，满嘴酒气地说："对不住了，我自己把门闩拨开了！牛玉琴赶我过来，陪着你睡，让咱姐……不，让我姐到她屋子里睡。”

他瞧见我一脸的尴尬，坏笑道：“书盒子，你甭拿这种眼光看我，这不是省城，也不是在县城，这是在水磨头村老丈人家。你和牛金岭还没有结婚，自然不能睡到一块儿！”

说到这里，他眼神早就迷离了，鞋子也不脱就爬上炕，一头扎在那里呼呼大睡。所有美好的想法都泡汤了，躺在炕上时，我恨不得一脚把这个不知趣的家伙踹下去。

简直是一场梦魇，庄宝盒的呼噜声吵得我睡不着觉，那扑鼻的酒气令人窒息，更重要的是我耳畔一直回荡着那个婴儿的笑声。

天蒙蒙亮，我便起身走到院子里，一夜没睡头昏脑涨。我想清醒一下，信步朝后山爬去。整个村子尚沉浸在一片静谧之中，只有早起的鸟儿于枝头叽叽喳喳地叫个不停。站到高处看这个原始的山村十分美丽，石头垒的村舍散落在起伏的山梁上，这样的房子冬暖夏凉。牛家的房子靠近村口，与其他人家石屋茅顶不同，她家的房顶是红瓦的，墙是红砖的，格外显眼。墙后是一片杨树林，顺着小道穿过树林便是灵依河了。早晨的河面上腾起一股股水气，格外妖娆。

这便是牛家姐妹生活的地方！尽管我从小与山有缘，但初看到这座高山狭谷里的山村时还是感慨它的原始与美丽；我一直把这里看作生命中的驿站而不是终点，直到我站在高处看这山这水，才感叹它风景迷人。

朝霞越来越亮地粉饰着山谷，村里的大喇叭开始播放《每周一歌》，整个山谷都回响着高亢而深沉的女高音：

“我的歌是希望的朝霞，

我的歌是盛开的鲜花……

一个粉色的人影乘着歌声，沿着灰白的山路朝山顶爬上来，从她走路的样子我就判定，她是牛金岭。

一夜的情潮似乎早已退尽，她老远就高兴地打着招呼：“嘿！起得这么早？”

我说：“不早不行啊，昨天夜里差点让庄宝盒身上的酒味儿熏死。”牛金岭就笑了，说：“肯定是爹的主意，怕你跟我一起睡，所以才想出这么个馊主意。”这出乎我的预料，搅我局的是她爹而不是庄宝盒。

太阳这时候还没有露出脸来，山野里一片迷蒙，我俩信步朝更远的山坡爬去。山顶的地势较为平整，农人在地里种上了苞米，早早就长齐了身量，等待着风为它们授粉，到处充满了淫荡的气息。

我俩虽然没说话但都心照不宣，默默地朝着隐秘的山地走。

绕过庄稼地便是一座缓缓的山坳，这里已完全看不到村庄的影子了，但灌木却越来越稠密。在一片水草旁有一些白色的沙土，生长着栗树和其他山果树，这些树因为靠近水源而枝叶繁茂，它们铺展开身姿，足足有半个篮球场大。牛金岭率先钻到树底下，然后回身向我招招手，我跟着进去，发现这地方十分隐蔽，即使站在十米开外也看不到。

树影婆娑，扫着我的脸和头，脚下的沙子则又松又软。正当我怀疑来这里的意图，站在原地踌躇的时候，一双光滑的手臂已经藤蔓似的缠住了我的脖子。

我瞬时明白了她的用心，心照不宣地把衣裳全脱下来，裸身躺到松软的沙子上去。牛金岭也如法炮制，轻轻地靠近我身边坐下，一些不知名的果实低垂到离地面一米的地方，繁茂的枝叶很好地保护了我们的隐私。她把衣裳平整地叠好，然后舒服地躺在上面，我第一次完整地看到了她那肥美而健硕的炸药包。

我不再受庄宝盒那张图的误导，没有生命的东西总是苍白无力的，而牛金岭的炸药包聚集了所有生命的能量。而这时我的手无意间触到了一个白色的袋子，原来里面盛着一只安全套，它静静地伏在地上，像一个熟睡的婴儿。袋子的旁边有两张展开的纸，是一张人流的证明和一张结婚的证明。

原来她把一切都考虑到了，准备好了，就等我点燃导火索。我像木头一样僵硬，把头扭向一旁，不敢正视那两张证明，它们仿佛高悬在头顶的鞭子，时刻警醒我要小心翼翼。我直挺挺地躺在地上，看着她替我把套套戴上。她老练的程度让我惊讶。也许牛金岭意识到我的猜疑了，她一边帮我戴套套一边故作镇定地讲着笑话：

有一次她跟一个大姐下乡宣传计划生育，工作很简单，就是教男人们如何戴套。大姐当众把套戴到拇指上，对大家说：“这样啊……这样！”全体男人都学着竖起大拇指，把套套戴上去。但是后来他们的女人们还是都怀孕了。大姐去检查，责备他们没认真学，男人们信誓旦旦地表示，他们是坚决按大姐的教法做的。大姐气急败坏，让他们现场操作一遍，结果全体男人都把套套错误地戴到了大拇指上。

“哈哈！”我情绪被调动了起来，一面夸张地大笑一面向对方进攻，牛金岭边拒绝边把我紧紧地抱住，在那片果树下、在我的纠结中，我的人生第一次就这么来临了。

整整一个上午我俩都躲在树下，像野人一样不穿衣服，我似乎听到牛玉琴在很近的地方呼喊我俩回家吃饭，但牛金岭躲着不吭声。她说小时候被人欺负了或者被父亲打了，都会跑到这里来躲着，没人能找到她。等一切都平息下来的时候，牛金岭突然起身，双手撑地对我说，妹妹还一直没有给孩子起名字，她想让我帮她起一个。

我冷笑地问："她是你妹妹的孩子，她有爸爸，我为什么给她起？"

牛金岭往头上套上毛衣，冷笑地说："你为什么不能起？你是牛玉琴的姐夫，她是你的小姨子。再说你是文化人，我们不找你起名字找谁？"

我彻底被牛金岭打败了，或者说彻底被她的炸药包攻破堡垒了。如果说在这之前我做了什么都是无意的冲动，那在这块野地里的苟合却是有意放纵，也就是说，我承认了跟她的婚姻关系。人生用契约和精神维系的婚姻都是不确定的，只有用肉体筑成的婚姻殿堂才牢不可破。我从那一刻起不但坐实了姐夫这个位子，还坐实了牛金岭丈夫的位子，命中注定我和庄宝盒有不解之缘。

中午我俩才溜下山。庄宝盒要赶回县城上班，找不到我已经走了。牛玉琴则表示等我给孩子起好名字，她第一时间去公社报户口。孩子都几个月大了，却连个名字也没有，实在不方便。我答应琢磨一下，无论如何也要起一个拿得出手的名字来。

当天下午我决定回父母家去，牛金岭说下午肯定没有过路车，其实我也知道，就是大白天这条道上也见不着几辆车，但我还是觉得不应该再留宿她家。

队里的拖拉机不在家，她爹借她的自行车去了公社，现在走只能凭着十一号腿。见拦不住我，牛金岭不再固执，替我到邻居家里借车，但不凑巧，没有，看来我只有自己想办法了。

太阳西斜，挂在鹰愁峰的峰顶。靠近山脚的阳光已经隐去，看上去略显昏暗。眺望山路，它盘踞在陡峭的山间犹如一条大蟒。牛金岭望着丰腴的山体紧蹙眉头，我第一次发现她对我产生了某种依恋和担心。我知道再拖延下去就甭想走出大山了，牛金岭的目光牵引着我，但我还在试图做最后的挣扎。

我头也不回地朝着村外走去。穿过树林便是通向外面世界的大道，一直走下去，二十里外有一个转弯，从那里就可以走出水磨头，走进野狼沟。

听说要进野狼沟还有一条近道，这就是从鹰愁峰翻过去，当年牛家姐妹上学经常走，但我不熟悉，所以不得不绕个大圈子。

没走几步我的腿就开始发软，但我坚决不肯承认对牛金岭的感情，所以想逃离这片土地。牛金岭的身影已被稠密的树林遮住了，我消失于她视线的一刹那，分明看到了她眼中的离愁。人生明明就是一场游戏，可为什么会如此执迷不悟？我们背负着情感的包袱，行走在人生的路上，愈走愈沉重。

太阳很快便消失到大山的背后去了，傍晚时分，东方一轮月亮早早地升起来，像一只放飞的白色气球，我走它也走。随着光线越来越暗它反而越来越明亮，把那些陡峭的山体和岩石涂成一片银白。

那是二十世纪七十年代最后一个秋天，哪一天我记不清了，在那个傍晚，我沿着鹰愁峰北麓蜿蜒曲折的山路朝家里走。虽然我走的方向始终与心中的目标有误差，但我坚信只要勇敢地朝前走，就能走回野狼沟去。天空被水洗过一样，一片湛蓝，月亮仿佛是镶嵌在上面的宝玉，发出柔和的光芒，而除了草丛里争鸣的昆虫，山林一片寂静；偶然树木深处响起一串猫头鹰的叫声，告诉你暗夜的惊险。

我突然害怕起来，借回想跟牛金岭在一起的每一个细节驱赶胆怯，但我发现越是新近发生的事越想不起来，相反，那些久远的往事越来越清晰。我的手无意触到了腰间的挎包，那个军用背包是参加工作当天父亲送给我的，上面有他亲手绣的五个大字："为人民服务。"除了一个笔记本和一支钢笔，包里还装着一本精装的《泰戈尔诗集》，无论走到哪里，我都喜欢带着它。

这本诗集是我在毛山县城买的，我喜欢普希金和泰戈尔的诗。

那天夜里我手触摸到书，心情才慢慢地安静下来，不再感到害怕。皓月当空，足以驱散潜伏在大山里的任何妖魔。后来我听到了水声，猜想那便是灵依河了。其实从我走出水磨头村，这条河就一直伴随着我。

对于这条河的历史我略有了解，它之所以叫这个名字，完全与人的灵魂有关。传说当年在这条河的河滩上，曾经发生过千军万马的大战，那些战死的灵魂都聚集在这里不知所终，整夜地哭号奔走。天帝闻讯下了一场特大的暴雨，裹挟着山石和泥土的洪水把那些灵魂一扫而净。

当我付出一整夜的代价，终于站到工厂对面山坡上的时候，第一缕阳光正好照在野狼沟的西山岭上，所有的林木都罩在一片金黄色的阳光之中，就连那些破旧的石屋都因为涂了阳光而变得庄重和鲜艳起来。在目光所及的地方，那幅巨大的画像依然挺立，年轻的伟人手拿着雨伞，目光坚定。那是我最后一次见到父亲画的那幅油画，它第二年就被人涂刷了油漆，改成了商业广告。但这幅油画多少年后一直耸立在我心里，因为它见证了一个时代，见证了一个经历了艰难跋涉才到达崭新彼岸的我，一个经历了艰辛才看到光明的年轻人的心路历程。

清晨的野狼沟是那么美，美得如法国印象派大师笔下的风景油画。我突发奇想，牛玉琴的女儿应该叫一个很好听的名字——小美。

关于我给牛玉琴女儿起名字这件事，并没有什么特别的含义，就是脑子里一闪的结果。

我给这个孩子起名小美，除了希望她美丽，内心深处更是对错失牛玉琴的一种感叹。我打电话告诉了牛金岭，她欢呼雀跃，说马上就告诉妹妹去，然后娇嗔地说："你怎么才打电话来，我着急了一夜。"

我说我走了一夜，人困马乏，连口水都没来得及喝呢！她笑起来，不假思索地说："你走后我倒头便睡，睡得特别香，刚起来，饭还没有吃呢！"

这才是真实的牛金岭，她总是信马由缰。厂里的人已走得差不多了，十分冷清。我决定在家多待几天，陪陪父母，顺便帮着整理一下东西。直到有一天梅卿打电话过来，埋怨我人跑到哪里去了，若不是她手里留着我的联络号码，还真找不到我。

我没想到梅卿会打电话追到厂里。杨心红走了，总机室换成另外的女人，经常脱岗。我不但惊诧梅卿保留着我家的号码，还惊诧电话能顺利地打进来，看来是天意。梅卿说："你甭管我用了什么办法，总之让我找到你了，十万火急！"

她说上级给编辑部两个名额，按事业编制招聘上岗，我必须抓紧填表上报。

梅卿居然为我争取到了事业编制，这对于正严格限制人口流入城市的严峻现实来说，无疑是天上掉馅饼的概率。我应该感激梅卿背后所做的工作，妈一直说我遇到了贵人；我把自己比作一块璞玉，梅卿就是把我从土里挖出来的人。我离开的第二天表格就到了，被她搁在抽屉里整整一个星期，直到人事处打电话来催。

这是我最后的机会了，我撂下电话就去找老肖。老肖那辆破救护车早就趴在车库里不能动了，不是坏了而是没有钱加油。我答应出油钱并且承诺给他联系一份工作，他才欣然同意。

返回省城时已华灯初上，我从公用电话亭给梅卿打了个电话，然后找了个小饭馆，一面陪着老肖吃饭一面等她。梅卿打车过来的时候老肖已经吃得差不多了，坐在那里打饱嗝。梅卿穿风衣戴墨镜，她姣好的影子让老肖不敢正视。等梅卿把表格交给我，匆匆离去的时候，老肖惊愕的表情还没有完全复原，他盯着她飘逸的背影，惊讶地吐着舌头说："乖乖，你的领导这么年轻漂亮，就是杨主任也没有这个艳福！"

该不该在老肖面前暴露跟梅卿这层关系，我没有细想，大概是虚荣心作祟，我竟然又说了她许多好话。我看到老肖脸上露出浅薄的微笑，他大概彻底相信我会给他找一个好单位。那是我最后一次见到老肖，因为一己私情我没有追问老庄的事。人生有许多机会都是一闪而过，正如那次，如果不是梅卿坚持要把名额留给我，如果不是我想法子贿赂老肖，也许我就会永远与这座城市擦肩而过了。

但在欣喜过后我陷入了麻烦，牛金岭意外怀孕了，我立刻想到了那次纵欲。我本是戴着套套的，但牛金岭的炸药包把我的防线炸开了一个洞；我给了自己一次放纵的机会，却给了牛金岭无数个占据我的理由。这就是生活，这就是凡夫俗子眼中的婚姻，与爱情无关。

我才踏上一条认为生命中重要的船扬帆出海，却就要当父亲了，奉子成婚是我绝对不想做的。我战战兢兢、如履薄冰地在牛金岭的肚皮上舞蹈，终有一天失足，落入水中。

这件事对于今天的人来说可能感觉小题大做，无非就是一个意外怀孕，开个假证明或者出示个假身份证就全部解决了。但是，在二十世纪八十年代却不行，从同情你的角度这是世界观改造不好，作风不正，稍向左迈一步，你就是一个十恶不赦的流氓。我完全陷入感情的旋涡中不能自拔，牛金岭是这场悲剧的制造者。我浸泡在冰冷的水里，她站在岸上冷笑；我要爬上岸，必须抓住她抛出的绳子。无论我怎么上岸都即刻成为她的猎物。

我曾乞求她打掉这个不该出生的孩子，她是护士，打掉个孩子非常简单，根本不需要开证明。但牛金岭严词拒绝了我，她语气里透着鄙视说："亏你还是个男人，那是我们爱情的结晶！"

她站出来维护我们的婚姻了，她把我们无意中抛撒下的种子当作爱情的结晶，但是我还没有做好要成为父亲的准备。我不甘心就这样落于牛金岭之手，母亲更是明确反对我找一个农村户口的媳妇。退一万步说，即使她转正了，成了城里人，我母亲也难以接受一个农村的亲家。她说我已经在大城市工作了，她和父亲也要搬到省城生活了，为什么还要找个县城里的女人？将来两地分居的日子会磨掉一切生活的情趣，我们会长年累月地奔波于城乡之间，任那些花前月下的美好时光流逝在路上；她还告诫我生活是现实的，柴米油盐酱醋茶，孩子生病、大人生灾，夫妻间会困难丛生。

而我父亲却沉默不语，这事关老何家的荣誉。我们家从来都是老实守法，甭说婚前搞大女人的肚子，就是婚前男女拉拉手也被告知大逆不道，现在居然被儿媳妇拿来要挟成婚，同意与拒绝让父亲十分纠结。同意就意味着从此何家娶了个农村媳妇，不同意又担心东窗事发。

父亲开始退缩，从牛金岭身上寻找她的好。他说虽然何家和牛家门不当户不对，但是牛金岭绝对是个好孩子，她之所以怀上何家的种，那是死心塌地要跟我的结果，不然她早就把这事闹得沸沸扬扬了。母亲对此不屑一顾，她鄙视地说这个女孩子心机重，以她的条件万难找上像儿子这样的好男人，所以才设下套子让我钻。父亲也有点急了，瞪着眼道："钻都钻了，这时候说这些还有啥用？我看这闺女丰乳肥臀的也不错，说不定头胎就生个大胖小子！"

他的话让我母亲难以接受，什么丰乳肥臀，哪有准公公这样评价儿媳妇的？父亲的话一出口，母亲就跳着脚骂他老不正经。

不过父亲的话不无道理，找个什么样的儿媳事关我们老何家血脉传承。何家三代单传，我是独苗。父亲说我曾爷爷的时候就已显露出危机了，他把侄子过继到我们家，然后他又张罗着给孙子，也就是我爷爷说了一个大腚媳妇。没想到操之过急，方法简单，爷爷一怒之下跑了，参加了革命。我倒是觉得，爷爷没有感受到大腚媳妇的优越性，不然结局肯定不一样。

"屁话！有这么说先人的吗？"父亲愠怒地瞪着我。

我吓得缩起头不敢再吭声。爷爷真实的故事是在抗日队伍里处了一个对象，一个年轻的寡妇。我爷爷经常下乡宣传，有一次遇上敌人搜查，就躲到寡妇的炕洞里。后来敌人走了，他却赖在人家炕上不走，愣是搞大了人家的肚子。

我迟疑着问："这么说，我爷爷还有一个孩子？"

父亲下意识地瞥我一眼，把后面的话咽了回去。我知道他内心还隐藏着什么秘密，但他什么也不对我说。我每次打听祖上的事，他总是患得患失，像挤牙膏似的告诉我丁点儿，这种现象已让我厌倦至极或者说疲惫至极。我不屑一顾地挥挥手，故意激他说：“老何家后继乏人已成定局，告不告诉我都无所谓。如果我知道了老何家更多的历史，说不定还能帮上点儿忙，现在反而你什么也不说，我也就没责任。”

父亲果然上了我的当，迟疑地承认：“听说你有一个大爷，不过他改姓了别人的姓，所以我们何家一直不承认他。”

这是我从父亲那里得到的最有价值的情报，我居然有一个大爷！这也就意味着我父亲有一个同父异母的亲哥哥，他即使不姓何也有着何家的血统。

我母亲是父姓最坚决的捍卫者，她坚持两大观点：一是当年我们何家的婚姻都是讲究门当户对，家谱上也有记载，都是与大户人家联姻，多娶城里大户人家的闺女，这相当于现在的城市户口；二是她坚定地保持家族的纯洁。家谱规定，男进女不可以进，儿媳妇可以进，女儿不可以进。我大爷身为大丈夫却抛弃了何姓而姓了别人的姓，就是家族的叛徒，他断然不能成为何家的后人，父亲提都不行。

但我却为有了这样一个大爷而沾沾自喜，尽管我还不认识他、不知道他在哪儿，但是，只要他在这个世界上，老何家就流传着家族的血脉，也就不用我在这里瞎担忧。我结不结婚有什么关系，我生不生龙种也无所谓，反正这个世界上有人替老何家传承血脉。

母亲是我生命中至亲至爱的人，但是相对于对父亲的敬畏，我却有点儿瞧不上她。她活得太累，太没有自我。她总是心甘情愿地活在父亲的精神笼罩下，活在家庭的影子里，我管这叫红色恐怖。其实她也算是新中国的第一代年轻人了。虽说她出生在旧社会，但生长在红旗下，她学会的第一首歌就是《解放区的天是明朗的天》，她听人讲的第一句话就是：“毛主席是我们的大救星！”她的爱情观也初具现代色彩，和父亲的结合就是最好的例证。

我先说说父亲。二十世纪五十年代初中学毕业，具体到哪一年哪一天我已无从考证，反正父母不说我永远当成谜。母亲那时候在乡完小上学。有一年父亲回乡办户口，俩人在村西头的小石桥擦肩而过。我母亲一眼就相中了这个让到桥边、差点儿掉进水里的帅气小伙。后经多方打听，才得到父亲家的住址，托老校长上门倒提亲。我姥爷虽说是乡下人，但也开明，干脆利落地说，既然女儿愿意跟着女婿进城，他们绝不反对。于是，我母亲放弃了乡里安排她到供销社干会计的机会，跟着父亲来到城里。

事实证明我母亲的选择是错误的，完全凭着第一印象，结果吃了一辈子的苦。我父亲虽说老实本分，但就是一个普通的工人，多少年后，当爱情变成亲情的时候，回忆当初的选择，我母亲暗地里后悔，这也是她经常无端对我父亲发火的原因。但是母亲非常贞洁，她一旦选择了老何家，就坚决捍卫夫君的尊严。

我就是潜伏在父母亲的腿肚子里，从农村一步步爬进城市的，赚了个城市户口但却拖了母亲的后腿。她因怀着我而丧失了参加工作的机会，最终只能沦为临时工。为这事母亲耿耿于怀，她说我简直就是她的冤家。

我承认我出生得不是时候，正赶上大跃进和生活困难，母亲怀着我，为了不让我饿成傻瓜或笨蛋，比别人吃了更多的玉米芯、窝窝头，还有路边的树皮和野菜，以至于生活条件改善以后她还念念不忘它们的好。

我对于早年城乡的差别是模糊的，对于那段艰苦的生活也没有什么印象，但母亲能如数家珍，她说城里人永远是城里人，乡下人永远是乡下人。虽然现在都强调上山下乡，但总有一天他们还会回来的。

当我正为无意中种下了何家的后代焦头烂额的时候，庄宝盒所在的知青点已经在撤销之列了。这个结果果然被母亲言中。

我姐姐倒没有受到这个政策的恩惠，那时候她已经在当地派出所注销了户口，准备返回来，但是当地组织考虑到这么多知青返城，会对内地就业造成压力，便封锁了所有出疆的通道，连火车站都派上了军人把守。宣布原先办理的户口迁移手续作废，逼迫着知青们放弃回内地。姐来信说，好多同学都不想就这么放弃了，正在想尽办法出疆。

我不想用过多的笔墨来描述姐姐，她很小就被父母送到远房亲戚家抚养，虽然后来回到父母身边了，但是跟全家人并不亲，我对她的记忆也只是一个模糊的影子。那一年家里接到她最后一封信后就杳无音信了，她信中透露已经结婚了，丈夫在镇上上班，收入微薄。后来我们才知道，她说想办法出疆其实是偷偷翻越南疆的大山。那时候整个地区全部戒严了，她只有冒险翻越雪山，然而她没能走出来，死在了山上。

数年后我跟着父亲去过一趟新疆，我的姐夫早已另娶了当地的女人为妻，没有露面。姐的公爹指着荒野上一座孤坟说：“这就是你家的女儿，我的好儿媳妇。我们没找到她的尸体，只能给她立个衣冠冢，作为对她也是对您一家人的交代。”

这场知青回城潮对于庄宝盒已经不那么重要了，他早在县城找到了落脚点，只是还留有一点儿尾巴，户口关系没能从水磨头村迁出去，还攥在牛玉琴父亲的手里。他关系没转走在于牛支书的私心，他怕庄宝盒上了大学会带着户口远走高飞，所以坚持不开户口迁移证明，这让庄宝盒耿耿于怀。

但知青回城的政策最终让庄宝盒受益，政策要求一刀切，他不费口舌就让牛支书手中的权力作了废。然而事情也并非那么简单，他政治关系一栏成了新的问题，老庄之死家喻户晓，他想把关系转到城里，人家要求他出具组织证明，证明父亲不是畏罪自杀或者有政治问题。

杨文革已经荣升省教育处副处长了，还兼职某大学的哲学教授。庄宝盒找到他很不容易。当他让杨文革想法子给老庄一纸身份证明时，他竟然表现出少有的痛快，他叹息地说：“好好的一个人，说出意外就出了交通意外。老庄绝对是革命军人，是不可多得的优秀军工战士！”

他叮嘱秘书，一定要好好接待老庄的后代，老庄把一生都献给了无产阶级革命事业，他的死重于泰山而不是轻于鸿毛。

这足以让庄宝盒从容地拿着证明信到县城报到。父亲政治上没有一丝污点。据说正式调过去不久，他就坐上了科主任的位子。小小的县中医院绝大多数都是社招或顶替的，工农兵学员凤毛麟角。

知情人说，庄宝盒的成功与两位病人有关。

病房住进一位患了痔疮的副县长。按常规病人是要住肛肠科的，但肛肠科人满为患，拥挤到张嘴呼吸都有股大便的味道。这位副县长不愿意住那里，提出住高干病房。院里是有几间条件好的高干病房，但也被人占了。占领的是卫生局领导的夫人姚某，县府大院公认的一枝花。消息可靠人士称，一枝花叫姚秋波，患慢性经期综合征，这是一种非常缠手又常见的病，它看似没有大症状，但是每月一回，病人无端地发脾气，口舌生疮，特别是疮会长到身体的小便之处。长到那里性生活就不方便了，这让局长和夫人的感情出现了危机。

一枝花去过省城的大医院，专家教授看了都直摇头，说没办法治，这属于入不了大雅之堂的疑难杂症。庄宝盒从政治的高度出发，主动接手这棘手的活儿。他亲自进山选了几味中草药，制成药膏，涂于病人患处，竟然产生了奇效，没过两个月姚秋波和丈夫就有了正常的性生活，这让她万分感激。

事实上副县长住院的时候姚秋波的病已痊愈，只是县里正调派干部下乡搞社教，要和群众同吃同住同劳动，她不愿意去吃那个苦，所以找理由赖着不走。但她待不住，三天两头回家，因此，庄宝盒便让副县长见缝插针地住了进去。

那天局长夫人一如既往起身走了。医生查房，副县长刚脱裤子上床撅起屁股来，她又回来了，推门一看床上趴着个男人，大头朝下、屁眼朝上，当即翻了脸。这床还咋睡人？扭头找男人告状去了。卫生局长听了老婆的诉说，打电话给院长，院长找当班医生，推门而入，见是分管领导，吓得缩了脑袋就走，回去千解释万解释，这姚秋波才闭了嘴。

这件事在小县城广为流传。牛玉琴的爹到公社开会，亲自听副县长讲过话，人家那叫水平！口若悬河，除了打嗝放屁上厕所，根本停不下来。更重要的是他还看到了那位姚秋波，俩人有说有笑的，根本不像是仇人。

这件事发生在庄宝盒身上，我一点儿也不奇怪，他总是要小聪明。我和牛金岭的事也是他告诉我母亲的。母亲痛哭流涕，几年不在身边，她眼中乖巧善良的儿子竟然成了一个孽种、一个十足的小流氓，把女孩子的肚子都搞大了。这件事全厂都知道了，我却瞒得严严实实；这不是瞒金子瞒银子，随着牛金岭肚子一天天变大早晚得露馅。

我成了全家人声讨的对象。邻居、同学、朋友和同事也纷纷指责我，幸好那时候我已经不在厂里工作，不然会被唾沫淹死。如果按照老庄的处理方式，不但档案里会被重重记上一笔，还会开我的批斗会，让我一遍遍做检查，我不得不把那些淫秽情节一遍又一遍地公开，直到人们满足、陶醉、愤怒、厌倦为止，直到我一遍又一遍地反省自己，满目疮痍为止。

这绝不是危言耸听，我制造了最让人深恶痛绝的未婚先孕事件。当然，这远比未婚先育要幸运得多，未婚先孕还能补救，可以掩饰，而未婚先育就彻底失去挽救的机会了，那将意味着我会失去工作、失去户口，甚至被打成流氓分子。

我亲眼见过各种各样的流氓犯被押上街游街的场面：一辆辆大卡车上拉着被五花大绑的人，他们胸前个个挂着流氓犯或是女流氓分子的牌子，被警察有力的大手反扭着胳膊。围观的群众愤怒不止，纷纷向他们吐唾沫，诅咒他们不得好死。除了这些，家人也会受到牵连，人们指桑骂槐，把唾沫星子吐到他们的脸上去，无人幸免。

我突然觉得天要塌了，而这一切的制造者除了牛金岭还有庄宝盒。

父亲战战兢兢地向我最后求证，庄宝盒的话到底是不是真的？我低头说不出话来。母亲顾不得埋怨我了，干脆利落地说：“你快去找那个女的，如果是真的就赶紧想法子，绝不能到孩子生下来再说咋办！”

我只好硬着头皮去找牛金岭，当我愁眉不展地找到她时，她刚从手术台上下来，脚步轻盈而欢快，兰花指点着我的头说：“堂堂男子汉大丈夫，敢做就要敢当！一个未出世的孩子就把你吓成这样？我也没说就一定是有了，尚在有和没有之间。”

我简直无语。愤怒？委屈？哭笑不得？自从她放出风来我家里就塌了天，她却阳光灿烂。我强忍着愤怒说：“谢天谢地！”但脸上的沮丧却早已告诉了她一切。在见到她之前我预想了多种结果，她会冷笑地叉着腰对我说：“何书盒，只要你不承认我肚子里这个孩子，我就告你流氓罪！”那样我就心安理得了，我会痛彻地承认犯下的错误，然后让她打掉，从此和她分道扬镳。然而她却轻松地说男人要拿得起放得下，哪个男人结婚前不都是偷腥的猫？

“你也甭紧张，证明信半年前就开好了，我们明天就去领结婚证，就可以成为明正言顺的夫妻了！”

原来她把我抛在迷宫里，自己站在高高的山上俯瞰我。我在她设置的迷宫里转来转去，无论如何找不到出口，她却不动声色。她似乎是有意的，目的是打消我作为城里人的优越和自尊。

我怒火越烧越旺，却不敢在牛金岭面前造次。我最想见庄宝盒，想狠狠地揍这个长舌妇一顿。母亲说，庄宝盒还有东西放在家里，厂里已经通知他最后清理的时间。我特意叮嘱母亲，他哪天回厂就电话通知我。母亲不知我葫芦里卖的什么药，庄宝盒回厂当天就急忙通知了我，但她老人家还是感觉出些许的端倪，问我是不是跟庄宝盒有什么过节儿了？我骗她说就是有点小事儿商量。

我回去的时候庄宝盒果然在家，晚上我让他陪我到外面走走，他果然中计。

我俩一前一后爬上家属院后的山梁。他走在前面，我手里拿着一块砖头，很想朝着他的后脑勺砸下去，那样一切都结束了。但是，我舍得庄宝盒的脑袋却不舍得那块砖头，它不是传统意义上的砖头，而是我磨了一晚上，从父母手里讨到的一部“三洋牌”的录音机，花了整整一百二十五块钱。卡带里翻录的是非常珍贵的邓丽君小姐的歌。再说，当年老庄就是这样被人黑了的，爷儿俩一个死法让我于心不忍。

我俩一前一后慢吞吞地向山上走，我产生这种卑劣想法的一刹那，分明听到了猫头鹰的叫声，它充满了激动与战栗，分明期待着我把庄宝盒砸趴下，那样，这个地方又会出现另外一场阴谋与爱情的谋杀。

我泄气地把一块石头朝着山底蹬去，石头从山坡上滚落而下，回声阵阵，那只躲在树上的猫头鹰似乎非常失望，它对着幽黑的夜晚发出凄惨的哭声。

我母亲经常唠叨“宁听夜猫子哭，不听夜猫子笑”。这个说法不但我知道，庄宝盒也听说过，他充耳不闻一直朝前走，只是说明他内心的恐惧。爬到山顶的时候我俩都长长地舒了一口气。我沮丧地坐在乱石堆上，甚至相信那些古墙掩埋的鬼魂都为我悲伤。我错过了报复这个把我的生活搅得一团乱麻的男人。我感觉它们一直聚集在山顶，都希望为我解忧，把庄宝盒撕碎。

庄宝盒狠命地吸着烟，烟蒂蹿出的火苗足可以照亮他满脸的狰狞。他曾在不同的场合说，我俩命中注定在一起，我做了他的姐夫跟我做他同学没什么区别；女人你不去占领别人就去占领，就像发生在我们身上的纠葛一样，他是牛玉琴的丈夫，我却只能娶牛金岭。这是命，人生之宿命。

他抽烟的样子十分丑陋，一团光围绕着他。我不知道这些光出自哪里，是天际的星云还是山坡上的石头发出来的？但是，我能清楚地看到庄宝盒的每一个细节：发黄的手指、稀疏的胡须、老鼠一样的眼睛，然而他是胜利者我却充满了失败感。

正当我内心极度痛苦、忍不住要缴械的时候，庄宝盒却突然扔掉烟蒂，双手蒙起脸，叹息地说：“书盒子，你不用悄悄跟在我后头想拿石头砸我，你也不要羡慕嫉妒恨我，我实话告诉你吧，其实我娶了牛玉琴并没有感到多少幸福，我占领了她的身体，但她的灵魂早就被你占领了。”

他居然开口说自己不幸福，还说得了牛玉琴的人得不到牛玉琴的心。我怀疑这是庄宝盒在撒谎，施放烟幕弹，目的在于缓和我俩的矛盾或者给我某种安慰。所以听到这些话的时候我不动声色，定定地看了他三分钟。我相信我的眼神足可以看穿一个人的灵魂，而事实上夜色掩饰不住他脸上流下的肮脏泪水，我内心刹那间被无名的喜悦包围起来。

细想这个结局肯定有它合理的地方，牛玉琴先喜欢上我，却横遭夺爱。再后来拘泥于我和他同学加朋友的关系，我患得患失，他乘虚而入。

现在说什么都晚了，我和牛玉琴错过了季节。当我明白自己喜欢的时候，她已经委身于庄宝盒，并且有了俩人的骨肉。人生的关系一旦用血缘固定下来，就永远不可改变了。在这点上牛金岭比妹妹更像一个心理大师，她知道该如何驾驭我,驾驭我们的感情。生米都做成熟饭了我只能面对现实，坐下来审慎划定牛金岭的身份。

我突然觉得庄宝盒很可怜，他除了这个所谓的家什么都没有了；他除了从牛玉琴的身上得到了性还能得到什么？人生有诸多组成部分，思想、情感、家庭、儿女，缺少哪样都是不完整的。

我安慰并且想告诉他，得到的就要珍惜，既然我们曾是朋友，我就不会做出伤害他的事，我甚至约他一块儿去水磨头村生活。牛玉琴和小美常住娘家，他要学会以村为家。

事实上第二天他约我一同前往，我却借口要开结婚证明返回省城。我已经适应了漂泊的生活，在陌生人中间我生活得更加从容。

我前脚刚到省城，庄宝盒后脚就打来了电话。他惊恐万分地说：“昨天晚上我俩在山上没干什么过分的事吧，真是招了鬼了！”

这个世界上什么都有就是没有鬼，要不然就是他心里有鬼。昨晚他跟我说的那些话有几句是真实的？庄宝盒气急败坏地说：“不是说牛玉琴！我一早赶回家里,小美竟然开口说话了。张嘴就叫我爸,还问我晚上去哪儿了！”

我忍不住哈哈大笑，笑声引起整个楼层的共振。我猜庄宝盒肯定是说了实话又后悔了，所以才编出这么一套瞎话唬我。小时候他常这样，所以我开玩笑地道：“你就没跟女儿说，她的名字还是我帮着起的呢！我给她起了个这么好听的名字，她也没说句感谢我的话。”

想不到，庄宝盒的回答竟然让我也紧张起来：“说了，我当然说了。她说谢谢，说当然该谢谢！”

庄宝盒变得结巴起来：“她还说她前世和你是忘年交，你给她起个名字无可厚非。”

前世之交，无可厚非，这两个词出自一个才五个月大的孩子之口，打死我也不信，我更相信是庄宝盒添油加醋，一派胡言。我冷笑道：“宝盒子，收起你那套装神弄鬼的鬼把戏，赶紧说正事！要不赶紧找个精神病科看看，县城看不了就来省城，我认识东城精神病院的陈院长，让他帮你诊断一下属于几级！”

东城精神病院院长陈东平和我新近相识。近年来，随着生活压力的增大，得精神病的人多了，但是进精神病院的人却少了，他的医院经营状况不好。不得已，他和有关部门搭上了关系，经常关着一些有人埋单、自认为没病，其实是得了病的精神病人。

“呸！”庄宝盒愤怒地啐了一口，即使是隔着话筒我也明显感觉到他的口沫横飞：“你以为我神经不正常了是不是？牛玉琴吓得一宿没睡，一大早就让爹陪着来县城了。现在我就在院长室，牛金岭也在，正商量着怎么回事呢！不信我让她跟你讲话。”

果然，听筒里响起牛金岭的声音：“何书盒，宝盒说得全是真的。妹妹和我爹一大早就来了，现在正在专家会诊呢！是我让他给你打电话。县医院查不出毛病来就去省城，你先找找关系，看有没有这方面的专家，我怕这孩子是鬼魂附体了！”

听到“鬼魂附体”四个字我不禁打了个寒战，五个月大的婴儿开口说话简直就是妖孽。小时候我见过一个老女人经常变换口音，说出许多令人匪夷所思的话来，有时候模仿人家死了很久的亲戚，有时候提到些遥远的事件。牛玉琴曾不屑地对我说：“你甭信她的，她就是装神弄鬼，骗人家的钱。”

这是当然，我相信科学，从小老师就教育我，这个世界上没有牛鬼蛇神。

我沉住气地对牛金岭说，既然如她所说，就先等县医院专家的意见，也许是牛玉琴听错了小美的话。

“什么听错了话？庄宝盒说得句句属实！小美到现在意识也还不清醒，她说你和她前世是邻居。你好好想想，你邻居中有谁和你是忘年交，而且是已经死了的忘年交？”

牛金岭提醒我。我实在想不起和谁是忘年交，还做过邻居，而且已经阴阳两隔。后来我突然想起一个人，惊得差点跳起来。他不是别人，而是老庄！他符合小美所说的一切条件。

我实在没有勇气跟牛金岭坦言我的猜测：小美是老庄的化身！这有悖于自然法则，还关系到我和庄宝盒的特殊身份。

自从跟牛金岭有了肌肤之亲后，我便注定成为牛家的一员，也注定要做庄宝盒的连襟。假设我认定小美就是老庄的前世，不但乱了辈分，而且会引出许多麻烦。倒不如我先把这件事情压下来，静观其变。

但牛金岭却不这么想，听了妹妹的描述，她的反应程度一点儿也不亚于庄宝盒，甚至比他更激烈。

医学证明：婴儿从出生至一岁，只会以哭声、笑声、口腔发出来的声音来表达沟通的意愿。到了两岁因其生活经验、认知能力愈来愈丰富，才渐渐地具有语言能力。显然小美的行为已超出了人类的常规，这肯定是出了问题或者行为特别。

我安慰她道：“也许只是一种暂时的现象。小美无意中发出了胡乱的声音，恰好被大人听到了、误解了。”牛金岭叫道：“这怎么可能！我亲眼见过这孩子，妹妹来的时候她伏在怀里睡觉，睁开眼就清清楚楚地叫了我声大姨，把我的魂儿都吓掉了。”

这简直是闻所未闻，令人匪夷所思。我即使没见过小美的表现，听描述就吓得小心肝怦怦直跳，牛金岭说，她带着小美找县城最有经验的医生看过了，结论是：这孩子除了身体超重，智商和营养与正常儿童无异。

“我就纳闷了，她怎么会张嘴就流利地说话？”牛金岭沉吟地说。

看来小美真得到省城瞧一瞧了。我告诉过庄宝盒，我认识省城的不少精神病专家。牛金岭也表示赞同，她说如果时间允许，她会陪着妹妹一块儿来。但是事到临头她突然改变了主意，说她见到小美害怕。有一次她抱过小美，突然间感觉自己的肚子有了动静，像是被谁狠狠地踢了一脚。

“我还是别凑热闹了，万一要是传染上咱的孩子就得不偿失了。”牛金岭犹豫地说。

我刚放下的神经又提了起来，牛金岭居然有了妊娠反应，这远比听到小美的精神异常更让我崩溃。如果说在这之前我还心存侥幸，认为牛金岭有可能讹婚，现在却事实俱在，我逃都逃不掉了。

“哈哈，你肚子里的孩子踢你？怕他还是个小肉丸子吧，怎么可能用脚踢你？”我故意恶作剧地说。其实她不说我心里也有底，那次在山里，我俩简直就是作死的节奏，青石板上也能种出庄稼来，何况牛金岭的炸药包简直就是一块千年未曾开垦过的肥沃水田。

我实在是太大意了，竟然会天真地以为牛金岭是护士，会有保护措施，现在看来，非但保护措施没起作用，相反，她任其自由发展。

“你得抓紧跟爸妈说我们的事，再过一个月，穿着白大褂人家都看出来了。”牛金岭对我说。

“你不会说吃得好，长胖了？”我仍试图采取能拖就拖的态度。

牛金岭说：“我倒是想！可你见过女人先胖腰和肚子的吗？不是我吓唬你，这种事瞒得了十天瞒得了十个月？政策你是清楚的，未婚先孕的后果你也是知道的，你就等着滚回家去开石头吧！”

这话让我彻底没了脾气，相比起牛金岭骂我、指责我、恐吓我，那都是良药苦口，单就计生政策一条就足以把我扼杀。城市户口有太多的含金量，除了有一份体面的工作，还有粮油供应、布票供应、煤气、交通补贴、冬暖补贴以及公费医疗、福利分房等，如果因此受到处分，这些全都会凭空消失，你在这个世界上根本存活不下去。牛金岭早就摸到了我的命穴，她攥我的小辫子就像我攥住自己的老鸟一样毫不费力。

那一刻我连挣扎的欲望都没有了。我犹豫地让她看着办，不行她就亲自到我家里一趟。我的表现最终惹怒了牛金岭，她语气突然变得狰狞不堪：“何书盒，当初你哄我上床的时候可不是这德行！你要是在这件事上应付我，我先告你强奸再去做引产，我让你老何家断子绝孙！”

她这两个方案都太让人恐怖，无论是哪一条都会造成不可挽回的后果。类似的遭遇在我一位朋友身上发生过，他下乡巡诊，顺便在高粱地里搞了一个农村姑娘，由于不注意卫生，局部感染了，得去看妇科门诊。朋友替她编好了台词，就对医生说，不便之处长了疖子，开点消炎片就行。可这姑娘一紧张，却说成：“不便之处长了个 × ！”朋友因此东窗事发，被判了流氓罪，要在监狱里服刑五年。

我和牛金岭的关系远非他和那个姑娘那样缺乏构建，但牛金岭不是牛玉琴。牛玉琴外表严厉但内心善良，而牛金岭却完全是相反的性格。如果她认准我玩弄了她的感情，会不计后果地反扑。那样，我这辈子就会毁在她的手里，我父亲的颜面、我母亲的贞操观也将统统完蛋。

我选择一个周日去做父母的工作。这事让我颇为尴尬。我还没有想好如何生活，却先要奉子成婚了。

按常识，去民政局登记处领结婚证，工作人员要掰着手指头数天数，手指头数不过来加脚指头数，孕期差一天也算违规操作，把你说成流氓或者说成记错了日子完全凭着高兴与不高兴。

我阴谋先回家里说服母亲，在母亲没有反对意见的时候，再接回梳妆打扮的牛金岭。母亲最好能痛快地答应，如果她积攒有一枚祖上的祖母绿戒指那就更好了，到时候捉起儿媳的小手，慈祥地说：“孩子，从今往后我们就是一家人了。你现在就是生下狗仔来我和你爸也非常喜欢！”

这毕竟是我的一厢情愿，事实是母亲没听完我的话就暴跳如雷，发誓永远不会承认这个儿媳。她甚至使用了从未用过的词汇，把牛金岭肚子里的孩子诅咒成孽种，怀疑我一定是受了这个乡下女人的诱惑，上了这个女人的当。

“书盒子打小见了女孩子脸都红，根本不跟女孩子亲近，怎么会干出这种偷鸡摸狗的事来？”母亲逢人便说。

这才是秀才遇到兵，有理说不清。我小时候是性格单纯、为人腼腆，但是我却长大了，那该死的荷尔蒙让我贞操尽失，不但干了偷鸡摸狗的事，而且不止一次。

我决定坦诚地把一切都告诉母亲，儿子大了，已经管不住那些欲望。母亲听到我忠诚的诉说之后陷入了空前的茫然，她被突如其来的噩运击倒了，躺在床上三天不起。我同情母亲，她受的家庭教育充满“仁义礼智信”，即使是我们何家，也从来都是仿效“温良恭俭让”的传统观念，但一夜间在现实面前崩塌了。

我不止一回地回忆起父亲和母亲伟大的爱情。

他俩是见证一个旧制度的毁灭和新国家诞生的青年，他们的心里充满了为新中国建功立业的狂热幻想和坚定决心。父亲打动母亲芳心的圣物居然是一部叫《勇敢》的苏联小说。我小的时候见到母亲床头摆着这套书，作者是位金发碧眼的美丽姑娘，叫威拉·凯特林斯卡娅。

上初中后我读的第一本书就是它，此书真实叙述了苏联青年在远东荒僻的森林中建设新的城市的故事。由于作者是女性，心理描写尤其细致。主人公是一个叫托尼亚的女孩子，她幼年生活不幸，长大后变得孤僻冷傲。然而孤傲的她却被一个青年的感情所俘虏了，到她发现这个青年是个浮薄的人后坚决地离开了他。可是，她已怀孕了。托尼亚选择生下这个无辜的孩子并且坚强地活下去。

我很羡慕小说中那一代青年人的乐观主义精神。面对磨难托尼亚没有自杀、没有消沉或者告发那个男人，她默默选择了原谅，一个人带着孩子更勇敢乐观地生活下去。正是她的这种善良赢得另一份爱情，她找到了理想的爱人。

我不敢想象这样的经历放在我和牛金岭身上会是什么结果，我俩根本不具有托尼亚和我父辈那样的爱情观；我长大成人的时候已经不知爱情为何物了。电影《永不消逝的电波》中，男女主人公为了革命事业睡到了一张床上，多年了还是纯洁的同志关系，在他们的身上，荷尔蒙显然抵不过革命的意志。

这也许是我没有很好地理解父辈们造成的，正如我爷爷深爱着我的小奶奶，却义无反顾地和日本鬼子英勇战斗。他们深受爱国主义精神的熏陶，所以才做出那么不同凡响的壮举来。我的父亲和母亲显然受到了新思想的影响，他们乐见与祖国一起成长，爱情观抽象而又具体，国家的理由便是他们的一切。

父亲给我母亲的扉页题词这样写着：

刘秀珍同志：愿你像《勇敢》中的女主人公一样勇敢地活着，把青春献给祖国崇高的事业。

彬

1955年9月

刘秀珍是我母亲的名字，非常土气却意境深远。光荣是父亲的名字，彬是他的字。他们都是典型得不能再典型的新中国青年，心目中的婚姻高尚纯洁。我母亲回忆，他俩到乡里领结婚证正是八月，庄稼刚好没了头顶。父亲在前母亲在后，两人拉开了十几米的距离，即使是挎包里揣了结婚证，俩人也没敢肩并肩地走在一起。母亲说她虽然害怕苞米地里蹿出狼或者别的动物来，但还是不敢声张。

我却未婚搞大了牛金岭的肚子。先不说性质恶劣，就是凭借她是村支书的女儿、贫下中农后人这两条，就足以让我吃不了兜着走。未婚先孕或者未婚先育是莫大的耻辱，它不但辱没了一代军工的荣誉，也辱没了我们何家的门风。

也不是没有例外，我爷爷当年在感情上就出过岔子，而且不止奉子成婚那么简单，他抛弃了我的大奶奶，在外娶妻生子，组织上居然容忍他并且没有影响其升职。这番话把我母亲驳得哑口无言，父亲及时打帮腔，说我爷爷娶二奶奶是旧时代遗留下的问题，属于反抗封建包办婚姻，一句半句也说不清。当年像我爷爷这类的英雄人物十有八九都抛弃了原来的媳妇，找了城里的女人。

“那是陈世美！连毛主席都告诫大家‘务必使同志们继续地保持谦虚、谨慎、不骄、不躁的作风，务必使同志们继续地保持艰苦奋斗的作风’。可是，一些干部还是被胜利冲昏了头脑。”

我父亲像作政治报告那样说。他说得没错，刚解放的时候我们国家的确发生过类似陈世美那样喜新厌旧的人，既要江山也要美人。我爷爷的情况却是例外，在那么艰苦的条件下还有人爱他就不错了。他失踪了，他的错误也从此被掩埋了。

父母亲其实也有自己的梦中情人，母亲经常带着醋意，指责父亲喜欢电影演员王晓棠，而我父亲则反击她崇拜男演员王心刚。而这并未影响两个人的感情，只是他们乏味生活的调料；他俩甚至还给我推荐了一个明星人物，就是电影《年青的一代》中的演员达式常。妈说我一颦一笑都像他。但我不喜欢影片中那个林育生，而更喜欢肖继业。至于那时影片中的女性，我更喜欢李秀明，当然后来偶像便有些泛滥了，像陈冲、张瑜、刘晓庆都是我的梦中情人。

父母亲并不傻，我和牛家姐妹的事他们早就听说了，跟我一块儿到毛山县医院进修的那些女同事不乏小广播。厂子停建了，日子过得清闲，她们经常躲在宿舍里织毛衣、看小说。有两个还生了孩子，把孩子和保姆都带到了厂里来，一边上班一边养孩子，也不失为一种选择。

我应该感谢父亲，即使他知道了我在外面的事也从来没当面质问我，他劝我母亲，孩子大了，就要尊重他们的决定，这符合我们老何家的传统。但我们的所作所为也给家庭造成了实质性的伤害，我姐姐就是例子。当年我爷爷就一贯我行我素，据说他名叫何达旦，人们习惯叫他何大胆，但更多的人叫他何大蛋。

我爷爷这三个名字都起得怪,在我们老家这三个名字都叫得很响。但是，是因为他大胆人们才这么叫，还是因为蛋大人们才这么叫，家人遮遮掩掩，我父亲说不出个所以然，所以后人根本无从猜测；正如是先有鸡还是先有蛋一样，人们似乎永远公说公有理，婆说婆有理。

但我推断叫何大胆是因为爷爷对敌作战勇敢，不怕死。有一回他夜闯敌营，跟鬼子走了个碰头，鬼子面对面问他：“你是谁，进来干什么？”他镇静地站下，二话没说，一个顶拐就把小鬼子的卵蛋顶碎了。叫何大蛋是传说我爷爷的卵蛋特别大，别人的卵蛋缩到裆里看不出来，他则一大嘟噜，特别明显。他带队伍从村子里过，好色的媳妇们都结伙到街上看他的大蛋。他走在队伍的最前头，雄赳赳气昂昂，女人们瞧得眼神都冒火。爷爷每每这时特别神气，肩上挎着德国造毛瑟枪的木匣子，挺胸抬头，步子迈得奇大，裆里的玩意儿晃来晃去，格外吸人眼球。这成为男人们嫉妒、女人们偷窥的目标，我爷爷就在人们羡慕嫉妒恨的目光里去寻找我的小奶奶。我小奶奶躲在女人堆里，激动得浑身发抖，她是最幸福的天使，何大蛋这个绰号可不是徒有虚名。

那年冬天我把和牛金岭的关系如数端给了父母，像一盘子出锅的菜，什么味道、颜色全交给食客了。我父亲没有半句怪话，既然这么快就能做爷爷了，又不费半壶酒钱，他何必给儿子下不来台。对于我们老何家来说，找个当村支书的亲家也是很荣幸的事，村官不大但也是一级干部。多少年了，我家出过举人、出过进士、出过共产党的团级干部，就是没出过村支书。

母亲的愤怒无与伦比，她坚决不让这个准儿媳进门。父亲做了一夜的工作，到早晨起来时仍然阴着天，一如阴郁的天气。天公真不作美！气象预报说，这几天野狼沟要有一场百年不遇的大雪。

我刚盘算着去山下的小站接牛金岭，外面就下起了大雪。雪好大，白茫茫一片，几分钟就把整个厂区遮盖住了，把树枝压弯了腰，只有灵依河冒着滚滚的热气，像一条僵而不死的黑色蟒蛇盘踞在山脚下。小站离宿舍七八公里，班车走到这里时已经精疲力竭了，抛锚在山沟里，好在牛金岭熟悉进野狼沟的路，不然她也要迷路了。当她顶风冒雪步行走到我们家门口的时候，正看见了犹豫着走出屋门的母亲。母亲不冷不热地说："下这么大的雪，竟然也值得你来！"

她也许是想揶揄一下牛金岭，但是，这对于牛金岭来说简直是听到了天籁之音。沉默不语的人才最难对付，既然我母亲先开了口，就有回旋的余地了。牛金岭抓住这千载难逢的机会，大着胆子说："阿姨，下这么大的雪，您都出门来接我，闺女我就是下刀子也得来看您！"

我母亲是那种刀子嘴豆腐心的女人，牛金岭的话一出，她心中的雪就先化了，下意识地抹了一把脸，不知是想拂掉雪水还是想抹掉浸在眼窝里的眼泪，语无伦次地说："下雪天，你身子不方便。我早就跟书盒子说，不让你这种天气来！"

她的话里充满了怜惜，已完全把牛金岭当成自家儿媳，具有了原谅或者说关怀的成分，只是脸上还挂着矜持不变的冷漠。牛金岭欢呼一声就奔下高坡，她太过于得意忘形了，脚下是高高的台阶，脚一滑就从山坡上滚下来。

我忘了告诉牛金岭，我家门前有个三十九级的台阶，正好和一部英国电影《三十九级台阶》相吻合。如果不小心从上面跌下来，轻可以动了牛金岭的胎气，往严重说它可以让我们老何家断子绝孙。母亲骇得脸色煞白，一个箭步冲到牛金岭面前，在她即将落地的一瞬间，伸出双臂，稳稳地把她接住，两人即刻滚倒在雪地里。

厚厚的积雪承载了所有的重量，两人竟然安全无事。母亲站起身，帮着牛金岭扑打着身上的雪，一边和蔼地说："摔着谁也不能摔着肚子里的孩子，你可是何家的儿媳，这孩子可是何家的骨肉！"

牛金岭这一跤摔得可谓恰到好处，她当天就成了我们家的座上客。母亲不容分说把她扶到床上，亲自为她盖了一床柔软的毛毯，还让我父亲把火炉生得格外旺，又煲了鸡汤喂她。

牛金岭像一只待产的小母鸡，幸福得满脸通红，她丰腴饱满的样子很快就征服了我母亲。母亲悄悄评价了她三个优点：一是皮肤白皙，身体丰腴，这样的女子身体健康，多生男孩；二是胸乳大，一定奶水好，将来不但孙子受益，儿子也会从中赚到便宜；第三点最重要，她悄悄目测过牛金岭的五官，这女子鼻尖口方，一定擅长闺中之术，这对家庭和谐有好处。

父亲对母亲的话不屑一顾，左耳朵听，右耳朵冒，但有一点他深信不疑，我找了个好媳妇，有旺夫相。母亲很快就同意了我们的婚事，她说婚礼办得越早越有利。至于牛家，自然也不反对，谁愿意闺女挺着个大肚子丢人现眼。

我应该恭喜牛金岭，她终于把奉子成婚的理想变成了现实。我的婚礼隆重又媚俗。我的岳丈要求，婚礼要办得隆重而简朴，有小女儿在先，只要不比先前的婚礼寒酸就够了。这对于我们家来说是件好事，花钱不多娶个好媳妇，比起当年我父母两张床凑在一起，贴个红喜字就算是完婚简直不可同日而语。母亲给牛金岭做了身宽松的婚礼服，选了两个胖姑娘做伴娘，这样看上去儿媳妇就玲珑秀气多了。她这是借鉴左拉小说中"陪衬人"的经验做法。母亲总是最聪慧的，堂而皇之地掩盖了我做出的孽事。

婚礼上牛金岭脸上挂着幸福而坦然的微笑。她早把到政府领证的时间改在了半年前，这样证婚人宣读结婚证书的时候时间就对上了，主婚人甚至表扬我俩积极响应国家号召，把本该上半年就完婚的时间一再推迟，做到了临危不惧。母亲欣慰地叮嘱我，如果现场有人问起我们是什么时间领的证、什么时间同的房，我可以掰着手指头精确地告诉他们，时间准确到分秒。

新婚燕尔足以熔化掉男人钢铁般的意志，我也不例外，我眷恋这个刚刚建立起来的家，更眷恋着牛金岭。她把我们的小窝安在了毛山县城，从省城到县城比到野狼沟更方便，只要有时间我便到牛金岭那里去，竟然乐不思蜀，很长一段时间没有回家。

庄宝盒也在县城上班但我却很少见他。我只是听牛金岭说小美给两个人的生活带来了很大困扰。随着孩子一天天长大这种困扰变得非常强烈，有种大祸临头的担心。

小美越长越漂亮，口齿也越来越伶俐。我陪着牛金岭去山里拜会老丈人，她已经会清脆地叫爸妈了，见到我总是笑吟吟地扬起小手打招呼，有时候干脆伸出滚圆的小胳膊让我抱。抱她在怀里简直是一种享受，她全身软软的散发着奶香。她的智商很高，姥爷、姥娘以及我和牛家的关系都辨别得清清楚楚，那些错综复杂的关系有时候连我都莫名其妙，她却总能准确地区分出来。

牛金岭私下里说小美这孩子快成精了。

庄宝盒起初是沉着淡定的，孩子成精只是一种说辞，这说明牛玉琴产前呵护得好、胎教得好，哪家生孩子不盼着生个聪明的，如果生个龙胎那才是祖上积了阴德。

牛家对于女儿生男生女并不在意，反正孩子又不姓牛。“外甥狗，吃了走！”再亲也是人家的。还有我在后面压阵呢！牛支书倒是希望牛金岭生个男孩，将来留在山里，继承牛家家业也说不定。

但在孩子跟谁姓、跟谁过的问题上，我母亲是绝对有话语权的，何家的种就姓何，这没得商量，至于将来跑到姥姥家继承家业，简直是天方夜谭。女人怀孕前三个月和后三个月是关键，关系着下一代的健康和才智，千万不能马虎。她说怀上我的时候她大门不出二门不迈，天天盘坐在炕上看胖娃娃画。牛金岭有工作不强求，但她要多休息、多营养，她经常打电话让我从省城买营养品给她，说我赚的工资她一分都不要，全当照顾未来的孙子了。

牛金岭对于我母亲的老一套做法不屑一顾，她学的是优生优育，经常指导别人，焉有自己不懂之理？营养和休息她都能做到最好，胎教也进行得如火如荼，经常把录音机对着肚皮给孩子放歌听，只是一样让她担心，就是胎儿会不会是另一个小美。

早些年这一带就流传着种种“再生人”的传说。“再生人”指的是那种既有前生记忆又有今生的人，这种奇怪的说法在灵依河流传了许多年，大家都见怪不怪了。

我最初听说是在毛山县城。有一年我写了篇小说，向文化馆求教，老馆长问我知道再生人不？我回答不知道。老馆长就搬出他整理的全部资料，一点点给我讲解。再生人就是婴儿生下来懂事后，便能如数家珍说出他前世姓甚名谁、家住何处、邻里亲戚是谁、做过什么事、怎么生、如何死等，更有甚者，会找到前世居住之地或下葬之所，也有找到上辈子的亲人再续前缘的。

老馆长说他研究半辈子了，资料收集了不少，但后继乏人，问我愿不愿意接他的班？他还说如今搞文学成功的机会渺茫，倒不如照准一个冷门专业钻研下去，更容易成功。

我搞文学是因为喜欢，跟成功不成功关系不大。我答应老馆长，考虑一下再作答复。回去向牛金岭的父亲求证，他对我说水磨头村里就有好几位，后山里也有，只不过经常搞运动，大家彼此都戒备，谁也不敢讲。

对于再生人的说法我半信半疑。我从不相信人有转世这一说。从更深的层次说，我从小就受到无神论的教育，受破四旧立四新的熏陶，习惯性地排斥一切牛鬼蛇神；我乐见这些传闻是阶级斗争在农村的反映，应该遭到批判，那种"生产队里开大会，诉苦把冤伸"的场面总令人心驰神荡。

我的老丈人一直对再生人持两面三刀的态度，县上有人来打听，他不说有也不说没有，看人下菜碟。你心存善意，纯粹是好奇或者考察研究，他会把人往村民家里一带，自己搬个凳子坐在院子里，任你提问，问完了大队还管酒管饭。但如果你心存歹意，当成封建迷信反映给公社或县里，他会把人挡在村外，谎称这些都是牛鬼蛇神，早就给社员们洗了脑，开了批斗会。

牛玉琴做梦也没有想到自己的女儿竟然跟这种传说挨边儿，她初为人母，本以为生了个聪明漂亮的孩子，没想到张口就会说话，这让她寝食难安。作为她一母同胞的姐姐，牛金岭也是胆战心惊，生怕也生个同样的孩子，所以每每有小美的消息她便首先陷入恐慌之中。

庄宝盒听从了我的建议到省精神病院找专家给小美会诊，在这之前我难得见到她，原因是牛金岭不让我回山里，怕传染。我说"疾病会传染，但没听说过精神病也会传染的。"但牛金岭始终坚持己见，她已经从心里妖化了这个女孩。

小美来省城前我想了很多应对的办法，包括怎么试探、如何巧言周旋等。受牛金岭的影响我把小美想象成《西游记》中的女妖精了，但当我第一眼见到小美的时候竟然迷惑了，她哪有一丝人们说的症状，就是个普通的女婴：胖嘟嘟的小脸儿，肉乎乎的身子，胳膊腿都长成了藕节；她也没有传说中的伶牙俐齿，看到我时憨憨地笑着，眼睛眯成一条缝儿。

牛玉琴让小美叫我伯伯，小美含糊地说了声什么，便伸出小手来让我抱她。

我伸出手抱着她那粉红色的肉体，无论如何也不能把她跟妖精联系起来。小姑娘太可爱了，紧贴在我的身上，水一般的柔软竟化作一种保护的力量。这也许是人类特有的感知吧，人区别于物体的根本在于可以把意志和理念转化成酶，酶又还原成新的理念和行动。我和小美的第一次亲密接触即完成了这种转换。

我用胡子和嘴巴逗着她、威胁她，如果不叫伯伯就用胡子茬儿扎她。小美咯咯地笑着，用小手抵挡着我的进攻，当她确认我不会对她构成任何危险时，凑过来，贴着我的脸甜甜地叫了一声："伯伯好！"

心在她稚气的叫声里已经完全融化了，我对庄宝盒说："这孩子没毛病！"

庄宝盒也觉得女儿今天的表现很正常，他嘟囔地对我说："但愿吧！小美看上去什么都正常，就是……"

"就是什么？"

牛玉琴抢过话："就是感冒发烧的时候，会冒出一连串的话来，有些简直不是孩子说的，像另外一个人。"

我朗声笑起来，孩子发烧说胡话很正常，大人有时候也这样。我逗着小美的脸蛋，故意问她："小美，你像你爸妈说的吗？你不会真是白骨精变的吧？"

小美似乎没听懂我在说什么，再次把脸贴到我的脸颊上。庄宝盒担心我累，伸手想抱回她，小美却搂着我的脖子不放，我只好把她扛到肩上。

小美美美地盘坐在我的肩膀上，仿佛一只可爱的软体小动物。

我扛着这只可爱的小动物去找周教授。

路上庄宝盒首先把小美的检查情况向我说明。县城里能做的检查都做过了，连当地的巫婆和神医他都偷偷地见过了。那个巫婆在那一带很有名。她自称王母娘娘下凡，能查到凡人的生死簿。当她见到小美的时候，当即吓得全身发抖，跪在地上一个劲儿地说："观音菩萨下凡，晚辈得罪了！"然后逃之夭夭。

后来大家在柴火堆里找到她，问她怎么回事，她语无伦次地说："这孩子眼睛里有一股神力，看她的时候我全身瘫软不能动，不是观音菩萨是谁？"

这简直是在编故事。我肩上的小美不过是一个婴儿，我扛着她不一会儿，这个小美人儿就打瞌睡了，头一抵一抵的。牛玉琴趁机抱她回去，小美醒了，警惕地又哭又闹，看得出她挺喜欢我。

周教授姓周，名愚公，找到他很不容易。他原是著名的儿科专家，干了三十年，却突然对生命科学情有独钟，放弃了原先的专业，并担任市生命科学协会的会长。

文化大革命初期，他被下放劳动改造，阴差阳错地来到南部大山里，从此知道了再生人，迷上了这一现象研究。他认为，虽然这项研究不像分子、生物学那样有物质和生命做基础，但这是门新生的边缘学科，认识它有着巨大的前景。

他最近写了一篇论述再生人的文章，正愁没地方发表。文章说南部方圆数百公里的大山里，一直存在着这样一种文化，人们相信人生有轮回、人生有转世。就连持续不断的运动都没能摧毁这个民间的说法。

他所描述的中心地域正是鹰愁峰、灵依河一带，我研究了老馆长给我的全部资料，对这个地区非常熟悉，大包大揽地接下了他的文章，承诺会在下一期增刊《生命研究》上发表。周愚公喜出望外，能在省城找到知音出乎意料，当他听说我带去的就是疑似小再生人的时候，兴奋得两天没睡好觉。

周愚公的工作地点在省医学院的教学实验楼上，那是座被遗弃的旧楼，是当年苏联工程师建的。从早晨开始，他就通知秘书小范要热情接待，这让庄宝盒对我刮目相看。小范带着给小美做了各项身体检查，并请专家进行了详细的会诊。

事先我跟周愚公约法三章，无论是从小美成长的角度还是家长的角度，这事都要严格保密，不能跟他人透露一点信息，除非有重大发现。周愚公表示理解，他说再生人临床上并没有具体的、典型的症状，一切来自生活的细节积累，所以他也会慎重，不轻易下结论。他特别指出，家长要长期配合，把普通生活中的点点滴滴记录在案，然后从中发现规律性的东西。他特别叮嘱我，要做好长期跟踪的打算。我说好在我们都是一家人，小美的父母都是医生，这样跟踪起来就方便多了。

一天的检查和会诊毫无收获，但至少让全家人都放了心，小美是个正常的孩子。接下来我的任务是发表周愚公那篇文章，为再生人研究造势并铺平道路。

然而文章发表后并没有想象中的热闹，大家都把它当作一篇带有迷信色彩的美文。唐方公开指责我宣扬封建迷信思想，好在梅卿并没有理会，她的沉默便是对我的最大支持。

老馆长留下的资料显然不足以支撑我的论点论据，我四处查阅有关再生人的资料，图书借阅，剪报搜集，厚厚地堆了一桌子，每天我都会翻阅。不能不说，那时候人的思想还禁锢在形而上学的笼子里，尤其是知识界，万马齐喑的局面还没有打破，大家都在观望。

有一天我在街头的地摊上看到一本盗版的杂志，其中有一篇文章让我过目不忘。文章的标题是这样的："有酒窝，脖子后有痣，胸前有颗痣，此三种人不能错过！"

以下是这篇文章的内容：

"相传人死后，过了鬼门关便上了黄泉路，路上盛开着只见花不见叶的彼岸花。诗曰：花叶生生两不见，相念相惜永相失。

黄泉路的尽头有一条河，叫忘川河，河上有一座桥，叫奈何桥。有个叫孟婆的女人守候在那里，给每个路人递上一碗孟婆汤。凡是喝过孟婆汤的人就会忘却今生今世所有的牵绊，了无牵挂地进入六道，或为仙、或为人、或为畜。

孟婆汤又称忘情水，一喝便忘了前世今生。一生的爱恨情仇，浮沉得失，都随这碗孟婆汤被遗忘得干干净净。今生牵挂之人，今生痛恨之人，来生都相见不识。

然而人分千万种，有一部分人因为种种原因不愿意喝下这孟婆汤。孟婆没有办法，只好随他们的意。但为了区别开来，她在这些人身上做了记号：要么在脸上留下酒窝，要么在脖子后面点颗痣，或者把痣点在胸前。这样的人必须跳入忘川河，受水淹火炙磨折千年才能轮回。转世之后会带着前世的记忆、带着记号寻找前世的恋人。"

这不像是一篇迷信文章倒像是一篇煽情的美文，特别是它讲到那些有勇气跳入忘川河的前世恋人，要等上千年，受尽煎熬之苦才能等来机会，足以见证爱情的永恒和伟大，这也是现代人深陷物欲所真正缺少的东西。

我决定把这篇文章举荐给梅卿和《女性》杂志，理由很简单，社会的改革与包容正日益增长，各地新上了许多报刊，并大有向娱乐化方向发展之趋势，如果我们还墨守成规，就会落后并且最终被淘汰。这篇文章虽说不是名家名作，但与前不久编发的周愚公的文章有前后呼应之势，何不就此炒作一下。

梅卿时任《女性》杂志名誉主编，她的办公桌就安放在我对面。她不经常来，只有每月的最初两天过来，坐在我的对面，让我把要发的稿件给她看一下，然后叮嘱些注意事项就算是完成任务了，所以从严格意义上说我才是这本杂志的主编。

编辑部总共有五个人，两个编辑一个打字员，还有就是我和唐方。两个编辑都是临时工，没有话语权，只负责校稿和排版。打字员不但打字还负责整理内勤。只有唐方的身份有些微妙，她是哲学博士，但不知为什么放着众多的岗位不去，偏偏到这个小小的杂志社做了名编辑。我也不好向梅卿问太多，只听说她是导师亲自推荐来的。

我热爱这项搞文字的工作。我私下里承认，爱屋及乌，我喜欢看到梅卿。在众女性当中，她除了漂亮还有着十足的气质，每次走进办公室，她的脚步声总是在走廊上响彻好一阵子，这足可以让我整理好桌子上零乱的稿件、不修边幅的头发，然后气定神闲地等待着她推开编辑部的玻璃门。

我的座位冲着门口，总是第一眼看到她。她微笑着同屋子里的每个人点头示意，然后说："何编辑，这几天我事太多，没有来，辛苦你们了！"有时候她干脆不说话，冲着我发出温和的微笑，然后对大家说："我们临时开个会吧！你们上一期的稿子我都看过了，非常好，我们杂志的订阅量又上升了！"或者说，"何编辑，你只把下一期的重点跟我简单一说就行，其余的你们看着编！"

她的目光除了温和还有一种清澈，像深秋的鱼塘一样一眼见底。她对某篇文章不满或者欣赏一看便知。除了目光，她坐在对面时总有一股淡淡的香气飘过来，不知道是施了香水还是本身就有的体香，我总是在香气中走神。

发周愚公的文章，梅卿并不知情，或者说我汇报了她并没有放在心上。当我推荐有关孟婆汤的美文时，她有些迟疑，望着我，沉吟地说："你决定要发了吗？既然要推出某种观点，就要有正反两方面的准备，被查禁了怎么办，被大众推崇了又怎么办？"

总编就是总编，未雨绸缪。但是这充其量是一篇美文，跟封建迷信扯不上，公众接受倒是可能的，因为中国文化有着深厚的生长土壤。我把利弊一一向梅卿陈述清楚，她笑起来："我早知道你已胸有成竹！"

屋子里剩下我俩的时候，梅卿说她是有意说给某人听的。她说的某人就是唐方。唐方挂了个杂志社副总编的虚名，这让她沾沾自喜又患得患失。她在社里学历最高，连我也只能在刊物上写责任编辑，她则写的是副总编。她不满每次都由我组稿发稿，自己只是一个摆设，所以她常发牢骚威胁要向上级检举我们。比如违规收取宣传费，变相做产品广告。不过她总是口头说说，一次也没有付诸行动。梅卿听她发泄不满总是报以宽慰的一笑，把射向我们的箭击落在半空里。

周愚公的稿件还是引起了很大的争议，有识之士认为是一个创举，从此为路越走越窄的文化刊物拓开了一个全新的方向；也有保守人士说开了一个坏头，迎合了市场低俗化的思潮，会把高雅的文化引向堕落。梅卿站在支持我的立场观点上，周愚公身后也站着一大群知识分子，他们的发声势必产生蝴蝶效应和连锁反应。

果然，陈东平打电话约我一谈，说他看过了那期《生命科学》增刊，觉得办得很好。自己是全省乃至全国精神病方面的专家，医院也是一流的医院，有完美的基础设施，还有一流的精神病医生，要在我们的杂志上做一年的广告。

“最好附带做一个记者访谈，我想阐明我的观点，就是把那些政治上不成熟、思想上反动或对社会有危害的精神病人统统收到我的医院来，一方面深入治疗，一方面做好研究，替社会分担责任。”

打着为社会分担责任的旗号创收才是他的真实目的，但是，一年的广告费对于我们这个靠广告支付工资和福利的小小杂志社来说，简直就是天上掉下来的馅饼。

大家都说好，只有唐方反对。唐方反对的理由很简单，我们不是无政府主义和拜金主义，我们代表着最先进的文化、最先进文化的发展方向，哲学导师曾经教导过她，当文化成为经济附属物的时候，我们的文化生活、文化品牌和民族文化就会退化，现代生活和精神发展也会变得面目可憎，行为粗糙。

我承认她导师的话是对的，但是借助经济提升文化影响力，构建文化品牌，营造更多精神营养，使人们得到物质、文化双丰收也不失为一种折中的好方法。

梅卿去北京开会了，走之前她把我和唐方叫到一起，叮嘱做事千万要商量，以大局为重。而唐方坚决反对我接下这单广告，趁我不在的时候辞了人家。我勃然大怒去质问她，我的语气或许太过生硬，唐方气得脸色发白，拍案而起道：“何书盒，还是好好考虑下你的身份，怎么说我也是个副总编，难道我看不出来，你是靠谁才这么嚣张？”

她的话彻底打败了我，我清楚自己的身份，只是一个临时工。我的一切都是梅卿给我的，离了她我什么都不是，而我对梅卿也一无所知，我甚至都不知道她的身份和来历。还有唐方，她是名牌大学的毕业生，据说她的导师也很有名气。她之所以留在这里，为的是杂志社社长的职位。

那天我俩闹了个不欢而散。下班前编辑兰姐站在拐角等我，支吾地说支持我。

“唐方不当家不知道柴米油盐贵，把这个月到手的福利给搅黄了。”

我拍着胸脯说：“放心吧，兰姐！陈院长还会回来的。”

兰姐脸上露出欣慰的笑容但踌躇着不走，问她有什么事，她这才说我下班路过菜市场，想让我捎点猪鞭来，她一个女人家买这种东西不好意思。

兰姐快四十岁了，有丈夫却总不开怀，买猪鞭是寻了个偏方给丈夫补身子。我当即答应下来，心怀幸灾乐祸还是同情不得而知。

第二天一早我就提着一大兜新鲜的猪生殖器走进了编辑部。唐方刚刚上班，坐在办公桌前吃热乎乎的蛋卷。我突然心血来潮地把东西扔到她的桌子上，狞笑地说：“唐副主编，见过这玩意儿吗？”

唐方看着那堆鲜血淋漓的动物器官惊恐万分，我冷笑地补上一句说：“这叫猪鞭！跟主编同音不同字。”

唐方马上明白了我的潜台词，骂了句“臭流氓！”便眼泪纷飞地夺门而出，把吃的早饭全都吐到了卫生间。

上面来人调查，我坚持认为是个误会，猪鞭是替兰姐买的，同事们可以证明。唐方无计可施。后来兰姐因为这事尴尬请辞去了别的单位。数年后我在街上碰到她领着一个七八岁的女孩，没敢问是不是她亲生的。

我用猪鞭讥讽骄傲的唐方赢得了同事们的掌声，却彻底得罪了她本人。陈东平果然被我猜中，他不但继续在我的杂志上做广告，而且一做就是两年，这让我神气了不少，但后来我发现他其实是比我更需要钱。精神病院入不敷出，他是勒紧裤腰带支付我广告费的。在他成功地发表了那篇专访并且在各大媒体狂轰滥炸之后，最终获得了政府最实惠的一项大奖。听说有三百万，这部分款项将资助他完成一个重大的课题：如何从治疗精神病学的角度全面推进社会稳定。

我至少半月回一趟毛山县城，然后再从县城回野狼沟，这已经成了不变的模式。我总是来去匆匆，很少关注外面的世界，就连庄宝盒和牛玉琴也淡出了我的视野。虽然我见他们并不难，但我就是有意躲着不见。

两家医院隔着一条街，这足够隔开两家子的生活空间。后来听牛金岭说，牛玉琴并不住县城，仍住在乡下。她是农村医生，根本没有机会搬到县城，除非丢掉这份工作。

不过山不转水有转的时候，有一次，我在街心公园偶然遇见牛玉琴领着小美散步。好久不见，她比原来更漂亮了，加上婚后的那份成熟，简直就是一个美少妇。

小美已经蹒跚走路了，她在前面跑，牛玉琴弯腰在后面追。她张开双手的样子很可爱，仿佛一只老母鸡，而女儿是她翅膀底下护着的鸡雏。母女俩跑着跑着，就跑到了我的眼皮底下。

牛玉琴直起身子怔怔地望着我。我无语，扭过头去眺望她身后灰色的天空，那里一片白色的阳光反射出云层，照得人睁不开眼睛。

小美显然瞅见了妈妈脸上的变化，抬起头，用纯净的目光打量着我的脸，突然对我说："伯伯我认识你，你叫何书盒，跟我爸爸差两个字！"

我下意识地打了个寒战，我有至少半年多没见过小美了，她不但准确无误地认出我，还跟我开这种玩笑。我伏下身子，伸展双臂，拍拍手说："你当然认识伯伯，你爸是宝盒子，我是书盒子，都是盒子，你的名字还是我起的呢！"

说着我欲去抱她，她却敏捷地跑到妈妈的身后，抱着她的腿，回头说："你起的名字一点也不好听，我不想叫小美，我想叫小狗狗。"

她竟然拿自己开起了玩笑，我笑了，连牛玉琴也笑了，弯腰抱起小美，在她的脸蛋上亲了一下，爱抚地说："你现在就是妈妈的小狗狗，妈妈可喜欢你了！"

小美并不以为然，脸上现出一丝难以捉摸的笑意，挣脱到地面上说："妈妈，你一点儿也不喜欢我，你喜欢伯伯，我一眼就看出来了，你想带伯伯到咱们的新家里玩儿。"

牛玉琴似乎有些尴尬，蹲下身耐心地解释给小美听："谁说我要带你伯伯到新家里玩儿？妈妈下午就要回姥姥家了，你伯伯也回你金岭姨那里。"

小美却坚定地摇摇头说："妈妈又在骗我，我才不信呢！"

牛玉琴神情严肃地回答："我没有骗你，我们现在就回家！"

说罢，伸手去拉她。小美却挣脱开，朝着公园对面的商店跑去，边跑边对牛玉琴说：“我要吃奶糖！”

我担心她被来往的车辆刮碰着，急忙拔腿去追，但她已经敏捷地穿过马路钻进商店里。

我付钱的时候牛玉琴满脸沮丧，小声地说：“完了，这孩子又鬼魂附体了！”

我实在看不出有什么异常，小美怀里抱着一大袋奶糖充满了得意。她灵巧地剥开一颗放在小嘴里，然后把糖纸叠好放到小兜里，这才跟着牛玉琴走进阳光里。她的小脸上满是阳光和春天的颜色，在这个孩子面前，不仅是牛玉琴，即使是我也迷失了自我。我猜不透小美的内心世界是怎样的，猜不透她到底是一个怎样的孩子。

那次偶遇以后我给牛玉琴写了一封信，我担心内容被庄宝盒和牛金岭看到，所以口吻特别严肃，一本正经。我在信中安慰牛玉琴，再生人只不过是一种传说，谁也没有确切的证据，即使是在我们那一流域也都是口口相传，并没有实际的例子；我还从医学的角度阐明，小美的语言中枢发育得很好，这得益于胎教。

这封信石沉大海，我也没打算等她回信。之后，我路过县城，意外地在长途汽车站的门口见到了她。她从庄宝盒那里出来，正打算坐班车回山里。

我把车停在了马路的对面，招呼她娘儿俩过来。小美看到我，拼命地挣脱着，想要穿过马路，但被牛玉琴死死地拽住了。

从毛山县城到水磨头公社每天只有一班车，经常挤得脚不着地。牛玉琴挤在门口上不去，我喊：“你甭挤班车了，我捎你回去！”但不知是隔得太远还是注意力太集中，她竟然还在往上挤。

小美趁她不注意，挣脱开她的手朝着这边跑过来，牛玉琴只好放弃上车在后面追。司机发动车子走了。当牛玉琴拉住小美，再回头看车的时候，只剩下一个远去的影子。

“错过了班车，我们娘儿俩怎么回去？”牛玉琴显得有些愠怒，质问着小美。

小美根本不理会，不等我发话，就熟练地打开车门，爬到副驾驶的座位上。牛玉琴调侃地说：“哟！姐夫，什么时候坐上轿车了？”

我的确坐了辆轿车，是租来的。我爸打电话来说工厂马上就要解体了，我的档案还没有提，需要马上赶回野狼沟。

“你不去看我姐了？庄宝盒也要回厂吗？”牛玉琴一连问了我两个问题。前者我暂且顾不上，后者关系早就办到县城了，他即使是回厂，也是为了收拾老庄遗留下的物品。庄宝盒上次回去本是为了整理遗物的，却被我干扰了。

“既然你急着回去，捎我们到公社驻地就行，剩下的路我再想办法。”牛玉琴善解人意地说。我没有说话，心里想，既然都到这儿了，不差几十里路，我可以先送她回村再回厂。

牛玉琴的神情有些迟疑，她大概担心这会影响我的行程。我说：“这有什么好担心的，你我又不是外人。”

大概我这番话起了作用，她抬手撩了撩刘海儿，便闷声地坐进了车里。小美见妈妈坐上车，拍着小巴掌嚷道：“好啊，好啊！今天我们要坐小轿车回家啦！”

我租的是一辆“桑塔纳”八五款车，有句著名的广告词：“拥有桑塔纳，走遍天下都不怕！”说的就是它。我能租到这款车靠的是实力。司机赵师傅长得高高大大，但性格软弱，他原在国营单位开车，不知何故就被开除了。传说他被开除是因为长得太有官相，每次出差人们总是拉着他的手，称他领导，而把领导当成司机晾在一旁；但据知情人爆料，他是泡了领导的女秘书，夺人之美才遭到领导报复的。

牛玉琴坐到前排的位置上，把小美抱在怀里。阳光穿透玻璃窗，照着娘儿俩的面颊，感到出奇的红润。我让司机掉头往城里走，先去牛金岭那里一趟，问问她有没有时间回家，然后再捎上庄宝盒。牛玉琴不说我也能猜得出，她这次来县城，肯定没到她姐那边去。

“看来结没结婚就是不一样。你每次来都没去看你姐吧？”我故意说。

牛玉琴脸红了一下，回我道：“你这是什么话！你还不是一样，每次回来为什么总是看我姐而不去看我爹娘？”

是啊！到目前为止我一直走动于县城和野狼沟之间，没去老丈人家一次，不是出于生疏而是打心里没有这个概念。牛玉琴是给庄宝盒送通知来的，工厂的工作人员联系不上庄宝盒，就把电话打到了村委会，托她转达，说厂里要把基础设施尽快交给地方政府，让他回去收拾父亲的遗物，腾出房子。她上午急匆匆来，下午就急着赶回去，因为这几天村里正发流感，乡亲们等着她回去。

“小美好久没有见到大姨了，一路上提了好几次。我姐是好人！”牛玉琴的脸上挂满笑容，她的眼睛还是那么清纯，清纯得让我看不到一丝杂念。

这不禁令我怀疑，我娶了她姐，她却从来都没有过一丝嫉妒。显然，她前面的话是说给小美的，而后面的话是说给我听的。我笑着回答：“你说得对！你姐是好人，我十分爱你姐，正如你爱你的丈夫一样。我就是觉得这一切发生得太微妙，微妙得让人难以接受。两年前我们还只是同学关系。”

“你怎么不说我俩小时候还是同桌呢！”牛玉琴笑笑说，“一点也不微妙！我想，即使当年我追求你，你也不会娶我。因为我是农村户口，你是城里人。即使让你选择，你也会最终选择我姐。”

牛玉琴的话虽然尖刻但句句为实，我一直不敢承认这一点，却被她一针戳破了。她似乎看出了我的尴尬，讨好地笑了一下，然后低下头逗着小美的脸蛋：“小美，这样好不好？我们想伯伯了，就去你姨妈那里看他。你姨妈如果想我们了，就到姥爷、姥姥那里看我们。”

牛玉琴似乎是在通过跟小美说话的方式告诫我今后应该怎么行事，这是结婚以来她说的最暧昧的话。在此之前，我曾多次面对牛玉琴，她总是无视我的存在，把自己包装成一个幸福的少妇，而此刻她有意表白自己的内心。

我不知道在短短两年里她的婚姻出了什么问题，也许她只是在善意地调整我们的关系，但这番话至少让我产生了某些幻想，我想起了苍蝇不叮无缝的蛋这句台词。我有意说，一会儿先去庄宝盒那里一趟，征求一下他的意见，如果他也想回厂的话，可以一起坐我的车。

牛玉琴没有马上回答我，但看得出来她内心有一丝不安，原因在于我们三人的关系有些微妙，我想也许是因为守着司机，她不好说什么。小美却抵制地摇着小脑袋说：“不！我不想去伯伯家，我想去爷爷家！”

看来我的企图有些卑劣，就连小美都看出了破绽，但是孩子就是孩子，顾此失彼，她并不知道爷爷家跟我家只有一堵墙的距离。但后来回想小美的话，关键并不在于她想去哪儿，而是表明她已经具有独立的思想，异于常人；她用最朴素、直白的语言表达对我的敌意。

等我们接上庄宝盒，赶到县医院的时候，牛金岭正在收拾东西，预产期马上就要到了，她想提前回趟娘家。她对我和牛玉琴一起出现感到吃惊。牛玉琴把原委跟她说了一遍，小美也向她证明，说班车叔叔没拉他们就走了，牛金岭这才放下心来，埋怨地说：“到了县城也不先来看姐？看来女人结了婚还是跟丈夫近！”

牛玉琴红着脸辩解，说她也没想待住，跟庄宝盒说一声就回去的。牛金岭大笑起来，说：“那也不差这几步啊！还是心里没有姐。”不过这句话是玩笑。她因为我们的不约而来感到高兴，说我们来的正是时候，她正愁着把那些被褥、暖瓶，还有好几箱水果罐头拉回家，她一个人吃不了。牛玉琴埋怨地说：“姐，你这不是背着石头上山嘛！娘都替你准备好了，什么也不缺。”

牛金岭无助且狼狈地站在那里，妹妹的话没错。我更能理解她的这种心态，女人总是有怀旧情感，视那些用过的坛坛罐罐为家的一部分。我把那些东西装进后备厢，一边安慰她，反正我们有车，她有东西尽可以装回去。我只是有点儿不明白，山里的条件远比不上城里，她为什么非要回家坐月子。

我的话似乎引出了牛金岭无比的怨恨，她冲我吼道：“你是真不明白还是揣着明白装糊涂？你十天半月都见不上一面，生了孩子我靠谁伺候？”

我嘟囔地说：“当然是我妈！你生的可是何家的后代，她自有伺候你的责任。”

“放屁！”牛金岭低声骂了一句，我看到她挺着的大肚子莫名其妙地抽动了一下，大概是未来的儿子也在宣泄不满。牛金岭一直埋怨我妈看不起乡下人，她都到预产期了，妈也没来看过她，更没有伺候她的打算，所以她还是趁早回娘家。

我只好闭上嘴不说话，这样最安全。这一年我在省城，跟家里的交流很少。母亲倒是说过，如果牛金岭生了孩子她伺候月子，但先决条件是牛金岭住我们家，她坚决不去县城或者乡下，而牛金岭则坚决表示她住不惯我家，双方谁也说服不了谁。

牛金岭的农村背景一直是块心病，虽说她已经转成城镇户口了，但我父亲和母亲的态度依然没有转变，即使转了也只是面子上的事。我喜欢牛金岭，父亲说大人不好干涉，但是也甭指望大人喜欢。母亲则酸溜溜地表示，儿孙自有儿孙福。我们自己选择的路自己去走，大人操不了那个心、管不了那么多的事！

他们不操心就预示着凡事我得自己扛，牛金岭为此埋怨几句也就情有可原。

虽然庄宝盒住的地方只隔着一条街，但牛金岭却从未到过妹夫那里。妹妹的情况姐是清楚的，牛玉琴之所以不愿意见姐，是不想太尴尬。牛金岭曾跟我说过，妹妹每次来县城都住单身宿舍算怎么回事？夏天还说得过去，冬天连个火炉都生不起，让小美跟着受冻。

宿舍冬天没火炉跟我无关联性，但我俩是牛家的女婿，牛金岭当着我的面数落庄宝盒，无形中就是数落我。庄宝盒结婚两年多了还没分到房子，两个人住一间单身宿舍，里面还住着个大学生。大学生也是快要成家的人了，找了个女朋友，整天赖在房间里不走，情到浓处两人就做俯卧撑，压得木床嘎吱响。有一天，触景生情，庄宝盒心烦意乱地跑到公园练俯卧撑，一抬头看到个傻瓜蹲在一旁瞅他，恼羞成怒地斥道："看什么看，你个傻瓜！"谁知傻瓜根本不买他的账，不屑地站起来说："你才傻瓜呢！下面都没有人了，还一个人趴在地上不起来。"

我只是当庄宝盒讲的笑话，他常常化平庸为神奇，但透过现象看本质，庄宝盒和牛玉琴的婚后生活并不那么幸福美满。

庄宝盒找过县人事部门，想把牛玉琴调到县城工作，中医院正缺少临床医生，牛玉琴受过专门培训，又在赤脚医生岗位上锻炼多年，比起一般大学生强很多，但她的农村户口限制了她的调动。

庄宝盒属于工农兵学员，虽说他学的也是临床并且独当一面，但随着高考成必然趋势，其身份大幅度缩水。院长是恢复工作的老三届，对工农兵学员非常有成见，总是想方设法加以刁难。一般情况下医院只要男女一方有学历就能分到住房，但工农兵学员却不行，只有双职工、双城镇户口才行。庄宝盒只能忘房兴叹，牛玉琴也只能永远扎根农村安心做她的赤脚医生。

山里人并不吝啬房子，地有的是，只要你有钱、有力气，建行宫也没人管。老丈人的家建在村头突起的高处，站在院门前就可以看到灵依河。院墙后面的山岭东南走向，足足一千米长。山脚是河，绕山行走，远远望去好似一条卧龙正在低头饮水。懂风水的人看过就说这里是块风水宝地，怪不得牛支书如此强势，原来他正骑在卧龙的七寸上。我丈人听后不动声色，呵斥那些说闲话的人："都什么年代了，还信迷信？小心我开你们的批斗会！"

相信迷信是要被拴去游街的，这足以震慑别有用心的人，但牛支书私下承认他占的是水磨头村最具风水的宝地。他在村头盖起一溜儿大瓦房，每五间一组，中间垒起院墙，分成三个院子。他住最东头的三间，牛玉琴住中间，西头的五间则是给牛金岭留的。老丈人放出话来，只要俩女婿愿意回村住，他还可以给他们分到宅基地，这就意味着我只要答应，以后每天都可以站在这门前高高的坡上以主人的身份一览水磨头村的全景。身后的母猪岭四季总是变换着色彩，它冬天像一条乌龙，皮肤黝黑，探头伸向灵依河；夏天的时候它则是一条宁静的绿色水蛇；而春天和秋天它身上的斑纹则是彩色的，似条妖艳的花蛇。脚下的河流永远泛着白色的波光，隐隐约约地穿行在大山的缝隙里。我只是怀疑纵有这么好的山水竟然也改变不了这片土地上人们的命运。

司机老赵心疼他的车，说我们四个大人再加上孩子属于严重超员了，我说车上全是女人超什么超？再说我妹夫个子小，最多也就顶个半大孩子。庄宝盒倒没说什么，但牛玉琴脸上挂不住。牛金岭剜了我一眼，骂道："刻薄！"但不管怎么说这一车人连牛金岭肚子里的孩子加起来足有七口之多，真有点超重。我们只好重新安排座位，让牛金岭坐到副驾驶上，我跟庄宝盒一家子挤一块儿。

小美第一次坐轿车十分开心，这远比坐姥爷的拖拉机气派、暖和。她不停地指点着外面，遇到好看的风景就兴奋地拍着小巴掌。

庄宝盒坐后排中间位置，隔着他我看不清牛玉琴的表情，只能借助眼睛的余光看她的侧面。她一副耳坠随车晃来晃去，晃得我很想伸手替她扶住。

牛金岭的目光始终充满了警惕，总是侧过头来朝我张望。庄宝盒开玩笑地说："姐，你小心在前面带路，光看后面有什么用啊！"我替她开脱地开玩笑："你姐好几个月没见我了，想多看几眼。"牛金岭"扑哧"一笑，撇嘴道："自觉其美，不知脏乎亦！"

车子出了毛山县城一直向南，进入到连绵的山区。出水磨头公社有两条路可以选择，一条沿着山根向东，一条直直伸向西南。向东是牛金岭的家，向南便是野狼沟。一车人光顾了说话，没有看路，等老赵把车开出公社驻地的时候，竟然迷了路。老赵犯了愁，问牛家姐妹，俩人也不知现在是在什么地方了，我和庄宝盒更是人生地不熟。老赵没办法，只好把车停下来等人来问，但这荒郊野岭的哪有人影。

大伙正在犯愁，小美指着前面说："去姥姥家要走那里！"

大家的目光顺着她手指的方向看到数十米开外有一棵枯树，树上有块斑驳的路牌。我恍然记得这个地方原先有座被遗弃的古庙，想不到老赵把车开到这里来了。

老赵发动车子向前走了约一里路，果然走上了正道，接下来的问题就是先去牛家还是先去野狼沟。这时候，牛金岭的意见占了上风，先把她和妹妹放下，然后我和庄宝盒再回厂。

进山前老赵再一次停车检查车子的状况，这也是我雇他的原因，做事非常认真仔细。山路不好走，特别是冬天路面上有冰，得绑防滑链。老赵有过一次爆胎的经历，他大热天和领导的女秘书车震，结果爆胎露了馅。一朝被蛇咬，十年怕井绳。

牛玉琴急着想走，安慰他说：“你放心吧，赵师傅！小美路记得特别熟，哪儿有急转弯，哪儿路面上结了冰，她会指给你！”

说着，她把小美递到牛金岭的怀里，小美起先还不乐意，牛金岭拍着她的小屁屁，嗔怒地吼道：“怎么了，才几天就不认我这个大姨了？”

“没有不认啊，你是我最亲最亲的大姨！”小美坐到前面的座位上，讨好地对着牛金岭说。

老赵满脸惊讶地说：“这小姑娘人精啊！”他的话音未落，小美就猛然指着车前说：“爷爷，前面拐弯有一个冰坨！”

老赵下意识地点了个刹车，伸头去瞧，前面却什么也没有。小美咯咯地笑了，原来她跟老赵开了一个不大不小的玩笑。

老赵不由得感叹了一句：“这小丫头！”牛玉琴呵斥小美：“车上不能开这种玩笑！”小美朝后吐了吐舌头，再也不作声了。

那年冬天我们行走在山路上，老赵开得非常小心。右手是山，左手是悬崖。甭说开车，就是徒步走都感到恐惧。老赵也是头一次遇到这么险的路，眼瞪得比牛眼都圆。车轮不时打滑，有几次差点滑到悬崖边上，惊得人们连声怪叫。庄宝盒更是脸色煞白，干脆闭上眼睛，一副听天由命的样子。

只有牛金岭处事不惊，胆子最大，车子险情不断，她讥讽我们都是胆小鬼。她说山里人祖祖辈辈都走这条路，大雪封山的情况年年有，也没见谁窝在山里冻死饿死，路该怎么走还怎么走。当初兵工厂建的时候大雪阻断了运输路线，她爹接到求援，冒着大雪开拖拉机往厂里送粮食，车轮打滑就绑上铁链子，看不清路就让社员们手拉手站在悬崖边上当路标，姐妹俩都曾是其中的一员。

从这点上说牛家对我们有恩，我们有缘走在一起。庄宝盒追求牛玉琴，压根儿就没有想到还有城乡这一说，因此在成婚之后问题接踵而来；而我在婚姻上摇摆不定则显出狭隘和自私。但我们都在婚姻的道路上走得太深太远了，深远到无法割舍。

到达水磨头村的时候天色将晚，我坚持撂下女人和孩子马上返回野狼沟，但是，老赵说什么也不开夜车了。太阳一落山整个路面就像面镜子一样，车开上去根本把控不住方向。他说等明天太阳出来再走，如果顺利两个小时就能到达目的地。

我只能夜宿水磨头村了。住老丈人家对于我和庄宝盒来说再正常不过了，关键是我住不习惯。老赵见我心神不定的样子，劝道："这就是你的不对了！你老婆的家自然就是你的家，冰天雪地的我看倒是个机会，你俩连襟和老丈人喝点儿小酒联络一下感情。你不用管我，我也不会喝酒，吃饱饭就去睡觉。"

人不留人天留人，正如老赵所说，我和庄宝盒陪着老丈人不醉不归。

但那天很不巧，老丈人上午就到后山吃喜酒去了，按山里人的习惯这喜酒要吃到明天早晨。丈母娘埋怨说俩女婿凑到一块儿不容易，说啥也要通知到他，牛金岭拦住说，这冰天雪地的山路不好走，爹赶回来也不早了，倒不如下次再说。牛玉琴听姐的话，笑道："既然爹不在，就我做东，都到我那里吃饭！"

她所谓的家即那间卫生室。平时庄宝盒不在家，她和小美就在那里住。卫生室在村东头，很好找，门前有个很大的泉眼，后面还有个很大的院子。

于是我们决定到牛玉琴那里吃晚饭。从老丈人住的地方到卫生室要绕过半个村子，走很长的一段山路。村子周围严格说没有路，到处都是洪水冲刷的痕迹。庄宝盒被派来喊我们，路上都是硌脚的碎石，四面宁静，宁静得能听到彼此的呼吸和心跳。大概是不适应山里清冷的空气，他不停地咳嗽，声音像暗夜里撞来撞去的蝙蝠。

大家都有些紧张。牛金岭一手护着肚子，一手抓着我的手，一个劲儿地说话，说山里现在什么也不用怕，没有狼也没有野猪，都让人赶跑了，只要看好脚下的路就行了。我听得出来，她说话的意思是怕我不高兴，其实这完全没必要，我们都已是夫妻了，没有嫌弃这个地方的理由。我倒是担心她挺着大肚子行走不便，时刻准备搀一把，但都被她甩开了，她自负地大笑道："我从小生在山里，就是挺着大肚子脚下也比你灵活！"

随着我们到达卫生室附近，一种声音越来越近、越来越响，那是泉水涌动的声音。牛金岭说："到了，妹妹卫生室的下面有眼泉水，每天都会发出这种声音。你不用担心，泉水从来没有泡到过院子的墙根。"

果然，我看到了黑暗中矗立的一处房子，窗口闪出微弱的灯光。那时候电力紧张，村里经常停电，经常要到晚十点以后才来。通常各家会备上一个油灯。这也成就了村里那些流氓无赖，经常借着天黑钻寡妇的房门。

卫生室门口挂着块白色的牌子，一条过道从中间直通后院。后院很大，是一排红色的砖房。这里原来是生产队的队部，后来队部搬家，爹花钱盘下给了妹妹。

牛金岭住县城，老家的房子好坏对她来说无所谓。我也从未想过要到水磨头村居住，当然更无所谓了。庄宝盒则跟我不一样，他妻女是农业户口，如果县城没有容身之地只能回村住老丈人家，从这点上说老丈人比谁都清醒。

我们到的时候牛玉琴已经把菜准备好了，有炖的山鸡和煮的猪肉，还有用小葱炒好的鸡蛋，包括几样叫不出名的清拌山菜。

那晚我和庄宝盒坐下来喝酒，牛金岭则坐在炕头跟妹妹说话。我的酒量不大，但话赶趟儿，不停地劝他喝，事后我承认是有意灌醉他。而我这种卑鄙的做法居然奏了效，庄宝盒几杯酒下肚脸就由红变紫，胡言乱语起来。

我俩首先满怀深情地回忆起那幅女性生理图，继而回忆起女老师关于十年活八岁的诅咒。后来我俩说起了初恋，从初恋说到了女人。庄宝盒深刻感觉到女人的美丽都是距离产生的，他最初认为牛玉琴是世界上最美的姑娘，但婚后感觉却一般。他举例子说，这正如去旅游，你认为异乡的风景都是美的，可是等你到达那里也不过如此；他还感叹男人都觉得别人的老婆好，其实也是一种错觉，远方如花就是这个概念。

牛家姐妹显然听到了我俩的酒话，牛玉琴过来，愠怒地瞪了他一眼，夺下酒杯，收了酒瓶子不让喝了，而牛金岭挺着大肚子从床上下来，把手轻轻搭在我的肩上，威严而不失温存地说："书盒子，再在妹妹这里胡说八道，我把你扔到泉眼里去喂王八！"

她的话立竿见影，我变得老老实实，借口醉了起身溜走。但我俩喝的是五十度的烈酒，意识清醒但腿却站不稳。庄宝盒起身扶我，却一个趔趄倒在地上。

庄宝盒倒下去的一瞬间我看到牛玉琴脸上明显流露出的厌恶，我想目的达到了，我就是让他难看！至少那晚我表现得更像个男人，他倒下去了我却站着。但是就在庄宝盒躺倒的刹那，我也坚持不住倒在地上，顺便把桌子上的碗筷和酒杯打得七零八落、乒乓乱响。

牛金岭瞅着躺在地上的两个男人手足无措。牛玉琴皱起眉头，说看来我们回不去了。她有两张床，我和牛金岭可以睡在里间，她和庄宝盒睡外间。

之后，两个女人便热情地张罗开来，连拖带拽地把我和庄宝盒架到床上。庄宝盒是真醉而我不同，多半是装的，我嘴上胡言乱语其实心里很明白，只是我没想清楚为什么会装醉睡在牛玉琴的家里。

那天夜里我和牛玉琴只有一墙之隔，这是今生我离她最近的距离了，可以听到她翻身和喘息的声音，她多次起来为庄宝盒倒水并且扶他呕吐，尽管她小心翼翼但还是吵得牛金岭睡不着觉，半夜的时候我有意靠近牛金岭，伸手去摸她，她的肚皮又滑又紧，使人联想到格拉斯笔下的《铁皮鼓》。起先她还容忍我动手动脚，但后来粗暴地推开了。

第二天一早我便溜出屋子，所有人都还没有起床，我穿过牛玉琴的床前，感到她沉睡的样子无比憔悴。我走出庭院站在那口泉眼旁，这时候一个人也没有，只有泉水寂寞地翻扬着水花。老赵不知怎么寻到这里来了，蹲在下游不远的水边洗漱，他见到我打着招呼，夸这里的环境真好，说等将来也要来养老。

姐妹俩起来的时候丈母娘早已做好早饭，站在高坡上喊我们过去吃饭。我进门的时候岳母嘴里还在不停地埋怨老丈人，平时从不贪杯，今天这时候了还不见人影。

庄宝盒脸色青中带紫，显然没有摆脱昨晚醉酒的痛苦。牛玉琴冷冷说道："这怪不得别人，没那个本事就不要揽那个瓷器活儿！"牛金岭反而替我俩打遮掩，奚落道："妹妹，你姐夫也不是什么好东西，他成心要灌醉你家宝盒子。他昨天晚上也醉了，睡梦里手还不老实！"

她似乎有意在妹妹面前寒碜我，我刚想辩解就被她狠狠地踩了一脚，然后面不改色心不跳地说："你姐夫心也不坏，宝盒子心也不傻。咱们四人从小学就是同学，他俩又是兄弟，谁灌醉谁都正常。"

那是我听到的牛金岭最绕口、最有说服力的一席话，把牛玉琴驳得哑口无言，这充分说明牛金岭不是等闲之辈。

吃过早饭后我起程回野狼沟。牛金岭让我尽可以有事先办事，她要在娘家好好住几天。

"有情况我给你打电话，爹会送我回县城。我是头胎，宫口开全少说也得一天。"她似乎很有经验地说。

牛金岭不跟着，我的压力小多了。小美一大早就吵闹着要跟着去厂里，牛玉琴拗不过她，只好遂她的愿。小美高兴地拍着小巴掌，先钻进车里不下来了，庄宝盒黑着脸，看不出同意还是不同意，但我还是莫名其妙地兴奋，与其说是有什么企图，倒不如说是很愿意跟牛玉琴一起旅行更确切。

山里的早晨充满了雾气，但当车子驶出村子的时候天突然放晴了，风向也转了，暖风扑面，顺着灵依河浩荡而来。

庄宝盒回野狼沟只有一个目的，就是收拾父亲留下的遗物。当年老庄从西藏带来的那个箱子从来没有当着人面打开过，被扔到了顶棚上。后来榆叶曾偷偷打开过，据说把里面的东西洗劫一空。我调侃，这次回去一定再检查一遍，说不定里面藏着什么宝贝。

庄宝盒早饭时喝了一点儿稀粥，气色稍有恢复，不屑地反驳我，有什么宝贝也早让老鼠给拖走了。爹当初进藏的时候就是大兵一个，他死也是两袖清风。我叹息地说："可惜庄叔一世英雄却埋在了乱石山上，连个烈士陵园也入不了。不是你爹有问题就是这个世界有问题。"

老庄当年被草草安葬是庄宝盒的死穴。他当初回内地带着一大堆军功章，全部送了人，没有送人的也跟别人交换了紧缺的物品。他最喜欢收藏主席像章，铜的、铁的、瓷的，任何一枚他都如数家珍，能够说出哪个级别、哪年哪月、哪个部门制作发行的。他最喜欢一枚带编号的五星像章，上面是金质的红五角星，嵌有领袖的头像，下面的牌子上写着"为人民服务"五个大字。老庄曾多次夸耀，这种像章只有军人才有。其实是一种误读，我父亲也有这样一套像章，也曾经自豪地对我说，只有真正的军工战士才有。现在看来这不过是老庄和我父亲的一厢情愿，是他们这一代人的虚荣所在。一枚军功章说明不了什么问题，何况这还不是军功章而只是一枚像章。

我无意贬低老庄但刺痛了庄宝盒，在对待老子的问题上他也有责任。他从未在牛玉琴面前提起过父亲，即使清明节、春节也没见他祭拜过老人。那时候虽说要扫除封建迷信，但缅怀烈士还是要做的；人不能忘祖、忘根，他从来没有到父亲的坟头去祭扫过，说明他本身出了问题。

我提出这次回去无论如何要给老庄上一次坟，庄宝盒支吾地说，他离开野狼沟好几年了，已经记不清埋葬的地点了。我指责他爹的坟怎么能忘，这时候，一直躺在牛玉琴怀里睡觉的小美突然醒了，坐起来说："爸爸，我知道爷爷埋的地方！"

谁也没有料到小美会突然说话。当年除了我和庄宝盒，车上的人都没参加过那场葬礼，即使是牛玉琴也不知公爹的坟埋在哪里，小美却说她知道爷爷坟的位置。

"小美，你说说，爷爷的坟到底在哪里？"我故意逗她。

小美蹙起眉，似乎很认真地想了想说："就在那座山的后面，边上有一条河！"

我暗自吃惊，她说得很对。庄宝盒原来眯着眼半躺在座位上，这会儿更是惊得挺直腰，语无伦次地道："小美，不知道的事就不要胡说，爷爷死的时候你还没出生呢！"

小美固执地瞪着小眼睛说："我就是知道！从姥爷的村子翻过前面这座山，就可以一直通到那里去！"

小美冲着庄宝盒理直气壮，她手指的方向正是鹰愁峰，山的背面正是那条灵依河的支流。

此时车上人的注意力都被小美吸引了，根本没有意识到外面会发生情况，只觉得老赵的车子颠簸了几下便失去了控制。由于情况发生得太突然，大家都被甩得东倒西歪，好在老赵反应迅速，猛打方向，车子朝路边一块岩石撞过去。

离悬崖只有一步之遥。全车人仓皇地从左侧车门里爬出来。老赵更是惊得脸色蜡黄，声音颤抖地说："开车十几年还是第一次发生这种情况，刹车根本不听使唤。"

我责怪老赵也是老司机了，精力怎么这么不集中？老赵委屈地说，他感觉有股力量吸着往悬崖方向走："不会是你们说到老庄，这个老庄的灵魂发难，故意要我们的命吧！"

庄宝盒听了骂道："你这是放得哪门子狗屁！有哪个当爹、当爷爷的会加害自己的亲人？"

老赵自知失言，擦擦头上的冷汗，把我拉到一边说："何领导，车子抛在这里了，你们想法子走吧！您兄弟这位千金上辈子怕是没喝迷魂汤，啥事都懂。"

这才是笑话！堂堂一个大男人让小美吓出了车祸，况且，我也没跟他提起过小美有再生人的嫌疑。老赵也只是猜疑或者巧合，他竟然也说小美上辈子没喝迷魂汤。

我对老赵笑道："小小孩子知道什么？她只是瞎说。"

他去检查车辆受损的情况，看还能不能开。汽车的前挡风板已经瘪下去了，水箱底被石头划坏了冒着水汽。赵师傅从后备厢里找来帆布水桶，到河里舀了一些水，等再灌下去还是全漏了出来。

车子没了冷却水就无法冷却发动机，看来要另想办法了。

出事故的地方前不着村后不着店，离水磨头村有十里地，而离公社驻地更远。老赵提出，他守着车，我们搭便车找电话，通知修理厂前来救援，最好是带着新水箱来。但他又不敢保证山里有这种型号的汽车水箱。

一时半会儿等不到过路车，牛玉琴搭手眺望着空旷的山路，唯一的办法就是她返回村里，叫生产队的拖拉机把车拖到公社驻地修理。但庄宝盒一步也不愿意走，提议既然老赵已经决定在这儿守，不如我们先想法子走，等车修好了再约定在哪儿会合。

老赵和我都表示同意，于是站到路边，希望有路过的车子把我们捎到公社。直等到中午也没见一个人影，牛玉琴泄气地说，这条道是条断头路，冰天雪地的根本没人没车。

那年冬天我们被困在野地里。牛玉琴很着急，想各种法子或进或退，只有庄宝盒缩在大衣里拼命地抽烟，好像一切皆与他无关。看来现实生活中他也一贯持这种态度，牛玉琴对此不满，但守着外人又不好表达，坐在一旁生闷气。

山里的天像小孩子的脸说变就变，刚才还是阳光明媚转眼就乌云翻滚，从鹰愁峰爬过来了。冷风阵阵，空气中夹杂着水汽。大家穿得单薄，心里有些慌。我提议："除非有一条近道，可以直通厂里……"

我并没有明确指出要走山路，这需要牛玉琴来做判断，其实庄宝盒也应该知道，我们都曾在鹰愁峰脚下上过学。

牛玉琴轻轻咬着嘴唇，仰望着鹰愁峰发呆，我不知她此刻在想什么，但肯定在考虑我的话是否可行。大家都沉默下来，任凭寒风在耳边号叫。过了一会儿牛玉琴终于转过身来，理了理额头的刘海儿说："既然如此，我们就走山路。如果顺利的话，天黑前能够到厂里！"

我应该感激牛玉琴，总是在关键时刻支持我，就像小时候她经常支持我打败庄宝盒一样。然而现在她身为人妻，还带着孩子，要爬过海拔一千多米的鹰愁峰不是件容易的事。当我说出这个想法的时候，牛玉琴笑起来，"你也太小看我了！我在这山里长大的，哪里有块石头都一清二楚。放心吧！"

爬山对于山里长大的人来说轻而易举，既然她都能无所畏惧，两个大男人更不在话下，我背起小美就走。

小美却撑着两只小胳膊极力下来，然后跑到庄宝盒身边让爸爸背她。我相信庄宝盒全身一点力气都没有，连脸上的笑容都是勉强装出来的，但小美却偏偏不买他的账。我有点儿幸灾乐祸，鼓动地说："爸爸背女儿，天经地义！"

庄宝盒没好气地瞪我一眼，不情愿地俯身背起小美。

太阳明晃晃的，耀眼但是一点热量都没有，山风很冷，吹在脸上像刀子割肉一样。小美穿得单薄，我怕她受不了这么冷的寒风，急忙脱了大衣递过去。其实我是想给牛玉琴穿的，牛玉琴也只穿了件小棉袄，但我怕引起庄宝盒的误会，所以故意给小美。牛玉琴看在眼里，蹙起眉头，以命令的口吻让庄宝盒把大衣脱下来给小美，并且把大衣扔还给我，坚持说他两件大衣会压得走不动路。

庄宝盒有些委屈，慢吞吞地脱掉身上的大衣，小美却拽着我的棉大衣不放，嫌爸爸的大衣有股烟味儿。

我脱了大衣只剩下件毛衣了，山风意识到了浸淫的机会，顽强地钻透我的身体，不一会儿我就浑身哆嗦，连打了几个喷嚏。牛玉琴再次强行从庄宝盒手中要过大衣,扔给我说：“再脏也比不穿好！”说罢,头也不回地朝前走了。

牛玉琴在前我在后，庄宝盒背着小美落在最后面，我们一行朝着山地走去。相比于我俩，牛玉琴步子轻盈，仿佛一只惯于在山野奔跑的兔子。上学的时候她就是班里的体育尖子，我有意拉开些距离毋宁说是跟不上她的脚步更恰当。

大概牛玉琴意识到了，待爬上一个小山包的时候，她站下侧过身望着我说：“姐夫，要不你在前面带路吧！我去接一下小美。”说罢，她已经从我眼前连走带滑地闪过，脚下带起的沙石跟着向下滚落。

现在最大的问题是如何寻找一条捷径翻过前面这座高山。如果只是三个大人绝对没问题，但是还带着小美，她太小需要有人背。小美倒不觉得为难，她眼里到处都是新鲜，所以趴在庄宝盒的肩上手舞足蹈。但是步行千里，鹅毛的重量也不可小觑，背了很短距离庄宝盒就累得气喘吁吁，蹲在那里喘粗气。

不知从什么时候起我开始鄙视这个男人，也许是从他下乡、从他设计套住牛玉琴并阴谋占有她的时候开始。

我承认在这之前我心存恶念。我嫉妒庄宝盒，变着法子挤兑、取笑、侮辱他；而庄宝盒结婚之前的种种敏感、犀利、聪明都化为乌有。他变得猥琐、迟疑或者说小心翼翼，我无法判断这是婚姻的错还是他的错。

此时看到庄宝盒的样子我还是动了恻隐之心，等爷儿俩走到跟前的时候，我对小美伸出双臂，亲切地说：“小美，让伯伯来抱或者你就下来跑，山上有很多鸟儿，我们去捉它们！”

听到我的话小美从棉衣里伸出毛茸茸的脑袋，挣脱庄宝盒跳到地面上，牵起我的手向山坡跑去。牛玉琴惊讶她居然听我的话。卸下了重量的庄宝盒也恢复了元气，他甚至朝我投来感谢的微笑。

一个小时后我们接近了山顶，牛玉琴指着一块突起的山石说，这里就是鹰愁涧，翻过山口就能看到下山的路了。

然而刚走几步，我们就被一片冰面挡住了去路。那里地势险要，右边是崖壁，左边是沟壑，根本无法通行，我们进退维谷。

我试图抓住岩石上探出来的树枝过去，但只行进了一小段便被一片更大的冰面挡住了，我甚至无法回到原来待的地方。庄宝盒幸灾乐祸地看着这一切，嘴里说：“没有十足的把握就不要说大话。现在好了，你退，退不回来，往前走又是死路一条！”

他这是有意说给我听的。回厂是他自己的决定，何况我还替他背孩子，他不但不感激反而说闲话，牛玉琴冷笑道：“你不要幸灾乐祸，现在你就去捧沙子，扬在冰面上，让姐夫返回来！”

庄宝盒有些不情愿，但是迫于牛玉琴凌厉的眼神还是慢吞吞地去捧沙子了。山上风化的沙石很多，裸露成山脊黄色的牛皮癣。庄宝盒取了一些撒在冰面上，发现根本不起作用，我灵机一动，把他的破大衣脱下来铺在冰面上，这样才退回原地。

我们被迫滞留在山上。太阳一点一点儿朝着西边落去。阳光像被水泡过皱起一道道波纹，淡淡的没有一丝光泽，这样的气象预示着可能要起风，那待在山上就危险了。鹰愁峰的天气向来不正常，它有时看似晴天却突然下起雨来，有时候飘来一片云彩便会大雪如席。牛玉琴显然意识到了危险，必须尽快找到一条过去的路，如果实在找不到就要往回返。磨蹭到天黑就下不去了，夜里的气温很低，容易冻死人。

我主动要求和牛玉琴一起去找路，庄宝盒一副听天由命的样子，把大衣顶在头上，像老母鸡似的把小美搂在怀里，躲到石头后面不出声。

就在我和牛玉琴刚走出不远，小美突然从爸爸的怀里挣脱出来，手指着远处一道石缝，嘴里发出含混的声音：

“啊！伯伯，走……那里！”

顺着她手指的方向我看到一块巨石，巨石被雨水浸淫成两瓣儿，中间有一个缝隙。那里不但一点雪迹都没有，甚至连地面都被风吹得光光的。从巨石脚下伸展出一条路来，直通山顶。

我立刻兴奋地拉着牛玉琴去察看，它离刚才的地方五十米开外，仅能容纳一个人过去，虽说十分陡峭难行但足可以通过。

穿过石缝眼前变得开阔起来，呈现出一片平坦的坡地，缓缓的一直通向远处，视线所及之处一条羊肠小道绕在山顶，然后直通山下。简直是奇迹！小美竟然指出了一条下山的捷径。

我回头招呼牛玉琴，她的眼里充满了狐疑。我说："没错，能够从这儿过去！"庄宝盒欢呼一声便扛起小美飞奔而来，而牛玉琴还在惊诧，这条山路她走了多少回了，从来没有发现有条隐蔽的小道能够绕过鹰愁峰。

路变得平坦起来，我扛上小美大步如飞。小美稳坐在我的肩上，仿佛一只张开翅膀的小鸟。路两旁的荒草和灌木有一人高，但是我们完全不用担心走错了方向。半个小时后我们已来到鹰愁峰的山底，这里离工厂已经不远了。

野狼沟，久违了！我满怀激动的心情快步走着，灌木和杂草完全掩盖住了视线，我只能凭着感觉前行。

就在这时，眼前出现一个貌似熟悉的山谷，山谷虽然荒凉但生长着茂密的植被。记忆告诉我似曾来过这里，但一时又想不起是什么时候。

正当我在怔忡的时候庄宝盒却突然神经地大叫一声，蹲到地上号啕大哭起来。他的哭声阴森恐怖，整个山谷都跟着回响。牛玉琴大声说："庄宝盒，你撞着鬼了！一个大男人在这深山野岭号什么？"

庄宝盒并没有理会，依旧蹲在那里大哭不止，边哭边薅着身边的蒿草，我模糊地意识到这种疯狂也许与我们无意闯入的地方有关，这时他突然站起来，薅住我的衣领，面目可憎地说："书盒子，你是成心的！你怎么会把我领到这里来？"

他的话证实了我的判断，我们无意中闯入了老庄的墓地。

我下意识地朝着前方望去，眼前是宽阔的河道，河水舒缓，河床上布满了乱石，长满了荒草。我拨开那片荒草便看到那座孤零零的坟。许多年了，我以为时间已经把那段荒唐的、悲伤的记忆从心底里抹去了，老庄却这样突兀而鲜明地闯进了我和庄宝盒的世界。

我开始相信这个世界上有神明，冥冥之中指引我们走进这个早已被历史和后人遗忘的世界；我没有细想过庄宝盒是如何看待他父亲的，老庄死后这些年他很少提及。至于牛玉琴，她结婚的时候老庄已经死了，俩人从未打过照面。即使是按照当地婚俗，在嫁入庄家的当天要到祖坟上祭拜，她也没有来过。牛玉琴从没有当着我的面提及过老庄，她只是被动地接受公爹早已死去这个现实。而现在老庄的坟却呈现在了眼前，她竟以这样的方式和老公公谋面，这说不上是悲是喜；她的眼神里充满了茫然，是对逝者的怜悯还是对于生者的怜悯不得而知。

所有人中只有小美依旧保持着淡定，她年龄还小不懂得人世间的生生死死，人世间还有亲情牵着。她茫然地看着父亲坐在地上哭，然后转过身来看我和牛玉琴，试图在我俩的脸上找到答案。爸爸遇到了什么问题、为什么要哭？我冲她笑笑，努力想告诉她这是一个误会，但我想，我的样子一定很难看，我心里一点也不比庄宝盒的悲伤差。老庄是我的邻居，是我爸的朋友，我爸妈都活得好好的，他却早就仙逝，黯然地埋在这荒郊野外，能有什么比这阴阳两隔更让人唏嘘不止，感叹命运的多舛？让我更惊悚的是这一切都是她冥冥中的指引，她到底是个怎么样的女孩？

我一直认为庄宝盒惯于伪装自己，但这会儿他已彻底卸去了伪装，半爬半跪地趴到父亲的坟前哭得一塌糊涂。如果我没有说错的话，这是他第一次来到父亲的坟前，在这之前他一直拒绝给老庄扫墓，他把自己包装在坚强和无情之中，但面对此情此景，他心灵的防线最终崩溃了。他号啕大哭，是哭老庄还是宣泄自己沉淀已久的痛苦不得而知。

我不知道如何安慰庄宝盒，也不清楚他会以怎样的方式祭奠生他养他的父亲，我甚至不知道“父亲”这两个字在他心中是怎样的地位。在父亲死后的日子里，他不曾到坟前烧一张纸、说一句慰藉的话。

那天庄宝盒在父亲的墓前长跪不起。牛玉琴陪他跪在公爹的坟前，经受着感情的洗礼，现场的凄凉让她萌生顿悟，无论怎么说她都是庄家的儿媳，从她走进庄家，就没有见过公爹和婆婆，没有得到过他们的祝福。她时常感叹自己的不幸，而根源在于她从根本上忽略了庄宝盒父母的存在。

那年冬天我们偶遇老庄的坟墓，冥冥之中老天注定他们一家团圆，连小美都到场了。但我们都没有思想准备，两手空空，连祭品都没有。趁着他俩清理坟头的时候，我在附近折了一些干草和干花，用手绢扎起来，在坟前摆了一块平整的石头当作祭台，把那束花摆上去。庄宝盒点燃周围的荒草，烧出一块不大的平地来。这里不必担心会引发山火，在坟的背后便是坚硬的石壁，石壁下湿漉漉的残留着积雪，雪地上布满了野兽的脚印。

我不由得心生悲怆。长眠在这个只有野兽为伴的荒凉的地方，老庄过得是何等的寂寞。庄宝盒用三只烟当作香烛，敬献在老庄的坟前。他似乎对于父亲更加陌生，站在那里一言不发。

我上前推开他，双膝跪地，神三鬼四，磕了三个头，冷静地说：“庄叔，我看你来了！我代表我爸我妈给你上炷香，算作对你的思念！今天宝盒子也看你来了，你不能怪他这些年不来看你。你走以后他日子也过得并不好，但是，你儿子是幸运的，他遇到了牛玉琴。他们现在都有了后代，他带来了一家人，带来了你的孙女小美！”

我这段开场白感人肺腑，荡气回肠，我看到牛玉琴眼含泪水，我不知道那是悲伤还是悔恨的泪水，但至少她跪下时满怀真诚。刚才她用手刨土给公爹圆坟，细嫩的手指都抠破了，隐隐洇出血来。她双手扶地，庄严地磕了三个响头之后，泪水再一次模糊了双眼。她头埋得低低的对着老庄的墓碑说：“爹，对不起！原谅我没早来给你上坟！”

我们一直在那片山谷里待到很晚才恋恋不舍地离开，太阳已经沉到西山里去了，山谷里变得十分阴暗。从那里翻过一座不高的山就是工厂所在地，登上高坡后我们已经远远地看到了野狼沟里透射出来的灯火。

庄宝盒轻轻舒了口气，方才离开坟地时他表情轻松多了，仿佛卸掉了身上沉重的包袱。牛玉琴也似乎受到了洗礼，对庄宝盒说话的时候语气温柔。只是小美表现得异常，从发现老庄的坟墓她就处于昏睡状态。牛玉琴解释是走路累了，刚才她找了个避风处，让小美睡在我的大衣上，走的时候她都没有醒。庄宝盒曾建议，让小美也给爷爷拜一拜，牛玉琴没有同意，孩子能睡就让她睡，做爷爷的也不会怪她。

我们到达厂区的时候天已经黑得伸手不见五指，偌大的厂区现在人迹稀少，就连路灯也只开了几盏，那些厂房连同办公大楼鬼魅般地躲藏在黑暗里，好在我们对这里十分熟悉，摸黑找到厂招待所。家属院没有几家人住了，早就停水停电了，我们决定到招待所碰碰运气。果然，从二层的小楼里透出昏黄的灯光，并且能听到锅炉风机发出轰鸣的声音。庄宝盒说有救了！他还以为连招待所也关了，那拖妻带女的可就惨了！

我释然，竟然开玩笑地说：“惨的是我！你有妻儿陪着，不行就钻进老婆的怀里睡。”庄宝盒斥道：“你少在这里矫情！反正我们住下了，你还是赶紧回家吧，免得叔叔阿姨惦记。”

这时候小美醒了，怔忡地瞪着小眼睛打量着昏暗的房间，问我：“伯伯，咱们这是在哪儿？”

我说家里！我怕说野狼沟会吓到她。

中 篇

一只被关在实验室笼子里的白鼠，安然地享受着上帝配给它的食物和水，尽管简单粗糙，但它一直认为生活在天堂世界，快乐而幸福。有一天把它放归自然，它忧郁而死。

二十世纪八十年代初的冬天，我最后一趟回野狼沟。

那时候工厂已经解散，我父母把家产装在重重的木箱里等待省城最后一纸调令。我本是打算到厂接父母的，但是在路上耽误了，在我到达的当天爸妈等不及了，搭其他车进了省城。留下一张纸条，说那边催他报到。

我摸黑到家的时候窗口陷落在一片黑暗里，这是我第一次吃了闭门羹，酸楚和凄凉的心情可想而知，我这才理解“家”的含义，将心比心，我突然对庄宝盒有了一种全新的认识。

爸爸盘的炉体还在但是烟囱已经被拆除了，无法取暖，屋子里出奇的冷。床也被公家收回去了，被褥打包放在地上。我站了一会儿便觉得无法忍受，寒冷不是来自室内外而是来自心底。

我决定也去招待所住。路过厂部老远就看到一个黑乎乎的庞然大物趴在那里，走近一瞧原来是老庄当年开过的板挂车。这辆车一直停在厂部前的空地上，任凭风吹雨淋锈迹斑斑。

据说老庄死后就没人动过这辆车。老肖冒失地开过一次，不知怎的笔直的大道竟然开到了沟里。沟少说也有三米深，车一头扎下去人没事却把睾丸挤破了。少了一只睾丸的老肖就少了一半的男人气，老婆怨声载道，他从此遇事基本上没有霸气了，喝醉酒时经常嘟囔一句话："善有善报，恶有恶报，不是不报，时候未到！"众人都不知其寓意。

招待所建在厂办楼和职工医院后面，是座二层旧楼。当初是准备做医院病房的，走廊设在楼的中间特别宽大，但不透光十分黑暗，即使是白天也需要照明。如今走廊上的灯坏了，只能借助尽头一缕射进来的自然光照明，那里有个厕所。

我和庄宝盒各要了一间房，我睡靠近楼梯口那间，他们一家则住里面。山里的夜晚风很大，持续不断地冲击着破旧的门窗发出可怕的嘶鸣。我第一次感觉到夜宿深山的恐怖，白天的一幕不断在脑海里闪现，使人感觉鬼怪就在外面徘徊，时时想把我从房间里掠走。

我把头埋在被子里，但很快便被霉味熏得喘不过气来，只得重新探出头。平时出发包里总带着录音机和带子，闷了就听邓丽君的歌，但那天夜里我心不在焉，根本听不进去。后半夜的时候我听到走廊上有人走动，脚步声在游走的风中时隐时续，心里一惊，于是，我悄悄下了床，站到门后想从门玻璃窗后面看看外面到底有什么。

门上的玻璃用旧报纸糊了起来，我揭开一角看，这一看把我吓呆了，我看到一个巨大的黑影正无声地向我的房门移动。

我浑身打了个激灵，顾不得细想，回身抄起一把灌满了热水的暖瓶，心想只要我把它扔出去，就是一颗小型炸弹，足可以震慑并吓走那个鬼影。就算它有出奇的本领，至少也可以惊动隔壁的庄宝盒和一楼的值班人员，只要他们听到动静我就算得救了。

为了确保不会看错我再一次悄悄靠近门口朝外张望。发现这时候黑影已经停在庄宝盒的门前了，就在我犹豫着冲不冲出去的时候，突然一道亮光，映出一个人的脸来。

原来是有人站在门口吸烟，这是火柴的亮光，我惊悸的心一阵释然。由于时间太短我来不及看清那人的脸，但直觉告诉我应该是庄宝盒。但是，我感觉那个巨大的身影分明又不是他，更像是老庄的鬼魂。

"老庄"这两个字一旦从脑海里跳出来，不由得惊出我一身冷汗。他半夜三更到庄宝盒的门前干什么？是对儿子祭扫的回访还是另有所图？

正当我胡思乱想的时候第二根火柴划亮了，火花中映出一张更真实的脸来，果真是庄宝盒！这次是他背对着楼梯口，面朝着我的方向，所以我看得清清楚楚，那个巨大的黑影是他披着的一床被子。

我气急败坏地拉开门，大声斥责他：“宝盒子，半夜三更，你装神弄鬼的干什么？”

庄宝盒手里夹着烟，茫然而无辜地望着我，嘟嘟囔囔地说：“我睡不着，怕在屋里抽烟影响她们娘儿俩，这才躲到走廊上。这也吵到你了吗？”

他的话音不高，也没有挑衅的意味，理由充足。他并没影响到我，就站在走廊上抽烟，是我神经过敏疑神疑鬼，半夜里跑出来指责他。

庄宝盒看到了我手里的暖瓶，不无调侃地说：“看来你是准备好好招待客人了？既然你这么晚还不想睡，我就到你屋里坐坐。”

说罢，不等我同意，便顶着被子挤进来，脱掉鞋子坐到我的床上去。经过这一折腾，我全身都冻得冰凉，人也精神了，庄宝盒瞧着我狼狈的样子笑道：“嘿嘿，你也有害怕的时候啊！”

我想对他说我不但害怕，还差点把暖水瓶扔出去，但是我忍住了，世界上本无鬼，都是心中生出来的鬼。我不怪庄宝盒，怪就怪自己半夜三更把庄宝盒引到了房里来，这下子连睡觉都甭想了。庄宝盒裹着被子悠然地盘腿坐在那里抽开了烟，一股麻辣的味道顿时充斥了整个房间。

我睡意全无。在这个狂风的寒夜，在这个特殊的场合，我满脑子都是古怪的想法。夜泊野狼沟是我人生的一大财富，内心里泛起许多沉淀的记忆。庄宝盒半夜起来抽烟，一定也是为情所困。索性我们坐下来谈一谈。自从参加了工作以后，我们就从没有像同学时代那样认真地交流过。

深夜的气温极低，暖气连一点余温都没有，我不得不学庄宝盒的样子披起被子。庄宝盒说：“其实我一直不想跟你说，我不愿意再回到这个地方，这里处处都是我的伤心地。我连父亲的墓地都一次也没有去过。不是我不孝，是我没有勇气回忆起过去的日子！”

这样的开场白让我吃惊，其实这也正是我冷落他的原因，一个对父亲都不孝的人能够敬重朋友、尊重他人吗？我们的隔膜不是一天两天形成的，自从老庄死后庄宝盒就选择了一条与我背道而驰的道路。他用下乡阻断我们之间的交流，他娶了牛玉琴，更加深我们之间的裂痕。而命运不可捉摸，冥冥之中老天爷用一条红线把我和牛金岭拴到了一起，我成了牛玉琴的姐夫、他的连襟。

他不愿意回野狼沟我能够理解。但是一个人是不能同过去割裂开的，尤其是血缘关系。老庄是从青藏线上回来的，我们不了解但组织上肯定了解他，不然他不会成为部队的模范战士。老庄是什么样的人自有组织评价，作为他的儿子唯一能做的就是孝道，这是做人的底线。

“不能因为外人的看法就冷落和指责父亲。这个社会太复杂了，复杂到我们都无法辨清真伪，谁能说他不是被人陷害至死，背上一个洗不清的黑锅？”

庄宝盒震惊地望着我，一缕蓝色的烟雾从他张着的嘴里爬出来，迟缓地写成一个问号。我想是我的话击中了他，他沮丧而且茫然。他不得不重新思考自己是对是错，这些年来他一直为父亲的死所困扰。父亲顶着压力从青藏高原回到内地，却不明不白地死了。最初他的家是幸福完整、其乐融融的，却转眼间在谣言面前四分五裂。

他再一次低下头狠狠地吸烟，然后仰起脖子用力地从嘴巴里吐出来，那样子古怪而难看，像一只巨大的乌龟伸着脖子。烟雾形成一条烟柱，直直地朝着灯光的上面刺去，仿佛要把灯罩刺穿，但很快地就被房间里流动的冷气分化瓦解了，变成蜘蛛网挂在半空中，任意地变幻着形状。他目光涣散地说：“我一直弄不明白父亲怎么说死就死了，他的生命竟然如此脆弱。”

我无法回答他，这成了一个谜！我也不清楚老庄为什么那么容易死，而且死后一点线索都没有，但我相信世界上永远没有不透风的墙，要有耐心等待。

庄宝盒回房的时候天已经蒙蒙亮了，外面的风也停了，整个走廊静得出奇，我甚至听到了隔壁房间里小美的梦呓，这个早晨与昨晚判若两个世界。

第二天一大早，我们去查看宿舍。

庄宝盒打开房门的时候，家里已经成了动物们的栖身之所，满地都是蛇、山鼠、蝎子、蜈蚣的爪印。好在那只樟木箱子依然安好地端放在顶棚上，这大概源于它本身散发的气味，令那些动物和虫子望而却步。

庄宝盒打开生锈的铁锁时小心翼翼，仿佛在打开一个宝盒，然而他最终失望了，除了箱子一角堆放着父亲的军功章和那枚带有编号的像章，其他什么也没有了。牛玉琴不无调侃地说：“看来你爸爸真是个无产阶级，他除了留下这一堆荣誉没留下一点儿值钱的东西！”

“金钱有价，荣誉无价！”我悠悠地说。

庄宝盒脸上并没有表现出希望或者失望，一切都似乎在意料之中，他神色淡然地嘟囔说：“我爸就是一个穷苦出身，他唯一的财富就是我！”

后来我们在整个房间里寻找，除了几件陈旧的家具和被褥竟没有任何值钱的东西。小美在房子里跑来跑去，显得尤为快乐。我帮着把箱子抬到了地上，小美非常好奇，锲而不舍地试图再度打开箱子盖。后来见没人理她，她便拉住我的手求我帮忙，我禁不住她再三纠缠，打开了盖子并且把她抱到箱子里，吓唬她如果再调皮就把她关到箱子里去！

小美并没有显出害怕的样子，而是主动蹲下让我把箱子盖上。牛玉琴呵斥道："小美，不要关在里面，箱子里没有空气。"

然而她根本不听妈妈的话，钻进箱子里并且自己伸手把箱子盖上了。正当我伸手去掀开的时候，箱子盖突然打开了，小美站起来，手里多了一样东西。

那是一团暗红色的破绸布，起先我就注意过，蜷曲在箱子的一角，但我并没有动它。小美拿在手里，扬起来晃动："伯伯，你看！"

老庄留下的这个藏箱很大，足有一米高，小美的个子很小，站在箱底只露出脑袋。为了能让我看到她手中的东西，她两只小脚高高跷起，小手向上托举。我并没有意识到她手里拿的是个宝，只是不忍心看她被冷落，随意地说："伯伯看看，小美手里拿的是什么宝贝！"

我伸手去接那块红布，小美却把胳膊缩回去了，努起小嘴说："就是一块宝贝！"然后，她抖搂开那块红布，拿出一样东西递给我。这一看吓了一跳，她手里竟擎着一串精美的佛珠。

这是一串蜜蜡做的佛珠，泛着暗黄色的光泽，叠起来有一尺来长。佛珠用牛皮搓成的细绳穿着，接口有几粒蓝色绿松石的配珠，拴着一个铜制的铃铛。它显然在箱子里沉睡了多年，发着黯淡的光芒。

那时候很少有人知道蜜蜡、绿松石是什么东西，只把它当作一件带封建色彩的饰品。但我听父亲说过，那是大自然赐予人类的天然珍贵宝物，蜜蜡的形成过程须经历数千万年，其历尽沧桑色彩瑰丽且变化神奇，它几乎无一雷同，任何一件都是世间独一无二。

虽然我没有见过实物，但是当小美拿在手里的一瞬间我立刻就确信它就是蜜蜡。我正想接过来，牛玉琴却抢先拿在手里，不屑地说："原来是封建的东西！真难以相信，你爸也收藏这东西！"

那个年代我们都经历过轰轰烈烈的运动洗礼，"破四旧、立四新"深入人心。她的话似乎让庄宝盒有点难堪，他解释在西藏的时候见过这件东西，爸爸说是一个藏族老人送的，有纪念意义，他什么都可以扔掉，但就是不能扔掉这串佛珠。

不管它是不是文物、值不值钱，藏族老人送的东西价值就不一样了，它是一件礼物而不是封建的东西。老庄除了那几件笨重的家具什么也没给庄宝盒留下，这串蜜蜡佛珠便是唯一的遗物，理应好好保管。我建议既然是庄叔叔喜欢的东西就留起来，至少能给小美做个装饰品。

牛玉琴重新把佛珠丢给小美，她样子很不在意，只认为是一件玩具。庄宝盒也没有想好该不该把这件物品留下，而我已经替小美把那串佛珠挂到了脖子上。

小美双手拉住佛珠发出了咯咯的笑声，从箱子里爬出来，到处找镜子自我欣赏。庄宝盒认为这是件死人的遗物，不吉利，显然不想让女儿戴它。他想从小美的脖子上摘下来，想不到小美却发出愤怒的吼声，奋力地挡开了他的手。平时看上去温顺可爱的小美，突然目光凶狠，不可理喻。

这一切发生得那么突然，庄宝盒和牛玉琴都怔在原地，望着突然变得暴戾的小美不知所措。我也马上联想到是不是因为给她戴上了这串佛珠从而带来了晦气。我试图把佛珠骗过来。走近她，讨好地说："小美，刚才伯伯不该给你戴上这串佛珠，那是你爷爷的，你先摘下来，让爸妈替你保管好不好？"

我以为小美会听从我的话乖乖地把佛珠摘下来，因为她一向跟我最好，但小美只是冷冷瞥了我一眼，手护着那串佛珠，语气坚定地说："这是我爷爷的，你们谁也甭想从我手里骗过去！"

我只好放弃努力，缩回手。小美的语气坚定，神情也从来没有现在这么庄严。换句话说，这根本就不是平常的那个小美，她几乎一下子变成了陌生人。牛玉琴脸色煞白，悄悄把我拉到一边小声地说："看到了吗？小美总是这样，灵魂附体。"

小美被灵魂附体？这让我大惊失色。这几乎是不可能的，小美只是不愿意交出佛珠，但我又不得不承认，她的表现又非常奇特，奇特到完全变成了另一个人。这是我第一次见到小美异样的表现，而庄宝盒和牛玉琴已经无数次见识过了，无数次被小美的行为吓得魂不附体，一有风吹草动便草木皆兵。

早在这次进山前我就预感到情况有点儿不妙。昨天小美坐我的车，车子坏了，莫名其妙地撞到了石头上。后来翻山遇到了冰川，是小美的兰花指把我们带出了险地。接下来邂逅老庄的墓地，无意中从箱子里翻出佛珠，都与小美有关。

我下意识地打了个寒战。如果小美是再生人，有先世记忆，她会是谁？我们被掌控在她的手里又会是什么样的结果？

我和庄宝盒到厂部办手续。

工厂只剩下一个“清欠办”了，工作人员告诉我们，只要打好包，把钥匙交到办公室就可以走人了。“清欠办”的人会清点物品，联系车把私人物品安全送达目的地，这样看来，我们此次到野狼沟的使命就算完成了。从锁上家门我们跟野狼沟的缘分就尽了，从此天涯海角，与这个厂、这段历史再无瓜葛。我不知道自己是心存侥幸还是心存遗憾，但是，我的的确确要跟这里告别了，也许永远都不再回来。

我让庄宝盒去打听班车，自从工厂撤走后每天一趟的公交车就停了，坐过路车就要碰运气，要步行十几里到山下的小站等候，有时候等上一天也不见一辆车的影子。冬天这样的天气更难说，明早有一班的可能性很大，但这需要再在厂招待所住一晚上。

既然如此那就沉住气等，我叫上庄宝盒到厂子里去看看。那些厂房大多空了，一片萧条。早晨天气还好好的，到了中午却有点儿阴，空气中弥漫着厚厚的水汽。牛玉琴担心要下雪，我们三人便转回去，在房间里聊天。

我问起那串佛珠，庄宝盒反复说它真是藏族老人送给老庄的礼物。

“你说是藏族老人送给你父亲的，这其中肯定有故事！”

庄宝盒沉默良久才点头承认是有一个故事。只是他从来没跟我说起过。今天看到那串佛珠才想到它已经成为一个死结，如果不说永远也没有人知道父亲的过去了。我坚信这是打开老庄内心世界的一把钥匙，早晚我们会知道他的一切，包括他是怎么死的。庄宝盒惊愕地望着我，嘟囔地说：“你的意思是说，死了的人也会说话？”

我一时不知道怎么回答他。我向他提问，不觉得小美的表现有点特别吗？她总说一些莫名其妙的话，做出一些莫名其妙的举动。这次进山是她指引的，还把我们引到老庄的坟上。包括那串佛珠，她视若珍宝，也许，这就是突破口！

他抬头看了我一眼，看得出来他被我说动了。他似乎早就想到了这一切，但是一直没有勇气说出来。他说：“如果今天你不提起，我也许永远也不会对你说。我也一直在担心这事，担心我生的孩子是一个怪物。她怎么会知道前世今生？这丝毫没有道理，但是事实如此。我不但见证了她的许多怪异行为，而且我还暗中做了观察，她的确是个不平常的孩子！”

我纠正他，小美不是怪物，她是最聪明漂亮的孩子，只是她的表现异于同龄孩子，有些道理我还没有弄清楚，也许与这个地域有关，与这里的文化有关。有关专家正在研究产生的机理和条件，相信最终会给出一个合理的解释。

庄宝盒的嘴角始终挂着一丝讥笑，这让我猜不透他是不相信我的话还是不相信那些专家。他叹息说：“最初是我先追牛玉琴的，我动用了很大的心机才娶到手，可是现在觉得我得到的是一块烫手山芋。”

“放屁！你是得了便宜卖乖！”

我大骂一声，站起来在屋子里来回走动。我做梦都想得到牛玉琴，却让他捷足先登了，好柿子都让他吃了，现在反过头来又说后悔。我信誓旦旦地拍着胸脯发誓，如果他反悔完全可以放弃她们娘儿俩，这个世界很大，大到足以有人养活她们。我甚至冲动地想到了一个计划，如果他跟牛玉琴离婚，我也会跟牛金岭离婚，把我心爱的人抢回来。

庄宝盒在我歇斯底里的叫骂声中表现得既镇定又淡然，但看得出来他是装的。我冷笑着揭穿他：“你不用装出一副可怜相！你的内心别人不知道但我看得一清二楚。是你从我的手中把她夺走。你知道凭条件不是我的对手，所以你故意伪装自己，背着我下乡就是伪装的开始。你趁机接近牛玉琴，靠假进步博得老丈人的好感，又用卑鄙的手段占有了她，然后回过头来看我的笑话！”

我一口气揭了他这么多的短，连自己也难以相信竟然如此失态。从我上了牛金岭的床，成为他们的姐夫，就发誓要永远保守这个秘密。现在竟当着他的面承认我爱着牛玉琴，这肯定会得罪庄宝盒，依他的人品一定会添油加醋地告诉牛家姐妹。可是一切都晚了，我把内心最机密的想法都告诉了庄宝盒，接下来就看他如何利用这个素材打我个落花流水。

然而出乎我的意料，庄宝盒并没有表现出半丝惊讶，只是如平常那般淡定地问：“你就是这么看我？把我看成这样一个毫无道德、毫无亲情、毫无朋友情分的人？”

我沉默不语。也许我的话过于偏激，但我说出了实情。庄宝盒苦笑了一下，自言自语：“其实我早就知道你为牛玉琴的事恨我，但当事者迷，旁观者清，我那时候像着了魔，一想到牛玉琴可能成为你的女友我就嫉妒得睡不好觉、吃不下饭，所以才不择手段地把她骗上床。我们从小就是朋友，你的爸妈对我又那么好，拿我当亲生儿子。可是我呢，父母不和、家庭支离破碎、前途生死未卜，如果是换了你，你会在命运的十字街头选择怎样走？”

我更加无语，这也是庄宝盒的心里话，相比起我承认喜欢牛玉琴，这些话更合情合理。我不得不说：“你走什么样的路无可厚非，可是你不该这样卑鄙！你不能这么快就喜新厌旧，甚至都不考虑小美的后果。”

庄宝盒哈哈大笑起来，但看得出我击中了他的要害，他摊开手说：“我喜新厌旧？这用什么证明？我是惦记着小美，不想抛弃这个家和孩子，我只是有些事弄不明白。我害怕小美是个怪人，她小小的年龄怎么会知道那些大人的事，特别是我老爸的事。她每说一次我就害怕一次，仿佛站在我面前的不是我的女儿而是老爸本人。”

庄宝盒彻底战胜了我，这是我们认识以来第一次真正败在他的手里。庄宝盒看着我理屈词穷的样子拍着大腿发出肆无忌惮的大笑，以至于隔壁的牛玉琴听到了敲打着墙体说：“嘿！你们俩有神经病，在外面聊天也像跟家里一样？”

那年在兵工厂破旧的招待所里我和庄宝盒做了一次最深刻的长谈。这次谈话是对我俩过去的总结也是对我俩今后成为牛家女婿划时代的开始。虽然我们都刻意隐瞒了一些问题，也回避了情感方面的敏感话题，但是对于未来来说有着开天辟地的意义。

再谈论出山都是枉然，我们实际被困在了厂里。天空更加阴沉，要下雪的样子。我到食堂打了壶开水，泡上杯茶坐下来跟庄宝盒长谈。我们先谈到父母亲所献身的事业，后谈到这座深山工厂存在的价值。当初父辈们怀着巨大的热忱建设这里、养育这里，牺牲生命也在所不惜，最后却埋在这块冰冷的土地上，究竟图的是什么？为的是什么？

庄宝盒从一开始就怀疑父亲的动机。他在青藏高原生活得好好的，却选择回到内地。老庄在去高原之初吃过那么多的苦，却在部队准备给他提干的情况下放弃了理想，转业成为一名普通的军工战士，这其中肯定有原因。

原因是他跟榆叶的婚姻出了问题。我父亲曾经说，对于社会和家庭来说婚姻是稳定的基石，没有了基石的婚姻就是风雨飘摇的大厦，早晚会崩塌。事实证明这话是对的。庄宝盒的父亲在母亲出走以后精神彻底崩溃了，从此变得精神萎靡。像老庄这样有资历的人，没有死在青藏高原，却不明不白地躺在野狼沟的冰天雪地里，简直就是一场悲剧。而庄宝盒选择逃避原因却是复杂的，他不想留在大山里像父亲一样把青春耗掉。

庄宝盒的话不由得使我想起他的出生，我说："我听说过你出生的故事，就是在你家里见到的那只箱子吗？你父亲把它称为装宝的盒子。"

庄宝盒脸上现出一丝苦笑，没有立刻回答我，而是沉默了片刻说："其实，我懂我父亲，他既喜欢我又恨我！喜欢是因为我是庄家的老大，恨我则是因为从我出生开始他和我妈就走上了相互猜疑的道路。换句话说，我妈受不了两地夫妻生活，更受不了高原的严寒天气，她选择背叛和出走都是正常的。"

对于这样的说法我还是头一次听到，但是理智地说庄宝盒的分析非常有道理。令人不明白的是当初他们两地分居，那么多年都坚持下来了，却在回到内地、苦尽甘来的时候分裂了。我只能说人怎样活着总有他们的理由，关键是把握好自己的命运。

庄宝盒冷笑道："你能把握得了自己的命运吗？你爸你妈能把握得了自己的命运吗？昨天他们还是国家的宝贵财富，献身于国家的军工事业。可一夜间他们头上的光环就消失了，工厂就倒闭了！你的父母、我的父母都成了被这个世界抛弃的人！"

他的话让我无言以对。是啊，一夜之间头上罩着光环的父辈们就成了这个社会的包袱和累赘，都成了没有职业的人。我父亲华丽转身成了省城的锅炉工，而老庄没有来得及转身就死了，被遗弃在野狼沟的荒山野岭上。还有我、庄宝盒也好不到哪儿去，虽然跳出了工厂，但是从此失去了阳光的笼罩。

命运似乎给我们开了一个玩笑，看似那么耀眼的光环轻轻一击就被打碎了，遍地狼藉。我不知道接下来庄宝盒还会谈及什么。对于我来说，受父母的影响，我性情中充满理想主义的色彩，而庄宝盒却不同，他的情绪总是负面的。那天他以其冷酷的提问打碎了我一个又一个的梦想，把我从理想的天空打入现实的地狱。他调侃我俩现在是朋友加亲戚的关系，这是唯一值得庆幸的事，正如《红灯记》中李玉和唱得那样："穷不帮穷谁照应，两棵苦瓜一根藤。"

我拒不承认跟庄宝盒是一根藤上的苦瓜，那也太抬举他了。我一向自命不凡，而他竟然想跟我平起平坐。但事实如此，这个世界不以任何人的意志为转移。我即使进了省城文化圈子，也终究是山里人，正如庄宝盒即使进了县城也只是个工农兵大学生一样。这年头工农兵学员的待遇远远不及正规高校毕业的大学生了，他想把牛玉琴的户口迁出水磨头村都是痴心妄想。

我不想质疑这种身份的差异有多么不公平，因为当时压根儿就没有意识到这是一种不公，而认为这是天经地义的。庄宝盒形容这种差异是“龙生龙，凤生凤，生个老鼠会打洞。”他们夫妻就是最好的例子，龙和凤的结合生出一只老鼠，因此日子就过得不和谐。庄宝盒是县城户口，牛玉琴是农村户口，小美可以随他的姓户口却只能随母亲。

我虽然同情庄宝盒，但是直觉又告诉我对政策不能抱有一丝一毫的怀疑。我试图说服庄宝盒干革命不分高低贵贱，也不分城市农村户口。人家时传祥挖大粪还受到领导人接见，张秉贵当售货员当成了全国劳模；还有诸如知青劳模邢燕子、修理地球成名的陈永贵等，这样的例子成千上万，都是革命工作只是分工不同。我对他说：“你们夫妻有着别人羡慕的职业，有一位当村支书的老丈人，还有什么不满足的？”

庄宝盒鄙视地笑道：“他不也是你的老丈人吗？他在村子里呼风唤雨，可一旦离开村就什么也不是了，老农民一个！”

我反驳道：“你还要怎样？一个村还不够你住？老丈人早为你安排好了一切！”

庄宝盒站在地上，手舞足蹈地比画着：“牛玉琴、小美都是农村户口，我还能飞到哪里去？你去了省城，你的老婆也是城市户口，这意味着你将生下来的孩子不管是男是女、是瘸是瞎都是城里人。可她们娘儿俩不是！我今年不到三十岁，可是我已经预见到了自己的未来，除了和病人打交道，还要每天骑车回几十公里外的家。再说说这个家吧！生产队里有干不完的活儿，不然就挣不到工分儿，秋后分不到粮食。我想住县城，可是我去找院长，他说像我这样的人根本不符合分房条件，也就是说不但现在，即使今后在城里连分到一间房子的机会都没有！”

我感觉到庄宝盒的思想顽固但是他又说得是事实。尽管牛玉琴的父亲是村支书，能帮他上大学，能让女儿当上赤脚医生，但是他的权力总归太小，小到连小美的户口都解决不了。然而，这一切都是庄宝盒自己的选择，没有人逼着他这么干。时过境迁，再埋怨不是男人。说来说去，无非就是怪娶了个农村老婆，想当初他占有牛玉琴时那副贪婪和下贱的嘴脸我至今难忘，而仅过了几年他就把它变成了厌恶和懊恼。

我也忍不住跳起来，指着他的鼻子说：“好事儿不能总是你占着！好坏也由不得你张口就说！既然今天你反悔了，当初为什么不选择牛金岭？她可是城里户口！”

也许是我的声音太大，我脸上的表情太吓人了，庄宝盒卡了壳，站在那里目瞪口呆。

我从没想过要跟庄宝盒争什么，即使是在他抢了牛玉琴之后我也犹豫不决。我总认为我俩是邻居、是同学、是朋友，此刻我却把积攒下的怨气全部发泄出来，把自己的观点鲜明地亮了出来。尽管我也承认现实不公平，但我更相信有缘的人走在一起会克服掉这一切困难，正如裴多菲诗里所阐述的爱情观：“生命诚可贵，爱情价更高。”

那是我对爱情最直白也是最深刻的理解。而庄宝盒的思想里掺杂了许多资产阶级的思想，把爱情庸俗化、利益化了。建立在这种思想上的爱情能长久稳固吗？我不仅为牛玉琴捏把汗，同时也为自己捏了把汗。我爱过牛金岭吗？想到过把我的家庭事业进行到底吗？正如庄宝盒对牛玉琴所表现出的犹豫不决一样，我对牛金岭同样也表现得不尽如人意。

正当我和庄宝盒互发狠话的时候，小美推门走了进来。她披着件白兔毛的斗篷，站在那里吃惊地望着我俩。我赶紧放弃斗鸡的架势，露出一丝微笑，跟她打招呼：“小美，你今天穿得真漂亮！”

小美并没有在意我的赞美而是冷静地打量我和庄宝盒，直到看到我们并没有再争论下去的意思后，才对爸爸说：“你俩在这里胡言乱语，妈妈在隔壁都听到了，妈妈说你们都是喂不熟的狼，她这会儿在哭呢！”

这可是晴天霹雳！刚才我和庄宝盒只顾着争辩，没有想到隔墙有耳。问题是她不但听到了庄宝盒对她的埋怨，还听到了我对她的那些想法。如果这些想法传出去，势必引起不必要的误会和麻烦。特别是被牛金岭知道了，定会掀起轩然大波。

我赶紧推庄宝盒出门，叮嘱他好好向牛玉琴解释，就说我们兄弟在这里瞎扯，让她千万别放在心上。更重要的是千万不要告诉她姐，这样我就惨了。

庄宝盒拉起小美的手匆匆地跑出去了。临出门时小美跟在爸爸后面，狠狠地瞪了我一眼。她的眼睛大而美丽，满是怨恨。我望着她窘迫地干笑，笑容很快被门外的风冻住，抖搂了一地。

庄宝盒回房并没有同牛玉琴发生争吵，整个上午一点动静也没有。

吃午饭的时候庄宝盒再次推门而入，说牛玉琴身体不舒服，不吃午饭了。小美抱着饭盒对我说：“伯伯，我妈妈生你们俩的气了，她说气都气饱了。”

我们三个人去食堂打饭，路上我有意问小美，妈妈为什么生气，小美忽闪着两只大眼睛说：“妈妈不是生伯伯的气而是生爸爸的气。妈妈说生我是个误会！”

我故意问她：“那你觉得是个误会吗？”

小美歪头想了想说：“我觉得也是、也不是。”

“怎么会也是、也不是？”

小美认真地说：“当初爸爸和妈妈结婚是个误会，但是生我就不是误会了。”

我对她这个严密的逻辑推理感到震惊。小美的眼里更多的是童真，但她对于抽象词汇的理解还是让我感到惊讶。无论是不是误会，庄宝盒和牛玉琴的婚姻都是脆弱的，脆弱到轻轻一击就能击得粉碎。那么，我是喜是忧？我有胆量粉碎这个家吗？

回答是否定的。我没有这个胆量，我粉碎了这个家就等于粉碎了自己。庄宝盒、牛玉琴、老丈人、老丈母娘都不会答应，我的父母也不会答应。我的孩子正在年轻母亲的腹内蠢蠢欲动，他即将隆重地诞生。牛金岭好不容易到手的幸福小舟才刚刚驶离彼岸，无论如何会跟我拼个鱼死网破。

食堂安排的午饭是冬瓜炖肥肉片，熊所长说这是他能做出的最好饭菜了，平时没有客人，自己都不开伙。打饭回来的路上天开始下雪了，打在脸上凉凉的。小美抬头望着从天而降的雪花兴奋不已，伸出小舌头舔着那些落到嘴边的雪花，咯咯地笑个不停。

吃过午饭雪越下越大了，山和沟壑、建筑统统被大雪覆盖，进入一个白色的世界。看来明天也无望了，这样的天气，甭说车进山，就是徒步也走不出去。

暖气管道发出噼噼啪啪的声响，这是送暖气的信号。难得在没有客人的时候熊所长发了善心。中午去食堂打饭的时候，我曾跟他攀谈了几句，他说我们好不容易回一趟厂，说什么也要体现组织对我们的温暖。

“还有……”他伏在我耳朵上悄悄说：“老庄当年可是家喻户晓，睡了人家杨主任的女人被乱棒打死。真看不出这个小庄是你的朋友！他娶了个这么漂亮的女人，这才是一朵鲜花插在牛粪上！”

我怎么寒碜庄宝盒都是人民内部矛盾，外人说一个孬字都不行。我侧目怒视说：“这是怎么说话？谁睡了杨主任的女人？这是栽赃陷害，组织还在查呢！这个世界太小，说话要注意分寸。你说的这摊牛粪可是我的连襟！”

熊所长驴脸立马惨白，他无论如何也没想到祸从口出。忙从柜子后面端出一盘油炸花生米，拿出半瓶老白干赔笑地说，这是他专门给我们留的。当我和庄宝盒边吃着油炸花生米边聊天的时候心情特好，雪也下得更大了。

这场突如其来的大雪彻底打乱了我的行动计划。

前不久我编发的那篇关于再生人的文章引起了学术界的震动，不断有人打电话表示正关注后续报道，看能不能找到新的证据，证明这类人的存在。周愚公信誓旦旦地表示，如果证据确凿，他会专门筹措资金配合我的调查。杂志社也私下表示，如果我的调查内容成立，会以我个人的名义成立一个研究小组。梅卿对我许诺，她可以带我参加稍后在南海召开的论坛，专门介绍我的成果，她是这个论坛的特邀嘉宾。

现在却因为下雪被困在山里了，我决定找点事儿打发掉无聊的时间。

我出了房间信步朝楼下走去，路过庄宝盒房间的时候故意放轻了脚步。上午听小美说牛玉琴哭了，我想肯定与我和庄宝盒的谈话有关，索性不打扰他们，一个人到外面走走。

刚拐过楼梯便听到身后有动静，庄宝盒开门问我上哪儿去，我说随便到外面去看看，没想到他说了声：“我也去！”便返回屋抄起军大衣披在身上，跟着我的脚步下了楼。

招待所向南二百米就是当年的影视墙，历经数年它仍然孤独地耸立在那里，像一张薄薄的白纸，老庄当年就卧雪死在后面。出门最初我没有别的想法，就是想到那里去看看，没想到庄宝盒跟着，我只好停下脚步问他向南还是向北？庄宝盒头也不抬地说：“我知道你想去哪儿，我也正想去！”

既然是去老庄死的地方最好是拿点儿东西祭奠一下。于是，我扭头朝着食堂的方向走去。柜台上有小瓶二锅头，食品柜里有硬邦邦的油炸食品，我装了一小袋，可惜就是没有烧的黄纸。刚好橱柜里有包装纸，完全可以用它来代替。庄宝盒抓在手里聊以自慰地说：“人死了就死了，烧烧纸无非是活着人的一点儿心意，他在那边也不一定能收得到。”

我猜不透庄宝盒此时的心情，要去祭奠的是他爹，我只是一个看客。

天还在下雪，四周一片雪白。记得老庄死的那天也像今天一样下着雪。我正勾起这个想法的时候，突然听到身后有轻微的脚步声，吓了一跳，急忙回头瞧。原来身后站着小美，她的红色斗篷十分显眼。

自从回野狼沟以后我总是疑神疑鬼，好像冥冥之中有人在窥视我。

小美问我：“伯伯，你们这是要去哪儿啊，我也要去！”

我实在不想让小美跟着，她小小的心灵无法承受太多，而小美似乎早猜到了，先发制人地说道：“你们肯定是去给爷爷烧纸，刚才我都看到了，爸爸偷了人家的纸！”

她竟然看到了食堂里的一幕，拿来做要挟的条件。我口气软下来，骗她说按照习惯给死去的人烧纸是不能带小孩子的，更不能带女孩子。我哄她道：“听伯伯的话，先回到妈妈那里去，我和你爸一会儿就回来！”

庄宝盒也对她说：“小美，你就听伯伯的话！我回来的时候给你买大白兔奶糖来吃！”

小美双手反背，退后一步，生气地噘起小嘴说：“你们骗人！这地方根本没有商店，哪来卖糖的？还有，我姥姥上坟的时候我都跟着，我怎么没听说过小孩不能去？”

看来哄骗不了她了，她的智商决定了要拿她当大人对待。我只好问她：“真的想去吗？”小美用力地点点头，不等我答应，便蹦蹦跳跳跑到前面去了。

小美一路朝南跑。庄宝盒并没有在意，我却暗自称奇。我并没有说过朝哪个方向，她也是第一次来厂里，竟然知道老庄死的地方。

刚走几步牛玉琴就追下楼，原来她不放心小美，想喊她回去，小美却怎么也不同意，又哭又闹地挣脱着。牛玉琴无奈之中只好放了她，跟在她后面。

就这样四个人无声地朝着山口走去。大雪纷纷扬扬，四周一片寂静，静到能听到人的呼吸和踏雪的声音。那些雪中的建筑都呈现出美好的一面，被粉饰净化了，安然地簇立。我突然发现原来这山里很美。

已经远远地看到那个山口了，遥望那堵墙体仿佛是一座无字的墓碑。我被这个发现震惊，人的生死和风水总有某种联系。当年修这堵墙时是否就预示着有一天这里会发生惊天的一幕，要用一个灵魂来祭奠？老庄死时的情景就如同昨天，历历在目。

小美跑在最前面，她只需朝左转就会走到爷爷当年躺倒的地方，然而她有些迟疑起来，回头看着我们，似乎在等我发令。我故意停在原地跺着脚，借此考问她一下。庄宝盒似乎也猜到了我的想法，站在我身边冲着小美喊：“小美，现在我们该去哪儿？”

小美似乎还在迟疑，眨巴着眼睛，但只是几秒钟的工夫，就见她朝着左手的方向跑去。

庄宝盒的脸色顿时煞白，何止是他，我也惊愕得说不出话来。她果然知道方向！

我俩快步赶上时小美的脸被寒风吹得通红，已经站定了。这儿正是老庄死的地方！老庄躺倒的地方完全被雪掩埋了，就像当年一样。牛玉琴赶过去揽住小美的胳膊，问这儿就是她爷爷去世的地方吗？

庄宝盒严肃地点了点头。然后我们开始用手和脚拂开积雪，把食物和酒摆到硬邦邦的地面上去。这儿是通向厂区的大道，我让牛玉琴娘儿俩退到路边，免得车辆路过时撞到她们。庄宝盒显然对我的行为不解，抬头看看了四周，嘟囔说："这么大的雪，哪儿还有车辆会爬上野狼沟。"

尽管这样说，牛玉琴还是顺从地拉着小美退到路边。庄宝盒点燃三支烟插在雪地上，我则点燃带来的纸……

就在这时，我听到一阵剧烈的马达声从天而降！马达声突然得如同春天里的惊雷，远在天边又近在耳畔，以至于我们都辨不清它来自哪个方向。我下意识地抬起头张望，茫茫山野没有任何车和人的影子，树伫立不动。

我和庄宝盒面面相觑，不知发生了什么。声音再一次响起来，这次不但更响而且更近。我几乎是下意识地拉起庄宝盒朝路边跑，刚跑出几步，就见一辆车从山口的方向冲出来，直朝我们奔来……

已经没有时间了，车子像一头猛兽，瞬间就冲到了眼前。我只是下意识地用力一推，把庄宝盒推向路边。这时车子的尾部横扫过来，推倒我的同时把摆在路中央的祭品撵得粉碎。

我惊得说不出话来，眼睁睁地看着车子扫过祭品后继续朝牛玉琴和小美站的方向滑动，却没有半点儿办法。这时，站在路边的庄宝盒不知从哪里萌生了一股力气，"噌"地跃起朝车子扑去，用双臂拦住这辆车。但是，他显然低估了车子的力量，有点儿螳臂挡车的味道。车轮没受任何影响，继续向着路边快速滑动。他使出了浑身的力气，双脚蹬地，激起一片雪渍。

我已经倒地，一切都取决于庄宝盒能不能单身匹马顶住这辆失控的车子了。如果他顶住了，母女得救；如果顶不住，那么下一秒钟又是一场悲剧。

难道老庄的悲剧又要重演？难道这是苍天早已安排好的另一个结局？

正当我绝望地闭上眼睛的时候，车子竟然稳稳地停住了。

车门打开，竟然是老赵！他脸色苍白，头上冒着冷汗，打着哆嗦说："大雪天的，你们怎么站在路中间？这有多危险！如果晚一秒钟看到小美的红斗篷，你们仨就全完了！”

话音未落，他腮帮子上就遭到猛烈的一拳，打得嘴角流出血来。庄宝盒像头暴怒的狮子，跳着脚骂着：“浑蛋！你是怎么开的车！”

这时我已经爬起来，也很想给老赵两拳，但是忍而未发。老赵已经认识到自己的鲁莽，满脸都是悔恨，何必落井下石。我劝解说：“老赵也是无意的，不要伤了和气！”

有惊无险！牛玉琴替小美扑打着身上的雪渍，问老赵怎么这时候来了。

老赵的车昨天坏了水箱，水漏得干干净净，本来打算拉回城里修理，他等了半天也没见着一辆车，于是打算弃车而去。在离开之前不死心，尝试着做了一次尝试。他砸开冰面，从河沟里取来一桶水加上，结果那水箱一滴水也不漏了。

“这么说，你的车子修好了？”我疑惑地问。

老赵嘟囔道：“修什么修？就是重新加了点儿水，水箱滴水不漏。一打火，车子又欢蹦乱跳了。我怀疑撞了鬼了！”

我们都是无神论者，这年头什么都有，就是没有鬼。

老赵把我拉到一边，瞄着小美小声说：“我觉得你这个外甥女很特别。这两天的事特别不顺心。我开车十几年从未像这两天这么背运。我昨天就是听了她的话，心里发毛，一脚踩到了沟里。”

“别逮不住兔子剥狗吃！明明是自己技术不到家，却把责任推到个孩子身上。”我说：“你看我外甥女像那种不正常的孩子吗？她又机灵又漂亮。今天这事你得先感谢她，如果不是她穿的红斗篷，我俩可把命都搭进你手里了。”

老赵有些委屈。水箱又漏了，地面上腾起一股白色的水雾。

本来今天没指望回去，却不料老赵来了。我也实在觉得这事不怪老赵，问他昨天整整一下午都干什么去了，我的话没问完，老赵的积怨就爆发出来了，说昨天车子虽然好了，但是他不认识路，无奈之下只好返回村，本是打听来工厂的路，结果遇上了我爱人生孩子。

“牛金岭要生了？”我们三个人都紧张起来，顾不得其他。老赵叹道：“我就是这命！我回村正赶上你爱人肚子疼，说是一路颠簸羊水破了。她本想在家里生，可是你小姨子不在家。见事不好，我干脆就拉她回县上去。”

“可是，这么大的雪，你怎么开了几十里的山路？”我担心地问。

老赵说昨天下午根本没下雪，再说，下雪天路上并不滑，怕的是雪过天晴，路面上的雪压实了以后。他当天下午把牛金岭送回了县城，今天一早就赶来了野狼沟。

听到牛金岭要生了，我再也沉不住气，牛玉琴也后悔跟我们进山。现在牛金岭身边除了丈母娘没有其他人，作为丈夫，在妻子最需要安慰的时候却不在身边，这让我深感内疚。

我决定马上赶往县城，老赵听说马上要冒雪返回，说什么也不同意，再说水箱也漏了。我拍着胸脯说保证没问题，天气极寒，车子不会开锅，再说，即使漏了可以随时加点雪水救急。我还保证加倍给他费用，老赵这才勉强同意。

我儿子出生在腊月，出生那天，天降瑞雪。

爷爷给他起名叫小文。老爷子是希望我们何家后继有人，他说“小”是寄希望于大，反话正说，“文”是文化的意思，象征我们何家是文化家族。我在“文”字后面加了个“瑞”字，希望记住那个下雪天，这样就成了何文瑞。

重回野狼沟给我的生活造成了不小的困惑。困惑之一来自老庄之死，我和庄宝盒多次探讨过，断定他死于一场谋杀。那天老赵开车冲过事发地段，把我固守的想法撞了一个大坑，我忽然觉得老庄的死也许真出自一场交通意外。技术娴熟的老赵都能把车开到沟边，那个肇事的司机就不会把老庄碾于轮下？！

然而无论从他死的姿态还是身上留下的淤伤都不能排除这是一起谋杀。我们一直想还原当时的情景，但是证据太少了。那场大雪把所有的痕迹都掩埋掉了，而经历过这件事的人都已调离的调离、去世的去世，没有人还记得那年冬天，没有人对那场意外负责。

牛金岭生子我应该感谢老赵，若不是他冒险送她后果不堪设想。牛金岭患上了妊娠高血压症，再晚一个小时人就不行了。租老赵的车本没有这方面的条款，他也就没有送我妻子的义务，但他还是勇敢地做了，从这点说老赵这个人厚道，心地善良。

我听说他也是下岗工人，靠开出租车为生。包他的车纯属意外，有一天我上街看到众多的出租车在那里排队，故意说要到对面街口。司机们个个找借口不拉客。老赵二话没说就开车过来了，我当即包了他一年。

那一年冬天我父亲接到调令正式当了一名锅炉工。他本是七级电工，但是人家没岗位。这难不倒父亲，他借找人到锅炉房转了几趟，就把锅炉工的手艺学了个差不多。领导考他，他说得头头是道：什么早晨用气量大时多用优质煤，封炉用掺了煤矸石的粉末细煤。这些莫须有的经验为他赢得了不小的印象分，领导几乎没有仔细审阅父亲的档案就签字录用了他。

我也在事业上崭露头角。自从发表了周愚公的文章后我接了不少广告，都被集中安排在科普读物《增刊》上，并且冠冕堂皇地从精神文明的层面进行诠释：这是向大众普及科学知识。其实从医学角度分析，人们遇到的无非就是一些疑难杂症，大医院不屑一顾，基层医院又很难解惑释疑，这正好给了我们机会。

这还得感谢周愚公，是他向我灌输了那些超前的思想。他说随着社会的变革，各种复杂的疾病也相应增加了传播的机会。具体到某类疾病上，女性患妇科病和男性患性病的概率飞速上升。有人把这归结为社会的改革开放，却鲜有人挖掘其背后的真正原因。周愚公表示这本身是件好事，社会变革的过程就是性解放的过程。过去人们谈性色变，都变成了禁欲主义者。禁欲扭曲了人性，而且扭曲了几千年，一旦被释放出来就犹如洪水猛兽，足以冲垮僵化已久的观念。他敏锐地捕获到这其中的商机，今后数十年性病肯定泛滥成灾，只要抓住机会就一定能抢得先机，赚得钵满盆满。

梅卿在听了我去掉“性”字的汇报之后当即表示这事可以悄悄进行，并特意嘱咐我，作为敏感的文化期刊，步子要稳，下手要谨慎，不能授人以柄。但胆子要大，只要不触及红线就尽可能地去做。按市场人士的话说这叫“放水养鱼”，说不定哪天一网打下去就是满船的锦鲤。

春节前我拿到了首笔广告提成，梅卿用信封包着递给我。这笔钱大到我不敢对众公开。我决定买一套房子，不求大，只求在省城有一个落脚的地方。妈说工厂解散的时候曾给了几百块钱的安置费，加上平时的积攒，完全可以付个首付。但这明显属于违规，房子属于国有，拒绝买卖，发安置费的职工享受不到国家分房的待遇，只能自己租房住。

选来选去我相中了西城的一幢老四合院，那里靠近未名湖，早晚可以在湖边散步，一边听着湖水拍岸一边吟诗作唱。再说去牛金岭所在的县城也方便，因为它在城市的边缘。两间房子二十几平方米，比租房子住更自由一些。妈很满意，只是老爸上班要骑一个多小时的车，他不得不早出晚归，中午带盒饭在单位吃。

牛金岭仍在毛山县城，离这里少说也有一百公里，虽说国道直通，但因为她经常倒班还要带孩子，从没有时间到省城来。

我向单位申购了一辆车，是一部红色的夏利。这在当时够拉风的了，就连省政府机关处级领导能够配上这样的车也是凤毛麟角。大家都非常眼红，幸好梅卿力排众议。再说我在大会小会上发誓每年上交一百万，确保大家的肉蛋奶包括卫生巾、三角裤的福利一份儿不少，大伙儿这才闭上了嘴，但私下里纷纷表示有所保留，有随时向上级检举揭发的权利。

梅卿警告我做事不能太张扬，特别是不能得罪唐方。她的路子野，社里的人都让她三分。我信心满满，经常设法让唐方坐我的车子。陪客户吃饭的时候我都叫上她，这让她有一种错觉，我很尊重她。其实说尊重她不如说我喜欢身边有个人陪着更确切。我常常一个人开车去看客户，连说话帮腔、喝酒打圆场的都没有，她坐在那里就不同了，虽说私密性差了点儿，但她口若悬河，以一当十，也算是利大于弊。

两地生活不方便，我曾跟牛金岭商量把她调入省城，凭我的能力不成问题，但她就是不同意。她埋怨离家太远了，连个同学都没有。再说她爹娘没儿子，养老送终最终还得靠她。我说有庄宝盒，牛金岭鄙视地说："看你们男人那样子，能靠得住？"

她说庄宝盒实际上暗指我。我的确无法保证做个孝顺的女婿，所以在这事上还是闭嘴为妙。牛金岭那时已经是不可或缺的业务骨干了，她经常夸耀经她手生下的婴儿可以拉上一火车了。我讥笑她眼下的社会是一个不懂得尊重人的社会，连老师都不值得学生尊重，她一个助产师能有谁记得？牛金岭似乎很难推翻我这个理论，但总感觉到哪儿不对，她坚定地摇摇头："我说不过你，但我喜欢这份工作！"

牛金岭喜欢她的工作在理论上没有错，但我丝毫看不出她喜欢的理由，这大概与我不在她身边有关。节假日我回去看她总是聚少离多，连身体都是陌生的。她反复强调不想离开县城，不离开就不离开吧！那时候牛金岭正为儿子的事犯愁，出生不久他就表现出发育迟缓的征兆，但是又找不出原因，这让她很害怕。

牛金岭怀孕时绝对是按照孕妇指南严格进行，从吃什么、穿什么再到胎教听什么从不含糊，但是儿子生下来除了身体其他都不太正常。他整天不哭，饭量也很小，头发黄黄的。牛金岭奶水很好，像头发育得很好的奶牛，但儿子宁愿喝奶粉也从不吃妈妈的奶，这让她非常伤心。后来老丈人拉来头奶羊，挤了给他吃才解了燃眉之急。我回家就抱着她的奶子啃，经常跟牛金岭开玩笑说我们家都不用订牛奶了，因为儿子不吃全都便宜了我。

我并不太相信牛金岭的描述，但她坚持这样认为。几次带儿子到省医院去检查，各项生理指标都正常。我甚至暗示儿子发育不好跟她顾不上孩子有关，这遭到了她强烈的反对。

“何书盒，你不要拿孩子要挟我。我宁愿不要儿子、不要这个家，也不能丢掉工作。你也知道没有这份工作就没有我！”牛金岭歇斯底里地说。

这就是牛金岭，在她的任性背后是冷静，冷静到足以说出如此无情的话来。事实上她也说到做得到。那年我以儿子照顾不周为借口要挟她搬到省城来住，这似乎击中了牛金岭的要害，但最终却换来她激烈的对抗和反击。她坚持认为儿子发育迟缓另外有原因，她在整个孕期从没有任何异常，生产也非常顺利。这一点我可以证明，因为小文出生的时候我就守在产房。当时儿子头先出来，睁着一只眼，这让在场的医生无不毛骨悚然。牛玉琴吓得倒吸一口冷气，说这孩子跟小美出生的时候几乎一个表情。

我清晰地记得儿子呱呱坠地时正是早晨七点半钟，阳光透进玻璃窗照在他稚嫩而充满血色的脸上。他似乎还有些不适应环境，一只眼习惯性地闭着，一只眼微微睁开，冷静地观察着这个光明的世界。我相信这是婴儿的正常反应，他在黑暗中待得太久了需要适应。接生的女医生似乎对他的沉默感到愤怒，倒提起他的双腿仿佛倒提起一只浑身沾满泥垢的青蛙，伸出手掌狠狠地在他的后背拍打着。儿子拒绝地挣扎抵抗着，腿和胳膊无助地舞来舞去。女医生发出一声冷笑，用力地把儿子的后背拍成一片紫红色。儿子似乎非常愤怒，不断地挣扎着，从嘴里准确地说是从腹腔里发出嘶哑的哭声，就在女医生把他高高地举过头顶，想看清他是男是女的一刹那，他乘机把一泡热乎乎的尿液尿到了医生的脸上。

女医生受到了羞辱，把儿子狠狠地扔回到推车上，在众人善意的哄笑中狼狈地逃出产房。事后她多次提及我儿子，说这是她接生史上最大的耻辱。

儿子一生下来就导演了一场恶作剧，这预示着他日后的不安分。事实也充分印证了这一点，他天生就不是弱智，我只是不明白好好的一棵苗子怎么就不好好成长？

小文生理上确实没有问题，他大大的眼睛像我，时刻闪烁着睿智的光芒；他的笑容好像是与生俱来的，时时浮现在红红的小脸蛋上。有时候还会莫名其妙地出现两个小酒窝，时常在睡梦里发出甜甜的微笑，仿佛是来自另一个世界的天使。我猜不出他在笑什么，但我感觉到一定有着不可告人的秘密。

小文脸上的酒窝随着时间的推移越来越明显。欣慰之余我隐约感到不安，记得哪篇文章说酒窝与前世记忆有关，那么，这个婴儿会不会也像小美一样有前世记忆？

我把这个想法偷偷告诉了牛金岭，她用一种奇怪的眼神看着我，没好气地道："你这人有毛病！儿子好好的，硬往再生人上靠！"

这是妻子的大忌，她担心小美的症状在儿子身上再现，所以特别敏感。那天夜里我正想爬到牛金岭的身上去，却被她冷冷地推了下来。她裹着被子背过身去，坚持不让我碰她。儿子就睡在身边，早已进入酣睡状态，但就在我被推下的时候突然睁开了眼睛。

儿子眼睛盯着我，嘴里发出含糊的"咿呀"声。从那一刻起，我突然被恐怖笼罩全身，先前还躁动的性欲顿时消失殆尽。

我遇到了夫妻生活中最现实的问题，牛金岭和我分床而眠。

她把这一切推托到要带孩子。带孩子累的确是个恰当的理由，因为我不在身边，儿子全归她一个人管。我母亲说好要去伺候月子的，但是牛金岭坚决反对，她不习惯和我母亲住在一起。后来还是丈母娘在县城住了一段时间，这一问题才迎刃而解。

突然中止了所有与性有关的活动，这让我年轻的身体无法承受，变得焦躁不安。我去见周愚公，他一眼就看穿了我虚伪的内心，微笑地说这叫作"性压抑"，是现代社会男人的通病。他调侃男人不必活得太累、太认真，适当的性生活会释放内心的压力，那些灯红酒绿的夜店就是男人消磨时光的最好去处。一切皆有可能、一切全在自己把握中，只要不涉及感情、不动摇家庭的根基，男人有什么想不开的呢？

他似乎在暗示我要做出什么，这种理论让我受益匪浅或者说受害颇深。我开始抱着幻想，约朋友到那种地方鬼混。你是好蛋的时候苍蝇从来不会光顾，但是如果你的鸡蛋有缝儿，苍蝇总会嗡嗡乱飞。

我的行为引起了牛金岭的警觉，有一天她突然来到我家里，对我母亲哭诉，自从有了儿子我就不再关心这个家庭。她警告如果还不悬崖勒马一定会有我的好看。

我摸不准她说的这个好看是什么，但一定与制裁有关。其实从一开始她就对我发起了错误的制裁。用性制裁男人是女人最大的错误，它逼着男人背道而驰。

然而更深层次的原因我俩谁也没有去想，这缘于我们都年轻，对婚姻没有足够的信心，也没有精心的准备。我们只被彼此的青春吸引，当热情散尽、艰苦生活如期而至的时候，常常抱怨并自私地把责任推到对方身上。

何止我和牛金岭，庄宝盒和牛玉琴的婚姻也亮起了红灯。

分歧起于房子。牛玉琴跑到县城，要求庄宝盒在县城安置一个家，她一个人带孩子既累又不方便。小美到了入托的年龄，但是水磨头村没有托儿所，要想进县城的托儿所首先得有城镇户口和住房，要单位介绍信和孩子爸妈的工作证明。

这几样东西是最起码的条件，但是庄宝盒一样也提供不出来。不但单位不给他开证明，就是房子也没有。他唯一能够做到的就是用小恩小惠收买了宿舍管理员，私下里腾出了一间杂物间，安了一张床，牛玉琴来了可以临时在里面歇脚。人们戏称之“配种站”。

但住配种站也有弊端，杂物间屋梁上边部分相通，这边有动静其他屋子里听得清清楚楚。隔壁是值班室，值班医生经常带着女朋友来过夜，夜里的动静实在难听，这让牛玉琴情何以堪，抱起小美就回了乡下，发誓永远不到县上来。

这对牛玉琴是个打击，婚姻对于她来说来得太快太现实了，她做梦也想不到当初激情的后果是无休止的疼痛，正是那千分之一回的放纵成就了今天的耻辱，她忍气吞声地咽下那些涩果。

回家的路上她晕倒了。牛玉琴第二天借去公社医院领疫苗做了个血常规检查，有人告诉她患了贫血病。牛玉琴不以为然，这种病在农村经常见，她决定自己给自己治疗。她服了一些西药更多是喝自采的中药，母猪岭就是一个聚宝盆。

小美却生长得非常健康，她两岁的时候还吃妈妈的奶，这让庄宝盒十分不满。牛玉琴自从生下小美就把重心放在孩子身上了，对他十分淡漠，夫妻之间的事少得可怜。她再也不踏进县城半步，即使庄宝盒回家创造机会牛玉琴也是应付，这让他陷入了巨大的苦恼。

我和庄宝盒同病相怜，但只限于相互沟通情报。庄宝盒还有比这更烦恼的事，这就是女儿小美。小美从开始说话就表现出怪异的性格，随着一天天长大竟没有好转的迹象。她语言表达已相当娴熟，革命、主义、理想等抽象词汇都能够准确地说出意思来。她还会无端地说出一些话来，描述出的场景陌生而充满神秘色彩。那次我们被大雪阻在山里，她用淡然的口气对牛玉琴说，这比起青藏高原的雪差远了，那才叫大雪，可以埋到牦牛的脖子。有一次我问到她什么是革命？她背诵文章地说："革命不是请客吃饭，不是做文章，革命是一个阶级推翻另一个阶级的暴力行动！"

"你家小美不同凡响！"我对庄宝盒竖起大拇指。

我并不想看庄宝盒的热闹，而是不知道怎么表达我的感觉。庄宝盒心惊肉跳，他宁愿要一个平平常常的孩子也不要这种不同凡响。

我劝他习惯成自然。省城有一伙人正在研究人的前世记忆，学术界称这种现象叫再生人。他们都是重新恢复工作的科学家和知识分子，狂热地追捧学术独立，已经取得了部分进展。"再生人分为前世记忆和灵魂附体两种类型。"我煞有介事地向他介绍。

"那么小美是属于前世记忆还是灵魂附体？"

庄宝盒对我的话半信半疑，这从他的脸上就可以看出来。他似乎为此所困，变得神经过敏。这不能怪他，谁有他这样的遭遇都会被折磨得失去了耐心。每次见他，都觉得他正飞快地衰老，眼窝深陷、眼帘浮肿，脸憔悴得像一张擦腚纸。

不仅是庄宝盒，牛玉琴也远比刚结婚的时候清瘦多了，精神状态也不如以前好，时常发呆，有时候问她话，回答得前言不搭后语。虽然我没有亲身体验但是可以想象，在某个夜深人静的夜里独自面对小美，看到她那双陌生的眼睛怎会不让人惊悚？

我有必要花费笔墨向诸位描述一下我最新的研究。其实也不能说最新，早在十年前科学界就在关注一种神秘现象，这就是"再生人"。这一神秘区域位于鹰愁峰和灵依河上下一百公里处，北到母猪岭、南至野狼沟为这个神秘区域的中心。

这种奇怪的说法在这个地方已口口相传了多年。苦于运动，大家都怕引火烧身，所以不敢公开传扬。县文化馆的老馆长曾进行过调查，但后来得了脑中风而不了了之，只留下一本小册子，上面记载了许多道听途说的故事以及当地人使用的符号，但我根本看不懂，简直就是一部天书。

庄宝盒头一次听说我有一本小册子，瞪着牛眼问我："这么说你早就知道有这么一种现象？牛玉琴和牛金岭也知道，只是把我蒙在鼓里。"我不动声色地说："我知道并不奇怪，但她们姐妹未必知道，要是她们知道早就嚷嚷开了，瞒不到今天。"

"你以为谁都会像你这么傻瓜？"庄宝盒不满地说，"从我俩的婚姻上讲，她们姐妹俩都千方百计地想嫁给我们，怎么会把这种事告诉我们。换作你，你也不会跟爱人讲出自己的缺点或短处。”

这是缺点吗？更无从谈及短处，这只是一种地域现象，跟牛家姐妹无关，即使有关那也是被动的。发生在谁的身上或者说以谁为主体，都是不以人的意志为转移的，没必要草木皆兵，退一万步说，山里人祖祖辈辈不会因为有这种现象就不婚丧嫁娶了。

庄宝盒被我压制住，鼻子“哼”了一声，不由自主地发出一阵冷笑，好像在嘲笑我唱高调。他总是自以为是，总以为比牛玉琴强，这也是他婚姻不幸的根源。

我同样冷笑起来，揭开他虚伪的本质。

“你没必要清高，你只是夜郎自大！你口口声声说是牛家姐妹不对，有事瞒着你。其实婚姻是你自己选的，小美也是你亲生的，难道这你也要否认？”

庄宝盒被我噎得说不出话来，大概他只是出于对再生人的害怕，内心深处并没有把牛家人往坏处想。但是我想提醒他，正是这种浅薄才会导致犯更大的错误，人总是不经意犯下错误导致致命的结果。

“那小美是怎么回事？”他问我。

我沉默以对，事情总是朝着有罪定论的方向发展，连我也说不上为什么。也许有人认为，这是当地人故意夸大其词，但是事实却胜于雄辩，我俩都亲身经历过小美发病的过程，冥冥之中似乎有一股力量在支配着她。

牛玉琴比庄宝盒表现得淡定，这充分说明她早就有心理准备，但是话又说回来，她是小美的母亲，她只能被动地接受这一现实。姐妹俩在这个问题上的掩饰不可否认是本能的，当流言和婚姻发生冲突的时候，人们首先捍卫的是婚姻。

问题特殊的一面在于当初是庄宝盒追牛玉琴的，牛金岭虽然主动但至少我有意纵容，主动投诚。把婚姻的责任推到两个女人身上显然不是男子汉大丈夫所为。

庄宝盒沉默了片刻，垂头丧气地对我说：“那就是我的错！当初我太鬼迷心窍了，根本不计后果。”

我很想把他打倒在地再踏上一只脚，这完全跟当初那个庄宝盒南辕北辙。男子汉大丈夫爱就爱了，不能轻言后悔，这样对牛玉琴、对小美都不公平。

庄宝盒歇斯底里挥动着胳膊：“要允许人犯错误，允许人有个认识的过程！谁也不可能生下来就先知先觉。爱是一种物质，它可以熊熊燃烧，但是当这种物质没有了它就会熄灭。婚姻也是一样，它再热烈也有熄灭的时候。婚姻的特殊性还在于，两个人一旦精神上产生了分歧，就再也无法弥合了，就像摔碎的瓷器即使锔起来也终有裂痕。”

我大声说：“你至少还有良心！婚姻不是一时之喜，婚姻是两个生命的艰难融合，是两个弱不禁风的生命合起来，拧成一股绳，去直面未来的任何艰难险阻。而你，却因为一个捕风捉影的传说就要放弃。你如何面对妻儿、面对朋友，面对社会道德的审判？”

我的话冠冕堂皇、铿锵有力，庄宝盒破例没有反驳我，他委屈地歪歪头，口气明显缓和下来：“我没有说我的家不好，小美比一般的孩子都聪明，牛玉琴也是百里挑一，她聪明漂亮、能干，女人所有的优点她都囊括了。我只是在再生人这件事上受到的惊吓太多，都要崩溃了！”

这是实情，无论是牛玉琴还是小美都跟这种神秘现象有着千丝万缕的联系，庄宝盒的压力明显大于我。我不是亲历的人，我只是隔岸观火，因此我不可能深刻地理解庄宝盒的痛苦。

牛金岭已经听到了一些闲话，她私下警告我千万不要引火烧身。牛玉琴的女儿小美是再生人，而她是小美的姨妈也脱不了干系。儿子小文也有可能有这方面的问题，虽然农村现在破除了迷信，但是人们还是更相信传说。如果由此而影响到儿子今后的升学就业甚至人们把他当成异类，这将会永远毁掉他的前程。

她的担心不无道理，流言蜚语就是一把软刀子，可以轻易杀人。

我曾经和梅卿谈论过这个话题，她说这是一个契机，因为随着社会的逐步开放，在不久的将来科学的多样化将主导世界。做这项研究风险很大，但却值得冒险。

这事我得求助庄宝盒，他本身是医生，完全理解对这方面的研究。庄宝盒的烟瘾很大，无论什么场合都烟不离嘴，有一次我们一起参观现代美术展，他躲到泥塑后面吸烟，被工作人员发现了，说什么也要罚款。我赶过去帮忙，唬工作人员，雕像中的男人就是比着他塑的，人家居然信了。那幅作品是一个男人和一个女人刚刚从性生活中走出来，男子疲惫且脸色沮丧地裸体坐在床前吸烟，从他们怅然若失的表情不难看出，这对夫妻正经历着痛苦的婚姻裂变过程。我突然想到牛玉琴和庄宝盒，岂不也是这个样子？

庄宝盒一直生活在恐怖中，女儿的一举一动都使他联想到父亲，他完全不知道如何对待她，是把她当作女儿还是当作老庄。

那天我去找庄宝盒谈病例跟踪的事，我买了两条市面上需要凭票供应的白纸包。庄宝盒收了我的烟却最终没有同意我的提议。他上过大学，人的成长过程其实就是有机体的变化，是精子和卵子的生化过程，与上帝造人、女娲补天根本搭不上边，所谓的再生人更是人杜撰出来的。他警告我不要做不利于家庭和睦的事，我研究什么他管不着，但是如果涉及牛家，老丈人不管牛玉琴也会管；至于牛金岭可远比牛玉琴厉害，如果涉及牛家人的利益她会阉了我。

他对我说这些话的时候有点幸灾乐祸，肩一耸一耸地奸笑，仿佛他已经看到我被牛金岭按在床上阉割。我下意识地夹紧了裆赶紧收场。我并不想打扰牛家人的生活，我只是想知道小美的言行并且从中找出规律性的东西。

“我不帮你但是你可以自己做，算是你送我烟的报答吧！”他居然又网开一面地说，而且表示这事只能我俩知道，家里任何人知道了他都会推脱得一干二净。

我同他击掌表示成交。男人有时候很怪，相互仇恨到掐了对方的脖子还想踢对方的裆，但在一些尖锐的问题上又总是妥协，我和庄宝盒就是这个样子。当我俩空前绝后达成一致的时候，我搂着庄宝盒的脖子暧昧地说：“该说的还是要说！你不说我怎么知道牛玉琴床上表现得如何？我们同喜欢过一个女人，至少有些感受还是要交流的。”

“你他妈的就是个臭流氓！”庄宝盒捶了我一拳，厚颜无耻地说：“这有什么不同？我睡的是你老婆的妹妹，你睡的是我老婆她姐，一样一样的啊！”

我听不出这话是贬义还是褒义，但有一点我相信，他不是傻瓜，他一直提防着我或者说他一直在用另一种方式跟我周旋。

小美表现异常已成事实，连庄宝盒也相信女儿被灵魂附体了。一方面不相信鬼神，一方面又被迷信所困，大概是我们这代人的一个短板。

庄宝盒其实也是矛盾的，他不断地劝告自己，以老庄的基因绝不可能发生再生人的现象，可是偏偏小美就表现出典型的症状。回想那年冬天小美一路上指指点点，指出的方向都非常正确，这让人困惑。这对于一个连话都说不成句子的孩子来说简直是天方夜谭。她不但指明了翻越鹰愁峰的捷径，让大家走到了老庄的坟地，还找到了那串早被遗忘的佛珠。

难道真是老庄灵魂附体？连我都怀疑自己了，难道这个世界真有灵魂？真有所谓再生人？在这之前我一直劝说庄宝盒配合我做调查，我一直当作一种传说，当作一种时尚文化来调查，而在冷静思考之后，我竟然相信这一切都是真的存在。

换一个角度思考，小美如果被老庄的灵魂附体，那他一定有什么原因和目的。如果老庄真的有灵魂存在，为什么不找儿子不找我，而附在未曾谋面的孙女身上？

我把这个想法告诉了庄宝盒，庄宝盒吓得浑身哆嗦起来，他根本就没想到这一层。是啊，如果老庄有什么冤屈，只要托一个梦给我们就行了，没必要这么煞费苦心地附在一个孩子身上。时间像人们握在手中的散沙，不断地溜走，淹没在时代的风里，等她长大了，那些逝去的将永远地逝去了，没有人会记得过去，没人会耐心地寻找那些流逝的点点滴滴。

我带着疑惑和收集到的零碎信息去请教周愚公。

愚公已凭借业界的成就建起了自己的工作室，说是工作室其实就是个算命的场所。走进西郊的岔路口，老远就看到一块醒目的广告牌，上面写满密密麻麻的项目。

我帮他刊发那些文章涉嫌助纣为虐，但周愚公生意做得风生水起是事实。这里已经是偏僻的郊区了，院门两旁全是庄稼地。虽说这里远离闹市，却一点也不影响生意兴隆，求医的人从楼上排到了楼下大门外。不少人携儿带女，累了就坐在租来的小板凳上。

提前一天我就让庄宝盒一家住到附近的小旅社里。我跟周愚公约好，第二天一早就带他们去。

当我找到那家小旅馆的时候一家人正在前厅里等我。牛玉琴和半年前的样子大相径庭，脸瘦成一牙儿西瓜，那曾隆起的胸部明显扁了下去，滚圆的屁股也削去了好几刀，黄军裤因此显得过于肥大。我这才相信岁月就是一把杀猪刀，可以任意宰割这些可怜的臣民。

我径直带他们上楼，好不容易拨开人群，一个脸涂得雪白的年轻女人不耐烦地推搡着我说："周大师今天预约的人数超了，你们明天再来吧！"

她就是范小雨，周愚公的情人兼秘书。上次我们有过一次照面，但显然她早忘记了，我只好提醒她。她不好意思地缩回手说："是何大编辑，我一天忙到晚，忙得眼都花了，竟没有认出您来。您看人挤人的，我也不好放您进去，要不先在外面等等？"

正在这时门开了，从里面探出个光头来，周愚公高兴地朝我打着招呼："何大编辑，大驾光临，有失远迎啊！"

这才是冰火两重天，刚才我们还看范小雨的冷脸，现在却被周愚公热情相邀。见我们还站在那里发愣，周愚公悄悄凑近，神秘兮兮地说，刚才就看见我们在楼下转悠了。

我对着那扇密不透风的大门发呆。门是一扇镶着牛皮的木门，既笨重又严密，是苏联时期的产物，甭说从里面看到外面，就隔着门呼喊也绝对听不到。周愚公看着我困惑的眼神，神秘地拍着脑门笑道："天机不可泄露！我可是早就开了天目。"

"那岂不是隔着衣裳就能看见女人的裸体？"

我小声开起了玩笑。周愚公马上板起脸，一本正经地说："何老弟，这种玩笑可开不得。做医生这行重要的是德行，妇科大夫不少是男的，如果心术不正那岂不乱了朝纲。还有……人家小范可是我朋友的妻子，市领导刚认了她做干女儿。"

这年头认干女儿可有学问，也有风险。我没有提范小雨他却自己硬往上靠，可见这其中大有玄机。小范这两个头衔得势又得分，周愚公的厚黑学也学得不错。

早在来之前这个城市就流传着一件逸事，说某市长喝醉了酒，借找水喝敲开女下属的房间，女下属可怜巴巴地说："市长，我都可以做你女儿了！"市长按捺不住欲火地说："火都上房了，叫亲爹也不行！"于是女下属半推半就地帮着市长救火，并逼着认她做干女儿，这个女人便是范小雨。

屋子里其实很简单，只有两张办公桌和一张检查床。房间倒是蛮大的，有一个里间，安了双人床。这年头非常时兴这种摆设，不少政府要员的办公室都是如此布置，为的是有一个休息的好去处，更好地为人民服务，但人们都清楚目的绝不仅限于此。

周愚公已经被困在这里三个月了，求医的人太多，他每天工作到很晚。周愚公对小美的病情并不陌生，也没有什么特别的好方法，唯一能够甄别的就是时间。小美的身体发育完全符合婴幼儿的成长过程，要记录她成长的每一步，从中发现异常并进行个例分析，找出证据。

我好不容易说服庄宝盒和牛玉琴来到省城，周愚公却敷衍了事。他简单地询问了一些基本生活情况，又递给两人一些印好的表格，要求他们如实填写，便打发他们到外面等，把我留下来有话要单独谈。

周愚公目前把精力都用在了新兴的社会精神病学研究上，这与陈东平有些撞车，但周愚公坚决不承认这种说法。他说陈院长主攻方向是临床，他则侧重研究人的心理，与中国传统的风水学更接近。

“风水研究绝对是新鲜事物，可惜我一知半解。”我恭维地说。

周愚公笑道：“其实这很简单，你只要花上三分钟就能大体了解我从事的是什么！”

听他这么一说，我倒产生了兴趣，摊摊手说：“亲爱的周教授，甭说三分钟，就是三个小时我也洗耳恭听！”

周愚公似乎没有想到我会这么谦虚，一大早来听他讲风水。那时候风水被斥为封建迷信，虽说社会有回归的迹象，但还没有谁敢公开跳出来给风水学正名，因此，从某种意义上说他的这种做法冒着风险。

他显然有些得意忘形了，微微一笑，然后用抑扬顿挫的声音说道：

“其实我提出恢复风水学的应有地位并不是沽名钓誉，而是有它的科学之处。从你一进门的表情和眼神我就看出来了,你对此持有异议。我不否认，现在还有很多人都是戴着有色眼镜看待这一新生事物的。”

我反驳他：“我是有些异议，所谓风水学并非什么新鲜事物，自古有之。我也相信有些内容是顺应了自然，具有科学的成分，但是它更多被历代封建帝王利用，成为愚弄平民百姓的工具。”

周愚公沉吟道：“这正是我要拨乱反正的地方。正如你所说，风水不全是封建迷信，它含有科学道理，而且科学的成分大于封建的成分。我的研究就是把其中的封建色彩去掉，把科学的成分发扬光大！”

我笑了起来：“这我非常期待！”

门外聚集了上百名病人，他却静下心来跟我谈风水，实在让我感动和不解。我猜测他除了有欲擒故纵之嫌还有事求我，想通过我扩大宣传。如果借助杂志攻陷全城，那将是何等一劳永逸的大事。我实在不忍心，门外那么多虔诚的人因为我而耽误了时间，开始失去了耐心，我跟他约定周末再谈，便逃出了他的办公室。

回到旅馆，庄宝盒瞅着手里那些花花绿绿的表格愁眉不展，他工作非常忙，没有工夫填，而牛玉琴显然也不感兴趣。她最近遇上了烦心事，村里拓宽了公路，不少村民都喜欢去公社医院看病，来卫生室的人越来越少，门可罗雀。

“除非你亲自跟她说，否则她不一定帮周教授这个忙。”我那两条烟还在起作用。

这倒不必着急，我接受周愚公的建议是有条件的，我前脚走他后脚就追下楼来，悄悄跟我说，要在我的版面上做广告。每月一期，十六开版面至少要六万块钱。他跟我讨价还价砍到四万五。庄宝盒僵在那里，他大概是第一次听说办杂志也能赚钱。我说我手里操控的是一份有影响力、有政府背景的杂志，只要把握好舆情，摸准客户的心理，一样可以赚得钵满盆满。

那是庄宝盒第一次觉得我不可小觑，不但跟许多大人物交结而且动动嘴皮子就赚钱，这远比他在小县城给人看病拿死工资容易得多。

我内心其实是矛盾的。我私下里接受周愚公的条件，实际上等于拿小美的未来做交换。小美的事一旦传出去，不但会影响全家人的生活而且会影响她的入托和上学，有哪所学校愿意收留一个半人半鬼的孩子？即使牛玉琴的父亲是村支书也不能堵上村民的嘴，她已经察觉到村民们目光里流露出的恐惧和排斥，父亲权力尚在，但正一步步削弱，如果哪天落选，村民们就会群起而攻之。

我斗胆做了一个决定，让牛玉琴和小美在省城多住几天，我再跑几所大学帮忙看看。庄宝盒对我的决定心怀不满，这从他躲闪的目光里就能够断定，好在牛金岭马上就要休探亲假了，她说过陪妹妹住一段时间，庄宝盒这才松了口。不过事后牛金岭的假期取消了。

我已经毫不怀疑庄小美具有再生人的特征了，但我还不清楚作为逝去人的载体，她最终代表了谁？从种种迹象看她脑子里有老庄的影子，然而作为他的孙女，她到底知道多少，她在现实生活中又如何扮演角色？

在省城向南纵深三百公里的那块神秘土地上，小美已不是个例，还有许多神奇的生命轮回现象。我带着小美找上门时，他们表现出空前的热情。大家都排除了人为炒作和集体扯谎的可能性，认为很有研究价值，建议在当地设立一个观察站。周愚公不耐烦地挥挥手说：“骑着驴找驴！何书盒家里就有再生人，何必东奔西走？！”

他占据着市科协会长的位置，他一发话其他人都不吭声了。周愚公之所以把事揽在怀里，是因为最近他向有关部门申请了一笔经费，夏天山里风光好，气候适宜，他想亲自进山调查。

范小雨兼着科协的秘书长，她原先是郊县的中学老师，因为对工作不满意，因此也就特别不安分，这才上了周愚公的贼船。周愚公年近六十岁了身体依然很好，圆脸秃头，长得跟鲁智深有一比，只是不知道床上还能不能倒拔垂柳。

范小雨是北方某重点大学考古系的研究生，至于怎么脱离专业做了老师不得而知，不过听人说她的婚姻遇到了七年之痒，愚公乘机插了一杠子并且大获成功。

范小雨经常跟着周愚公到各地考察。这次周愚公很希望我能陪着他一起去，但是我实在脱不开身，我突发奇想，周愚公探险之余能否拍些风光片和人体片回来，我用在杂志上，提高一下杂志的档次。

周愚公对我这个馊主意不表态。范小雨却怦然心动，含笑地说："何总编，你不能小范小范地叫，按年龄你得叫我姐。至于拍片的事他哪有你的水平？如果是你去我倒可以配合，但说好不能放到杂志上。"

"好呀好呀！我忙完手头的工作就赶过去！"我附和着。看来我的建议得到了响应，不管出于怎样的目的，周愚公是获益者，也不负众望，数周下来,他不但采访到许多具体的实例还拍了许多照片。他本不想让我看到的，但拿到彩扩社去冲，又担心流到外面，所以权衡再三还是来找我。社里有台二手的彩扩机，我一个人就能操作。夜深人静之前我开机扩出来，发现都是些裸照，有些裸照简直不堪入目。周愚公红着脸说："何总编，我可是把底都交给你了，你可千万替我保密！"

我信誓旦旦地做了保证，条件是我选取其中一张照片发到封面上。这是一张艺术性高于色情的照片，范小雨刚刚沐浴而出，背对着大山，站在河心的一块大石头上，暮色把她的身体涂上一片金黄，身体的每一个部分都透出青春和张力。

这张照片引起了不小的轰动。赞成者把她比喻为大自然的女神，反对者把她说成淫秽至极。后来市长通过秘书打电话给摄影协会，协会出面双方才偃旗息鼓。范小雨为此承受了不小的压力，她说很多同学和朋友都认出了她，连丈夫也知道了，她只好撒谎说是应杂志社要求拍的。

我和她的距离突然近了许多，每次去周愚公那里，她老远就笑逐颜开，甚至邀请我去夜店里喝咖啡。我不是素食主义者，但我首先声明别人喝过的咖啡坚决不喝，何况那期间我留牛玉琴母女俩在家里住，爸妈虽然喜欢她们，但是有隔阂。我下班按时回家，家里的气氛会因此而格外融洽。

小美非常喜欢住在城市，整天嘴里哼着儿歌，蹦蹦跳跳的，连走路都是快乐的。我家挨着未名湖，一条胡同直通湖边。这种闹中取静在城市里非常难得。胡同口有一座桥，车开不到家门口，就停在湖边的停车场上。那时候开车的人少，管理员乐见我把车停在门口替他们招揽生意。

不管环境如何好，牛玉琴却住不惯，她纯粹是为了小美才在我们家暂住，苦闷的时候就领着小美到湖边玩。每天我把车子停好，小美便从公园的某一个角落跑出来，亲热地叫我伯伯。我伸出双臂抱起她。牛玉琴远远地站着，露出含蓄而幸福的笑容。公园的工作人员见了夸我："你看，一家人和和美美多好！"

牛玉琴面露窘迫，摆手向人家说明我们不是一家人。我却不想解释，那样会越描越黑。

有一天我肩扛着小美进院门，见小文从屋里跑出来，拦住我说："爸爸，我也要让你扛我，不能光扛小美姐姐！"

原来是牛金岭带着儿子回家来了，我从肩上卸下小美，一手抱起一个往家走，看到牛金岭倚在门框上，脸上挂着些许愠怒。忙问她怎么不打声招呼就回来了？牛金岭说："你什么意思？你是不想让我回来？"

她这人心眼儿小，好在站在面前的是自己的妹妹，她嘴下留情地说："我妹妹在，我来陪几天行不？"

母亲不喜欢牛金岭，即使是结婚生子后也看不惯她的为人处世。她私下里经常数落她的不好。牛金岭也从不叫爸妈，万不得已的时候就喊"哎"，这让母亲耿耿于怀。父亲倒开通，说你又没养人家一天，为什么管你叫妈？其实我理解牛金岭的苦衷，她不是有意抵触，而是打小就叫爹娘，叫爸妈拗口。

牛玉琴深得母亲的赞扬。她经常感叹，都是一母所生，差距怎么这么大？牛玉琴总是安静地坐在家里，从不高声言语，除了帮妈妈做饭、洗衣就是陪着聊天。母亲叹道："要是你娶了牛金岭的妹妹多好，你跟牛金岭不对脾气，月下老人牵错了红线。"

月下老人是否牵错了红线我没法追问，但确有阴差阳错之嫌。这个世界很复杂，爱情和婚姻总是很难调和在一起。

那一年，南方一个不起眼的小村，十多户农民敢为天下先，在一份秘密协议上按下了手印，搞起了生产责任制，这个消息被新闻联播广泛报道。事情发生在头年初冬，而水磨头村牛支书也偷偷实行了土地还林和林地承包，到了第二年春天，那些承包的果树开始开花结果。

村民们看到了秋天的希望，有人对他感恩戴德，有人则恨之入骨，翻出他扒寡妇墙头的事四处告他。也有人觊觎牛玉琴赤脚医生的位子，说她卖过期的药并且以次充好。牛支书首次面临执政难问题，除了他自己到县里辩解，我也多方帮他，但牛金岭劝我不要轻举妄动，她说阴沟里翻不了大船。

牛家姐妹住在我家，虽说房子变得拥挤，但还是带来了难得的欢乐。

小文活泼好动，小美是他的嘴，他是小美的腿；小美说到哪儿小文的腿便先到了。儿子每做了捣蛋的事，小美总是嘴舌乖巧地替他狡辩。我母亲大为开心，点着两个小家伙的脑门说："你们俩是天生的一对，地配的一双，简直就是一对小妖精！"

母亲用小妖精来形容这俩孩子一点儿也不为过。我发现小美对佛珠情有独钟，睡觉也戴着，小文想从她脖子上夺下来简直是白日做梦。每当儿子想要看那串珠子，她总是双手护着，大声地威胁道："不行！这是我爷爷的东西，谁也不许动！"

儿子又哭又闹地威胁，不给就大哭到底，小美表现出少有的愤怒，小脸涨得通红。小文上前去抢，她竟然一把把小文推倒在地，用最恶毒的语言说："你哭死也没有用，我就是不给你！"

两个要好的小朋友互不理睬，小美对牛玉琴说："娘，如果小文还要我的珠子，我们明天就回姥姥家！"

小文见她坚决要走，这才意识到惹了小美，躲在牛金岭的怀里不敢言语。晚上睡觉的时候牛家姐妹说了很久的悄悄话。事后我曾打听说了些什么，牛金岭用奇怪的眼神瞅我一眼，没好气地说："我们女人之间的话你少打听！"

牛金岭张口闭口我们女人如何，暗示我喜欢嚼老婆舌头，这很伤我的自尊心，但是我是出于担心。第二天一早牛玉琴突然提出要回山里去，我再三挽留，她不以为然地说："反正小美就这样了，我只要能够承受，其他都无所谓了。"

牛玉琴说走就走，搭过路车都等不及。她说夏天村子里流行病盛行，很多村民进城看不起病，还等她回去。我开车送她到车站，牛玉琴用从未有过的温柔语气对我说，她在我家住的这些天就像在自己家里一样亲切，可是这里毕竟不是她的家。她劝我不要内疚，事情早晚会过去的。

望着牛玉琴消瘦的脸我心里掠过一种无法说出的痛，只是无言地握住小美的手。小美怯弱地抽了回去。我逗她说会带着弟弟去山里找她玩儿，小美一点表情都没有。

牛玉琴走后牛金岭的脾气见长，我猜想这与她患得患失的性格有关，她认为我和牛玉琴背着她做了什么，至少我俩关系暧昧。我决定认真和她谈谈。

在假期即将到期的某一天我带牛金岭到未名湖上划船。湖面上很静，倒映着城市的影子。我把船泊在水中央，一边欣赏着水中的荷花一边完整地告诉她事情的来龙去脉。我告诉她小美是传说中的再生人，牛玉琴很害怕，庄宝盒也不知所措。我带小美找专家，就是想找到答案。至于我喜欢牛玉琴或者说她的婚姻出现了问题，那也绝不能用一加一等于二的公式来解释，人的感情是复杂的，我既然成了她的丈夫就绝不会做对不起她的事。

牛金岭不为所动，她说她就等这一天我亲口对她说。她妹妹早告诉她了，她感激我对牛家所做的努力，她说既然事情已经出现了就要勇敢面对："妹妹对生下小美一点儿悔意也没有，也从不感觉到害怕。她只是担心庄宝盒，自从小美出现异常之后，庄宝盒变得越来越焦虑不安，夫妻之间的隔膜也越来越深，妹妹都不知道如何面对了。"

我说婚姻的过程就是不断认识对方、克服对方、战胜对方、影响对方的过程。这就好比两堵墙之间的皮球，最初的时候相互弹跳，非常有力，但如果没有后续动力就会掉下去。皮球在两堵墙之间弹跳的时候叫爱情，皮球掉下去的时候叫婚姻。

"狗屁逻辑！"牛金岭鄙视地哼了一声，侧脸望着湖面。其实她早就看出了问题，只是不想让我知道，而我不但知道还曾有一丝幸灾乐祸。庄宝盒早就向我透露和牛玉琴分居了，牛玉琴借口讨厌他身上的烟味，但他心里明白，真正的原因并不在此。他夜里经常做噩梦，尤其不敢跟女儿睡在一张床上。牛金岭经常向我灌输平民的思想，男女一旦成为夫妻就要厮守一辈子，像她爹她娘一样。娘从十六岁嫁到水磨头村，从此就没有了自己，男人是她的天、她的地，女儿就是她结的果、她种的庄稼。老丈人年轻时当过兵，到云南大山里剿过匪。他走的时候村里人八抬大轿抬着，披红戴花，娘从此悄悄爱上了他。老丈人复员后，她毅然决然地嫁给了他，连一分钱的嫁妆都没有要。

我爸我妈岂不也一样，自从他俩在故乡的小石桥私订终身，父亲每行一步都有母亲的影子相伴，换句话说，无论父亲走到哪儿都有母亲踏着他的脚印坚定地相随。而庄宝盒和牛玉琴结婚几年就已经形同陌路了，这不能不让人感慨。牛金岭也承认，妹妹的婚姻从一开始就处于一种微妙的状态，两个人或因某种契机走到一块儿，但是随之渐行渐远。

"但愿我不会成为下一个她！"牛金岭脸色难看地说。在当年领取结婚证的时候，我曾在背面题字发誓“冬雷阵阵夏雨雪，乃敢与君绝！”她在后面跟着写上“我也爱你，海枯石烂不变心！”但我俩心里都清楚，写归写，海不会枯，石也不会烂，爱情却是会变的。

如果有一天我俩选择分手的话，我想最好都不要提这一章。

从表面上看牛金岭属于大大咧咧、不拘小节的那种人，但是，熟悉过后便感觉到这纯粹是一种错觉。正如通常人们说的“女人胸大无脑”也是一种谬误，牛金岭胸大心机更深。她早通过妹妹把情况全部摸透了，只是不想戳破这层窗户纸。那无论对于庄宝盒还是我都过于尴尬，对于她们姐妹的关系也是一种伤害。

牛家对我很信任，相比于庄宝盒我的话语权更大。不管有多大的事，老丈人总是等我表了态才作决定。秋后我跟牛金岭回村，晚上大伙儿坐在天井里说话，谈到小美，牛玉琴说孩子一天天长大了，她已经抱不动她了。说着，开玩笑地朝上举了举她，没想到胳膊一软把小美摔在地上，自己也差点晕倒。牛金岭急忙替她测血压，发现她的血压出奇的低，不由得大声惊呼起来：“玉琴，你该不是贫血吧？”

牛玉琴脸色苍白，惨笑地说：“这也不是什么新病了，好几年前就这样了！”

我和牛金岭都感到后悔，上次见就感觉出她身体虚弱了，只是没想到她会生病。牛金岭分析，妹妹可能是造血机能出了问题，在医学上叫再障性贫血。

“你是说她得了血癌？”我倒吸了一口冷气。

牛金岭努力回忆起牛玉琴上中学的时候，有一次跳木马摔倒扭伤了，腰疼了三个月，她怀疑正是那次摔跤伤到了脊椎。

对于牛家来说这是一个大灾难，但牛玉琴是医生完全有条件治疗，牛金岭哼道：“村卫生室大病根本治不了，县里的医疗条件也好不到哪里去。况且妹妹这病需要营养，庄宝盒工资从未拿回过一分。如果你想帮玉琴，就赶快去省里帮她联系看病，你不是一直说认识很多专家教授吗？”

牛金岭的话无不具有讥讽意味，我的确吹过大话，说我有多么通天的关系。然而现在人交往从来都与利益休戚相关，我求别人就要给别人既得的好处，这叫等价交换。但不管怎么说牛玉琴得了病我有责任帮她。

我还没有来得及联系，牛玉琴就打电话来阻止，说她的病自己清楚，就是一般的贫血，这种贫血在山区女人中很普遍。

“我抽空上山采点草药，吃吃就好了，你不用放在心上。”

牛玉琴服用中药的确起了作用，再见时她脸色红润、气定神闲，使人误以为她生病的消息只是一种误传。那一年更大的恐怖来源于小美，她的症状越来越明显了，牛玉琴陷入了无尽的烦恼之中。夫妻长年离多聚少，可以想象在漫长孤独的日子里她一个人和女儿厮守是种什么样的心情？她时刻担心身边的孩子睁开眼时完全变成另一个人。

牛玉琴曾向牛金岭描述过夜间的情景，小美会突然睁开眼，变成庄宝盒的父亲，嘴里说着她完全听不懂的话，问着不着边际的事情。她说有一天夜里风雨交加，小美钻到她怀里吃奶，吃着吃着突然停住了，仰起脸，用力撕咬她的乳头，并用一种完全陌生的目光盯着她看。

那的确太恐怖了。当小美在我面前的时候，我担心她突然做出什么让我心惊肉跳的事来，事实是一次也没有。

周愚公来找我，询问再生人研究的最新进展，他说介绍一个朋友给我，我一定感兴趣。

再次来时周愚公身后跟着一个人，一见我就伸手和我拥抱，闹得他怔在原地。

原来他带来的这个朋友是陈院长。陈院长和周愚公早就认识，但就隐藏了跟我认识的事实，给了他一个措手不及。周愚公点着他的头说："老陈啊，你这事可瞒得严实，连我都信以为真，你俩不认识！"

我只好打掩护地说怪不着陈院长，我们好几年都不曾见面了。陈东平也不是等闲之辈，听说了上次周愚公进山的事，公开嘲笑他跑题了，过于沉溺于声色，把最重要的任务给忘了。我替周愚公打掩护，说那次进山非常成功，得了不少珍贵的资料。

这一点不用怀疑，上次是我举荐老丈人带的路，他是那一带的活地图，能一口气说出方圆几十里内的山脉河流走向，并且能说出周边村子的情况。关键是他认识各村村支书和一些上了年纪的老人。

新一期《自然科学》由唐方主编，这是她好不容易向梅卿申请的。梅卿解释，有些事一时半会儿说不清，从今往后我们俩就一人编一期。

唐方接手编刊物还真有些吃力，违心地找我，说离了我的帮助不行。周愚公和陈东平考察有了新发现，都急于公之于众，我只好把两人介绍给唐方，幻想把唐方也拉入我们的阵营，那样势力可就大了。

不料唐方一听就耻笑二人："怎么不说是皇帝转世呢？那样我们都可以

跟历史对话，说不定会改变这个世界了！”

我耐着性子向她说明我妻子就生活在那一地区，她也常跟我说起这种自然现象。唐方嗤鼻道：“就凭捕风捉影的几次座谈就确定他们是再生人？老何，我们可是科学杂志，不是宣扬封建迷信的非法刊物！”

她随手把稿子扔到桌子角，坐在那里不屑一顾的样子。

我说出了我的打算，可以成立一个采访小组，深入山区搜集第一手资料。唐方冷笑一声说：“你们不要自欺欺人了！你老婆是山里人，你小姨子也是山里人，据说周愚公和陈东平的向导也是你老丈人！难道他们不会合起伙来欺骗媒体？”

这下子把我激怒了，跳起来反驳她，合起伙来有什么意义？唐方有些语塞，她顿了顿，语气仍然坚定地说：“你们的目的我不清楚，但想在我主管的版面上宣传封建迷信绝对不可能！我这一期杂志早就有了主题，请我大学的哲学老师发表一篇关于《唯物主义的三种基本历史形态》的文章，从理论上批驳近期的唯心主义回潮。”

看来唐方是向我宣战了！她一直把我的再生人研究说成是唯心主义回潮，处心积虑地向梅卿施压。她在任何场合都否定再生人的存在，甚至跟同事们说我是故意利用一个小姑娘来做表演，达到哗众取宠的目的。

她把我对小美的关心理解成别有用心，甚至造牛玉琴的谣。我盯着她姣好的脸，真想一巴掌打过去并把她按在桌子上，用男人特有的方式爆她的后菊，但我只是想想而已。先不说这是个法制社会，一切在法律的框架下解决问题，就是她背后隐藏的势力也让我有所忌惮，只能意淫。

后来事实证明我是明智的，我把资料汇总成一篇科普文章拿给梅卿审，开篇简要概述了唯物主义的三种表现形态：

古代朴素唯物主义——把具体的物质当作世界的本原，如金木水火土；

近代形而上学唯物主义——认为原子是世界的本原；

辩证唯物主义和历史唯物主义——也是马克思主义哲学，将辩证法和唯物主义结合，是科学的世界观和方法论。

这篇文章结构严谨，文笔深入浅出，不妄加评论，让读者自己去解读。梅卿夸我的文字功夫越来越厉害了，不久的将来肯定会成为一个文学大家。我瞅着她漂亮的脸很想说，她要是夸我床上功夫厉害就好了，但这还是意淫。我垂手站在她的办公桌前一脸的虔诚与庄重。

梅卿最后也没拿准是发我的稿件还是唐方导师的哲学文章。她蛾眉轻蹙，看了很让人生怜。她沉吟地说，自己也把握不好，她会把文章拿给父亲看，让他来帮着甄别一下。

这是梅卿第一次提她的父亲，也是第一次与强势的表现相佐。她双手交叉放在脑后，把自己埋在宽大的沙发靠背里，感叹理想很光明，现实很残酷，一群阴险的人经常找她的麻烦。

我那一刻有一些冲动，很想站到后面当那个靠背，替她支撑住柔软的身体。我小心翼翼地问这群人中有没有唐方和她的导师？

她突然警惕地抽回手，坐直身子，冷冷地瞟了我一眼说：“你不要以小人之心度君子之腹。我虽然和唐方在某些观点上不一致，但并不代表她不是一名优秀的哲学博士生，也不代表她的导师不是好导师。”

梅卿的这几句话纯粹是装腔作势。什么优秀博士生、什么好导师，跟眼前的话题风马牛不相及。但是从她的谈话不难看出，梅卿对我还是很有戒心，至少她把我当成了外人。对付这样外强中干或者说言行不一的女人，最好的办法就是一针见血。我阴险地笑起来，用玩世不恭的口吻说道：“你怎么不说她上面、下面都有人呢！”

酒桌上男人开得最多的一句玩笑就是这句话，往好处说是上面有伯乐，往坏处想便带有讽刺意味，讽刺那些靠身体博位的女人。我跟梅卿是上下级关系，理应尊重她，但是那天我竟然昏了头，开起这种下流的玩笑来。

我以为梅卿会发火把我从办公室轰出去，事实上她并没有这样做，而是会心地一笑。唐方上面有人我有证据，她经常接到陌生人的电话，神秘地坐上车找不到人影了，而梅卿一直是独身，她的后台老板只能是父亲。

稿子被搁置起来我反而轻松多了，借故和牛金岭回了趟她的娘家。那时候老丈人的村支书头衔已经名存实亡了，消亡之快令人瞠目结舌，快过蒋家王朝的毁灭。

伟大的牛支书在水磨头村第一个实行了林地承包责任制，但这把荒火烧掉了阻挡前进脚步的荆棘却也引火烧身。过去这山、这水、这土地、这林产都属于集体，你贪我占没觉得什么，但如今归了个人，多拿一根草也要跟你拼命。作风问题上也一样，当初当村支书可以乱搞女人，想骑就骑、想睡就睡，现在不行了，动不动就有人背后盯你的梢、捉你的奸。我不是有意诋毁老丈人，比起传说来，老丈人廉正多了，但他也偷过女人，这是不争的事实。

牛金岭的爹做村支书多年，使一个贫穷的山村发生了翻天覆地的变化，山里人不再穷了，人也不再老实听话了。承包土地的时候大家拉下脸来争得你死我活。老丈人近水楼台先得月，承包了靠近河边的最好地块，种上果树，没几年这些果树都成林了，春天里开满了鲜花，秋天的时候果树飘香。

公社换了书记，是个年轻人，经常坐着吉普车，身披黄大衣，腰挎BP机下基层，只是这书记脾气暴，张口就是“妈拉逼”，骂得人一头火。一老一少工作起来步子就不一致，老丈人情绪受到了影响，有一天大喇叭喊他去公社开会，他竟然躲在园子里睡觉，装作没听见。

公社书记亲自在大喇叭里喊话，说公社已经撤社改乡了，叫水磨头乡，公社书记也改称乡书记。乡书记某日下通知，让老丈人到乡上开会。老丈人一腚坐在村口的大石头上，双手抱头，莫名其妙地感叹了一声：“完了！”

这一声完了是他政治生命的终结还是他对现实的绝望不得而知，不过从那天起老丈人的头发一天比一天花白，背梁也一天天弯下去。

那年夏天我工作不忙，常和牛金岭回家避暑。傍晚全家坐在老丈人的果园里吃饭。园里果青叶绿，树下流淌着清澈的山泉，世外桃源一般。

听说我们一家子来了，牛玉琴带着小美过来看我们。小美已经七八岁了，她凝神的样子很像母亲。小文刚刚学着叫爸，他对放养的母猪更感兴趣，包起小嘴，拖长了音，艰难地说：“猪！”一边步履蹒跚追赶它们，吓得那些猪仔拼命往林中逃窜。

儿子开心，全家人自然高兴，大家都学着儿子的样子，努起嘴，嘴里发出“姥姥”的叫声，儿子却指着猪的方向，嘴里不停地喊起来：“打！打！”

大家齐朝着猪的方向看去，那头老母猪是该打了，它正率领孩子们啃吃蔬菜。儿子手中挥舞着树枝不停地追赶，但那头老母猪带领孩子们机智地跟他周旋。小美站在原地，掩着嘴哧哧地笑，并不过来帮忙。牛金岭忍不住朝着儿子喊：“小文，就不会动动脑子！”

小文怔了一下，转身朝着伙房奔去。姥姥刚刚从地里拔出来一堆小白菜，他手拿白菜叶子一点点去逗引那些猪。老猪经验丰富，自然不上当，但那些小猪初出茅庐，经验欠缺，禁不住他的诱惑纷纷停下脚步来，用鼻子嗅着鲜嫩的白菜叶子发出愉快的叫声。老母猪紧张而不安地皱起眉头，它显然很失望，子女们太贪婪，一点儿小诱惑就投降了，它也不得不过来先啃食那些蔬菜，替儿女们承担一部分风险。

小文嘴里发出了快乐的笑声，那些猪完全忘记了小文的存在，争先恐后地抢吃食物。小文甚至轻易地摸到了小猪滚圆的脑袋，那头小猪显得非常开心，摇头晃脑地朝着他哼哼。

“小文莫不是也是猪托生的，他怎么知道猪爱吃小白菜？”

我的话音未落便重重挨了牛金岭一巴掌，她横眉竖眼地说道：“何书盒，又想在家里散布谣言？”

这是牛金岭的优点或者说缺点之一，不管在什么场合从不给我面子，即使守着大人她也毫不留情。不过这事我理亏，把儿子跟猪联系起来纯粹是一时兴起。但是儿子的举动让我联想到前不久对两位学者的采访，我也很想弄清楚这山里是不是确有再生人现象。

那晚我郁郁寡欢，临睡前牛金岭用嗔怪的口气对我说：“白天如果我不打那一巴掌，你肯定信口开河。守着妹妹，你就没有考虑过她的感受？她压力够大的了，你还往她伤口上撒盐。”

这确实没有想到，我总有口无心。这是文人的毛病，不谙世事。但是我的确想更深刻地了解再生人。老丈人是山里通，他的脑子里有不少这方面的故事，我有必要向他多请教。

不料，第二天老丈人要上县里开四干会，天不亮就骑车走了。牛金岭见我唉声叹气的样子，说这事还要麻烦爹？娘就知道不少。我说上次是老丈人领着周愚公四处转的。牛金岭就笑了，说他们那是哄我，大多时间他俩就坐在果园里，腾出时间都忙着野合了。

女人的心总是细得让人发慌，她居然观察到周愚公和女秘书的那层关系了，但话说回来，孤男寡女干柴烈火，换了谁也不会放过这样的机会。

牛金岭只有三天的假期，我这两个月没有编辑任务，可以在山里多待几天。她第二天就赶回县城，我则留在山里。

吃过早饭我去找牛玉琴，想让她领我在村子里走走。

牛玉琴说：“咱村里就有一户人家，也说自己是上辈子投胎转世的，不过没人信，你若不嫌就随便去打听！”

这是个好消息！踏破铁鞋无觅处，得来全不费功夫。老丈人村子里就有我要寻找的人。丈母娘回忆说，十多年前县里搞“四清”，后山村有一对姐妹，工作组长跑到她家里了解生产队长的情况，姐姐是会计，误以为受了牵连，萌生了弃世的念头，不承想妹妹也要跟她一起死，于是双双喝了农药。据说姐妹俩死后投胎转世，成为本村一个媳妇膝下的双胞胎。

这听起来像一段神话故事，然而丈母娘口口声声证明它真实存在。

当天上午我就急不可待地去找这个女人和她的双胞胎。牛玉琴说她们姐妹在外地上学，她娘早搬到城里去住了，这仿佛迎头泼了一盆子冷水。丈母娘说：“她倒经常回来，如果赶得巧有可能碰见她！”

仿佛应验了老人家的话，我和牛玉琴刚走到村口，就见一个女人挑着对箩筐悠悠而来，站在篱笆后冲着老丈母娘喊：“支书嫂子，我家来客人了，你家的小白菜卖我几斤！”

丈母娘喜欢听人家喊支书嫂子，只要这么喊，蔬菜一律白送。如果老丈人在家，人家喊他牛支书，他还搭上几样其他的菜。丈母娘见来的正是我要找的人，便热情地招呼她：“[illegible]，你自[illegible]来摘吧！”

女人撂下挑子，脚步轻盈地飘进果园来。丈母娘一边帮她摘菜一边循循善诱：“彤彤她娘，你说你一对双胞胎女儿是前生转世，我光知其一不知其二，今天正好跟我说说。我女婿可是省城的大记者，你说得好他把你娘仨都写到书里去！”

女人吓得“哎呀“一声扔了青菜拔腿就跑，可跑了几步就停下了，大概是恋着那些水灵灵的青菜，略为紧张地说：“这有什么可说的，还写进书里，俺可不想让女儿出这个名！”

眼见得她要走，我赶忙上前解释，我也不是就把她写进书里，我只是好奇，省里的专家正在研究这件事，说不定会解开这个谜！

“你真不会把我和女儿写进书里？”女人迟疑地问我。在得到我的保证后，重新回到菜地，蹲下来摘青菜，说当年的时候县里来过一位馆长，问过转世的事。

“有人说这是封建迷信，可我不这么认为。我敢保证，我的俩女儿都是死后再托生的，这件事我都记得清清楚楚，怎么是封建迷信呢！”

丈母娘乘机说：“既然你都不认为是封建迷信，那就给我女婿说说，他有能耐为你和女儿正这个名！”

女人叫孙桂花，十九岁从后山嫁到水磨头村，她分娩的前几天，听说娘家有一对年轻姐妹喝农药死了。此后，她在分娩前的阵痛中隐约看见这对年轻女子进了家门。分娩后果然是一对双胞胎姐妹。

“当时年轻，并没有想这事。后来两姐妹慢慢长大了，常常说起她们当年如何喝农药、如何倒在油菜花地里，又如何被人埋了、埋在哪里等，我这才害怕起来。”

“这会不会是你的一种错觉？你先知道后山村死了人，然后误以为你女儿就是那两个人？”我问她。

孙桂花嘟囔道：“虽说我是后山村的闺女，可是十九岁就嫁到这村了，山高路远，根本不回去，不知道后山村死了对姐妹，再说，那时候我也根本不信迷信。”

我建议跟她的两个女儿谈谈，孙桂花说寒假吧，只有这时候女儿才回家。

那一年夏天我住在牛金岭的家里，听惯了城市的喧嚣，对山里的溪语花香反而不习惯了。牛金岭把这归结于我浮躁，她能睡得很香而我睡不着。

睡不着我就陪老丈人聊天，坐在果园的葡萄架下，冲上一壶茶，喝得脑子清爽得没有一丝杂念，这也许是这一生跟老丈人坐得最近也是待得最长的一次，我很难相信，两个陌生的男人会因为牛金岭而成为朋友。但是人世间有些事就是这么奇特，两个陌生的人因为一个女人而成了无话不谈的人，这个女人便是桥梁和纽带。

牛玉琴的卫生室在父亲果园的后面，透过篱笆墙便能看到她窗户的灯光，我这才意识到，我潜伏在这深山里其实是被一个女人吸引，我离她很近却好像隔着万水千山。

平时我跟老丈人没有多少话说，问得最多的就是再生人话题。我不仅问老丈人，也曾向很多人打听，相信人死后还会托生吗？相信这个世界上有再生人吗？令我惊奇的是大多数都选择了是。

我住在山里的那段日子老丈人完全脱去了伪装，他不再是那个不可一世、独断专行的村支书，而变成了一个优柔寡断的老人。他先前所有的神勇传说完全消失了，他就是一个慈祥的老人。他从小就生活在这座大山里，他完全相信我的话，相信在这个世界上还生活着我们尚不了解的人。

我在山里一住就是一个月。假期到了的时候我打电话向梅卿请假，说要在山里多待几天。我明显听出梅卿的不满，她答应最多给我一周的时间。告诉我本期杂志临时调整了，上级对杂志进行抽检和考评，唐方做的期刊不适合形势。

“还是由你组稿。为保险起见，我要审稿。你最好提前交给我！”

我重新焕发精神。在山里这些天我已经把周愚公和陈东平二人的稿子做了调整，充实了新的内容，稍作润色就可以交稿。梅卿说本着严谨的科学态度，不管是谁的稿子都要开编前会决定，要经得起推敲，最好是请周、陈二人到杂志社开个会，她请分管领导出席。

“有这个必要吗？”我惊魂未定地问。

梅卿严肃地表示不但有这个必要还要做得好上加好。她从有关方面得到消息，各方力量都在盯着杂志社。有主张招兵买马、扩大发行的，也有主张裁减人员、关掉算了的。她最后警告我，能不能成就第一种情况完全取决于我。

我这才意识到问题的严重性，决定立刻返城。牛金岭正为儿子上幼儿园的事急得团团转，她说三到六岁的孩子正是成长和发育最关键的时期，县城的条件有限，最好能在省城找个幼儿园。

对于孩子的教育我一窍不通，小时候没记得父母亲教过我，对我放任自流。我只是天生喜欢读书，每当夜深人静总会借着灯光偷看小人书。书都是用捡破烂卖的钱买来的，满满地装了两大纸箱。我经常在人家的房前屋后捡牙膏皮，有铝皮的和铅皮的两种。铝皮的可以卖到五分钱，而铅皮的只能卖两分。有时候我故意把家里的牙膏挤了卖牙膏皮，遭到母亲暴打。这一勤俭的作风一直保持到小文长大成人。小文秉承我的传统，上大学的时候经常在校园里捡废品，为此大学还展开过大辩论，支持方和反对方各占一半。

小美已经长成大姑娘了，牛玉琴把她打扮得像一只蝴蝶，每天在身边飞来飞去。

我本想滞留山中观察小美，省城的人都寄希望于我为他们的科学研究提供有力佐证，但我食言了。这个课题十分敏感，它介于科学和迷信之间，说服人们不是一件容易的事,要拿出相当的证据。周愚公说中国的情况特殊，只要他们点头承认了，经费不是问题。

我已经把情况口头向梅卿汇报了，周愚公说这个女人能力不一般，她有个好父亲，这足以保证我能够成功。他口称梅卿为女人，这让人听着有些别扭，但是，梅卿言语行动的确不像个初出茅庐的少女，非常成熟。她父亲在省委大院我也是知道的，只是从来没去打听过具体做什么、有多大的影响力。正如牛金岭一语道破的那样，我只是一个靠小聪明混饭吃的人，今后的路还长，要夹起尾巴来做人；如果我不靠梅卿那将一事无成，至于她的身后是谁我想都没想过。

但不管怎么说我的生活变得有价值且充满乐趣。山村宁静而美丽，我每天早起，在太阳升起之前爬到东山梁，那里的山脊相对平缓。山顶全是平整的石灰岩石，有篮球场那么大，岩石上留有古人的城堡，错落有致；墙体用斑驳的石块垒成，历经岁月的侵袭而屹立不倒。地面上是石錾凿成的圆形石槽，大概是用来囤粮的。在这样的古文化氛围中，再生人的出现一点也不奇怪。

我不得不累述那一年夏天我住在深山里的感受，离牛玉琴如此近又如此远；我站在山梁上都能嗅到她的气息，但有一种力量顽强地阻止着我靠近她。身为姐夫，我不能有任何非分之想，我唯有把心用在古文化研究上。我已经站在了古文明的边缘，没有人如此近距离地靠近历史、靠近这片产生远古文明的土地；我站在水磨头村，犹如站在古文化的脊梁上，定会收获巨大的成功。

牛玉琴的卫生室经营得有模有样，它就建在村头，边上是那眼山泉。山泉出自一块十几平方米的石头下，直径有一米，一年四季喷涌不止。

山里像这样的泉眼不少，但一年四季不枯的只有这一眼，村民们给它取名“命泉”，意为“生命之水”。夏天雨水充沛泉水就大，离村一里地就能听到泉水喷涌的声音。走近看，泉水突起一米多高，仿佛碧绿的水面开出一朵白莲花。天蒙蒙亮乡亲们便来泉边汲水或者三五成群到下游洗涮，人们有说有笑好不热闹。山里的太阳总是带着湿润润的雾气出来，仿佛刚洗过澡的少女，许多农人牵着牲口到山地里干活儿，途经命泉，绳子那头的老牛会故意磨磨蹭蹭，挣脱缰绳跑到溪边喝水。年轻人则成群结队把自行车停在泉边，蹲下来洗把脸，然后神清气爽地上路，叮当成片的车铃声成为山区最美好的音符。我似乎第一次认识到生活在山里的美好，这山、这水、这人都是这美好家园的一部分。比起城市生活、比起父母亲栖身的狭小空间，这里简直就是天堂。

从住处徒步走下山不过一刻钟，在山里住的每一天我都是先到泉边洗涮，然后起身去牛玉琴的卫生室。这个时候牛玉琴已经早早开始一天的忙碌了。消毒容器是部队野营拉练时赠送的，她把它蹾到炉灶上去，煮上器械，然后再用来苏水消毒地面，浓浓的来苏水味道一直飘到大街上，不管你认不认得路，只要循着味道就能找到这里。

牛玉琴的隔离服永远是洁白的，即使再旧也浆洗得干干净净。她工作起来一丝不苟，方圆几十里没有卫生室，不管是本村还是邻村的病人她都一视同仁。有时候病人不便来就诊，她便出诊上门，她总是晴天一顶斗笠、雨天一件蓑衣，风雨无阻。

我每天到牛玉琴的卫生室却没有明确的目的，偶尔帮她看看门或者做一些杂事，后来我找到一项适合的工作，帮她碾制草药，那些新鲜的草药全是她上山采的。我曾羡慕地问她，怎么认识那么多中草药，她淡然地说，在山里待久了就会认识很多。公社有的时候经常组织赤脚医生培训，那本《赤脚医生手册》上面有各类中草药的彩色照片。

那个时候，村一级卫生室已经全部改名字了，改成了诊所，这大概与包给了个人有关。只有水磨头村还是叫卫生室，这大概表示它还是姓公而不是姓私。赤脚医生的称呼也过去多少年了，只有她的那本《赤脚医生手册》还在，封面都有些旧了。这本书竟然和庄宝盒的那本书一模一样，老天爷真会开玩笑，巧合到连道具都是一样的。

我随意地翻着问："这本手册是你的吗，哪一年出版的？"

牛玉琴对我对一本平常的手册感兴趣感到好奇，回答是在公社首期赤脚医生培训时发的。看来她并没有猜到我用心不良。我最初怀疑这本书是庄宝盒的。如果真是那本，那就意味着她知道其中的秘密。

我趁她不注意，把书翻到插图那一页，看到插图还在，便意识到冤枉她了。庄宝盒并没有什么都告诉牛玉琴，或者说这根本就是两本毫不相干的书。后来事实更加证明了这一点，我清晰地记得老庄那本手册是一九六六年版的，扉页上印着毛主席的手书语录：

"动员起来，讲究卫生，减少疾病，提高健康水平。"

而这本是一九八〇年版的，扉页上什么也没有。

小美到了上学的年龄。庄宝盒一直想把她的户口迁到县城，但这看似简单的事说起来容易做起来却难。他这才意识到一个人的身份地位出生前就定好了；你是农民就祖祖辈辈当农民，你是工人生下来就会有城市户口，至于想当国家干部，除了身份和户口还要有职业和学历，最好有红色的血统，否则你升迁的机会都渺茫。

牛玉琴并不怎么看重城里人户口，她一直生活在乡下，觉得待在山里就挺好。但是对于孩子来说这未免太残酷了。山里的条件差，老师还是代课的，这会误人子弟。她多少还是有些埋怨，但是从感情上讲，小美从小就没有离开过她，如果真送她到城里上学还舍不得。

"就先让小美上村里的小学吧！等有了机会再去城里。"牛玉琴对庄宝盒说。庄宝盒虽说不情愿，但也不得不接受这个现实。小学在村河边，靠近大道。那天村里开什么祝捷大会，学校组织学生滥竽充数，小美突然感到头痛，被老师背回了家。

牛玉琴摸了摸她的头，又量了体温，有些低烧，让她服了半片小儿阿司匹林躺下。小美突然拉住她的手乞求："娘，你陪我坐一会儿！我头特别痛，心里也特别难受。"于是，牛玉琴叮嘱我替她照看好输液的病人便返回房间。只见小美脸色通红，呼吸有些急促，对她说："娘，你听了别害怕，今天上学，我好像见到了一个人，站在村口的山坡上。"

牛玉琴身上惊出一身鸡皮疙瘩，心里狐疑，摸着她的头说："小美，你感冒发低烧，是不是出现幻觉了？"

小美轻轻地摇摇头，肯定地说："没有，我真看到那个人了！好长时间了，这个人总在我的梦里，从我记事的时候他就在了。"

牛玉琴虽然马上就想到了小美的特异性，但当听她说出这番话时还是吓得不轻。她知道一定与死去的公爹有关。她仔细打量女儿，她眼神怪怪的，表情也有些僵硬，好像灵魂附体了。她感到害怕毋宁说心疼更确切，握着她的小手安慰说："小美，我的乖女儿，你一定是感冒发高烧了所以才会出现幻觉。我给你打上一支退烧针就好了！我告诉你，即使你真梦到了什么人，那这个人也只是你的影子。你把平时看到、想到的都转换成一个人了，他就是你的思想。"

她不知自己胡言乱语了些什么，什么影子转换成人，人转换成思想，纯粹都是抽象的，她相信小美理解不了。果然，小美问她："娘，什么是思想？"牛玉琴有些语塞，她也说不好什么是思想，但是母亲就是孩子的启蒙老师和活字典，她想了半天才道："思想就是……你脑子想出来的话！"

小美没有表现出听懂与否，枕着她的腿，把脸贴在她的身上。牛玉琴把手伸进她的后背，感到热得烫手。过了一会儿，小美才仰起小脸说："娘，我脑子里那个人就是想出来的，原来的时候我还看不清楚，但后来越来越清楚了，他高高的个子，样子挺凶。他总是用怪异的眼神看我。他叫我小美，说是我的爷爷！"

"你爷爷？"牛玉琴浑身的汗毛都直立起来了，尽管她有种种准备，但是当小美说到公爹的时候她还是毛骨悚然。牛玉琴没见过公爹，她只是见过照片，小美也一样。年轻的老庄穿着绿色的军装，十分威武。

小美点点头，非常肯定地说："就是我爷爷！他说他姓庄，有三个孩子，大儿子叫宝盒子，我爸就叫这个名字，他不是我的爷爷是谁！"

这是小美第一次主动谈起老庄。牛玉琴内心一直在挣扎，企图把女儿和再生人分离开来，但现实却把她的这一天真想法击破，小美终于说出她脑子里早就有爷爷的影子了。但牛玉琴相信，女儿脑子里只是有爷爷的影子而不是能支配她的行动，因此也就没必要过度紧张。这些年来她一直密切地观察，女儿从身体发育到精神发育她都认真观察；小美同同龄的其他孩子无异，她只是天生有第三种感觉。

那天牛玉琴听到小美说起老庄，并不想告诉我，不管出于什么目的，她至少认为是在保护小美。但是，因为我就在隔壁，所以她才显得特别镇定。她起身把门窗关好，然后坐回到床边，尽力让自己平静下来，用手拂拭着小美的头，轻声地问是她感觉到了爷爷的存在还是就是爷爷站在她的视野内。

小美说她也说不清楚。小时候她就感觉早就知道这个世界，每次走过一个地方总觉得十分熟悉，连街道、房屋甚至行人都觉得熟悉，似乎在哪儿见过。后来她脑子里就出现了那个人，他告诉她这是哪儿，房里住的是谁，叫什么名字……

当小美清晰地表达出这些内容的时候，牛玉琴知道已经不能再用发烧说胡话来解释了，她用苍白的语气安慰道："人都是这样的，娘也会经常有这样的感觉，走到一个陌生的地方、见到某一个人，都觉得十分熟悉。当年我第一眼见到你爸时，就觉得在哪儿见过他，所以才嫁给了他。还有你，我刚怀孕的时候做了一个梦，一个小姑娘进入到我梦里说，'娘，我要做你的女儿！'现在回想起来，那就是你！"

小美嘴角露出一丝微笑，噘起小嘴说："娘，我才不信你的话呢！你和我爸是小学同学，他为了你当知青下到咱们村，你俩才结的婚。"

牛玉琴的谎言轻易就被女儿揭穿了，她脸一红，嗔笑着说："谁说的，我和你爸是前世有缘，要不怎么走在了一起？"

小美呼吸已经平稳多了，说："难道你和伯伯就没有缘？你们也是同学。我大姨就说过，在学校的时候伯伯喜欢你，你却嫁给了我爸！"

"胡说！"牛玉琴有点难堪，她万万没想到小美洞察一切。关于我跟庄宝盒的事她从来都是瞒着小美的，但是小美却一丝不漏地抖搂出来了，如果仅凭耳闻目睹是绝对解释不过去的，一般的孩子不会观察得这么仔细并且揭得这么深刻，只能再回到再生人身上，从小美脑海中的影子找答案。她安慰道："小美，现在你生病了，什么也不要想，慢慢地就会过去了，你会忘掉这一切！"

小美困惑地依偎着母亲，眼神里分明流露出一丝无奈，低下头说："可是我忘不掉，我记忆越来越清楚了，我就是爷爷！”

牛玉琴知道自己无法制止小美朝这方面想了，便站起来向外走，她想让我帮她拿主意。小美自称她就是老庄，这让牛玉琴毫无反驳的力量。其实潜意识里她早就认同小美的说法了，只是从来没有这么直接的面对，她为此担惊受怕。这种担惊受怕由来已久，女儿尚在襁褓中的时候她就时常隐约感觉到恐惧，总觉得背后有双眼睛，现在想来那就是老庄。

牛玉琴感到了重重困惑，涉及隐私又不好讲。女儿一直和自己生活在一起，形影不离。庄宝盒每次回家，从来都不避讳女儿睡在身边，这是否意味着小美把一切都看在了眼里？她有时候自我安慰，小美是睡着的，但她脑子中的那个影子是不是也睡着了？如果那个影子没有睡着，躲在屋子某个角落看俩人赤身裸体，这对于她来说是多么难堪的事！

每每想到这里，牛玉琴就不敢正视小美那双清纯的眼睛，每每想到冥冥之中有双眼睛望着自己，她连死的心都有了，她无时不被这隐隐的伤痛折磨而日渐消瘦，连支撑生活的勇气都渐渐消失了。

牛玉琴最终还是把内心的痛苦和担忧向我坦言了。我无言以对，只能徒劳地看着她双手捂住脸，绝望而痛苦地抽泣。

有关公爹的身世牛玉琴并不知晓多少，小美居然一字不差地说了出来。

“娘，我不是有意的，是我真记得我的前世。”小美说她的前世叫庄成器，从小就没了娘。爹把他卖去当童工，后来解放军路过家乡，把他解放了出来。他十五岁就跟着部队进了西藏，因为他曾在修理店当过学徒，部队首长让他当了名汽车兵。

牛玉琴对此半信半疑，但是小美把老庄的入伍时间、部队番号都一字不差地说了出来。我让牛玉琴把所有的信息都记在纸上，拿去找我爸对质，爸说：“没错！老庄的档案我看过，就是这么写的。”

庄宝盒其实比牛玉琴更胆小。他既喜欢又害怕这个女儿，见到她总是躲得远远的。他在小美面前总是个矛盾体，一方面视自己为父亲一方面又对她敬若神明，不知道该把自己摆在什么位置。

小美稍大的时候他借口工作忙、交通不方便基本不回家了，住在单身宿舍里。有一年医院放了五天假，同事都回家了，就他不走。好久都没有夫妻生活了，他打电话让牛玉琴到县城住几天。听他恳切的语气牛玉琴同意了。女儿正好放假，缠着要找爸爸，这样全家人可以好好玩几天。

小美说："我要爸爸领我去看大海，这是老师布置的假期作业！"

牛玉琴就在电话里跟庄宝盒商量，全家一起去海边玩几天。庄宝盒一听就变了卦，说时间不够。

"要来你就自己来，把小美放在姥姥那里！"

不带孩子算什么，她赌气没有去县城。

牛金岭为妹妹鸣不平，上门找庄宝盒，但是没见着人。值班的人说，放假的第二天他就背着旅行包走了。

牛金岭要找庄宝盒当面对质，我把这件事压了下来。捉贼捉赃、捉奸捉双，不能干捕风捉影的事。牛金岭咽不下这口气，我安慰她这事总会水落石出，牛玉琴的压力已经够大了，不能再在她伤口上撒盐。眼下最要紧的是照看好小美。小美缺少关爱，所以她才想出这些话来哄骗母亲。

牛金岭瞪着牛眼道："这怎么可能呢！妹妹把什么都跟我说了。小美的话句句为实！"

我说："这归于孩子的记忆。不要小看婴儿，从母亲的腹内出来就是一张复印纸、一架照相机，外界任何事物都会在她的脑海里留下印迹。小美记忆力格外好，能够记下所有大人说的话。"

"那你说，她领你们找到老庄的墓地又是怎么一回事？"牛金岭大声质问我。

我卡了壳。那次的确是小美把我们引到了老庄的坟地，在以后的日子里我差不多已经认可了小美的再生人说法。我想是老庄孤独太久了，太想家人了，想让儿媳和孙女了解他、看清他、了解他的处境，所以才托梦小美冥冥之中指引方向。如果不是小美有通灵的地方，老庄又如何实现他的目的呢？

"你也无法回答了吧？还妄自吹嘘什么研究，纯粹是沽名钓誉！"牛金岭说。

我当笑话告诉了周愚公，周愚公调侃地说，女人情绪反常说明遇上了生理期。但我不这么认为，牛金岭结婚这几年里脾气一天天见长，动不动就对我发火，一定有她的内在原因。范小雨当时在场，她的解释却出人意料，她说女人发脾气说明她爱着你，一旦她觉得不爱你了，她会表现得无所谓。

"这倒是个新观点！"我颇有感触地说。

上次我回山里拍了部分照片，没想到曝光了，我需要再回趟水磨头村补拍一些。梅卿认为图文并茂更有说服力。

一路上我都在想小美会以怎样的举止和言行对母亲说这些话，她要转换多少角色？她才刚满七岁，不可能像演员似的一会儿扮演老庄、一会儿扮演自己、一会儿是当事人、一会儿是判官。牛玉琴对她姐描述，小美说话的时候俨然是一个大人，她注意到，在做出某件事或者说某句话的时候，小美往往都是潜意识的，就像村里的神婆子一样。

“这种把前世记忆融入现实生活的行为一般人是无法把握的，也说不清楚。这是科学的无奈之处，我们对这个世界知之甚少。”我叹息。

那次回去，我先到县城报了个到。去牛金岭那里，是担心绕过媳妇接触牛玉琴会引起她的误会，后来，事实证明这种担心是对的，牛金岭的确对我和她妹妹交往不放心。

我让老赵开车，自己坐在后排座位上昏昏欲睡，车进县城他不认得路了，问我怎么走。我指给他，走到底就是县医院的后门，老赵的车子兴奋得直朝前蹿。

毛山县城已经不止是一条大街九盏灯了，新修的马路不断地向着郊区延伸，两旁盖起了不少豪华建筑，像东湖这样的中外合资星级酒店也出现了。路过的时候正赶上红灯，一男一女行走在斑马线上。女人在前、男人在后，男人一边走一边慢吞吞吸烟。老赵就忍不住按喇叭，那男人见司机催，瞪了车一眼，干脆停下不走了。

路怒症！不是老赵而是那个过路人。老赵一贯息事宁人，干脆踩着离合等他，想不到这个路怒的男人丝毫不领情，向着车子走过来，看样子是想教训一下老赵。我不得不从后座上坐直了身子，想跟他理论一下，当我要摇下车窗的时候突然认出来，原来是庄宝盒。

庄宝盒高度近视又正好是逆着阳光，显然没有认出我是谁。他显然是和那个女人一起的，我庆幸没有下车，不然那可太尴尬了。我赶紧拍拍老赵的肩，老赵心领神会，方向一打，油门一加，车子就绕了过去。

车后传来庄宝盒低声的咒骂，我不知道他是心情特好还是心情烦躁。等车子过了路口我让老赵停下车，看到他已经穿过马路，搂着女人的腰朝着东湖酒店走去。

老赵说：“刚才那人是你妹夫！”我瞪眼道：“胡说八道！那人怎么是我妹夫？！我妹夫我能认不出来？”

老赵莫名其妙地望着我。他阅人无数根本不会看错人。我只好再重复一遍，他的确看错了人，这事对谁也不能提。

我和老赵静静地坐着，等着两人走远。那女人长得还算好看，只是徐娘半老、腰粗臀大。她穿着一步裙，每次扭动，屁股上便有两团肥肉左右不停地晃着。

有证据证明庄宝盒有了外遇！这种事当然不能告诉牛玉琴，连牛金岭也不能知道。尽管我有点幸灾乐祸，但最终还是五味杂陈。当年庄宝盒的婚姻看似光鲜，他也曾山盟海誓，但最终没有逃脱世俗的陷阱，仅仅七年他就背叛了牛玉琴。其实何止是庄宝盒，在我内心深处也曾一度对牛金岭产生了动摇，虽说我还没有肉体上的出轨，但至少对自己的婚姻不满，希望得到改变。我思想也存有不健康的苗头。

牛金岭早先跟我说过庄宝盒的绯闻，但她也不清楚那个女人是谁。

我一直替庄宝盒打掩护，让她不要捕风捉影。牛金岭曾问我，男人的名声重要还是她妹妹的幸福重要？我毫不犹豫地告诉她：两者都重要！

现在看来已经既成事实了。

“他在外面拈花惹草，却让我妹妹在家带孩子、守贞操，这世界上哪有这样的道理！”她没好气地说。我言不由衷地说：“牛玉琴也可以红杏出墙啊！只要她认为合适。”牛金岭“呸”了我一口，疾恶如仇地说：“你不要幸灾乐祸。其实你那点儿花花肠子我早就看出来了，我只是笑你有心没胆儿，警告你，还是老实跟我过日子为好！”

我不清楚牛金岭看出了我多少花花肠子，对付女人沉默是金。你越在女人面前装得像个不谙世事的孩子，越能激发女人的大度与母爱，这是无可辩驳的事实。而牛玉琴缺乏对付男人的手段，她寄希望于婚姻下的男人自省，这对于有良心的男人来说尚可，但对庄宝盒却不好使。他上半身永远管不住下半身，出轨是正常的，不出轨反而不正常。

庄宝盒早就向我抱怨医院现在的日子不好过，大家都在鼓动着像土地承包那样实行医疗承包。

“这可能很难，因为这关乎着医疗卫生的体制，还关乎救死扶伤的责任。”我对他的看法提出疑问。

“我们的工厂不也是国家的？可职工都下岗了，资产都被转卖了。现在到处都在搞清理。要么你去考文凭，要么你去补资质。我的工农兵学员身份也要重新审核。”庄宝盒抱怨说。

牛金岭也抱怨评职称过程中遇到了困难。她是县卫校毕业，中专学历，虽说工作年限很长了，只能晋升助理医士，任何一个新毕业的大学生工作一年都可以评到中级职称。她现在负责带这群学生职称却比他们低。

庄宝盒的不满还在于他认为自己是个人才，他发明了无痛痔疮治疗法，方法简单，疗效显著。他要承包肛肠科，但院长说这是新生事物，关键得先过资质关，因此不说行也不说不行。

“我倒认识卫生局长的老婆，可是好一阵子见不到她了。听说她包村不在局里。”牛金岭说。

科室承包跟卫生局长有什么关系？我不解。牛金岭白我一眼，问我傻还是不在这个地球上过，如今干什么事能离开了领导签字？县卫生局长兼着改革领导小组组长，一支笔！他说让谁干就一句话，院长也阻止不了。

“我最近听说姚秋波患了痔疮。该当庄宝盒走狗屎运！”牛金岭哧哧地笑着说。

这局长老婆患痔疮跟狗屎运有什么因果关系？我实在想不通。牛金岭瞧我莫名其妙的样子，笑而不答。

我忽然想起在东湖酒店见到过的那个女人，忙问牛金岭局长老婆长什么样，牛金岭告诉我，这个女人四十岁左右，人保养得很好，没有什么特别显眼的地方，只是屁股有点大，大得跟身体比例不协调。

“依她的生活和工作条件怎么会长痔疮呢？”牛金岭用质疑的口气说。

我笑了，没听说过长痔疮跟生活和工作条件有关。牛金岭说：“当然有！难道你不知道痔疮的成病原因？”我当然知道，进修的时候老师教过，痔的生成主要有两种学说，静脉曲张学说和广为接受的理论——肛垫下移学说。便秘、长期饮酒、进食大量刺激性食物、久坐久立都是诱因。

“你想啊，整天坐办公室，喝大茶看报纸，还经常借故不上班，她怎么能患痔疮？那都是劳动人民才得的病！”

她这个观点很新颖，只有劳动人民才得痔疮而养尊处优的人不长。但据我所知，姚秋波也不是一开始就是局长夫人，她曾是国棉厂的职工。老公也不是一开始就是卫生局局长，最初是在基层乡镇跑龙套的，两人聚少离多，差点离了婚。几经周折，男人才爬上局长这个位子，而姚秋波自然而然地成了办公室文员。

“我倒是听说，痔疮与性生活有关，男人经常忍而不射，女人经常忍而不发才是导致疮的原因。”我开玩笑地说。

“狗屁逻辑！女人忍什么忍？”牛金岭气恼地骂了我一句。她总是认真，从而落入我的圈套。

我没有跟牛金岭再深入讨论下去，再讨论也没有什么结果，局长夫人患痔疮实在与我们的生活无关，但是，它却与庄宝盒的工作有关，这涉及他能不能获得批准。因为他将要承包肛肠科，他有责任医好姚秋波的屁股。谁也猜不透局长高兴还是不高兴，庄宝盒看他老婆的屁眼，如果他不以为然事情就好解决了，而如果吃起醋来，庄宝盒医术高明得通天也是“瞎子点灯——白费蜡！”

纯粹从男人角度看那个女人的臀部一流，给这样的女人看病，庄宝盒需要顶住多大的诱惑？从我撞见俩人出现在酒店附近来看，他显然没能顶住。不过这已经不重要了，到那年秋天我再一次回毛山县城的时候，庄宝盒承包肛肠科的批文已经挂在墙上了，他把小广告贴得满厕所都是。

我几次打电话，但庄宝盒总是推说很忙匆匆挂断了。我相信他说得是事实，但是牛玉琴对此抱有成见，她说只说对了一半，庄宝盒的工作量的确增加了，但是他更多的是敷衍，尤其是对牛家的人。

牛金岭向我透露，每次回山里，牛玉琴总是向她诉苦，说她一个人带着小美很委屈，还说庄宝盒从来不把工资交给她。他俩结婚这么些年还分居两地，最初还好，如今距离越来越远了，庄宝盒两三个月不回家是家常便饭，即使牛玉琴到县城俩人也没有了夫妻生活。

“他从小跟你在一起，他的脾气性格你应该清楚，才三十岁就不过夫妻生活，你觉得正常吗？另外，县城都在传他跟那个姚秋波有一腿，说什么你也得过问一下！”牛金岭说。

在夫妻感情问题上我帮不上忙，这涉及一些敏感的内容，另外，让我干涉他和姚秋波的私生活那更是异想天开。我不认识姚秋波。牛金岭也不具备这个条件，让下属监督顶头上司的老婆，这不仅关系到老牛家的名声还关系到自己的饭碗。

我奉劝牛金岭睁一只眼闭一只眼，把这件事控制在最小的范围。既然事情已经出了，牛玉琴只能打落了牙齿往肚子里咽，寄希望于庄宝盒不再做出太过分的举动。说不定为了那份承包合同他才迫不得已牺牲色相，只要对牛玉琴好、对小美好就行了。

牛金岭狰狞地号叫了一声，我看见她眼中竟含着泪水，为了妹妹的幸福还是为了牛家的声誉不得而知，但我清醒地意识到庄宝盒从此在牛家姐妹的心中已死。其实何止是庄宝盒，牛家又能指望上我多少？我远在省城，在人生的大道上与牛家背道而驰，越跑越远，牛金岭已经完全牵不住我的缰绳了。虽然我俩尚和谐地生存，但是谁能预料今后生活的道路上会有多少泥泞？夫妻间又有多少决心和毅力共同地走下去？

我带着从未有过的沉重再一次返回母猪岭。那次是我自己开车。

在这期间那篇关于再生人研究的成果已经在杂志上刊发。评审已经过关了，加不加组图就不那么迫切了。不过梅卿还是选了一张放在杂志的封面上，图片是我拍的，牛玉琴的工作照。

杂志封面用牛玉琴的工作照是我没想到的。画面上她戴着口罩，身穿白大褂，正聚精会神地排除针管里的空气；小美作为背景坐在她身后，身穿红色的娃娃服，扎着朝天牛角小辫，仰起小脸可爱地笑着。那天是逆光拍摄，高像素极其清晰地捕捉到空气中飞舞着的细微颗粒，于阳光下闪烁着五颜六色的光芒。胶片是使用进口的，色彩逼真，连唐方也不由得惊呼："这简直太美了！"

我含糊其辞地说是偶然拍到的，她的眼里充满了狐疑。因为她知道一些我小姨子的事。梅卿更关心文章所引起的反应，我早在扉页的导语中做了定义，前世记忆不是灵魂附体也不是迷信，是发生在特定人群的特殊文化现象。它的出现是必然的，是关于灵魂不死的延伸，是科学工作者通过科学分析作出的正确结论。这幅照片在水磨头村引起了轰动，连庄宝盒和牛金岭都打电话来，埋怨我打了埋伏。牛金岭意犹未尽地说："下一期再给咱儿子拍一张吧！你光给小美照了小文肯定不干。"还是老丈人清醒，叮嘱牛金岭不要给我出难题，这杂志社也不是牛家开的。

老丈人的理解对于我来说很重要，早在结婚那年，他就给我们盖了房。丈母娘说有权不使过期作废，老丈人瞪她一眼道："我咋是有权不使过期作废？我这是带头移风易俗！村规早就定了，凡是女婿到村里落户的，一律批宅基地分田到户。"

我没有到村里落户、分田分地的打算，但老丈人却早替我和牛金岭打好了谱。他说外面的世界再好也总有待厌倦的一天，人也总有老的一天，那时候我们就回到山里来，日子虽然清贫但淡泊宁静。

从这一点上说，我感谢老丈人，感谢他们一家。

我回水磨头村，在属于我的家里过夜。

屋子里散发着石灰膏的刺鼻气味，地面也非常潮湿，被子湿漉漉的。后半夜的时候我起来如厕，刚离开床，就有人朝窗户里扔了块石头，我大喝一声，墙外传来奔跑声，大概是逃走了。

第二天老丈人打电话从乡上调来了公安，他对公安的人说，这些年干支书得罪了人。

“女婿是省里的干部，伤根汗毛也赔不起！”

李公安跟老丈人一个年代参加革命，非常同意这种说法，他拧紧眉头，吩咐年轻的公安说要当成阶级斗争的新动向，限期破案，挖出这个隐藏在深山里的破坏分子。

后来挖没挖出破坏分子我不得而知，但在当时的环境条件下，大多数人已不轻信有阶级斗争了，只有像我老丈人和李公安这样上年纪的人还紧绷着这根弦。记得我上小学的时候，老师经常讲，兵工厂周围有美蒋特务破坏，要提高警惕。有一天傍晚上晚自习，路过黑风沟，抬头看到山崖上有一个人，喊他不应并且迅速消失，就飞跑着到厂保卫处报告。厂里派出一个排的民兵进山，搜了半夜连个人影也没找到。后来还是牛玉琴给我解惑，她说那是村里的采药人。

当然也不全是草木皆兵，也的确有敌特破坏活动。每年厂里开展战备生产拉练，周边的山头就会升起两颗红色的信号弹，民兵小分队会倾巢出动进山搜索，不过一切都是徒劳，他们赶到时早已人去山空，地上只有火药留下的残迹。有经验的人说，特务们埋的是定时信号弹。

有关敌特捣乱的说法已经渐行渐远，大家都把心思用到发家致富上来了。水磨头村民风淳朴，但村支书的日子并不好过，他遇到了上任以来村里最大反对势力的挑战。

有人到县里上访，说牛支书搞独立王国，把持着村政大权，连乡村医生都让他女儿干。县里分管领导是这伙人的亲戚，给出了个模棱两可的答复：国家没有明令禁止谁家办医疗。国家没有明令禁止也就可以理解为谁家都可以办。于是这伙人就放出风来，也要开和牛玉琴同样的诊所。

这给牛玉琴带来了很大的压力，这些人经常到她的卫生室里去闹，看病后不给钱，甚至抱怨吃了她的药不管用。

这不应该怪牛玉琴不会经营。由于农村普遍推行了家庭联产承包责任制，城乡医疗实行了产业化，原来建立起的农村合作医疗制度随之解体，赤脚医生改成私人诊所，个体行医，其余或归田务农，或加入进城农民工的洪流之中，各种为农民服务的组织形式也销声匿迹了。牛玉琴的村卫生室是少数平安转型的诊所之一。然而时过境迁，有谁还会记得它曾有的辉煌？

我的照片刊出后吸引了众人的眼球，一位退居二线的领导看后夜不能寐，兴奋地对秘书说，仅凭这张图片就足以回想起当年他带着中央的精神深入南部山区，帮助群众建起合作医疗社的事；牛玉琴是千千万万战斗在农村第一线的优秀代表，她扎根山区，为贫穷的人们治病行医，足以说明农村多么需要这样的白衣天使。他表示会在适当的时候带领退下来的老同志重走故乡路。

这位老领导就是梅卿的父亲。事情传到毛山县城，县委书记当即下达死命令，县里正在申报国家级贫困县，这些老领导个个神通广大，得罪谁也不能得罪他们，任何人不得擅自撤并乡村卫生室。牛玉琴的卫生室总算有惊无险。

水磨头村又出事了。村子里新当选的村主任就是那天到丈母娘地里拔菜的女人的丈夫，叫梁明天。梁家两个女儿高中没毕业便辍学到县里打工，一个恋上了副县长的儿子，一个恋上了乡书记的儿子。于是梁主任有了资本，公开叫板牛支书，村子的事要由议事小组说了算，议事小组选谁不选谁要村主任批准。

牛支书从小就给地主放牛，冬天的时候光脚穿草鞋满山跑，冷得实在受不了了就把脚放到热牛粪里取暖。放久了就对牛有特殊的感情，梁明天早年搞投机倒把，贩过牛，把村子里能干活儿的牛都贩到了山外，老丈人警告了几次不管用，于是让公社打击投机倒把办公室处理他，还拴他游过街，从此两人结下了仇。

梁明天对没有开成诊所耿耿于怀，便盯上后山的石头资源。当年勘探队来曾探过地质，浅石层底下埋着桃花红的大理石，这可是笔不小的财富。梁明天让女儿悄悄找准姑爷办了个开采证，每天天不亮就打眼放炮，轰隆隆地开山炸石。老丈人听到消息上去阻拦时，人家早把第一批石料运下了山。

老丈人年龄大了斗志却小了，采取退一步海阔天空的方式，默认村主任开山炸石。梁明天得寸进尺，拓宽了通向山外的道路，又把大批客户引到了母猪岭。财源滚滚来，不到一年，他就在村子最好的位置盖起了三层小楼，并且买了轿车。

他仿佛有意跟牛玉琴作对，凡村子人看病他都是免费出车，小到感冒发烧、头疼咳嗽，大到阑尾炎、疝气，他不但亲自开车送乡里，还买礼品看望，没几个月就把牛玉琴的卫生室挤兑得车少人稀。

我走进牛玉琴的卫生室时里面空无一人，只有她坐在椅子上发呆。我建议她把门关了，随庄宝盒到县城里去住。庄宝盒现在承包了中医院肛肠科，一个人忙不过来，完全可以他当医生她做护士，夫唱妇随，大把大把地赚钱。

牛玉琴的笑容有些寂寞："我哪儿也不去！我喜欢这个村子，喜欢这里的乡亲们。他们只是暂时被蝇头小利蒙蔽了，最终还会选择回来，因为我是在用心为他们治病。"

我安慰她也准备把家安到这里，小文的爷爷奶奶都到了退休的年龄，正犹豫着是把家安老家还是省城。我可以动员他们到这深山里来，这里空气又好水也好，还有他们一家人。

牛玉琴微笑了一下，但是看得出来她并不相信我的话。

"你父母怎么会来这里？他们好不容易挤进大城市，那里的养老和医疗条件都比山里好。再说，小文也要上省城的学校。"

我父母经常抱怨越来越不适应城市的生活了。父亲曾跟我说，他们都已到了苟延残喘的年龄，每天晚上都梦见村口的石桥。

"当年你奶奶就把我送到那里。我背着家里唯一的花被子走进工厂。现在该我们回归家园了！"

回归家园的话题并不新鲜，我父亲没有详细说明他要回归哪里。我之所以想让二位老人到水磨头村来生活，也是出于多方面的考虑。牛金岭的家在这里，相比起我的老家，我对这片山水更熟悉。老丈人为我和牛金岭盖了那么大一个院子，完全可以盛得下二老。这里空气好，环境又优美，老两口完全可以颐养天年。

听我说得如此认真，牛玉琴露出了开心的笑容，她对我说："如果真像你说的接二老来山里住，我一百个欢迎！"

我把牛玉琴的工作照登在了杂志上，客观上稳定了她的工作。省电视台要采访他们一家子，我担心这会影响到全家人的生活所以拒绝了。

杂志社要转正和淘汰一批人，凭我的条件转正没问题，但是有人告我的状，说我特立独行，绝对是个麻烦。

"你什么事也不要打听，特别是别招惹唐方。只要她不当面提反对意见，你的事就有七成的把握了！"梅卿私下打电话对我说。

在这个消息发布之前编辑部小道消息满天飞。有人放风省里要收编这支野战部队，挂帅的是省政府杨革文副秘书长。唐方说此人在学校时曾是她的导师，她的哲学论文答辩就是他最后把关通过的，这让人们谈"唐"色变，唯恐这个敏感的时期得罪这个敏感的人。

我更是惊恐不安，这个杨革文不会是野狼沟那个杨文革吧？听唐方说起过他，俩人的工作经历都差不多：参加过三线建设，也干过教育，但我宁愿他俩不是一个人。后来又有消息说，杂志社原班人马不动，只是要转型，把原来的专业性杂志办成综合性的刊物，连领导人选都有了。

我几次向梅卿打听，她总是秘而不宣，让我沉住气等。唐方在这件事上也出乎意料，任人们怎么猜测就是一句话不说，这让大伙儿好一通乱猜。有人猜测是从外部调入或者外人兼任，有人则说肯定内部产生。我则认为唐方几乎是板上钉钉了，她曾经不止一次地向我暗示，她之所以屈尊来到这个破地方，完全是导师一手安排的，导师曾反复强调“政治路线确定之后，干部就是决定的因素”。显而易见，他们对这块理论阵地是多么重视。

唐方和导师关系非同一般很多人都知道，在校时他经常给唐方修改论文到深夜，让人浮想联翩。但这种事如果唐方不说外人是不会知道的，要么是她故意这么说以营造舆论优势，要么就是她得意忘形露出了马脚。但在高校里，这种导师替学生改论文的做法备受争议，也产生过绯闻。梅卿就暗示，唐方和这位副秘书长来往过密。只是这里面的水太深，大家从来看不透。梅卿对待我已经严重超出上级正常关心下级的范畴，她经常提醒我要夹起尾巴来做人。我接受了梅卿的点拨，“两耳不闻窗外事，一心只读圣贤书”。我托词有几个课题需要采访便躲回了山里。临走时我甚至请唐方吃了一顿饭，说盼着我回来的时候她能坐上总编的位子。

“编辑部需要新鲜的力量，你是哲学博士，当这个总编名正言顺！”

这个马屁拍得没水平，唐方黑着脸没理我，但她也不反对我回山里待几天。她以为只要我不在就少一个竞争对手，其实我心里很明白，她的竞争对手不是我而是梅卿。

初秋的山里风景正好，天气也比城市凉爽，白天气温达三四十摄氏度，到了夜晚却冷得盖被子。牛家的房子离灵依河一箭之地，晚上可以清晰地听到河水哗啦啦的声响，白天坐在河边的大石头上，头顶着巨大的树木，沐浴着山谷里吹来的凉风，真是一种享受。

我再一次感觉到大山给予人类的馈赠，这和我在工厂的感觉明显不同，那时候我好像是被社会抛弃的孤儿，而现在我一头连着大山一头连着省城，虽然身处静地，但城市的喧哗好像从未从身边走远。

但我终于可以静下来研究再生人的课题了。我发现这地方再生人不是一个特殊的现象、特殊的群体，而是一种庞大的文化积淀，大家见怪不怪了。小美居然没有被村里人歧视。大家津津乐道，十里八乡谁投胎到了谁家，日子过得怎么样，却从不关心这一切是不是真的。

老庄不属于他们其中的一员。从地理环境上讲，野狼沟和母猪岭相隔数十公里，判若两个世界。如果不是庄宝盒下乡来到水磨头村，如果不是他娶了牛玉琴，两者根本没有交会的可能。但现实不但把两地联系起来，而且把两家人也联系起来了。小美具有了老庄的思维，老庄在牛玉琴的生活中出现了，而我又成了这一特殊现象的见证人和研究者。

庄成器，这个名字大概与老祖宗有关，希望儿子将来成大器，跟某著名乒乓球运动员差一个字，老庄曾夸自己的名字起得好，人家成栋梁之材他成大器。但对他的生平父亲知道得很少，他说老庄这人看上去大大咧咧，但嘴巴严得很，他从没有讲过部队的事。

那天我到县城去看牛金岭，家里申请安装了电话，光初装费就花了两千多。我打电话给庄宝盒，希望跟他吃个饭，他半天才接电话。

“你有话就说，有屁就快放，我这里还有病人等着看屁眼呢！”

我说没别的事，就是好久不见想他了。庄宝盒犹豫了一下还是答应了，说晚上八点以后，那会儿病人都走了。他在门诊部对面的春天酒馆有包间，只要报上他的名字，老板娘就会热情接待，记他的账。

“你不在我吃个什么劲，我主要是跟你叙旧的。”我说。春天酒馆的名字起得很有诗意，据说是受某位大人物南巡的启发。

庄宝盒无可奈何地说：“如果你不嫌我浑身屎味就等，我最晚八点半过去！”

他这是故意恶心我，我偏不上他的当，我回敬他说：“你整天对着屁眼都能吃下饭，我不过面对一个满身屎味的你，怕什么？”

此番话终于跟对了庄宝盒的口味，他发出一阵怪笑，小声对我说：“现在我手术台上就有一个，你有没有兴趣欣赏？”

欣赏不敢，但是我离开医院多年了，怀念那股浓浓的来苏水味儿，怀念医患之间那种既和谐又隔阂的目光。我倒想去庄宝盒的工作地点看看，不为别的只为好奇。

我向牛金岭请假说去庄宝盒那里一趟，牛金岭把菜都切好了，正准备下锅炒，不高兴地说：“外面的饭就那么好吃？”我说庄宝盒早已预订好了，不吃也是白不吃！牛金岭冷笑地说道：“咱可事先说好，你不准喝酒，喝了酒或者回来晚了都得睡外间！”

睡外间意味着没有夜生活了，这是女人经常使用的撒手锏。但是我很想到庄宝盒的单位去看看，尽管她做了预警还是信步出门。

到达医院的时候走廊上已经空无一人，只有门厅里亮着灯，一个护士正在低头清理卫生，我看不清她的脸，绕过她径直走向手术室。

手术室也关了灯，只有洗手间里传来哗啦啦的水声。我伸头瞧了一眼，原来庄宝盒早从手术台下来了，脱光了衣服洗澡，他一点也没改变，瘦骨嶙峋，脖子细到只比火鸡大一个尺寸，数年的婚姻生活竟然没有养白养胖他。

庄宝盒见我瞅他，尴尬地转过身去，说：“你还真来了？我把病人都打发走了，正准备过去。”

他见我好奇地四处打量，凑近我小声地问刚才走廊上那个女人怎么样，她最近离了婚，正处在闷骚期，如果有意他可以帮忙牵线。

说话的时候，他煞有介事地朝外伸头瞧，看到那个女人正面对我俩拖地。刚才一进门我就注意到这个女子的脸了，生着两块很大的蝴蝶斑，这是女人内分泌失调的典型特征。她弯腰时的波涛汹涌足以让男人心动。我担心庄宝盒会生出什么事来，手拎着他的脖领子往外推着他说：“你再胡说八道，小心我告诉牛金岭！”提到大姨子庄宝盒老实多了，不知出于什么原因，庄宝盒不怕牛玉琴却怕牛金岭。

我和庄宝盒走上大街的时候天已经完全黑了。门诊楼顶上的巨幅广告牌非常显眼，一个裹在红色衣裙里的巨型臀部被投影灯照得雪亮。这在毛山县城算是独占鳌头了，连百货大楼都没有这种气派。我实在想不明白，区区一个肛肠科怎么就做得如此风生水起。

庄宝盒似乎看出了我的疑惑，暧昧地笑着说，别看这个肛肠科不起眼，但人的吃喝拉撒睡哪一样也离不了它。人吃得再好也过不了痔疮这一关。有“痔”之士有再大的欲望也跟人上不了床，上不了床也得不到快乐，不快乐就得不到家庭幸福。这几句广告词他琢磨了好久，字字值千金。

庄宝盒的话句句跟上床有关，甚至连幸福的含义都让他重新定义了，简直就是一套浑蛋逻辑！但是细想这些广告词话糙理不糙，屁股决定思想，痔疮虽然不是大病，但的确让人心生烦恼。

酒店八点后已空无一人，只有我俩。庄宝盒不胜酒力，却还是让店里拿来了高度酒。老板娘韩雪三十多岁，看上去瘦小但看哪里都精致。她夸庄大夫为人大方，早、中、晚三顿饭全在她小店里吃。庄宝盒听韩雪口口声声夸他，便笑道："既然全靠我撑着，我今晚招待贵客你也过来坐，我们喝个不醉不归！"

韩雪顺从地坐在了我俩的中间，左右逢源，边给我俩满酒夹菜边暧昧地说："醉也不归！"

庄宝盒开起了粗鲁的玩笑："俺哥儿俩对付一个，你受得了啊！"

韩雪不言语，只是哧哧地笑。凭直觉，这个韩雪跟庄宝盒肯定有戏。趁她出去端菜的时候我警告他，不要到处拈花惹草，免得生麻烦。庄宝盒拍着我的肩说："把心放到肚子里吧！她男人流氓罪刚进去，判的是无期，等出来花儿早谢了。"

那一时期全国都在严打，据说各单位分了指标，是硬任务。韩雪的丈夫酒后乱性，上了一位徐娘的床。徐娘晚上跟一群朋友喝酒、看黄录像，看到一半停电了，录像带卡在录放机里。俩人以为这是在舞厅，关灯十分钟可以乱来，不料灯重新亮的时候公安人员神兵天降，将一对狗男女捉个正着。原来这是公安使的一计，停电保留机器里的证据还能诱敌深入，韩雪的丈夫以聚众淫乱罪被判了重刑。

那天晚上我们仨人关起门来喝酒，同样有乱性的欲望。每当韩雪俯过身来敬酒，我便醉眼蒙胧地看她领口半掩着的地方。那对胸乳很小但很饱满，仿佛两只熟透的野梨。庄宝盒似乎早就洞察一切，纵容地对韩雪说："我兄弟今晚不是为了酒，你就掏出来让他看个够！多少钱我给！"

说罢，从兜里掏出一大把钱来扔在桌子上，都是十元、五元一张的。我本想为韩雪争取点儿面子，鄙视地说这些钱都不干净，是看人屁眼赚来的。韩雪已经站了起来，冲他吼道："我韩雪是见钱眼开的人吗？何哥是正人君子，'士为知己者死，女为悦己者容'，他想看哪儿我今晚就给他看哪儿！"

说罢，真的撩起衣服来让我看她的胸。看来她醉了！她感慨岁月无情，年轻的时候胸部非常漂亮。曾有一位初恋谈了两年却从未有幸摸过一指头。

我感叹不已，这便是命运。其实从青春走过来的人哪个不感叹岁月无情，有些东西昙花一现永远也不会有第二次；我年轻的时代也已经一去不复返了，当年那个清纯的少年已变成了粗俗不堪的男人，靠酒清刺激麻木的神经。

酒后的韩雪宛若一个仙子，趁着她出去小解的时候，庄宝盒不怀好意地问我是不是今晚上了她。

"所有的费用我出，你只需要快活就行！"

庄宝盒似乎是在窥探我做人的底线，我在他醉眼蒙眬里看到一丝不经意流露出的狡黠。方才的酒劲顿时醒了，我笑起来，对他说：“这种快活还是留给你自己吧，朋友吃过的剩饭我从来不吃！”

回来的韩雪一身轻松，大家又重新坐下来喝酒，庄宝盒问我男人对什么最感兴趣。我信口说：“胸乳！”庄宝盒却嗤笑道：“你真是小儿科！不会看的男人才看那地方，会看的男人看臀部！”

我差点笑喷出来，他看肛肠看出了职业病，居然喜欢上女人的臀部。这也难怪，一位口腔科医生曾向我诉苦，他家里给他介绍无数个对象，结果一个也没成。他一见到姑娘先看有没有龋齿、反颌，牙齿是不是排列整齐，结果根本找不到完美的女孩。

按照庄宝盒的这套歪理邪说，女人臀部跟性格有着不可分割的密切关系。饱满的臀部、扁平的臀部、翘起的臀部都有着不同的性格特征，不过事后我记不得了，因为我那晚已经完全喝醉了，把那些精彩的言论全忘掉了。

醒来的时候已经是第二天上午，头痛难忍。牛金岭黑着脸冲我喊：“你昨天晚上喝了多少马尿？跟条疯狗似的，你这是作死啊！”我努力回忆头天晚上发生的事，但是的确回想不起来多少。记忆完全被酒精烧成了碎片。当记忆一点点拼接起来的时候，满脑子里都是韩雪的胸乳。

那一年社会正发生着重大的变革，我已彻底脱离了父母最初为我设计的生活道路，我不知道是福还是祸。

父亲参加工作那会儿一切都交给了组织。母亲说那时候组织什么都管。搬进职工工寓头一天，妇联一位大姐就找上门来，问小何同志的婚姻问题解决了没有，气得母亲差点轰她出门。单位组织打麻雀，我母亲抱着吃奶的我参加，我趴在她怀里睡意正浓，工会主席主动接过去抱我。后来我醒了，吵着要吃奶，工会主席没办法，让我小手伸进背心里摸着他的乳头，母亲和一帮姐妹笑得前仰后合，把工会主席羞得一年都没敢照大家的面。现在可好，工作要自己找，钱要自己赚，要养活自己，是死是活组织说它概不负责。

父亲说起这些经常叹息，不是整天嚷嚷着吃大锅饭没有积极性、不公平吗？现在就公平一次给你们看，组织再也不管你们了，不用操心劳神了，你撑死饿死皆与组织无关！

老人忧心忡忡，这个世界有点乱。但我却认为乱不了，麻烦！二十世纪八十年代的那个秋夜，我和庄宝盒在毛山县城的春天小酒馆里煮酒论英雄，虽说对如何生活下去多有迷惘，但却充满了信心。

我理解父辈的担心。我爷爷那时候天下大乱，小日本犯我中华，反抗是必需的！这也成就了他，成为民族英雄。但是天下统一、人心归顺，父辈们身上的硝烟早已消失殆尽。有人把我们这一代称为和平的一代、没有棱角的一代，并不是我们都磨尽了，而是那个年代你只要相信党、相信组织就能生活得无忧无虑，我们无须张牙舞爪。

然而，经过这场社会的变革，罩在身上的光环和铁布衫没有了，我们即将直面色彩缤纷的世界，裸身在惊涛骇浪中游泳，不得不重新打造自己。

在春天酒馆的那个夜晚绝对是我生命中浓重的一笔。那天深夜县城起了雾，天地一片白，这样的天气绝对不会有人借停电查看录像带或者借收电费上门来查夜，我和庄宝盒放开了胆子喝酒。韩雪灵巧的胸乳和滚圆的臀部成为最好的下酒菜，我原形毕露，第一次发现自己原也是一只獠牙利齿、披着羊皮的豺狼。

我俩争相给韩雪讲笑话。我讲的一个笑话是进修头一年，我被抽调到县计划生育小分队，负责为妇女查体。那时候计划生育抓得很紧，各村把有生育能力的妇女集中起来，用拖拉机拉到县医院上环、结扎、做手术。妇女们被关在临时腾出的房子内，由各村支书看管，就连上厕所都要批准。

“哪有这样对待阶级姐妹的？”韩雪大惊小怪地说。尽管她也在育龄妇女之列，但是丈夫被抓还是使她成了漏网之鱼，书面承诺戴上环为止，而其他的适龄妇女尤其是农村妇女就在所难免了。这跟侵犯公民合法权益没有关系，只是针对落后妇女，谁让她在大喇叭里喊话的时候不主动去结扎，那样还有物质补助并且可以有休假。

“也是！”韩雪嘟囔地说。

我目睹成百上千的育龄期妇女来节育绝不是危言耸听。一间手术室里摆上五六张手术台，女人们一字排开。为了防止她们临阵脱逃，村支书就堵在门口。那些大老娘们儿、小媳妇要先脱得光光的接受村支书的目光扫描，无一幸免。每天几十台手术，大夫都得了疲惫综合征，每个人就问九个字：“上床、脱裤子、尿尿了吗？”有一天夜里我和牛金岭行房事，竟然习惯性地问她这九个字，牛金岭气得龙颜大怒，一脚把我踹到了床底下。

韩雪“哎哟哎哟”地抱着肚子笑抽了筋，一对野梨般的奶子都要被挤碎了。庄宝盒拍案大笑道：“真他妈太经典了，非常适合我的工作，只要把最后三个字改成大便了吗就好！”

韩雪纠正道："那是四个字！"

庄宝盒显然醉了，瞪着眼说："就三个！"

三个或者四个不影响笑话的效果，但是庄宝盒不会轻易被打败，他蔑视地说我这个故事是杜撰的，牛金岭整日独守空房，怎么舍得把我踹下床来？韩雪也觉得有道理，纵容庄宝盒："既然他的笑话不好听，那你讲个精彩的！"

庄宝盒眉飞色舞地说："既然书盒子讲计划生育，我也讲个同样的故事。"

他说有一回医院拉来个妇女，怀孕七个月了要引产。从基层抽调来了位愣头青，拿起针管就抽桶里的来苏水。他一把打掉了他手里的针管，嘴里吼着："你这简直就是谋杀！"抢过针管朝着孕妇的裆扎下去……

说到这里他有意停下来，板起脸、瞪着眼珠子看我俩。我这是头一次听说引产还有这种引法，目瞪口呆，而韩雪已经紧张得双手发抖，胆战心惊却又欲罢不能。

"后……来呢？"

庄宝盒面无表情，灯光下脸上的痤疮格外突出，仿佛月球上的陨石坑。他突然暴发出一阵大笑，然后不动声色地说："没有后来！那个孕妇把孩子生下来了，只是瘸了一条腿。"

我长吁了一口气，韩雪则喉咙里发出了性感的一声呻吟："这么说，你在针管上做了手脚？"

庄宝盒没有回答韩雪做没做手脚，其实这已经不重要了，重要的是那个婴儿还活着，只是牺牲了一条腿。

"不听了，不听了！怎么净是些骇人听闻的事。"韩雪沮丧地挥挥手。我也觉得不适合这样的场合，于是换了个温柔的话题：女人的臀部。

那个大雾之夜，三个发疯的人重点转向谈论人生之屁股，准确地说是女人的臀部。庄宝盒认为它在人类生活中的地位非常重要！重要到人进食有千条通道，排泄通道只有一条；实验证明人从来都是通过臀部求偶和传宗接代。他从最初的排斥到接纳，现在越来越喜欢肛肠这项工作了。他还说自己不管喜欢不喜欢、愿意不愿意，每天睁开眼都要面对风格迥然不同的各类臀部。他阅臀无数，已成为这方面的专家，专到通过大小颜色、肥瘦程度就能看出这个人的立场观点、性欲大小、贫富程度。

"小小一个痔疮虽说要不了人的命，但是它事关人的七情六欲，责任重大！打个比方，你正想跟女人脱裤子上床却一腚的痔疮，会不会影响情绪？如果再想搞个鸡奸什么的那简直是遭了老罪了！"

他口无遮拦，又犯了儿时的毛病，好像我们都是流氓犯、鸡奸者或变态狂。韩雪第一次听到这么刺激的字眼，激动得脸都白了，出门上厕所时警惕地把屁股夹得紧紧的。她的姿态无不提醒男人们，女人都是感性动物，动情了跟你做什么都义无反顾，反悔了隔皮搔痒也可以诬告你性骚扰。

其实庄宝盒也并非傻瓜，他只是更喜欢借酒装疯。第二天我去菜市场买菜再次路过他的门诊，到那里躲雨，他戴着金丝眼镜，身穿白大褂，兜里插着“永生”牌钢笔，端坐在椅子上一副文明医生的派头。病人不多，我坐在他的对面，望着漫天的小雨聊着他的父亲老庄。

“我爹都死了这么多年了，难得你记得他！”他嘟嘟囔囔地说。他气色不太好，可能与头晚的饮酒纵乐有关。

庄宝盒跟着母亲进过两次青藏高原，第一次是被装在箱子里。

他大多时间跟着母亲在内地农村，见到爹的次数也不多。其中有一次还是爹从青藏高原回来探亲。有一年父亲开着板挂车来村里，对他和娘说已经调回内地来了，他才相信从此全家人可以天天在一起，享受城里人的生活了。

“能天天有白面馍馍吃吗？”他天真地问父亲。

“白面馍馍算啥，城里人天天吃饺子，天天像过年！”爹拍着他的后脑勺开心地说。

小时候全村数他们家吃得差。母亲带着三个孩子挣半个男人的工分，根本养活不起他们。爹虽然每年都寄钱回来，但是说不准时间。有时候开春有时候秋后，有一年家里正等钱买粮食，他却什么也没寄回来，只寄回了一封信，说青海遇了灾，他把全年的生活补贴都捐给藏民了。年关的时候生产队长扛着半袋子米进门，对娘说，村里经过研究分给他们家三十斤粮食。娘因获得粮食而兴奋得鼻子通红，感动得几乎给队长下跪。她让庄宝盒带着弟妹到外面玩儿，留队长在屋子里坐一会儿，说给队长下碗面吃。队长走的时候锅还是凉的，仿佛喝醉了酒步态不稳，娘的鼻子更红了，像只鲜辣椒。

“那串佛珠你到底知道多少？”我单刀直入地问。

庄宝盒一边吸烟一边望着窗外的落雨，没有马上回答我，许久，他才对我说，他知道得并不多过我，在小美找到它之前他根本就没见过这玩意儿。

老庄的遗物他居然不知！我努力透过烟雾想看清他的内心，但是，他平静地抽着烟，似乎毫不在意我不信任的眼神，毫不在意在这个记忆生潮的日子提及他父亲以及他过去的生活。

我说：“小美是你的女儿，知女莫如父。她就没有跟你透露点什么？”

庄宝盒抬头瞅了我一眼，眼神有些茫然，他用低落的口气说：“虽说小美是我的女儿，但是她对父亲的信任还不如你这个姨夫。如果你感兴趣直接找她问好了，反正她现在跟她妈妈生活，你见到的次数比我多。”

他让我直接去找小美，这违背常理。我试图从他的脸上判断出这话有多少刺，但他几乎没有表情。我了解庄宝盒，他嘴上不介意并不代表内心不介意。如果老婆孩子都可以让其他男人随便接触，那他不是缺少心眼儿就是根本没把她们装在心里。

我忽然对庄宝盒有所警觉，他不会麻木到我问什么都无动于衷，而是不想搭理我，疲于应付我。他似乎已经对牛玉琴厌倦了，对往事厌倦了，所以才这样一副半死不活的样子。而我不是为老庄写传记，只是想通过了解老庄判断小美到底扮演一个什么角色，她心灵深处到底隐藏着多少不为人知的秘密。看来从他那里挖不出什么来了，庄宝盒三缄其口。与其把时间耗在这无聊的纠结当中，倒不如直接回山里去。对于老庄之死我一直感觉到不安，庄宝盒也一定感兴趣，他只是不想触碰这段历史。在他淡漠的背后是一颗脆弱的心灵。老庄之死沉寂多年，压在他心头挥之不去，他小心翼翼地把自己包裹起来，如果因此而得到澄清，庄宝盒一定感激我。

牛家已经完全接受了小美是再生人的现实，这与他们地区的传统习俗有关，倒是我和庄宝盒如惊弓之鸟。我跟牛金岭请假，直截了当地告诉她我想从小美的嘴里询问出关于她爷爷的事。牛金岭对此不感兴趣，她说周末值连班，恕不奉陪，也就是说我只能一个人回去。

这有点儿令人扫兴，本次回毛山县城，我本打算好好跟牛金岭过几天夫妻生活。过阵子我要到戈壁滩采访，短则两个月长则半年，我打算把卵蛋里的精虫子排空，免得在外发生什么风流韵事，但计划不如变化快，一念之间我就变了卦。

我直接到牛金岭的科室辞行，周末早晨病房里特别清静，当牛金岭看到我躲闪的眼神时，心领神会地把值班室的房门关了，然后从容地宽衣解带，躺到值班床上。

在家守着孩子总是小心翼翼，总有放不开的感觉，而这种情形下爱爱我还从来没有遇到过，尽管刺激但是也惊险重重，万一要是有人闯进来怎么办？牛金岭嗔笑道："怎么，我都不怕你倒怕了？"这句话深深地刺激了我，我毫不犹豫便扑到她的身上，直到筋疲力尽。牛金岭提上裤子说，她本打算这个星期天让我带小文去参加幼智开发班，看来是指望不上了。

"你跟我说实话，你是为了老庄还是小琴？"牛金岭警惕地打量我。

我故作无辜地笑了笑，但是自己也感觉有些虚伪。我说："我昨天去见庄宝盒，连他也没往这方面想，你怎么会有这样的想法？"

牛金岭脸红了一下，没有回答，然后起身打开门通风，回过身来时她已经镇定了许多，温和地说："我也就是随便说说，你一去好几个月，人家想你才这样说的。"

这便是她，即使是再被动的局面也会一瞬间扭转。

我把车停在学校门口的时候，小美刚好放学。

那天是星期六，学校放半天假。我崭新的轿车显然吸引了山里的孩子们，甚至连年轻女教师也向我投来羡慕的目光。

我戴着墨镜惬意地倚在座椅上，那时候墨镜不叫墨镜而戏称为蛤蟆镜，属于舶来品，从第一部横跨太平洋的美国电视剧《大西洋底来的人》中得来的启发。主人公麦克就戴着这样一副蛤蟆镜而风靡一时。戴蛤蟆镜有讲究，镜片上的商标不能撕，以示你买的不是廉价品而是某知名名牌。

卡带里播放的是港台流行歌。当时最流行的华语歌曲除了台湾女歌手邓丽君的，便是千百惠的。邓丽君的歌已经听腻了，而千百惠一首《走过咖啡屋》如同清澈的溪流，把校园里《我们是共产主义接班人》的歌声都压得毫无生气。

"每次走过这间咖啡屋，
忍不住慢下了脚步。
你我初次相识在这里，
揭开了相约的序幕。"

山里孩子们都被这新颖的歌声吸引，好奇地停住脚步看我，队形有些乱。他们青涩的眼神里分明流露出惊讶和淡淡的疑惑。

他们断定我在等小美！尽管小美年龄尚小，但在班里表现出了少有的领袖气质。她有一个当村支书的姥爷，一个当赤脚医生的妈妈和一个在县城当医生的爸爸，还有在省城当编辑的姨夫和在县城当妇产医师的姨妈。总之，全是高不可攀的职业，这让她比一般山里孩子有更大的优越感。我更认为她独特的经历使得她比别的孩子更成熟。老师也乐见这样的孩子当班干部，她是孩子们上下学路上最好的监控人。

那天她走在同学的队列之外，作为领队，严肃的神情和幼稚的走路姿势吸引了所有路人的目光。我目送着她拐过校园墙角才发动车子追过去，那个墙角是学校规定的最短解散的距离。

我却没有看到人。正当我四下张望的时候，小美早已拉开右侧车门，笑嘻嘻地爬上了副驾驶的位子。我夸她说："小美，看来你这个班长当得挺够格。"

小美得意地说："他们敢乱跑，我把他们一个个都揪回来！"

看上去柔柔弱弱的小美竟然有胆量把高过一头的男同学制服，我想这源于她内心的强大。我总是把她和老庄联系起来，她的血管里流动着老庄家的血脉。老庄不仅是她的爷爷，而且她本身就代表着老庄，她的意志某种程度上是受老庄的支配。她坐稳之后，我像对老庄那样对她说："今天你放学早，伯伯带你出去玩！"

小美高兴地拍着巴掌说："好啊！不过，你得先满足我一个要求。"

我信口开河地说，何止一个要求，十个八个要求也会答应。小美说："好，你就带我去看大海！周一我要交一篇作文，是写大海和母亲的。"

原来，她新近学习了苏联作家高尔基的散文《海燕》。这是保留篇目，不但她现在学，我上学的时候也是必读课文，对这篇散文耳熟能详，甚至全文背下来。

这篇散文代表那个激情澎湃的时代，我在团支部办黑板报和写发言稿的时候经常最后加上一句："让暴风雨来得更猛烈些吧！"或者"东风吹，战鼓擂，现在世界上究竟谁怕谁？不是人民怕美帝，而是美帝怕人民！"这样的警句格言。

高尔基这篇散文借大海抒发无产阶级革命母亲的胸怀，把两者等同起来这对于孩子们来说很困难。母亲怎么会是大海？不过，小美是例外。当我听小美说要去看大海的时候，脑海里瞬时产生了一种怀疑，这与老庄的行为不符。

在这漠漠的大山深处，甭说到海边，就是到灵依河下游的沧浪湖怕是一天也到达不了。

小美见我沉默不语就知道我在欺骗她，喊了声："停车！"不等我把车子停稳，她就打开车门跳下车，闷头朝着田埂走去。

那里有一条小路直通村里，正是油菜花开花的季节，金黄色一片。我开车追到地头，几次喊她上车，她就是不说话，抿着小嘴，生气地一边走一边踢着路上的小石子。我只好做出妥协："你上来吧！我们边走边商量。"小美仍旧气呼呼地说："就不！伯伯坏，说话不算数，我再也不坐你的车了！"

说罢，她已经跑远了，消失在那片金黄色的油菜花地里。

我泊好车到牛玉琴那里去。牛玉琴把一些加工好的草药摊在垫子上或者晾晒到斗条上，院子里满满当当。她笑眯眯地问是不是小美惹我生气了，她说我说话不算数。我说是我惹她生气了，她要我领她去看大海，我没有答应。

"这孩子，总是这么任性。"牛玉琴埋怨了一句，便让我到屋子里坐。

小美已经坐在石桌上写作业。看到我时还是满脸气呼呼的样子。我叫了她一声，她故意地扭过身子去。牛玉琴责怪道："小美，你这是啥态度，你知道大海离这里多远吗？"

小美撇着小嘴，反驳道："知道远就别夸海口啊！"

她说得对，实现不了就别夸海口。如果这话从大人嘴里说出来，我兴许还觉得正常，但是她才七岁，却如此准确地使用这类的句子我还是感到惊讶。正如母亲和大海的关系，我本能地认为过于抽象，孩子们理解不了，其实这根本难不倒她。

我故意指着墙上的地图让她看从水磨头村到海边开车需要多远，她不以为然地说："青藏高原远不远？我爷爷一样开车回来！"

这是我听到的最有说服力的话，那可是老庄最熟悉的地方。我长这么大也一直是从书本上了解青藏高原，一直梦想有一天能亲自开车到原上走走；正如小美想念大海一样，我向往充满神秘和遥远的青藏高原。

我突然萌生了一个想法，海边去不了，但可以带她去沧浪湖。我把地图铺在石桌上，开始用笔画出要走的线路。牛玉琴似乎明白了我的用意，阻拦我说："一个孩子的话你还当真？老师不过是布置了一份作业，你得考虑去沧浪湖要多少公里！"

我坚定地点点头："值！为了让小美知道大海和母亲是什么关系，我就是用步量也值了。"

牛玉琴惊愕地看着我，当她看到我满脸的庄重时，坐到小美的身边，搂着她喃喃地自语："说实话，娘长这么大也从没有去过沧浪湖，更甭说去看大海了。”

我立刻跳起来，既然母女都怀揣相同的梦想，那我还犹豫什么。然而牛玉琴却拦住我道：“你对小美这么好，我从内心里感激，可是我们这样走，对家里人、对我姐姐怎么说？”

她的顾虑是对的，我并没有想到这一层。但这个周末庄宝盒不回家，牛金岭也值班，我完全可以说我要带小美到省城去看医生。牛玉琴苦笑地说：“我总感觉这事欠妥。”

为了圆小美一个梦、圆牛玉琴一个梦，我主意已定，再远的距离也要跑一趟。牛玉琴在我的再三坚持下，表示安排一下便随我去。

正是上午阳光最好的时候，泉边来了许多女人洗衣裳，小美的同学看到我们往车子上搬东西，问她要去哪儿，小美自豪地大声说：“伯伯要带我们去看大海！”女人们显然听到了小美的话，一个满脸苍蝇屎的女人不无嫉妒地说：“瞧瞧，人家城里人过的是啥日子？开着土鳖子，戴着蛤蟆镜，连亲戚都跟着沾光。”

她的顺口溜一开场，另一个黄脸女人马上跟班说：“姐夫小姨子，挤眼弄鼻子！你没听见人家要一家子一起去！”

苍蝇屎女人惊呼起来：“看大海，那可老远了！听俺男人说，一直向东，要走七七四十九天哪！”

黄脸女人道：“你这是咋说话？走七七四十九天那是上西天。人家是向东看大海，不一样！”

苍蝇屎女人嗤笑道：“是不一样！你没看见人家连铺盖卷都带上了，这是要在外面过夜。”

这才是女人们最关心的话题，“过夜”俩字把女人们心底的淫欲和暧昧都勾引出来了，哧哧地笑着说：“这姐夫小姨子在一起过夜？他牛支书也不管？”

马上有人说道：“上梁不正下梁歪！他牛支书腚底下就不干净，如何管得了自家的闺女？”

这话引起了那个苍蝇屎女人的不满：“啥支书？是前支书！俺家那口子已经给乡里打了报告，要书记主任一起兼！”

我认出说话的这位便是那天到我老丈人家摘菜的女人。她的一番话立刻引起了其他女人的共鸣，大伙儿都七嘴八舌地议论起来。

黄脸女人冷笑道：“啥兼不兼的，让村主任兼妇女主任就完了。现在公家兴这个，咱乡上就是书记兼乡长。”

女人们并没听懂她话的意思，黄脸女人斥责道："狗熊他娘是咋死的？我说的是强奸的奸，书记奸乡长，村支书奸妇女主任！"

大家这才转过弯来，原来她说的是这层意思。村主任要奸妇女主任，那可是刚结婚的漂亮小媳妇，大家都哄笑起来。梁主任的老婆恼羞成怒，一边撩起水泼她们一边骂着："你们这些骚娘儿们，拿我们家男人开涮，我让他先奸了你们！"

女人们像群惊慌的麻雀端起脸盆四散奔逃。剩下几个女人仍在肆意地大笑，她们纷纷扭过头朝着卫生室这边观望。

我无法阻止她们开这种粗俗的玩笑，正如我无法过多地干涉牛玉琴的生活一样。村里的女人们视玩笑为她们精神生活的全部，即使是像村主任家的女人，老百姓也编了许多笑话。说公社来村里文化扫盲，让梁主任媳妇认"被子"两个字，孙桂花半天想不起来，教员就提示她："睡觉时你身上压的是什么？"女人茫然地说："是俺男人！"老师哭笑不得，进一步启发她："男人不在的时候呢？"女人竟然回答："是队长那个老淫棍！"

为这事梁主任的女人苦恼了很久，如果当初教员提醒她被子是"盖"而不是"压"，如果当初她是村主任的老婆而不是平民百姓，乡亲们也就不敢拿她开涮了，可是那时候她男人就是个牛贩子，大家都瞧不起她。可见身份是何等重要。男人说如今村里是主任说了算，支书充其量只是个摆设，所以她才敢把矛头指向牛玉琴。牛玉琴听着她们的议论只能打落了牙往肚子里咽，这便是农村的现实，墙倒众人推。牛玉琴在这盆泼来的污水面前无助而可怜。

我把车开到村外的树林里等，宁可躲着这些人也不能跟她们交火，那样会越抹越黑。正在这时小美从门里跑出来，怒气冲冲地举着一只瓶子，拧开盖子站到泉边，对那帮恶毒的女人说："你们谁再说我娘和姥爷的坏话，我就把这药水投到水里去，让你们全家都死光！"

小美高举瓶子的样子使我想起电影中炸碉堡、手握爆破筒的英雄人物，女人们则是她脚下惊慌失措的敌人，丢盔弃甲，四散奔逃，有的鞋子都跑掉了。

我看她如此这般竟没有阻止她。一瓶双氧水毒不死这些长舌妇，但足可以把她们吓跑，上车后我对小美赞许有加："人就应该这样，爱憎分明！"

牛玉琴则不同意我的说法，她说不能教孩子以暴易暴。我反驳这个世界充满了荒诞，社会是崇尚权力的，你越善良越受欺负。牛玉琴叹息道："倒不是担心村里人说父亲的坏话，而是小美的样子非常吓人，是不是爷爷的鬼魂又附体了？”

事后回想，小美发怒的样子很像老庄。记得当年老庄开板挂车和老肖斗气就是这个样子。他曾是军人，骨子里军人本性十足，这也成为他最终死于阴谋的原因之一。小美不仅继承了爷爷的基因，脑子里还伴生着一个人，这就是庄成器。

那年秋天某个周末的下午，我开车载着牛玉琴娘儿俩漫无目标又方向明确地行走在山路上，通向外部世界的沙砾路已经好走多了。两旁的灌木树叶开始发红，层林尽染，非常漂亮。路过野狼沟的时候我看到路旁不知什么时候竖了块高大的牌子，上面写着：“国家级爱国主义教育基地”。有一次参加文化沙龙，有人惊叹社会转型时期的种种怪现象，有人则惊叹现代人轻易忘记、抹掉、改变和变通时代，连爱国主义这样的严肃主题都被娱乐化和商业化了；还有一种现象，大家说到爱国似乎都有一腔热血，但是又对这个国家充满了敌意。

我不得不承认，人的本性决定了行为方式的自私自我，如果没有一个好的顶层设计，社会就会陷入道德沦丧的怪圈。梅卿曾经在各种场合告诫过我，不要把社会看得一团糟，也不要把现实过度理想化，社会像一个关系复杂的大家庭，有多大的树就有多大的影子；岁月终将终结过去，时代终将发展变迁，历史自有公正的评说。

我不知道是应该庆幸生在这个时代还是惋惜生活在这个时代。我把车停在路边，朝拜似的朝着那片黛色的山峦凝望。岁月永远也不可能回到从前了，回忆过去需要勇气，告别过去同样也需要勇气。

睡在车上的小美突然呻吟了一下，牛玉琴神色不安地催促我快走，这里隐约到处都是老庄的气息。我重新发动车子，箭一般地驶离这个地方。灵依河安静地伴行，如果不出意外，顺着河流向下一百公里便是沧浪湖。我不知道一个下午的时间能否赶到，也没有确定非去不可，我只是一直往前开。正如我为了生活一如既往地往前闯，并没有具体量化，只要走在路上便终有希望。

小美躺在牛玉琴的怀里静如处子，车内静得只能听到马达单调的鸣叫，窗外的山水画卷一样地展开又收起。牛玉琴第一次坐在我的车里遥看家乡的山水，她陶醉于大自然中竟然迷失了自我。我不忍惊动她，尽可能地把车开得又快又稳，想一直载着她这样走下去。

后来景色单调的时候我尝试着跟牛玉琴聊天，就像当年在学校那样，但我发现岁月已经把人改变了，她变得沉默寡言。当一个人以静止的姿态看世界另一个人却早已走出很远的时候，时间和经历决定了两个人思想并不同步。但我相信牛玉琴不会因此而变得浮浅，而是更加成熟。她带着山里人的纯朴、善良，而我仍然带着主观和爱憎。这跟她小时候有些相反，上学的时候她总是强势的一方，如今有意见却不再争辩，而是会宽容地一笑。

小美对于新鲜的东西一向敏感，路过某个地方、走过某条道路时，稍有变化她都会指出来。牛玉琴说这不像牛家人，牛家人一向很粗心的。

那天单调的行程因为有了牛玉琴的陪伴而不再孤独，我甚至愿意这样一直把车子开下去，直到生命的终老。在对待牛家姐妹的问题上我始终是矛盾的，我娶了牛金岭却喜欢牛玉琴。只要跟牛金岭在一起，我的欲望就会像火山喷发，但在牛玉琴面前却始终一点欲望都没有。我俩就像多少年没见面的朋友，疏于礼节而又相敬如宾。

那天下午我和牛玉琴任意地谈论老庄、宝盒子以及小美。牛玉琴坐在身边，半个脸颊呈现在眼前，我甚至连她耳枕后的血管都能看得清楚。人总是患得患失，平时隔得很远，想要靠近彼此顾虑重重，而此时置身于车内狭小的空间，我和她依然觉得心相距很远。

牛玉琴理解我这次旅行的好意，小美只不过是随口一说我却当了真。她也清楚我说去看大海只是创造机会跟她做一次旅行，也根本到不了海边。不如我们停下车，等小美醒来的时候就往回返。

时间还充足，我试着降低了车速。窗外的山峦明显平缓起来，感觉已离水库不远了。空气中弥漫着潮湿的味道。据说那座湖很大，方圆几十公里，数座山峰陷落其中，不亚于大海一隅。

车子开进了一片原始的地区停下来，前面已经没有路了。路旁出现一片松林，草地松软。这里四周没有人，只有风声和鸟儿的叫声。牛玉琴说就让小美在车里睡吧，我们爬到山梁上去。

我把车窗摇下，锁了车门，便跟着牛玉琴的步子朝山坡上走，走了几步，我俩的眼前便呈现出一片湖水，湛蓝湛蓝，阳光下仿佛一块光滑的绸缎。站在高处举目远眺，连天接日，茫茫一片，尤其是数座奇异的山峰浸在水里，露出峥嵘的山顶，十分壮美！

这便是沧浪湖了！它远没有大海那般波澜壮阔，但湖水清澈，静如处子。

牛玉琴曾告诉我，这里到处流传着古老的传说，传说灵依河里有许多屈死的冤魂，他们化作阴兵经常兴风作浪，每年玉皇大帝都会让雨神下几场倾盆大雨，变作洪水把这些作乱的阴兵冲到湖里。

她说得活灵活现，我不由得笑了，问她："你信吗？"

牛玉琴微笑道："我不信，可村里的老人都这么说。"

我注意到即使是这样温暖的天气牛玉琴的脸色依然是苍白的，这似乎成为她生命中的主色调。我曾多次劝她，关心一下自己的身体，牛玉琴总是微微一笑，说自己的病情自己清楚，这山里到处都是中草药，能治好她的病。

牛玉琴得的是白血病，我对这种病知之甚少，日本电视剧《血疑》的主人公幸子也是得了这种病，除了骨髓移植几乎不可能治愈，但在当时限于国内的医疗水平根本做不到。牛玉琴表示坚决不去医院做化疗，其实她不是怕花钱而是不想有人打小美的主意。

那个秋天的下午我和牛玉琴来到沧浪湖边，站在高处看那山、那水，感到一种从未有过的辽阔，心胸随之宽广。牛玉琴靠近我站着，微风仿佛一把剪刀，剪开她与我的心结，吹拂着她的秀发，她眯起眼来眺望远方的样子好看而又沉静。

我感激那个年代没有手机，我把传呼机关了，这样便不会有人打扰。现代通信手段无形中把人像狗一样拴起来了，你走哪里都有链子牵在别人的手里。我相信从那个时代走过来的人都很怀念那些日子，能够主宰自己的生活。

我俩席地而坐，从坡顶既能看到湖面又能看到车子。我俩有足够的时间坐下来彼此欣赏和谈话。我坐在风的下游，这样山风不断地把她的气息传递给我，甚至能闻到她身上淡淡的药香，令人陶醉。

当然，我们的话题更多的还是围绕庄宝盒和小美。牛玉琴坦承自从生了女儿小美，他俩的婚姻已经名存实亡了。

"你俩是自由恋爱的，庄宝盒不止一次地说，你们可以比得上牛郎和织女的爱情。"我故作惊讶地说，从这点上说我很虚伪。牛玉琴问道："庄宝盒的话你也信？他十有九分都是编出来的。"

我由衷地说："你是我见过的女人中最优秀的，他为什么不珍惜？"我使用"优秀"和"珍惜"这样的词汇来掩饰内心的某些想法，牛玉琴脸上露出一丝无奈的微笑："也许根源还在小美！庄宝盒从不在我面前提他的父亲，他看到小美也像看到了仇人一样。"

这才是问题的关键！我似乎理解庄宝盒，家庭给了他过多阴暗的记忆，老庄给了他太大的压力。在知道小美是再生人后他的压力更大。他面对小美做任何一件事、说任何一句话，都会不由自主地联想到是在跟父亲交流。

我曾经多次强调过小美就是小美，是他们的女儿！跟他的父亲根本没有任何关系。至于小美说的那些话、做出的那些事都是偶然罢了。他却在牛玉琴最需要关心、鼓励的时候离开了她，这让人不齿或者不理解。

我扭头望着她，试探地说："如果我告诉你，经过我长时间的研究，这个世界上真有像小美这样的人，她的前身也许就是你的公爹，你会怎么看？"

牛玉琴警惕地瞥了我一眼，然后道："真是这样，我也相信我的女儿！她没有任何想吓我的理由。今天上午你也看到了，有人说我的坏话，她表现出多大的愤怒。"

我由衷地大笑起来，这是我看到的最具戏剧性的一幕，大人们都无法做到的事，小美一场假戏真唱就平息下去了。日后那些长舌妇到泉边洗涮一定会提心吊胆，再也没心思开他人的玩笑了。我的笑声感染了牛玉琴，她也开心地笑起来。我向她表明，小美骨子里流淌的是庄家的鲜血，她会像爷爷一样疾恶如仇，用她特有的方式捍卫尊严。

我向她谈起了老庄，当年为了女人他把老肖逼到沟里。牛玉琴吃惊地说："我这个公爹果真这么好色？"

对于老庄好不好色我不敢下定论，也不好在牛玉琴这个儿媳面前多说。我更关心小美和爷爷的关系，我想知道那串佛珠以及有关那年冬夜他死于一场阴谋的具体细节。

牛玉琴缄默着，其实她很清楚我为什么带她到这么远的地方来，她一定知道很多，只是迟疑该不该告诉我。

我静静地等待着，没有考虑成熟她无论如何是不会吐露给我的，而现在是时候了。

她沉吟了片刻，说："其实早在去年冬天，小美就说出了那串佛珠的来历。我出于保护女儿、维护婚姻的心理，没有对任何人说起过。"

小美自从拿到那串佛珠就爱不释手，连夜里睡觉都放在枕边。牛玉琴担心那是过世人留下的遗物，偷偷地拿开，但每次小美都会察觉然后把它要回去。

有一天牛玉琴下决心把佛珠藏到一个严实的地方，任小美哭闹就是不还给她，并且骗她说扔到山涧里去了。小美哭得死去活来，说如果找不回来，她宁愿跳到涧里去。

第二天，小美放学后没有回家，牛玉琴便去找她，找遍了村里所有地方都没有见到小美的影子。父亲突然惊呼：“小美一定是上了山涧！”

父亲说的山涧在村后面，又陡又险，常有野猪出没，大人都很难上去。一家人赶紧朝那里跑，等赶到的时候，看到小美正坐在山顶一块探出的大石头上，脚下是万丈深渊。

牛玉琴大声地呼喊她：“小美，你下来！”

小美面无表情地说：“你不是说把那串佛珠扔到山涧里了吗，我来找那串佛珠！”牛玉琴赶紧从怀里取出佛珠，拿在手里晃着：“佛珠在我这里！我现在就还给你，你过来拿！”

小美看到那串佛珠，沉着地站起来，一步步远离山涧。她接过佛珠时眼泪汪汪，把它揣在怀里，像怀揣小动物一般充满了慈爱。

回到家小美就病倒了，发起了高烧。牛玉琴给她吃药打了针，身上的热度才稍退。正当牛玉琴以为这件事过去了的时候，小美突然开口说话了，她半睡半醒地对牛玉琴说：“娘，你别害怕，我现在就跟你说说佛珠的事。”

牛玉琴辨不清是小美还是她的爷爷在说话。她说话的口气非常缓慢但却异常清晰。

佛珠是一位藏族老妈妈送给老庄的，当时他刚参军到青藏线。

当年部队初到高原，住在临时搭建的窝棚里，由于不了解山里的气候，没有御寒的准备，住进窝棚的当天夜里就下了大雪，把窝棚都盖住了。

庄成器是汽车连年龄最小的战士，他甚至都没有正式的编制。部队第二天早晨集合，起来清理积雪，才发现因为天气寒冷几名战士夜里都冻死在里面。

连长下令寻找没有钻出窝棚的战士，唯独找不到老庄。原来他被一个老战士安置到窝棚最里面了，那床厚厚的被子保全了他的性命。但是出口儿被大雪埋住了，他急得在里面大声哭喊。

那天正好附近过羊群和马队，一位转场的大妈听说了这件事，加入到搜救的队伍里，她凭着经验用双手扒开雪，在窝棚里找到了奄奄一息的小庄，并用雪搓热他的全身，把他救活。

临走时大妈摘下脖子上挂的一串佛珠，戴在他的脖子上，保佑他一生平安。

解放军为支援西藏不惧牺牲，藏族老大妈救了他并且送给他一串佛珠，这类军民鱼水情的感人故事时有发生，这样的故事我听了千遍万遍，但从来没有想到过我身边就有这样的例子。

我一直苦于不知如何认识老庄、解开老庄，没有想到却是通过小美找到了部分答案。现在看来牛玉琴说得都是真实的。老庄曾经那么喜爱并且把它珍藏在箱子底，就是因为他欠那位藏族老人一个情。他珍藏佛珠本身就等于珍藏起一生难忘的记忆。小美是他的化身，他苦于没有机会向后人传达而借小美表达出来。

我坐在草地上听牛玉琴讲述这个故事，就像听一个遥远的童话那般平静。山里的风带着些许清凉，这远比青藏线上的风要轻柔温暖得多。我试图叫醒酣睡在车里的小美，问另一个缠绕我的问题：老庄是怎么死的？但牛玉琴坚决地制止了我，她拦住我说，她的世界因为小美已经毁成这样，她不想再让老庄毁掉小美。随着小美渐渐长大，她的那些前世记忆最终会淡漠，那才是作为母亲最盼望的。

我站下了。母亲总是伟大而无私的，我理解她这样做的心情。我不禁伏下身，在小美镶嵌着酒窝的脸上轻轻一吻，这一平常的举动感动了牛玉琴，她情不自禁地伸出双臂，从后面抱住了我的腰。

那是唯一一次我跟她身体的接触。在那个空无一人的野外，她抱着我的后背喃喃地说："我不管你怎么看我，这是我有生以来最快乐的一天。我希望从今天开始你忘掉我、忘掉小美以及我说的一切！"

我聆听了牛玉琴的忠告，决定从此放弃关于对小美以及老庄的关注。

我理解她的苦衷，她不希望小美以及她被过多打扰。再生人这件事让她焦头烂额，疲于应付，已经严重影响到她和庄宝盒的感情生活。

有一天梅卿给我打电话，说晚上请我和同事们吃饭，她有重要事情宣布。

尽管我和梅卿无话不谈，但是私下里我们却从未有过接触。我特意早一点下班，到楼下的理发店剪了剪蓬乱的头发，这样看上去精神多了，然后赶去约会地点。

梅卿请客的地点是这座城市最负盛名的广电大厦餐厅，我到达那里的时候早有一个女人在电梯口等我，她就是梅卿！

我从没有到过这么豪华的地方吃饭，听唐方说过，广厦餐厅是这座城市重要的政治和文化中心，戒备程度也高，出入都要出示工作证。我和梅卿走出电梯的时候，果然看到出口处有两个武警。我一直对警察和军人有种天生的恐惧，大概缘于人类的本性。然而今天由梅卿陪着另当别论。当我走向餐厅的时候，武警战士双腿并拢行了一个标准的注目礼。怪不得现在不少部门都乐见这样的壁垒森严，对于权力的迷恋或者对权力的敬畏使他们乐此不疲。

整个金色的大厅里气氛柔和，若有若无地播放着凯丽金的萨克斯金曲《回家》，这首曲子在中国演奏了多年，依旧保持着鲜艳不褪的色调。梅卿特意穿了身紫色的长裙，款款地引导着我走上楼梯，踏着乐声一步步走进古色古香的宴会大厅，那里已经端坐了三个翘首以待的客人，用矜持的微笑迎接着我俩。“欢迎光临！”守在门口的最后一位服务生轻轻说道。梅卿靠近我的身体这才略离开些距离。这时候那扇宴会厅的大门恰好打开了，我看到了大厅辉煌的全貌。

我一直对丰满的女人有感觉，梅卿身材不胖但是恰到好处。我侧身让她先进，这样她优美的身体恰好经过我的视野，感觉又绅士又精明。三个等在房间里的人早已站起来迎接，热情而不失端庄。我在一一跟他们握手的时候，感觉到有力而不失风度，这似乎暗示我千万不要心存幻想，她是大家的精神领袖。

梅卿从头至尾都没有告诉我此行的目的，她只是在电话里反复告诉我今天晚上有一个非常重要的饭局。我猜不透梅卿葫芦里到底卖的什么药，从其他参加晚宴人的脸上也没看出任何的异常，他们大概也都闷在葫芦里。只有梅卿的步伐和神情是从容的。

那天晚上的客人共三个人，两女一男，男人五十开外，姓孙，两个女人一高一矮、一胖一瘦，分别称小李和大刘。她俩实在貌不出众，放在人群里根本辨不出身份，但是气质仍然跟普通人有所区分。

那晚宴席上有一道烤鸭菜久负盛名，从一进门我就看到那位肥得流油的大厨站在一辆食品车旁，盘子里摆放着一只可怜的鸭子。虽说它已经被烤熟，呈现出金色的光芒，然而它那夸张的姿态依然向人类展示出生前不朽的挣扎。

大厨师傅操刀在手，磨刀霍霍，问现在可以把这只鸭子削了吗？大家都扭头看梅卿，梅卿却扭过脸，微笑地注视着我，仿佛我是这场晚宴的主角。

“当然！”我注视着那只鸭子，目光却忍不住盯着厨师的刀看。鸭子肤色金黄，以近似完美的姿态裸露地趴在餐盘里。厨师更像一个灵巧的工匠，把鸭子提在手里，一刀刀地划开它的皮肤，两种完美的碰撞造就了一个结果，鸭子被割得体无完肤，而它金色的皮肤落了一地，仿佛晚秋山坡上金黄的树叶。

我不忍心再看下去，扭过头，面对猜疑的目光对大伙儿说：“我十分高兴能陪领导到这种地方吃饭，我只是不喜欢看中国人吃鸭子的方式，过于残忍。”

梅卿没有说话，微笑地朝着男人方向扬扬下巴，老年男人立刻接过话来说：“我们平时也从不到这种奢侈的地方吃饭，纯粹是为了先生您。小梅打电话的时候，刚巧餐厅的公关部经理上门推销他们的新菜品，说广厦新聘请了北京一个大厨、新上了一道拿手好菜，正宗的北京烤鸭，所以就提前预订了！”

“你们来得正是时候，吴大师明天就要到外省巡演去了，今晚是最后一班。”一位戴着耳麦的领班十分配合地插话。

叫吴大师的男人微笑地点点头，手里拎着那只鸭子削得更快了，像拎着个即将被凌迟的犯人，不无自豪地介绍鸭子全身都是宝，皮可以卷饼吃、肉可以蘸酱吃、架可以熬汤喝，他似乎觉得我们的反应有些淡漠，又补上一句：“说一千道一万，不如大家亲口品一品、尝一尝！”

他说得没错，其实从一走进屋子人们都一直在观察我，就是没人动筷子。特别是两个女人争相问我一些问题，多大了、婚否、什么血型、体重多少，还问我平时爱看什么书、什么电影。但是，姓孙的男人似乎还意犹未尽，连我爱人是胖是瘦、是高是矮都问过了，我一一作答，并且开玩笑地说我爱人有小李老师那么胖、有大刘老师那么高，我甚至暗示高我也喜欢、胖我也喜欢。姓孙的男人忘乎所以地拍案叫道：“真是英雄所见略同，我也是喜欢胖的、高的女人！”

“怎么说着说着就说到我俩身上了！”两个女人忍不住咯咯地笑起来，姓孙的男人趁机总结性地对梅卿说道：“小何同志一看就是个机灵人！”

“当然，不然我也不会介绍给你们！”

这是我听到梅卿的第一句话，自从她坐到位子上就一直不言语，而让三个人任意地评论我，仿佛我是一件待价而沽的商品，更像是那只烤鸭，被他们怀疑和挑剔的目光割得体无完肤。

“看来，我们的考查都是多余的，梅总早已胸有成竹了。”

姓孙的男人首先站起来，热情地朝我伸出手，接着说道：“我姓孙，你叫我孙主任就行，欢迎加入我们的队伍！”

这番话让我云里雾里，什么考查，什么胸有成竹，什么加入他们的队伍？这似乎跟今晚的宴请风马牛不相及，但是，这几个人显然又是冲着我来的，他们似乎从一开始就从各方面考查我。

看到我很迷茫的样子，他才说省里要成立一个影视文化传媒公司，大家今晚聚在一起是为成立做前期的准备的。

原来梅卿和这三个人竟然是为了这事，她带我到场是否意味着我也是他们其中的一员？在这之前我刚在杂志社扎下根。

梅卿事先一点儿也没有告诉我，直到宴会开始她也没有把具体的细节告诉我，比如这个影视传媒是干什么的，它开展哪方面的工作？更重要的是我一个新手，被组合到这样的单位里能做些什么？

我赶紧向梅卿求证，梅卿这才微微一笑道："孙主任说得没错，的确是这样，也包括你！"

我有一刹那的大脑空白，不知道这意味着什么。是我平步青云了还是被他们推进了地狱？但是从梅卿微笑的脸上我看到了某种期待，她是有意向上推我一把。

我内心一阵激烈地跳动，好大一会儿才冷静下来，故作谦虚地说："梅老师的好意我领到了，大家的好意我也领了，你们是邀我参加你们的团队，可是我就是一个无名小辈，刚踏入文化的圈子，不知道能不能胜任这项工作？"

这话纯粹是故弄玄虚，话音刚落，孙主任就冲着我笑道："这就是我一开始点这道烤鸭的用意，是告诉你一个真理，这年头什么都讲究个包装、讲究品牌。比如这只鸭子，厨师烤得再好，只要它不是全聚德的，食客们就不买账。正如你何书盒，本事再大、再有才，只要不在这个圈子里就一事无成。"

原来他是这层意思，提醒我靠单打独斗根本成不了大器，而成功是需要伯乐、需要包装的。

孙主任说这番话的时候大家的目光不停地在我和那只被削的鸭子之间游荡，脸上流露出快意的微笑。我有一种被羞辱的感觉，仿佛我就是那只鸭子，全身赤裸地躺在桌子上，任人欣赏。但是理智告诉我大家又都是善意的，特别是梅卿，她肯定从中做了不少的工作。

我索性不说话，任凭他们摆布，好在这时候梅卿表态说："老孙，我看你就不要在这里卖关子了，就把决定告诉何书盒。"

然后，她用公用筷子把一块鸭肉夹到我的盘子里，笑着对我说："孙主任的嘴在业界是出了名的了，损人不吐骨头。不过他这个比喻很形象，人有时候就像鸭子任人宰割。说别人，他还不如这只鸭子，你看他浑身没有肉，像不像这副鸭架？”

这是我听到的最形象的比喻，看来梅卿也不是等闲之辈，语言犀利，她只是从来没有对我表现过。老孙咯咯地笑了，笑声活像一只鸭子。

“今晚在座的没有外人，我就直截了当。上级让我抓一个文化工程，这也算是临危受命。”

说到这里他停顿了一下，先看了梅卿一眼，似乎要证明这件事的真实性，然后环视大家，说道：“这项文化工程的核心是成立领导小组，梅总推荐我当这个小组的组长，她当总顾问，至于小李和大刘都是我的老部下。当初我从政府部门辞职下海的时候她俩便是员工，有饭同吃、有床同睡，这次自然也是小组的成员。至于小何，有梅总推荐，非常欢迎加盟！”

说着，他隔着梅卿向我伸出手来，热情地相握。

我受宠若惊，急忙伸手去握着，感觉他的手冰冷而有点滑腻，吃不准是沾了鸭油还是本身就这样，没有丝毫的热量。这才是今晚的内容关键，他们在梅卿的极力举荐下吸收我加盟这个团队，从他的话里我分明听出梅卿是这个组织的决策人。

“我……能胜任吗？”我亦梦亦幻地说。

梅卿似乎早就预料到我的迟疑，鼓励道：“刚才老孙不是打过比方了吗？你的文笔超过了我认识的所有知名作家，也包括在座的各位。但是你还是一块璞玉，埋在地里没有被发现，我们要做的就是把你打磨出来、让你发光。不客气地说，对于圈子外的文学爱好者来说发表作品似乎是件崇高的事业，而对于圈子里的人来说只是项普通工作；你在北京就是全国作家，你在省城就是全省作家，如果在基层就永远是个业余作者。只要你肯努力，就一定能胜任！”

我承认自己是个努力的人，我诚惶诚恐表示接受梅卿的调遣。梅卿可爱地笑了，对老孙说，有工作全交给我，她给我半年的适应期，到时候如果不出成绩可把板子打在老孙身上。

孙主任满脸堆笑从椅子站起来，臀部微微向后撅着连连点头，仿佛马上要承接梅卿打过来的板子。但凭直觉我觉得他根本不是那种干实事的人，习惯于讨好上级的人总是厚此薄彼。

新的工作充满了挑战，我一定不会放弃，眼下我的担心是唐方能不能放过我。

前段时间我请假，回来才知道她正式做了副总编。梅卿曾经去找过唐方，提出用主动让位的方式换我走，但唐方借口我是社里的主力就是不松口。我清楚她这是有意刁难梅卿和我。老孙主动接过这事，他说她和杨副秘书长那点事人人皆知。

这是孙主任最有智慧的一件事，虽说我只是换了个工作单位，却有种鲤鱼跳龙门的荣耀。前途光明，理想远大。但是，数年后，那只被削得只剩下骨架的鸭子仍然经常在我眼前晃动。我的第一部作品，也是影视传媒的第一部片子诞生在半年后，离梅卿说的最后期限提前了三个星期。

这部作品能够如期完成有些运气的成分。基层一位老宣传部长撰写了一部父亲的回忆录，有心搬上银幕，争取到了一块资金。孙主任听说后连夜带我奔赴县城，做通了这个人的思想工作。

“我们保证把您父亲拍得像《英雄儿女》中的王成一样。”老孙信誓旦旦地拍着胸脯。我则拉着老部长的手，亲切地说：“老领导放心，我以名誉担保，保证不辜负您和同志们的心意！”

我花了两个月通读了回忆录。整个故事写的是抗战时期，他父亲是村子里的教员，爱上了财主家的千金，但是日本鬼子占领了乡村，强奸了她的未婚妻，他被逼得走投无路参加了游击队，亲手杀死了强奸未婚妻的鬼子。

这个故事老套但是主题鲜明，就是他筹的钱太少，拍电视剧显然不够。我建议拍一部专题片，同样可以起到宣传的作用。起初那位老部长不同意，非要拍成《地雷战》《地道战》那样的经典。我把预算拿给他看，老部长才死了心，但要孙主任写出书面保证，一定要在省台播出，不然他就撤资另请高人。

书面保证老孙肯定不写，把这事向梅卿汇报，梅卿表示可以争取，只要我们把片子拍好就行。

那时候拍片多局限于用传统的表现手法，我则做了一些创新，用部分演员重新再现那段历史，片子从一场婚礼开始，一顶大红花轿悠悠地出现在远方的地平线，然后是新郎披红戴花，漂亮的新娘头戴蒙头红，坐在颤巍巍行走的轿子上。这时候日本鬼子出现了，打昏了新郎，强奸了新娘，不甘受辱的新娘宁死不屈，跳崖自尽。

孙主任和小李、大刘都不同意我这个文案，他们说这样效果是好，但是历史就虚化了，更重要的是要聘请演员，经费有限。梅卿亲自来摄制组，协调让省艺校的学生扮演。事实证明她力挺我是有远见的，看似一个平常的故事，经过我的精心创作、她的画龙点睛，拍成了一部精品之作，拿到省电视台都说片子画面精美、思想深刻、主题流畅。就连英雄的家乡百姓看了都说好，掀起了学习英雄的浪潮。

然而谁也没有料到大意失荆州，镜头里出现了一头驴的雄性器官，镜头虽然模糊但是确凿无误。镜头是这样的：老部长的父亲牺牲了，老乡们把他驮在驴背上运回村子安葬。那头驴是摄制组花一百块钱租的，老乡急着要回家拉庄稼，拍完一遍就匆匆走了。驴走后导演才发现了有个不雅镜头，补救已来不及了，考虑到并不影响主题，所以剪辑的时候也就放过了。

专题片评奖，这一小小的瑕疵影响了大局。但不管怎么说，我正是通过这部专题片走上了真正的创作之路，再回毛山县城的时候已经是家喻户晓的人物了，有位女青年守在门外整整两个晚上，她甚至婉转地表示为了文学艺术愿意跟我到天涯海角，被我婉言拒绝。

二十世纪八十年代农村及山区电视机还是凤毛麟角，宣传部门翻拍成新闻纪录片跟随流行的电影大片巡回放映。为了节省成本，胶片是通过电视翻拍的，效果大大打了折扣，屏幕全是雪花点，群众戏称为“雪花电影”。

不过片子还是受到了群众的欢迎，还引发了一场传统文化的回归。拍片用的花轿是我在省艺术馆的仓库里发现的，乡亲们没记住英雄的名字却记住了花轿的样子。娶亲的时候找来把带扶手的椅子，砍两根竹竿绑上当作轿子，戏称“椅子轿”。夏天还好，新娘坐在椅子轿上颤颤悠悠，但冬天坐在椅子轿上冻得手脚冰冷，有一位新娘子冻僵在上面，差点儿就暖不过来了。

那晚水磨头村放电影。我丈人从早晨就在大喇叭里喊话，通知附近村的村干部到家里来喝酒，喝完酒再看金龟婿拍的电影，这下子噱头不小。其实乡亲们都是冲着后面那部《第二个春天》电影来的。

我没有看到那晚热烈的场面，但是山里群众对于电影的喜爱却记忆犹新。每次放电影大人孩子们都会追着电影队，一场电影看十几遍、追着跑十几个村子很正常。

牛金岭对我持怀疑态度，人家有导演、演员、摄影，你是什么？我说整个故事都是我编的，叫编剧。牛金岭笑道：“没看出来你还出息了，居然还能编剧本。”

牛金岭是唯一知道我把驴生殖器拍进镜头的人，是我亲口告诉她的。那晚村里放电影，她正在家里，吓得连场院都没敢去，怕乡亲们看了会笑话她。她还说那晚上村里的好几头母驴情绪躁动，叫声连连，这很大程度上是受了片子的传染。

“狗屁！”我恼羞成怒。农村老百姓根本不在乎露没露那玩意儿，纯粹是城里的公知们自作多情。农村牲畜配种都是老百姓自己下手，村头的墙上就可以看到用白粉子刷的“我家配猪”的大字标语。

牛玉琴一见我就夸：“没想到姐夫成了大作家！咱们可说好，我们家小美有天分，将来一定跟着你拍电影。”我表示赞同。小美噘着小嘴说：“伯伯的电影不如人家的好，《草原英雄小姐妹》是彩色的，你的是黑白的，还下雪，比冬天的雪还大。”

“伯伯拍的那叫电视电影。等将来条件好了我要拍真正的彩色电影。”我说。

小美歪着小脑袋，问我说得可是真的，我郑重地回答当然是真的。小美拍着小手高兴地说：“长大后我演新娘！”

在二十世纪八十年代，当电影明星是大多数年轻人的梦想，其概率要低于万分之一。有人急于想出名，只要跟出资人睡了再跟导演睡就有戏。有个女青年就是在高粱地里跟导演睡了才获得了成功。那时候能登上电影杂志《大众电影》才是真正著名的演员。我从不认为那些上了电影杂志的演员和我们普通人生活在同一个星球上。

牛金岭对我钻进文化圈子不感兴趣，她抱怨我不务正业。医生是个受人尊敬的职业，我却主动放弃了。她认为世界上最没出息的就是搞文字和唱戏的，前者被打成臭老九，后者被称为戏子，这还没翻身几天就流氓思潮泛滥。

胖李和瘦刘八点钟上班九点半到，十点钟就酝酿着回家奶孩子、睡午觉。看来我想跟她们耍流氓都没有机会。但是常在河边走哪有不湿鞋，接下来我就遇到了新情况。

那是一部反映现代婚恋观的轻喜剧，我编剧，导演是外聘的。剧情很简单，男女主人公初恋，月上柳梢头，人约黄昏后，男生冲动之下拉起了女生的手，惊起了河里一对戏水的鸳鸯。

类似这样的情节确有出处，不久前上映的一部国产电影就有这样一组镜头。初恋嘛，就是要朦胧。那天我刚在剧组坐定，女二号就气哼哼地跑过来，狠狠地甩了我一个嘴巴，嘴里骂着：“你什么编剧，简直就是个臭流氓！有你这么瞎编乱造的吗？”

我脸被她打得火辣辣的疼，问女二号为什么打人，女二号说：“打是轻的，你自己看！”说罢，把脚本甩到我的脸上。

原来夏导擅自更改了剧情，把一场拉拉手的初恋戏改成了床戏。夏导做贼心虚，临拍前做了清场，三台摄像机虎视眈眈对准一张小床。当时天气很热，女二号长裙里只穿了件丁字内裤。男一号激动地把女二号的裙子掀开了，这一掀傻了眼。

为这事我专门请夏导喝酒，阴谋借着醉酒打他个两眼乌青。进房间的时候他正光着膀子躺在清凉如春的空调房间里看毛片，播放的正是女二号上位和“吃香蕉”的镜头。我真想拎块砖头把电视砸了再去砸暴女二号的头，她母亲的，太矫情了！都女上位吃男人“香蕉”了还装腔作势，胡说自己是清纯少女。

孙主任对这事明察秋毫，他说女二号为上这部戏早就跟导演有过接触。相信我看到的是事实，那是试机带，就在夏导房里拍的，这充分说明事情不是想象得那么简单。

片子杀青的当天晚上梅卿邀请大家去泡澡，她叮嘱此事就至此为止，大家要相互理解，不能人为制造新闻。那是家温泉中心，温泉不同的池子分别是用唐明皇和爱妃的名字命名。水中一股浓烈的尿味儿，不知是皇帝遗留的味道还是妃子遗留下的，大家也都彼此怀疑对方偷着往水里排泄了废物。

后来我和梅卿单独溜到另外的池子里泡澡，泡得彼此脸热心跳，我甚至当着她的面沉着冷静地朝着水里撒了一泡尿，那种感觉很刺激、很爽。她真诚告诫我演艺界本就是一个鱼龙混杂的地方，不能有过高的期待。比起官场来这里是小巫见大巫了。在官场上，位高权重的男人以权谋色，位高权重的女人以色谋权，如此往复，触目惊心。文化界的人只是顶着淫欲的罪名行一些鸡鸣狗盗之事罢了，不必放在心上。

这部片子从拍摄到播出差不多用了一年时间，由于缺乏精彩的情节，投放市场后石沉大海。只是女二号赚得了几个企业大佬的点名邀请，传出陪酒多少钱、陪睡多少钱云云。

有一天牛金岭打来电话，说牛玉琴住院了，让我马上赶回毛山县城！听她的语气有点病榻托孤的意思。

我在影视圈只是一个无名小辈，参加各种活动的时候经常坐在最后一排，人们误以为我是来泡会的小报记者，安排饭时经常把我安排到司机席。有一次我忍无可忍，掏出工作证，告诉会务人员我是领导小组的副组长，大家才大眼瞪小眼，但是眼后还是残存着疑心。

后来我拍过两部较有影响力的片子，使业界刮目相看。

孙主任已显现出懒政的倾向，他经常不到单位上班。胖李老公出差不在家，她不小心怀孕了，忙着去做流产，而瘦刘攀比她，就整天迟来早走，整个办公室就我一个人上班。我集编剧、策划、统筹、制片于一身，倒也忙得不亦乐乎。我开始尝到职业带来的甜头。刚参加工作的时候，牛玉琴曾送给我一部苏联小说，书名叫《工作着是美丽的》，我一直珍藏着它。最初我不理解女主人公就是一名售货员，工作着怎么是美丽的？但是渐渐我顿悟了，工作着的确是美丽的！

这可以用一个例子来证明。有一次我去做校园宣传，一名狂热的女粉丝主动宽衣解带，要求我把签名签到她丰满的胸脯上。我实在不忍心在她那细腻的皮肤上涂上黑墨水，这反而引起了女生的不满，后来我妥协在她的大腿上签下大名，为这事患得患失了好几天，担心影响她洗澡，担心她和男朋友爱爱的时候会抹掉。

世界突然变得充满诱惑，牛金岭不在身边我却并不感到寂寞。我有充分条件肉体上出轨而精神上保持相对独立性。有一天我陪一位女诗人下乡采风，就是专程冲着诱惑去的。

女诗人平胸可以跑马，说不上漂亮但是风情万种。她放弃小县城舒适的生活到省城闯天下，起初我们谈文学，后来不知怎么就谈到了婚姻。她当时刚离了婚，离婚原因不与脾气性格有关，竟然与胸部大小有关。男人嫌她胸小，这曾让她陷入自卑和绝望，因此她的诗多数是写乳房的。

我对女诗人绝对充满了同情，试图告诉她胸乳大小是前生注定的，真正的男人绝对不会在乎大小而与兴趣大小有关。

我的善解人意让女诗人非常感动。到达荒郊野坡的时候，她借停车的机会，撩起衣裳，邀我欣赏她小巧精致的胸乳。我一边强忍着小便的冲动一边心不在焉地假作欣赏，我突然明白老赵为什么会犯那种低级的错误，男人永远都喜新厌旧，追求新鲜。

接到牛金岭的电话时正是采风回来的第二天，一路上我神情恍惚。天气预报有雷阵雨，雨点打在车窗上，满眼都幻化成女人的乳房。

快到达县城的时候一盏路灯突然灭了，车子远光灯也跟着灭了，我感到这是一个很不好的征兆。我决定直接去医院，刚拐进大门便看到一个打伞的佝偻身影，这身影非常熟悉却一时想不起来是谁。我正要绕过去，一个穿着彩色雨衣的小女孩迎着车灯挡在了车前。

小姑娘挡住我的车说："你开着那么亮的车灯干什么？再不关了我砸瞎你另一只眼！"

我急忙摇下车窗来跟眼前的小姑娘打招呼，她看上去天生丽质，连发怒的样子都是那么好看。我笑着调侃说："小姑娘，你就手下留情，刚才我没看到你爷爷。"

小姑娘显然不是有意为难我，后退两步，东张西望替我寻找车位。倒是那个佝偻的身影不满地冲着我说："你啥眼神，我有那么老吗？！"

我当时就听出来这是庄宝盒的公鸭嗓子。尽管天比较黑，雨伞遮住了他半边脸，但我还是能辨得出来。我大吼一声："宝盒子，你装猫变狗的干什么？"

小姑娘愣了一下，就欢笑着跑过来，攀着车窗叫道："伯伯，原来是你呀！"

我说："不是我是谁？有谁这么耐心地听你训话！"

小美有点不好意思了，说他们正要到病房去。下雨天，司机开车都跟疯了似的，爸爸眼神又不好，这已经是第二次差点被车撞了。我吃惊地说："小美，几天不见，你长这么高了，若不是你站在车前，我还认不出你呢！"

庄宝盒不满地嘟囔了一句："开着豪车，你还认得谁啊！"

说罢，独自先走了。我一路跟在小美后面，焦急地想知道她妈妈的病情怎么样了，小美轻松地说："大姨就是喜欢一惊一乍的，其实娘的病情很稳定。她白血球很低，最近又患了感冒，前两天不慎晕倒了，这才被送到县医院。医生说最好输一次血，这样就可以维持好一阵子时间。"

我感到惊讶，小美如此了解娘的病情。我向值班医生求证，医生说虽然她还是个孩子，但知道的知识很多。有时候医生讨论牛玉琴的病情她就旁听发表意见，大家都夸她将来一定成大器。

我走进昏暗的内科病房时走廊上还残留着油烟、来苏水和体臭混合的味道。那时候大家都在走廊做饭，带来煤油炉子甚至酒精锅，仿佛过家家似的。外面正下着大雨，门窗紧闭，没有味道才怪呢！

牛金岭也在，看见我进去丝毫不感到惊讶，这说不上是夫妻间的默契还是陌生。她正在跟护士长商量把牛玉琴调到高干病房里去。早晨死了一个心脏病的女人，还停放在杂物间。进门的时候我就看到了，用被子裹着一具女尸。我虽然无数次解剖过人体，但是面对这样的场景仍然毛骨悚然。

灯光昏暗。我走到了牛玉琴的床边，她明显瘦了，脸色更加苍白，不过精神尚好，她歉意地说："姐夫，下这么大的雨你还回来看我，实在不好意思。我其实没什么，只需要输一点儿血。"进来前大夫就跟我说了，牛玉琴的血小板已经降到最低点了，随时都会有生命危险。现在血库紧张，没有血，只能去找血贩子，比医院采血价格高出一倍。

庄宝盒愁容满面地坐在床头不语。我说这好办，这就去找院领导或者动员熟人献血。庄宝盒摇了摇头说这不现实，现在下着雨，甭说找输血队的人，就是熟人一个也找不到。

我很冲庄宝盒发一通火，白在县城混了这么多年，还当着个医生，连个人缘都没有。我得赶紧给省中心血库打电话，让他们想法子从其他血站调运一批血过来。牛金岭说："省城那么远，你想让妹妹就这样死等下去吗？"

我的设想是不太现实，看来只有从身边的人想办法了，无论如何也要在午夜前给牛玉琴输上血，实在无法找到血再找血霸。

大家的脸上都挂着无奈和焦虑，望着窗外漆黑的天空发呆。这连牛玉琴也看出来了，安慰大家不要愁眉苦脸的，自己又不是什么要命的病。实在没有血源就等，等天明雨停了就出院，回家慢慢静养。我说："这是什么话！守着三个医生连几百毫升血都弄不到，岂不叫人笑话？！"

我拉起庄宝盒来到走廊上，再次问他能不能找到输血队员。庄宝盒委屈地说他是肛肠科医生，有谁会为割个痔疮准备血？县城小，没有血库，只有血霸，这些血霸黑得很。

我掏出身上所有的钱递给他，冷冷地说："这足够了吧，你现在就去找！"

我的脸上肯定充满了鄙视，语气也充满了挑衅，庄宝盒看也没看那些钱便穿起雨衣走了。他走路的样子慢吞吞的，猥琐而可怜，我不知道是否伤到了他的自尊心，他钻进雨幕时头也没回。

雨丝毫没有停的意思，牛金岭坐立不安，她倒不是担心牛玉琴而是担心家里的儿子。小美坐在椅子上打瞌睡，我提议让牛金岭先回去。

牛金岭再三犹豫还是牵着小美走了，走廊上只剩下我一个人，那是我生命中最长的一次等待。我孤独地坐在长椅上，不安地等待着庄宝盒的出现。病房有些昏暗，我不停地看表，随着时间一分钟、一分钟溜走，我的内心越来越沉重，希望也更渺茫。

我起身向医生值班室走去。值班医生是一个看上去很男人其实很女人的中年人，进修的时候我没有印象。他似乎早就预料我会去找他，准备了一大堆困难对付我。他说牛玉琴的病已经无可救药，即使是输血也只能暂时挽救她的生命，他还恬不知耻地说牛玉琴的血型跟他是一样的，但是他不可能输血给一个毫不相干的女人，如果他每天都要施舍别人，他有十条命也没有了。

“我只对老婆孩子负责！”男医生说。

我用最恶狠狠的眼光盯着他，恨不得当场砸暴他的头。也许他看出了我的愤怒，理屈地转身走回值班室，顺手把门关上。他把该说的话都说完了，可以心安理得地一觉睡到天明。但我不能睡，我还得想办法，这个医生对病人毫无同情心，但他的话提醒了我，我是全能血型，完全可以输血给牛玉琴。

我伸出一只脚挡住那扇即将关闭的房门，如同把生命的希望抓住一样，乞求道：“医生，我就是O型血，输我的吧！”

医生有些不耐烦地说：“为什么不早说？夜里值班人员少，怎么忙得过来。”说着仍然要强行关门，这时候我急了，铁着脸吼道：“我说过了，你必须在一刻钟之内准备好给病人输血，否则我把你从楼上扔下去！”

男医生这才意识到我的愤怒，如梦初醒地讪笑道：“一定，一定！看在是同行的面子上也不能耽搁！”

事情终于有了转机，我在空荡荡的走廊上来回奔跑。医生将血包挂到输液架上时揶揄地说：“我看庄医生还不如你这个姐夫上心，这么一个美好的雨夜算是让你糟蹋了。”

望着殷红的血浆一点点输入牛玉琴的体内，我已经没有任何的怨气，只有欣慰和感激。给她再深刻的安慰此时此刻都是多余的，那不断涌入的鲜血里已经捎去了我的祝福。

牛玉琴的脸上终于露出一丝红晕，像雨后浅显的彩霞。但不管怎样我拯救了牛玉琴。我叮嘱护士不能说是采的我的血，我不想让牛玉琴背上内疚的包袱。

天亮时庄宝盒垂头丧气地回来了，血霸收了他的钱，答应一早带人来献血，但他不敢保证这些血的品质，除了有潜在的传染病还会喝下大量的盐水。

我告诉他已经不需要了，但我没有说血的来历。我已经一天一夜没有休息了，身心极度疲惫，我告别医院晃晃悠悠地开车回家。

天色越来越明亮，雨小了，在尚有尚无之间，那些被雨水蹂躏一夜的花树温顺而湿漉漉地低垂着头，不胜含羞。牛金岭保持着昨夜的装束侧卧而眠，我疲惫地躺在她身边，身体感到一阵阵倦意。

后来我睡着了。当一只温暖的手撩起我的衣襟并且坚定地向着小腹游走的时候，我身体的某个部位越来越坚硬，但意识却越来越模糊。我不清楚接下来即将发生什么，但是我任凭某种结果的发生。

醒来的时候我躺在了雪白的病房里。牛金岭坐在床边，茫然而懊恼："你输了那么多的血，还做那种事……"

她脸上看不出是内疚还是疼爱。但是，我从心里感激她，我清醒的那一刻发现她一直握着我的手。

下午我再去看牛玉琴的时候，她脸色红润多了，医生说她血管里差不多流动着我三分之一的血液。那一刻我有些得意，得意于那些血似乎是我在她的身体里游走，想游到哪儿就游到哪儿。希望这是个好的开始，我的细胞尽可能地在她的身体里繁衍。

九月儿子开学的时候，我借故在家里多待些日子。

我主要考虑跟小文建立一种密切的父子关系。儿子上学的乐趣远远小于他在街上疯着玩的乐趣，这让我和牛金岭头痛。他总是第一个背着书包出门，最后一个磨磨蹭蹭地回家。医院宿舍后面那道砖墙是分水岭，在这之前他是个孩子王，而一旦绕过那道墙他便乖得像头绵羊，我隐约感到牛金岭的教育方式有问题。

牛金岭不服气，说有本事你来教育他！她一个女人又带孩子又上班，没有分身术。这是事实，别人家的孩子都是双方家长轮流接送，只有我家小文自己上学，自己回家。遇到她加班只能靠邻居照管。

在家的日子我尽量承担起做父亲的责任，一大早便到校门口去接他。学校门前人头攒动，像赶大集一般热闹，这也成为中国城乡特有的风景线，哪里有人群聚集哪里一定是学校或者幼儿园。家长们为了孩子的安全什么法儿都使上了，从自行车到毛驴车、三轮车、公家车，五花八门。

那天我的表停了，到学校的时候学生都走光了。一路上也没见到儿子，于是我信步朝着校园内走去。刚走到教室门口，便看到何文瑞满头是灰地从屋子里跑出来，一个女孩手持教鞭跟在他后面不停追打，嘴里不依不饶地喊着："何文瑞，不许偷懒，快点儿回去打扫卫生！"

小文重新钻进尘土飞扬的教室。

这时候又有一个小男孩从尘雾里钻出来，我喊住他，问为什么何文瑞又回去了。男孩子扬扬得意地说，他上课说话，老师让他打扫一行课桌的卫生。何文瑞没有完成作业，老师罚他扫两行课桌。

看来儿子遭到了不公正待遇。在这之前小文不愿上学，含糊地透露过原委，但是牛金岭一直认为老师的出发点是好的，并没有放在心上，现在看来有了后果。

这件事说起来有点儿复杂，老师留课后作业，用两个“奇怪”来造句，有位女生造的句是：“奇怪啊奇怪！怎么我还没有听够语文老师的课就已经到了下课的时间？”

因此她这道题得了个满分，老师当着全班同学的面宣讲。

我儿子却标新立异，一连用了三个奇怪：“奇怪、奇怪、真奇怪，老鼠咬住猫球蛋！”就这后半句还出现了两个生字，老鼠的“鼠”和球蛋的“蛋”分别画了一个圈。

那天赶巧有其他老师坐在后排听课，哄堂大笑。课后有人表示这个句子有创意，应该给满分；有人则反对，说我儿子脑子有问题，应该判零分，而且还应当严肃批评。

老师把小文叫到办公室狠批了一通，一脸严肃地告诉他，除非他采取补救措施，否则就要背着书包回家，再也不许来上学。

老师拿开除吓唬儿子未免有点儿过分，但是本着惩前毖后、治病救人的态度给小文一个再造句的机会也算是仁至义尽了，偏偏儿子“外甥打灯笼——照旧！”

语文老师出了一个词“太阳”，太阳每天升起，这在她看来已经是简单得不能再简单了。年轻的女老师甚至耐心地启发他：“太阳出来了，会照得你爸爸的脸蛋怎么样？”

我儿子笑了，摸着头皮想了想，然后一气呵成地在纸上写道：“太阳出来了，照得我爸的○○红红的。”

他一紧张竟然又有两个生字。把脸蛋画成了○○。

那天下午我等儿子打扫完卫生，牵着他的手到老师那里去，我想给语文老师一个解释，顺便给她道个歉。

办公室里清一色的女性，已经快到下班的时间了，老师们都收拾好桌子、打点好行装等待下班的铃声。我一直对此持有异议，清一色的女性如何教出具有粗犷男人风格的学生？这应该归于上层教育设计者的失误，如此环境下教出的孩子多半具有娘娘腔。

女老师们很惬意地看我被那位女老师奚落着。语文老师先问我的职业后问我的收入，我瞧着她傲慢的样子，突然明白跟她说道歉纯粹是对牛弹琴，也突然意识到小文为什么语文水平不可救药了。我决心编个瞎话，说自己在省城工作，是个扫马路的。她瞅了一眼我老实的长相果然上当了，不屑地说："都往大城市里挤有什么好？看你也是个挺精干的男人，怎么就干了这一行？"

我连连点头说都是前几年停课闹革命闹的，我一天文化课也没正经上，所以接了淘粪工父亲的班。

"原来是个淘粪工！"

我的话一出，女老师们立刻发出一阵叹息，将信将疑地盯着我看了半天，仿佛我是个出土文物。我知道半途而废的下场，必须把谎言进行到底。我满脸无辜地表示时传祥就是我父亲的同事，他到首都参加劳模会，本来说好名额是我父亲的，结果不巧，那天拉肚子耽误了，父亲懊悔和歉疚，非让我接他的班把荣誉夺回来。

这一通狗屁乱说连我自己都不信，不想竟然打动了在场女教师的芳心，她们都同情地一声叹息，既然是革命的后代，大家都要尊重。还叮嘱我无论淘大粪的工作再忙，也要照顾好儿子。语文老师的语气似乎也变得温柔了起来，对我说："千不该万不该，不该连老师的启发都听不懂，还生字连篇。"

我小心翼翼地问："何文瑞究竟怎么造的句？"

语文老师想都没想地说道："我让他用'太阳'造句，他脸蛋不会写，写成了蛋蛋，这样读起来句子就不雅观了……太阳一出来照得爸爸的蛋蛋红红的！"

天哪，我的儿子太有才了！居然把爸爸的卵蛋也造在句子里，并且赋予如此神奇的内涵。她的话音刚落，就引来女人们一阵哄堂大笑。我这才相信，再含蓄的女人聚集成群也会变得肆无忌惮。

那一刻我的脸比太阳晒得还红，夹紧了卵蛋逃出校门。

我抽空去找校长，校长当年曾向我讨过治尖锐湿疣的药，这次装作不认识地说："这位家长，你也不能怪班主任。学校有学校的要求，你儿子学习成绩不好，他们也只能这样做！你也是有文化的人，如果有更好的学校建议你转学，这样对你儿子更有好处！”

看来他这是非要赶我儿子走，我对牛金岭说了，牛金岭当场表示要去县里找局长，我没说不同意也没说同意，我已经产生了让小文到省城上学的想法。当我把这个消息告诉父母时，他们跃跃欲试的神情仿佛是中了头彩。

儿子转学并不顺利，他的户口是跟着妈妈的，进省城除了要交城市增容费、赞助费，还要排队。我同事诉苦说，她老公和孩子三年前就提交申请了，可到现在还杳无音信。唐方则私下告诉我，想给孩子迁移户口，没有十分可靠的关系十年八年也排不上号。

看来走正常渠道是行不通了，胖李给我出主意，现在都是明一套暗一套，靠钱开路，要不就是靠权力和手中的资源。我有记者证，采访用的设备和器材不缺，缺的只是赴汤蹈火的勇气和做贼的决心。孙主任也鼓励我，这又不是欺诈，孩子上学是百年大计，再说你孩子不上其他的孩子也一样上。于是，我遴选了一所靠近父母小区的学校，带着剧务、摄像、场记，到那里后对校长说我们将要把这里当成一部儿童电视剧的外景地，希望学校配合。

校长喜出望外，当晚便在酒店为摄制组接风洗尘。但校长提出要替他们的女音乐老师谋一个角色，我假装为难地表示，片头曲、片尾曲、剧中插曲早已名花有主，就连作词、乐队、伴唱都早签好了约，校长立刻露出失望的神情，说这个忙我一定得帮，不然他还真不好跟我合作。

我亲热地揽着他的肩进入密室。密谈的结果很快就出来了，我为女音乐老师谋得一份差事，他为我安置一个学生。这正中我下怀，但我并不急于表态，而是回复他要跟领导商量。出门时校长搂着我的肩，亲切地说：“我等你的好消息！”

我不过是欲擒故纵。第二天我便给他打电话，让他的音乐老师参与电视剧组的音乐创作。而校长也经过一夜的深思熟虑确切地告诉我，他可以帮我解决学生入学的问题，但必须收两万的赞助费。

他母亲的！在这样滑头的校长面前我承认自己是个失败者。两万块钱对于工薪层来说相当于全家几年的工资。我跟他讨价还价，但校长似乎早就看穿了我的把戏，说他抽屉里塞满了各级领导的条子，甭说区区两万块钱，就是五万、十万也挤破头。

他说的是实话，我也只好实话实说，我这里也有各级领导写的条子，哪个也比女音乐老师的分量重。电话那头似乎有一刻沉默，然后校长说看在彼此都有难言之隐，给我降到一万，保证给他学籍，不行我另辟蹊径。我马上也退后一步，大度地表态：“校长伯乐识马，你推荐的老师就是我的老师，我一定把她安置好。”

后来那位音乐老师只是跟着摄制组采过几次风便走了，据说校长担心我挖了他的墙脚，进了教育系统的美术研究室，这样就可以重点保护她。但是不管怎么说，我儿子何文瑞转学的问题解决了。

在赞助费上还是遇到了一点问题，依我和牛金岭的工资收入，根本拿不出那么多钱来。母亲很神秘地把我叫到她房间，从箱子底拿出一个银行存折，说这是家里全部的积蓄，正好一万块钱。二位老人平时省吃俭用，钱来之不易，有他们俩离厂的安家费，还有他们每月截留的工资，他们原打算退休后买房子的。

但不管怎么说用一生的积蓄买来天伦之乐对于老人来说还是值得的。牛金岭和我妈妈之间的陌生根深蒂固，这连我都失去了耐心。除了逢年过节她来家里住几天，平时只有两个老人孤形吊影。

我一直强调让上一辈人带孩子会误人子弟，孙子跟爷爷奶奶在一起，虽然照顾了亲情，但却弱化了孩子优良性格的形成，我儿子就是最好的例证。

小文语言笨拙，行动却十分敏捷。院子里十几个同龄的孩子，他永远是最调皮的一个，这让邻居们很头疼。有一次他考试成绩不好，我批评了他几句，转眼他就不见了人影。全家人四处寻找，连邻居的大叔大妈们都惊动了。正当辖区民警赶来询问情况的时候，从天而降一架纸飞机。大家循着飞机的方向寻找，发现儿子竟然悠然地坐在楼顶上，双腿露在外面荡来荡去。

我扭住他的耳朵恶狠狠地问：“全家人都快急疯了，这样你就开心了？”儿子说：“不开心！我看到只有爷爷奶奶急疯了，你却没有疯！”

我不相信这是八岁儿子的话。他的观察能力、语言如此犀利，他似乎洞穿了大人的内心世界。

我把这件事告诉牛金岭，说弄不好又是一个庄小美。牛金岭冲着我吼道：“听你话的意思，我们姐妹都不正常？”我解释不是她们姐妹不正常，是两个孩子有问题。牛金岭更加歇斯底里地说：“这样的说法无凭无据！女人是地，种可都是你们男人播下的，要出也是你和庄宝盒的问题！”

看来我没有跟牛金岭讨论的余地了，她把责任推给我，本身说明她对这事的敏感和自私，她一直防范着我。

说来说去又说到了再生人，小美似乎已成定局，牛金岭害怕小文跟小美有任何形式的牵连，所以才如此歇斯底里。但愿我的猜测是错的，我们家因为有小美已经如惊弓之鸟，受尽折磨，如果小文也是的话，那今后的日子就没法过了。

暑假，老师要家长协助学生提交休假计划，小文说他们学校将要组织夏令营，深入西南山区重走红军路，重温革命史。但我比老师清楚，那地方除了一些零星的抗战，最多的还是那些被遗弃的兵工厂。

我毫无异议地让小文报名参加这个活动，它可以锻炼儿子的意志和自理能力，况且他去的地方是野狼沟，这不论对于我还是对于他的爷爷奶奶来说都是一种安慰。

但是爸妈听说后出乎意料地反对。父亲说这个夏令营完全是商业炒作。“三线”早已成为历史，一代军工也演化成被时代淘汰的人，如今有关部门还在为安置犯愁，却有人打着爱国主义教育的旗子招摇撞骗，这显然是往老人心窝上戳了一刀子。

陈东平院长最新研究的课题是社会精神病学，他预测二十一世纪各类精神卫生问题将更加突出，在未来三十年的疾病社会负担预测值中，精神卫生问题排名第一；精神病发病的机理除了自然人的问题，社会是主要诱因。他指出：“不管我们愿意与否，我们正无情地进入精神疾病时代。”

陈东平不得不承认下岗和移民是诱因之一，许多地方采取强制手段也是事实，但是社会要实现超常规、跨越式发展，温情脉脉显然是不够的。

“他们既没文化又没生存能力，离开了生活的土地一事无成。他们跨越不了，也超不了常规，这样做的结果只能促使他们自我毁灭，或者更多地加入到精神病人的行列！”我发表了我的见解。

陈东平警告我：“你的思想有点儿不合时宜，多少有点儿精神病的症状了。”

我一直困于自己的局里，困于自己普通而艰辛的生活。在这个城市我是临时户口，在单位我是临时工，后来我有幸考得了一个身份，聘任制干部，但是跟真正的干部还是差了不止一个等级，就连福利奖金也不一样。孙主任和胖李、瘦刘每周能分一箱鸡蛋、一块香皂、一瓶洗发水，我只能分到一包卫生巾或一卷卫生纸，那还是我拉赞助的回报。

我从不敢把分到的卫生巾拿给牛金岭，怕说不清它的来历。我永远没有城市人的那份自信，自信源于福利分房、补贴、孩子上定点学校以及形形色色特权的积累。每次办公室闲扯，胖李、瘦刘永远是主角，俩人意见常常相左，但总是口吻一致地对我说：“啊呀，小何，你一定要记住你的身份，感恩这座城市、这个社会，因为你无论怎么成功都是这座城市的包容与宽大！”

尽管我十分同情父辈的遭遇，但是我还是想让小文参加夏令营。没想到小文十分坚决地摇摇头，告诉我暑期他早做了安排，要跟爷爷回老家去。

“我爷爷说他的爹当年就是抗战英雄，我干吗非要去瞻仰别人！”

儿子的话让我相当震惊，我竟然忘记了自己是烈士的后代。父亲曾不止一次地提起过我爷爷就是抗战英雄。虽说他从来没有给何家带来荣耀，但毕竟他是传说中的英雄。

爷爷的身份是我们家一种说不出的痛，一日无定论全家就永远处在风雨飘摇之中。每次运动我们家都提心吊胆，就连父亲当初入党都受到了牵连。在他能不能报名参加“三线”建设的问题上，组织曾多次派人到老家调查，幸好那时候一位与我家沾亲带故的人在乡里当干部，他未跟任何人商量便在那张关乎父亲政治生命的调查函上盖上了红萝卜章，并大包大揽地写上：“经组织调查家庭无任何政治问题。”

那一年夏天儿子以他独具的个性告诉我，老何家要有所行动了，要替老一代平反昭雪。我们家的显赫在当时妇孺皆知、远近闻名，作为后人有责任为他们正名。

我为儿子的成长沾沾自喜，开始做着回乡的准备，但心中又惴惴不安，毕竟这与儿子的年龄不相符合，小文才小学三年级。

我的父母表现出少有的热情，他们上街采购廉价和实惠的商品筹备这次旅行。他们列出一大串要送礼的清单，七大姑八大姨都有。母亲说好多年不回老家了，都不记得他们的模样了。

母亲性情大变是这一两年的事。一来她老了，身体的病也多了；二来她以家庭为中心，远离了社会，对人和事淡漠了，整天想着如何颐养天年。

我向单位请了假，亲自开车送他们回老家。父母亲把后备厢塞得满满的。我埋怨他们把屋子都掏空了，但母亲坚持要把所有的东西都带上。这是一种虚荣的表现，他们一直视自己为城里人，生活得比乡下好，其实他们并没有多少值钱的东西，唯有镜框里那些陈旧的奖状和照片支撑起单薄的人生。

我老家在省城西北数百公里，与野狼沟处在同一条经线上。我出生在异乡，是一名远离故乡的游子，打记事起只跟随父母回去过一次。

家乡从来都是荒漠和贫瘠的代名词。那里的山川和河流都是红色的，包括深秋坡顶那些生长的灌木。这种红色的石头称为砒砂岩，形成于古生代二叠纪和中生代三叠纪、侏罗纪、白垩纪之间。

红石县并不是因为石头红出名，而是因为抗战出名。当年日本鬼子占领这一地区，出了叫何大蛋的英雄独立团团长，率领八路军用土窝子、老鼠战把冈村宁次号称最精锐的支那派遣军打得一败涂地。

何为土窝子和老鼠战到现在我也没有弄明白，这也是我欣然听命于儿子回老家的动机之一。那时候冀北有著名的地道战，鲁东有著名的地雷战，但就是没有听说过老鼠战。据说我爷爷就是在土窝子里和小奶奶一情定终身的，后来又奉子成婚。至于老鼠，顾名思义，肯定与土窝子有关，是利用土窝子当掩体，老鼠一样地同小鬼子周旋。

我父亲常对我说爷爷在红石岗一带很有名，他神出鬼没令鬼子汉奸闻风丧胆。我小奶奶本是大家闺秀，整天大门不出、二门不迈，不料竟钻进了我爷爷的土窝子。我爷爷最初是抗日游击队大队长。鬼子大扫荡，俩人整整在窝里藏了三天，捂得身上都生了白毛。

就在那三天三夜里，我爷爷睡了小奶奶。但我深感怀疑，按我父亲的年龄推算，鬼子投降那一年他十一岁了，小奶奶不可能是第一次钻爷爷的土窝子，这肯定是后人的臆想，有可能把无数中的一次错误推断成第一次。

小奶奶死于二十世纪七十年代中期，父亲在接到电报时哭得一塌糊涂。从野狼沟到省城交通不便，要先乘公共汽车再转乘火车到冀北，路上要走两天。按照我们那地方的习俗，出殡三天，当时正是三伏，这简直不可能。我母亲就出主意，接了电报不吱声，也不说回不回，让家里人自己判断。如果一路顺畅能见上老人一面最好，见不上也不会落下埋怨。

对于这个馊主意我父亲既欣慰又无奈，这简直置他于不孝之地，但我母亲冷静地指出，从小奶奶送他到村西的石桥那天起，他就已经是不肖子孙了，多当一回少当一回无所谓。我母亲说自古忠孝不能两全，效忠了国家就孝敬不了老人，这是个明摆着的道理，家里人不会为难父亲。再说老一代革命了一辈子，盼的就是今天的幸福生活，儿子精忠报国有什么不可原谅？

父亲擦干眼泪带着我回老家，那年我十五岁。当我们下火车时天色已近黄昏，赶不上唯一一趟回县城的汽车了，只能徒步往家里走。

二十里夜路我几乎跟不上父亲的脚步，他一边急匆匆地在前面走一边呼唤我跟上。月光皎洁，明晃晃的大道上既没有行人也没有车，静得能听到自己的心跳声和脚步声，后来来了一辆接我们的驴车，我们在亲人们的呼天号地中走到了村口。我跳下驴车便被人按住，戴上孝帽子、披上麻衣，直接送奶奶上路。我的腿麻了，一步也不能走，只能半走半跳，像跳大神。据通灵的人说，小奶奶已经在村头徘徊两天了，她的灵魂不悦，把烧的纸马、纸钱都吹灭了。人们就祈祷说："再等等吧，说不定你儿子和孙子一块儿回来了！"果然，在天暗下来的那一刻我们准时到了。只见一阵快意的大风吹过，路旁那些纸人、纸马瞬间被大火吞噬，化成灰色的蝴蝶飞到天上去。

我小奶奶没有留下遗憾，她在弥留之际埋怨我爷爷有一事没有处理好，这就是他活着是英雄死后却是狗熊，连只言片语的暗示都没有留下。这导致我同父异母的大伯一直生活在水深火热之中。

我大伯是我大奶奶的独生子。在我爷爷娶了小奶奶后他就随母改嫁并且姓了别人的姓。

据我大伯讲，那时候他参加的是国军，但是暗地里拥护共产党，在智端县城和攻打红岗子的战斗中他都传送过情报，但这份情报装在我爷爷的挎包里，解放前夕，大伯跟着国民党的部队南下逃跑，借拉肚子落了单，逃回了老家。

刚解放那会儿政府上门调查。知情人都替他说情，当兵那年他才十五岁，是在集上被拉了壮丁，说他年龄小不懂事，也没血债，组织上最终放过了他，但是管制的帽子却戴了多年。每次运动他都上台陪绑陪斗，特别是运动期间他被喊去破四旧，拆除家庙。群众把庙顶都扒下来了，但陡峭的山墙却屹立不倒。两个年轻人上去套绳索，还没站稳就重重地摔了下来，一个摔断了腿一个摔坏了腰。工作组长就说大话："李大拿！你总说为解放县城作了贡献，如果今天你把这两堵墙拆了，你的管制帽子从此就摘了！"

我大伯故意大声问："赵组长，你说得可是真的？金口玉言。"

赵组长大声回答："君子一言，驷马难追！我还要再加上一句，不但给你摘了帽子，从此还是个正当的社员。你子子孙孙从此不用担心政治问题，入党、提干、招工、记工分从此和其他社员一样！"

我大伯人起绰号"李大拿"，就是有本事的意思。他平时吃亏吃多了，当时就喊："空口无凭，立字为证！"

赵组长想了想，要过一个作业本，狠心撕下一张在上面写下："如果李大拿破四旧有功，组织将解除对他的一切管制。”

他撕下纸递给我大伯，手直打哆嗦，仿佛犯错误的不是我大伯而是他。我大伯当圣旨似的把纸揣在怀里，“噌”地蹿上二十多米高的竹梯子，只见他左腿夹紧梯杆，右腿腾出，用力一蹬，人和梯子就朝着危墙倒过去，吓得地面上的人都夹紧了裆一阵大呼小叫。就在大伙儿以为他会撞上墙，同几位前任一样摔下来时，他却双臂抱梯，灵活地一个转身，连同那竹梯转了个三百六十度，借力一蹬，断墙迟疑了一下便向着另一堵墙砸去，瞬间双双崩塌，轻松得连人们都没有看清他是怎么做到的。

沙尘纷扬扑面，就在大伙儿以为烟尘散尽我大伯也会被埋进乱砖瓦中连个全尸都难保全的时候，却见他仍端立在梯子上，微微一笑，一个猴子下树稳稳地站到了地面上。

众人再看他毫发未损，大气不喘，只是肚皮被磨得通红一片。

从那以后大伯在我心里简直就是一个英雄。他只是被迫选择了这样一个家庭，被迫当了兵，后半生才这样不人不鬼的。

小奶奶晚年郁郁寡欢，她说如果我爷爷活着至少应该是个师长、旅长了，她早随军进城享福了，现在却依旧是个乡下人；她还说如果爷爷能证明其身份，那么后人们都会跟着沾光。“拿子”虽说是前妻所生，但至少也是何家的血脉！这些年入党、提干、招工，所有的一切都与何家擦肩而过，全家人都趴在村里刨红土。

“何大蛋，你造了什么孽啊！革命了大半辈子，死无葬身之地啊！”

这是我小奶奶最后的埋怨，撕心裂肺。大蛋不是我们后辈人能叫的，她从来都很忌讳，死到临头也顾不得了，骂得痛快淋漓，可见她是多么的不甘心。

那年我和父亲在族人的簇拥之下刨开小奶奶早已修好的墓穴，把她的棺木放入墓穴的右边，另一边是为爷爷准备的。小奶奶等了大半生，至死没有等到他现身。

以后的日子那块墓地经常闹鬼，别的地方下雨墓地刮风，别的地方下雪她那墓前却是一尘不染。每年清明何家人去祭扫，总是发现那地方的草比其他地方长得稠密，还莫名其妙地长出许多迎春花来，惹得蜜蜂和蝴蝶你来我往好不热闹，会看风水的乡亲们就断言，这何家还会有翻身的一天。

话虽然这么说，但到我长大成人何家也没有翻身的迹象。我们那地方属于革命老区，非常贫穷，山里的老百姓根本买不起电视，甚至连电视为何物也不清楚。传说有人进城赶集，看到电视机，非要转到后面看人是咋钻进小盒子里的。

那年夏天我开车带老子和儿子回乡。多年没有回过老家了，家乡对我来说更多的是概念上的词汇。连父母都多年不曾回家、不记得回家的路了。

交通地图是儿子提供的，他从上一年级起就喜欢收集地图。普通地图、地形图、专题地图、全要素地图如数家珍；基本比例尺从一比五千、一比十万、一比一百万他伸手就能提供出来。当然，这让我老爸破费不少，他总是拉着爷爷到书店或旧市场去淘，收集了满满一箱子。

更奇怪的是他喜欢收集子弹，他能分得清各种子弹的型号、多大口径、是哪些枪械上用的。比如弹头不涂色的普通弹、涂有银色的钢心弹、涂有绿色的曳光弹、涂有红色的燃烧弹、涂有黑色的穿甲燃烧弹、涂有白色的瞬爆弹,他张口就来。就连我这个从小在兵工厂长大的半军事通都眼花缭乱，甘拜下风。

那次旅行儿子为我提供的是一份失效的军用地图，我迷失在那些纵横交错的线条里，唯一能看懂的就是最上方标注的那个叫红岗子的地方。父亲说到了红岗子就离家很近了，他之所以印象深刻，是因为爷爷当年曾在那里跟小鬼子打过一场大仗。那是一道道洪水冲积成的红石沟,长数十公里，深达三十米。通往我们村的路就从沟底穿过。穿过这片红土的深沟，我小奶奶的坟墓赫然立在一座高岗上。

到达红岗子的时候天色已近傍晚，顺着泥浆般红石的流向我们向沟底行走，路渐渐变得艰难异常，明明看到对岸高坡上有牛羊在走动但就是无法靠近。

我试着将车慢慢开向沟底，与其说是开，倒不如说是连溜带滑。前面根本没有路了，开始还能看到一点点泛白的小径，到后来和杂草混在一起，看不出任何的踪迹了。

我们迷路了!

再往前走有一条小河，水不多四周却十分泥泞。我下了车，脱了鞋，挽起裤腿，蹚着泥泞向前走了几步试试。淤泥很深，几次陷入至小腿肚子，开车过去几乎不可能。父亲和儿子看见河边沾满泥水的鞋而不见人，还以为我陷入了泥潭。

在上游几十米远的地方我终于找到一块硬地，水浅至脚面，完全可以开过车去。

过了小河路就好走了，仿佛突然从地里长出来的一样，平坦笔直。我终于爬上了坡顶。说是坡顶，其实就是没有被洪水冲走的田埂，地里种着庄稼。而处于半坡上的陡壁上有许多土洞，人无法上去。

我站在高坡上，怔忡地望着这迷宫一般的地形，不知接下来该往何处走。我想找一个当地的老乡问问，举目四望，终于在山坡后面发现一位放羊人，他扬了扬手中的鞭子说向前行一袋烟的工夫就有一座石桥，过了桥就可以进入红岗子了。

一袋烟的距离有些模糊，是徒步需要一袋烟还是开车需要一袋烟？好在通往山里的道路就这一条，我只好蒙着头朝前开。

果然如他所说，车开行了几百米就见一座石桥，过河后沟底更深了，两旁山势陡峭，红色的石头起伏叠加，形状各异；那些层叠的石头就像浸染过的红色布匹，一层层、一卷卷、一盘盘铺在地上，在夕阳的渲染之下异常鲜红。

景色太美了！如果不是马上天黑了，又急着赶路，我真想停下车在这里多欣赏一会儿，但父亲一个劲儿地催促我，说留在沟底十分危险。

留在沟里会有什么危险父亲没有说，但我也有些隐约的不安，于是加快了车速。往前行走不久天便完全黑了，从沟底涌出浓浓的白雾，迅速把我们包围，连车灯都失去光明，仿佛两团浅黄的手帕。父亲惶恐地摇下车窗四下看了看，对我说只要是朝着西北的方向就一定能够冲出去。

我从未在这么大的雾里行过车，已彻底迷失了方向。我想，当年爷爷也肯定是利用这样的大雾全歼了鬼子。

我让父亲沉住气。这些年在世面上混，别的没学会，倒学了一套中庸的理论。我常对牛金岭说，女人需要的不是漂亮而是一份淡泊和宁静，男人需要的不是一份冲动、一份激情而是一份难得的沉稳。但是，我父亲判断我的车正朝着相反的方向开，因为老家的方向是高坡，沟应该越来越浅，而现在却越来越深，雾气淡薄的地方已经显露出狰狞的怪石，陡峭地矗立着，简直是一柄柄利刃，要把我们绞杀在这永无尽头的沟底。

我想不通，一直没有调整方向怎么会背道而驰了？父亲也说不出理由，但他坚持认为我开错了方向。看来只有停下车来静等天亮了。我把车停在一块相对宽敞的地方，摇下车窗让两位老人呼吸得更畅快一些，而这时小文已经在副驾驶位子上昏昏欲睡了。

夜晚非常热，这跟野狼沟的感觉不同，大概是这里没有植被全是石头的原因，白天吸收了太多的太阳光，这时候全部释放出来了。车子油料不多了，我不可能整夜开着发动机，而停下车不一会儿就满身大汗。我父亲和母亲嘀咕着下车透透气。就在这时，天空中滚过一阵响动，仿佛有人拖着碌碡在沟顶上行走。父亲发出一声惊呼，惊慌失措说："这地方经常发洪水，一下雨，沟里的水会涨到两三米深，不少行人不知这一危险都被洪水卷走了。"

这的确挺吓人。随着头顶上的碌碡声越来越大，危险越来越迫近。我必须果断作出决定是往前开还是退回去。但两个结果差不多，我们已行进到沟中间的位置了，且被大雾包围，向前向后都有可能出不去。

我彻底绝望了，其危急程度不亚于当年我爷爷遇到鬼子扫荡，前有拦截后有追兵，生或死都在一瞬间。

这时候儿子突然醒了，从进入沟里他就一直在副座上昏昏欲睡，那种惬意不亚于一位在沙场上镇定自若的将军。他睡眼惺忪地问我："老爸，你为什么把车停在这地方？"

我只得如实相告。小文说："那也不能停这儿！刚才我听到雷声了，万一遇到洪水怎么办？"

刚才我跟父亲讨论下雨不下雨他一直睡觉，现在却又提出这个问题，我跟他开玩笑地说："刚才你干吗了？这个我都和你爷爷讨论过了，正想听听你的意见呢！"

小文竟然信以为真，嘟囔地说："这需要看看地形再说。"说着，便开门下了车。

这才是弄巧成拙！我本来可以开上车猛跑或退到沟底以外，那样就能彻底摆脱洪水的危险了，却没想到儿子会下车探明情况，这不但耽误了时间，也误导了儿子。我正想吓他一下，这四周有什么坟场、狐仙出没、飞沙走石之类，小文却已经折回来了，打开车灯，俯身在地图上寻找起位置来。

雷声再一次响起，更近更响，我正要催，儿子却突然抬起头来说："从地图上标注的颜色看，这地方地势最低洼，必须快走！"

我十岁的时候被一个叫胡闹的同学喷了一口气，回去胸闷了三天，以为他传染给我肺病了，儿子不满十岁却成熟得像个将军。以他的经历绝不可能如此果敢，我怀疑他有再生人的情结，这时候表现出来不知道是喜是忧。

但我还是充分尊重儿子，给他展现的机会，我试探地说："儿子，再看一看，除了不能往前走，我们有没有可能爬上沟顶？”

我纯粹是信口开河，如果能爬上沟顶那一切都解决了，还着什么急。儿子认真地重新四下打量，他表情出奇的严肃，目光也变得阴森可怕，死死地盯着前面的土坡。正当我期待他有所发现的时候，他却泄气地嘟囔道：“四周都没有路。洪水把我们淹了一点儿也不过分。你还是想法子掉头，朝沟外跑吧！不行我们就弃车，两边的高坡上有攀登点，兴许能躲过这一劫。”

屁话！弃车而逃？这车是公家的，二十几万，其价值远远超过草原英雄小姐妹保护的羊群的价值，但是家人的安全又是非常重要的，万不可心存侥幸。我决定自己留下，全家人找高地躲上去。

沟底的风变凉，雾开始散去，雷声也越来越响亮地朝这边移动，仿佛头顶上飞过一架架轰炸机。

就在雷声响过不久，闪电在黑暗的天空接连上演，忽明忽暗。显然这里是雷区，那些炸雷便是飞机上投下的炸弹，一声声朝着这边逼近。想进、想退都来不及了，危险突然而至！

我脑海里飞快地想着各种逃生的办法。借助闪电，我看到在车前方几十米的地方竟然有一道斜坡，这斜坡很宽，也相对平缓，完全可以把车开上去。即使是开不上去，家人起码可以爬上去，那样人就得救了。我对三个人喊着：“都快下车，爬到那个坡上去！”

我首先手忙脚乱地去搀扶母亲，儿子却一把拉住我，瞪了一眼说：“作为指挥员，关键时候要沉着冷静。你还没过去实地查看，怎么就知道那个坡上保险？”

儿子的话没错，此处地形复杂，父母的腿脚又不方便，在弄清楚之前是不能盲目行动。我拔腿就朝坡上跑去。

等爬上那道土坡的时候我才发现，情况并不乐观，所谓的坡道只是车灯照出的一道影子，坡是塌陷的泥土堆成的，历经风吹雨淋，地面已经板结，但踩上去十分松软，开车根本不行。

这时候，父亲已经开始大声叫喊，语气里充满了恐惧：“儿子，洪水下来啦！”

天空一滴雨也没看到怎么会有洪水？我连滚带爬地朝回跑，这才发现不知不觉走出了很远，车子在百步之外。随着我的脚步声，身后有什么在跟着跑，像是一群野兽；同时，我嗅到了一股越来越重的土腥味。

洪水转眼就到了，莫名其妙。在洪水到达脚下的一刹那，我转动车钥匙，马达迟疑片刻便发出低沉而有力地轰鸣。管他土质松不松软，再不走就来不及了。我果断地挂挡起步，车子顿了一下，便像一头暴怒的狮子吼叫着朝前冲去。水阻挡着前进，已经淹到了挡板。我所有的镇定和自信都随着洪水的上升消失殆尽，像只陷入包围的猎物，恐慌乱蹿。

眼看就要冲出包围了，车子却被什么挡了一下。

就在我不知所措的时候，儿子突然出现在车头。原来他一直跟在车子的后面。见我一个劲儿地踩油门，气急败坏地拍着引擎盖大声道："快停下！车头有棵枯树，你再踩油门也是白费力气！"

说罢，他拽起树木的一端用力朝一边拖。他的力气显然不够，枯树纹丝不动。

洪水漫到了他的小腿，显然欺负他个子小，正当我以为这回完蛋了的时候，父亲却意外地出现了！他扯住树干，爷孙俩合力，奋力一拽，那根顽固的枯木便横转方向，向下游而去。我借助洪水松懈的力量再踩油门，车子朝土坡冲去。

车子终于稳稳地停在了坡上，洪水在数米之下发出无可奈何的叹息。爷孙俩相互搀扶着坐到土坡上，浑身都是泥水。我不知道是该感谢他们还是该埋怨，在最关键的时候爷儿俩不但救了这辆车还救了母亲和我。

我激动地把他俩拥在怀里，小文却显得有点儿不自然，推开我坐进车里。这时候雨点儿已经落下来了，又急又大，打在玻璃上一片水雾。我偷看儿子，他像一个临危不惧的将军，坐在那里一动不动。

雨下了一个小时头顶上的雷声才渐渐远去，沟底里却传来更大的洪水声，我打开车灯朝沟底观望，黑色的洪水裹挟着枯木、杂草和动物的尸体滚滚而来。

好惊险的一刻！假若我们刚才固执地行走在沟底，假如不是父亲听到滚滚的轰鸣，假如不是小文执意寻找出路，我们就完了。

我瘫坐在车里，不敢回味。听父亲说过，当年我爷爷的战绩里就包括把鬼子引到这道沟里，让洪水整整吞噬了鬼子一个中队。时过境迁，我们却遇到了同样的情况，我首先得感谢儿子，是他把我引出了危险地段，他比我爷爷更值得骄傲。

小文疲惫至极，仰在座椅上睡着了，正如那股洪水来也快去也快一样。当他一觉醒来的时候，洪水已悄然退下。沟底又恢复了平静。我试着踩了一下，路面平坦而光滑，完全没有洪水流过的痕迹。

当天夜里我们全家被困在沟底，天亮才试着把车开回正道上。

我和父亲商量，待太阳出来再走，趁着早晨天气清凉让儿子多睡一会儿。但小文早睡不着了，非缠着我陪着他到处走走。

我俩沿着坡顶一直朝前方走去。清晨的阳光掺杂了太多的水分，并不强烈地照耀着这片荒凉的土地，我惊讶地看到了大自然的鬼斧神工。

这片沟壑西高东低，纵横交错，延绵数十公里，放眼望去，仿佛就是艺术大师在大地上刻的版画。尤其令人惊奇的是，在高高的沟壁上有一排排土洞，这些洞口吊挂在半空，陡峭到连动物也攀爬不上去。

这些土洞显然不是用来放置悬棺的，这不符合北方的丧葬习俗。我本是怀着好奇去探究，但是守着儿子宁愿视而不见。一方面因为小文还是个孩子，谈生死会对他的心理造成影响，二来他有再生人的嫌疑，我不想因此而触碰到他敏感的神经。

而小文的视线一直没有离开过那些土洞，他疑惑地说：“爸，我怎么对这地方特别熟悉呢？那些土洞跟我梦中的一样！”

我立刻毛骨悚然起来，越担心越有鬼。我连声说：“儿子，千万不要胡思乱想，你从没回过老家，怎么可能梦到这里？”

小文似乎也有些茫然，掏出笔在地图上画了一个大大的圆圈，然后又打了个大大的感叹号。

我带着他逃出这片地区。第二天下午我们才平安到达老家。在这之前老家接到电话，亲友们在村前的场院上整整等了两天了。村支书是本家人，听说我们要来把锣鼓队都请来了，一天给人家五十块钱。五十块钱相当于十三级干部一个月的工资，可买一头猪或者七十斤鸡蛋。但何支书说值，因为我父亲多年没有回家省亲了，我爷爷是传奇人物，父亲又是军工战士，我还是作家，在乡亲们的眼里都是了不起的大人物。

县里听说我们要来派人接洽，他就是县文史馆的馆长马仁义。

马馆长也是名门之后，只不过不是我们的人，而是被历史定义为反动派的顽八军后人。对于他热衷于挖掘红石岗的历史有好几种猜测。有人说他是想为老一辈翻案，因为他当顽军的三爷爷曾是个两面通吃的人物，明里投了共产党暗里却是汉奸卖国贼。他活埋过八路也杀过鬼子的军曹。县党史委撰写这段历史，马仁义请主编喝了一场小酒并请他去看了小姐，诚恳地说笔下留情，主编很慷慨地答应了。他的爷爷从此被描绘成既反动又充满人情味的顽军，而我爷爷家里没人理会，被写成粗鲁无知、不食人间烟火的英雄。我读过这段抗战史料，字里行间对我爷爷颇有不敬。第二天一早全家人去祭扫。头天夜里我根本没有睡好，倒不是我兴奋，而是老家的人们太兴奋了。当我母亲把礼物拿出来送给他们的时候，他们把一大堆好听的话捧给老人。那一刻他俩简直就是造物主！后来父亲躲在角落里抽闷烟，因为我大表婶求他给儿子在省城谋一份差事。我表婶的表婶也挤到跟前想搭关系把女儿安排到城里上班，他们以为省城就是我家的，我在省城呼风唤雨。最后还是大伯替我们解了围，对一群娘儿们说："你们以为我兄弟在省城做着好大的官啊？光荣就是个研究科学的，大侄子也就是个写书的，你们这是给他们出难题！"

他的话难听但句句是真，两位表婶子走时脸上明显挂着不悦。我大伯那天晚上一直没有说话的机会，这是唯一插话并且最有分量的两句话。

大伯改姓了李，严格上说不再是我们何家的人，自然上不了我家的宗堂，他只能挤在看热闹的乡亲们中间。我父亲一进村口就看到了亲哥哥，但在我母亲严厉的目光谴责之下根本不敢正视。只有我底气不足地打了声招呼："大伯，来屋里坐！"

我的声音太小或者说面对的受众太广，好几个自称大伯的人手提旱烟袋、趿拉着布鞋跑进屋子里，坐下来抽烟，而我大伯仍然站在人堆冲着我们傻笑。我这次回来，下定了决心要认这个大伯，朝他挥挥手："大伯，你先进来坐，等抽空我带着爸妈去登门认亲！"大伯这才脸色突变，挤出人群走了。

去我小奶奶坟头祭扫的时候身后跟了一大群人，本家的、外姓的，包括我母亲做了村支书的小学同学，简直就像皇帝省亲浩浩荡荡。

小奶奶的坟在山脚一片不大的空地里，靠近一条没有名字的河。河水清澈，两岸植被茂盛。刚下过一场大雨，想要走进地里太难，皮鞋陷在泥里拔不出来，满脚都被黏黏的红土粘上了。

正当一家人感到泄气的时候我大伯赶着牛车来了，拉了满满一车沙子。三个剃了青萝卜头的男人扛着铁锹跟在后头。原来这三个人都是他的儿子、我的堂兄弟。二话没说就取下镰刀和铁锹把那些拦在路上的杂草和灌木铲翻，然后把沙子一锹锹地撒到路面上，像在红土地上铺上一条颜色鲜艳的黄金飘带，一直铺到小奶奶的坟前。

父亲有些尴尬，乡亲们倒见怪不怪，目送我李姓大伯扛了铁锹，带着憨儿们从容不迫地离开，有人甚至用赞许的口吻骂道："这狗日的！关键时候就看出来了。"

事后我才知道，根据家规墓地是禁止异姓人随便出入的，尤其是背叛了家族荣誉的人。奇怪的是躺在地里的小奶奶居然不弄出点儿冰雹或者太阳雨来示威一下，她一声不吭地睡在墓地里，任我大伯大摇大摆地走了。这仿佛向世人昭示一个事实，老何家从此废了那条规矩，这也应了一句话：世上万物总是合久必分，分久必合！

在上完坟、分完所有的礼品后我家的老宅里又回归了平静，那种鸡犬相闻、猫头鹰叫声相伴的乡下生活反而使两位老人彻夜难眠。母亲相信那句咒语，谁家有快死的人猫头鹰才上门去叫，我却宁愿相信它是为了去觅食，因为院子里有很多老鼠。母亲听了我的解答释然地说："这倒是！比起住在城市来，这里安静多了。大街上流行的那些歌还不如夜猫子叫好听。那天我正去买菜，后面有放哀乐的，以为又死了哪位大干部，回头一瞧，原来是个小青年手提双卡录音机。"

我被母亲逗乐了，我幽默的天性就是母亲的遗传。其实我父亲也非常幽默，他只是喜欢在儿子面前装腔作势地板着脸。有一次街上过救护车，人家拉着警笛，他学着警笛的动静："完了……完了！"十分滑稽可爱。

离开红石崖村的前一天我独自进县城参加马馆长组织的史学座谈会。

会议在县文化馆召开。马仁义对分管县长汇报说，好不容易从省城来了位作家，一定得想法子多留住几天，给县里的人们讲讲现代文学形势。分管县长说开会可以，但要把座谈会限定在一个较小的范围，由文化部门全程安排。他正在乡下陪着省城来的一群记者，没有分身法。

我的车开出村口，见马馆长推着自行车在路边等我。我问他怎么还亲自来接？马馆长憨笑地说怕我走错了路，让开会的人着急。

说罢，他就把车子扔在路边坐上了我的车。我问他把自行车扔这荒郊野外丢了咋办？他就笑着回答绝对放心，全县上下没有不认识他"座驾"的，扔到哪里都会有人给他捎回馆里去。这有点像当年我爷爷骑着车子四处打游击，扔到任何地方都会有人认得，帮他推回家。马馆长暧昧地对我笑道："我说的这个家可不是你大奶奶家，而是他的相好、你小奶奶家。"

爷爷和小奶奶的故事家乡人妇孺皆知，都习以为常，我自然不会计较，但是他骑的车子到处扔我却是头一回听说，这充分说明大家对他的喜爱。从家谱得到的信息，我们老何家男人都是娶两个老婆，这也充分说明何家家境殷实，名声显赫。至于我爷爷有相好那是天经地义，没有我小奶奶怎么会有我爸？没有他这段千古恋情怎么会有我们何家的一脉传承？

马馆长对我的座驾赞不绝口，红石岗是国家级贫困县，即使是县委书记也不过开辆212北京吉普。他说县委书记不容易，是从基层一步步爬上来的，喜欢自己开车。早先参加工作那会儿是公社的拖拉机手，有些习惯改不了，经常伸手找刹车绳而不是用脚踩车。拖拉机刹车皮带都是系在身后铁架上的。有一次他带着县长下乡，遇到情况，一把薅住后座上打盹的县长，差点儿把他扔到前挡风玻璃上。

我突然觉得这个吕书记很有特点。到会场发现门前果真停着辆北京吉普。马馆长脸色大变，激动地说这可是开天辟地头一回，县委书记亲自接待我！

那年头发达地区的官员已经开始换驴为马了，开吉普车的凤毛麟角，我那天的运气不错，遇到了一个焦裕禄式的好干部。进门后发现吕书记原来是个三十来岁的年轻人，梳着大背头，穿着花格子短袖衣，与土生土长的描述差距太大，尤其是看到桌子上竟然摆着部砖头块大哥大，更坚信他不是马馆长所说的人。

我想找马馆长求证一下，却发现他去了洗手间。正在这时年轻人看到了我，热情地起身跟我握手，我只得奉承地叫了他一声："吕书记！"

"错了错了！我把于书记听成吕书记了。"马馆长带着一手不知是尿液还是水渍赶回来，尴尬地解释。吕书记刚刚把车送给团县委，这位是团县委的于书记，是从省文化厅下来挂职锻炼的领导。

这才是张冠李戴，我说声："对不起！"于书记亲切地拉着我的手坐下说："何老师，我早就听说你的鼎鼎大名，只是没有机会见面。你当初是从杂志社出去的，我爱人就在你们杂志社上班。"

这才是世界说大就大、说小就小，他的爱人竟然在杂志社。我问他是谁？他笑着说："不瞒你，我爱人就是唐方，我就是唐方的爱人于阳。我们在大学里就认识了，结婚也没跟任何人说，只是到外地旅行了一趟。"

我想这可就是唐方的不对了，她把我视同陌生人，我自然不认识她的爱人。我正想跟他解释几句，他却伸出手，握住我有力地摇了摇说："这下好了，今后我们相互认识了，可以互相交流、取长补短。你在省里工作，人脉广泛，我在基层挂职，还望你多多帮助！"

这怎么谈得上我帮他？他只是到这里挂职锻炼，一年半载的就调回省城了，升官发财也说不定，而我就是一个普通的写手，地位低微，我唯一能做到的就是永远眷恋和心系这片贫瘠的土地，为它尽微薄之力。

马馆长刚想问是否可以开会了，于书记却起身对我说他还有一个更急的活动，省里来了一批画家，点名要他陪着到乡下采风。然后他吩咐马仁义，接待和开会的任务就全权交给他了，活动开销由文化部门记账。

说罢，他就匆匆离开会场。他出门后我从窗子里看了个一清二楚，马路边早等着一个女子，钻进了他的车子，那背影竟如此熟悉，像是杨心红。大概马馆长也看到了这个场景，有些尴尬地对我说："我们开我们的！"

几位参会者却不买账，冷笑地说："临阵脱逃，于书记的车子开到半道上一定放炮！"

会议因为主要领导的缺席而略显草率，气氛因此而冷清了不少。这些年官场上形成了某种风气，到会的领导官职越大说明对会议越重视，规格也越高，否则与会者都垂头丧气。

为了活跃气氛我在讲话过程中特意使用了家乡的土话，这跟县里的人使用普通话一样蹩脚，好在大家都相互理解。我粗略地讲了一下初回家乡的感觉，便请马馆长介绍有关我爷爷所领导的抗战义勇队的情况。这期间工作人员把一本厚厚的书推到我面前，这是一本叫《红石岗地区抗战史料》的书，所有这一地区的抗战史料都记录在内了，我谦恭地对大家说回去以后慢慢读，然后再发表意见。

余下的时间大家都到附近的饭店里吃饭。听说我是省里的客人，老板按最高的规格招待，上了满满的一大桌酒菜。我借口还要开车拒绝饮酒，这多少扫了大家的兴。文人墨客们平日里很少能出席这种管饭管酒的会，正准备大吃大喝一场，我却急着要走。马馆长就对大家挥挥手说："何总编也不是外人，你们就只管吃喝，多长点油水，我去送送他！"

他就把我送到车上，说改天再陪我到想去的地方。我返回红石崖村的时候已近黄昏。这里山势不高却十分有特点。车子驶进村口的时候最后一抹晚霞正照射在村子的上空。红石崖——一个极富诗意的名字，但谁也不知道其来历。因为村子附近的山上没有一块石头是红色的，连村舍和街道都是用灰色的石头垒成的，但这片即将消失的红霞悄然告诉我，村名就是因此而得来的。

第二天我听到一个消息，于阳刚进山里就出了事故。他把车停在山坡上忘了拉手刹，和女画家一块儿栽到了深沟里。两个人都受了伤，于阳伤到了腿，女画家却伤到了隐私部位，不得不送回省立医院治疗。后来我又听说，唐方曾为这事到医院去闹，她怀疑女人伤到不便之处有原因，两个看上去优雅无比的女人相互采了头发并且大打出手。

那一年我带着家人回故乡，正式开启了对我爷爷的好奇之旅，也了却了父母的不小心愿。我希望通过当地政府寻觅爷爷的踪迹，却并没有多少新发现，这让我感到失望。

我一直认为爷爷头顶光环，只是暂时被乌云遮住了，拨开乌云见太阳，金色的阳光就会普照大地，现在看来只不过是主观的愿望。

在返回省城的最后时刻我停下车，爬上红石岗的制高点，脚踩着大地举目四望，希望在脑海里留下一片永恒的影像。父亲和母亲沉默不语，脸上呈现出庄严的神情。人老了也就麻木了，对什么也无动于衷，一副听天由命的样子。其实我非常了解他们，不动声色的外表掩蔽下是内心的激烈，他们眷恋和心系已久的故乡竟然还是这么贫穷，他们当年勇敢地走出这片土地，为的是过上富足的日子，日后衣锦还乡，现在看来只是空想。从他们回到家乡的那天起，就绝口不再提要回家养老，也不再发出穷死是故乡的感慨，他们已经把滞留异乡作为最无奈、最现实的选择。

小文没有多少忧患意识，但家乡之旅使他变得沉默而成熟。他经常独自陷入深思和怔忡之中，年轻而饱满的额头上竟然现出了两道深深的车道沟。

牛金岭曾说小文患有多动症，催我带孩子去医院检查一下，我没有对任何人说。我一直认为所谓多动症是专家们杜撰出来的，但她搬出来一大套理论证明它的存在。她说她观察小文好多天了，小文的智能正常，但学习、行为及情绪方面有缺陷，她害怕儿子会一天天走向严重，到成了自闭症就无药可救了。

我坚决不认同她的说法，活泼的儿子怎么会得多动症、孤独症？但是有些现象也不得不引起我怀疑。他从老家回来后就不同小朋友们交往了，离群索居，放学关在家里研究地图。他盯着那个画圈的地方一看就是几个小时，有时候还在草纸上画出一些奇怪的图案。我试探地问他画这么详细干什么，甚至调侃要不要请教我，我对那一带甚至比我的爷爷都熟悉。史料上说，爷爷在利用地形歼灭鬼子的时候犯了经验主义错误，因此才导致他的失踪。

小文丝毫没有被打动，目光深邃地问："爸，你能确定我曾爷爷就在这一带跟鬼子打过仗？书上记载他有警卫员或者勤务兵没有？”

这话问得奇怪，书上的确记载着我爷爷当年在红岗子打过仗，但是却没有记载有无警卫员或勤务兵。按战时的编制应该有，这需要到档案馆查找。我一直困惑于找不到爷爷的蛛丝马迹，正要选择一条新的思路，小文却先想到了，他翻看过《红石岗地区抗战史料》，上面提到很多烈士的名字。儿子的话无疑提醒了我，找当年和爷爷一块儿出生入死的战友，请他们证明我爷爷是英雄。

我到省图书馆的地方史料馆一次又一次翻阅当地的抗战史料，却没有丝毫关于红石岗和我爷爷的记载。唯有马仁义送给我的那本书，但我相信他在梳理当地史料的时候暗中做了手脚，突出了马家而有意压制了何家，只在最后一章《血战红石岗》中提到何达旦率领独立团和小鬼子从早晨战至天黑，无一幸存。人们在第二天打扫战场时把烈士都集中埋在了红石山南麓的山脚下，造了一个很大的坟，但遗体中不包括团长和一个叫小雷子的警卫员。

小雷子！这是绝望中的一道闪电，我果然找到了线索，看到了新的希望。

爷爷手下有一个叫小雷子的警卫员，也许因他年龄小、地位低才被淹没在浩瀚的历史中。书中提到他的就是这一处，他连同我爷爷一同失踪了。

小文就是这么分析的！找到了小雷子就找到了我爷爷。我后悔开始没有认真地读那本书，这样我就会更早地发现线索了。

我马上给马馆长打电话，但接电话的人说他这一段在乡下跑，基本见不到他。于是我写了封长信，从鼓励、诱导再到威胁，说我爷爷的出土关乎马家的未来。我爷爷是战争年代家乡牺牲的最高首长，对于他的肯定意味着对红石岗地区抗战的肯定，意味着有可能给马家重新定义。

我特别提醒马仁义，寻找我爷爷的线索首先得从那个叫小雷子的警卫员开始，他可以帮助掀开历史长卷的一角。

马馆长好久没有给我答复，仿佛地遁了一般，过了中秋他回了一封信，十分简单，说这事要请示领导。我那时候并不知道于阳已经伤愈出院，重新回到工作岗位了，不然我会直接找他。后来从其他渠道才得知，马仁义疑心重，对找到我爷爷是凶是吉把握不好。如果通过我爷爷证明他的先人正反通吃自然皆大欢喜，但如果证明他十恶不赦血债累累，那岂不是在马家的脑袋上又砸了一砖头。

后来我贸然给唐方打了个电话，她语气清新而明快，透着老朋友般的亲切。说于阳回家把经过全告诉她了，没想到这个世界看起来很大其实很小，小于已经被安排常务副县长的实职了。我说那敢情好，今后老家的事还望于副县长多帮忙！唐方不以为然地说："多大点儿事啊，他不帮忙谁帮忙。"唐方给了我一个手机号，说这是于阳专门和家里通话用的，看来我都有点儿跟不上时代了，人家都用上模拟手机了，我还到处借用公用电话打长途。

红石县里正在进行换届选举，于阳遇到了点儿难处，他是从省里空降的，老百姓不甚了解，何况还出了个小意外。外界风传他进山跟女画家车震，家伙别上了车挡却没别上，车子突然滑动，伤了两人的重要器官。于阳需要消除影响并高票才能保证当选。唐方说："于情于理这事必须你出马！关于你寻找爷爷的事，我已经跟他打过招呼了，选举完他就亲自督办！"

看来这个交换条件我得接受，我立刻打电话给红石崖的何支书，请他帮忙拉选票。他是老油条，熬过五任县委书记，让他联络各村投于阳的赞成票。我还有一个撒手锏，这就是马仁义。他要想在县里混，就得先捧于阳的臭脚。马馆长自然分得出轻重，对于这种顺水推舟的事满口答应。

另外，我安排给马仁义一个重要的工作，寻找小雷子。

那年秋天，故乡的丘陵上一片迷人的景色，马仁义骑着破旧的自行车行走在高高的红石岗子上。他走街串巷见人就打听有没有听说小雷子这个人。全县竟然有几十个同名的，从十岁到七十岁不等。但是按年代计算都与之不符。

后来他来到一个叫风雷村的地方，村外有一块墓地用简易的石墙围着。正门有牌坊，写有对联，上联是：为有牺牲多壮志，下联是：敢叫日月换新天。

这是一座烈士公墓，只是看上去有些荒凉。看墓老人指着一处墓地说，那里有一个衣冠冢，他依稀记得墓里的主人叫小雷子。

马馆长喜出望外，亲自用他的"海鸥"相机给我拍回来一组照片。墓碑上可以清晰地辨认出"小雷子"三个字，下面写着某某支队独立团警卫员的职务。我一阵激动，这正是我日思夜想要寻找的证人。

我决定立刻返回故乡一趟，但马馆长及时地给我脑门上浇了一瓢冷水，他说这年头做事要沉住气、稳住裆！小雷子全家已于解放前被杀害了。小雷子生不见人、死不见尸，乡亲们迫于无奈才修了这个衣冠冢。这里先前被民政部门划为烈士墓地，有专人看管，看墓人每年能从县上领到几十元的工资，但是最近村里要建工业园，不知找了哪位领导，答应找个适当机会把坟迁了。

这里埋的都是在打县城时牺牲的战士，最大官也就是个连长，因此县里不太重视，借着要迁坟也就再没往下拨款，墓地长满了荒草。前不久村里要修路，借机会把围墙拆了，如果乡里干涉他们就停下，如果没有动静马上就平坟。

马馆长如是说，私下透露乡道建设的总指挥就是于代县长。他把“要致富，先修路”的大字标语贴到了墓地的前门上，正好遮住了那两句对联。当然，烈士陵园墙上贴标语也不是首例了，前不久就有几条醒目的标语，分别是：

“打下来、引下来，就是不能生下来！”

“全村只生一个孩子，村支书有不可推卸的责任！”

这对我来说不是一个好消息，失落莫过于心痛。上次回家的时候何支书陪我坐了一夜，旱烟袋抽了一夜，几次欲言又止，我就知道他有事要求我。我让他有话直说，他窘迫地在鞋底儿上磕了半天烟袋锅子，说村子里穷，想修条下山的大道，规划几年了都不曾动工。他说有一天夜里某村妇用自行车驮了孩子进城看病，半道上孩子掉下去都不知道，等回头再找孩子，孩子已躺在坑里死了。

这事对我震动很大。当年老区人民为了支援抗战付出了血的代价，如今却还是这么贫穷。贫穷到我都为之蒙羞。事后我专门问大伯，大伯不屑地说：“瞎说！是有从车座上掉下来的，但不是娘驮着孩子，是何支书驮了妇女主任进城开房，半路上掉下来了。那坑太深，妇女主任爬不上来，误了好事！”

哈哈！看来听话不能听一面之词，但家乡贫穷是事实，何支书提出的要求也并不高，但是我凭着一个月几十元的工资根本建不成路。

那一年冬天大家都在忙碌，连招呼都不打，日子过得慵懒而且无趣。一棵树上栖满了争吵的鸟儿，满耳都是噪声，不胜其烦。于是你投石惊鸟，鸟儿纷纷逃走，树归于平静，但是，这时候你会发现已经习惯了那些噪声，没有鸟叫的日子充满了寂寞，连树也忧郁地死了。

清明节的时候小文要去扫墓。他掩饰不住自豪的神情说要入团了，要在烈士墓前庄严宣誓，这让我感到惊喜和欣慰。老何家终于后继有人了，他是我们家第一个共青团员。儿子却突然谦虚起来，说比起曾祖父来他做得差远了。不但他差得远，我也差得远。

但儿子对于烈士陵园也多有抱怨，他说如果不是要在烈士墓前举行仪式，才不到那种地方。他最不能容忍的是烈士陵园的一角还埋葬着一些政府要员。“他们凭什么跟烈士平起平坐！”小文愤愤不平地说。

我无法回答儿子这番话，也不好评价现在的做法。小文才十二岁，小小年龄谈理想、主义似乎有些早，但儿子显然开始觉悟。

儿子发育得并不好，很像我小时候，个子矮矮的，脑袋小得仿佛一只麻雀头。我上初中的时候还戴着最小号的军帽。他如今戴在头上直打晃，帽檐习惯性地歪到一边去。

我还发现小文最近犯了一个毛病，经常性地打响鼻，跟驴打喷嚏似的。我怀疑他是受冷风刺激患了鼻炎，但牛金岭说儿子有精神强迫症，是一种心理疾病。

“我看这孩子总是心事重重的。”牛金岭不无担忧地说。

我不想跟牛金岭解释太多，女人看上去心大，其实挺小，我怕说出孩子的一些问题会引起她过多的担忧。

小文按照老师的要求提前拟订暑期计划。部分学生家长乐意让孩子出国逗留几个星期，学校投其所好，选择了到北美考察和到南美考察两条线路。其实我早就通过教育部门打听了，去这两个地方不用花钱，相关国家拿出钱来赞助这次活动。老校长已经退居了二线，新校长是个女的，据说上头有人。老校长敏锐地意识到了某国的阴谋，把这视为和平演变第三代、第四代的合理支出费用，但他已经无力阻止了。学生家长们也不买他的账，现在都富起来了，不差孩子这几个钱，只要能开阔眼界就好。

儿子把暑期方案拿给我看。家长们说得对，应该让孩子外出走走，扩大生活视野，但是经济条件又决定我做不到。小文似乎意识到我的尴尬，嘟囔地说：“计划是计划，哲学课老师经常说，计划没有变化快！”

我问他的变化在哪里？儿子少年老成地说暑假想回老家。他想进一步探究曾爷爷是怎么死的，确定埋在哪里。

想不到儿子会对这个感兴趣，我惊愕得说不出话来。那天晚上我关上门，研究马馆长给我寄的照片，小文看到了，捡起一张来说：“爸，这张照片我怎么感觉这么熟悉？”

又是熟悉！我脊柱一阵发凉，赶紧从他手中抢过去收进抽屉里，轻描淡写地说全国的石碑都是这个模式。小文道：“我不是指这墓碑，是墓碑上的这个名字。他是不是就是书上记载的那个小雷子？”

这下子我无可隐瞒了，承认就是那个跟我爷爷一起失踪的勤务员。我怕引起他的紧张，开玩笑地说："这都是战争年代的事了，就不要去关注了。这会儿说不定已经跑到火星或水星什么地方了呢！"

小文嘿嘿一笑说："你还别说！《十万个为什么》上就曾讲过，科技进步到能追上时光的速度，人类会造一艘太空船，追上那段历史。那样一来我曾爷爷之死就迎刃而解了！"

那晚的对话到此为止，儿子借口明天还要上学回房间睡觉了。牛金岭难得休假，我俩苦等到半夜，正打通了被子准备过夫妻生活，感觉都上来了，小文突然推开门爬到了床上，盘腿坐到我俩中间。

我感觉他目光有些异样，眼睛直直的，像是面对我们又像是眼前空无一人，幽幽地说："爸，刚才我做了一个梦，我就是墓碑上的那个小雷子！我还记起来去年夏天，你和我爷爷、奶奶到过红石岗，那里就是埋着我曾爷爷的地方！"

这简直就是中国版的恐怖片《午夜凶铃》，我吓得不敢碰他，牛金岭脸色苍白，一个劲儿地摇晃他的肩膀，希望把他从梦中摇醒。该来的还是来了！尽管我一直掩盖，但是儿子还是表现出明显的特征。早在去年我们爷孙三代途经红石岗，他就对那个地方产生了浓厚的兴趣。我就预感到总有一天小美的经历会在我儿子身上重现。

这是怎么了？我娶了牛金岭，庄宝盒娶了牛玉琴，我们碰到了同样的问题。是那地方的人特有还是遇到了这千万分之一的特例不得而知，但这种特异现象在我们家接连发生，不能不令人毛骨悚然。

牛金岭精神几乎崩溃了，顾不得夜深人静，绝望地捂着脸呜咽起来。其实从她生下小文那一刻起就担心小美的事会重现。我也一直回避这个问题，但是在那个午夜终于变成了现实。我安慰着妻子，然后镇定地对小文说，现在就回去睡觉。如果天亮前还做同样的梦，那就说明他的话是真的，我会专程陪他去寻找。如果他回去就睡着了，并且在第二天早晨忘了这件事，那就是白天思虑太过。

小文茫然地点点头，顺从地回自己的房间去了。我一夜没睡，不停地在两个人之间奔跑。小文并没有出现其他的情况，回去一头扎在枕头上睡到大天亮，早操都耽误了。

过后小文再也没有提起过这件事。父母起床后破例也没问夜里怎么了。但我清楚，父母包括邻居都知道我家发生了大事。十几户人家挤在一个大杂院里，东家放个屁西家就能闻得见。听邻居说我们家房子前任住着小两口，男人经常出差在外，回来急着亲热，可大家伙儿都在院子里乘凉，于是搬个椅子让女人坐上去，两人躲在帘子后面插插，结果男人一使劲把女人顶出了门外，闹出了大笑话。小两口不好意思再见人，这才搬了出去。何家半夜三更闹出这么大动静，不管我关不关窗、拉不拉帘，大家都听得一清二楚，第二天邻居们的眼里全都充满了血丝。

我给牛金岭讲这个笑话，但这只能化解牛金岭一时的恐惧，却不能从心底里根除。我的邻居们也经常回想起那个夏夜，他们要想解开这个谜怕比陈景润解开哥德巴赫猜想还难。

下篇

凡尘的生活让我们庸俗不堪。假如我们生活在天庭，从此不食人间烟火，那么，我们一定能够成为一个没有欲望的、高尚的、脱离了低级趣味的人。

但有人说，那是神！

我和小文专程回红石岗。

这次因为儿子跟着，我没有通知马仁义，也没有通知于阳，悄悄直奔目的地。有了前车之鉴，一路非常顺利。按图索骥，几乎没费吹灰之力就到达了那条山沟。

白天观察才发觉这条沟并没有想象中的宏大，浅的地方只有三四米，不过它的长度惊人，竟然延伸出数十公里。正是夕阳西下的时候，我们在高坡停下，小文指着一处土岗说："爸，上次就是在那儿遇到了洪水！"

他的记忆力和观察力非常人所能及。

我和小文徒步向坡上行走，儿子兴致勃勃地跑到了前头。在上次停车的地方我俩停留了一下，我站在那个平台上朝着远方小便，这成了一个坏习惯，遇到情况总想小便。厚厚的浮土在尿液的冲击下发出"噗噗"的声响，使人联想起那些见到物体就撒尿的狗。正当我以为儿子会斥责我的时候，他却发出略带夸张的变形的惊叫："爸，你快看，我发现了敌情！"

小文的话分为两种，一种是口头禅，是从战斗故事片中学来的，无论遇到什么都说："报告首长，我发现了新情况！"另一种情况就是用敌情来表示，那天就是证明。

我赶紧爬上土坡，眼前豁然一亮！我看到了只有在西北黄土高原上才有的震撼场面。无数条沟壑由西向东延绵不止，每道沟壑又分出许多小的沟渠，像巨龙伸出的爪子。而在这些沟顶上是一座座平台，大的有足球场那么大，小的只有几平方米。

这些平台时断时续，像北冰洋漂起的一座座冰山。站在高处仔细观察脚下，看似孤岛的地面上延伸出无数条小道，人们可以从容地从一块高地爬上另一块高地，更令人惊讶的是上面有农人正在扶犁耕种。

我以为这里是片荒野，不承想却种满了庄稼，五颜六色，非常好看。庄稼主要是玉米、高粱、大豆和花生。只是干旱缺水，虽说天气并不炎热，但庄稼蔫得半死不活，直到太阳终于在西边陷落，空气中有了一丝凉意以后它们才恢复了些许生气，于微风的抚摸下强打起精神，晃动着身子，发出窸窣的声音。

传统意义上我是农民的后代，但我的履历表身份一栏里最早填的是下中农，最后填的是学生，这也就意味着我永远做不成农民了。这一点上我远胜过爷爷那一代人。我现在的职业是编剧，也就是剧作家。我带着儿子行走在陌生的原上，看夕阳下如此的美丽，不由得发出一阵阵感慨。正是从那一时刻起，我萌发了一个伟大的想法，写一部电视剧，把我寻找爷爷作为这部戏的重要组成部分，把残酷的战争场面放在这如诗如画的场景中。

小文与我结伴而行，一路上极少说话，几次我没话找话他都板着脸，少年老成地皱着眉。我说你有什么事就告诉我，他吞吞吐吐地说有件事一直想告诉我，又怕我不信或者会吓坏我。我豪气地拍拍胸膛，冷笑一声："你什么时候见老爸害怕过？我从小就在坟地里藏猫猫，人家头天埋上死人当晚我就率领小朋友们攻山头。"

小文说："不一样，那是死人，人死了就跟猪狗死了没区别，人们还吃它们的肉呢！我说的是活人，是活在人心里的灵魂。"

我知道他想说什么，我站在原上，指着通红的晚霞对他说："不就是一个梦吗？现在就告诉我，你就是当年那个小雷子，我爷爷的警卫员！"

小文紧咬着嘴唇不敢正视我，几次想说什么又把话咽回去。我笑了，我从心理上战胜了儿子。我想他正在考虑是不是还用这种恶作剧来折磨我，但是，儿子还是小声说："爸，我真不是想吓唬你，我就是那个小雷子！"

"哈哈！"我嘴上笑了，脸上的表情却是古怪僵硬的。

"你就是小雷子？那么，现在我们就站在红石岗上，我的爷爷、你的团长，一九四五年春夏之交曾在这里跟小鬼子发生了一场战斗，你告诉我他死在哪里？”

小文似乎被问住了，脸涨得通红。他向前紧跑几步，又退回来，两眼兴奋地冒着光说：“我想起来了！离这儿不远有一个洞。不，是一排洞！从沟底向上看应该能看到。也许当年他们就躲到那里去了，所以才没有被人发现。”

这怎么可能！他们躲到洞里，鬼子走了可以出来。如果是这样他们早现身了，还会踪迹全无？我家、小雷子家、政府找了那么多年，他们却坚守在土洞里不出来？

这看似简单的问题把小文问住了，他再也想不出理由可以证明自己的观点。他泄气地低声嘟囔：“爸，你给我些时间。有些事太遥远了，我根本想不起来。有时候灵光一现，我再仔细想的时候大脑一片空白。”

望着儿子可怜巴巴的样子，我突然非常同情他，觉得他一定非常痛苦。他不是有意骗我、吓唬我，而是脑海里确有某种意识、某个人在。正如人的行为方式可以控制，但思想却无法控制一样，小文或许真有前世今生，他为了亲情而忍受困惑之苦，我无论如何都应该帮他走过这道坎儿。

我过去轻轻把儿子揽在怀里，让他把头抵在我宽厚的怀里。长这么大，我这是第一次和儿子亲密无间。儿子似乎感受到我传递给他的温暖，喃喃地说：“爸，我会证明给你看的，现在我们就回老家去！”

这次和小文回老家我没有告诉第二个人，就是怕他们误解小文。还有小美，我已经很久没有见过她了，她经常和小文犯同样的毛病，回忆起她的一些前世今生。

我决定把小美的事告诉小文，这样就会分担一些他的压力。

“你是说小美也跟我一样有前世记忆？”

小文的惊诧无异于当年的我。我无语地点着一支烟。我夹烟的样子很笨拙。我不会吸烟，纯粹是装模作样。夕阳把晚霞烧得通红。手中的那一点余火在如此壮美的大自然面前简直就是萤火虫的屁股。我在这时候推出小美，对儿子似乎是一种鼓励，他终于可以放下心来向我证明前世是什么人了。

夕阳落下山的时候我们爷儿俩才重新上路，小文坐在副座一动不动，但是我用眼睛的余光还是看出了端倪，他也在观察我，目光中有担心也有欣慰。他怕我会嫌弃鄙视他。

其实他的担心完全没有必要，从来没有大人嫌弃自己孩子的，也没有父亲会鄙视自己的儿子。孩子是父母血脉的延续、思想的延伸，是父母的希望和未来，纵是粉身碎骨，我也会保护儿子，保佑他平安。

车开出不久天就黑得伸手不见五指，好在天气晴朗，我仅凭着北斗星就平安开到了县城。

我选在县招待所住下。红石岗是革命老区，老区并不代表着什么都先进，反而落后封闭。落后和封闭封建迷信就有市场。这里的人更相信人死有灵魂、死后要升天或者下地狱。至于喝不喝孟婆汤他们并没有人在意。老百姓祖祖辈辈生活在贫穷中，没有人顾及前世而不喝那碗汤。至于传说中让孟婆子在脖后点上一粒朱砂，成为后世情人的更是绝无仅有。我一直盘算，如果儿子是再生人得到印证，我一定首先问他，我小奶奶、他的曾奶奶脖后是不是有一颗红痣。

夜宿招待所，半夜的时候儿子钻到我的床上来。我把他搂在怀里，望着他安然睡去的样子，无论如何也不能把他跟传说中的小雷子结合起来、视为同一个人。我儿子就是我儿子，他的音容笑貌都像我，他是我的生命延续，怎么会是另外一个人？但他脑子里为什么会有那种感觉呢？他的那些习性和爱好又是从哪儿学来的呢？

我根本无从说起。

第二天起床，我俩已恢复到从前的关系，商量着先去找小雷子，然后再回红石崖。小文很有把握地说："到时候我曾爷爷的事就水落石出了，他是英雄还是狗熊也可一知百知。"我吓他说开弓没有回头箭，要考虑好，揭开这个历史的秘密可就收不回去了。小文自信地说："当然！我不会把何家推进火坑。"

他说这番话的时候神情完全像是个陌生人，站在小雷子的立场上。我退一步道："我还是相信我儿子的！你曾爷爷英明一世，其传奇人生不见天日才是最大的痛苦！"

吃早饭的时候我向服务员要了张乡镇地图，按图索骥去寻找小雷子的家。车开出县城便迷了路，因为我根本就不知道他家住哪里、姓甚名谁。好在地图上标明这个村叫风雷村，在县城的西北角，我就试着朝那个方向开。

开出县城我便又不识路了，到处都在修路。不远处有座加油站，我让小文在车上等，跑去借电话打给马馆长。小文却一把拉住我，辨别了一下方向，让我顺着大道一直往西跑，如果十公里外遇到一条沙河，那沙河之左定是小雷子的家。那个村叫风雷村，是因为修有一座古风雷塔而得名。

我大呼了不得！我已经习惯把他当成再生人而不是单纯的儿子了。小文说他依稀记得这条道，河上架着一座水漫桥，常常遇到发洪水而过不去，有时候一等就是两三天。

果然如小文所说，车行十公里是一条河，只是水漫桥没有了，换成了一座高脚桥，桥下没有水，有些采沙的拖拉机，拐过桥头便有一座村庄横挡在路两旁，村碑上赫然写着："风雷村"。

小文的眼里含着得意，我却无论如何也笑不出来，这决定了小文的前世就是小雷子的现实。我实在不敢想象，我的儿子怎么会跟一个风马牛不相及的人纠缠在一起。

我把车一直开到村委大门口，两个人正坐在屋子里聊天。我含糊地说是从县里来的，想来看看小雷子的墓地，顺便打听他还有什么亲人。那位七十多岁的老人叹息说，村外是有这么一个墓地，也有一个叫小雷子的人。他就姓雷，小时候还认识他，只是后来当了八路再也没有回来过，再后来他全家都被顽军杀了，断了后。前几年县上还来人整过材料，但后来就没了信儿了。

我说："麻烦你带我们去看看他的墓地，我们大老远的来一趟不容易。"老人又是一声叹息，摇头说："你们来得不巧，前两天来还好，他的坟地昨天就平了，村里要修路！"

赶得早不如赶得巧，我们想来认小雷子却被告知墓地平了。老人说其实就是不平也看不出模样了，因为无人修缮早已夷为平地，成了一位村干部的养鸡场。

我不知所措地望着儿子，小文也没有了主意。后来奇迹发生了，他突然用方言同老人说起话来。他从来没到过风雷村，能听懂并且说出当地的方言简直就是奇迹。

他问了一些村子里的变化，比如那条沙河的桥是哪一年修的？当年雷家看墓人是哪一年走的？他是什么辈分？老人一脸的怪异，认为我们父子对这一带如此熟悉，一定是跟雷家有什么关系，因此警惕地把住嘴巴，一句有用的也不说了。

小文失望地返回院子，嘟囔说他问那个看墓人，其实是想进一步打听家人的情况。我坚定地说："小文，打住！我才是你的家人，小雷子只是你脑子里的一个怪物。"

听到这里，小文笑了，说："爸，你不用害怕，我就是想找小雷子，然后通过小雷子找到曾爷爷的线索。你可不要狗咬吕洞宾——不识好人心！"

我实在无话可说，我是被他的表现吓怕了，那一刻真不清楚小文是我的儿子还是小雷子。这种尴尬持续了一会儿村主任便回来了，是一个光头的汉子，虎背熊腰，样子凶狠。我向他打听，村主任冷冷地说看墓地的老雷头一年前就死了，他是个老鳏夫，什么后代也没有。他是雷家的后人，因为穷娶不上媳妇，村里给他这么个差事。谁知他听说村里要平坟，气得找乡上说理，一口痰没上来就憋死了。

小文执意要村主任带他去小雷子的家里看看，村主任古怪地打量了半天还是答应了，把我们领到村中一处院子前。

院子里的房屋早就塌了，只有北屋还勉强能够支撑。正当我给村主任递了根烟，攀谈着，试图打听点儿什么线索的时候，小文已经跑进房间。他重新出来的时候怀里抱着几块神牌还有旧物品，这下把村主任和跟来看热闹的老头儿吓坏了。他们在村子里住了这么多年，也从没能从屋里找出这些破玩意儿。

那天小文在风雷村可谓出尽了风头。他一件件往外搬东西，闻讯围过来的人越来越多。大家并不怕我们要弄走那些东西，而是惊诧怎么会知道雷家这么多事？随后更大的麻烦出现了，小文认出了人群中的一位老人。

这位老人本待在家里，听孩子们说来了两个打听雷家的人，便鬼使神差地赶来了，躲在人群后面。当小文抱出写有小雷子牌位的木牌时，老人竟然抹开了眼泪。小文的目光从她的脸上扫过，径直走过去，惊喜地问她："你是黄玉英？"在场的人都哄笑起来，这个老人并不叫这个名字，唯独那个被叫作黄玉英的老人听罢热泪盈眶，夺路而逃。

我把小文拉进车里，这才避免遭到更大的围观。村主任对我俩的身份产生了怀疑，让人稳住我们，转身去村委会打电话。我说："你不用打了，我回头就去找你们的县长于阳。"

我直呼其名，这才震住了凶狠的村主任。但是那天不但风雷村的村民们对小文的做法疑惑不解，就连我也不解，他为什么突然叫那个陌生老人黄玉英？

回去的路上有片废墟，残存着一些青砖绿瓦，我停下车看个究竟，见废墟上立着个石碑，原来这里是风雷塔的遗址。小文也非常感兴趣，从车上下来，在这片废墟上徜徉。这时候从后面追来一辆摩托车，一个年轻人带着那位老人来到我俩面前，老人泪水涟涟地说：“小同学，你从哪里打听到我的名字？我的名字只有一个人知道，他就是小雷子！当年他打鬼子死了，尸首都没留下，从此我改了现在的名字，嫁到了风雷村，这一晃都四十多年了。”

望着老人不知所措的眼神我恍然大悟，这是当年小雷子和他心爱的女人的一段地下恋情，如果不是小文心中的那个小雷子复活，这个世界将无人知晓。

小文显然没有思想准备，他只是回忆起那段历史，却又不懂得如何处理这早已跨越时代的人际关系。我忙上前对老人和她儿子说，我们只是研究这段抗战史，找到了小雷子的线索，从他的史料里知道黄玉英这么一个人。

老人失望地走了，她的背影显得十分孤独。

回去的路上小文沮丧至极，我找了各种理由来帮他平复心情，同时我也警告他，他就是我的儿子！关于前世记忆说不定哪天就从他的脑海里悄然离去了，只是过眼烟云。他不姓雷，也不是那个时代的人，他叫何文瑞，是何书盒的儿子，也是何氏望族二十世的子孙，他所面对的不是过去而是未来。

离开风雷村，我和小文商量着回红石崖，但后来取消了这个计划，与其把时间浪费在家里还不如直奔红石岗。

路上小文已经恢复了常态，变得有说有笑。他指指点点，车走走停停。小文说他记忆中好像来过这个地方。我笑他好记性，去年的时候不是陪着爷爷奶奶打这儿走过嘛！小文反驳说：“我指的不是这个。我是说，我的前世到过这里，一草一木看着都十分熟悉。”

我耐心向儿子解释，似曾相识即人们常说的“即视现象”，有时候我们对未曾经历过的事情或场景感觉到经历过，有似曾相识之感，而且想象力越丰富的人越可能经历奇特的感受。有位学者就多次宣称自己在托尔斯泰的著作中生活过。小文道：“可惜，我想象力并不丰富，我才是初中生，也没有读过托尔斯泰的书，里面有好多字我都不认识。”

他说的是事实，我书架上摆着《战争与和平》《安娜·卡列尼娜》和《复活》三部巨著。小文曾经想拿去阅读，但面对满纸的繁体字他最终放弃了。

我启蒙说，在青年时期似曾相识的发生率最高，此后随着年龄的增长而逐渐降低。一个世纪以前，弗洛伊德就曾解释成这是潜意识矛盾冲突的体现，但是现代心理学家提出，健康的大脑都会产生这种感觉，而且在疲惫和压力状态下更容易出现。

“可是……我的那些思想都是过去发生过的真实事件，跟创造和想象完全不是一回事。”小文苦恼地说。

“也许是你脑子制造了一种熟悉的感觉。”

我知道凭自己的知识说服不了他，只能瞎编乱造。我们已经行走在红土的丘陵上了，窗外的景色时好时坏，我俩的心情也时沉时缓。我跟儿子是为了再生现象来的，却又怕触及敏感的话题。小文突然摇下车窗，指着一处高坡说：“你把车开那上面去吧！我看到那里长满了酸枣树。”

红石岗上生长得最茂盛的就是酸枣树了，它高大的枝丫伸展着简直就是一片绿色的王国，正如非洲沙漠生长着高大的仙人掌一样，这个地区的酸枣树是独有的植物，它浑身长满了尖锐的毒刺令人望而生畏。

我按照小文的要求把车开到坡顶上平坦的地方停下，看到了更为壮观的景色，在数公里的坡顶上完全是已经沙化的土地，长满了蒿草，一些裸露的地方堆着鹅卵石，被雨水冲刷得相当光滑。

在看到这片不毛之地时我突然有所联想，当年小奶奶描述的土窝子难道就在这里？我和小文无意中闯入的竟是我爷爷生活和战斗过的地方？小奶奶说她就在那里怀上了我的爸爸，从此何家才有了继续扎下去的根，有了生命的延续。

我激动且愕然，比我更加惊愕的还是小文。他二话没说就朝着一个土窝子跑去。他站在土窝子的边上，情绪激动地朝我挥着手说：“爸，你快看这土窝子！当年小雷子他们就是住在这样的地方，何团长也是藏在这样的窝棚里。”

我内心说不上是惊喜还是害怕，他竟然把我爷爷、他的曾爷爷叫何团长，而且找到了证据。在这荒原上只有我们俩，但是分明还有另外一个人，他在视线之外但又触手可及；他似乎就站在小文的身后注视着我们。然而，我不得不说这趟旅行是值得的，寻找了多少年的线索终于有了突破性的进展。我们不但找到了小雷子，还找到了爷爷当年居住过的土窝子。虽说这仅仅是个开始，但是离揭开秘密已经不远了。

我和儿子分开来在那片区域寻找当年战场上可能留下的痕迹：一粒子弹、一片弹片或是一枚纽扣、一片布屑。但是都失望了，岁月留给这片土地的东西太少，除了沙石就是蓬草，甚至连一片木屑都没有。

小文说他依稀记得当年那些土窝子都是用木头支撑起来的，在上面蓬上草、埋上土，从外面一点也看不出来。他还说住在土窝子里冬暖夏凉，在地上铺上干草，一点儿也不潮湿。

我当时的心情是相当矛盾的。我一面按照小文的要求四处寻找，一边担心我会找出什么，那样就彻底把小文推到小雷子一边了。当我站在原地犹豫着是不是再找下去的时候，小文却又有了重大发现！

原来他顺着陡峭的小道迂回到一片浓密的酸枣树后面，那里出现了一大片平坦的空地。这里地势较偏，人们似乎都未曾光顾过，就连动物攀援过的痕迹都没有。小文激动得脸色通红，对我说："爸爸，如果我没有记错的话，当年小雷子和曾爷爷曾到过这里！"

我探头朝那片酸枣树林张望，想钻过去根本不可能，因为实在太稠密，除非变成鸟飞过去。我试着从其他地方绕，但是怎么也走不到跟前，也看不清里面的全貌，我预感到离真相越来越近了，不得不对小文说："你再仔细想一想，当年那个小雷子真来过这里？"

小文的脸显得有些凝重，眉头紧皱在一起。他似乎对于过去吃不准，嘟嘟囔囔说："我已经记不得了，只是朦胧地觉得到过这地方，也曾看到这样用酸枣树做成的墙。"

"再想想，哪怕是支离破碎的梦也好。"

我已经忘记了忠告，顾不得他是不是我儿子了。急于找到爷爷的驱动力远远胜过对于儿子的保护。但这时候小文彻底失去了记忆，他甚至想不起我们来此的目的了。

我决定先休息一下，补充点儿食物，从早晨起我们就没有吃过饭，现在都饿了。

我们爷儿俩坐在整个沙地的最高处，从那里可以一眼望见沟底。天气十分晴朗，月兔还没等晚风把散落一地的残阳扫走便急不可待地出来亮相了，挂在东边的天上，照得整个高地十分亮堂。

我提议今天晚上不走了，就在这里露宿，明天再接着找。小文没有反对，依偎在我身边，疲惫而无助。我鼓励他这个世界不是一成不变、简单的，充满了不确定的因素。就如宇宙大爆炸，有那么多科学家推演，可是哪一个能够解释这个无穷大到底是什么？在无穷大的外面还有没有新的世界？它们又是怎样的演化过程？还有，有记载的生物活动已经数亿年了，为什么人类的历史才五千年？那五千年以外又是什么样子？会不会有一种高级生命周而复始？会不会我们中的某一个或者某一些人是从原始穿越而来？

我把平时看的书淋漓尽致地复述出来，小文默不作声地听我坐在月光下胡吹乱侃。我还有一个罪恶的企图，就是试图把儿子的整个大脑都用我的观点去占满，让他脑中那些怪思想全部没了空间，这样他就轻而易举地回到现实中来了。我甚至耻笑庄宝盒，如果他也采取我同样的做法，就不会让牛玉琴和小美成为牺牲品。

荒原上的某个夜里我莫名其妙地兴奋，小文也毫无睡意。他的心情最初是忧郁的，但后来在我的感染下变得快乐起来。他表示一定要好好利用这个暑期，写一个报告交给学校的兴趣小组，不探出曾爷爷和小雷子来不散伙。我当然支持他的这个想法，这是我们老何家的家族基因所决定的，与再生无关而与遗传有关。我们俩谈得热火朝天，相信即使我爷爷带着小雷子在这片地里徘徊，也不忍心惊动两位虔诚的后人。

那是我人生中过得最有意义的一个夏夜，我和儿子夜宿在陌生的原上。

红石岗子上格外清爽，这要在省城早已热得不能入眠了，但是这里的风十分清凉，带着丝丝的寒意。我从车上取下毛毯，一半铺到地上一半裹到小文的身上，一整夜都毫无睡意。我心里明知没有危险但却睡不踏实，眼睛闭着耳朵却时刻倾听着四面八方的动静。我是小文的父亲，有义务保护儿子不受任何伤害包括委屈。冥冥中我好像感觉到爷爷的灵魂正悬浮在空中警惕地守护着他的后人。

快天亮的时候我看到对面的崖上有什么在闪动，它好似星星但又闪烁不定。我吓了一跳，迅速地爬起来去追赶。当我离它百步开外的时候已经十分清楚了，那是一团磷火。

虽然我已知答案，但我还是被吓出了一身冷汗。磷火的出现意味着这个地方有大量的尸骨。我没有叫醒尚在熟睡中的小文，一个人朝着那片磷火追去。磷火飘忽不定，一直朝着土坡的后面飘动。我走它就走，我停它就停。

我跟随它翻过了土坡，走进一条植被茂密的山沟。山沟里有小溪、杂草和树木。里面的路实在难走，但环境很好，空气特别新鲜，而且出奇的安静，只听见风吹树枝和草发出窸窣的声音，连鸟叫声都没有。我被这安静的氛围和窸窣的声音震撼，有一种奇妙的感觉。同时心里更加害怕起来，但是好奇心驱使我大胆地朝前寻找。

这时，惊人的一幕发生了！

那团鬼火赫然出现在半空中，没有任何声音，仿佛是悬浮在空中的

UFO。我仔细观察它的形状，它是圆球形的，散发着金色柔和的光芒。它似乎想和我捉迷藏或者想告诉我些什么，静静地悬挂在那里。

我不敢伸手去触摸它，怕它突然消失了，这时，想起来脖子上还挂着架相机，于是轻轻地取下来，赶紧调焦，试图把它拍下来。就在我按下快门的一瞬间它突然向空中一跃，翻过前面的山丘钻到另一条沟里去了，速度之快令我瞠目结舌。

我所有的注意力都被那团鬼火吸引过去了。虽然我早就知道所谓鬼火其实就是磷化氢燃烧时的火焰，但还是感到紧张和好奇。

我没有追上那团火，又担心小文，急忙回去唤醒他。他显得非常不情愿，不明白我为什么天不亮就催促他快走。

他揉搓着眼皮说刚才做了一个梦，他跟随着一团火进入到一个从未到过的山沟里。我浑身汗毛都竖起来了，这跟我刚才的经历完全一样。我问他看到了什么，他说什么也没有，就是那些土洞，但是他只是隐约感觉到却没见到洞口。

这里实在不能再待下去了！我追赶的那团鬼火竟然匪夷所思进入小文的梦里，而且引领他进入土洞里。如果我告诉他这些都是事实，那么接下来我就无法向他解释了。没想到小文却坐在那里纹丝不动，不满地嘟囔道："爸，我们好不容易来一趟，为什么不多待一天？"

我只好撒谎单位还有一份工作大纲要提交，今天是最后期限。小文笑了，对我说，红石岗有这么好的史料，为什么不认真挖掘一下？把曾爷爷还有小雷子写进作品。

我说这事怎么好假公肥私，小文不解地说："怎么叫借公肥私？不能因为我曾爷爷是家人你就不能写电视剧了，再说他的事迹的确感人，单是寻找英雄归来这一章就会写一出好戏。"

小文说得在理！梅卿交代今年创作任务的时候也曾经有所表示，过去创作一直以风花雪月为主题，最近战争题材的作品更紧缺一点儿。她还透露，有人组织了一个文化沙龙，把省城有影响力的文人墨客都笼络到沙龙里，明目张胆地同我们叫板。

"就是唐方？"我信口问。我已经好久没有见过她了，自从我跳出杂志社就再也没有回过那里，也不知道那份杂志办得怎么样了。梅卿说："你可不要小看这个女人，一个小小杂志社怎么笼得住她？她也早不在杂志社当总编了，去省行政学院当老师了。这是个新成立的学校，上面亲自点她的将！"

我不假思索地说："点她将的那个人一定就是杨革文！"梅卿吃惊地望着我问："你认识杨副秘书长？"

我不置可否地笑笑。我已经准确地判断出这个杨革文就是当年在工厂的杨文革，只是我尚对唐方是她的学生有怀疑，对他跟唐方有染更是难以置信。两个风马牛不相及、不在一条路上跑的车子怎么会驶在一起？除非他们在某十字街头意外邂逅并且发生了师生恋。

梅卿掩饰地笑道："你可别小看这杨革文的能力，唐方爱人的所有工作变动都是他一手操作。"

她的话完全正确！我相信杨革文有这个能力。反而梅卿对于这些难以接受和理解,她的理性后面是惶惑。她一直把唐方和于阳当作生活中的于连，出身贫贱却总想着挤入上层社会，而我有时候也把于连当作我的一个榜样，我认为自己聪明能干，有理由达到理想的高峰。

我忽然觉得梅卿很可怜。

梅卿在我面前表现得很有涵养，她总是步履轻盈、面带微笑，即使是她不喜欢听的话、不喜欢见的人，在第一眼面对时也总是保持着习惯性的笑容。说心里话，我有时候不喜欢她这种职业的微笑，感觉她是一个无法撼动、具有超强自控能力的女人。

其实接触久了你会发现她胸无城府，她的伪装一击就破。比如她的连衣裙从来都是束胸的，有时候她故意把胸线堆起来，我便大胆地盯着看她，这一盯就把她吓回去了，她会马上回到办公室把衣服换了，我又会看到那个衣襟扣得严严实实的女领导。

有一天梅卿坐在我面前，袒露着白皙的胸部。墙上装了一台风扇，风扇风力很大，它总是肆无忌惮朝着梅卿的方向吹，这样我从吹起的衣缝里看到她的前胸就轻而易举。周愚公在女人方面阅历丰富，说女人有四点：要小一点，红一点，细一点，紧一点。我不是他那类的流氓专家，无法求证，除了这些，我一向尊重梅卿。

小文提醒写就写我爷爷，这对我来说水到渠成。爷爷何大蛋、小奶奶孙氏，还有我儿子脑中的小雷子足以构建这部恢宏大戏，只是我还没有把握好怎么写。我含糊地向梅卿汇报前不久回老家做了一项历史调查，我们那地方是革命老区，我发现了一些有价值的东西，没想到梅卿很痛快地答应给我两周的假，好好做好考察和资料收集，然后再听我汇报。

我没想到梅卿会如此轻而易举地答应这事，我并没有透露小文以及小雷子的事，但她要求我好好收集材料说明这事我做到点子上了。这年头，作为文化工作者首先要有政治上的敏感，要懂得紧密地配合形势。

儿子开学了，我单独行动。临行前我突然想起，应该先跟于阳打声招呼，没想到他回电话说这会儿正在省城。

“我在行政学院，如果方便的话你可直接到文化中心来找我！”他口气不冷也不热地说。

文化中心其实就在省行政学院后街的一座八层小楼上，这里离电视台很近，但走过去要穿越全城最繁华的马路。马路实行二十四小时严格的交通管制，因此我很少到那边去。

就是这一条马路，把我与唐方完全隔离在两个世界。

尽管我早就想跟于阳面对面地沟通一次，但是听到他在省城的时候我还是有些犹豫。梅卿问这在孙子兵法上怎么讲？我说叫作：“知己知彼，百战不殆！”她很温柔地笑了笑，对我说：“对！你现在就深入敌后，像《奇袭白虎团》那样直插敌人心脏，摸清他们的情况。”

头天晚上大观园剧院上演《奇袭白虎团》，作为传统保留节目是最后一场演出，据消息灵通人士透露，今后这台戏的原班人马就要解散了，所以分到票的都是些老领导和文化界人士。我本不喜欢看京剧，但梅卿把两张票中的其中一张给了我，并且我在这张票的邻居位置上找到了她。在说到“插”字时她语气有些含糊，我身体某处立刻响应性地做出了反应，梅卿也许意识到了什么，脸上现出一抹流氓红。

翌日一早我按照约定到达文化中心，唐方早在一楼等我。她是专程等我的，于阳早就上楼去了。见到我她热情地伸出手表示欢迎，软软的有不盈一握之感。她似乎特意打扮了一下，穿了件粉红的吊带，披着件米黄色的披风，胸口开得很低，看上去楚楚动人，这实不多见。不过上楼的时候我还是不经意地从她的发端看到了一缕白发，看来上层社会的日子也不好混。

于阳的热情却是显而易见的。原来他接到我的电话后便倡导召开了这个恳谈会。一伙儿从未到过革命老区、不知红石岗在哪里的文人墨客却为老区的建设出谋划策，似乎有些滑稽，但现实就是这样。唐方有些感慨，因为我们从一开始就是对手，但如今却为了一个共同的革命目标走到一起来了。

她上楼时轻轻牵着我的手，显得比任何朋友都热情，从头到尾也一直坐在我身边，这连于阳都有些嫉妒了，笑道：“看来唐方还是很怀旧啊！”

唐方的怀旧其实很宽泛。她组织这个沙龙的目的只有一个，现在社会上有一种不好的思潮，就是想否定现实回到过去。作为哲学博士生，她有责任和义务拨乱反正，导师也有这方面的想法，她不过是一个践行者。时代已经飞速发展了，就连赶超发达国家也只是时间问题，有人居然还想着回到过去的年代。至于中国当代文坛丰富多彩，不乏象征主义、荒诞主义、魔幻现实主义、先锋文学、新写实等，她把这些人笼于麾下，就是给他们一个自由发挥的空间。

然而，于阳显然不是来捧哲学和文学臭脚的，他对于妻子的学科一向嗤之以鼻，他认为一切哲学和文学都离不开政治，特别是“特色”决定哲学和文学的特殊性，这就是要为政治服务。他这次借助唐方的平台是想为老区促成一件事，声援一座正在规划中的大型项目。

“是准备搞一部艺术作品还是攻克一个哲学的高地？”首先，一位头顶光秃的男人沉吟地问。

另一位脑后梳着小辫的男人接上说：“我们这些人写写歌、填填词还行，搞行政、搞经济那都是纸上谈兵，除了杨副秘书长，没人有这个魄力和才气。”

他们的话似乎不合时宜，唐方的眼里明显闪烁着不安。我环视四周，并没有看到杨革文。

于阳扬手制止住大家，微笑着说：“我还是先放部片子，让大家熟悉一下情况！”于是，茶室的光线暗下来，投影仪播放一部纪录片，画面是六月的某一天，在北方一处工地上，彩旗招展，人山人海。

原来是一处大桥开工的画面。上次回家我就注意到，贯通红石县的沙河正在施工。不用介绍我就能从那特有地质上认出是哪里。那天我差点被堵在路上，路面上挤满了工程车，那些没有牌照的卡车横冲直撞，不少拉沙车的车厢淋淋滴水，仿佛男人的前列腺出了问题，弄得满地泥泞。

据说这是全县第一个受资助的大型项目，专门针对老少边区的，修一条穿越半个省的高等级公路到达红石岗。于阳表示，红石岗地区的现代化发展完全取决于这座大桥建得成与不成。这是进出老区的唯一通道，但它复杂的地质构造决定了它的修建难度，再说资金也有困难，省里只拨了工程款的十分之一，它还有那么多配套工程都需要县里筹措资金，因此才不得已向大家求助，希望大家广为宣传。

于阳当仁不让出任项目的副总指挥和宣传组长，他是从省城文化厅下派的，有优势协调各方面的关系。但据马仁义讲，他是上级有关部门点的将。至于这有关部门是什么神秘组织没人能说得清，后来我从一则电视新闻中看出了端倪，省项目落实小组到红石岗地区视察工作，其中就有杨革文，他是以省委副秘书长的身份出现的，并且我在人群中发现了唐方的身影。

于阳说作为向国庆献礼的一大工程，有关部门要求不但要组织好施工，更重要的是沿途要抓住这个契机，广造舆论。特别是红石县，作为受益最大的县，要有专人、专门的班子进行跟踪报道。他带队成立一个战地宣传小组，拍新闻不够就拍专题片，拍专题片不够就拍电视剧，总之要把这座大桥建成红色桥、胜利桥、民心桥，要和打造红色旅游胜地结合起来，成为全省新的亮点和经济增长点。

那天临近散会的时候杨革文出现在文化中心实属意外。

我倒没觉得什么，但是于阳略显尴尬。相信他对社会上的绯闻早已知晓，但问题出在他既要捍卫作为丈夫的尊严又要充分利用好妻子和这位政坛上不可多得的风云人物的关系，实在难为他了。

我首先站起来和杨革文握手，他起初并没有认出我来。我自我介绍后他才恍然大悟地拍着发亮的脑门说："真没想到啊，在影视业声名显赫、如雷贯耳的剧作家竟然是你！竟然是从我们三线出来的人，你可为咱们军工战士争了光！"

他简单的几句话就把尴尬的气氛扭转了，不但表扬了我，无形也把自己那段光辉历史作了渲染。唐方故作惊讶地说："哎呀，杨副秘书长……杨老师，你还有过这么一段光辉的历史，当过军工战士？你在学校的时候可没给我们说起过，你虽然是我们慈祥的导师，可是你不苟言笑，同学们都怕你，我更怕你了，见面都不敢跟你说话。"

她这一番话把在座的各位都绕晕了，也把那些传言一一击破。原来人家杨副秘书长在学校当导师的日子里作风正派、不苟言笑，连唐方都不敢靠近他。但我实在不敢苟同。若是说当众不苟言笑那还说得过去，换在月上柳梢头、人约黄昏后以后，谁怕谁都不可能成为情场上不老的传说。

予人玫瑰，手有余香。我决定为唐方遮掩过去。我遵循的原则是"得饶人处且饶人"。我大声地对大家说道："唐老师说得极是！当年杨副秘书长做我们厂的领导时就是文艺领袖，他对我们年轻人的言传身教是显而易见的，不然今天我也不会站在这里。"

大家都热烈地鼓起掌来，看不出是因为我精彩的马屁还是真相信他是无私的，但这至少为于阳解了围，他重新变得活跃起来：“不瞒诸位，杨副秘书长今天是以省重点项目协调员的身份参加我们这个活动，我希望这成为一个良好的开始！”

于阳向现场每位发了一份宣传册。册子上说这座大桥是省际经济大通道的一部分，预计两年内竣工。

这么一个庞大的工程要在如此短的工期完成，把在座的人吓了一跳。大家疑惑，既然是造桥工程，不请专家、不请银行，请这些文人墨客干什么？唐方迎着大家疑惑的目光笑了，说道：“我正是要告诉大家，根据杨副秘书长的建议，我们准备拍一部专题片，这部片子的名字就叫《大桥工地》。今天我把大家请来就是先熟悉情况，接下来会成立一个班子，资金不是问题，关键是我们怎么把片子拍好！”

说到这里，她有意朝我扫了一眼，当我还在判断她眼神的含义的时候，她已经走到我面前，拉起我的手说：“我今天特意邀请了全省著名的剧作家，也是我的前同事、好朋友何书盒同志参与主创。何书盒最近一直在红石岗调研，他的家乡就是那里，相信他一定能写出好脚本来！”

唐方的话出乎我意料。她竟然推选我来领写这部片子。这等于将了我一军，把我推到尴尬的境地上来。她事先并没有告诉我有这样的计划，要拍片也得征得梅卿的同意。现在好，她成立一个班子，我如果接下来，那就等于把我的上级不放在眼里；我如果不接，那今天众人就有可能下不了台。

大家都起立鼓掌，仿佛事先商量好了似的，成心要给我难看。于阳也满腔热情地上前拍着我的肩，鼓励我一定要接下这个光荣而艰巨的任务。我站在那里不知所措，接受与拒绝都成为烫手的山芋。

但我马上恢复了常态，既然烫手，我倒不如将计就计抛给对方。我朝大家礼貌而神情庄严地鞠了一个躬，然后表示：“接受如此重任深感荣幸，这件事本身是为我的家乡做贡献，我定当全力以赴！我马上回去汇报！正如唐方所说，我熟悉家乡那些人、那些事，拍片子、写脚本，非我莫属。”

我的话让唐方和杨革文不高兴，但是守着众人他们都没有表现出来，这足以说明他们都非常有政治涵养。散会的时候大家到房间里吃饭，推杯换盏。我喝了一杯低度酒就佯装醉了，故意当着唐方的面说刚才在会上的话有误，其实这事根本没必要请示梅卿。唐方不知我说的是真是假，搪塞地说该请示的还是要请示。我有意提到杨革文，说他是我的老领导，他的职位比梅卿高，他说的就坚决执行。唐方没吱声，于阳却拍着我的肩膀，大声地笑着说：“看来杨副秘书长没看走眼，他也是这么对小唐说的！”

哈哈！于阳终于酒后吐真言了，原来这是早已设计好的一场游戏，唐方和于阳不过是枚棋子，而杨革文才是幕后的主使。

我四处寻找杨革文，酒宴上根本没有他的影子。

走出沙龙的时候夜已深，酒把我的大脑搅成一锅糨糊，但我还是想先向梅卿汇报。我打了两次车，但开车的师傅一看我酒气熏天都拒绝我上车，不得已只好步行往回走。

但是这里离家太远了，我即使能打上出租，也影响家人睡觉，还不如就近找家宾馆住下。

对面就有一家，这时候灯阑人稀，我进去开了房，趁着清醒给家里拨了一个平安电话，然后倒头便睡。

一觉醒来的时候走廊上十分安静，但直觉告诉我不过刚刚睡着了一会儿。房间里的电话突然响起来,在安静的夜里格外刺耳。我一向不拈花惹草，那种路边的野花不采白不采的理论简直就是狗屎！每次出差门缝里总会被塞上许多招嫖的卡片，还经常有骚扰电话，遇到这种情况我总是把话筒拿下来，这样即使有天大的本事也不会扰乱我的芳心了。

所以当电话不停地响的时候，我坚信电话对面是一个陌生的女人，也许是她的固执打动了我，也许我尚存一丝好奇或淫秽，竟然莫名其妙地拿起来。出乎意料，电话竟是梅卿打来的，她语气里充满了嗔怒：“怎么这么久才接电话，是不是身边有人或者不方便？”

我这是第一次听梅卿用吃醋的口气跟我说话，也是第一次从她的语气里听出带着情绪。我忙解释没有什么不方便,刚才我只是担心是个骚扰电话，所以才迟迟未接。

梅卿口气缓和了许多，问我为什么后来又接了，我镇定地回答道：“我猜出是你打来的电话，所以才接了起来。”

工作场合梅卿和我一向严肃，玩笑也不曾开过，但那天她语气里充满了暧昧，这也影响到了我，我的编瞎话水平实在不高也并不幽默，但梅卿竟然信了，她问：“真的？”我说：“当然是真的！”

梅卿已经恢复到正常的水平，并且夹杂点儿懒意：“我有点儿不信！你只是参加了一个文人聚会，怎么就住在宾馆了？”

她一语中的，本来喝这么点酒不影响我回家的，但是阴差阳错之间我选择住进宾馆，潜意识就是想有一次放纵。看来梅卿一直在观察我、监视我，不然她怎么会知道我住在宾馆，还准确地知道房间号。

我头脑突然变得清醒了。本来我应该第一时间向梅卿汇报的，而我却忘了，而梅卿急于想知道开会的结果，所以才不顾上下级关系这么晚打电话。

我突然对她产生了深深的歉意。

但是，那天晚上我身体里游走着另一种冲动，期待见到梅卿，牛金岭已经好久不回来了，这个晚上我寂寞难抵，恰恰她打来了电话。我假意问她："梅……组长，这么晚打来电话，一定是有什么重要的事情吧？"

我想电话那头一定发出威严的训斥声，然后郑重警告我，要老实回答领导的问题。然而，当我这样问她的时候，突然传来她哧哧的笑声，撒娇地说："没有重要的事就不能打这个电话吗？"

"能……当然能！"我已经沉醉于幻想中了。

梅卿突然说："我只是想尽快地知道那个老鼠会的内容。"

她的语气转变之快让我瞠目结舌，满腹的热情一下子降至冰点。她把唐方组织的这个会比喻成老鼠会，但这个老鼠会不但有大老鼠而且都是些戴着阴险面具的老鼠，他们不但另立门户把梅卿排除在外，还挖空心思把我拉到他们的群里。

我突然想给梅卿讲个故事。这个故事是庄宝盒讲给我的，他说现在全民兴讲黄色笑话、传播政治谣言，医院都成了中转站、集散地了，一群无所事事的医生护士只要凑在一起就讲。

故事是这样的：有位友人要出去旅游，让朋友帮忙看家，临走前特别交代，家里的狮子随便逗，但千万别惹鹦鹉。之后，朋友怎么逗狮子，狮子都不咬人。朋友就想："狮子都这样，这鹦鹉也就一只鸟，能把我怎么样？"遂逗鹦鹉。结果鹦鹉开口说："咬他！"狮子扑上去咬死了朋友。

这个故事告诉我们，当今社会最厉害的不是那只看上去凶险的狮子，而是能调动狮子的鹦鹉，你永远不知道它的后面站着谁！

我很想告诉梅卿，唐方是那只狮子，她背后躲着只鹦鹉。我还想告诉她，如今的政治笑话和谣言满天飞，说明社会的复杂、人心的混乱，一个心怀善良且单纯的人更要多加小心。

梅卿深夜打电话来，说明她对这件事非常重视，她意识到了危险。她对我有恩，我对她有好感，我没有把危险搁置起来，隔夜再告诉她的理由。

正当我想在电话里说的时候，梅卿的声音又响起来，不过她的声音放得很低而且有些迟缓，她让我现在穿上衣服出门，楼下一层，同一门牌号、同一房间。

“门开着，你推门就进来了！”

这是我听到的最震惊、最不能相信的一句话，她竟然也住在这家宾馆！我想问她这是不是愚人节的恶作剧，但是显然是多余的。梅卿不可能跟我开这种玩笑，尤其是夜深人静的时候。

我走出房间的时候全身发抖，左顾右盼，仿佛反盯梢的特工。我很明确地警告自己这是在宾馆里，一定要确信万无一失才能行动，这不仅关系我的声誉更关系到梅卿的声誉。

左边楼梯直通楼下，吸顶灯灭了，黑洞洞的。我三步并作两步到了下一层，门果然没关，虚掩着，当我走进那间释放着柔和灯光的房间时，看到梅卿斜躺在床上，她穿着白蕾丝、黑色细肩带的睡衣，长发披散，性感而又端庄。身为男人，这时候语言都是多余的，我在黑暗中剥去她的伪装甚至比剥去自己的伪装更容易。

当我正坐在办公室回味那份偶得的欢愉的时候，从庄宝盒那里传来坏消息，牛玉琴病情加重了。

那段时间我很少回县里，对家里的事也漠不关心。我在事业上也左右摇摆，试图在两个女人之间走钢丝。两个女人都想争取我，唐方把一部片子的绣球抛给我，而梅卿毫不让步，她牺牲了色相来取悦我。

周愚公曾多次跟我讲过，男和女交往一定要正确区分情和性，有情和有性不是一个感受。我问他两者的不同在哪儿，他支吾地说不出话来。我打听到，他已经是第三婚了。我曾当面问他三婚的感受，他当场泪奔，颤抖地说：“我已经死过三回了！”

他的话不言而喻，这是一个过来人恳切的忠告。我当然也喜欢跟女人只有性而没有感情的纠葛，但是女人在触景生情时往往会迷失自我。

但我最终还是崇尚有感情的性，如果在两个女人之间选择，我自然会选择梅卿，她比唐方更善良和单纯。但是，在制作专题片这件事上唐方也是诚心诚意的，她主观上为我不如说客观上为了于阳。所以我才没有想象中的那么轻松。

我早已拟好一个剧本大纲给梅卿，是关于红石岗抗战的，只是我考虑这件事尚不成熟，因此并没有催她。那天夜里，梅卿通知我这个消息已经通过了宣传部门的十指关，我激动得像狗一样，把头埋在她柔软的怀里哭了。

唐方也在快马加鞭，这部叫《大桥工地》的专题片第二天就摆上了分管领导的办公桌，当然这是杨革文的运作。回去后他就反悔了，担心我会从中作梗。他知道我跟梅卿的一些事，梅卿的父亲虽说不在一线工作了，但他的影响力还有。处里的年轻干部都是老梅一手提拔起来的，会不会在这时候给唐方制造难题？唐方说既然这样，那就更不能临阵换帅了，就让我挂名这部片子的总编剧和策划，她就是要诚心诚意地对我，只有这样，我才能最终和她站到一边。

唐方打电话给我，快言快语把她的诚心与担心全部告诉我，让我从中做出选择，并且保证我在剧组的权益，明确说资金已经到位，只要我下定决心第二天就可以开始工作。

她打来电话的时候梅卿就坐在身边，她提醒我这是她在玩弄手腕，我最好不要荒了自家的地，种了别人的田。那天下雨，我和梅卿躲在一家小宾馆的床上饶有兴趣地爱爱，她的话充满了暧昧、淫荡的成分，不知怎的我的犁铧一下子就钝了。倒不是受了唐方话的影响，而是想起了躺在病床上的牛玉琴、想到了牛金岭。我家的地已荒废多日，我是否需要留点精神回去除除草、犁犁土？

但是第二天我去找唐方的时候，她的主意又改了，说专题片的拍摄已经暂缓。她盯我的眼神恶狠狠的，仿佛看穿了我是在演戏。男人在跟女人上床后马上会见另一个女人表情一定很复杂，即使是唐方看不出破绽至少自己也心里发虚。唐方失落地躺进软椅里，把一份文件推到我面前，爱恨交加地说：“你还是自己看吧！我是真心想帮你的！”

我拿起了那份文件看，原来省里已经把我那部抗战题材的电视剧列入当年的重点精品项目。

这对于我来说是一大喜讯。但是有得必有失，我和唐方那部《大桥工地》失之交臂。更失意的是我从此得罪了唐方。我不是情场老手，委身于梅卿而另一方面又极力讨好唐方，我只是觉得，我能在那部专题片中发挥更大的作用，为了家乡也为了自己。

梅卿从一开始就注定成为我的贵人，而唐方就是对手。从我到省城找工作那天起唐方就是我的灾星，而我却因为她向我抛出橄榄枝而自责。梅卿分析的对，唐方就是想通过我挤掉她，或者说杨革文通过清除梅卿父亲的影响加固自身。前不久组织部门搞了一次民主测评，梅卿的父亲联合老干部对杨革文加以抵制，原因不明。

“《大桥工地》就是为某些人歌功颂德的。现在官场上很时兴这个，屁股未动宣传先行。”梅卿一针见血地说。

那天夜里梅卿很疯狂，大概与我的被拒绝有关。梅卿本质没有这么坏，这只是我的臆想。梅卿告诉我唐方和杨革文的关系已经保持了十年以上，她在大学新生入学的庆祝会上对他一见倾心。

“十年了，你知道这意味着什么吗？你爷爷艰苦卓绝的抗战也只有八年。”

“我爷爷的抗战是八年，也许我爷爷跟我小奶奶的厮守只有短短八天。”我不服气地说。

她歪过头来看着我，那一刻她的裸体一览无余：她的乳沟不再若隐若现，而是整体地暴露在我的视线里；她的乳头是浅红的，仿佛两颗刚刚成熟的小樱桃。我突然想，当年爷爷和我小奶奶藏身土窝子里的时候是不是也这样依偎在一起，悠然地品尝着那两粒樱桃？

爱情和性的界线在哪儿？我一直强调自己的观点：当女人爱你的时候，男人所有做的事都是爱情；当女人不爱你的时候，就只有性或者说连性也没有了。

我一边触碰那两颗小樱桃，一边心不在焉地问她意味着什么。梅卿灵巧地挪了挪身子，躲过我罪恶的手，然后说这意味着唐方和于阳的婚姻从一开始就是利益的结合体。于阳出身低微，他大学毕业想要进省直机关，想有好的仕途，只能娶唐方这样的女人。而唐方那时候就已经成了哲学系主任杨革文的床上客，她要寻找既不在乎她的过去，又不在乎她的未来的人。于阳不会听不到风声，但他毅然决然地选择唐方，不仅仅需要勇气更需要理性。

我下意识地打了个寒战。于阳怎么了？我一向认为爱情至高无上，但是他显然有悖于这个观点。如此相互利用能称之为爱情？相互掩饰的婚姻能够维持多久，并且能够幸福吗？

“有时候人生更多的是演戏。朋友之间演、夫妻之间演、同事之间演、男人和女人之间也在演。”梅卿自言自语地说。我不由得问她：“我们之间也是演戏吗？”

梅卿很久没有说话，红着脸说：“你说，有我这样跟你演戏的吗？”

我坦然地笑了。我承认她没有跟我演戏，可是，我不明白她为什么一直未婚？

“你生活中没有男人？但我根据你的举动判断你是有过性的人。”

我的话似乎击中了她，很长一阵子她把头扭过去不理睬我，只看到她的背影。而她最终回过头来时却是泪水涟涟。她说早就该告诉我，她有过一次婚姻。他是位将军的儿子。在她怀上孩子并且期待着生下来的时候，他却去幽会别的女人，一个歌舞团的合唱演员。他和许多女演员开裸体舞会。最让她不能容忍的是，他居然在女人的肚皮上打扑克，谁赢了谁当众发生关系。严打的时候他进了牢房，不管怎样营救，他还是被判了死刑。

这是个惊悚的故事，却一点也不稀奇。我突然明白了梅卿为什么独身的原因，她总是把忧郁压抑在心里，从不在人们面前表露出来。她的神情是那么淡定、心胸是那么博大。

我突然对梅卿产生了极大的敬意，看上去那么刚柔相济的女性，其婚姻却是残缺的，残缺到无法修补。我开玩笑地说：“梅卿，你那么善解人意，就不怕我会爱上你？”

梅卿报以冷笑，她摇摇头：“你才不会！从你一进门看我的眼神，我就知道你是那种把性看得比情、比爱更重的男人！”

她的理智惊人，嘴巴锋利得像刀子，但她身体柔软得像条蛇，缠得我喘不过气来。

第二天我就取回了大纲重新加工。我把红石岗地区抗日史引入剧中，特别把爷爷跟小奶奶在土窝子里调情的故事进行了生动的再构想。我在角色中塑造了一个英雄人物何大胆，他是独立团的团长，他和我小奶奶成为那个艰苦岁月里充满革命理想主义的典范人物。我甚至把小雷子也写进了故事，他跟着团长牺牲了、失踪了，连灵魂都不知归处。

“有血有肉、有情有义。既有浴火的战争描写又有缠绵的爱情、友情，一定能打动编审。”

这是梅卿对大纲的评价。

梅卿在看了这个大纲后不提观众却先提编审。我不清楚这其中要过多少道关，但显然不像我想得那么简单。前不久一位自然投资人投了两千万拍成一部片子，就因为事先没有通过编审被枪毙了。他现在完全处于癫狂状态，整天找那个投下否决票的委员拼命。

这种噩运自然不会落到我的头上，因为我有尚方宝剑。但资金缺口不小，梅卿说除了财政申请，重要的是拉到赞助，她已经跟几个大企业取得了联系。

我打算充分利用家乡的资源，这既是帮助梅卿更是帮助自己。梅卿对此很感兴趣，她问我怎么做。我说我可以拿着红头文件去找地方政府，或以红石岗为拍摄基地，这样就可以调动地方政府的积极性，政府不投资民间也会投资。梅卿笑道：“我以前怎么就没有看出来你还有这么大的能耐呢！”我嬉皮笑脸地说：“我的能耐跟你相比那是小巫见大巫！”梅卿听了皱起眉，冷冷地骂了我一句：“一副流氓相！”

我猜不透这是梅卿的玩笑还是她从一开始就把我当成了流氓。庄宝盒说，男人当了流氓是可怕的，但流氓有了文化更可怕！我从内心拒绝把自己归于有文化之列，更称不上有文化的流氓，但是自从上了梅卿的床我就时常感觉到自己是个大流氓。

正当我为新剧本绞尽脑汁的时候，梅卿要亲自陪我去红石岗，这让我喜出望外。梅卿说不能只我们两个，要叫上孙主任。孙主任说既然是考察，把小李大刘一并叫上算了，就当是一趟公车旅游，于是满满地坐了一车。

出发前我已经跟于阳和马仁义通过电话，他们中断了县里的活动专程在路口等我们。已经过了冬至，天气变得十分寒冷，从上午开始天上就飘起了大雪，路面十分湿滑，好在我开车技术有长进，时走时停，到达接头地点的时候差不多天快黑了。还好，于阳派来了警车开道，打着警闪，到达县城有惊无险。

晚上于阳在县里最好的宾馆为我们接风洗尘，党政一把手都来了，气氛融洽，大家都热情地跟梅卿攀谈、握手，并代为向老领导问好。我这才恍然大悟，即使我这个家乡的流浪汉也远比不上梅卿更有资本，她有个身披金甲胄的父亲。

于是酒宴成了联络感情的最好方式。梅卿提出要在这里拍片，希望大家帮助。大家都齐声说没问题，并且保证让老领导放心，他们都是些知恩图报的人。梅卿平时滴酒不沾，但是那天破例倒了一杯白酒，并且在适当时机把我推给众人：“拍电视剧我是外行，但今天我给大家带来了一个内行，他是这方面的专家！”

于是大家都举杯向我祝贺，并且预祝开拍成功。包括于阳的脸上都带着灿烂的笑容，仿佛他根本不记得省城那次沙龙聚会，不记得我和唐方还有过的约定。

于阳说唐方一直很欣赏我，我是她见过的最聪明、最有才华的同事。

相比起梅卿来，她政治上还很不成熟，劝我不要把那件事挂在心上。其实她们都是尽力在帮我，拍成了这部电视剧对于我同样重要。

他的脸因为酒精的作用变得通紫，连眼睛也是红的，看不出丝毫的虚伪，但直觉告诉我他隐瞒了什么。但是，那一次梅卿成功地说服了大家。

第二天大家去红石岗看现场。于阳和马仁义全程陪同，并且说已游说到一位农民企业家，他从部队复员回家乡，一回去就发现了商机，把北方不值钱的苹果贩到南方去，一天赚二十万。他在部队就特别爱好文学，听说我的困境二话没说赞助二百万。按当时的行情可以盖一座六层的大楼了，但这位企业家一分名利不要，只要把红石岗的英雄搬上银屏就心满意足。

我们热情大增，特别是孙主任手下两员女将，从跟定老领导就没有离电视剧这么近过，兴奋地拉着梅卿的胳膊直跳，三个人在雪地里又是拍照，又是打雪仗，脸和手都冻得红红的。十二月是红石岗上最美丽的季节，白的雪和红的石头融在一起。像天地间开出的最鲜艳的花朵。趁这个工夫马仁义把我拉到一边，小声问我怎么认识的梅卿？我说我早就认识她，在进省城之前她就是我的小说的责任编辑。马仁义拍着我的肩羡慕地说，要不说贵人有贵相，从你一来到红石岗我就看出你不凡！天庭饱满，地阁方圆。连梅卿这样的名人之后也肯帮你，还有什么做不成的？

我惊诧地问他这跟长相有什么关系？谁又是名人之后？马仁义瞪着眼说：“梅卿啊！她父亲可在我们这一带打过游击，说不定跟你爷爷、我爷爷还有过交情。记得有部《三打红石山》小说不？那就是他亲自主创的，影响了整整一代人。最近很火的故事片《英雄侦察兵》就是这部小说的翻版。”

这大大出乎我的意料，我对这部小说和电影耳熟能详，但是绝没有想到作者竟是梅卿的父亲，我突然觉得愧对这位英雄，即使是我跟梅卿熟悉得跟一个人似的，她也没告诉我半点儿。

看来我连偏僻县城的老马都不如。老马说这事要趁热打铁，于阳之所以积极是因为这会平添他的政绩。我告诉他，于县长的爱人正组织拍摄一部叫《大桥工地》的专题片。马仁义嘿嘿地笑了，说道：“你编故事有一套，但是不食人间烟火。”我说：“怎么讲？”老马脸上现出坏意的笑容：“说到底那部片子是为某些人歌功颂德的，像于县长这样的小人物根本沾不上边。而你这部片子就不同了，那可是在红石岗拍摄！是于县长一手引进的，对于他的现在、今后和将来必将产生深远的影响。”

原来症结在这里！怪不得于阳宁肯放弃唐方的专题片也要专心地支持

我。看来胜利的天平在向我倾斜，我有什么理由不把这部剧写好、拍好？！

老马口口声声要趁热打铁，那怎么才能趁热打铁呢？老马说可以找个适当的时机请梅卿的父亲亲自出马，到红石岗来考察，老人们对于历史一向情有独钟，到时候再要求于阳邀请省组织部门的同志来，那就可以一石两鸟甚至三鸟了。

“两鸟是什么？三鸟又是什么？”我问马仁义。马仁义说“两鸟”就是我的电视剧水到渠成，于阳的政绩手到擒来；“三鸟”便是多了一条，红石岗从此成为红色的爱国主义教育基地。

这个老马不简单！他早就看透了官场。

看透了这个世界却从不说破，这便是道业。

对于于阳得到什么政绩我不感兴趣，我的兴趣在于如何拍好这部电视剧。无论如何我也要把爷爷和小奶奶搬上屏幕，并借此机会完成寻找他的计划。上次和小文来，我感觉到离真相只有一步之遥了。这当然不是件一蹴而就的事，要打通很多环节，首先要说服梅卿。

剧情是这样的：在抗日战争最后的年头，日本鬼子疯狂进攻红石岗。为了掩护主力转移，何大蛋带领独立团吸引鬼子来到这片荒漠，利用复杂的地形同鬼子展开生死搏斗，最后全军覆没。赶来增援的战士们找到了所有牺牲烈士的遗体，但是唯独没有找到他和勤务员，这成为一个历史之谜……

“就这些吗？可我觉得这仅仅是个开始。看完你的大纲，至少我感觉到对那个历史之谜更感兴趣。”梅卿捧着本子说。

她不愧是名编辑，一眼就看到骨子里了，这正是我接下来要表现的。

……随着当地政府重新挖掘这段历史，终于揭开了这个千古之谜。红石岗定名为抗日沟，县里要开发并在这里建一座纪念馆，施工中偶然发现了埋在一座断头崖壁上的两堆白骨。专家从白骨遗留的文物上得知，他就是当年赫赫有名的何大蛋和勤务员小雷子。

“这个故事很好！但是用你爷爷的真名不妥，另外，你爷爷的大蛋怎么用镜头表现？”梅卿把脚本扔回桌子上，瞪着美丽的大眼睛问我。

我感觉脸上汗津津的，尽管我可以毫不脸红地裸着身子在她面前走来晃去，自信我的蛋蛋一点也不比爷爷小，但要想表现爷爷的大蛋的确有困难。

梅卿不动声色地说：“改了吧！名字改，剧情也要改，所有涉及英雄人物私生活的剧情一帧也不能拍。”

我拿着本子去找于阳，问他何时可以可工，他竟然一天三变脸。

"何大编导，这事还要放几天。我理解你一番苦心，但是我们这里是国家级贫困县,前两天教师还为了拿不到工资到县政府静坐。我正想跟你商量，先用企业家捐的钱填补这个空缺。"

我不知他的话是真是假，这年头谁的话都可以信，就是不可以信这样的官员。看着他愁眉不展的样子，我退一步说除了定下来的企业赞助，不再要县里投一分钱。群众演员也是支付费用的，这总比他们大冷天的到外打零工强。于阳问我，每个群众演员每天可以给多少，我笑着说，要相信老区人民的觉悟，给钱好当然好，即使是没钱群众也会踊跃参加。

于阳用"异想天开""一厢情愿"来表达他的悲观情绪，而我则用"骑驴看唱本——走着瞧"来表达我的乐观。于阳说光说不行，得签一个合同。我说当然没问题，只要他们全力支持，我保证他借这部电视剧名利双收。

听说我要签合同，梅卿还是犹豫了一下。我力陈这部电视剧之所以选择在红石岗就是看中了它特殊的地理位置。搭布景很容易，动员人挖几个土窝子便大功告成，至于服装道具，老百姓本身生活得很苦，穿着现成的服装绝对可以以假乱真。梅卿对基层生活缺乏了解，惊讶地说，你不会是有意污蔑革命老区吧？山里的人有这么穷？我说这不是污蔑绝对是事实。但是不能明着跟于阳这样讲，讲了会适得其反。就跟群众演员讲，每天有工钱，条件是自带破衣裳。

梅卿笑了，嗔骂声："泼皮！"

这是我听到的最善意的骂人了，使人联想到鲁迅笔下的小人物。她又问群众演员解决了，可名演员和导演呢？我说那更容易了，回头我就在红石岗上挖些土窝子，接上电、通上水，再修缮得豪华、浪漫一点，就让他们住在里面，名曰：向抗战英雄学习，体验生活，他们焉有不同意之理？！

我的话没说完梅卿已经是笑弯了腰，说这些导演和演员都是大腕，条件好他们还鸡蛋里挑骨头，甘心住这样的土窝棚？我大笑地说，我爷爷奶奶当年就是住这样的土窝子，冬暖夏凉，还孕育出纯正的革命后代。梅卿想了半天才下决心在合同上签字，说："也好！大家都住在简陋的地方，导演想潜规则女演员就难上加难了。"

我对此持保留意见，导演要想占女演员的便宜，再简陋的条件也挡不住，关键靠觉悟。

合同刚签好搁进包里，我的手机就响了。模拟信号不好，断断续续的，我只好跑到院子里讲话。电话是牛金岭打来的，怒气冲冲地质问庄宝盒给我打过电话好几天了，我为什么还不回去看妹妹？我告诉她我正在红石岗县政府,有重要的合同要签,最晚明天就赶回省城。牛金岭威胁说：“何书盒，你别后悔，牛玉琴昏迷不醒了，晚了就见不上她的面了，你自己掂量着办！”

这简直是晴天霹雳，把我的好心情一扫而光。牛玉琴在我心中的位置远远超过任何人，但是她却突然病重了。

我不知道这意味着什么，生和死的离别？

梅卿问我怎么回事，我告诉了她牛玉琴病重的事。梅卿又问我什么时候回省城，我说最好是当天晚上，梅卿说她没问题，但是孙主任、小李大刘不一定愿意，晚上路上结了厚厚的冰，甭说是车，就是坦克行走怕也要出问题，我只好答应明天早晨再说。

梅卿一直是冷静的看客，即使她听到我和老婆讨论小姨子的病情也无动于衷，她认为这是我的家务事，与她无关。这是我最欣赏她的地方，她绝对与胖李瘦刘不同，那是两个自私而且爱吃醋的女人。

我不能等了，第二天一早，我决定无论路多难走也要赶回去看望牛玉琴。尽管她不是我的女人。

路面结了厚厚的冰，车子在路上行走简直就是儿时玩的冰车，任意滑动。老孙的脸都黄了，两个女人每当出现险情就吓得吱呀怪叫，好在梅卿冷静，坐在副驾驶座上从容不迫。

到达省城的时候已经是傍晚，梅卿关切地说，开了一天的车，还是等明天再回毛山吧！但我惦记着牛玉琴，决心连夜赶往县城。梅卿的眼里写满了担心，但是一句话也没有说。

到达毛山县城的时候已经是晚上十点多钟，在这寒冷的季节里人们已进入深度睡眠，那些偶尔走过街头的行人缩着脖子，脚步仓皇，凛冽的寒风把灵魂都吸走了；而那些吸吮了灵魂的晚风变成了蒲老先生笔下吸血的獠牙厉鬼，在县城每个黑暗的角落里游走呼号。

我直接赶赴医院。病房的走廊昏黑一片，值班医生说，牛玉琴早在两天前就申请出院了，听说回山里了。

“那她的病情怎么样？”我急迫地问。医生摇摇头，说他不是主治医生，不了解患者的情况。

尽管这位医生并没有刻意掩饰但是我还是有种强烈的不祥的预兆。我特意从庄宝盒的医院大楼前走过，看他在不在，但那里同样灯火阑珊。值班大夫说他根本说不上庄宝盒去哪儿了。他承包肛肠科已经多年了，现在连名字都改了，改成了什么中心。

他用手指了指外面，外面的墙上果然竖着一个很大的户外广告牌：县泌尿生殖中心。看来庄宝盒抓住机会了，这些年中国的男人们都被性病缠身了，不然绝对不会养得起这么多的性病专科医院。

我只好先回家里去。不少家的窗口还亮着灯，唯独我家陷落在一片黑暗中。我摸出钥匙打开房门，里面没有一点儿动静，看来牛金岭早就不在家住了，屋子清冷，充斥着一股霉味。

饥肠辘辘，我试图从暖水瓶里找点开水或者从灶间搜一点冷食吃，但最终失望了。我不在家牛金岭根本没有过日子的心。

我自力更生地找来引火的木柴，先把炉火生起来。这么晚再赶往山里几乎是不可能了，索性休息一晚上，明天一早进山。我把柴火上淋了柴油投到炉膛里，炉膛里爆出沉闷的声响，随之蹿出一股蓝色的火苗。随着烟囱渐渐变热变红，热浪一圈圈地向外扩散。

全身骨头都散了，我煮上一把面条，懒散地斜躺在沙发上。正在这时，一个人推门进来了。是我忘了关门还是他自己开的不得而知，他像个幽灵一样突然出现在我面前。

这个人身材魁梧，眼窝深陷，有一只鹰钩鼻子，让人过目不忘。他自称是牛金岭的同事，牛金岭临走时托他带个话，她妹妹的病情危重，她带着儿子先回老家了。

“她说你今天晚上肯定到家，如果太晚你就明天一早赶过去，再晚怕是赶不上了！”

鹰钩鼻男人很随意地坐到沙发上，这让我有种隐约的反感。他似乎不太自然，右腿盘在左腿上，有节奏地摇摆着。他自始至终使用“你”“我”“他”这样的称谓，这种话语上的简单其实透着不简单。我对他礼貌地表示感谢，他马上还我一个充满深意的微笑并站起来说：“这没什么！我和小岭是同事，她经常说起你，说你是著名的剧作家。”

说罢，离身而去。当他走过我身边的时候，我嗅到这个男人的身上有一股淡淡的烟味并且掺杂着一丝甜甜的味道，这是使用了法国男士香水的特征。

香水男人走后我狼吞虎咽地吃完那碗面，身体和头上都沁出密织的汗来，我在自己的家里如同在单身宿舍一样，一个人享受着那份难得的孤独。

牛金岭睡过的床铺充斥着体香，但不知为什么我鼻孔周围老是充斥着法国香水味，这让我的心不由得一沉。

我马上就否定了那个荒诞的想法，牛金岭是个十分古板的女人，她怎么会在丈夫之外跟另外的男人有瓜葛？即使我出轨睡了上司，我也希望牛金岭是纯洁的，这是构建家庭的基础。男人的特性决定他可以把性和婚姻截然分开，而女人一旦喜欢上某个男人，她就会迷失在性和爱里，把生活搞得支离破碎。

我就着炉火慢慢睡去，不知是太累还是心事太重，这一夜在似睡非睡之间。我总感觉门外徘徊着一个人，看不清这个人的脸。

天亮我便驱车赶往山里。夜里寒冷，地面上结起厚厚的冰层，但是比头一天好走多了，我把车开得又快又稳。

水磨头村的人显然没有想到我会一大早就出现在村头，一个正扛着花圈的青年人看到我，扔下花圈就跑了，嘴里喊着什么。这个花圈的出现意味着牛玉琴出了问题，我的心一下子掉进冰窖里。

我径直驾车朝卫生室冲过去，车轮碾在尖厉的冰面上发出刺耳的尖叫，车尾也不停地摆来摆去，犹如一只见到猎物拼命朝前冲的狗。

远远地我就看到门前摆满了花圈，这证实了我的猜测。我来晚了，牛玉琴永远地走了。我趴在方向盘上，痛苦地撕扯着自己的头发，流下忏悔的泪水。

我走进灵堂的时候牛家的全体人员都已经在了。牛金岭、庄宝盒和庄小美胸前都别着白色的绢花。灵堂就设在北屋里。乡亲们挤满了院子，上到八十岁的老人下到不足一岁的孩子都站在寒风里，庄严而肃穆。我这才意识到牛玉琴在乡亲们心里是多么的神圣，她救活过无数的人，现在却躺在冰冷的门板上。她的脸用白布盖着，显得格外圣洁。

我感激这些乡亲，不管生前人们对于她的家族有多少恩怨，但是他们扶老携幼出现在她的葬礼上，不少老人虔诚祭拜，泪流满面，这足以说明山民们的善良，足以告慰她的亡灵。

庄宝盒木讷地站着，从他的脸上根本看不出悲伤或是沉痛，这也许缘于他的性格。他被动地接受管事的安排。

山民的日子并不富裕，最慷慨、奢侈的祭品也不过是炸一些食品，放在传盘上端到牛玉琴的床前。祭祀完成以后他们会把这些食品照原样端回去，给那些垂涎欲滴的孩子吃。按老人的说法，孩子吃了祭品会更健康。也有村民送来被面，这已经是相当奢侈的祭品了，被整齐地挂在院子里的斗条上。凡是到场的亲戚会分到一块白布扎在头上，这块白布过后就会归他所有了。

当我走进房间时一位老人递给我一块白布。按我的身份是不用为牛玉琴披麻戴孝的，但是我相信他是善意的，因为我可以拥有这块白布。但我宁愿选择在胸前别上一朵白花作为对她最隆重的祭奠。

小美看到我，叫了一声“伯伯”便扑过来，伏在我的怀里放声大哭，她稚嫩的哭声一旦响起，屋里的女人们便抑制不住内心的悲痛放声大哭起来。哭声如滔滔的灵依河水，在那个寒冷的早晨响彻水磨头村的上空。

最悲伤的莫过于我的丈母娘和牛金岭。牛玉琴是昨天下午突然发病的，村里有好几个孩子感冒发烧，起先她还给他们输了液，并替高温的孩子擦澡。突然，她口吐鲜血倒在地上，就再也没有站起来。她姐姐坚持要叫救护车，但是被她拉住了，用微弱的声音说：“姐，我的病无药可医了。你把我送县医院，还不如让我静静地待在家里，多和爹娘待会儿，多和小美待会儿！”

牛金岭含泪满足了妹妹的要求。

头晚村民们就在卫生室外边的老槐树下祭奠过了，但在牛玉琴葬在哪里的问题上老丈人和现任村委会主任发生了争执。按照村里的传统，女子出嫁是不能再埋回村的。前些年我老丈人一直是这么执行的，他甚至默许村里人把一无儿户家的坟给平了。牛玉琴的丈夫不是水磨头村人，村民有理由质疑他把墓地选在哪里。牛玉琴临终的时候曾拉住爹的手，恳求他不要把她赶出村，村子里的人如果阻拦，就把她埋葬在水磨头的后山上，这样至少她不会像公公那样被埋在荒山野岭上，她在那里会感到害怕。她对牛金岭说，她要埋葬在家人视野所及范围之内，在以后无数寂寞的夜里她就会安详地睡去，在每天太阳升起的时候醒来，看着亲人们生活和劳作。

只有庄宝盒沉默不语。

“牛玉琴还跟你说了些什么？”我问他。牛玉琴曾和他单独待了一个小时，对于这个曾与我擦肩而过的女人，我相信她一定会告诉庄宝盒些什么。

庄宝盒顽强地抿着嘴，拒不向我吐露半个字。牛金岭对我说：“我妹妹临走前一直盼着你能来，她想把小美托付给你！”

“这是牛玉琴的原话吗？小美有爸爸，她临终托孤，应该是庄宝盒而不是我。”我故意说。牛金岭嗔怒地瞪着我，试图从我的脸上看出是故作姿态还是发自肺腑。从亲人的角度，即使是她不托付我，我也会照顾小美的，因为她不仅仅是牛金岭的外甥女而是牛玉琴的女儿。

牛金岭在这之前顽强地保持着强势和镇静，现在终于显现脆弱的一面，她说村里好多人在看牛家的热闹，你软他就硬，你硬他就软，她就是不能在这些人面前流泪。我抱住她，拍着她的肩膀对她说："你想哭就痛痛快快地哭吧！有我在，谁也不会把妹妹怎么样！"

她再也抑制不住委屈地趴在我怀里哭泣。她哭诉如果我不及时赶到，她都不知道怎么掌控局面了。爹已经把墓地选好了，在村子的后山坡上，等天一亮就下葬，可是被村主任的人拦住了。

我走出院子，站在村头的泉眼旁，阴郁地举目四望，大雪把远山所有的生命都冻结了，包括村民的心，唯独挡不住地热的涌动。尽管寒冷一层层向泉心逼近，尽管冰凌一层层地缩小着包围圈，但是泉水仍不可抑制地从地层深处涌出来，冰凌越是厚重激起的水花越高，在泉水和冰凌激烈交锋过的地方，扬起层层水雾，这种冷与热的对峙、纠缠，流淌成泛起腾腾蒸汽的不息河流。

牛玉琴的生命可不就是这裹挟着地热、永不间歇的喷泉？！只要她永不放弃，就一定能融化万里坚冰，一直流淌下去，直达生命的东海。

我步履坚定地向着阻挡的人群走去，神情庄严，那些人显然有些胆怯，袖着手，躲得远远的或者干脆逃之夭夭。我当众摸出电话，给在省城的梅卿打过去一个电话，故意大声地说："省政府吗？梅组长吗？"

我相信很多躲在石头墙后面的人都听到了我的话，我叫她梅组长，说有一件非常紧迫的事要向她汇报，这意味着这件事非常严肃或者是有意给别人听。梅卿果然聪明，马上心领神会了，以同样严肃的口气问我发生了什么事。我告诉她，我正在水磨头村，一个默默无闻的乡村医生英年早逝，但没有一个可以埋葬她的地方。她的墓都挖好了，但遭到了一伙人的阻止。牛玉琴是这个时代正义的化身，是乡村医生的代表，一个为了家乡人民连死都不舍得离开的好医生死了，居然不能埋在生她养她的家乡，这是谁之过？村干部是谁的代表？

我的言辞也许过于激烈，但是，在当时那种特定的氛围里，"温良恭俭让"肯定是行不通的，梅卿显然意识到了这其中微妙的关系，让我等着，她会在最短的时间内给我答复。

我守着一群虎视眈眈的村民打电话给梅卿，纯粹是吓唬人的、是赌博。梅卿和水磨头村相隔十万八千里，她即使有再大的能力也影响不到这小小的村官。

但是，我的话起码吓退了墙后的某些人，我看到一顶棉帽子缩回去不见了，他大概就是当年的牛贩子、现在的梁主任。

我重新回到灵前陪伴牛玉琴，期待着省城那边会有消息。说实话我没指望梅卿会帮上忙，只是幻想着能驱走那些反对把牛玉琴埋在村里的人。

显然我太幼稚了，梅卿久久没给我回复，那些散去的村民又重新聚集起来，面带蔑视从容地再一次向卫生室围拢过来。

突然，从冰天雪地的村外开进来一部吉普车，径自开到村头的大槐树下，坐在副驾驶的是位穿军大衣、腰上别着BP机的中年男人。后座跟着下来两个年轻人，他们都面孔严肃。

当这几个人走下车来的时候，梁主任从墙角后面闪出来，亲切地叫了一声："马乡长，终于等你来了！"然后恶人先告状地说，他和村民在冰天雪地里都挡了两天了，说什么也不能让牛得田这个狗日的得逞！

马乡长的脸仿佛是一块冰，没有丝毫的暖色，他目光严峻地扫了大家一眼，这让梁主任为首的那些人立刻缩了缩脖子。大家这才看到，他已经走到门前，从桌子上摸起一朵白花戴上，不仅是他，后面两个工作人员也跟着这样做。

这个动作的含义不言而喻，我长长地松了口气，肯定是梅卿起作用了。

马乡长试探地问我："你就是从省里来的何书盒同志？"

我点点头，马乡长立刻换了一副笑脸，抢步向前双手握着我的手，毕恭毕敬地说："你反映的情况很及时，县长接到梅首长的电话立刻做出指示，派我前来主持牛玉琴同志的善后。"

他接着环视众人，用大家都能听得到的声音说："牛玉琴是全乡最优秀的医生，她如果愿意埋在村里，我们将尊重她的遗愿。明天乡里还要召开追悼会，水磨头全体村民都要参加，以表彰她对家乡的贡献！"

他的话让在场的人目瞪口呆，就连庄宝盒和牛家人都一脸惊愕。似乎想象不出我在省城这几年都接触到了什么人。我一个不经意的电话就改变了牛玉琴的命运。她从一个连立锥之地都没有的普通农村妇女一跃成为对家乡作出巨大贡献的乡村医生。

马乡长在牛玉琴的遗体前庄严地低头默哀，之前还愤怒的村民们瞬间变成了温顺的羔羊。他们在梁主任的带领下列队瞻仰遗容，这或多或少有些讽刺的意味。

牛金岭是态度变化最大的一个。在过去的日子里，我们的婚姻越来越陷入冷战，感情渐行渐远，但在那个寒冷的早晨她依偎在我的肩膀上痛哭失声。她已失去了所有的矜持，为妹妹的死哭得梨花带雨。

老丈人一直视庄宝盒为牛家的骄傲，但眼下我的作用显而易见，他突然对我产生了无比的敬畏，这从他突然变得毕恭毕敬的态度上就不难发现。他立刻安排人去收拾村委会的屋子，让马乡长他们到那里暂且休息。

“贤婿，这边有庄宝盒，你陪社长先到村委会暖和暖和，我安排好小琴的事就过去！”他的样子近乎虔诚而猥琐，完全没有当初村支书的那种威武。

马乡长皱起眉头，用嗔怪的声音纠正道：“老牛……牛支书，我现在是水磨头乡的乡长了，不能再喊社长了，还喊社长说明你故步自封、落伍了，这在今天是很危险的！”

牛支书诺诺地应着。我突然感觉这一幕很滑稽，社会就是一个大舞台，人人都在上面唱戏，生、旦、净、末、丑，每个人都扮演着不同的角色。如果一个人适应角色的转换，他就会在这个舞台上唱得很好；如果谁不善于角色的转换，他就会成为这个舞台上的丑角，被人抛下舞台或者遗弃在幕后。我朝着庄宝盒瞥了一眼，他此刻就是那个被抛在幕后的人，无助且沮丧地蹲在地上吸着烟，一副长吁短叹的样子。尽管在牛玉琴生前他对她的感情就已名存实亡，但是在妻子死后他还是一片茫然。

我让马乡长先走一步，自己在牛玉琴的遗体前最后凝立。人之一生唯有死是必定的，活着的日子或长或短，拥有的都是捡来的，早晚要连本带利地还回去。人之一生应随缘随心，生就好好地活着，死也从从容容地离开。牛玉琴是我见到的最从容赴死的人，她脸色苍白但纯洁安详。

我把一大束鲜花放在她的枕边，她的脸色便在鲜花的簇拥下美丽、红润多了。这让牛金岭深受感动。花是我在路过鲜花店买的，因为冰天雪地所以它能鲜嫩如初，这似乎代表一个美好的愿望，象征着牛玉琴的生命永不凋落。牛玉琴的坟坐落在村后相对平缓的山坡上，她在某个早晨伴随着阳光醒来，第一眼就能看到生她养她的村庄，袅袅炊烟正缭绕在上空。

那是我最后一次在那个地方停留，我生命中的这个小山村从此离我远去了，就连我的妻子都无法把我留住。

当所有的悲伤随着牛玉琴的埋葬定格在那个寒冷冬天的时候，我背着众人，独自留在山上，陪着牛玉琴度过山里的最后一个黄昏。

这对于我来说是超乎常理的，对于牛玉琴来说却是一种安慰。她的新家就安在这里，但地是冷的，山上的风是冷的。山沟里饥饿的野狼已经开始嗥叫，并向这边聚集。它们不是欢迎这位新朋友，而是想撕咬她的肉体，想把她从这块野性的土地上赶走。

牛金岭变得冷静而且大度，我十分清楚，她内心好似明镜，完全能够窥测到我内心的所有活动，她不阻止并且有意放纵，这需要勇气和决心。一边是妹妹，一边是丈夫，她怎么说服自己都没错，倒是庄宝盒略显嫉妒，他说："牛玉琴死了，你不会比我更好过多少！"

我冷笑地说："岂止是好过不了多少，而是伤心欲绝！"

庄宝盒用手指捏着烟蒂，狠狠地吸了一口，然后把它扔在脚底下，狠狠地碾了一脚，对我说："人死终究不能复生，活着的人还要过下去。希望我们兄弟的情分不会因为她的死从此成为陌路。"

我说："这取决于你。"

他震惊地抬头望着我，目光里既有疑惑也有不解。不过，只一会儿，他的目光迅速萎缩了，留下一句："你多保重！"便匆匆寻路而去。

我顶着寒风朝山顶攀去。我坐在村后最高的山顶处，远眺牛玉琴的新坟在一片惨淡的夕阳中渐渐变得模糊不清。在将暗将明的最后时刻，一只大鸟拖着长长的尾巴从坟前升起，它盘旋了一圈之后便消失在西边的晚霞之中，我想那一定是牛玉琴飞走了，她再也不会回来了。

凛冽的山风把我的手脚都冻得麻木，脸也失去了知觉。夜幕降临了，那个寒夜我如果坚持待在山上，寒冷会把我送到牛玉琴的身边去。我也清楚，我不是牛玉琴法定意义上的亲人，我没有理由或者没有必要守在她的坟旁，我只是为失去某种美好的东西深感悲哀，这种悲哀伸延到我灵魂深处，伸延到我生命的每一个角落。

直到夜静更深的时候，我在朦胧的雪光中看到一团火把在山脊上跳跃，我以为那又是鬼火，但是随着火光慢慢靠近，我看到两个人手举着火把正走上山来，他们一边艰难地向上爬行一边呼唤着我的名字。

那是牛金岭和她的父亲！

我在妻子的家乡逗留了最后一天，我俩围坐在火炉旁，无语且充满着隔膜，整整守了一夜。庄宝盒当天下午就带着小美回县城了，小美似乎还无法从亲情和血缘当中分辨得出谁是她的至爱。牛金岭最后对她说："小美，姨会经常去看你！我们都住县城，你想我的时候也可以到我家来住。"

那是我最后一次见到童年的小美，我断定这个小姑娘日后定会长成漂亮的大姑娘，依照她的聪慧肯定成为一个明星。当然，我不主张过早地把孩子推向社会，她心智尚不成熟，复杂的社会环境会影响孩子的健康成长。等她长大后我会助她一臂之力，相信牛玉琴在天之灵也会感到欣慰。

牛玉琴之死犹如在我的生命长河里投石激起一朵浪花，很快就平息过去了。对于死者来说，死是生命的终结；但对于生者来说，今后的路还有很长。

我跟梅卿谈起过这件事，她说姐夫和小姨子总使人浮想联翩。我问她那天为什么不回电话，差点让愤怒的村民把我打死。她平静地说："你不是好好地站在我面前吗？"

她总是沉得住气，让任何男人的浮躁在她的冷静面前无的放矢。我高度称赞她做的一切，而梅卿说她当时并不打算真帮我，也根本不相信一个十三级的高干会管一个村妇之死，她只是随意给父亲打了个电话。

但恰巧她父亲对于灵依河情有独钟。战争年代他曾在这一带的山里当过战地卫生员，当时只有十六岁。三年前，省里组织老干部到山区考查基层医疗卫生情况，他突然发起了高烧。秘书要连夜返城，梅老却坚决不同意，让他们到村里找找有没有医生，并把能不能治好他的病作为考查基层医疗水平的依据之一。大家都很紧张。果然，水磨头村有位年轻且医术高明的乡医，她只给梅老喝了两副中草药就高烧全退。

当梅卿的父亲接到电话的时候，判断那个死去的乡医就是牛玉琴，他让秘书处给毛山县里打电话。县长正在外地来不及赶过去，就打电话给乡里，于是马乡长才匆匆赶到村里。

我释然，这应该是对牛玉琴最公正的对待了。一个生活在大山里的平凡女子竟然成就了一个传奇，她拯救别人的同时也拯救了自己。

我开始试着忘却那段记忆。以后的日子我很忙，电视剧的构想渐渐变为现实，我想把红石岗打造成影视基地的想法也一天天接近实现。

那天我刚上班，从遥远的工地上传来一个振奋人心的好消息：他们在开挖土坡的时候挖到几处洞穴，其中一处被植被天然地阻挡近半个世纪，用推土机和火烧的方式打开断壁时，发现了人的遗骨和文物。

"你抓紧时间赶过来！这两具遗骨和文物肯定与你爷爷有关。我正让马馆长保护好现场并且进行初步的挖掘。我想这会改写红石县的历史，同时也会改写你们何家的历史！”

于县长语气里透着惊喜，即使隔着电话我也能想象得出他得意忘形的样子。仿佛他看到的不是一堆白骨而是一座金山，他用这堆先人的白骨便可敲开晋升的大门。

我一分钟也不耽搁，车开得飞快。我的计划终于有进展了，虽然还没有看到最后的结果，但我相信爷爷以及小雷子的事最终会大白于天下。

走着走着，却发现到处都在修路，我只能东绕西绕，远远望见一座正在建设的桥，才知道我绕到红石岗的背后来了，与方向正好相反。

要去红石沟先得经过这座大桥。因为冬季的原因所有施工都停止了，大桥工地空无一人。路到此也断了，离它数百米开外的水漫桥上车水马龙，大家要过桥，还得走旧路。

刚出省城的时候天空就飘起了雪，雪虽然不大，但路况糟透了，我只得小心翼翼地沿着旧足迹慢慢向前挪动，但是，最终我还是陷入了坑里。

我心急如焚，截了几辆车帮忙但都失败了，大家都避而远之。这种道德的滑坡是从什么时候开始的呢？人与人之间充满了冷漠。

正当我踌躇着想给于县长打个电话让他派人来帮忙的时候，一辆驴车从后面赶了上来。车上坐着三个结实的小伙子,坐在车辕上的老汉勒住缰绳，冲着我说：“同志，是车陷住了吧！”

我正要回答，老人突然眼睛一亮，惊喜地叫道：“原来是大侄子！这可是赶得早不如赶得巧！你这是上哪儿，咋在这里陷住了呢？”

没等我回答他已经跳下车，冲着车上的人挥挥手：“老大、老二、三子都下来！帮着你书盒子兄弟推车！”

我感到疑惑，在这异地他乡谁会认识我？看装束还都是乡下人。说不认识吧，他口中明明又叫着我的名字。我忙仔细瞅，看上去眼熟但又想不起在哪儿见过。于是我试探地问：“您老是……”

老人摘下头上的破棉帽，露出一张饱经沧桑的脸来，对我说：“怎么，不认识了？我是李城墙，你爸的兄弟！”

原来是我大伯！李城墙这个名字我头一次听说，但是摘了帽子那张脸我就认出来了。

我有点尴尬，作为何家的后人，我绝没有排斥他的意思，反而在乡亲们面前给足了他面子，为的就是让大伯得到承认，但他连当大伯的勇气都没有。

我连忙和三个兄弟握手问候，并亲切地称他们大哥、二哥、三哥，但兄弟三人只在嗓子眼儿含糊地应着，连眼睛都不敢正视我，看来他们的自卑根深蒂固。我不怪他们，这其中的原因很复杂。

老爷子的话就是圣旨，老大脱下棉袄，露出结实的膀子，趴到车轮下用手扒雪，而二哥已经在抠动一块大石头并把它搬到车轮下。只有老三迟疑地双手抄在裤子口袋里，站在旁边看热闹。他穿着蓝布中山装，一看就知道是个学生。我大伯回头瞪他一眼，吼道："站在那里装啥神仙，还不快到后面推车？"

四个大男人对付一辆车很容易，很快就把车底下清理出来了，我大伯返回驴车上，取来一块麻袋片垫在车轮前面，然后让我发动车，他们四个则在后面推。马达吼叫一声，车子便冲出了雪窝。

我这才腾出工夫问大伯他们这是要去哪儿，大伯支支吾吾地说，红石岗要拍戏，正在招聘群众演员，一天三块钱还管午饭。他说到冬天山里的人没活儿干，眼瞅着就要过年了，买年货的钱还没着落，不少乡亲们都报名了，他们也想去碰碰运气。

望着大伯饱经风霜的脸，我相信任何有良心的人都有责任帮他。他比我父亲大十几岁还要为生计操劳。一天三块钱对于城里人来说不屑一顾，但是对于乡下人来说是笔不小的钱。

老三明显对老人的行为不满，他也许认为读了一肚子书，满腹经纶却要为三块钱折腰，面子上过不去，因此他黑着脸训斥老人："爹，你净说些没用的！你以为公家的钱就那么好挣、公家的饭就那么好吃？我早说过了，与其碰个灰头土脸，还不如回去睡大觉！"

当着我的面大伯下不来台，回头训斥道："你就知道睡！你是能睡来吃的，还是能睡来喝的？"

老二在一旁阴阳怪气地笑道："老三整天有吃有喝，可惜都是做梦。"

老大听了哈哈大笑，露出两排发黄的牙齿。看来这兄弟三人经常打嘴仗。大伯看我欲劝不能的样子，也咧开嘴笑了，露出两颗门牙，对我说："你甭管他们，他们兄弟三个吃饱了没事，总是磨牙。"

磨牙即打架的意思，好在他们是兄弟，动嘴不动手。我决定帮大伯一家的忙，但为了稳妥起见故意没跟他们说明，约了一起往红石岗外景地赶。我让孩子们赶车，大伯坐我的车，但大伯坚持不坐，他说他一身的泥水坐那么高级的车不习惯。而这时老三已经不请自上，一屁股坐在前排副驾驶座的位置上。

见老三上了车，老二也把鞭子扔给老大，上了车。看来赶牛车的任务只有老大了，虽然不情愿，但也只好望车兴叹。

大伯第一次坐这样的轿车，心情忐忑，也不知道怎么跟我交谈，一路上基本都是我问他答。大伯一共三儿两女，两个女儿早就出嫁了。大儿子家一男一女两个孩子，老大是闺女，早出嫁了，小儿子还在上小学。老二家头胎也是个女孩，该上高中了，老二媳妇嫌她花学费太多，不想让她读了。我大伯也同意这个观点，认为女孩子能识数认字就行，到时候找个婆家就嫁出去了。老三在前排听了，扭头反驳道："还不是你重男轻女！"

大伯说："我说得有错吗？从你俩姐开始，咱们家女孩子还不都是这个命，嫁鸡随鸡、嫁狗随狗，生个孩子也是婆家的姓。"

老二也不买他的账，说："就是咱家的男孩又有什么特别？生多少也改不回姓何！"

此话一出，我大伯脸色难看起来，这是他的一块心病。老二的话恰恰击中了他的要害。数十年来，不单是我大伯，就连我父母对此也耿耿于怀。

大家一阵沉默，好在都被车外的景色吸引住了目光。战争过去好几十年了，但这里依然一点儿都没有变。大雪正飘洒在红色的原上，那些土窝子露出一个个黑点。马仁义的史料上讲，鬼子不轻易进入这片不毛之地，最多是架上迫击炮，一阵排射把土窝子里的人赶出去，就像赶兔子一样，然后再派狙击手射杀。他们把杀死的战士拖出来,雪地里留下一道道的血印子，长达数百米，那时候雪原上会成为一片血红之地。

我试想用长镜头表现出皑皑白雪覆盖下的原上之美，烈士暗红色的鲜血开成那个早晨或者黄昏最美的花朵，定会震撼人心。这是另一种美，残酷之美。作为后人我有责任和义务还原那场战争、真实地描述那场战争、评价那场战争。

我把大伯一家人介绍给了工作人员，我想这个后门开得绝对值。

大伯对于全家人轻易地报上名感到惊愕。其他早到的人却不服气，纷纷找工作人员论理。他们的理由非常充分，我大伯是国民党，国民党的家属怎么能够演革命群众？工作人员说，听说过山洞里有两具白骨吗？其中一具就是这一家子的先人，要不要去问问，他全家为什么选上了你们却选不上？那些个男人都吓得抱头鼠窜了。

我在工地见到了于县长，他陪着我去工程指挥部。指挥部就在那道沟的上面，人们在平整的地方搭了一个宽大的帐篷，里面生着火炉。马馆长头戴护耳活像一只大耳朵的棕熊，他一见我就大呼小叫地过来熊抱我，说盼星星盼月亮，终于把我盼来了！这次是老天开眼，我的爷爷重见天日了！

我矜持地点点头，从他的熊抱中挣脱出来。但愿他的话是对的，能找到我的先人就能找到他的先人。于县长说这是个对大家都利好的消息，他昨天就请专家进洞看了，八九不离十！

我急不可待地想进洞去看，于县长说为了保持原样，他没让任何人搬动尸骨，用警戒线拦起来了，并在洞口设了警卫，二十四小时值守，一只老鼠也跑不进去。

我说老鼠是绝对不去这种地方的,我也不是老鼠。于县长爽快地说：“你当然不是，没有你就没有这次成功的挖掘！”

他给我戴了顶不大不小的帽子，我当然应该还回去，笑着说：“你是县长、项目负责人，应该说是没有你才没有这次成功的挖掘。这对于红石岗来说是个标志性的大事件，离成为红色影视基地只有一步之遥了！”

我们三人一边说着一边朝着那座山坡爬去。我依稀记得和小文来过这里，先经过一座巨大的平台，然后是一道陡峭的土坡，接着便进入一道深沟。我曾在这道深沟里看到过鬼火，鬼火一直引领着我爬上后面的山梁，山梁后面便是那片荆棘丛生的断壁。

天哪！冥冥之中仿佛就是老天在指引。

当我到达那处断壁的时候，四周还能看出大火烧过的痕迹，马馆长说火烧荆棘是他的发明，不然找到尸骨的藏身处还真难。我一边走一边观察着地形，疑惑当年鬼子追我爷爷到这地方，为什么没有采用火攻的方式。难道他们比马馆长笨？记得我采访一位跟鬼子拼过刺刀的老八路，他说鬼子在肉搏前总是把子弹退出膛，而机智英勇的八路军战士从来都是子弹上膛的，拼不过就开枪。因此鬼子总说：“八路大大地坏啦！”

其实鬼子不是不坏，也不是缺心眼儿，而是步兵操典中明确要求拼刺刀时要退出子弹，免得伤了自己人。我爷爷肯定是趁着小鬼子装子弹的时候成功逃跑，他们越过了这片茂密的荆棘藏到了后面某个地方，小鬼子望荆生叹，我爷爷和小雷子才得以活下来。

接下来的推理陷入死角，我爷爷既然逃出了鬼子的包围圈，为什么在鬼子撤退之后不逃出去？从发现尸骨这一特征来说，他们一直到死就藏在这个叫长工洞的地方。

一切都成了谜!

我爬上土洞的时候太阳正和洞口形成直角，洞内被照射得雪亮雪亮，暖洋洋的。马馆长介绍，最初发现这个洞口的时候只有碗口那么大，站在沟底看就像一个不起眼的鸟窝，但挖开时却至少能容得下体重一百八十斤的人进去。我问他，站在沟底那么远的地方怎么会断定出这是个洞口？马馆长炫耀地说，他对这一现象研究多年了，人民公社那会儿男女社员偷情就常钻这种洞，进洞后用黄土封住，又安全又干净，封过的洞口周边都会有一圈痕迹，他就是凭这点找到了我爷爷和小雷子。

我已完全肯定小文梦中的发现是真的了，马仁义不但找到了这个洞而且挖出来了。洞深只有十米，正常人稍微弯腰就能进去。正午的阳光照进洞里，光线十分明亮，甚至能看到扬起的细微尘埃。在洞底盖着一领席子，于县长用下颌指了指前方，然后侧身把我让到前面。我猜不透是他胆小还是有意让我,反正他返身出了洞口。我心怀敬畏小心翼翼地揭开席子的一角，果然看到两个人的骨架。

随着我把整个席子揭开，看到了更为震撼的一幕。两具白骨身体完全朝着一个方向倾倒，一颗头颅散落在地上，另一个头颅叠放在前一具尸骨的腿骨上。我立刻判断出这两个人是坐着死去的，后者紧紧依偎在前者的身上或者就躺在前者腿上。如果还原真相，我宁愿相信左首边坐着的是我的爷爷，右手边躺着的是小雷子。我甚至很轻松地推演出，两个人都身负重伤，生命垂危，爷爷把小雷子轻轻放在自己的腿上，试图安慰他或者试图减轻他的痛苦。

我登时泪流满面，何大蛋——我的爷爷，竟然以这样的姿势躺了几十年。我是他的孙子，竟以这样的方式见面。他死了，死得只剩下累累白骨，我可以静静地观察他、回忆他、推算他，却永远不知道他长什么样子。而他也永远不知道他的后人就站在他的面前。

我垂手站在两架尸骨旁，默哀一分钟。一分钟好像一个世纪。我站在两位英雄的面前，仿佛经历了一场旷日持久的历练，精神为之鼓舞，灵魂为之洗涤。我确信他就是我爷爷，只是奇怪在这两堆尸骨旁没有任何物件，比如枪、文件包或者其他东西。马馆长蹲下来指着尸骨说：“你看左边的肩胛骨上有刀伤、肋骨也断了六根，右边这具尸骨的腿和胳膊都是断的，说明他们经过了激烈的搏斗。”我立刻听明白了他的话，说：“你的意思是说他们爬到这个山洞时都身负重伤？”

马馆长点点头，说他们不但受了伤，而且危在旦夕，所以才躲到这里来，把洞口都封死了。

看来我爷爷和小雷子躲到这个山洞里就没打算活着出去，但这也给人们制造了不小的难题，怎么才能让人相信他们就是我要寻找的人？

正在我困惑的时候于县长重新返回来，对我说忘了告诉我了，考察人员在尸骨旁还发现一个牛皮的军用挎包，里面盛着一些重要的文件，还有一本日记。这些文件基本可以断定他就是我爷爷——红石岗独立团的团长何达旦。只是文件和日记严重风化了，有些都粘连到一块儿了，不敢贸然打开，省档案馆的专家已经带走了，他们会在适当的时候把资料转给我。

我释然，再一次走近那堆尸骨，蹲下来抚摸着爷爷头颅上一道深深的刀痕，这是我的权利、我的义务、我的责任。如果我当时在场多好，我可以抚摸爷爷流血的伤口，他会痛的，他会得到安慰，但现在安慰的却是我的心灵。

我在心里祈祷：“我亲爱的爷爷，你安息吧！”

走出洞时太阳已经西转，我的心情已归于平静。最不平静的是马馆长，他确认我爷爷的身份没有问题了，但他身边的那个人却一点信息都没有。于县长不以为然地说，说不定就是一个普通的战士，跟着首长一块儿躲到洞里的。我语气坚定地说，这个战士叫小雷子，风雷村人，是我爷爷的勤务员。马馆长瞪大了眼珠子，惊愕地说洞里出土的文物他都看了，没有任何东西能证明他就是何团长的警卫员。我告诉他，那就去风雷村找一个叫黄玉英的老人，她会告诉他小雷子的事。如果还不足信，还可以到村外的墓地亲自看一看，那是一个衣冠冢。

于县长见我们各持己见，笑吟吟地说：“你们俩争什么争？我拟了个规划，要在这地方建一个抗战纪念馆，还有一个烈士陵园，管他是不是小雷子，把所有当年牺牲的烈士的坟迁到这条抗日沟来！”

马馆长懊恼地一拍大腿说：“晚了，一切都晚了！小雷子的坟早在去年就平了，还是你于县长亲自下的命令。”

于县长的脸一直红到脖子根。

这一场精心设计的寻觅大戏最终以胜利告终，而始作俑者是我的儿子。他思想深处那个小雷子最终把众人的视线从困惑中解脱出来，成就了何家的光荣，也拯救了整个红石岗。

拍摄电视剧时万人空巷。我大伯全家甚至拒绝了每天三块钱的报酬甘愿充当义工，上了县报。随后，这部叫作《遥远的记忆》的电视剧在全国各大卫视播出，央视也在午夜时分播放。虽然看完这部电视剧之后已是第二天的凌晨了，但是对下夜班的人群来说，一边洗澡一边深受爱国主义的洗礼也不失为一举两得的好事。

我争取到好几个大奖，只是在问鼎一项最高奖时以唐方为代表的数位评委集体反对，甚至威胁要退出评选才把我获奖的势头拦住。他们抓住了电视剧的致命漏洞，一名群众演员在被鬼子的飞机炸死后又顽强地站起来，后来被冲上来的鬼子用刺刀连刺三刀才轰然倒下。那个群众演员便是我的叔伯大哥。导演说他非常适合演人民群众，因此多拍了一个镜头，正是这一个多余的镜头让这部电视剧与头奖失之交臂。

那是我的巅峰之作，也是梅卿主导影视中心以来最辉煌的时刻，后来随着她老爸权力越来越边缘化，我的创作也愈发冷清了。

即使是这样也比唐方幸运，就在红石岗大桥正式收尾、唐方的《大桥工地》杀青不久，发生了严重的坍塌事故。沙河发生了百年一遇的反季节洪水，整个基座都冲毁了，几千万元打了水漂。钱是国家专门拨下来支援老区的，主管单位已经邀请部分老干部在大桥通车的时候亲临现场视察。现在大桥倒了，各方面所承受的压力可想而知。

于阳亲自跑到省城，商量应对的办法。杨副秘书长建言可以在省城搞一个工程展览，告诉老干部们那里冰天雪地，从关心老领导的角度就让他们看展览，如果这些老干部有异议，就到风景区参观一下。关键是气氛要热烈，环境要优雅，要有人陪同。陪同人员最好是女学生，装扮成工作人员。

唐方说这好办，她现在兼任省青年协会的会长，从高校里征招志愿者不成问题。但是这项活动几天后便被终止了。有人向纪检部门举报，举报人不详，但肯定对内情非常了解。我怀疑是老孙，但老孙坚持说他不知详情，两个女手下可以作证。

事情变得不可控，于县长登门找我，想让我帮他拿个主意。这说明他们黔驴技穷了，唐方也没辙了，让丈夫来当说客。

我对于县长说，我只是一个草根文人，在政界、商界都没有影响力。我说的是实话。于阳却不这么认为，他说什么草根文人？你是眼下最最吃香的大文人。现在官场难混，早知今日，何必当初。当初他要是不到基层，就在省直部门混，一样混得比现在潇洒。我最怕别人拍马，一拍心就软了，诚心诚意地让他有话就说，看我能不能帮上忙。

于阳似乎达到了目的，干咳了两声，笑笑说：“我也就不藏着掖着了，唐方考虑不周、办事不力，请了神送神却难了。作为她的朋友，你得帮她渡过难关。”

我说：“她的片子没问题，只是中间遇到了挫折，暂时停一停就可以了。”

他说：“哪儿是为了片子的事，如果是这种小事就好了！主要都邀请了省里的老干部，说好要看大桥工地，现在工地出事了，怎么挽回这个影响？”

这的确是个大问题，依我的能力肯定帮不上这个忙。再说，在这场明争暗斗中，唐方不过是一个小人物，关键是她背后的杨副秘书长。我没理由帮他。

于阳说在大桥坍塌的问题上，他是县长，负第一责任。我提醒于阳要认清形势，不是什么责任都可以揽。一个人的政治生命只有一次，不能施舍。他是第一责任人不错，但他上面有唐方，唐方上面有杨革文。

于阳不等听完我的话脸就黑了下来，愤愤地说：“既然你提到了杨革文，我也就不瞒你了，最近我和唐方关系紧张，也有这方面的原因。她劝我把责任揽下来，我却觉得为难。冤有头、债有主，我不能白白就揽下这个责任，这是要毁人一辈子的事。再说了，我揽下责任，保下这个男人，为什么？如果当初不是他，我的家庭也不会走到这步。”

他停了停，似乎在观察我的反应，当他看到我一脸同情的时候，提高了声音说道：“我就直说了吧，等这件事平复之后我就跟唐方提出离婚，我绝不当这替死鬼！”

当替死鬼不如说是戴了绿帽子更确切。我发问：“既然不想当这替死鬼，为什么还要替唐方求情？”

于阳说：“说是救她其实是救我自己。你想，大桥修成这样了，我还有什么脸示人？特别是省里那些老领导，个个本领通天，他们如果不满意，回去一说，我这辈子还不就埋在红石岗了。”

我问他到底怎么才能帮他。现在连我都被他的话感动了，恨不得马上帮到他。

于阳出人意料地直率。他想让老领导们参观我们的红色影视基地，用参观摄影基地来代替参观红石大桥。这些老干部都是从战争年代过来的，实地参观当年的抗日战场遗址可以有效转移这些人的视线。

看来于阳早就想好了，这真不失为一个好办法。这对于我来说小事一桩，当初拍戏的时候，我就有意把拍摄过的制景地都完整地保留着，作为日后参观的景点。另外，我给这条沟起名叫“抗日沟”，为的也是有个好记又有意义的名字，现在看来水到渠成了，不但唐方想借机帮助杨革文，就连于阳也深信只有这一办法能保住他的官职。

哈哈！踏破铁鞋无觅处，得来全不费功夫。看来该当我何书盒文人得志了，我何不借机把我的宏伟蓝图推向全国。

我有点儿可怜于阳，一个男人最大的失败就是婚姻的失败，而他从最初迈入婚姻就选择了忍耐和相互欺骗。于阳从大学毕业就被功名利禄冲昏了头，一步步走入别人设计的陷阱。为了能在红石县确立一席之地，他忍辱负重，一不小心走到了悬崖边上，这才发现生死就在进退一步之间。

这便是官场政治，用险恶和水深火热形容一点儿也不为过。

回过头来再想想唐方，她是一个怎样的女人？庄宝盒曾说过一个段子：三十年前你把女人睡了，那女人一辈子都是你的了；三十年后就算你睡过她多少次，人也不一定是你的。这倒跟于阳很相似，老婆就是睡在身边的陌生人，老婆被人睡了多年他居然不计前嫌，看来面对一损俱损、一荣俱荣时，利益高于一切。

我在心里冷笑了，是冷笑自己还是冷笑于阳不得而知。哲学家有句话：帮人就等于帮自己。当初电视剧拍摄完成后，一些观看了片子的人都想到拍摄场地一游，因此才让我萌生了要建个红色影视城的想法。红石岗特殊的地理位置决定了这个想法的可行性。这里四面是沟，中间是凸起的平地，只要在出入口设卡收费，就一只兔子都漏不掉。我早就把这个想法向于阳提起过，他可能考虑片子没有那么大的影响力，没有人会为了看一堆乱石头大老远跑到红石岗来，并没有放在心上。现在他专程找我，说明他顿悟了。

这次他的目的显然是那些老干部。但是光凭那些破屋烂墙、破砖烂瓦转移不了老人们的视线，达不到效果，要想赋予它们生命，就离不开我们这些影视人。

这让我感觉到了机遇。有时候你削尖脑袋苦苦钻营不一定得到，而有时候你躺在屋子里睡大觉幸运照样穿墙而过，来找上你。但是无论如何，机会总是给那些有准备的人，它会击败那些整天泛泛地空谈理想而无所事事的人。

我拍着胸脯向他保证，给我两天时间，我会把红石岗打造成一个既体现出老区精神，又具有鲜明时代特色，并且具有极高观赏性的影视基地兼爱国主义教育基地。只是光凭我光杆司令不行，我需要人力物力配合。

于阳说："我把县文体中心的全体人员调给你使用，马仁义也归你指挥！"

我说："那就万事俱备只欠东风了！唐方的女大学生方阵不好找，可以就地取材，动员红石县的中学生上阵，等老干部的车队到的时候手拿鲜花到路旁欢迎，找上少先队员向英雄献花就万事大吉了。"

于阳笑了，比来时开心多了，拍着我的肩说："何老弟，真有你的！"

他开始跟我称兄道弟了，这可是革命性的变化。跟官员称兄道弟意味着今后有更大的合作空间，我借机添砖加瓦地说："于县长的事就是我的事，何况你还把我看成兄弟。"

于阳笑道："我其实还是冲着扩大红石岗红色影视基地影响来的。谁让咱们有缘，你借开发抗日沟实现了寻找爷爷的想法，我借电视剧解决了上千人摆脱穷困的梦想，可谓双赢。我听说那些北京来的老干部有的就是当年的八路军，在这一带打过仗，他们一高兴投个千儿八百万的或者帮着推荐到央视黄金频道一点儿都不惊奇。"

他说的是事实，我早就了解过，解放几十年了，一部表现当地军民浴血抗战的文学作品都没有，影视作品更是想都不敢想，而我开了红石岗的先河。何大蛋这个人物老少皆知，他剃着勺把子头、眼戴墨镜、手提匣子炮、身背鬼头刀的形象成为红石岗英雄群体的代表。

我实在想不出为什么帮于阳。

我不但帮于阳摆脱了困境，更间接地帮了唐方和杨革文。那些老干部就是唐方和杨革文陪同来的，他们在红石岗实地考察了整整一天，瞻仰了我爷爷和小雷子的遗骨，颇为感动和震撼，纷纷提笔留言或者留下珍贵的墨宝。

那座坍塌的大桥默默诉说着它的寂寞，成为冬天里最凄凉的风景。

我实在低估了于阳的能力，就在我亲率摄制组原班人马赶赴红石岗，带着老干部们参观抗日沟的第二年春天，他就正式接到省委组织部的调令，回到省里任文化厅副厅长兼文化市场处处长。据说他走的时候把老干部们的墨宝悉数带走了，后来这些不是书法作品的作品辗转流传于许多部门领导的会客厅里。我这才恍然大悟，他急于想甩掉红石岗大桥这个包袱，上演了一出忍辱负重的好戏，连杨副秘书长和唐方都被他耍了。

红石岗大桥成为被人们遗忘的烂尾工程，三年后我路过那个地方，人们仍从水漫桥上走。

上任后的于副厅长雷厉风行，第一件事便是整顿省城文化市场，我所在的影视中心和唐方的文化沙龙都在他的黑名单上。清查梅卿的借口是她政企不分，她本身属于政府人员，但她擅自开办文化传播公司，必须立即关停整顿。唐方的文化沙龙则属于政府清理整顿的楼堂馆所，与反腐倡廉有关。

帮人便是帮自己成了一句笑谈，变成了帮人就是害自己。我不知道是这句话本身有错还是我有错。

梅卿让我打电话给于阳，于阳为难地说："哎呀，老何，这本身是上头的精神，我只是执行者。要不你让梅卿活动一下，她可比我神通广大。"

让梅卿出面等于自投罗网，这些年梅家树敌太多，即使是没有面对面的敌人至少有人因看不惯而心生嫉妒。

我决定去找唐方，从她那里探听一下虚实。

曾几何时省城里冒出许多楼堂馆所。周愚公绝对是这个城市的活地图，不管多么严密的会所他总是第一个知道，而且出入自由。小范永远是他忠实的陪同，每当有人邀他赴宴，周愚公总是对小范说："告诉我老婆，今天晚上有个局，不回去吃饭了。"小范总是嗲声嗲气地问："在哪儿呀？可不可以带上我？"周愚公会故意装神秘地说："在一个会馆，你没去过的。"这样过了几秒，他会又瞅着她说："想去还不赶快去换件衣服！"小范于是欢天喜地地换上一套绝对露胸线的晚装，或红、或蓝、或绿色的，挎着愚公的手臂就往外头飞去。

在这座城市周愚公可谓老江湖，哪里的会馆什么身价，有哪些人常去他都一清二楚。最近上面抓得严，各会馆收敛了许多。然而，用庄宝盒的话说，让一群腐败分子抓廉政、一群嫖客抓嫖娼，结果可想而知。

无论是什么局，官员永远是最大的神仙，哪怕他只是个单位里的一般人员。尽管我一直自认为属于这个城市的精英，但是对于这些潜规则还是知之甚少。

唐方在调入行政学院后公开的身份是文学课教师，但私下却是那座八层文化中心的董事长兼总经理，她很少到院里去上课，大部分时候都在大楼里办公。

我曾陪红石岗捐资的那位企业家到过那里喝茶，两人只在大厅里点了两杯咖啡就花了几百块。一打听才得知，出入这里的会员要预先交十万的年费，交了年费大门才会为你敞开，门后有一个甜美的女工作人员核实你的身份，然后带你去房间。

至于这个文化中心到底在经营什么我也说不清楚，听人说它就是一所会馆，是为官员和有钱人服务的。这里简到喝茶泡脚、繁到亲口吃女人的奶水、险到花钱替你爆菊都无所不能。

我相信唐方绝不会做出这等无耻下流之事，她的背后肯定是杨革文，或者说是他的女人马小萍和他的女儿杨心红。那年在红石县城，我无意看到的那个上了于阳车的女人好像就是杨心红。我听说自从他家搬到省城后，两人就过起了各顾各的生活，夫妻的关系也因此成为生意合伙人的关系。但是这个女人深居简出，并没有人抓到任何把柄。

梅卿劝我暂时不要去找唐方，她现在自身难保。梅卿说清理会馆的行动一开始，于阳亲自带人蹲守大楼的地下停车场，那里有一部供重要人物上下的电梯。杨副秘书长就是从那里进出的。他们从地下通道冲进中心，遇到了正穿着睡衣陪着杨副秘书长的唐方。

这很像一部电视剧。

梅卿在这件事上同情唐方，她说女人在爱情上智商等于零。于阳从一个穷学生爬到副厅的位子与唐方不无关系，甚至他从红石岗大桥事故中脱身而出都有唐方和杨副秘书长亲密合作的影子。我却认为这是于阳政治上成熟的标志。道高一尺，魔高一丈。既然亲情都不能阻止他远大的政治抱负，那他还怕什么？他一定能在仕途上大展宏图。

杨副秘书长虽然没有受到组织处分，但却受到了组织冷落，在一所职业院校的副职上尘埃落定，这已经是不错的结果了。他在闲置的顶层教学楼里建了个绘画馆，靠书法和绘画来消磨时光。他的书法多是些感伤的古词句，这跟他当初教的哲学风马牛不相及。唐方课少的时候就到他那儿坐坐，有时候两人就在画案上重操旧业，回忆那些美好的瞬间，但是杨革文的钢梁如今已成为绣花针，令唐方索然无味。

她迷上了写诗，文化节的时候她送给我一本诗集，那是我见到的印刷最精美的小集子。内容不错，小资情调，风花雪月，很难想象出自一个女强人之手。她对我说，其实她并不喜欢风花雪月，而更喜欢有男人味儿的东西，喜欢我笔下那些大口吃肉、大口喝酒、放浪不羁、敢爱敢恨的男人，这完全符合现代女性的审美观点。

于阳表面上风光其实组织部门对他同样心存芥蒂，职务是虚的，到了第二年夏他已经是正厅级的巡视员了，经常出席一些无关紧要的会议，发表一些无关紧要的言论。比如过去人们常提文艺是为工农兵服务，他则改成是为全社会服务，这样文艺涵盖的范围就广了，政治的功利性小而经济作用大了。他不止一次提到我那部电视剧，称赞是传统媒体下的经典之作，但是话锋一转，他认为在新媒体的冲击下很快就会成为明日黄花。在谈到他执意要逼着梅卿关停影视中心的事件时，他透露早就有人向中央反映她父亲的政治倾向问题。总有些人还停留在过去，按那时的思维说话办事，这很容易站错队。他说梅卿的父亲得了不治之症，退出历史舞台只是时间问题。

梅卿果然要走了。父亲的退出意味着她的退出我不得而知。正如于阳所说，不久，我正式从宣传部门的顾问名单中得到了他隐退的消息。梅卿作为他唯一的女儿，专程陪老人去北京看病。

据说他临走前给组织写了一封推荐信，梅卿也在上面签了名，推荐一名年轻干部主抓文化与文化产业发展。我成了这个文化部门的临时负责人。

我所在的影视中心顺理成章地留下了，只不过换了一块牌子，地址也变了，在我的建议下搬到唐方的楼上。上下四层是分开的，中间堵了一道墙，下面四层是我的办公地点，上面四层由另外一个人接管，这个人便是杨心红，她新近挂牌成立了一个女性保健中心。

我在很长时间内没有见到唐方，她仿佛地遁了一般。据朋友讲她已经从省青年协会会长的位子上主动退下来了，专心教授文学。她变得低调，两点一线，从学院到家，再从家到学院。后来于阳提出离婚，她便搬到青年公寓去住了。这座现代化的公寓在城市的东郊，住的基本都是婚姻残缺、事业有成的白领丽人。

后来在电视台举办的鹊桥联谊会上我见到过她一次，她是活动嘉宾，打扮得年轻而又漂亮。活动现场直播，从屏幕看上去，唐方稳重大方，侃侃而谈，征服了不少男性观众。

梅卿走的时候没有跟我打招呼，她在办公室的走廊上遇到我，淡定而亲切地站下，对我说："何主任，感谢你对我的支持！时间会证明我的选择没错，你写了那么多好的作品。我已经向上级写明了情况，你有百分之百的把握留在这里继续你喜爱的文学事业。"

这就是梅卿跟我交谈的全部内容，她甚至都没有一点儿暗示的眼神、一点儿暧昧的神情、一个象征性的握手，就连怀疑我和她有亲密行为而躲在门后偷听的胖李瘦刘都颇感意外。我们的感情是纯粹的，纯粹到脱离了低级趣味。老孙感慨地对她们说："往后，像这样一心为公、为了文化事业繁荣向上操心的好人少了。"

我目送梅卿向大门走去，她的背影融化在一片混沌的阳光之中，慢慢消失。至少在过去的几年里我们曾那么亲密地在一起，她说走就走了，正如徐志摩那首脍炙人口的诗：

"悄悄的我走了，
正如我悄悄的来；
我挥一挥衣袖，
不带走一片云彩。"

就在我工作发生变动的时候，我的婚姻也亮起了红灯。

我父亲回忆说，小奶奶活着的时候，经常拿老祖宗"三从四德"的大棒子来训人，但事实上她首先背叛了祖训，她用那些大棒子吓唬别人而从来不约束自己。

我承认老祖宗这规矩立得好，权威棒下出孝子，同样，道德棒下出贞妇。但是时代变了，当年妇女从剪辫子到放天足，我小奶奶是受益者；后来"中华儿女多奇志，不爱红装爱武装""妇女能顶半边天"，我母亲的心气被鼓得很高。再到现在，"三从四德"的内容发生了质变，从"在家从父、出嫁从夫、夫死从子"变为"从不温柔、从不体贴、从不讲理"，四德也变成"说不得、打不得、骂不得、惹不得"。

我和牛金岭的婚姻里没有太多的纠葛，错就错在从一开始就像是两个去往不同目的地的旅客，错上了一条船。一开始牛金岭是农民，我是城里人，后来牛金岭成了城里人，我却四处漂泊，没有稳定的生活；生活上我们也无法彼此照顾，事业上各自为政，即使是在儿子的问题上我们也总不能形成统一的意见。

总之，我们的婚姻缺乏必要的呵护。

小文放了暑假，本说好第二天才回毛山去的，但他要赶上小美当晚的演出，因此当天傍晚我们便赶回县城。

自从牛玉琴死后庄宝盒就把小美带回了县城。小美的学习成绩不好，她也不甚用功，正好县里成立艺校，就把她送到舞蹈班里了。小美舞蹈跳得好，人也越来越漂亮了，广州一所军校到县里招人。考生趋之若鹜，庄宝盒费了九牛二虎之力才为女儿报上了名。

小美邀小文，一定要亲自到场为她加油。

平时这条路需要三四个小时，但是最近通了高等级公路，时间明显缩短，离小美的演出还有半个小时我们就已经赶到了县城。

小文说：“先去看小美吧！晚了就赶不上了，她第一个表演。”

我疯狂地把车开到县礼堂的时候，小美已经化好妆、站在空荡荡的台阶上东张西望，她一见到我俩就欢呼着跑过来，简直就是一只彩色的蝴蝶。

小美长大了，也明显长高了，身体的线条都变得娇美了。她说：“我数着数等你们，果然数到九十九你们就到了！”

不等我说话，她就拉着小文的手急匆匆地跑了。

后来我才知道那晚不过是彩排，庄宝盒没到场，牛金岭也没有来，正式的选拔赛要到两天后。

两个孩子把我扔在院子里，我决定先回家去，当我把车开到街上的时候才发现其实天还挺早，我想给牛金岭一个惊喜，上楼的脚步声都是轻轻的。

我掏出钥匙轻轻地把门打开，明明在楼下看到窗子是开着灯的，但是客厅里没有人。当我推开内室门的时候，看到一个男人正端坐在床边，牛金岭的神情也有些慌乱。

我立刻认出这是那个香水男人，上次回家时来探访过我。牛金岭见我突然而入，平静了片刻，解释说这是她的一位老乡，老婆病了，上门来询问治疗方案。我冷静而且不失礼貌地笑道：“看来你工作真辛苦，下班了还有病人。”

香水男人说了些感激的话便起身走了，我内心痛不欲生，但脸上并没有任何表示，关上门的时候我才对牛金岭说，他们忽略了一个最重要的环节，约会前最好要统一口径，免得到时候尴尬。

牛金岭起先还想反驳我，但是在我说完这些话之后，蹲在地上捂着脸呜咽地哭开了。她再次抬起头来时眼泪把眼影都冲乱了：“书盒，我们结婚十几年了，你一直没有考虑过我的感受，一个正值青春女人的感受……我们两地分居，实际上我一直是自己照顾自己，你根本就没有尽到做丈夫的责任！”

这是我在发现了牛金岭的隐私之后没有发作的原因，她的话是对的，我们的婚姻本来就是一个误会。我喜欢牛玉琴却阴差阳错地娶了牛金岭，这些年来我把这里当作旅馆，想来就来，想走就走，竟没有在意牛金岭的感受。连孩子都不在她的身边，她的背叛在所难免。

“我不能给你幸福，你会自己寻找幸福；我不能给你安慰，你会自己寻找安慰。”这是唐方诗中的一句。

我承认自己的失败，我俩的隔膜不是一天半天造成的。牛金岭知道我是一个事业心很强的人，在追求自己的事业上永远也停不下来，永远也不会停留在一个地方。如果把我比作是流云，那她就是高山，风可以吹走云，但吹不走高山。

我为牛金岭的这个比喻叫好，光凭这两句她足可以成为著名的诗人，甚至超越唐方，而我所追求的梦想不过是一片浮云。我从一开始就没有把牛金岭当作生命中的知己，她只是我的性爱对象，因此当我背叛她而委身于梅卿，一点儿悔意都没有，我有什么权利要求她守身如玉呢？

牛金岭对我如此大度感到惊愕，这充分说明我们都是有心理准备的，早就反复思考过一旦婚姻发生变故时彼此的退路。女人的心总是敏感的，其实在我前几次回家时，她就敏锐地感觉到我在外面有了女人。

依牛金岭的性格，她是那种不吃亏的女人。

“你为什么不跟我打闹或者说挑明这件事？”我问她。牛金岭凄然地一笑：“有用吗？既然你的心早飞走了，我能拴住你的心吗？你是一个有才华的人，不可能埋没在世俗的生活里。我倒是希望你找到的是一个能帮你的女人。”

“你竟然是这么想的？”我的心里一阵绞痛。

牛金岭叹口气说：“我不是一个坏女人。当初我选择嫁给你，就准备把一生都献给你的，可是后来发现我驾驭不了你、满足不了你，那只能放手。”

我笑起来，拉住她的手，问她：“这么说，你根本不喜欢刚才那个男人，你喜欢的还是我，却每天让他爬上你的床？”

我发现牛金岭的手冰凉。

牛金岭抽回手，凄婉地摇摇头说：“那有什么办法！我一年三百六十天只能见你几次，而他可以招之即来、挥手即去。我是女人，有刮风下雨害怕的时候，有工作不顺心烦躁的时候，我多想有个男人在身边，哪怕是被蹂躏得体无完肤我也心甘情愿！”

这是牛金岭内心最真实的独白了，为了排解内心的孤独与恐惧，她连被蹂躏也在所不惜，我不由得想起跟她在一起的日子，她的炸药包足以炸开任何一个男人欲望的陷阱，但现在说什么都晚了，我们已到了必须分手的时候。

我俩的谈话到此而止，我们甚至把这场心灵的交锋看作是一场与家、与己无关的讨论。晚上十点钟以后我们商量着怎么去接小文和小美。她坐上了我的车，我们一同去县礼堂。路上我们都已陌生得无话可说，我只好打开音乐，让一首《痒》的音乐充斥整个空间，但是，那首软绵绵的情歌把我们刚刚抚平的情感又搅动起来了，心情格外复杂。

牛金岭提出，见到庄宝盒时最好什么也不要说。如今的庄宝盒不是从前了，牛玉琴死后他就正式和一个离过婚的护士同居，虽然他和这个女人同居但绝不妨碍他跟其他的女人鬼混，他的情人多到要用MBA理论和人力资源知识管理。

我不寒而栗，庄宝盒已经蜕变成动物了。但是，穿上衣服的动物比不穿衣服的动物更可怕。

第二天我专程去看庄宝盒。正如牛金岭所说,庄宝盒已经膨胀得不得了，他以给人看屁眼而获得上交款第一的成绩做了常务副院长，虽说还挂着个副字，但医院的财权掌握在他手里，离掌控这所医院已经为期不远了。他把整整一层楼都开辟成办公区，要想进入有女秘书把门，门诊的套间还安着双人床，据说他经常把有姿色的女患者按到床上去。

我不请自到，推门进去的时候庄宝盒正在给一位女患者检查身体，女人肥硕的臀部使人联想丰富。庄宝盒很随意地摘下手套，拍着女人的臀部对她说：“好了，回去用洁尔阴泡一下就可以正常使用！”

女人飞起一片流氓红，起身逃也似的出去了。我说明了来意，专门为小美而来，看小美演出、给小美加油助威，庄宝盒本能地露出一丝警惕，问我是一个人来的还是跟小文一起来的,我说全家来的。庄宝盒听后有些沉默，看来随着牛玉琴的远逝，大人间的感情也渐渐疏远了，孩子们显然要比我们这些大人简单、纯洁得多。

小美的才艺表演并没有达到预期的效果。她身穿粉色西服短裙，站在灯光下尽显丰韵的身材，看上去很美但像个成年的女孩，而她的发声却仍然停留在稚嫩的童声区，这让人看上去别扭，听上去更不舒服。

尽管庄宝盒在县城最豪华的酒店里请两位带队老师好好地吃了一顿，并且每人身边各配了一位美女劝酒，但是小美还是在最后一关落选。

我和牛金岭商量请两个孩子吃一顿饭，因为不能说的原因孩子们以后想聚在一起也困难了。饭桌上的气氛有些压抑，我和牛金岭都打不起精神，这连庄宝盒也看出了端倪，他问我们是不是遇到了过不去的坎儿，只要说一声，钱不是问题。

我知道庄宝盒的钱来得快，他看一个痔疮的钱足够全家人吃一个月的，但是我们都有工资，不需要他的资助。小美没有考上正规大学，上私立学校需要钱，上有名的贵族学校更需要大把大把的票子。但即使是花很多钱，小美仍然前程有限。

那天她和同学们排练的是民族舞蹈，但是，九十年代了，大街小巷都流行歌舞厅，流行港台的歌伴舞，一人唱多人扭来扭去。她的老师还停留在八十年代的水平，显然跟不上形势了。小美过于模仿，舞姿夸张而媚性十足，看得小文直皱眉头，童言无忌的他指出她服装穿得太紧，臀部撅得太高，让人感觉不到天真活泼反而有故作调情之嫌。

小美本想会得到一份表扬，但小文如此直率的言语让她难以接受，饭都没吃就气哼哼地跑开了。牛金岭觉得小文太过分，教训他以后要学会对女孩子礼貌，说话注意分寸。我则认为，虽然他的话略嫌尖刻但是看问题还是尖锐的，相对于牛金岭当年一屁股炸开地板的舞台效果，小美还是有差距的。

庄宝盒笑得前仰后合，差点喷出饭来。小文显然不知这个故事，但是牛金岭却拉下脸来差点把盘子掀了。我在儿子面前一向中规中矩，遵循榜样的力量是无穷的，这是头一次当着他的面开玩笑。但我无论表面上怎么无所谓，内心却在阵痛流血，因为我走出这个家、走出毛山县城就再也不会回来了，每天走进那个曾经熟悉的家门、抱起牛金岭威力无比炸药包的将是那个香水男人。

我和庄宝盒商量无论如何也要让小美到省城上学。省城的艺校很多，发展的空间也大。小文也劝小美到省城去发展，他说爸爸就是省影视界的大腕，认识很多明星，想唱歌、跳舞、当演员全凭我一句话。

儿子的牛皮显然吹大了，但我不想在最后的晚餐中让大伙儿扫兴，特别是对于牛金岭，小美寄予着她对妹妹的未了情义，她希望小美过得好。而我曾是她们心目中的英雄，无论如何要帮这个忙。

那个困顿而令人窘迫的饭局我们各怀心事。我答应考虑好给他们答复。回到家时天色已晚，我和牛金岭泪眼相执，并且双双决定在最后一夜勇敢地扛起炸药包，去炸毁自己的碉堡。牛金岭异常投入，我俩恨不得在爆炸声中双双殉情。但我实在不看好女孩子投身影视界，那是一个大染缸，清白人进去一身炭黑出来。牛金岭说小美是个案，即使是碰得头破血流我也一定要帮她，因为她承载了牛玉琴太多太多的期待。

事情大致决定下来，我介绍小美进省城的艺校，庄宝盒负责在省城买房子。以前户口是不能随意变动的，在皇城生下来就是臣民，在山野生下来就是草寇，我们这一代就是最大的牺牲品，牛金岭和牛玉琴从一开始就具有不同的命运，因此才衍生了那么多的曲折与不幸。如今这块巨石终于有所松动了，把小美的户口迁到省城就实现了城乡的跳转，虽然跟正式的城市居民还有不同，但毕竟有了比肩的机会。我们这个年龄的梦都已破灭，但至少孩子还有。

“你考虑没考虑过也到省城去发展？”我问他。庄宝盒沉吟不语，他在毛山县城做得风生水起。但有一天他来省城，车还没进边缘就急着给我打电话，说让我陪他去看房子。

那天我正应邀参加唐方的诗集研讨会，并做主题发言。

唐方从离开政坛那天起就在诗坛上异常活跃，那时候还没有诞生《穿过大半个中国去睡你》这样著名的女诗人，有一个忧伤的诗人顾城已死，还有个女诗人写了许多谁也看不懂的朦胧诗。但是唐方已具有萌芽意识，她有一首《穿过大半个城市去爬你》比上一首诗整整早了二十年。唐方要爬的并不是男人的肚皮，而是一座位于城市边缘、能俯瞰这座城市的山。诗人爬上了山，站的高度就不一样了，看世界的眼光也更独特。

我从她的对立者变成她的崇拜者，仅仅是为了诗中的一句话。

那时候随着人们欲望值的不断上升，城市变得越来越拥挤不堪。人们住着七十年代的房子，行走在八十年代的路上，却做着二十一世纪的梦。这座城市掩盖了太多的内容，就像一只掩着的潘多拉盒子，不管你有意还是无意打开这个盒子，这个世界便充满了危险，各式各样的妖魔鬼怪陆续登场。

唐方的书名就叫《我打开潘多拉的盒子》，她在《自序》中这样表达：“过去我们还有一张符，贴在额头降妖捉怪。现在这张符没有了，我们拿什么守护脆弱的心灵？有人说‘我若成佛，天下无魔’，可是我说‘我若成魔，佛奈我何’？”

接到庄宝盒电话的那一刻，我很想劝他暂且放下找房子的事，来参加一下这个文学研讨会，让他也发发言，那样大家就不用连篇累牍地论证自己不同的哲学观点或文学思想了，单听庄宝盒的发家史就可以得到答案。

什么时候我把庄宝盒也划入魔鬼系列了？

这个诗歌研讨会组织起来并不简单，我好不容易把一大帮散落在城市各个角落、散发着高贵的雄性荷尔蒙和温柔的雌性激素的男女聚集在一块儿，试图安抚一下唐方受伤的灵魂，不想却被庄宝盒打乱了计划。借文学和诗舒缓现实的痛、安慰空虚的心灵怕是文学最后的作用了。这个被唤醒了的城市已经不需要精神食粮，它只需要男人的荷尔蒙和女人的雌性激素便可大功告成。庄宝盒显然不理解我的良苦用心，他一个劲儿地催我马上下楼。他骂我不要无情无义，不管怎么说我们都是穿一条裤子长大的；他做过我小姨子的丈夫、我做过他大姨子的男人，我们俩怎么说陌生就陌生了？

“这可是尿尿溅到腿上——斜了鸡巴了！”他骂了一句土话，我觉出潜台词是一种不耐烦和陌生。

我俩陌生了吗？我一面离开座位朝外走一面想。

我俩的确陌生了。我俩的陌生来自于世界观的不同步逆转，我向左他向右。十五岁以前我们同样接受红色的教育，长大以后誓做无产阶级的接班人，但是十五岁以后，一成不变的生活轨迹发生了改变，我们失去了方向，在摸索中前行。我敢断言，到小文和小美长大，根本就不知道人为什么活着和应该怎么活才有意义，社会没有教他们，父母也忽略了，直到木已成舟，才感叹不符合自己的理想，这是社会和父母的悲哀。如今的庄宝盒钻到了钱眼儿里，成了钱虫子，那么我呢？我是否因为刻意回避现实钻进了象牙塔里？我们一面抱怨缺少理想、缺少对社会的责任，一面任其沉沦。

庄宝盒正躲在大厦的屋檐下吸烟，怀里抱着一个黑包，看上去非常沉重，这年头业务员上门收账大多都是这副打扮。我问他来前可见过牛金岭？“鸟！”庄宝盒冷笑一声，“我早知道牛金岭的事了。你想让我大清早起来打扰人家的好梦？”

“你下决心要在省城买房子了？”我潜意识里是想问他，这是否意味着要离开毛山县城？他摇摇头：“离不离开都一样，我在县城根本就没有一个像样的家。”

他说的是实情，早先没有，牛玉琴死了以后更没有。小美如果再到省城上学，他还死守着那里干什么？

我也同样，牛金岭跟我离了婚，我被扫地出门。

他长吐出一口烟雾，叹道：“我们俩都与那个破地方没有任何关系了，我们都是无家可归的人啦！”

庄宝盒说得对，我们都已经跟野狼沟、水磨头村没有任何关系了，我和庄宝盒又回到了原点，唯一的纽带就是小文和小美。我答应过牛金岭，让小文每月回县城一趟。

我到路旁拦出租车，庄宝盒指着一辆黑色的轿车说今天坐他的车去。说完朝后摆摆手，从花丛后面拐出来一辆黑色的奔驰，庄宝盒面带得意地说："我们就坐奔驰去，打扮得太寒酸了会让卖房人瞧不起。"

我被这辆车惊得目瞪口呆，是辆最新的款式。我语气结巴地问他什么时候买的？庄宝盒不屑道："买车算什么本事，这年头最傻就是花好几百万买了让别人坐。租车就不一样了，只要有钱，人到哪里就跟跟腚狗似的！"

歪理邪说！但话也有道理。坐进奔驰车有种恍如隔世的感觉，庄宝盒坐在后排，嘴里叼着烟，手舞足蹈地说："不瞒你老弟，我现在穷得只剩下钱了！其实租辆好车外出再简单不过了，只要一天看三个屁眼，就足以支付这笔费用。"

这话连司机听了都恶心得晃了晃车子。我听牛金岭说过，庄宝盒很会摆谱，他从不在家生火做饭，天天到饭馆去吃。往往叫一大桌子菜吃一两口就丢弃了，有时候吃着吃着就泪流满面，把桌子都掀了。我猜他是想牛玉琴了。牛金岭说："狗屁！他是觉得钱赚得太容易了。"

"他一顿饭吃一桌子也没见长胖过。"我开玩笑地说。

牛金岭埋怨，现在市面上哪儿还有放心的食品，除了各种添加剂就是地沟油，要不就是转基因。母亲也给我讲了一个笑话：工厂后勤处那会儿搞副业，买了增肥剂给猪吃。食堂管理员却偷了回家当味精，每次炒菜就放上点儿，老婆竟然吃上了瘾，每次吃了睡、睡了吃，几个月下来胖了一百多斤，管理员发现后为时已晚，主动跑到杨主任那里自首。

看来庄宝盒找到了一条正确的赚钱之路，但却没有找到正确的人生之路；他赚足了风头却赚不来心灵的安慰，所以才如此变态。相比有些人，其实庄宝盒并不过分，这年头儿金钱是衡量一切的标准，有钱你可以搞大女人的肚子，有钱你也可以济世救民、富甲一方。

车子在满是污浊的街道上跑着，从豪华的车里看这座城市跟挤公交看完全不一样，密闭的车窗把城市的嘈杂过滤掉了，就连庄宝盒吸烟的劣习也变得优雅了许多。他嘴里叼着雪茄，跟英国前首相比也有过之而无不及，一脸的傲慢。这种傲慢足以让我感到压抑和有一丝蛋疼。

到达南郊最豪华的别墅建筑群时已经接近中午，"锦绣佳城"接待大厅里冷冷清清。在台阶前等我们的是一位年轻漂亮的女士，她穿着红白相间的职业上装和黑色短裙，简直就是一位标致的空姐。她自我介绍姓徐，只要叫她小徐就好了。她面部的妆很浓，臀部丰满，极易使我联想起牛金岭的炸药包，这多少让我有些伤感。

我不敢妄加评论这位徐小姐是不是性功能跟牛金岭有一拼，但是步伐和站姿都能告诉我许多复杂的内容。她带我们走进大厅，介绍说能住进这样豪华建筑别墅群的除了著名企业家就是这座城最有权威的官员。我问她有没有演员、名导什么的？她微笑如兰地说："当然！现在社会是一个不断创造神话的社会，很多演员昨天还在大街上发小广告、在剧组里跑龙套，今天摇身一变就成了明星。"

我居然小看这位售楼小姐了。她的话简明深刻，我立刻对她有了好感。但是庄宝盒是主角，售楼小姐讨好我他自然不买账，语气格外挑剔起来："徐小姐，你卖房子赚的是钱，我买的是环境、是服务，如果达不到我的要求，我立马走人！"

徐小姐马上识破了他的虚荣心，转向他，笑容带着暧昧地说："那先生要什么样的环境和服务呢？我们锦绣佳城的环境和服务都是一流的，和国际接轨。"

我实在不明白这环境、服务跟国际接轨有什么必然的联系。大家都在讲中国特色，却事事要和国际接轨，这难道不是相互矛盾？但庄宝盒已经咧开嘴笑了，他似乎从小徐的脸上看出了内容，换了一副笑脸，说其实他也不是特别挑剔的人，与其说他看中这里的房子，毋宁说是选一个好邻居更重要。

小徐马上机敏地回答："二位一看就是有文化、有修养还有钱的人，只有你挑他们的份儿，哪有他们挑你的份儿！"

说完便抱过来一个大相册给我们看，上面有奥运会冠军，还有影视明星。庄宝盒在路上时就对我说过，小美不爱体育，他也不爱；他讥讽搞体育的人四肢发达、头脑简单。跟有政府背景的人做邻居虽然好，但今天在位子上万众倾慕，明天退居二线或成为阶下囚，也有风险；还是找个有文艺范儿的做邻居最保险，这样会对小美的发展有帮助。

小徐听了乐得一拍巴掌，说正好有这样一套，旁边住着位全国正红的女演员的父母。庄宝盒看也没看位置就武断地说："就这一套了！"小徐忙欢天喜地地去拿钥匙。趁这个时机，庄宝盒扬扬下巴，悄声跟我说："你瞧瞧这女人的屁股，依我多年的经验，她肯定是一个有故事的女人。"

这也能看出故事来，庄宝盒不可谓不聪明，只是他的聪明才智用错了地方；这也并不说明他龌龊和无耻，而是这个世界龌龊和无耻。

已经接近中午了，我让庄宝盒留下来继续跟徐小姐谈判，自己先返回会场。唐方正焦急地站在台阶上等我，她说研讨开了近两个小时才结束，大家还是很给面子的，只是无法预料效果会怎么样。大家都说了一些恭维的话便等着吃饭。饭店早就预订好了，在附近的金晶大厦，拐过广场就到，所以大家都步行前往，阳光和荷尔蒙的味道在四周弥漫。文人墨客们都相互挽着手，哼唱着流行的歌子，有种相见恨晚的感觉。

唐方自专心教书之后性情大变，已不再是那个咄咄逼人的强悍女人，变得十分具有女人味儿。她还有一本诗集正在结集出版，可是连出版的前期费用都凑不出来了。她瞧见我坐的奔驰车，欣然地说，如果我认识有钱的大款，可以给她引见，帮着拉拉赞助。

要说唐方出诗集缺钱那是危言耸听，哪个写出她同样水平的诗也难找。但诗再好也是小众文学，在俗人眼里诗就是小资们的开味酒和小点心，想用它来赚钱、买房、一夜暴富不是有妄想症就是脑残。

我常规劝文学青年千万不要走这条路，这是一条断头路、不归路。但我不想因此影响唐方的热情，她有能力安排好自己的生活。

女人总是为自己画饼然后对饼长叹，有时候像个任性的孩子，把未来的天空吹得五颜六色，然后再看着泡泡们一个个毁灭而痛心疾首。我从一开始就忽略了女人的这个特点，对牛金岭熟视无睹，最终导致了这场婚姻的失败。唐方同样也是婚姻的失败者，只是我们的开始不同结局也不一样。

我离婚的事没有告诉任何人，包括父母和儿子。小文是上大学前才猜到的，他单独去找过妈妈，从那里得到了证实。

那时候牛金岭已经怀了那个男人的孩子，她挺着大肚子拥抱小文遭到了拒绝，小文挣脱开，头也不回地走了。

人到中年我已经开始秃顶，胡子拉碴，不修边幅。有人说男人四十一枝花，我却无论如何也感觉不到美丽的绽放。相反，我时常感到莫名其妙的疲惫，狼狈不堪。如果从十六岁参加工作算起，我已经有二十几年的工龄了，但是我却没有城市户口、没有住房、没有保险，甚至没了老婆。

母亲人老眼花，经常戴着老花镜看一些励志的文章，她教育我男人要奋斗，除了成家还要立业。我现在却是一无所有，将来二老走了，小文连个立脚的地方都没有。

于阳上任之初就放出话来，过去经常讲要先生产后生活，现在要反过来，先生活后生产。体现出不一样的、更加进步的人文思想。按年龄推算于阳没有经历过二十世纪六七十年代创业人的艰辛。当年石油工人的代表王进喜就提出来先生产后生活，后来有个腮边两块疙瘩肉的演员穿着棉衣跳入零下几十摄氏度的泥浆池，把一代劳模演绎到精骨里去了，父亲经常哼唱那首电影主题曲：

“晴天一顶星星亮，草原一片篝火红……”

厅里说要集资建房，强调释放改革红利。公家出一块、个人集一块，这对一直蜗居的人们来说无疑是个巨大的好消息。

长期以来城市和农村实行不同的户籍制度，你成为优越的城市人还是成为低人一等的乡下人全凭投胎时的造化，这必然导致形成不同的阶层，阶层间的利益冲突在所难免。

张榜的时候我在公示栏中找到了自己的名字，这就意味着经过十几年的努力我终于跻身省城上流社会，这远比用一百年赶上中等发达国家的目标要近了许多。我有可能分到一套三居室，房价只有市场价的三分之一。

虽然尚属画饼，但毕竟有了希望。我不敢大声说话，惴惴不安地溜出了人群。仿佛那房子是栖息在树上的鸟儿，我声音一大就会飞走。刚上街，我便被一群抗议的人挡住了。他们阻挡的原因是因为要拆了他们的房子盖我们的房。

原来这里住的都是些来城里淘金的乡下人，当初他们搭棚子居住时还没有城管和城市人口限额这个概念。没有这两样紧俏的东西，就意味着可以随便盖、随便生，所以这里的房子和孩子户口都是黑的。由于缺少管控，这里滋生了许多黑暗，卖淫嫖娼、贩毒拐卖屡见不鲜、屡教不改，政府早就有心改造这里。

那天，天上下起了小雨，满街上是花伞和泥泞，它足以表现出这个城市的五花八门、飘忽不定、泥泞不堪。

我竖起衣领穿过另一条街，刚走几步便遇到了警察。不知怎么了，这些年来社会越来越充满了戾气，大家都不能静下来商量问题，各种形式的暴力案件快速上升。用陈东平院长的话来说，现在的社会习惯于用暴力解决问题，如果强势的社会群体不能保护弱势的社会群体而是一味地欺凌，那么，暴力是弱势群体保护自己的最后手段。

我被阻挡在警车的后面，透过人墙看到对面其实是一群妇孺，充当矛和盾的缓冲体。女人们看上去脸色灰暗。相比起他们，我突然感觉自己很幸运，至少我现在穿得体面光鲜，有一个福利很好的单位、有一个名声很好的工作，重要的是我即将有栖身之所，这意味着我不再游走于这个城市的边缘，我成了一个有身份的城市人，这个身份保证我走到哪里都会格外有尊严。后来这套房子我并没有享受到，因为它遭到了人们顽强的抵制而最终流产了。

那天我和唐方有一个约见，时间差不多到了，为了按时赶到，我钻进一条胡同，正要穿过去，却被警察发现了。这个警察戴着墨镜，用懒洋洋却不容置疑的手势警告我退回到原来的地方。原来那条胡同的建筑正在被拆除，一辆涂着橘黄颜色的铲车扬起巨大的手臂，轻松一推，就把一幢旧房子压塌了。一个中年妇女试图阻挡这一进程，但随之被身后的制服男扑倒，那个男人振臂的一呼淹没在一片机器的喧哗里。

这是我看到的城市最早、最暴力的拆迁，它甚至远超当年因超生而拆房的激烈程度。暴力对暴力的结果只能是两败俱伤，正如我那短命的房子，不久便在市民的抗议声中销声匿迹了，据说死了人，分管领导受了组织处分。

我很想上前对那位警察和女人说两句话，劝劝他们，和为贵，都是人民内部矛盾，没必要动不动就翻脸。正在这时，一辆车停在了我面前，准确地说是堵住了我要冲过去的方向，唐方摇下车窗，招呼我上车。我惊愕地问怎么会是她，她说她正路过这里，看我有英雄救美的冲动，就过来拦我了。

“你拦得还真是时候，不然我就冲过去了。”我半开玩笑地说。她说：“你要用发展的眼光看问题，历史留下的这个城市破烂不堪，不破坏一个旧世界就不能建设一个新世界。老百姓的眼光是雪亮的，但有时是短浅的，要想用三十年或者更短的时间走完发达国家一百年走过的路，有必要采取这样激进的方式。”

我还是同情那个被扑倒并被扭送上警车的女人，她也许是一名自喻为为民请命的民主斗士。唐方笑起来：“我发现有时候你特别天真。如今的社会是产生不了民主斗士的，因为他们本身站在了错误的立场上。要相信政府和民众的愿望是一致的，只是有些群众暂时不理解。你一定要辨清谁是敌人、谁是朋友。”

那天我坐唐方的车驶离闹哄哄的街区，随便她带我到哪里。外面糟糕的天气和激烈的场面与我擦肩而过了，我重新心平气和。她打开一首贝多芬的《命运交响曲》，伴随着音乐，她优雅的脸部线条清晰而逼真地呈现在我面前。过去即使我跟她离得很近，一起讨论稿件，我也从没有仔细端详过她的脸，而此时我却可以细细地用目光触摸。

她看上去很美！

她现在是行政学院很有名的教授了，她成功地把哲学的抽象和文学的丰满结合在一起，经常性地组织文学讲座，书卖得也很好。她幻想着有一天能获得诺贝尔文学奖，但我告诉她获得这个奖项的人凤毛麟角，并且还要从骨子里骂这个社会。唐方嗔怪地瞥了我一眼，说道："何书盒，你也太尖刻了！"我说不是我尖刻，是这个世界太现实了。她刚才还说，要分辨清谁是敌人、谁是朋友。他们到处拿诺贝尔奖送人，就不会是别有用心？

唐方下意识地怔了一下，也许她心里更认可我的话有道理。

离婚以后我突然变得无所事事。唐方曾说过，婚姻就像是绑架，绑得太紧了便觉得难受，绑得太松了又总跑掉。婚姻之初我并没有明确的目的，离婚也是如此。我只是被动地接受，别人怎么做我也怎么做，现在离婚也一样，一切都回归平静。

从这点上说，我和唐方同病相怜。

那天，天上下着不大不小的细雨，我俩游走在雨中，下雨的日子时光如同停滞了一般，我不知道如何度过。好在遇上了唐方，她也正好无所事事。

看得出她对我的离婚是高兴的，这就是唐方。如果说最初我俩在一起工作经常起冲突，倒不如说我们一直在互相紧咬着，掩饰彼此的好奇和吸引。现在一切都松绑了，我们双方都没了家庭的牵绊，反而觉得越走越近了。

听老孙说唐方在离开于阳后谈了好几个对象，但都以失败告终。接近她的男人都说她太冷静了，在她欲望的背后总有一双眼睛。

其实我很理解这样的女人，在这个男性的社会里，女人成功往往要比男人付出好几倍的努力，很多时候还会成为男人的牺牲品，因此要格外小心。我是特例，我从不算计她，即使在她因为梅卿把我当作假想敌之后，我也没有做过加害她的事。至于那次拍片，其实我是在救她，在垮塌的大桥后面是杨副秘书长和于阳之间的利益交换，唐方只是一枚棋子，他们用完之后就把她随意地抛弃了。不过因祸得福，她现在能够从容地写诗、从容地生活是不幸中的万幸，没有什么比这更让人欣慰了。

那么，从我一坐上唐方的车，就意味着我与这个女人重修旧好。

记得我俩在编辑部的时候，曾讨论过出轨的话题。我说："男女的社会地位不同，社交圈子不同，决定了行为方式的不同。女人在男权社会里只能依附于男人，接受男人的行为。"唐方说："按你的逻辑，男人出轨无罪，那么，你们男人难道真不在乎孩子叫谁爹？"

我尴尬得说不出话来。

如今这一切都成为过去式，令人感慨岁月的无情。我想，她内心一定充满了矛盾和痛苦：一方面委身于其他的男人，一方面却做着贤妻良母的梦。

庄宝盒却一身轻松，他把离婚的男人比作二手房，随着市场的升温有不断升值的空间；而离过婚的女人就不一样了，像二手车，只要被人开过就不值钱了。

唐方会是一个贤妻良母吗？望着她依然年轻漂亮的面孔，我突发奇想。小文过了暑假就要升高中了，我突然想起下午有一个恳谈会。

他的学校最近要组织一批同学到国外学习，高大连读。恳谈会就是劝告家长，国内的教育环境如此糟糕，要让孩子成才就到国外读书，出去得越早越好。

那是条新修的断头路，车少人稀。唐方把车随意停到路边，看着雨一点点淋湿车窗，那些细小的雨滴不断汇合起来，像虫子一样地爬来爬去。

我看着腕上的表，从现在到那个会还有三个小时，三个小时可以从容地做些什么。但是唐方显然犹豫了，她拿不准要不要陪着我度过这个雨天。后来，她沉吟地说：“既然如此，我们就去老地方！”

我问她老地方是哪儿？唐方暧昧地一笑，并没回答我，只是用灵巧的手拨动着方向盘。车子调整了整整一百八十度，朝着市中心驶去。

唐方说的老地方其实就是那座老楼。上面四层已经很萧条和陈旧了，尤其是雨天里走进去，散发着一股浓重的霉味。

我也再没见过杨副秘书长的老婆和女儿，听说老杨被政治边缘化后，马小萍便退掉了这幢楼，夫妻俩最终和唐方断了联系。数年后在野狼沟有一个养蜂人，租了军工厂的宿舍养蜂，并且成功地把纯天然蜂蜜推向省城的市场，从众人的描述中我断定那就是杨革文。

人走楼空，学院每年要拿出不菲的经费看管和维护，早就有再出租和出售的念头，学校为了甩包袱，把处置权又交给了唐方。

唐方曾不止一次地鼓动我包下整幢大楼。这里是全市的文化中心，大家都想往这里挤，我完全可以把整座楼转租出去赚个差价。至于管理，我把堵住楼梯的墙重新拆开就 OK 了。唐方在五楼设了个办公室，这样我们见面也容易得多。

我考虑再三还是算了，有墙隔着还好，一旦拆开，有些事就说不清、道不明了。为了安抚唐方，我还是在楼梯口后面开了一个小门，这样只要从洗手间穿过去就行。

上次庄宝盒来买房子，我顺便向他提过这件事。说者无心，听者有意，他非常感兴趣。毛山县城已经盛不下他的野心了，他想把业务拓展到省城来。在这个初显活力的城市里他的生殖泌尿中心一定会很火。老祖宗早就警示过“饱暖思淫欲”，但是后人们却总是当耳旁风，风流成性，无意间阴虚和肾亏已成为这个城市的慢性病。而当一个民族只关心脐下三寸的时候，就是这个民族的悲哀了。

我说过以后又后悔了，拿不准该不该帮庄宝盒这个忙。

但是庄宝盒却一直惦记着这事，借着出差找上门来。我和唐方前脚到，他后脚就跟上楼来。他无意中看到我坐在唐方的车上，一进门就大呼小叫：“这也太神速了！前脚跟我大姨子离婚，后脚就泡上了另外的女人？”

唐方正在我的沙发上坐着，他就这么不管不顾地喊。再美好的东西到了他的嘴里便臭不可闻。幸亏这只是坐唐方的车，如果他要是看见我跟唐方开房，那还不嚷嚷得全世界都知道。

我解释半路上邂逅唐方，一起回办公室商量文化中心出租的事。

“要是我就不解释！这本身就属于王婆子画眉越描越黑的事儿。”庄宝盒扬扬手，笑吟吟地坐在我俩的对面，跷起二郎腿。

我向他郑重介绍唐方。庄宝盒怔了半天才尴尬地说：“瞧我这张破嘴，就没个把门的，让您见笑了！我跟兄弟开玩笑惯了。”然后，起身热情地伸出手说：“唐教授千万别往心里去，今天我专程来省城，就是找您商量这事的。不管您开出什么条件我都答应。我就是看中您这地方了，绝对是风水宝地。”

他一口气说。我实在摸不清他这次来有多大诚意，有多少资金，多大实力。我冷笑一声，问道：“宝盒子，这几年看肛肠到底赚了多少钱？”

通常问到钱的时候人们都会矢口否认，我想庄宝盒也会如此。我突然觉得不该让他租房子的意图得逞，只要他故作谦虚，我就说他吹牛，借机把这事拦回去。没想到他满脸是笑地说：“不多不多！也就是三五百万这个数！”

“三五百万……”

是三百万还是五百万？庄宝盒没说准，但这足以震撼我和唐方，那时候万元户就是很大的老板了，他一张口就是三五百万。

我还要再问两句，庄宝盒已经装模作样地摸出手机，打电话给律师和财会，让他们带好合同支票和证章马上赶过来，场面气派得只有在港台片里才见过。他似乎故意摆谱，消除我和唐方的怀疑，说今天本来是来买房的，临时觉得这事比买房更重要。

看来这笔买卖不做也得做了，我征求意见地望着唐方，唐方倒痛快，反正单位已经决定出租，给朋友总比给陌生人强。

我们仨转到唐方的办公室继续详谈，到了实质阶段庄宝盒才原形毕露，他不但要租楼上四层还要楼下两层。“我全面了解过了，我不要你的三层和四层。你住三层，让唐老师住四层，其余全部腾出来给我！我保证每年按时交租金，并且每年按百分之十增长”。

胃口也太大了，竟然一下子包下六层楼。我正要问他占据几千平方米面积都干些什么的时候，他已经从公文包里拿出支票来，在我眼前晃着说：“本人自有妙用！看清楚了，这可是张现金支票，一百万，随便你取！”

我彻底被庄宝盒打败了，他张口就是百万。我不想指责那些占据着公共资源和重要位置的人，每次我进医院总感觉是在中世纪的非洲，人满为患、破烂不堪，患者抱怨、医生叹息，但庄宝盒几年的工夫就赚得盆满钵满。

签好意向书的时候我在喜来登酒店宴请两人，所有细节都商讨得差不多了，只剩下盖章就可以生效了，庄宝盒故意“哎呀”一声，律师不失时机地把他拉到一旁说：“庄院长，这个价也实在太高了。”说着他伸出两个指头。

庄宝盒故意当着面大声问：“什么意思？”

律师说：“这个价格至少比市面上高出两成。”

庄宝盒眼瞪得比牛眼还大，提高了声音继续说：“你的意思是说我们租贵了？要砍下二十万？”

商业谈判我从未经历过，那天我完全被庄宝盒所迷惑，唐方却不动声色，她收回那一纸合同，然后淡定地说：“庄院长，既然你觉得租金重了，可以反悔。其实，我也只是学校的代表，你出这个价，我还要跟学院商量，听一下领导的意见。至于你再往下压多少都没用，我只好惋惜地告诉你，我们无缘！”

“别……唐老师！”庄宝盒跳起来，企图伸手去抢那张合同，但显然刚才的举动破坏了先前创造的和谐和信任，唐方不再改口。

酒宴也没吃成，庄宝盒满脸懊悔。我一夜思来想去，觉得还是应该帮他。第二天我穿过洗手间去找唐方，灵机一动，说外甥女特别喜欢写诗，如今她已决定搬到这个城市来住，想得到她的指点。唐方也冷静下来，说这事她本想辞掉的，但是考虑到是我的发小，她还是决定给他这个机会。至于小美，如果她喜欢诗歌，可以随时上门跟她交流。

租房的事终于尘埃落定了，接下来就是如何安置小美。小美最近成了庄宝盒的一块心病，她的青春期相比起小文性格更叛逆。庄宝盒坚持让我说服唐方，收她为徒。唐方是高校老师又是知名的诗人作家，凭她的知名度对小美有百益而无一害。

“该不是你又想打唐方的主意了吧？”我不无揶揄地说。

庄宝盒皮笑肉不笑地说：“哪能呢！你也太小看我庄宝盒了，连朋友的女人也吃！我听说她跟当年那个杨文革，如今的杨革文还有一腿，我更不稀罕玩别人剩下的。”

真是狗嘴里吐不出象牙来！他还记着当年的仇。城门失火，殃及池鱼，唐方跟庄宝盒根本没有过交往，却无意中成了他记恨的对象。即使是这样，他仍然要把女儿推给唐方做学生，从这点上说他城府颇深。

那么，庄宝盒是否在暗示我与唐方有什么暧昧？我和她究竟是从什么时候开始有这种暧昧的呢？我一时想不起。

我凶狠地盯着他的鼻梁，心想如果他再口无遮拦，那么此处就是塌下去的位置。庄宝盒马上意识到嘴里跑马了，改口笑道：“我怎么说也是个有教养的人，怎么能背后说别人的坏话呢！尤其是你朋友的坏话。”

事后我让小美写几首小诗放在唐方的办公室。她去贵州参加笔会了，一周后回来，我首先向她推荐。

小美对文学从来不感兴趣，但庄宝盒认为这是讨好唐方的最好办法。为了让小美在短时间内有一个突飞猛进，他特意请了一位乡村退休老师做家教，这位老师最大的成就是大跃进那年和郭沫若同台对过诗。郭老一句：“农民搭起赛诗台，贫下中农走上来！”赢得了评委一阵叫好声。老先生也不含糊，对答如流：“农村姑娘思想硬，不怕粪筐臭了腚！”结果评委没吱声，郭老却当场拍手叫绝。从没有登上过大雅之堂的乡下教书先生竟然跟全国有名的诗圣难分伯仲。

庄宝盒对小美软硬兼施，学好学不好诗歌写作事关能不能在省城落脚。小美诚惶诚恐，但若让一个从没有接触过诗歌的孩子在一周之内学会写作难度很大。老师启发说：“所谓诗，简单来说，就是把长句子断成短句子，把长文章断成宝塔一样的短诗行。”他举例子，“童年，是一幅画、是一首歌、是一个梦、是一首诗。”本是一篇小短文，但断开句后就成了一首诗：

“童年，
是一幅画，
是一首歌，
是一个梦，
是一首诗。”

老师这个方法浅显易学，起到了立竿见影的效果，小美第二天就创作了一首新诗：

“我
今天
穿过马路
到对面
餐厅
吃
饭！”

唐方从贵州风尘仆仆地回来，第一眼就看到桌子上小美的新诗。原来她散会后独自到大理洱海边去玩了几天，心情大爽。两个星期的时间小美已经喜欢上了新诗，并且每天用断句的方法写出了许多清新明快的诗来。

唐方的“千里马”车子是米黄色的，停在那里非常醒目。每当我看车子便能断定她在不在办公室。参加文学笔会后，唐方的精神一直处于愉悦状态，她窈窕的身姿和叮咚作响的裙饰成为我眼中最美的风景。

那天我见她停了车，便从窗户招呼她上我办公室。

“怎么，大作家也会惦记我这小女子？”她进门就笑吟吟地说。

我有点儿不敢正视她，更不敢承认她不在的日子我会想她，而是转移了视线说我外甥女来过好几次了。

“她来做什么？”她问。我不清楚她是不是故意矜持，对她说：“还能做什么，想早认识你这漂亮的姐姐。”

对付女人有时候谎话胜过真言，只要出发点是好的。唐方立刻就对我的话产生了好感，笑道：“什么漂亮啊、姐姐啊，她叫你伯伯叫我姐，这辈分都乱了。”

我说我外甥女是来讨教写诗要领的，她又笑道：“既然人都来了，诗不急着看，不如面见一下她更好。”

小美最近一直在参加补习班，据说老师都不愿在课堂上教学生，而把绝活儿都留在课后的补习班上。每天每个学生收费五十到三百元不等，完全根据学科的重要程度不同收取。

我问唐方向小美收不收费，唐方惊愕地问：“我收什么费？”

我只好把眼下社会上的现象跟她说了一遍，唐方愤慨地说道：“这简直有悖于做教师的职业道德和良心！”

唐方出去这两周脸晒黑了，但是肤色比过去健康了，黑里透着红润。她略显旅途的疲倦，懒散地把自己埋在沙发里。她总是很在意生活中的每一个细节，沙发选的是意大利款式的纯牛皮，柔软而富有弹性，背部很宽。她双手交叉在脑后，伸直了胳膊靠在那里休息，这样胸部隆起的部分就显得格外突出。

很久以来我把她当作我的朋友，一个中性的人，但是那天我突然觉得，她原来是个很漂亮的女人！

唐方似乎注意到了我看她的眼神，自从离婚后我看女人的目光便变得贪婪了。女人的心总是不好捉摸，你畏首畏尾她们肆无忌惮，你肆无忌惮，女人们又畏首畏尾。唐方倒不至于怕我，但是，她在我面前充分展露女性的妩媚还是头一次。

我吓得缩回了目光。唐方笑了，她一定认为看透我了，所以才故意闭上眼睛，让我尽情地窥视她那颤动的胸乳。

这种情形并没有持续很久，唐方便睁开眼坐直了身子，问小美什么时候来。我只好如实相告，已经让庄宝盒找她去了，一会儿就赶来。唐方起身说她还有事要出去，然后突然转身朝着我，问道：“何书盒，我想问你个问题，你也许不想回答，从庄宝盒向我提出租赁大厦开始，到后来小美向我求教写诗，是不是你的主意，你俩设下了一个局？”

我笑起来，但是明显感觉被她看穿了内心，所以表情不自然。我皮笑肉不笑地回答：“你觉得我有这个必要吗？你是出租方的代表，他是租房子的房客，有供有需，需要动用心机吗？”

唐方怔了一下，很快就还以颜色，踱着步说：“那也难说，现在这个世界上的人都疯了，彼此都缺乏信任。比如这次出去，我拖着行李走在大街上，有人上前帮忙，按理说我应该感激他是雷锋。可是偏偏我会提高警惕，说不定他就是一个骗子，是冲着我的包包来的。”

我哈哈大笑，部分人经济富足的结果是整体道德的沦丧，击穿了人类活动的底线，虽然她说得对，但我还是想在气势上压倒她，我调侃道：“是不是这次去南方旅游你的包包被人抢过？”

唐方似乎有一丝窘迫，争辩道：“没有！我只是说目前社会上流行这样一种普遍的现象！”

我举起一只手说：“那我就向你保证，我何书盒绝不会干欺骗你的事！庄宝盒也不会，他还指望你当小美的启蒙老师呢！他甚至还想让你当她的义母。”

唐方冷笑一声，突然盯着我问：“不会又是你出的主意吧？这也太荒唐了！我给一个满嘴里油腔滑调、满脑子里是钱的人的女儿当义母？也亏你想得出来！”

看来她对庄宝盒印象不好，连小美和我都受了连累，这可是个危险的信号。我连忙摆手否认，说事情并不像她想象得那么糟糕，我和庄宝盒都很尊重他。我特别指出在庄宝盒油腔滑调的背后是他的诚实，只是这些年他一个人奋斗，行为有些变形了，脸上戴上了可怕的面具。

岂止是庄宝盒，在现实社会哪个人不是戴着面具生存。

唐方显然被我蹩脚的辩解激怒了，或者说那天她心情不好，她从鼻孔里哼了一声，愤慨地说道：“你不要自以为比别人更聪明，其实你连于阳都不如，他知道面对什么人该怎么做，而你却是一个笨蛋、傻瓜！你以为人人都得听你的，你以为梅卿当年欣赏你，我也会欣赏你。实话告诉你，我并不喜欢你这个类型的男人！”

唐方竟然出口伤人，这是我第一次见识到她的厉害，她的脸色因为愤怒变得通红。其实我觉得她拒绝当小美的老师不如说对我迟迟不做出对她的表示而发出的愤怒更恰当。女人对男人产生了好感，会很巧妙地掩饰，等待男人们去破解。如果这个男人是聪明人，在女人期待的规定时间和范围内做到了，女人自然会高兴，但是如果这个男人很笨或者三心二意，女人就会被激怒，从而做出有失理智的事来。

看来唐方爱上我了，这多少出乎我的意料。

我用狂笑来掩饰自己：“唐方，我从来没有想到，在你心中我是这么的可恶，你宁愿把我推给梅卿也不愿意让我拜倒在你的石榴裙下。从一开始我就夹在你和梅卿中间，成为你们争执中的一枚棋子。其实你何尝不是于阳和杨革文的牺牲品？！他们把你当成垫脚石、当成梯子。如今他们都离你我远去，我们却总是在相互猜疑。你什么时候才能摘掉面具，活回真正的自己？”

我的话直击唐方的要害，她哑口无言，但是我心里清楚，我的话是一把双刃剑，割伤唐方的同时也割伤了自己。正确的做法是放下包袱，立地成佛；这样才会一切向前看，轻装前进。

我和唐方不欢而散，这让我后悔不已。盛怒之下唐方车开得像只疯狂的兔子。

她前脚走，庄宝盒后脚就到了，带来了小美。小美越发漂亮了，她继承了父亲的纤弱母亲的丰盈，举手投足间都有一种十足的明星范儿。

小美见我已经不像小时候那样欢呼一声跑过来搂住脖子了，她矜持而高贵，站在那里微笑。我主动伸出手，她亲切地叫了一声伯伯，过来挽住我的胳膊，这让庄宝盒心生嫉妒。

“书盒子，你前生修来的福分，小美见了我这当爸的都躲得远远的，见了你却像见了亲人一样。”

小美嗔怪地说：“我对伯伯好有什么不对？！你刚才还说见了伯伯要表现得亲密一点儿，这样大伯就会卖力地替我办事了！”

小美还像小时候说话无所顾忌。从这点儿上讲，庄宝盒已和我在感情上彻底决裂了，他对谁都讲究功利性。好在小美是自己人，她现在已成为市艺术学院表演系的大一走读生了，是我托关系办的。

她这次是来跟我商量一个公益活动。上周有位女流行歌手死于乳腺癌，大家都非常怀念她，有人就提出搞一次纪念活动，活动的主题是关注女性乳房健康。他们班的女生全裸出镜，只有这样才足以引起社会的广泛关注。

“伯伯你是名人，肯定认识最有名的导演和摄影。”小美诚恳地说。

尽管我在演艺界混，对演员标新立异屡见不鲜，但还是被小美的创意惊得目瞪口呆。庄宝盒更是瞠目结舌，张着嘴像条即将窒息而死的大马哈鱼。这个世界有点儿怪，清明节烈士墓没人扫了，劳动节劳模没人去献花了，一个歌星死了媒体都是悼念之声，粉丝甚至哭得死去活来，比哭自己的爹娘还卖力。前不久有位影迷，曾因一位女星胸太小而极度失望，爬上楼顶表示抗议，誓言如果这位女星不去做隆胸他就会跳楼而死。这个世界变了，变得不爱英雄爱明星、不爱健康而爱病态，媒体助纣为虐，充当了蚊蝇滋生的载体。

面对着小美期待的目光我却笑不出来，现在社会有一种风潮势如破竹，什么都以脱为主。街上的女人们越穿越少了，女演员的酥胸越露越多了，大家似乎都在试探审美的底线，每当尺寸向下移一移，立刻就会有人欢呼雀跃。

我不清楚小美出于一种什么样的心态，但我宁愿相信她的想法是单纯的。她涉世未深，想用青春的胴体唤起人们对于美的珍惜这无可厚非，然而这个社会的眼光有多少是单纯的？道貌岸然掩饰下的是卑鄙下流。当年鲁迅讽刺那些伪君子看到脖子就会想到酥胸，看到胳膊就会想到大腿，我宁愿相信如果有一天小美和她同学的裸照出来，伪君子们会从胸部联想到脐下三寸，他们会在满足了偷窥欲之后再用污水去泼这群孩子，这跟嫖客在嫖宿了妓女之后再说妓女们如何肮脏如出一辙。

庄宝盒后悔得想用头撞墙，女儿的性格中掺杂着太多功利性的东西，这与自己疏于教育有关、与她过早接触社会有关。自牛玉琴死后，他就把小美推给了社会，他完全用钱来打通对女儿的关爱。

对于小美的这个创意他坚决反对，和女人鬼混是一回事，女儿裸拍又是一回事。不少与他上过床的女人甚至比小美还年轻，但当女儿要脱掉那层遮羞布的时候他还是觉得不可接受。他之所以带小美来找我，原本是企图让我说服她的，却没想到我居然会答应帮她。

我望着小美激动的神情知道怎么劝告都无济于事，与其让她冒蠢蠢而动之风险，不如顺势帮她化解。我当场表态不但会专门为她写一个脚本，还会请电视台最知名的摄影师来拍。庄宝盒没好气地说："我本来是让你来说服她的，没想到结果竟是这样。我不得不往坏处想，你他妈的从一开始就看我的热闹！"

"放心，我不会害小美的。"

我拍着他的肩安慰他。小美决心已定，挡是挡不住的，与其让她像无头苍蝇一样四处乱撞，还不如我们就顺其自然，为她铺就一条道路。这样，她在大人的全程监控之下凶险系数就会大大降低。

我的话终于说服了庄宝盒，两天后把脚本交到了小美的手里，并通知摄影师过来试镜头。他叫丁凡，因为是私活儿，他答应下了班才能赶过来。在一个叫"小城故事"的主题餐厅里等我们。

我提前订了位子，天色尚早，就在楼下的大厅里等他。庄宝盒后脚就赶到了，名义上虽然是我请客，但钱由他出，所以我大大方方点菜一点也不吝啬。

大厅里摆着巨大的玻璃缸，放养着野生的石斑鱼。我看准一条，正准备问服务生价位的时候,看到对面一个女人正透过鱼缸看我。这个世界太小，是唐方。

我们的不期而遇让唐方感到惊奇，她本是邀朋友来吃海鲜的，可是事到临头朋友却有事来不了了，她正觉尴尬，进退维谷，我当然不放过这个机会，拉着她向房间走去。庄宝盒一脸的惊喜，说前两天他和女儿专程过去请教，可她不在，想不到老天有眼，今天晚上在这儿遇到了。

他天生就会拍马屁，唐方微笑起来，说："何主任早就向我介绍过了，小美的诗我也看过了，这孩子还是有一定基础的，帮她是我义不容辞的责任。"

小美也上前叫了声阿姨，但她随后抿嘴笑道："你长得年轻、漂亮，比我们学校那些舞蹈老师的身材都好，我就叫你唐姐吧！"

小美甜甜的笑容和柔柔的声音立刻让唐方产生了好感，她忙摆手说："还是叫我阿姨吧！我和你爸、你伯伯是一个年龄组的，我比他们俩还显大呢！"

我忙说："显大是不可能的，倒是您学问大、官做得大！"

"瞎说！"唐方竟然害羞地瞟了我一眼，所有人都笑了，我借着融融的气氛说："今天晚上谁都别推辞了，就我坐庄，宝盒子请客，别说还有业务联系，就是您拒绝租给他房子，也不妨碍我们的感情发展。

庄宝盒一听，正声道："书盒子，你少乌鸦嘴！人家唐老师没说不跟我签合同，只是向院里汇报，说不准明天合同就能签了！"

唐方不置可否，顺手从包里掏出一本诗集来送给庄宝盒，庄宝盒欣然地捧在手里反复翻阅着，说："我早就听说您是著名的女诗人，想讨一本，可是书盒子说什么也不给，说让我当面向你要。"

他纯粹是说谎，什么时候向我讨过唐方的书？他非要唐方的签名，唐方欣然应允，被众星捧月一般。

丁凡到的时候大家都已经落座了，丁凡热情地打招呼："唐老师也在啊，要是早知道您来，我就提前过来了！"

丁凡四十岁了，还像个大男孩。他长着一张娃娃脸，头发长长的，十分飘逸。有人说头发长的男人有艺术细胞，他到哪里都会博得女人们追逐的目光。那天大厅里有好多女生，听到说话声都扭过身来张望。

这场酒宴阴差阳错地成全了庄宝盒，他一改油腔滑调，彬彬有礼，把唐方哄得开心不止。桌上喝的是一种叫"梦回唐朝"的酒，浅粉的颜色，既柔和又酒香醇厚，女服务生解释说它完全是按照唐明皇和贵妃杨玉环喜欢的口感配制的，可以一边品酒一边体会俩人惊天动地的爱情。我口无遮拦地揭穿她，皇帝的配方他们是怎么得到的？如果再起个梦回类人猿时代的名堂，那我们是不是要穿越回远古当一回不穿衣裳的猴子？

这番话让女服务生面红耳赤，唐方绷着脸说："何书盒，你什么时候像庄医生就好了，你看人家多有修养！"我冲着庄宝盒哈哈大笑，笑得他直心虚地给我递眼色，然后检讨说："不瞒唐老师说，这是守着您，我装猫变狗的，若我们兄弟俩在一起，还不知疯到哪里去呢！论学问、论修养我都不是书盒子的对手，连我爸都说我活得没边没沿儿的。"

这番告白让唐方对庄宝盒刮目相看了，如果说在这之前她一直把他误认为暴发户，是屁股决定大脑的人，现在突然觉得他是一个谦虚谨慎的人，他的进军城市计划也许是经过深思熟虑的，跟这样的人合作是个明智的选择。她热情地举起酒杯说："来，为你们兄弟的友谊干一杯，也为我们今后的合作好好干一杯！"

事情峰回路转。唐方透露，她正以全省青年协会的名义发起一场社会救助，救助那些因为父母亲远离故乡而滞留在农村的孩子。她感叹这已成为经济快速发展的短板，很多农村女孩子因为得不到监护而成为色魔侵害的对象。同样作为从农村出来的她，深刻理解孩子们的疾苦，她愿意成为他们的代言人和守护神。

"小美对我的启发和触动很大，一个年轻的姑娘尚且裸身拯救姐妹的胸乳，我作为一名从教多年的人民教师，有什么理由不帮助这些勇敢的孩子！"她双颊红红的，饱含深情地说。

庄宝盒本来是反对女儿以裸体推动女性权益的，但如果唐老师支持，他表示可以考虑。小美高兴地跳了起来，搂着唐方的脖子，把脸贴到对方的脸上，亲切地说："唐姐，我在学校听过你的演讲。我可是你最忠实的粉丝，如果有你做后盾，我们会把这项活动进行到底！"

如果说唐方第一眼见到庄小美，对这个女孩还抱着审视的态度的话，那么刚才小美亲昵的举动无疑把这张面具撕破了，她彻底改变了对他们父女的看法。她说租赁合同其实还锁在抽屉里，明天庄宝盒可以随时去找她签字，至于庄小美的事她需要认真计划一下。

"我和何书盒楼上楼下，如果我有事不在，你可以通过他给我传话。"唐方望了我一眼说，她双颊更红了，连眼神都是迷离的。

那晚唯一安静而坐的是丁凡，他一直静静地吃饭、默默地喝酒，他甚至都没有心情参加我们的讨论。这个忧伤而低调的男人打动了所有人，尤其是小美。

我和庄宝盒的注意力一直集中于唐方，忽略了丁凡，晚宴的杯觥交错掩盖了他射向小美的一支支含情的箭。小美小荷初绽，完全没有防范意识，等我们清醒过来的时候为时已晚，她落入了这个大男人温柔的陷阱。

我想小美之所以愿意跟成年男人交往是缘于她的家庭，缘于她内心比一般的女孩子多一层前世记忆。随着她慢慢长大，我和她的关系日渐疏远，有关于她的人或事我已经渐渐淡忘了，我甚至把她当作一个陌生人。

她显然感受到了丁凡内心的忧郁，趁着我们推杯换盏的时候，她随丁凡走上阳台。城市闷热而浮躁，到处是霓虹灯广告。面对这个城市光怪陆离的夜景，所有藏在脸上的隐秘都一览无余，两个人一边呷着红酒一边谈着与脚本无关而与佛生、佛死有关的事。

小美脖子上的佛珠闪着神秘而灵动的光芒，丁凡盯着那串佛珠，似是而非的目光在她的脖子上游走。他自吟般地说佛有一句话很经典："与你无缘的人，你与他说再多也是废话；与你有缘的人，你仅存在就能惊醒他所有的感觉。"小美兑了红酒的大脑就是一盆糨糊，她一直想弄明白，但是越想越糊涂，于是，她勇敢地向他索取了联系方式。

小美在某个下雨的深夜把电话打到了他的家里，丁凡催眠般地说："我们有缘，你现在就过来吧，我们讨论一下脚本！"

那天夜里省城下了最大的一场暴雨，位于拆迁工地低洼处拒绝搬迁的几十条生命因此遭受了灭顶之灾，连武警官兵都惊动了，全城救人。救护车和警车的警报声此起彼伏。但在丁凡的工作室里却镁光灯闪动，这一切都十分巧妙地掩盖在外面的雷电交加中了，连一墙之隔的邻居都没有任何的察觉。在天亮风雨声停歇后，小美疲惫而幸福地裸身躺在地毯上，一片血渍宛若野花嵌在地毯缝里。她没有任何的后悔，只有一个女孩为艺术献身的荣耀感。

小美从那之后深深迷恋上了这个大男人。我在引荐他的时候根本不了解他的婚史，他那段时间正跟老婆闹离婚，基本处于无性的状态，他的忧郁在所难免，渗透了荷尔蒙的忧郁足以打动任何女人。

一切都是在暗中进行的。当小美等女生的裸照在女性杂志封面刊出的时候，尽管做了艺术处理但还是引爆了男人的眼球。庄宝盒愤怒地把杂志摔到桌子上，说他完全不认同这种拍摄方式，这跟拍性病广告、生殖广告有什么区别？！所不同的是，他找的都是为了钱心甘情愿脱的，而小美却是甘心为了艺术和理想。

我追悔莫及，决定给丁凡一个警告。我打他的电话，起初他还佯称台里正在开会，后来干脆关机了，我这才意识到麻烦大了。

对于庄宝盒来说这是一场始料未及的灾难，我们把一只毫无防人之心的小鸡雏放在一只饥饿的老鹰面前，然后说："瞧，它多么可爱！你替我们看管它。"老鹰却把它掠食到嘴里，这便是现代人的道德；如果我们视它为灾难，对于小美来说无疑是自我毁灭。后来的事实证明并没有那么吓人，所有灾难的想法都是我们这些成年人的幻觉，小美还是小美。

人最大的羁绊是总怕失去什么，而小美却从不认同她有什么可失去的，这便是年轻人和我们的区别。不仅小美这样想，儿子小文也这样想，他只比小美小两岁。我们之间有代沟，他们却没有。

为拍公益海报而失去了小美的贞操，我不知道这应不应该算是我的罪过，庄宝盒也没有明目张胆地追究这件事，毕竟小美的声誉更重要。

他急于把肛肠诊所搬到省城来，奔波于各个部门之间。如果唐方的诗《我穿过大半个城市去爬你》只是表达现代女性对性的困惑和无奈，那么，庄宝盒却正在体验国人最艰难的审批之苦，他要无数次穿过大半个城市去办证，这让他焦头烂额。

我有一件比小美贞操和庄宝盒办证更棘手的难题，就是我的儿子小文。去国外留学是他的主意，但他反对我给他设计未来。他对日本文化充满了由衷的热爱，要到日本去留学。

"如果我没有猜错的话，在你之前一定有一位女同学捷足先登了，所以你也要到那里去！"我捕风捉影地说。

"你怎么知道？"儿子惊愕地望着我，半天说不出话来。

我对他说老爸也是从年轻过来的，当然懂得儿子的心思。可是他今天喜欢并不意味着明天还喜欢她。小文嘟囔："我已经长大了。我现在用你的钱，等到了国外，我会打工还你的。如果有一天我安了家，还会接你和爷爷奶奶去国外住。"

儿子的这个想法单纯而天真。当年我也是满怀壮志，发誓要让我的父母过上幸福的生活，但是残酷的现实却像只老鼠天天撕咬着我的梦，使它千疮百孔，到现在我也不敢说：“老爸，我给你们买一套房子，让你们过上最幸福的生活！”倒是我把工资都攒下来给小文出国当学费了。

有人调侃这些年的变化：物价涨上去了，工资没上去；房价涨上去了，收入没上去；教育收费涨上去了，师资水平没上去；医疗收费涨上去了，医疗水平也没上去。

父亲总是不满，母亲也经常发牢骚，他们说政府把包袱甩掉是轻松了，但是平民百姓身上的担子却重了。邻居有位退居二线的老干部不同意，理直气壮地教育我家二老，这就叫特色，要想尽快赶上发达国家就要做出牺牲，这也是公民爱国的体现。

我家住的四合院属于部分产权，也就是说这套房子父母可以住，但是一旦他们走了，房子要收归国有，跟子女们无关。父亲回来说，不少人都在悄悄议论政府要在这一带试点房地产开发，酝酿着把公家那部分产权出让，虽然说这跟当年打土豪分田地的主张有些相悖，但是要用发展的观点看问题。不少邻居都偷偷地在原先的房子上面加盖阁楼，这样居住面积就会扩大一倍，将来会得到更多的补偿款。

我自以为消息灵通，现在看来却是孤陋寡闻，对政策的了解太少。我一贯相信政府，总不会让老百姓吃亏的，改革的最终目的是改善人民群众的生活条件，提高人民的福祉。用非法的手段糊弄政府这是刁民逻辑、流氓观点。父亲瞪眼道：“有什么样的政府才有什么样的百姓！我倒是想诚实，可诚实的结果是住不上大房子。我辛苦了大半辈子了，还寄居这二十几平方米的破房子里。”

我忽然发现父亲变得反动了，要不是我爷爷的身份拖了后腿，当初他政审不合格，现在早就是几十年党龄的老布尔什维克了，居然想点子糊弄政府。但掉过屁股来看问题，人穷志短。父亲也想拿着高退休工资，享受着全额医保，站在那里说话不腰疼。但是现实却不是这样，他忙活了大半辈子，竟连证明自己的资历都没有。

那天父亲到居委会领老年公交卡，满怀着希望去，满怀着失望归。因为按照国家规定凡是六十岁以上的公民都有获得的权利，然而，市公交公司鉴于僧多粥少，资源有限，决定把年龄提到六十五岁。老妈比我爸大三个月领上了，而我爸只能等到下次再说。而下次遥遥无期。

这件事对父亲打击很大，从此我们家出现了一种不和谐的现象，妈每次要出去玩儿都邀着邻居的老头儿，据说他是解放战争的红小鬼，离休、工资高、有老年卡。我父亲工资低且没有卡，按坐过的站数交钱，几个月下来他就看够了母亲幸灾乐祸的脸和那老头儿得意的神情，发誓再不出门。

我爸认为是我妈跟着他沾了光、占了他的便宜，而我妈对此不屑一顾："我占你什么便宜？你若不说你是老军工，人家还不笑话你。我沾的是党和政府的光，沾的是改革开放的光，跟你一点儿关系都没有。"

小文要出国，他能不能在国外生存下来还是未知数。我所有的积蓄都交给了他。以国内和国外相差十倍的工资来供养儿子的确不容易，从此我得拼命工作，扎起脖子来节约每一分钱。我在这个城市已经长成了大树、长成了风景，然而却永远没有融入这个城市。每天我游走在这个城市的边缘，没有人关心我，甚至都不曾有人注意到我的存在。

而庄宝盒却完全以另一种方式走进了这座城市。他给这个城市带来了财富，受到了广泛的欢迎，这个世界人人都嫌贫爱富。我不止一次地猜想，当富人们带着从老百姓身上掠夺的钱财走进天堂般的米国时，米国的总统也一定沾沾自喜，要不他怎么会亲自在总统府开大会，还亲切地和每一位奉上财富的人握手，称他们是优秀的移民。

庄宝盒从县城出走时，全部财产只有一个手提包，用来盛他办的那些证件，而一个带推拉杆的皮箱用来盛钱。他买下了那幢别墅，付款的时候当众打开箱子，曾引起了现场一阵骚动。小徐低声劝他，完全可以选择另外一种付款方式。庄宝盒合上皮箱沉着地说："英雄所见略同，我也是这么考虑！"

他俩在一家五星级宾馆完成了所有的交接工作，小徐把自己交付给庄宝盒，庄宝盒则慷慨地把钱划到她的私人账户上去。他们在走出宾馆时已经亲如一家，双双拉着手，边走边讨论在买完房子后再买一辆私家车。

走进车行时他装扮得像一个石油国的王子，叼着雪茄、戴着墨镜，连徐小姐都相形见绌。他选中一辆进口越野车，说他之所以喜欢这款车是因为它后排的座位足够宽大，完全可以放倒一个身宽体胖的女人。他一直认为车震是男人的最高境界，征服身宽体胖的女人则是最高境界中的最高成就。导购员提出，如果他付现款还有神秘的奖品，庄宝盒不失时机地幽默了一下："奖励给我一晚上吗？"吓得那个女子花容失色。

那款英式越野车的确是我见到的最威猛、最豪华的车子，但它一直搁在车库里，因为庄宝盒根本不会开车。再说刚刚租了那幢大楼忙得脚不沾地,哪有空学拿驾照。他在楼顶安装了个"全省生殖治疗中心"的巨型牌子，成为当地的标志性建筑物，就连一街之隔的省行政学院也相形见绌。人们到电视台办事，出租车司机总是回答："就在生殖治疗中心的后面！"

生殖治疗中心开业轰动全城，媒体纷纷派出最强的记者，省、市、街道的卫生官员都前来祝贺并且为它剪彩。开业之前唐方把四楼封死了，打开了三楼。这样庄宝盒想要到我们的办公室就难了，不得不绕过两条街，而我和唐方则方便多了，楼上楼下一步之遥。这里成了我俩的专属区，非常安静。

唐方经常到我办公室讨一杯茗茶喝，她现在的日子过得很舒心，只是情感生活依然空白。从朋友圈里传来消息，于阳已经再婚，娶了一位年轻漂亮的电台播音员。我没有见过其人，但每天晚上打开车载收音机就可以听到这位美人优雅的声音，她被司机誉为大众情人。一次在会展中心的转播车上我偶然见到她，她胖得足可以胜过两个唐方，甜美的声音纯属误导。

那几年我渐渐陷入了平庸，事业上毫无建树。我总是患得患失，摇摆不定。一次偶然的机会我着手搜集城市另一类人生活的素材，他们或多或少跟我有些同病相怜，这类人被称为"农民工群体"。我花好几年才弄清楚什么是农民工，就是有农村户口、有承包土地，但离开户籍所在地的原农民。

农民工是近些年才产生的称谓，牛金岭和牛玉琴属于农民，但严格意义上她们都不是真正意义上的农民工，她们只是农业户口。小美最初来到这个城市的时候也是农业户口，但是因为她有了房子，户口的问题就显得不那么重要了，而那些身无分文、又无一技之长的农民一旦涌入城市，带来的社会问题就多了。他们在农村有地有房，往往因为贫穷选择离开；他们在城市工作，为城市贡献巨大，但没有城市户口，不享受社会保障，不被城市接纳，游离于主流社会之外，成为这个时代的一群"边缘人"。

农民工是这个时代城市最大的诟病，社会没有准备容纳和接收他们，依仗垄断权力排斥他们。我的关注和呼号简直微不足道。我选择这个题材的初衷还因为有一天我在街上见到了一个人，这个人曾经和我那么亲近、如今却又是那么遥远，他就是当年不可一世的水磨头村支书、我的前老丈人。

那天，天色将晚，外面下着雨，楼下来了一个磨刀人，他略带苍凉的"磨剪子来抢菜刀！"的吆喝声已经在这一带响了好几天，只是没有引起我的注意。那天他就在附近的胡同里，因为穿得很单薄，又淋湿了，看上去很冷，所以想躲到屋檐下避避雨。通常情况下门卫都采取睁一只眼闭一只眼的态度，但是那天保卫处有个小头目在，特别负责，不耐烦地让门卫把人轰走。

门卫伸出头去，冲着这人喊：“喂，这里不许人停留，我们领导不高兴了！”

很多时候领导不高兴就是很正当的理由，但是那天雨下得非常大，老人不悦地说：“反正这里也没有人，我就在屋檐下躲一会儿，碍你什么事？”

门卫的自尊心受到了挑战，脸上便露出了不悦，声音大起来，说：“我让你走你就得走！你不走，一会儿领导来了炒我的鱿鱼！”

看门人也是个农民工，但是，有饭吃的农民工和没饭吃的农民工心气就不同，看老人丝毫没有走的意思，顺手抄起桌子上的警棍出去赶他。这下子老人生气了，说：“看你也是乡下人，也是农民，这城市都是咱农民帮着建的，难道躲个雨都不成？”门卫就说：“不成！人民大会堂还是工人建的呢，你见谁随便进去过？”

俩人话赶话就打了起来。我正开车出门，见这个人眼熟，便停下车，摇下玻璃说：“你们不要在这里打架！”仔细一看，原来他是牛金岭的父亲。

我赶紧下车，伸过伞去，这让门卫立刻收敛了怒气，结结巴巴地说：“既然你认识他，我就不多说闲话了。”我没好气地顶他：“说什么闲话？你难道不是乡下人？难道没有父母亲？下雨天躲躲雨也横遭驱赶……”

保安涨红了脸，缩起脖子走了，我却对眼前的情景感到尴尬。依我对婚姻的态度，说什么也想不到会到这一步，但是事实却偏偏发生了。不管是牛金岭背叛了我还是我背叛了牛金岭，在婚姻的问题上始终没有胜者，我们不但彼此伤害，还伤害了身边的亲人。

我把牛金岭父亲让到办公室，找了件干衣服让他换上，并且泡了一杯热茶让他取暖。

几年不见老丈人明显见老了，脸色灰暗。他感叹干了一辈子村支书，如今却混成这样。当年全村的梯田都是他带领社员修的，山路也是他带人一镐一錾凿出来的；他号召群众在贫瘠的石头缝里种上果树，把灵依河的水引到了山顶上。如今村里的基础设施完全被破坏了，新村委的人建起了石材加工厂，四处开采大理石。山村再也没有当初歌里唱的“牛满坡来歌满坡”的田园景象了，更像个垃圾场。他最不能容忍的是牛玉琴的坟也面临迁拆的危险，采石场离她只有不到十米的距离了。

“我是一级一级找上来的！我找乡里，乡里让我找县里。我找县里，县里让我找市里。我找市里，市里让我找省里。我想起当初你给省领导打过电话，你一定能帮我！可是，我没有了你的电话，只能试着到处找，老天有眼，在这里遇到了你！”

“你还会这门手艺？”我望着他扛的磨刀工具和戴的手套，想起京剧《红灯记》当中的那句经典台词：“左手戴手套——自己人”。老丈人尴尬地笑了，不好意思地把手藏到身后说：“庄稼人，啥活儿没干过？我这也是遮人耳目，一个大老爷们儿家整天走街串巷，人家再怀疑我是坏人。”

我说他不但找到了我，庄宝盒也在这座大楼上。老丈人显得很吃惊。我立刻拨通了庄宝盒的电话，告诉他马上过来一趟。而老人说尽管牛玉琴去世、我和牛金岭离婚，名义上庄宝盒还是他的女婿，但他更相信我。他说抛开那些恩怨我还是牛家最知根知底的人。

庄宝盒见到老丈人时脸惊成一个叹号，他悄悄把我拉到一旁，埋怨说我俩跟牛家已经没有任何关系了，我弄这么个老人来这里干吗？我狠狠地扇了他一巴掌，把他从虚幻中打醒。我恶狠狠地说：“当初你睡人家闺女的时候怎么不说没关系呢？人得学会感恩，牛玉琴到现在还睡在冰冷的山上，未亡人悼念已亡人最好的方式就是善待她的家人。”

我的话起了作用，严格说是我的巴掌起了作用，庄宝盒脸上带着指印乖乖安排老丈人的食宿去了。我告诉前老丈人，时过境迁，老领导指望不上了。现在各地都在搞超常规、跨越式发展，那些 GDP 数字直接镶在地方官员的官帽上，谁动了他的奶酪他就跟谁拼命。我甚至听小道儿消息说，我们待过的军工企业被一个神秘人物买走了，他要拆了爱国主义教育基地建一个陵园，工程队都走马上任了。

“这么说，我的事没人管了？”牛金岭的父亲沮丧地用手搓着裤管，小声地说，“我和她娘都老了，怎么过都无所谓，只是牛玉琴这孩子将来会孤孤单单。”

我言不由衷地向他承诺，他们可以到县城里去，跟牛金岭生活在一起。老丈人说不管我信不信，自从我离开这个家，他一次也没让牛金岭带回过那个男人，不是不认他，而是舍不得我。

“金岭这闺女背叛了你，我们老两口没脸见你！不是万不得已，我也不会来找你！”

这话让我意外和感动，我决定试着打一个电话，看能不能帮上他的忙。自从梅卿走后我已经远离政治的中心，我的生活圈子决定我只浮在生活的表面，而能够帮得上忙的只有唐方。

眼下各地都在倡导建设社会主义新农村，核心是建设而不是毁坏。她那时候工作已经做了调整，多挂了一块政策研究室的牌子，虽说这个部门仍是学院的附属单位，但是唐方私下透露，许多政策性的东西都是最先从这里出炉，直接上报省有关部门的，特别是农业方面。

“呵呵，前丈人！看来你还是蛮讲交情的，连女人给你戴了绿帽子都能原谅。”唐方不无讽喻地说。我很想回击她，她也给男人戴了绿帽子。问题是大家明知道这样做不光彩，还都趋之若鹜。庄宝盒经常向我散布荒唐的理论，他说一个女人被一个男人睡了十回和被十个男人睡了一回原则上是一样的，结果却大不一样；他还说婚姻就是花钱买了一车大白菜，天天吃盐水煮白菜，而偷情就是一年四季下馆子，每次吃法不一样，感觉也不一样。

庄宝盒安排完住宿就从此消失了，连电话都关机了。唐方的话虽然刻薄，但我相信她内心还是好的，在听完我的描述后她说：“这样吧，我的部门最近要写一个基层调查，我就安排到你老丈人的村子！”

当我把这个消息告诉前老丈人的时候他已经被四两高度酒灌得醉眼蒙眬了，他惊愕地问我，到村里写一个调查报告能管多大的用？他说他在位的时候每年都有记者、领导秘书去写文章，他们总是吃、喝、玩、拿后就如泥牛入海。

我心里也没底，只是含糊地表示这次不一样。我让他回去等消息，如果一个月情况还没有改变他再来找我。老丈人说他总是信任我，我办的事一定能办好。他还说为了托人办事准备了点礼品，山里盛产茱萸，这玩意儿老少皆宜，男人吃了壮阳，女人吃了大补，如果需要他可以找人捎过来。

我鼻子酸溜溜的，不管牛金岭的父亲当年是何等的粗俗，但他身上仍带着山里人的纯朴与善良，外面的世界都风流成这个样子了，他还想着替那些狗男女们滋补身体。如果这些人稍有点良心，农民们也不会这么苦。

天空没有转晴的迹象，雨继续在下，梅雨季节似乎提前了。我开着车送牛金岭的父亲去车站，分明感觉到老丈人的脸已皱成一团废纸，即使他有一天展开也饱含了沧桑。

四十天后传回了消息，他在电话里高兴地对我说，村里的采石场已经停工了，那些路边的小作坊也都停业整顿了，梁主任现在每天都必须到乡里汇报情况。

我不清楚这与唐方的承诺有没有关系，但是牛金岭父亲的话还是令人鼓舞。他显然是用卫生室的电话打的，那个号码我曾熟悉地记着。我分明听到他的声音故意扯得很高，似乎是在向乡亲们炫耀。

我想邀唐方吃一顿饭，我欠她一个人情。但是唐方轻描淡写地说我不用感激她，这次调研的费用都是庄宝盒赞助的，她不过是做了个顺水人情，打了份报告提交有关部门。她说省里早就关注基层乡村的新动向了，水磨头村只不过是众多乡村的一个缩影，深刻表现出新时期基层政权更迭与转型时的矛盾。有关部门不是关心权力交给谁，而是要确保农村稳定。她还打比方，一个村就是一汪水，千百个村就是江河湖海，水能载舟也能覆舟，她这个部门就是为领导提供决策依据的。

我恭维她，道理太深刻，我都听糊涂了，我只是感谢她所做的努力。唐方不可抑制地大笑起来："我的大作家，其实我也没做多少工作，只是我对派去的人说写报告的时候一定要突出这个山村的特色。特色，懂了吗？"

她充满深意地瞅了我一眼，继续说："亏你还找了个山里媳妇，那里可是一块风水宝地，有关部门想把它打造成一个绿色生态基地。"

这就是唐方，总是化腐朽为神奇。

我和牛金岭恋爱当初，潜意识里也是看中这片山水。但是我没想到唐方会用来大做文章。她对有关领导说，在大山里有一座原生态的村落，只要稍加投资就可以建设成一座原生态农业示范基地，建成一个新农村的样板。现在城市被污染了，乡村被污染了，大山里的无污染蔬菜和矿泉水可以特供到有关部门的餐桌和食堂。

"不是你感谢我，而是我要代表有关部门感谢你！"唐方不无戏谑地说。

这个结果让我始料不及，我又为老丈人家做了一件好事。两天后唐方就邀我代表有关部门到山区考察一趟。她提交了一个农业项目计划书，出资二百万建设一处山区生态基地。她并且向我透露，政府财政每年有很多钱必须花出去，但要师出有名。

我不知这是不是一个明智的选择，我已经和牛金岭离婚了，跟这个山村没有半点儿关系了，却要陪着唐方去投资。我很想劝她把钱投到我的老家，那里是革命老区，但是唐方对于那座坍塌的大桥心有余悸，她说这辈子也甭想说服她再往那里投一分钱。

我主动要求当司机，但唐方单位有司机；我想让庄宝盒也跟上，他似乎早已经忘了牛玉琴。从现有关系上讲，他还是老牛家的女婿，而我不是了。唐方不屑一顾地说，这又不是去郊游，是代表单位考察的。

但我的话还是提醒了她，庄小美倒是一个难得的好旅伴。我征求庄宝盒的意见，他有一丝犹豫，私下里承认牛玉琴死后小美再也没去过山里，他一直想让小美跟牛家脱清干系。我说邀小美进山是唐方的主意，她学校里最近要招人，事业单位指标，近水楼台先得月。

庄宝盒这才勉强同意。

进山的行程因为有了庄小美而变得轻松愉快，一路上她活泼开朗，笑语不断。小美完全是个大学生了，举手投足都有一种青春的妩媚，这不由得使我想起了她的妈妈。母女生长的年代不同，境遇也不一样。牛玉琴是典型的山里女人，而庄小美生活在城市，连长相都是洋气的，长发披肩。她坐在前排，每当听到别人说话都会回过头来露出甜甜的微笑；她总是用透明的目光和甜美的笑声化解射向她的箭，她的为人处世令我们这些成年人都相形见绌。

上次的裸体公益活动使小美处于舆情的风口浪尖上，整座城市都对她的勇敢一脱报以惊艳的哀鸣，她却不以为然。她的目标是进入演艺圈，哪怕开始是一个不起眼的小角色。这也正是她委身丁凡这样的流氓摄影师而心甘情愿的原因。

我有心帮助小美却把她推给了色狼。我从来没敢问庄宝盒，但我相信他心里是恨我的。好在小美对于这件事看得很淡，她甚至从来没在我和她爸面前提起过，她把跟男人上床看成是吃顿便饭那样简单。

“现在的社会，做事都要付出成本，各取所需。”她说。

我不清楚她的想法代不代表年轻人整体的思想，但大多数社会学家都认为我们的教育是失败的，人心都被教散、教坏了。小时候上学老师总是教育我们说，我们的和平生活是无数先辈用生命和热血换来的，而年轻人却说那都是些老皇历了；我们被警告，忘记过去就意味着背叛，儿子却说，当你背负着沉重的思想包袱时，你永远不能轻装前进。

到达母猪岭的时候太阳有一点昏暗，风很大，吹得岭上一片苍茫。近期下过一场山雨，灵依河河水暴涨，隔着很远便能听到水声在山涧里轰鸣。

县乡的人们早就在路口迎接了，前面是一辆越野车，后面是一辆警车。迎接我们的是唐方大学的同学，他现在已经是毛山县的常务副县长了。

“常务！知道吗？这意味着吃喝拉撒睡他都说了算！”唐方对我说。

当我们这只并不算庞大的车队开进村子的时候，引起一阵不小的骚动，村民们不知发生了什么事，扔下手中的活儿围过来看热闹。

考察线路其实非常简单，先是绕村子转一圈，然后到泉眼旁集合。在泉水流经的下游有一块宽五十米到一百米、长约一公里的河滩地，这便是打算建基地的地方。

这片河床地一年四季溪水潺潺，村民们种菜从来不用施农药和化肥，纯正的绿色食品。唐方透露，她准备把这片地打造成农业示范基地，其实我清楚，她就是把这片本来是老百姓的菜园子变成城里人的菜篮子。

事先我并没有通知牛金岭的父亲，直到车队进了村才有人飞快地跑去报告，曾经的姑爷来了。他挤在人群里看热闹，看到我和小美显然不知所措，倒是小美看到姥爷亲热地跑过去，拉起他的手，把他引见给唐方。

张副县长热情地上前握住他的手，说早就听说村里有位老支书，几十年如一日，把曾经的荒山野岭改造成了花果山。他到县上的时间短，还没来得及登门看望；他说这次带来了全新的规划，村里要成立农业合作社，人选正在酝酿中，老支书如果能老骥伏枥他会全力支持。

看来我的到来的确为老人带来了好处，如果这个项目引进成功，牛金岭的父亲重新拾回村支书的威望并不是没有可能。

接下来唐方要带着考察组到村子里各处看看，我请假去看看曾经的丈母娘，顺便到牛玉琴的坟上祭扫一下。唐方不置可否，但她闪烁的目光告诉我，她内心充满了复杂。我辩解，不管怎么说，我们曾经在一起生活了多年，如果她身处我这个位置，也会理解我的做法。

“你说这些跟我有关系吗？”唐方目光躲闪地说。

我单独去牛金岭的家。家已经破败不堪了。自我离婚、庄宝盒走后，牛家全部的信念就坍塌了。牛金岭从不回来。父亲整天酗酒，喝醉了就骂大街、骂村民没良心。有人咽不下这口气，把他拖到野地里狠狠地揍了一顿，两根肋骨都打断了，但是他爬回家里、养好了伤还到处骂。他甚至会闯到乡里的会场上，当着开会的人骂。他揭底当年没少给公社的干部送礼。村里人都骂他好色，常听他嘴里念着：“捡石头还是解裤腰，两样活儿尽着挑！”其实那都是玩笑话，他根本没解过妇女的裤腰带，裤腰带全让公社干部给解了，罪名却背在他身上。

小美跟我一起去看姥姥，穿过寂静曲折的街道，面对昔日曾经熟悉的家她竟然有一丝陌生，不敢跨进那道门槛。这让我感慨，行为的改变首先来自心灵的改变。然而，我从她浓重的呼吸和略带紧张的眼神里还是看出内心的不平静。小美不是忘记了过去而是不想回到过去，她现在面前是宽阔的世界，而身后却是难忘的沉重乡村，换了谁也不想回来。

牛金岭的母亲早已瘫痪在床多年。屋子里光线昏暗，充斥着一股浓重的药味。听老丈人说自我离婚她就失语失禁了，一说话就激动，一激动就老泪纵横。我心疼这位善良的老人胜过心疼我的母亲。在我是她女婿的日子里，她总是把最好吃的留给我。每当牛金岭跟我吵架了，她也总是不问青红皂白地向着我说话。我自责为什么从来没有想起来看望她，即使牛金岭不再是我的妻子了，但她仍然是疼过我、爱过我的老人。

我拉起她骨瘦如柴的手，轻轻地呼唤她妈妈，我想从她的脸上看到对我的原谅。如果能够选择后悔，我一定多回山村看望她几回。但我看到的是一个行将就木的老人，她神情麻木，竟然没有半点反应。

小美的眼里充满了泪水，小时候姥姥是最疼她的，但是面对这个形容枯槁的老人，她一时不知如何表达，只是拉着姥姥的手流泪。

我问为什么不去县里治疗，老丈人叹息说，如今医药费猛涨，这种慢性病去城里是看不起的，乡下人得了这种病只能认命，与其花那么多钱还不如给她买点营养品吃。小美眼泪汪汪地对我说，如果妈妈活着，姥姥就不会这样子了，妈妈会用最好的药给姥姥治病。老丈人说，牛玉琴当乡医时积蓄下点儿家底，早让人败坏光了，现在集体一分钱都没有。

我的心头也酸酸的，强忍着泪水不让它流下来。

走出屋子，我带着小美去爬山，后山上埋葬着她的母亲。我意识到这也许是最后一次凭吊牛玉琴，我会从此告别这片土地、忘却这片土地、再也不回这里了。小美跟在我的后面，絮叨着说爸爸和妈妈的结合本身就是一个误会。她从小就知道妈妈喜欢我，我也喜欢她的妈妈，但命运却让我们擦身而过。

我开玩笑地说："孕育是一个奇妙的过程，我和你妈妈结婚，也许就不会生下你了。"

小美歪着头，认真地说："那也不一定！你忘了，我是一个有前世记忆的人，我有选择生或不生、投与不投的权利。"

我哈哈大笑起来，小美总是能找出理由来打败周围的人。小文也是如此。我问过小文，世界之大，为什么偏偏要生在何家，小文说也许是他脑子里那个小雷子作怪，他曾是何团长的勤务兵，他选择投身何家就是想揭开团长的失踪之谜。

那个中午我和小美蹲在山坡上整理牛玉琴的坟地，我俩用手拔除那些荒草并且清理出一片干净的地方来。她的坟墓离采石场只有几步之遥了，隆隆的开山炮声一定吵得她无法入眠，坟头的枯草仿佛她日渐衰老的头发。作为她的亲人，明知这是一场灾难却又无力阻止，只能默默祈祷她在天国里过得比这里安宁。

我和小美只有那一次见面，回到省城后她便鱼游大海，至少半年再也没有见到过她。

唐方以青年协会的名义在全省大学生中搞过一个大型公益活动，关注和救助失学儿童，但名单中并没有庄小美的名字。唐方说这个活动是在官方备案的，参加此项活动的学生可在档案里加上相当可观的分数，这对于分配有很大的影响，然而小美却轻易地放过了。

那段时间我也找不到庄宝盒，他总不在办公室。生殖医疗中心交给一个女人管理，这个女人便是小徐。现在我知道她的名字叫徐晓芸，她待人接物很热情，但笑容后面总隐藏着某些东西。她知道我的身份，有一天神秘地对我说，庄总这阵子正在筹划一个大的项目，她也说不上是什么，但是肯定与房地产有关。

房地产已经成为国家的支柱产业，不少有先见之明的地产商发起了疯狂的圈地运动，这场掠夺土地资源的运动风起云涌、势不可当。因为谁都知道土地是有限的，但占有的野心是无限的。老房子可以拆、坟地可以平、文物也可以拆，只要是重建一切皆开绿灯。

庄宝盒进入房地产行业是在预料之外却又是在情理之中，就连人们一向不屑一顾的痔疮他都能治得风生水起，还有什么能阻挡得了他前进的步伐？

庄宝盒不是从今天才开始注意这个行业的，他在刚进医院的时候就深感平民百姓没有房子之痛，所以铸就了他安居才能乐业的思想基石。最初因为他没有房子才和牛玉琴产生了隔阂，两地分居使他付出了惨痛的代价。他说国人天生就把对房子的兴趣和女人等同起来，一房就是一家，自古就有“大房”“二房”“三房”的称谓。中国的房地产业是个新兴的产业，实现一家一房只是一个开始，要做到欧洲发达国家的人有二房、三房还差远着呢！

庄宝盒的第一桶金就这样轻而易举地得到了。他靠抠屁眼赚来钱买了别墅，摇身一变从小县城的三流医生成为雄踞省城的医学专家，他用金钱征服了售楼小姐徐晓芸。这是一个遭遇坎坷的乡下女孩，她大学毕业只身到城市淘金，钱没淘多少倒淘得了一个儿子。她本想用儿子要挟对方，可对方是老江湖了，根本不吃她这一套，正当她举步维艰的时候遇到了庄宝盒。庄宝盒的正义与博爱赢得了她的好感，她上了庄宝盒的床完全是出于自愿，半点功利色彩都没有。

庄宝盒得到这个女人简直充满了感动，他更大的目标是借助徐晓芸勾出她的上线。最初宝盒要进军省城的房地产还只停留在想法上，他没有多大本钱，最大的实力是用拉杆箱来付房款，以吸引众人的眼球。而徐晓芸曾多次描述，她的前老板给员工分红曾经用卡车拉钱。得到了徐晓芸就等于牵住了这个有钱大亨的手。

但不管有怎样的困难庄宝盒决心要进军省城的房地产市场了。人活着就有生老病死，现在人习惯于坐冷板凳、憋尿、延长性冲动的时间，无疑都会误生痔疮，用“十人九痔”形容一点也不过分。过去人们患了痔疮都不好意思医治，尤其是女性，现在时代不同了，人的观念也发生了转变，平时没事都想显摆花花屁股，得了痔疮名正言顺地脱裤子上床，撅起屁眼来撩人。

“当你撅起美丽的臀部时，

我看到的是金灿灿的黄金。”

这是庄宝盒自创的一首打油诗，他要实现在最短时间内的华丽转身，在省城扎下根来，这让我始料不及。他的家装得很豪华，从地面到墙体都是进口大理石镶嵌的，家具全部是红木的，据说一把椅子也值几十万。

徐晓芸成了这个家当仁不让的女主人，成员除了她的儿子还有一条叫乐乐的大型犬，每每看到我它总是冲着我大叫，徐晓芸掩饰地说：“过去我最讨厌养狗，现在养上了反而觉得它挺可爱，比人都好！”

狗的天性决定它永远是主人的宠物和奴隶；狗在你的眼里只是一只动物，你在狗的眼里却是生命的全部，这很容易让人产生满足感。徐晓芸五岁的儿子却永不在继父面前驯服，他永远不叫庄宝盒爸爸，因为他的爸爸是一个很有钱的人。他说爸爸经常开车带他去旅行，地中海、爱琴海、死海都去过，他还坐直升机在省城的天空飞过，他相信总有一天爸爸会开飞机来接他和妈妈走。

我如实相告这些，并不是想挑拨他们的关系，而是让庄宝盒清楚投桃报李的结果。而庄宝盒完全被幸福冲昏了头，他反问我有别的解决办法吗？他倒是想再要个孩子，可是错过了黄金季节，伟哥、鹿茸、牛鞭都吃过了，该用的姿势都用上了，就差绑筷子了，可是一根草也没种上。总不能借别人的种，种自家的田。

我无话可说了。小时候经常看动画片《小蝌蚪找妈妈》，那时候到处青山绿水，然而对于我们这一代人来说，这永远成了一个美丽的童话。如今人们正流行喝三聚氰胺、抽尼古丁、吃转基因食品，我相信再健康的体魄也会被击垮，男人们除了日夜不停地工作，还要不停地在女人身上寻欢作乐。

然而，运气却总是垂青有准备的人。徐晓芸居然把庄宝盒和先前那位地产大亨拉到了一起。

那天一大早庄宝盒就钻进我的办公室，要我陪他去会见一个最重要的客人。他事先洗了澡又吹了头发，穿了件休闲西装，看上去神清气爽。

我们去的地方是这座城市最负盛名的万宝路大厦，能够进入这座二十层的大厦本身就证明你是一位成功者。从进入那扇不起眼的牛皮大门时所有人的中心就是你！从穿什么衣、吃什么饭、喜欢多大号胸乳、使用多大号ＴＴ、选择鸡奸还是SM都有专人负责。庄宝盒说那里有世界各地来淘金的女人们，赤、橙、黄、绿、青、蓝、紫，保证你挑花了眼。如果你不喜欢真人，还有充气娃娃，都是按照世界各国的女星制作的，原装进口，保证你足不出户就可以尽情享受到日本一流的性文化。这看上去有些滑稽，当年小日本用武力征服全亚洲，而现在却是用女色征服全世界，你搞了人家的女人还想着复仇是不是有点小肚鸡肠？

尽管一直生活在这个城市，但是面对庄宝盒所说的灯红酒绿、面对传说中的大人物我还是感觉到自己的无知和渺小。

庄宝盒领我见的这人姓满名开花，这个名字本身足以说明他是个有故事的人，或者说他父母是有故事的人。光听名字以为是个女人，见面才知道他是一个大男人，留着小胡子，体重三百斤。他走路习惯双手摆来摆去，仿佛一只被赶着走的鸭子，于朴实中透出一股威严，连嘴都习惯性地向下耷拉着。

当我俩走进房间的时候首先看到他身后站着一位女助手。从女助手高雅的举止不难猜出为什么徐小姐会惨遭淘汰了。男人到了这种身份地位要的不仅仅是性伴侣，更重要的是能烘托出他的伟岸与传奇来。

徐晓芸带来了她的儿子多多，这名字本身起得好，既包含着母亲的恩怨又寄托着夫妻的情仇。小家伙从一开始就警惕地打量着到场的两个男人。我担心他会突然叫那个胖子爸爸，那无论如何会让庄宝盒尴尬。但这种情况并没有发生，多多始终乖巧无比，这让满胖子十分惊讶，逗着多多的小脸说：“多多，有空伯伯带你到外国去玩，你将来能成为一个很优秀的男人。”

那天本是庄宝盒点菜埋单，但被满总的女秘书阻止了，她说满总最近身体有点小恙，凡国内的食品都不能吃，他的食谱都是专家专门制定的，从国外空运回国。满开花不无歉意地道：“实在不是有意拒绝庄先生，我这人天生就是草包肚子，酸不能吃、辣不能吃、甜不能吃、咸不能吃，肉不能吃、鱼不能吃，鲍鱼海参更不能吃。”

说罢，他便起身去洗手间，女秘书忙上前搀扶，女秘书弯腰的形象恰好是一只被烤熟的大虾。她胸脯上的肉挤成两团，看上去非常美味，臀部被一条超短的红裙子紧紧地裹住，仿佛像裹着的虾尾。我小声地表示，要想吃到带骚味的肉必须把那层虾壳拨开。庄宝盒没有理我，而是望着他俩的背影嘀咕了一句：“这也不能吃、那也不能吃，女人的奶子能不能吃？”我差点笑出声来，但马上忍住了，因为我看见徐晓芸还坐在身边，这种笑话对她似乎过于残忍。

从洗手间出来的满总全身透着轻松，摊摊手，解嘲地说：“没办法，人到了我这个份儿上就不是为自己活着了，身体也是公众的一部分。专家说得好，富人能吃多少、喝多少？他多余的东西都是社会的，是社会在享受他的财富。”

我很想说猪全身都是宝，但人们还是希望宰了它。但我马上意识到这是仇富心理，于是赶紧闭上嘴巴。

这时候满开花已经站起来了，说他还有一场重要的约见，是某位省里的大领导。而庄宝盒望着他的背影再也忍不住了，当场发作道：“女人的奶水倒是不甜不酸、咸淡可口，可哪个傻逼让你天天吃？！”

这粗鲁的语言完全让徐晓芸下不来台，她变脸、抱起儿子走了。

庄宝盒向满开花推销的是他一个新方案，就是在现有生殖医疗中心的基础上新建一座现代化的综合医院。女秘书透露，满总本次回国带来了他的城市发展规划，这就是建造一个集住宅、娱乐、生活、旅游、购物为一体的综合性服务区，称之为满开花模式。他的这些理念都是在考察了欧洲最现代化的建筑后形成的。我们城市的现代化进程过早、过于简单地剥夺了人们向往自由和大自然的权利，把人们都禁锢在钢筋水泥里，他就是要创造一个既适合人类聚集，又不违背人们意愿的人文环境，让社会文明在他的努力下得以发扬光大。

满开花此次以推介会的形式在全国巡演三个月，推销他的全新建设理念并且选择合适的合作伙伴。他曾在饭局上发牢骚说，社会上很多人都把企业家视为毫无人性的吞金野兽，其实是误解。

“不能让少数人的无知影响到大多数人的利益，所以我们不得不支持政府采取一些强制的手段，这些都被无良的媒体炒作为强拆，其实他们是故意利用人们的善良和正义，达到消费大众痛苦的目的。”

在他看来我就是媒体的代表之一。他说他看过我的电视剧，一直对我描写的那些穷急了造反的老百姓耿耿于怀。地主老财并不都像电影里的黄世仁、穆仁智，大多有钱人也是一锨一镐刨出金子来的。他爷爷就是地主，当年村里连他的小老婆都共产了，但他满开花仍然东山再起，而那个享用了他小娘的所谓贫农后人至今还穷得叮当响。

“这叫龙生龙，凤生凤，生个老鼠会打洞！”他冷笑地说。

我不敢苟同，任何时候都是脑袋决定屁股，而不是屁股决定脑子。这句话太隐晦，连庄宝盒都没有明白我话的意思。满总却似乎听出了弦外之音，连声笑着说：“何作家，和谐社会，企业家要跟政府坐在一边，你也要和企业家坐在一边，这样我们就所向无敌了！”

“满总说得对！”庄宝盒举杯喝下整整一杯红酒，这是他全部酒量的两倍，脸顿时红得像要下蛋的母鸡，嘴里含混不清地说道：“政府、企业家、文人墨客都要统统坐到一条板凳上！最好是合穿一条裤子！”

庄宝盒和满开花达成初步意向，庄宝盒加盟他的城市开发计划，满总为他的配套工程——社区医疗服务站、城市老年赡养寓所提供资金支持。

我不得不对庄宝盒刮目相看，他这几个项目都抓到了点子上。不管人类进步到何种程度，生病是在所难免的，养老也是必需的，尤其是社会养老问题正成为政府亟待解决的问题。

我对他的认识还停留在只会给人看痔疮、手里有俩钱吃穿不愁、买房子置地养个小情人而已，但绝想不到他会投身到这个城市最庞大、也是蛋糕最大的房地产项目上来。省电视台一个栏目组来找我，说是丁凡老师推荐，让我帮他们拟一份串台词，是关于这个城市未来发展的，嘉宾当中庄宝盒的名字赫然在列。我意识到，庄宝盒已不是原来的那个人了，他成了这个时代的弄潮儿、这个时代的风流人物。

庄宝盒点名让我参加一个住宅性能认定评审会，在这次评审会上“花开·锦绣城”住宅项目如雷贯耳。我还是从项目书上看到的这个项目，住建部和省厅评审专家都悉数到场了，大家都热热闹闹地看现场、听汇报、提质疑、审资料、打分评审，一致认为各项综合性指标符合标准。

我能参加这类评审会纯粹是乱点鸳鸯谱，我连图纸都看不懂何成专家？但这年头专家评审好当，你不用懂，只是来凑数。开完会，拿上红包，领上礼品，评审表上签下大名就走人。至于有什么责任，建筑项目少则数年、多则数十年，谁还关心那时候的事？

原来庄宝盒早就做了许多工作，他把这个项目作为进军省城房地产市场的冲锋号。为了制造爆炸效果，他无论如何也要申报国家“康居示范工程奖”。为此，他把京城的专家都请来了。专家说，在人口密集的中心市区打造这样高品质的社区不容易，特别是细节上处理得非常人性化，走出了适合地方发展的特色路子，今后定能够走上产业化、生态化、人本化的健康、可持续发展之路。

这个新盘的操控手是谁，锦绣又代表着什么我的确摸不清楚，省台栏目主持人也是一问三不知，他只是说赞助费先期投入一百万，台里对此非常重视，他还透露，如果这期节目做得好，开发商承诺再投入一千万元，扬言就是要打造城市房地产开发的旗舰。

分管副市长亲自抓这个项目，他在项目建设通气会上特别强调，要把这个项目定性为民生项目并加以特别关注，把“花开·锦绣城”打造成能经得起历史检验的工程。

庄宝盒居然搬来分管副市长替他摇旗呐喊。这些年来靠房地产升官发财的政治秀太多了。政绩就是官场的入场券，背景和圈子就是通行证。粗放型的发展模式让官员吃尽了苦头又尝尽了甜头，大家都在捞鱼，就看谁有耐心、谋略，遍地是企业倒闭的尸骸与他何干？

我很想知道这位新上任的副市长是谁，主持人笑着说：“就是文化厅的于巡视员，听说他是戴帽下来的，现在是代市长，明春人代会一通过就正式任命！”

乍听到这个消息不亚于听到帝国主义被社会主义取代一样。看来我孤陋寡闻了，当年那个躲在吉普车里啃嫩草的年轻人如今已成为这个城市的市长，成为这个城市的掌门人。唐方鼠目寸光，当年她鄙视他、阴差阳错地错过了这场婚姻，错过了夫贵妻荣的机会。据说大桥坍塌事故发生之后唐方曾为两个男人向上级求情，希望网开一面，但杨副秘书长最终没有逃脱惩罚，降职使用，而于阳涉险过关。

“往后肯定有好戏可看了，于市长以前的顶头上司现在被起用，做了省委秘书长。”主持人似乎详知这其中的内情，幸灾乐祸地说。

他并没有说于阳的顶头上司是谁，但我一下就猜到是杨革文。这又是一个爆炸性的新闻。情变一直是这个时代的晴雨表，多少人为了真爱？差不多全是为了裆里那点事儿。裆里那点事儿看似简单，但陷落了多少人、多少事。我有时想，上帝在这点上是公平的，不管你是皇帝老子还是平民百姓，每个人只安了一个性器，大家在一个水平、一个起跑线上，如果这个世界不依照公平而依照权力早晚会乱了套。

我突然变得冷静下来，没有马上答应他串台词的事儿，承诺先要找齐资料再说。我马上给唐方打电话，询问于阳的事，唐方说在电话里说不清楚，她约我晚上在餐厅里见。

这大概是我和唐方交往中最爽快的一次预约了，在这之前她一直高傲得像只要生蛋的母鸡。那天晚上她毫无斗志，头发蓬乱。窗外灯火阑珊。我俩坐在一家牛排店二楼巨大的纱窗后头，像是一对偷情的情侣。

牛排店生意兴隆，老板娘拿菜单的手都兴奋得发抖。唐方却一点胃口都没有，只点了一小份。我俩喝的是鸡尾酒，我甚至第一次发现唐方原是那么不胜酒力，只是浅抿了几口脸上便萌生了醉意。醉态下的唐方更像一个女人，她告诉我于阳的升职对她是一种打击，到现在她还固执地认为他就是一个胸无大志的人，他所用的手段几乎都是卑鄙下流的。

我不想过多地干涉他们的私生活，我只是认为婚姻也是一场游戏，有它自己的规则，谁破坏了规则谁就要受到惩罚。唐方并不同意我这个观点，她认为夫妻的结合更多的是命运，而政治是一场游戏，从不按常理出牌。

她的话无疑是对的，年轻的时候，我看得最透彻的书是小说《牛虻》，这本书被说成性格决定命运的最经典诠释。其实，大多时候我们都被命运决定了性格。我们卑微地活在这个世界上，总被一些有形和无形的东西决定着命运。

唐方露出一丝苦笑，我猜不透她是为命运所屈服还是为性格所屈服，眼神无助且孤独。外面下起了雨，轻轻敲打着玻璃窗，我执意要打车送她回去，她竟然伏在我的肩头睡着了。

出租车在满是雨伞的街道上奔跑，那些罩在灯光里的行人仿佛四处流窜的老鼠，穿行于这个城市黑夜的街头。车到她住所楼下，她连一点下车的意思都没有，我不得不抱起她朝着那盏孤独亮着的门灯走去。

雨下得更大了，肆意侵淫着我的脸、我的身体，我抱着她一阵猛跑，很快就站在门洞那里了。我试图询问她开门的钥匙，但看着她睡得很香的样子不忍心打扰她，没想到她居然从口袋里掏出来了。

我尝试着开门，但这时候门却突然从里面拉开了，门口站着一个中年女人。

我吓了一跳，是她家的用人，瞧着唐方的样子满脸慌恐。但不管她怎么微不足道,足以打碎我的阴谋诡计。在这之前我一直认为唐方是故意装醉，引诱我到她家里，现在看来她是真醉了。

我兴趣索然地让阿姨扶唐方到卧室里去，转身欲走，唐方却突然醒了，眼光非常正常，说：“既然你都敢进来了，为什么不敢多陪我一会儿？”

她朝阿姨轻轻地挥了挥手，那位阿姨便无声地走出去，并且带上了门。

直觉告诉我这个雨夜里要发生一些什么，因为阿姨走出去时随手把门锁上了。已接近午夜，外面的雨声越来越大，不会有人再来打扰她或是我。唐方让我在客厅里等一会儿，便轻快地跳起来到浴室里去洗澡了。

口突然很渴，我一边心不在焉地喝桌上的饮料，一边听着从浴室里传来哗哗的水声。我相信即使是这时候闯进去她也不会有任何的怪罪，但我还是正人君子似的坐在那里不动。

等她全身湿漉漉地从浴室里出来的时候，我才发现她穿得很少。一件超短的真丝浴衣勉强遮住臀部，头发很随意地披在肩上，渗着晶莹的水珠。脖子是白皙的，连她的双乳都试图挣脱出来。我距离经叛道只有一步之遥，眼前这个女人任何内衣都没穿，我随时可以把她单薄的浴衣从身上褪下来，现在考验我的只是定力。

她见我还端坐在沙发上，用略带惊诧的目光扫了我一眼说：“你不趁着水热也去洗一洗？我可不喜欢身上有汗味儿的男人。”

我几乎是得了命令的狗，跳起来朝着浴室跑去。我身上除了男人的体味没有任何让女人讨厌的东西，但我还是决定去洗一洗。洗澡对我来说不仅仅是准备即将开始的肉体盛宴，而是借机会从容地思考一下问题。

然而，我这个想法刚刚尘埃落定，唐方已经跟着我的脚步进来了，她毫不犹豫地从后面把我抱住，手伸向我的腰间。所有的信念和意志在那一时刻都土崩瓦解了，在主动的女人面前没有哪个男人能守身如玉，我几乎是粗暴地扭身剥开了她的浴衣，抱起她朝着卧室里走去。

那是一次灵与肉的交锋，室外的雨声很好地掩盖了一切。我俩打交道多年了，同视对方为威胁和敌人，却不知道一旦苟合，竟是如此惊天动地的美丽。

我还没有完全从唐方的暧昧中清醒过来，庄宝盒已经急不可待了。他拿来一份合同让我帮他把关，说要在本周内签署。

我这才知道他成立了一个名叫“锦绣房地产开发”的公司，花开则是满老板的名字，两人合起来这个项目叫作“花开·锦绣城”。

几日不见，刮目相看，对房地产一窍不通的庄宝盒居然敢投身这个行当，他和满总的投资比例是三七开，总投资算下来近二十个亿，他从哪里弄来这么多钱？

庄宝盒满不在乎，这年头有信心比有实力更重要。他已经跟好几家银行和信托公司打好招呼，都答应借钱给他。

那也至少需要六个亿的启动资金，哪家银行和信托公司会借给他这么多钱？庄宝盒说他早已都找到了解决方案，除了贷一部分、集一部分，他还想把目前的生殖中心抵押上，连项目带基础设施，足够凑足他要的数目。

我不是金融专家，有关市场融资永远也搞不懂。我相信庄宝盒也一知半解，但是他高薪聘请了一个团队，这个团队为他量身打造了一系列包装，从穿衣打扮到理念宗旨，甚至跟银行、政府打交道该说什么话都有不同的版本。

关于文化中心值多少钱、能不能用来抵押贷款一直没人说得清，因为它的产权在学院里，就连唐方也说不好。这正是庄宝盒当初看好并且租下它来的原因，他私下里早就跟金融界的朋友通融好了，可以用它做抵押换取需要的资金。只要有了资金，项目启动顺利，就如鸡生了蛋、然后蛋再生鸡，如此循环往复，房地产事业就指日可待了。

他的话让我一头雾水，惴惴不安。他这个计划把唐方也设计在内了。我不了解金融行业的水有多深，唐方又知道多少？她是参与了这个项目还是被蒙在鼓里？作为我，有必要提醒她。

我和唐方一夜之间化敌为友，这除了要感谢上帝还要感谢我们都是孤男寡女。我和庄宝盒做了二十多年的朋友但却被唐方一晚上就俘获了。我想这也正是人的悲哀，任何真理与正义，在奇妙的性器面前都不足挂齿。

唐方却误解了我的意思，当我向他透露这个消息时她第一反应就是我和庄宝盒合起来骗她，她冷笑着说：“何书盒，你不会是打了我的主意再想打这幢楼的主意吧？我可告诉你，这座大楼是国家的财产，如果你们敢拿它做抵押骗银行的钱，我就让你们走上被告席，身败名裂！”

这可真是狗咬吕洞宾——不识好人心！然而这一切都不重要了。于阳亲自抓这个项目，他在国际会展中心的小会议室里专门召开银行、信托公司、房地产商三方参加的联席会议，会上大家形成一致意见：不求所有，但求所在！抓住这个千载难逢的发展时机，大干快上，尽快形成规划开发。

入秋，北方遭遇百年一遇的干旱，气象专家说这是罕见的厄尔尼诺现象，是地球过度开发、过度排放造成的。父亲说我家的房子漏雨了，但重新修缮街道办不批了，因为我们那片儿被列入了拆迁的范围。

我好几次找居委会，但街道办就是不松口。庄宝盒已经发动所有媒体，广泛宣传这个项目给城市带来的好处，于代市长也大讲特讲这次拆迁的意义。他在本市一个论坛上讲：破坏一个小区、建设一个大区事关这个城市的未来，有人攻击这是拆出一片小世界、建出一片大世界来，话虽偏颇但符合时代的潮流。

我回家去看爸妈，走进小院的时候才发现这里已经一片荒芜了。不少住户都举家搬走了，墙上到处写着大大的“拆”字。父亲向来都是相信政府的，拆字写到大门上了他还固执地认为工作人员会上门客气地说明理由，因此他在桌子上备了茶水，天天盼着这些人登门。他说我党的工作方针是从群众中来，到群众中去，绝不会做对不起老百姓的事。他还存了近期的报纸，那上面有于市长的讲话原文，说拆迁是有政策的，拆多少补多少。每天宣传车无数趟从门外走过，大喇叭动员人们响应国家号召，早拆了政府有奖，晚拆补偿款会打折扣。

我那阵子总是夜不归宿，父亲等着我回家商量事儿。

母亲却表现得相当冷静，听到这片儿要拆迁的消息后，她第一时间约上几个姐妹坐公交车到其他小区摸情况。房地产开发分两步走，首先回迁的一部分人都有老城市户口，他们都是城市中的乡下人，这些村子被称为“城市中的乡村”。数年前我看过一部电影就叫《城市中的乡村》，我以为那是发生在地球以外的事，没想到几年时间就星火燎原到这里来了。据街道办的人讲，这部分人很难对付，会哭的孩子有奶吃，他们除了回迁还有补贴，而那些租房户或是政府部分产权的房主只能二选其一，要么你选择回迁房，要么你选择补贴再自谋房源。关键的问题是这些旧房子最多三十几平方米，如果单纯拿补贴到其他地方去买房，连个厕所也买不起；如果回迁根本换不来一套房子，还要另加钱，少说要贴上三十万。

“我们一辈子的工资加起来也不够三十万，这岂不是要老两口儿的命，今后喝西北风去！”

听着母亲的诉说和父亲的怨恨，我这才意识到庄宝盒所谓的城市改造计划原来只是水中月、镜中花。怪就怪我事先没有仔细阅读资料。按照他的计划在冬季到来之前这里将被夷为平地，到明年开春于代市长要亲自为这片崛起的小区剪彩，并把它写入年度政府工作报告的成绩单中去。那天街道办会通知老人们腰上缠着红绸子，拥到街头载歌载舞，还会有记者随便从人群里拉过一位老人来问他幸福吗，老人满脸菊花地回答：“幸福，棚户的人们都住进了高楼，吃喝拉撒全都不用出门了，这就是最大的幸福！”

我怒气冲冲地去找庄宝盒。他正在会议室给新招募的大学生讲课，虽然隔着厚重的玻璃墙听不清他在讲什么，但是看他春风得意的样子，肯定对于街头散发小广告这种行当大加赞扬。他曾不止一次地向我炫耀，企业的知名度之所以如此之高就得益于他的发明——满街散发的小广告，特别是贴在公厕的墙上，那是城市的黄金位置，相当于央视的黄金强档栏目广告。

徐晓芸已经成为庄宝盒得力的助手兼夫人了，无论走到哪里她都身穿一件开衩很高的旗袍，莲步轻摇时白皙的大腿成为所有男人眼中的风景。在用人这点上庄宝盒显然有一套，连徐晓芸都心甘情愿地为他服务，何况我是他的兄弟。

庄宝盒看到我，让徐晓芸主持会议，便跑出来把我引到办公室。他的办公室已经非常气派了，有会客间、茶室和休息间。休息间里有宽大的沙发，放着绣枕。他进门就一头扎在沙发上，双手抱着绣枕说：“书盒子，你在这个城市工作十几年了，但依然一无所有。如果我的这个项目成功了，就等于我们成功了，我会拿出钱来资助你的事业！”

他拿出钱来帮我？虽说我的工资不多，但足以养家糊口。人的精神追求不一样，对物质的需求也就不一样。钱一万是多、一个亿是少。

“是借你不是送给你，懂吗？这样就会规避很多风险，尤其是眼下这种动荡的时局。”他特别强调说，这是两个人私下的谈话，不能对任何人讲。

“包括徐小姐吗？”我有意说。他用不满的眼光瞥我一眼：“你这是有意寒碜我，现在有叫良家妇女小姐的吗？我指的是唐方，你得说服她，不让她捣乱。我听说她专跟于市长过不去。他们的私人恩怨我不管，但是她不能坏我的项目。”

说着，他起身到桌子前，从抽屉里拿出几张纸来。

"我早就拟好了合同，一份是给你的，一份是给唐方的。这属于私下交易，我保证在项目竣工的第一天就兑现！"

他居然拉拢我和唐方。合同大意是我和唐方为他公司的高级顾问，协助他完成所有的工程项目，即可以从中分得两成利润。庄宝盒冲着我微笑地说："人都不是生活在真空里的，你何书盒不要说刀枪不入。前不久去母猪岭，你们一次就扔进去二百万。你不要以为我不知道这事，这个女人可是于阳的女人，她跟杨革文也不明不白。杨革文当年怎么对待我爸的你也清楚，只是我现在需要这些人，睁一只眼闭一只眼罢了！"

我吓出一身冷汗来，庄宝盒什么时候监视起我来了，连我和唐方上床的事都摸得一清二楚。我并不害怕他打我什么主意，但是对于唐方却是危险的，如果他把对杨革文的仇恨算到唐方头上，那可是十分危险的。

庄宝盒似乎看透了我的内心，继续微笑地拍着我的肩："你大可不必紧张。我是谁你是谁？我们从小就是同学、朋友、亲人。你的父母就是我的父母，你的女人就是我的女人！我会害他们？！我庄宝盒无论怎么混账也懂得报恩，你回去告诉二老，有我住的就有他们住的！"

这样深情的表白最终打动了我，于情于理他都不会害我。至于这份馈赠我断然不接受，唐方也不会接受。这样污水就泼不到我俩的身上，我俩的关系也会因此简单而透明。

盛夏的某一天城市下了一场透雨，内涝更严重了，淹死人事件还没有完全平息，新的问题又出现了，考量着城市管理者的智商和水平。特别是我家周围形成了沼泽，于阳召集大家开会，商讨加快城市改造的步伐。

充沛的雨水使天气格外凉爽起来，唐方约我再去山里一趟，她说下拨的第一笔款已经到账了，她具体负责审查这笔资金的使用。

"这种时候我离开家不合适，再说单位也不是旅馆，说来就来，说走就走！"我提出理由。

唐方说："深入生活是你的责任。说不定到山里后来了灵感，你又会创作出一部惊世之作来！"

我的确喜欢到各地去采风。创作人员就是一台吞粮食的机器，他前面吞进去的叫素材，后面吐出来的叫精神食粮。

政府专项资金的使用一直存在着暗箱操作的空间，我曾多次质疑其合理性。有一个故事：老百姓捡到一颗夜明珠献给皇上，信任地把它交给了县官。县官把这颗夜明珠换成了金蛋交给他的上级。上级把金蛋换成了银蛋，交给了皇帝身边的大臣。大臣换成了一篮子鸡蛋献于皇帝。皇帝非常高兴，奖赏这个平民百姓一万两银子。大臣给了下面五千两，下面的官员则给了县官一千两，县官给了村官一百两，结果一万两银子到了村民手里最终只有十两。

问题在于即使是这十两银子老百姓还得感恩戴德。

唐方被我这个故事逗笑了，但是她马上意识到我含沙射影，嗔笑道："都说文人反动，我看一点都不假！你这是在影射现实。"

我说绝没有别的意思，现实总是在巧合地重演昨天的故事。唐方很严肃地对我说："这也正是我关注的问题。放心，我不会！"

看来我杞人忧天了，蛀虫总是极少数。正如唐方所承诺的那样，这笔款项并没有任何的截留和盘剥，被作为专项资金由唐方监督专款专用。牛金岭的父亲便是那个献夜明珠的人，张县长给了他一把尚方保剑，如果谁挪用这笔钱，先过了老支书这一关再说。

二百万巨资已经完全可以改变水磨头村的贫穷模样了，路要重修，这条路已经修了二十几年了，破烂不堪；拦河坝要重砌，上次修建还是公社化大兴水利的时候。

老丈人带领全村党员上阵，甚至动员后山村那个一直不承认是牛家后人的寡妇的儿子，义务送来了沙子。靠近村子的河滩被用整齐的青石垒起来，修建了引水渠，这样无论多么干旱，只要泉水不枯就永远能吃到新鲜的蔬菜。他还把四合院捐献出来，作为集体的免费农家院，添置了被褥和家具，让村里漂亮的女孩子当服务员。

这让全村人刮目相看，他们惊呼当年的老八路作风又回来了！

此次进山我们没有惊动唐方的同学，而是绕道直接到了村里。牛金岭的父亲似乎已经猜出了什么，小心翼翼地接待我们，扔下家门钥匙就扭头走了，他甚至都没有回头看一眼。他的背有些驼了，走路的样子也有些踉跄。他的心里一定是失落复杂的。他是守护老伴去了，即使我的丈母娘对于世事冷暖已经毫不关心了，但我宁愿相信，只要她的呼吸尚在、温暖的躯体尚在，在拉亮电灯的时候就会给这个老男人一丝家的温暖。

我打开生锈的门锁，怅然地站在院子里。这里曾是我和牛金岭住过的地方，一切都是那么的熟悉，连屋子里的气息都没有改变。望着那些熟悉的家具和窗外晚风中窸窣私语的树我一点也打不起精神，所有的勇气在这一瞬间消失殆尽了，我怎么会这么无耻，带着另外的女人到旧家里住。

我关上柴门，把凡尘挡在了外面。夜晚的山村出奇的宁静，宁静到能听见灵依河的水声。我不知道传说中的那些阴兵能否过来，但是牛玉琴肯定听到了我的声音，她借着风在屋外徘徊，爱和恨使她充满了矛盾。

唐方却颇为兴奋，她要么是被爱情冲昏了头脑，要么是故意这样做。当她脱了衣服钻进被窝的时候，不停地说着小时候的事。他们那里娶媳妇，门板上会贴上对子，原来那都是些守门的门神。她特别好奇新人关起柴门时会发生什么？那些闹新房的大人半夜三更地爬上墙头或躲在窗下偷听，有的事先干脆躲到新人的床底下，这样传出来的故事就具有了荤味儿，大闺女小媳妇听了都捂着嘴窃笑。但是，她一次也没有爬过那些高高的石墙，也最终没有听到过什么有意思的故事，她关于听房的记忆一直停留在想象之中。

说完，她起身从炕上下来，俯下身仔细察看桌子和床底下那些黑暗的地方，说是怕有人听房。她一丝不挂地在屋子里来回走动，赤裸的身体在白炽灯下闪着奇异的光泽。她的小腹平整如少女，臀线清晰流畅，所有这些都是牛金岭所不具备的。当她全都做了检查返身钻到我的被窝里的时候，已经冻得全身冰凉。我把她抱在怀里如同抱着一条冰冷的蛇，她的缠绵、她的疯狂把这个忧伤而宁静的山村之夜完全搅乱了，把我的心也搅乱了，我在疯狂中迷失了自己。

但是我无论如何也没有想到，正当我和唐方夜宿母猪岭的时候，远在数百公里之外的父母却正遭受拆迁队的逼迁。

下午来了一伙人，戴着面罩和头套，喝令最晚在三日后搬走，否则他们将清场。之前邻居们的统一战线已经土崩瓦解了，一部分人投亲告友，一部分人住进了宾馆，而我爸妈因为四处打电话找不到我在家坐以待毙。他们早已收拾好细软，等着我安排车拉走那些笨重的家具。而蒙面人显然已经等不及了，当晚闯进院子，架起两位老人就走。随后一辆推土机冲了过来，那幢承载了父母亲无数梦想、承载了家人无数欢乐的房子轻轻一抖便砰然倒下，扬起的尘土遮天闭月。

那天夜里我和唐方尽情缠绵的时候，我母亲正坐在垃圾堆上徒劳地寻找被埋的生活用品，而父亲坐在废墟上一滴眼泪也没有，默默地吸烟。他晚饭也没吃，坐在地上骂个不停，骂我不孝，在保卫家庭财产的关键时候躲起来了，骂有人推倒我家房子的时候像老鼠一样躲在黑暗中，他们便是那些始作俑者。

后来我母亲听不到他的声音了，回头看时父亲已经痛苦倒地，大口大口地喘着粗气，母亲撕心裂肺地喊：“救命啊！”

一队巡逻的警察及时出现，七手八脚地把我父亲抬上救护车。

罪魁祸首是我，我不该跟唐方到山里去，更不该关掉手机。父亲之前给我打过二十几个电话，我却关机一个也没有接到。看到消息的时候已是第二天下午，庄宝盒早给我父亲办理了入院手续，还放下了一万块钱的费用。

父亲的病完全是因为急火攻心，我火速赶回省城的时候他已经能够坐起来，大口大口地吃东西了。他一见我就把饭盒扔过来，大骂我不孝。庄宝盒说其实谁在都一样，他的老人没了，我爸就是他的老人！这话让我父亲热泪盈眶。

自我爸退休在家，已经多年没有听到这样亲切的话语了。他说过去只有组织才这么亲，工会的干部才这么说话。如今家没了，庄宝盒答应会找于市长给一个说法，至少也得赔偿几十万。我父亲仍然忧心忡忡，他墙上的奖状和纪念章都没有抢出来，没有了这些东西，他所有生命的痕迹都被抹去了。我安慰他档案馆里会有备份档案，连我爷爷失踪都能保存完整的信息，但爸难过地摇摇头，档案都锁在档案柜里，没有人知道他为这个国家做过什么、他给后人留下了什么。

后来我试着找过父亲的档案，档案馆的人说当年这批军工档案根本就没有转到地方，还存在军工系统的档案室里，我按图索骥找到那幢破旧的大楼时才发现早已人去楼空。

家被毁我怀疑是有人故意的，这种暴力强拆发生在我的身上让我想不通。自从那天起，庄宝盒来看我父亲时身边多出了两个保镖。我母亲冲着其中一个人瞪眼，她悄悄告诉我，有一个像那晚冲进屋子里的男人。

我试着问庄宝盒那晚发生的事，他总是支支吾吾，后来便换了两个剽悍的女人。他无可奈何地说这是满总特意安排的，他正处在风口浪尖上，有些住户对政策不理解，他的人身经常受到攻击。满总指示要二十四小时全天候保卫，一个女保镖问如果庄老板回家睡觉怎么办？满总冷笑着说，他脱光光你也得睡到他的床上去！

有一天好几个人同乘一部电梯，挤得动弹不得。女保镖偷放了一个屁，天气又闷又热，奇臭无比。保卫部的头儿就发狠话，要把放屁的人踢出去。

庄总主动揽下了这事儿。他前脚上了楼我后脚去找他，却见房门紧锁，敲门半天也不见开门。我知道他在里面，擂了半天，庄宝盒才没好气地隔着门回答：“踹什么踹，老子日完这个放屁的女人就出去！”

庄宝盒纯粹是乱施淫威，他自己都承认人有钱就任性，脾气暴躁了许多。而女保镖之所以忍辱负重，不知是知恩图报还是与金钱有关。

我那天是为了父母的安置问题找他，庄宝盒答应他解决这事。他提议我家先住进别墅小区，很多买家都从来没住过。这些人不是出国了就是另有房子，他完全掌握物业公司的情况，租过来住，别说住一年半载，就是住上三年五载也没有问题。

但父亲坚决不去，他说那儿住的都是些富人；老子打江山，他们享受江山，看着别扭。再说出入要登记，散个步后面还跟着虎视眈眈的保安，看任何人都像看贼似的。我试图说服他戒备越森严越安全。我硬拉着两位老人去看房子，到了小区门口，保安看是庄宝盒的车子，忙敬礼，吓得父亲规规矩矩地回了个礼。他说当年在工厂上班的时候，值勤的解放军战士们时常这样向工人老大哥敬礼，那时更多感到的是自豪，而如今感到的是害怕。

人到中年，我面临的问题不单单是要照顾父母，还要时刻关注儿子。何文瑞早已追随他的梦中女孩漂洋过海，远在遥远的欧洲了。他很少跟我联系，我手机付不起国际长途话费，有时候借单位的电话只言片语地聊几句，他的回答总是含糊的，因为时差，有时候他正在睡觉或者正在某个嘈杂的环境。后来一个胖胖的女孩来找我，说是小文的同学。她爸爸在南方某市的海关工作，条件远比小文好，所以每年都会回国探亲。

她抱怨在国外的中国留学生不团结，喜欢独往独来，她问我看过《北京人在纽约》的电视剧没有，说米国对大多数中国人来讲是一个遥远陌生的国度。来自大洋彼岸的消息也不相同，有人说那里是天堂，有人说那里是地狱。我问她国外是天堂还是地狱，她震惊地抬头望着我，美丽的大眼睛空洞无物。

我请这个洋娃娃一样美丽的女孩到咖啡馆喝咖啡，我点了最贵的人工研磨的苦咖啡，她呷了一口苦得直吐舌头，像条美丽而冷酷的蛇。她说有一次突然造访小文的宿舍，发现那地方环境非常恶劣。她敏锐地感觉到房间里还有女人的东西。但小文坚称他正在勤工俭学，房子要合租。这没什么大惊小怪的，男女同住一个屋的大有人在，两个男人同住才被怀疑有同性恋倾向。

我爱莫能助，只能劝女孩要学会相互理解。我非常后悔让小文出国，但鞭长莫及了。我不清楚他还是不是当年那个单纯而执着的小文，但理智告诉我小文有自己的理想和抱负。成长是要付出代价的，这个世界每时每刻都在发生着变化。我年轻的时候想上大学，寄希望于贫下中农或工人阶级推荐，把命运交到别人的手里，看别人的脸色，所以习惯于夹起尾巴来做人，而他却能自由地决定自己的命运。

单从这一点上讲，这个社会就是进步的。

我父亲却担心孙子哪天会突然回来，没地方住。我们小区项目规模前所未有，全部拆迁新建到位至少要两年以上的时间。两年在人生长河中不算长，但是对于无家可归的人来说却犹如漫长的两个世纪。我每天早晨六点准时醒来，奔波于这个城市，到夜深人静走出办公室，站在人流熙攘的街头感觉竟是如此荒凉。偌大的城市竟没有我的立锥之地。我游走于这个城市的夜晚犹如游走于这个城市的梦外。伴随着城市的喧嚣渐渐平息下来，我内心充满了惶恐和不安。

我将走向哪儿？

父亲向我说出他久经考虑的话，与其蜗居在城市不知归处，倒不如他和我母亲到乡下去。

他一辈子都在外飘摇，从来没有过安定的生活，退下来了，本想就这么苟延残喘，但是命运却跟他开了个不大不小的玩笑。他需要排队进入城市的幸福阵容,甚至连张老年卡都要等三年。三年对于我们年轻人不算什么，但是对于年近黄昏的他来说十分漫长，他担心还没爬上这趟现代列车就爬上了火葬场的烟囱。

“我从小就没有见到过父亲。参加工作后也从没回过家，那时候找不到你爷爷的尸骨。现在好了，既然你爷爷找到了，政策也落实了，不如我和你妈就回老家住，也尽一个儿子的孝道。”

他神色庄严、掷地有声，我说不出任何反驳的理由，况且这也是最好的结果。漫长的等待足以扼杀所有的希望，但是有希望的等待就不一样了。我爷爷已经入土为安了，县里挖掘他的遗骨在红石岗建了一座陵园，他的坟在众多牺牲烈士的中间，战士们众星捧月般地簇拥着他。

墓志铭是我亲自起草的：

“何达旦同志，伟大的无产阶级革命战士。十六岁参加革命，历经土地革命、抗日战争，在胜利的前夕光荣牺牲。遗骨失踪六十年而重见天日，时任红石岗独立团团长。

英雄气概，气贯长虹！”

两位老人下定决心、打好行囊回老家替父守灵。他们心情急迫，在这个城市一天也待不下去了。我立马通知了马仁义，让他向县政府透露这个消息，一切等我回去面谈。

马仁义传回来的消息并不乐观，我父母要回乡养老并不困难，现在农村劳动力正大批流向城市，很多村子成了空村，只剩下了妇孺老幼，红石崖也不例外。他们却反其道而行之。但是，要在县城给他们找座房子那代价就大了，县里肯定不会承担租房的费用。我说租赁费我出，马馆长这才松了口，但他再三表示我是对红石县作了贡献的，县里这么做也是因为财政紧张，迫不得已。

记得我前不久回家的时候，村里人还都习惯于守着农田过日子，我大伯的三个儿子就是典型的农村汉子，他们心甘情愿地守候着这片贫瘠的土地，面朝黄土背朝天，从来没有抱怨时代对他们不公。

但马馆长打断了我的话，说现在老百姓也知道赚钱了，我们那地方自然资源优势不明显，但是人员有优势，大伯家的大儿子成立了一个包工队，打着我的旗号，承包了抗日沟所有的土建项目。

“要说给你爷爷守灵，这就是政策和政治的问题了。我一个小小文化馆长做不了主。”马馆长叫苦连天地说。

他说当初上级拨了一部分钱，加上我募捐的钱，仅够项目前期开发，遗留下的事太多了，甚至连手续都没有办完。去年他跑了一个冬天也没有把事情办好。我堂哥领着百十号人堵住县政府讨要工钱，并威胁不给钱就出人命。

“冲你的面子政府当然不会为难你堂哥，但是我们这里本来就是落后地区，每年都靠国家财政补贴过日子，哪还有闲钱支付这些陈年烂账？！”马馆长最后不无感慨地说。

我不知道这个消息对我来说是好是坏，把父母安置到县招待所里，然后就去找有关部门。当我站在县城黄昏街头的时候，踌躇不行，才意识到这是一个艰难的开始。

红石县城被一座不高的山丘一劈两段，老城区主要靠改造，新城区主要靠建设，看来县里的思路蛮明确，但再明确也需要钱。

穷急了就瞎折腾，于阳当初在这里提出了许多新政。马馆长打比方，政府八万块钱把你家的两亩地强行征收，二百万卖给房地产开发商，然后你儿子拿征地所得的八万元和他两口子攒下的八万块去交了首付，并当二十年的房奴。马馆长说新城乡建设的核心就是拆旧建新，发展总是充满了痛苦。明知痛苦难道女人就不生孩子了？阵痛总是难免的。

事实证明于阳的工作作风粗暴、简单，但效果是显著的。马馆长感慨，如今的社会不要总把自己置于道德的高坡上，那样会活得很累。比起银行来这算不上什么。小小的红石县城就有二十几家银行，随便一家，你欠它五分钱，五年后滚雪球就是将近七百块钱，但储户存五分钱，要想让它变成七百块钱需要从战国到现在。

这是我回到家乡时听到的最鲜活的时事新闻。社会日新月异，连小城人的思想都发生了改变。马馆长的能量不可小觑，他带着我找有关部门，说到作品和为人大家都说好，为家乡人争了光，争相跟我叙旧或者请我吃饭，但是提到安置两位老人，特别是提及老人替父守灵，都说这个问题比较特殊。烈士陵园需不需要个人守护他们也说不准。再说我父母的组织关系、人事关系、户口都不在本地，这事涉及民政、人事、组织、文化、城建、老干局诸多部门，谁也不好表态。

我开着车沮丧地在满是泥泞的县城奔跑，竟没有得到一个明确的答复。好多单位的人都关了门回家忙秋了。马馆长调侃说“三秋没有一夏忙，三夏没有一秋长”，这就是小城的效率和节奏。我老父老母都年逾古稀了，谁敢表态让他们留下？这要是身体不适，哪个担待得起？他提议倒不如私下解决。当初建抗日沟景区的时候县上搭了几座简易房，还没有拆掉，不如他派人打扫出来让两位老人住进去。

“何老弟，咱可先立个君子协定，这事不是我答应的，老人出了什么问题你也不能找我。如果有人问起来，咱俩统一口径，就说是当年的于县长、如今的于市长亲口过问的。我想谁也没闲心跑到省城当面问他。”

这的确是个好主意！我心里一块石头落了地。急着赶回招待所向二位老人报告，马馆长却一把拉住我，说县政府前门已经出不去了，李家三兄弟领着讨要工钱的人堵了大门。

“哪个李家？”

“还有谁？你大伯家的三个儿子！”马仁义一拍大腿说。

红石崖村谁不知道我大伯老实巴交，从来都是夹起尾巴来做人，但是自从我爷爷被扒出来后，他这几位后人风光得不得了啦！于阳当县长的时候欠了他们的钱，为了给新县长施压，他们把老婆孩子集合起来到县政府示威。

我抬腿就往前院走，想会会这几位兄弟。当年建抗日沟是我介绍他们去的，甭说这还是为了自家的老祖宗，就是为了烈士这钱也不该要。马馆长一把拉住我说，这其中的关系复杂着呢！不是单方面的，三兄弟领着人修城墙，人站上去没有几个就塌了，县里指责他们没有建设资质，又偷工减料，我兄弟却指责县里没诚意，项目款一分都没到位，连工资都是他卖了自家的猪垫付的。

“公说公有理，婆说婆有理。你根本无法断案，就是黑包公来了也得打道回府。”马馆长感慨地说。

看来我也只好躲着走了，从县政府后门溜之大吉。

我接上二老赶往红石岗，一路上马馆长牢骚不断。自从拍了那部电视剧红石岗就成了红色影视基地，很多剧组都联系来拍片，但花钱的剧组少，不少都拿着各级领导的手谕来，你不接待都不行。

于阳当初分管文化旅游，出手阔绰，除了陪吃陪喝还陪送，他走了都两年了，宣传部的账上还挂着一百多万，要地方领导一分一分地还。

“县里根本不敢往里投钱了，投钱也是打了水漂。留下几个看门人，完全靠门票收入过日子。我可说好，二老的工资我可是一分不发，权当作贡献了。”

我理解基层工作者的难处，工资之事我的确没想过，我正想回头跟父亲通通气，一直闭目养神的父亲突然睁开眼，对马馆长说：“有幸来替老人守灵就已经是功德无量了，我还有退休金，虽然不多，但是白拿了国家这么多年的钱，做些有意义的事也是应该的。”

“看看，这就是老军工战士的境界！”马馆长深感震撼地说。

他好多年都没听到过这样的慷慨陈词了，他每年到学校或是集会场所演讲，讲到当年革命烈士慷慨陈词或大义凛然的壮举，下面总是窃窃私语，怀疑他是杜撰的。谁会面对敌人的屠刀、不顾自己的性命而坚强淡定？马馆长说，听了我父亲这番话，相信这个世界上还有追求真理和正义的人，还有值得坚守的东西。

我带着父母去拜祭我的爷爷。整整三分之二个世纪过去了，他们父子竟以这样的方式相见。据说我小奶奶怀孕没有告诉我爷爷，我爷爷纯粹把跟小奶奶的交合当作一夜风流，然而不幸之万幸，成就了我们何氏家族，成就了我们这一支血脉。如果不是我何书盒、不是我儿子何文瑞，他还埋在这漫漫地下，说不定哪天这里遭遇一场史无前例的洪荒，那个威震红石岗、令日寇闻风丧胆的何大蛋将永远化为一阵轻风消失在这个世界。

抗日沟已经建得非常漂亮了，一条石砌的小道盘旋而上，两旁种植了冬青和一些不知名的花草。爷爷的坟在土坡的最高点，用整齐的青石垒砌，方形底座，圆形坟顶，庄严而大气。

我一步步拾级而上，除了墓前的石碑雕刻着爷爷的生平事迹，两旁还竖了许多块文字碑，都是社会各界名流题写的，有几块上赫然刻着全国有名的将军的名字。马仁义说那些都是我爷爷的生前好友,他们大多声名远播，然则都年事已高，不能亲自来悼念这位战友了，只能通过书法的形式表达自己的情怀。我被马馆长这种锲而不舍的精神和无私感动，然而，我大伯却不这么认为，他私下告诉我，马馆长打着修建纪念祠的名义侵吞了不少名人字画，这些画拿到市面上少说也值几百万。

几百万该是一个多大的数字？马馆长不过截留几幅名人字帖，这些字帖用过了就毫无价值了，但事实证明我的想法是幼稚的。当下名人字画的价值是随着身份和地位变化的，换言之，你有多大的官职就有多大的名气，这跟文学界的风气一样。

我站在爷爷的墓前，那些化成无价的碑石更加凸显了我爷爷的伟大，这岂不是一种笑话？！躺在地里的爷爷也许想不到，他生前一文不名，死后却能为他人换来这么大的利益，这也是一种人生的哲学。

整理我爷爷的遗物时，工作人员曾疑惑他死的时候怎么没有腰带？一个独立团的团长是不可能提着裤子打仗的。后来考古人员在他腰部找了一些碳化的东西，他们分析，我爷爷可能是扎着草绳子打仗的。一个八路军的团长，腰里扎着草绳同鬼子进行肉搏，那该是何等的可笑、何等的壮烈、何等的令人肃然起敬！相比起当今有些人出门前呼后拥，穿着名牌衣裳，戴着名牌手表，是多大的反差。

但是，无论我发多少感慨，一如滚滚长江水东逝而去了，我只能望墓兴叹。而我的爸妈是第一次近距离靠近我爷爷，也许只有他们才能感觉到我爷爷的呼吸和脉搏。他俩摆上带来的供品，点燃香和纸，以中国人最传统、最古老的方式向着先人跪拜，献上他们最诚挚、最衷心的祝福。

但是我相信父亲的心里依然是空的，爷爷在他的心里只是一个影子、一个空洞的概念，他早已把他和那些耳濡目染的英雄人物摆在一起。

一名工作人员见我爷爷的坟墓前燃起了火，匆匆跑来训斥说这里是不让点火的，他掏出罚款单要罚款。

这才是一家人不认一家人了！我四处寻找马馆长，这会儿他不知到哪里去了。我问那位管理员要罚多少款，管理员上下打量，确定我们不是当地人后说："看你们都是大城市来的，就不按规定了，少罚一点吧！"说着，他伸出两个手指头。

我觉得这人挺龌龊，眼挺尖，他居然一眼就看出我们不是本地人。

我问他是怎么看出来的，管理人员不耐烦起来，说这傻瓜都能看出来，接着说道："三十年前戴金耳环的基本都是城里人，三十年后戴金耳环的基本都是乡下人；三十年前穿涤纶布的都是富人，穿棉布的是穷人；三十年后穿涤纶布的都是穷人，穿棉布的是富人。"

这人说得一套一套的。这年头民谣满天飞，还有："三十年前乡下人往城里跑，三十年后城里人往乡下跑；三十年前城里人擦屁股用纸、乡下人用土坷垃，三十年后城里人擦嘴用纸、乡下人用纸擦屁股……"

在自家先人坟前烧点儿纸居然也会被罚款，我决定不交。正在僵持，马仁义从石头后面跑出来了，原来他去大便了，也不担心会冲了神灵。他恶狠狠地骂道："二子，你罚款罚上瘾了！上次罚于市长我还记着呢！这次老账新账一起算，从明天起你就被开除了，卷铺盖滚蛋！"

马仁义的脸色铁青。我感觉这个处罚有点儿重了，何必砸了人家的饭碗，但马仁义愤怒中透着不容置疑。这人是一名领导的亲戚，经常仗势欺人，但领导上个月退二线了，再胡闹没人买他的账，他早有开除此人的打算。

他说刚才派人打扫空房了，一个小时后两位老人即可入住。

我父母从此住进了抗日沟，住到了我爷爷的眼皮子底下。老两口儿粗茶淡饭，完全是出家人的味道。每天早早起来，我父亲先到他父亲的坟头打扫一遍卫生，用清水擦拭一遍石碑，然后就趁着泥土湿润在周边种花养草。员工们听说他俩的身世，都对他们敬佩有加。有去县城的车和人，就帮他们打油称盐，日子过得倒也安然。

只有一样心事未解，那就是他们的到来挤走了那个罚款的人。马馆长解释，一个萝卜一个窝，我父母来就得有人走。好在我父亲不拿政府的工资，这减轻了他们的负担。陵园连绿化钱都没有了，我父亲把所有的退休金都拿来买了树苗，栽得满坡郁郁葱葱。

我打算最多一年就接他们回去，那时候回迁房就部分地建好了，马仁义应酬地打着哈哈："再说吧，再说吧！二位老人在这里住得非常习惯，也非常受欢迎！"

三兄弟到县政府闹事，我溜出后门跟着马仁义去红石岗，实则错过了一件惊天动地的大事。

当时我大伯的三个儿子领着一百多号人去政府讨要工钱，为了营造声势把村里的老娘儿们和孩子都喊上了。老三刚读初中的女儿金子那天没去上学，也在队伍里。这边声泪俱下地一喊，说家里穷得揭不开锅了、孩子穷得上不起学了，女人孩子那边便发出一阵哭天号地的嘈杂声。女人都是感性动物，也不知男人们是吓唬县上的，说再不给钱就跳楼，金子便一口气爬上了四楼楼顶。

金子在学校学习并不出色，但是山里孩子从小就在山道上跑，腿劲儿大，正准备报考县里的体校，听说没钱交学费，觉得前途没了，就纵身从楼顶上跳了下来，当时骨头就碎了，人送到医院就不行了。

金子是个好姑娘，见人总是笑，逢长辈叫得人心里发痒。这么好的闺女死了，红石崖全体村民都到县里助阵。县里也的确有难处，省里正在审计大桥工地的资金问题，担心后院失火，想来想去，维稳是压倒一切的大事，决定答应村民提出的条件。

我三哥提出的条件也简单，一是连本带息还工钱，二是金子是为乡亲们死的，要追认为烈士。头一个条件还好答应，先把文化中心停下来，保证资金到位；但第二个条件实在牵强，当烈士有条件，不是随便一说就行的。

乡亲们见县里不答应，就抬了尸体到县城去闹，把大街都堵了，公安局还出动了警察，事情也僵持下来。还是马仁义有心机，说抗日沟当初并不在民政部门的管辖之中，那里设有一个灵堂，主要安置县里的公职人员，对外也称烈士纪念堂，何不就把金子的骨灰盒安放在那里。

就在父母亲入住抗日沟后不久，金子的骨灰盒也被安置到了那里。我父亲对我大伯家老三印象不好，那天当他抱着闺女的遗像跪到我老爷子面前的时候，吓了我父亲一跳。老三用手甩了一把鼻涕说："叔，从今往后，我们家老的少的，全都倚仗你了！”

母亲从那天起就生了心病，因为每天一打开烈士纪念堂，就会看到金子年轻微笑的面孔，她总是莫名其妙地害怕。她对我父亲说，伺候老公公没有感觉到什么，她是何家的媳妇，应该为老人尽孝，但是她不能面对那么年轻的生命，而且他不是何家的人。

金子姓李，骨子里却分明流的是何家的血，她那么年轻就鲁莽地走了，母亲痛惜这个年轻的生命毋宁说是痛惜这一家人的愚蠢更确切。再多的钱也换不回一条人命。她埋怨这都是我大伯的错，他在当初选择放弃何家时就选择放弃了何家人的血统。

从那时起母亲不再去为金子打扫灵位，这让她内心充满了矛盾，每次她都是越过金子的遗像去其他的地方清扫，但是金子的眼睛似乎会说话，她走到哪里她就盯到哪里，不久我母亲就痛苦地病倒了。

母亲总是傍晚发烧，却查不出什么病来。先是在县医院住了几天，然后我便把她接到了省城的医院。医生说她得了肝硬化腹水。我父亲非常内疚，认为这是自己的责任，他不该带她到我爷爷的墓前守灵，那里阴气太重了。但我母亲坚持她的选择是对的，她生是何家人、死是何家鬼，既然当初选择了和我父亲同生共死，她就无怨无悔。

母亲病情愈来愈重，后来需要每天输人血蛋白维持生命，一瓶蛋白的价格是我两个月的工资，当母亲输到一个星期的时候全家的存款就告急了。

在医药费这个问题上，母亲的优越感终于被父亲彻底打败了。她没有公费医疗待遇。原先父亲的单位报销一半，但是后来有一天突然取消了，我只能到处借钱给她治病，从同事那里借点儿，从唐方那里借点儿。好在庄宝盒送来了三万块钱，他说这是替小美存的结婚钱，他从小美十六岁就每年为她存一万块钱。牛金岭也不知道从哪里得到的消息，她没进病房，把五千块钱留在了护士站，对那个不明真相的护士说得病的是她婆婆。

护士在转递给我钱的时候充满了好奇，她从没有听说我有牛金岭这么个媳妇。我只能撒谎说是口误，她看到我母亲想起了她的婆婆，但这个解释显然漏洞百出。后来唐方给院长打了个电话，说我母亲是她的一个亲戚，来了好几个医生把我母亲接进了高干病房。

我母亲担心掏不起医药费，倒是我坚定信心，无论花多少钱都要让母亲接受最好的治疗，我甚至考虑把我家的安置房做抵押。庄宝盒没好气地说：“摊上你这样的朋友才是扫兴，你这是置我于不仁不义之中。我答应不答应都他妈的是王八蛋！”

我回敬他：“你他妈的早就是王八蛋了！”

我母亲在医生精心的治疗下病情有了明显好转，有一天她突发奇想，让我用车载着她去工地看看。那里已经是一片楼群林立的景象了，只是还没有人入住，显得非常冷清。那天很巧，于市长正带领有关部门视察，他指着工地对众人说：“我们就是要让人们过上幸福的生活，这是我们作为政府领导的为民宗旨。”

庄宝盒矜持地说：“如果资金不出问题，首批回迁户差不多就住进去了。”他指着轮椅上我的母亲说：“这位是我朋友的母亲，都等得不耐烦了，亲自过来看！”

于市长感动地跑过去拉起我母亲无力的手，对着电视记者伸过来的镜头说：“老人家，人民的需求就是我们的动力！我们一定让您老人家尽快住进又宽敞、又明亮的新房子里。”

回到病房母亲就不行了。墙上电视机正播放着于市长视察工地拉着我母亲的手开怀大笑的画面，但病床上她的笑容永远定格在那一刻。

母亲离世的时候父亲并不在身边，这对相濡以沫了半个世纪的夫妻，生死离别之时竟然没能见上一面。

我父亲没有回省城是因为红石岗正举办一个大型纪念活动，届时将有重要人物出席。县里策划要在几十公里的山沟两侧竖起大型广告牌，要图文并茂，突出红石岗的红色氛围。

算来算去也没有多少优秀剧目能入法眼，我那部片子傲视群雄。于是，马仁义就把其中的经典镜头一一圈画出来，让广告公司来制作海报。

但是在费用上却分歧非常大，县里顶多拨款二十万，还是事后结算。那时候马馆长已经晋升为县文化局的局长了，酒足饭饱，那个满脸大胡子的男人随随便便伸出一个手指头，马馆长傻了眼：“十万？乖乖，这可是我文化系统全年的办公费用。”

大胡子冷笑一声：“我说过十万了吗？”

年轻貌美的女助理笑吟吟地说：“马局长，十万块钱连设计费都不够，这事也不能让您白忙活，这十万是胡总给您的提成，连材料带设备加起来少说也得一百万。”

双方谈判未果。马局长尽管也不是初涉江湖，小吃小喝打白条、摸完小姐赖账的事都干过，但是一次给他十万劳务费还是头一次，这些钱完全可以在县城盖座三层小楼。谈判后三天他拿筷子手总是抖，小便的时候连鸡巴都缩进了蛋壳里，尿了自己一腿。

这时候我爸爸挺身而出，自告奋勇，所有的宣传画由他来画。

“不就是六七十年代的电影海报吗？当年在工厂的时候，每逢节庆日我都参加布展，画个海报轻车熟路。”

马仁义惊得差点从椅子上跳起来，结结巴巴地说：“前辈，你竟然还会这一手？”

我父亲矜持地笑着，站起身来到桌子边。桌子上摆着笔和纸，他几笔就勾勒了一树竹子，然后用纯正的欧体在旁边提上一首诗：“未出土时先有节，到凌云处也虚心。”

这真把马局长镇住了，连连感慨有眼无珠。他见过大家现场作画写字，但没有一个如此收放自如，运笔从容。其实我父亲并没有全部展现他的功力，只使出了七分，如果老马知道父亲横着也能写出龙飞凤舞的大字来，知道他画过的油画几十米高、耸立在山坡上已经是当地的标志物，一定惊得尿不出尿来。

我父亲从此日夜伏在画布上作画，累了就在床上躺一躺。但依他的年龄如此繁重的劳动显然已经超负荷了，每每躺下关节都嘎嘎作响，疼痛使他夜不能寐。马馆长看不下去了，到小酒坊里打上十斤高度酒，从中药房买了几片中成药，送给他，劝他说：“老爷子，晚上睡觉前喝上二两酒，这样恢复过来得快！”

但我父亲固执地摇摇手，从年轻他就滴酒不沾。

父亲年龄越大性格越偏执，他固执地认为画这些东西是在帮我和爷爷、是在帮何家，向世人展示对国家的贡献。他经常套用拿破仑的那句话，“不想当将军的士兵不是好士兵”，擅自改成：“不为国家作贡献的国民也不是好国民。”

他盼着那位不久即来这里视察的大人物，无意中见到这些彰显着爱国情怀和舍生取义般意境的宣传画，会记住何达旦，会问起那个写出如此恢宏电视剧的作者是谁，如果再顺便问到画这些宣传画的人是谁，那该是何等荣耀的事！

从某种程度上说我父亲不单单是在为他的父亲尽孝，也是在为他的儿子尽义务，为自己尽责任。

然而，我父亲终也没有看到他的成果在家乡大放异彩，母亲去世后的第二天我就接他回了省城。

他没有去殡仪馆送我母亲，只是从脖子上解下围巾递给我。这块围巾我熟悉，他每逢重大节日或照相的时候就戴在脖子上。我粗心在于从来没有意识到这条围巾和母亲有什么关系，也从来没有注意到他为什么除了夏天之外其他季节一直都戴在脖子上。我对父亲的关注太少了，我忽略了很多生活中的细节。

父亲对我说这条围巾当初是我妈妈给他买的。她买回来是一条灰色的，我父亲不喜欢灰色，就瞒着她去百货商店换回了条咖啡色的。我母亲很不高兴，又跑回去换，可是她去晚了，父亲退回去的那条被别人买走了。

当时买灰色围巾的是位女性，她出了百货商店就围到了脖子上，我母亲看到了就气呼呼地回来质问我爸为什么把她买的围巾换给了别人？这个人我母亲认识，是我爸爸一个挺要好的女同事。我父亲有口难辩，憋在心里几十年。

母亲火化那天我把围巾戴到她的脖子上，我对母亲说，其实这条围巾爸爸从来没跟人换过。那年他上街的时候碰到了美丽的女同事，对方也确实喜欢这条围巾，但他坚持要退回柜台，让她自己掏钱买，以免产生误会。父亲没有想到，夫妻间的心结竟然系了这么久。他悲伤地说："你就告诉你妈妈，我不去送她了！我怕见到她的样子，那样我会记一辈子！有这条围巾护着她，走到哪里都不冷。"

我理解父亲的心情并尊重他的决定，我送母亲归西的时候天降大雨，天气十分寒冷，妈妈围着父亲给她的围巾，脸色红润安详。围巾已经十分破旧了，穗子都抽开了，还用针线修补过，上面隐隐有父亲的气息。围巾软软的，这样无论她走多远都会感觉到父亲陪伴在身边。

我怕母亲去西天的路上会寂寞，帮她带去一样东西，这就是爸爸当年送给她的书《勇敢》。这套书一直陈列在我的书架上。我选了其中一本作为她随葬的物品，其余留作纪念。

那套少了一册的图书有一种残缺之美。

人有两大生存难题，一是生，二是死。

当年小雷子就曾经以我儿子的身份抱怨说，一个生灵的再生是不容易的，他首先要先过阴曹地府这一关，其次还要喝忘情水，洗过大脑。他还要面临着多少次生死判官的考问才能拿到重生的机会。

但是，即使是这来之不易的机会，还可能面临人世间的再次考问。他为什么要生，或者问他生下来会保证成为一个优秀的国民？小雷子曾抱怨说，他早就可以重新投胎的，却因为到处都实行人口限制而耽误了很多的时间、花费了许多精力。

过去的时候，人的生死过多地依靠自生自灭，大家并没有感到有什么特别之处，现在则不同了，生不容易，要在你还没有成为人形之前就先要熟读法律法规,不然你就可能成为黑户口或者成为无国籍游民。死也更不容易，法律限制了你的种种死法，重要的是即使你死后，那些前世的身份、籍贯、职业、经济条件都决定了你重于泰山还是轻于鸿毛，该埋在哪里或怎么埋。

我母亲死后就遇到了很大的难题，她本来可以埋到城市提供的公共墓地里，但是随着老龄化社会的逼近，死的人太多、太快了，或者说指定埋人的地方太少了，我在母亲弥留之际刚刚看好的墓地，第二天就涨价了。一位殉情而死的年轻女人骨灰先行到达墓地一个小时，她的老情人为了尽快地掩盖私情或者说尽快平息绯闻对看陵人说不管出多少钱都行。

我只能抱着母亲的骨灰盒临时安放到暂存处，那里的头儿我认识，当年我曾在这块墓地拍过一场戏，作为答谢我在电视剧结尾的字幕上打上这家公墓的名字，这为他拉来不少客户。电视新闻里曾出现过一条令人啼笑皆非的新闻,说“某某公墓做好人性化服务,吸引了外地的死人纷纷前来火化”。

在母亲埋在哪里的问题上我也跟父亲商量过。我母亲的家跟父亲隔着一座山。如今她老人家死了，理应埋进家乡的祖茔里。但是村里人不同意，说我母亲户口不在家，就是何家的人也不能埋。

我曾打电话找红石崖村的老支书，他为难地表示无能为力。先不说红石崖村从来没有客死他乡的人回家安葬的先例，就是有那也是土地承包以前归生产队所有的时候，现在村里的地都承包了，没人愿意自家地埋别家的人。

我也曾找大伯家三个兄弟打听，老大说这些都是表面文章，实际是村委把地卖给了开发公司。开发公司要在红石崖搞绿色生态基地，合同都签好了。村委班子三年一届，得了不少好处，谁还管这些闲事。老大说我小奶奶的坟还有其他村民的祖坟早就被推土机推平了，只等村民的怨声一平息这家公司就驻进去。

我没有把这个消息告诉父亲，我怕他承受不起这样的打击，也鞭长莫及，管不了这么遥远地方的事，只能力所能及地把两位老人安顿好。

那段日子我无暇顾及庄宝盒，他频频在电视台和各种演出场合露面，赞助的内容从女性生殖健康到男女接吻大赛，再到香港明星的铁裆功比武，比比皆是。听周愚公说铁裆功比武已成为招牌节目，隔三岔五的在生殖中心举行。每次活动会场都被严密封锁起来，凭贵宾证出席。一个男人全身赤裸，在巨大的灯光下用他硕大的生殖器挑起满满一桶水，在水桶达到极致的时候，邀请来的富婆们高声尖叫，纷纷往台上扔支票、扔乳罩，有人甚至把内裤都扔了上去。

父亲的房子已经不是我们的了，我把它抵押给了庄宝盒。但这只是口头的协定，在第一批回迁房正式张榜的时候，我还是看到了父亲的名字。我问他为什么？庄宝盒不动声色地说："我没说是你的！那是我特意留给何叔叔的，那幢房子记在我的名下，我让他住到老的那一天然后就收回。"

尽管这样我还是十分感谢他，他让我父亲有了一个安享晚年的空间，有了一个寄托。我也能像过去那样下了班就回到家里去。尽管这个家没有了母亲变得冷冷清清，但毕竟他能为我们父子遮风挡雨。我父亲每天都站在阳台上朝着这座城市的中心瞭望。我们住在十六楼，在他的脚下每天都有许多老人在徘徊，他们羡慕先住进新家的人，逢人就打听接下来的房子什么时候盖好？

小文终于漂洋过海回来了，但他只在家住了三天就说要去南方见同学。他同学什么样、是男是女没有说。随着年龄的增长，小文越来越不爱说话了，常常我问一句他答一句，有时候问也不说，只是皱着眉头说："爸，你整天打听来打听去的烦不烦？我也不是小孩子了，一句话两句话跟你说不清楚。"

他对爷爷还是充满了尊重，但仅限于此。那天他陪着爷爷去存放奶奶骨灰盒的地方祭扫，回来后情绪低落，他感觉奶奶不适合那个地方。

"你还是把奶奶埋了吧！随便找座山、找片地，中国人讲究入土为安。"

我不知道这是不是儿子的思想，也许还是那个小雷子在替他拿主意，但是儿子的话无疑是对的。我时常做噩梦，梦到母亲在野外徘徊，我该想个法子把母亲埋到地里去。

我父亲回来情绪也不稳定，他反复问人为什么会来这个世上，没有多少生的乐趣反而平添了这么多的痛苦。他说如果有来生，他一定不会托生成人，他会变成一棵没有大脑的树，永远成为人生的风景线。

小文第三天果然走了，对方给他买的机票。临走前的晚上他才告诉我，他要到米国去了，有人供他读博士。我问那是一个什么样的人，他有多少钱？儿子说："实话告诉你吧！她是一个有钱人的干女儿，她干爹送她到国外留洋。她想有自己的生活，陪我到米国去读书。说好了，等我读完了书，想跟她结婚就娶她，不想娶她也无所谓。”

我惊诧小文的这种选择。我告诉儿子，我们何家就他这么一根独苗，为了培养他成才我倾尽全力。小文说：“正是不忍心你为我牺牲了那么多我才这样做，等我有了钱会报答你的！我只是有些不理解你和爷爷，你们在这个世界上一无所有，为什么还如此迷恋这片土地？”

这是我爷爷用生命打下来的江山，这块土地上流淌着他的热血和梦想。我们生活在自己的国家扬眉吐气，不受任何奴役和压迫。我想说服儿子，搜肠刮肚地找了不少词汇，但我最终感觉苍白没有开口。

不过我还是感觉到小文已经从我的脸上读到了全部的内容，他冷笑，笑我又是那些空洞的说教。我获奖的电视剧他看过了，里面的人物全都是那个时代的台词。他脑子里时常有两种声音：一个是自己的，一个是小雷子的；那个小雷子永远都用跟我一个样的腔调说话。他相信小雷子是真诚的但是隐藏着虚伪的东西。另一个就是自己，说话是虚伪的但隐含着真诚。

我问儿子，我听不明白怎么会真诚中隐含着虚伪、虚伪中又隐含着真诚？小文说，他也说不好，但可以举个例子，有一年他到莎士比亚的故乡参观，亲身站在他曾演出过的舞台上，突然觉得我的台词是那么空洞无物，是那么虚无缥缈，而异国的语言里充满了人性的气息，充满身为本族的自豪与幸运，这点我们和他们永远不同，永远感受不到。

我不知道儿子的这些思想源于何时又能止于何时，我只是感觉他正脱离我的视野，变得陌生而且偏执，但是我无力说服他。

我有时候也困惑，每当写那些英雄人物时总是和现实合不上拍子。我写他们的伟大、无私与无畏，可是和现实生活又隔得那么遥远，远到成了两个分裂的世界、两个割裂的人的思想。我无法把过去和现在联系起来，或者我无法从现实中找到答案。我爷爷那一代人曾无数次幻想建设美好的新世界，这个世界没有压迫、没有阶级、没有剥削，人人平等，而一梦醒来他们的所有努力都化为泡影，人人都抛弃了信念和理想，破坏了所有的文化和价值，只为活着而活着。

活着，苟延残喘成为我们唯一的形态，这让我不寒而栗。我不知道今天安然地睡下明天是否会安然地醒来。

我没有到机场去送小文，他大了，儿子只是概念上的称谓。这犹如细胞的裂变，由一个变为两个、变为多个。生命体以不可遏制的力量迅速占领这个世界，连科学家也把握不住会终极变成个什么样子。

小文的身体里虽然流着我的血，但他在新环境下裂变成了另类。

日子突然变得清闲下来。

父亲一个人住在那幢房子里，虽说很孤独但是可以忍受，倒是我不愿意下班就回到家里去。尽管我也知道，作为儿子有责任多陪他，但是我还是愿意下班后找个小酒馆，喝杯酒暖一暖心情。

那段日子唐方也有意冷落我，我听说她又和杨革文走得很近。杨革文升任省委秘书长最终只是一个谣言，他已经彻底从一线退下来了，当了什么顾问委员会的委员。他发表了一篇轰动政坛的调查报告，直指于市长城建项目的软肋。这份报告指出，这些年来政府把大量资金都投入到市政建设上，修公路、建社区、竖地标性建筑，但唯独在城市公益墓地方面没投入一分钱。

他这个调查报告犹如一发出膛的炮弹在这个城市引发了巨大的震动。有人认为这是两个男人因为争一个女人而结仇的结果，也有人认为于市长风头正盛，杨革文完全没有机会。

但是我深感缺少公益墓地之苦，我的老妈至今没有栖身之地。我决定帮杨革文一把，打赢这场嘴巴官司。我详细读了他的调查报告，觉得他这一发炮弹正打在于市长的要害部位，有可能引发这个城市人们的不满，进而影响到于阳的仕途。

我打电话给丁凡，说服他做一期节目，发动市民讨论这份调查报告。丁凡欠我个人情或者说他心里有鬼，满口应了下来。不久他就打电话来说安排好了一切。我不出面，但我负责把握全局。

正方观点：

这个城市无限快速扩张，已经把附近许多区县都划进来了。中国城市有自身的特点，是以一种城乡结合的独特形式存在的，因此许多乡下都能埋人，建公益性墓地根本没有必要，至少在这之前没有必要。

反方观点：

正因为城市快速的扩张，大量吞并了乡下的土地，农民变得流离失所。他们不属于城市也不属于乡村，成了一群生活在夹缝中的人。另外，许多因为变革而失去工作、失去身份的人，政府应该舍得花钱建墓地，而不是用大量的钱建设大而空的市政工程。

舌战迅速上演，现场辩论不断升温。很快，省城的各大报纸都加入进来，变成了一场全民大论战。

支持者认为涉及民生的投入少之又少。全市的商业性墓地有十几处，然而作为有指导和引领意义的公益性墓地却一处也没有。反对者认为这是有人故意用民生压发展，发展中的城市不是万能的，总要有个循序渐进的过程。

这场舌战最终两败俱伤，于市长因为忽视对民生的投入而备受老百姓的责骂，即使他正式当选市长，晋升市委书记也会因此受到影响。杨革文也因为抨击时政而受到指责，人们认为他不甘心退下来，借风扬尘，咄咄逼人。

唐方打电话找我，想跟我谈谈那场辩论会。我觉得自己还是不暴露好，因为无论我向着谁都有可能被理解成故意挑拨离间。她却在电话那头笑了，说："我也没有怪你的意思，既然是两个失宠男人之间的战争，跟你我有什么关系？"

这话让我丈二和尚摸不着头脑，辩论是我挑起来的，电视辩论会也是我找人开的，唐方却说跟我没有关系。见面的时候我问她为什么这么说，唐方坚持说没有关系就是没有关系，在我做事之前其实杨革文和于阳就已经公开较量了。他俩的较量可以追溯到她刚刚大学毕业的时候，而我不过是添油加醋把两人的较量娱乐化、大众化了。

她洗了澡，浑身散发着香气，穿着漂亮的睡衣，懒洋洋地半躺在沙发上问："你怎么看这个结果？"

我说会两败俱伤！唐方悠悠地欣赏着自己的手指说："你怎么就认为他们会两败俱伤？说不定是双赢！"

我哈哈大笑起来："怎么会是双赢？你看他们台上相视而笑台下动拳脚的样子，有双赢的希望吗？"

唐方说："你看到的都是表象，如果向你透露个最新的消息，你一定非常吃惊。于阳已在杨革文的陪同下到野狼沟视察去了，那里有座废弃的兵工厂，那是一块国有土地，于阳同意把所有的旧厂房推倒，兴建一座大型的、现代化的公益性墓地。"

兵工厂……野狼沟？

那不正是我工作生活过的地方吗？我两年前还路过那里，虽然进山的道路已被洪水冲毁、房屋也大多遭到当地老百姓侵占，但是许多厂房仍在，时代的痕迹仍在，甚至当年会战的标语都完整地保存着。最初我知道那里成了爱国主义教育基地，然而一夜间又变成了大型公益性公墓的选址。

这会儿唐方得意了，她咯咯地笑着说："怎么不说话了？我好像记得你说过，你当年就是从那里走出来的。你以一部短篇小说勇闯这座城市，你的勇敢精神完全可以写成自传小说。”

我恶狠狠地说：“唐方，你不要幸灾乐祸！我的出身与我们的谈话无关，我们现在谈的是你与那两个男人的事！”

唐方并不在意，说：“不是两个男人，是三个男人！你后来者居上。我现在已经对他们不感兴趣，唯一感兴趣的是你！”

她挑衅地瞪着我。我清楚，在她面前我永远是一个失败者，连抗争的勇气都没有。

她看我沮丧了面孔，就换了一副温柔的口气说：“好了，不要逞强了，我们接下来就谈谈你的事。你家老母亲走了，我也十分痛心。但是人的生死天注定，我们都左右不了。唯一要做的就是处理好她的后事。”

我冷笑地说：“我能吗？到现在我母亲还在这个城市的大街上游荡，灵魂无所归依。”

唐方打了个冷战，双手下意识地抱住肩，说：“不要说得那么吓人，我拿到了这个项目的合作协议。我不是投资商，而是以策划商和营销商的身份加盟的。第一件事就是给你母亲预留了一块墓地。位置你自己挑，你挑不好，就让你家老爷子挑，那可是他生活和战斗过的地方，一定会喜欢。”

我不知道该感谢还是该咒骂唐方，她帮了我，但是又触痛了我敏感的神经，接下来触碰的可能就是我父亲的心理底线。我不知道他能不能接受唐方这个好意。

我言不由衷地说：“唐方，你可真恶毒！”

这话显然让唐方不满，她愠怒地回答我：“你不要狗咬吕洞宾！作为男人你是成功的，但作为儿子你又是失败的。现在的人多么实惠，唯独你还生活在理想世界里！”

她的话直中我要害，不经意就撕破了我的伪装，正如她所说的我是一个理想主义者,不切实际且容易回想过去。父亲教我怎么做一个有道德的人，母亲教我怎么做一个善良的人，因此我一直按他们的要求锤炼自己。但是，每天把自己置于道德的高坡上使我伤痕累累、无比沉重。我每天醒来就想着做个好人，写出褒扬这个时代的好作品，但是现实却总给我留下许多无奈甚至污渍斑斑。

我不知道怎么感谢她，我不会让父亲去他生活和战斗过的地方选这块墓地的。但是，这何尝不是我母亲最好的归宿？何尝不是我解脱心灵之痛的最好选择？作为她的儿子，只要母亲的灵魂一天居无定所我就会愧疚和不安。我应该感激唐方，感激她拯救了我的灵魂。

唐方说如果我有时间可以陪她一起去趟野狼沟，她发起了一个由大学生参与的志愿者活动，作为这个组织的临时会长，两天后她要亲临现场。尽管我内心有一百个不情愿，但是我还是经不起这个诱惑。

我决定先不告诉父亲，他一直怀念野狼沟、怀念那段光辉的岁月，如果我冒失地告诉他，他曾流血流汗建设的地方、他毕生以为荣耀的地方竟然变成了一座公墓，他一定接受不了。

晚上我比往日早一个小时回家，做了两个小菜，到街口买了他最爱吃的油炸花生米。我告诉他明天要到外地去，为母亲选一块墓地，这样无论是作为丈夫的他、还是作为儿子的我都心安理得了。父亲呷了一口酒，用筷子夹了一颗花生米搁在嘴里，细嚼慢咽了一会儿，才反过筷子来敲打着我的脑门说："书盒子啊书盒子！你白在这个世界上活了四十多年，还没学会撒谎，心里想什么都写在脸上。"

我只好承认要去的这个地方在野狼沟。

"野狼沟……"父亲的脸上呈现出痴迷的神情，说不上是高兴还是难过，他所有的想法完全被酒晕遮住了，他喃喃道："既然家乡不愿意再收留我这个游子，既然自己不属于这座城市，那么回到我生活和战斗过的地方至少也是一种不错的选择。"

我开车重回野狼沟，有一种恍如隔世的感觉。

不知何时山区已开通了高速公路。过去进城少说也要奔波十几个小时，现在只需要三个小时的车程；过去省城只是一个遥远的概念，而现在却能朝发夕至，远在省城的开发商也能把公墓建到遥远的大山里来了。

唐方对此不屑一顾，互联网和全球经济一体化使地球变成了村子。有钱的中国人可以煲好早饭包机送到米国孩子的手上。距离只是一种相对的尺度。

我承认距离有时就是相对的，今天我用了三个小时就赶了过来，而在过去的日子我却整整走了二十年。

深秋的野狼沟已经略显沧桑，绿色不再那么鲜嫩，仿佛褪尽了颜色的油画。远处的鹰愁峰在阳光下泛着淡淡的青色，它脚下的灵依河依旧激流奔腾。

路过露天电影院的时候看到那堵石墙还在，只是比记忆中矮小和邋遢了。父亲画的油画已经改成商品广告，画面是一个日本女星习惯性地微笑着注视每个进山的人。当年军工厂的宿舍大多还在，因为全是石头修筑的非常结实，空无一人。当地的农人在那里放牧和避风，周围散落着许多牲畜的粪便。

我有意把车子停在当年老庄死的路边，向着当年老庄躺着的地方行注目礼，唐方对此非常不理解，拐过前面的山脚就到达目的地了，我却停了车。我幽幽地说我在祭奠一个屈死的亡灵。

唐方心头掠过一丝阴霾，她抖抖肩突然感到膀胱不舒服。前面就是修建中的陵园了，那里肯定有高档厕所，上完厕所还会有吹洗设备帮着吹洗干屁股，但她还是坚持不住了，夹紧了双腿。我只好用手指了指那堵影视墙让她到那后面解决，她蹲下身泉水叮咚地尿了个畅快。

等她脸上挂上矜持的微笑，系好腰带重新坐回车上的时候，我才觉得应该告诉她二十多年前发生在这里的阴谋与爱情。当时那可是天大的事了！可是对于后人来说无非就是一句笑谈。时间是最好的滤尘器，昨天再大的事明天就成了小事。这也许是对老庄的最好祭奠，老庄已经在这里孤独徘徊了二十年。

我这个玩笑开得有点儿大，也有些恶毒，唐方吓得脸色发白，她嗔怒地指责我为什么不早告诉她，那样她就不会在那里小便了。我说比起你一泡尿来那不过都是些过眼烟云。她一言不发，直到登上主席台、被一群莘莘学子围在中央时仍然神情恍惚。唐方是无辜的，她的经历决定了她的单纯。她是从农村一步步考出来的，司空见惯的都是辛苦而勤劳的农民形象，一定想不到，在这个遥远而陌生的大山里还曾生活过这样一群人，还发生过这样惊悚的故事。

人总是困顿于自己的生活圈子，高估自己而低估了他人。其实，每个人都有着不平凡的生活经历，这促使我们心怀善意，更好地理解和尊重别人。

"看来，你和庄宝盒的关系的确非同一般！"她喃喃地说。

尚未竣工的陵园在厂生活区的东面，一山之隔。这里是野狼沟的正面，抬头即可看到鹰愁峰的山顶。父亲的动力车间就在进山门的地方，小时候我常到那里玩，趴在车间的窗口眺望山的影子。而今那里什么也没有了，换成了一幢青砖绿瓦的古式建筑。

陵园的牌坊下人头攒动，虽说上方高悬的匾额上雕刻着"静安"两个大字，但是这丝毫不影响大家热烈的情绪，所有到场嘉宾都谈笑风生。唐方被一群身穿五彩裙子的女生团团围住，她们的笑脸灿烂，使人联想起花开正艳的六月梅。

而深深吸引我的还是园内的建筑与雕塑。进门是一块高大的石头，上面刻着两句诗：“天国人去驾青鸾，尘世惋惜致酒膰。”稍后的空地上是一组佛像，由几十厘米高依次向园内纵深排列，头像也逐渐增大，最后一尊竟然高达三米。他们都是用巨石雕成的，或庄严肃穆、或神情安然，给生者以无限的想象空间，凡走进这座静安园的人无不从此步入一个平和的世界。

而站在路旁迎接客人的那些活的保安却个个神情威武，如果没有心理准备无论如何也不敢从他们面前慢步走过。我平时习惯性地见到政府门前的各类保安腿就打哆嗦，庄宝盒耻笑我这是犯了软骨病，但我坚信一个人跪得久了，他就不习惯站立走路了。我非常羡慕那些经常踏着红地毯、出入各类五星级宾馆或客串于各种场合的政客明星，他们挺着高贵的头颅，目光如炬、衣着光鲜，其内心一定无比强大。而我谦逊自卑、小心翼翼，生怕得罪人、生怕给自己惹来麻烦。

来之前我绝对没有想到这座公墓建设得如此之快，我已经完全找不到历史的痕迹了。

主席台搭建在公墓中央，过去这里是工厂唯一的平地，每年的战备生产拉练大会都在这里召开。每到那一天，这里就搭起偌大的台子，四周插满了红旗，迎风招展，工人们按车间顺序排队，席地而坐。那时候是按部队编制来划分的，一车间叫一连，二车间叫二连，动力车间叫动力连，依此类推。连以下则分成排、班和小组。

我爸最多当过排长。他坐在前排，头戴工作帽，身穿蓝色工作服，脖系白毛巾，神采飞扬。大喇叭里歌声阵阵，唱着《咱们工人有力量》。身穿整齐工装的工人们会此起彼伏地高喊着口号，豪气冲天地宣誓完成当年的任务，以实际行动支援亚非拉人民的抗美斗争。

而现在，这座舞台上面的横幅却是静安园的开工奠基仪式，省、市、县的官员都悉数到场，华丽的轿车摆满了整个山坡，从当年曾是敌对国的日本车到曾是友邦的米国车亲密地排在一起。我实在无法将这场景与当年画上等号，那时工人们为了早日让工厂投产，生产出第一批枪炮支援亚非拉人民的正义斗争，在山坡上搭起了无数顶帐篷。我父亲和母亲曾经在低矮的帐篷里栖身，他们幻想着有一个美好的未来。

满开花出现在主席台上，这让我心里泛起一丝失落。但是，过多地在意姓公还是姓私未免落伍了，存在就是合理的，所以满开花抓住了于市长、抓住了杨革文，杨革文又把唐方、庄宝盒置于麾下，这就形成了强大的合力，强大到能抵御一切。

我撇下唐方向静安园深处走去，我想一个人静静。放在过去，牛金岭一定会审问我，静静是谁，但唐方却不会问。

这里三面环山一面临水，大门修在北侧，两边的山上都修有高高的石墙。其实这些石头墙都不是现在修的，兵工厂刚建的时候就修起来了，主要是防止野兽出没，现在却用来防人进入。

过去，工厂按地势高低修建车间，现在则用路隔开，高处修有高档墓地，中间是中档墓地，最低档的在下面那片低洼处。

记得父亲当年曾参加抗洪，从山上冲下来的洪水经常水漫车间，工人们自发组织起来扛着沙包堵在门口，外面的人在抗洪，里面却灯火通明，丝毫不影响生产。

我站在高档区的空地上，这里安放的都是烈士或者具有一定身份的领导干部。每个死者墓前都立有高大的石碑甚至塑有雕像。大理石的碑面上记载着亡者的生平，读来让人感动。

我向中档区眺望，那里安葬的多是为公益事业献身的公职人员，至于百米开外的低档区才是安葬平民百姓的，他们的墓地比前两者小，石碑也是普通的石料，有的甚至卧在草地上。正如他们的人生，匍匐在前者的脚下卑微而且低下。这也许正是建设这座静安园的指导思想所在，人总是有差别的，世界永远没有公平的那一天。

我四处寻找着合适的地方，看把我母亲的骨灰盒安放在哪里。这在很大程度上要等唐方跟园里交涉。这里到处都是我的记忆，放到哪里对我来说都难以取舍。高处的那个地方是我父亲当年的车间所在，厂房高大，玻璃窗十分明亮；阳光每天透过窗子照进这座喧闹的车间，总感觉是那么的神圣。车间中间是一张张木制的工作台，台面涂着绿色的油漆，每每推开那扇大门走进去，吸吮着油漆的香气和润滑油淡淡的气息我都由衷地感到舒畅。我曾盼着自己快快长大，接父亲的班，成为这屋子的主人，现在看来只是荒唐一梦。

我又试着到处寻找初次和牛玉琴见面的地方，但现在它是一处公厕。公厕很好，便盆是进口的，带冲洗设备，我开玩笑说可以上完厕所接着冲洗干净屁股，现在看来一点不过分。空调轻微地响着，凉风习习，坐在这样洁白的便盆上，一边痛快地拉着大便一边打着手机调情该是何等惬意的事。

我不由得想起当年一个情节，父亲的学徒因为年龄大了迟迟分不到房子，趁着午饭时间把未婚妻约到车间，在工作台上完成了他们庄严的第一次。两人当然没有逃得过厂民兵小分队的抓捕。我父亲曾为他的爱徒据理力争，他说工厂就是我们的家，孩子在自己的家里发生点意外有什么大惊小怪。后来徒弟和对象都放出来了，在车间里举行了简单而热烈的婚礼。

如今一切都过去了，我庆幸没有带我父亲来，他如果亲临现场一定受不了，有太多太多的记忆冲撞着他脆弱的心灵。

当我在墓地徘徊感慨之时，唐方却在忙着为我母亲的“入住”办理手续。她终于在墓地的一角找到我，嗔怒地说找到我还真不容易。她替我在二区选好了一块双穴的墓地，这样足够安置我的父母。

“报名的人太多了，资源有限，晚一会儿就可能被别人抢了去。你现在就去签字，只有到了手才算是完成任务！”

我挤进报名处签字画押，等我在花名册上庄严地签下名字的时候，工作人员已经在清理现场了，还有很多人被关在门外。我长长地舒了一口气，四处去寻找唐方。我不知道该怎么感谢她，这个我并不看好的情人几乎为我父母铺好了所有去天国的道路。

我终于远远地看到了她，正站在一座墓碑前跟人说话。

那是个女人！但远远的我看不清她是谁，等我赶过去的时候她已经转身走了。凭着感觉我觉得那是梅卿，后来我从石碑上得到了印证，那正是她！我面前竖立的是她父亲的墓碑，我不知道她是否看见了我，跟唐方说了些什么，但显然她是有意避开我的，她离开的步子仓促而慌乱。

不得不说我过于自私，沉迷于自己的事务里竟然忽略了庄宝盒这位老朋友。我一直认为他这人精明强干、头脑灵活，用不着操心，没想到他却是处境困难。

他的困难在于以缚鸡之力去拼一头大象，结果让大象轻轻一甩鼻子就摔了个头破血流。他当初是给人看屁眼的，虽然这门手艺名声不好但是非常挣钱，后来他投身于生殖研究，这是门科学，虽然神秘但是也前途乌亮。试想人生下来吃喝拉撒睡，有哪一样比生殖这门功夫有意思？如今科学发展、社会进步，生殖的概念也发生了变化，生殖变成了娱乐，有谁跟娱乐过不去？有权有势有钱的都想方设法吸取欢乐，因此也就成就了这一个前景非常广阔的事业。谁知庄宝盒头脑一热，竟然也放弃了。

他放弃的主要原因是认识了满开花的前任女秘书，徐晓芸肯定向他灌输了不少一夜暴富的思想和事例。庄宝盒曾给我讲过徐晓芸的亲身经历，当年满开花进军房地产市场，为了贷款拿地把客请到了特区。在总统套间里，老板让那些漂亮的女人裸体躺到床上，在她们身上摆上百元的钞票，只要这些钱不掉下来，就统统归她们所有。女人们感动、惊讶、尖叫、抗争，然后争相脱衣躺下。只有徐晓芸目瞪口呆，满开花问她为什么不脱、为什么不躺下，躺下就可以得到比站着多十倍的钱。徐晓芸横下心，用颤抖的手解开了衣服，顺从地躺下了，客人在她身上摆下了一万、两万、三万……她一下子就得到了父母亲干一辈子都得不到的钱。

庄宝盒的职业决定了他阅人无数，他对大多的女人都抱着玩玩儿的思想，唯独对徐晓芸不一样。徐晓芸那天虽然得到了钱，但同时也受到了人生最大的屈辱，她被好几个男人玩弄，这是她坚持背叛满开花而投身庄宝盒的根本原因。男人睡女人，不单单睡她的身体，更重要的是要睡她的思想，用征服更恰当！这是庄宝盒的观点。

庄宝盒用钱和智慧征服了徐晓芸，也第一次体会到有家、有爱人的快乐与温馨。要养家糊口，庄宝盒决定铤而走险赚到更多的钱。而满开花无疑是他的榜样和目标，徐小姐既是他的帮手也是他的工具。他用生殖中心楼加设备抵押给不同的银行，借了很多钱，孤注一掷地把钱投在了“花开锦绣”项目上。然而在第一批回迁房交工之后，问题就显现出来了，满开花暗中抽走了资金，这边资金紧张只有靠庄宝盒再贷款。

“庄总你放心，我把利润再让你五个点，这样你就成了花开锦绣项目最大的股东。你如果还不相信我可以让于市长出面担保，关键时刻政府不会坐视不管。”

先不说五个点就是一亿资金，庄宝盒无力筹措，单就是到了工程的关键时期他突然撤出资金就值得怀疑。庄宝盒本打算咨询一下我的意见，但是徐晓芸坚决地挡住了他。她说看似风险实则也是一种机遇，只要筹到这笔资金，他赚到的利润远远要超过一亿。

庄宝盒悔就悔在一念之差，也想随便地在女人身上摆上一摞摞钞票。人有时候就是这么糊涂，就是在女人肚皮上摆上金子能有什么用呢？签署文件的第二天满开花就消失了。庄宝盒来到工地，等待他的是堵在门口要账的客户，那些期待已久的回迁户也闻讯而来，愤怒地聚集在空地上。他这才意识到自己是多么愚蠢。

他在保安奋力的保护下冲出人群，回到家看到搬家公司的人正在搬动那些红木家具。他拦下他们，气势汹汹地问为什么搬家里的东西。搬家公司的人回答他们也是受人之托，早就有人把这幢别墅抵押掉了，现在他手机也关掉了，人也找不到了，不搬东西封门能干什么？

庄宝盒试图强行闯进门去，去找他的产权证书，他记得保存在保险柜中。但他被一个汉子沉默地挡住了，他说："庄总，看在当年我落魄的时候你曾经给了我不错的工作，我不为难你。你穿的、用的可以带走，但保险柜和家具必须留下，否则我无法交差。"

庄宝盒知道大势已去，只好退一步，赔着笑脸说："这位兄弟，我问你一句话，你务必告诉我。这个用我房子做抵押的人是不是满开花，他带着我的钱去了哪里？"

男人说："不错，是满总！不过他不是一个人，还有徐晓芸，他用这部分钱资助他们娘儿俩去了澳洲。满总说，这无论如何是他睡过的女人，孩子也是他的骨肉。"

我一直认为人是要讲良心的，关键是坏事不能做绝，但现在那个满开花就做绝了。我也一直认为女人是靠不住的，现在的情况也证明了，她带着庄宝盒的钱跑了，跟着她的头一个男人。我还一直认为人的过度善良就是懦弱，庄宝盒对早就设好的陷阱缺乏足够的警惕，所以才造成今天这样不可挽回的局面。

他变得一无所有，变成了穷光蛋。

庄宝盒眼下最大的难关莫过于银行逼债和业主维权，用他的话说"后有追兵，前有阻截"。

这还是好的，问题严重在于市政府在进行了几次调解之后，没有看到希望，索性不管了，要把他交给司法解决，这就意味着庄宝盒要吃官司。他每次见我都是偷偷摸摸的，一天到晚戴着墨镜和大檐儿的帽子，走到街上从来都是竖着衣领，还要前后左右观望，简直就是反特片里的地下党。

那时候我已经很少见到小美了，偶尔在某个电视晚会上看到她，她或为伴舞或为礼仪小姐，我总是能从众多女性中一眼认出她来，不仅是凭着她婀娜的身姿而是凭着第六感。她总是能引起男人的注意，她似乎永远面带微笑，艳如一朵开得正美的鲜花。

无论站在哪个角度，我作为她的伯伯这样评述小美都是有失道德水准的。她是我朋友的女儿，是我前妻的亲外甥女，儿子的表姐；我是她的长辈，只能以一个长辈的眼光看待她。但是，受丁凡这个老男人的调教，小美变化显著。她在这个物欲横流的时代过早地成熟了，已完全适应并且游刃有余。

静安园活动上我见过小美，她是作为青年志愿者到场的，她青春洋溢的脸在一群男人们中间显得格外稚嫩。我跟她打招呼，想带她去她爷爷坟上看一看，但是小美拒绝了，她说很忙。正准备跟随着一个拍摄团队去西部，导演正筹拍一部反映二十世纪六七十年代军工的片子，这部剧本得到了社会的广泛认可。导演说她的家庭出身决定了她能更好地理解人物，因此决定特别录用她，接下来导演会带着她通过海选的方式在全国各地挑选女二号。

我不能说凡是导演都不是好东西，经常耍这种小把戏勾引一心上镜的女孩子，但是影视界不乏这类骗子。我说回头去会会那位导演，但是转眼就找不到她了。有人事后向我转达，她早就中途退场了。

看来小美并不需要我，或者那个导演不想跟我发生冲突。庄宝盒焦头烂额，根本无暇顾及女儿的事，我只能祈求小美，凭心智打败那些图谋不轨的男人。

庄宝盒却躲不过去了，他关掉了手机，断绝了所有和外面的联系，却无法摆脱心灵所承受的压力。某个深夜他敲开我的房门，说要在我家里躲几天。这大概是他在这个城市最后的城堡了。

我在客厅的地上铺了个席梦思垫子，对他说这是他作孽的结果，回迁户们的房屋面积大大地缩水了。老爷子占据了卧室的床，我们俩只好睡地铺。

在分别数年后我和庄宝盒又一次睡到一张床垫上。我们身体离得很近但心却隔得很远。我身不由己地劝他，这个世界绝没有做事一次就成功、一帆风顺的，即使是再艰难的现实也许峰回路转，睡一觉就柳暗花明了。庄宝盒苦笑地说："你不用安慰我，我做下的事我懂，这件事没有回旋的余地。我唯一能做到的就是能拖一天是一天，能躲一年是一年！"

筹钱的事我一窍不通，但我也不忍心看到他破产，不忍心看着每天望眼欲穿地盼着能住上新房子的老人们在那里转。庄宝盒倒并不担心这些人会无家可归，凭他的经验，如果真到了无法收拾的地步政府总会出面，也会最终把房子盖起来。他们只是想等一等、挤一挤，看开发商的身上到底还有多少油水。

"这么说，你真打算放弃了？"我最后一次问他。

他在黑暗中没有回答，盯着天花板，许久才说：“我已经破产了，身无分文，连银行的账号都被查封了，手机都被监听了，我能怎么办？如果不是你收留我，我都无家可归了。”

我说可以动员老爷子搬出去住，把这套房子还给他，他回头问我：“老爷子快八十岁了，你把他搬到哪儿？”他突然怪笑地说，其实他根本就没把房子划在自己的名下，他只是撒了一个谎。

我突然觉得误会庄宝盒了，我以为他赚钱赚到把良心都泯灭了。他还是他，尽管嘴上刻薄但内心善良，房子的事最终说明他内心深处一直珍惜着我们的友谊。

黎明到来的时候我透了一口气，这是最好的结局，我拥有这所房子，我拥有它就等于庄宝盒最终会有一个落脚的地方。我打算收拾出书房来让庄宝盒久住，等到来年谁知道又会是什么样子。

说不定他会柳暗花明。

秋天，我选了个黄道吉日，把母亲的骨灰迁到新落成的公墓中去。

这事我不能不跟父亲说，因为对于他老人家来说，我母亲入土为安是他最关心的事。上车前我都没有告诉他此行的目的地，只是找了个理由把他架上车。

母亲的骨灰盒用一块红布包袱包着，放在车子不显眼的位置，但是父亲一上车就敏锐地感觉到了，情绪有些激动，我只好说：“爸，今天是咱家大喜的日子！咱们先说好了，我妈妈乔迁新居，你不能难过。”

我父亲点点头，但已经老泪纵横了：“这我知道，昨天夜里我就做了一个梦，梦见你妈妈搬进一座大房子里，可惜她光顾了高兴，竟没有跟我说一句话。”

庄宝盒是头天晚上得知我要去野狼沟的，他躲在我家狭小的房子里实在憋屈，执意跟着，一来他陪我去安葬母亲，二来他想去他父亲的坟上看看，他已经好几年没去了。

他特意戴上鸭舌帽还有墨镜，风衣的领子高高竖起，使人联想到港战片里的黑帮人物。

庄宝盒躲在我家这些天情绪已经稳定下来了，他开玩笑说凭这身打扮演个地下工作者没问题。这时候我父亲突然说：“狗屁！如果当年都像你穿的这样，早让鬼子看出来了，杀你全家也不止！”

看来我父亲年龄虽然大了但是思想还蛮敏感的。自从我母亲走后他足不出户，街道上的不少老太太都对他挺有感觉，常约他出去跳舞，可他从不答应，就躲在家里看电视。

楼下有一帮老头儿下棋，有时候他提着板凳坐在旁边观棋不语。他经常神清气爽地出去，垂头丧气地回来，告诉我某家某户的棋友又死了，某门某号的老太太又进了医院。我难以猜透生命暮年的老人到底想些什么、惧怕些什么，又希望些什么。我总是尽量回家陪他，给他买些油炸花生米或陈年的老酒，在他微带醉意的酣睡里尽儿女的一份孝心。

那天庄宝盒同行，我故意把红包袱交给了父亲，这是最明智的选择了。父亲小心翼翼地接住，如同从我手中接过一个正在熟睡的婴儿，他脸上略带悲伤但更多的是庄重，喃喃地说："老婆子，我带你到咱们的新家里去，过不了几天，我去陪你！"

庄宝盒坐在前排的位置，听了回过头来大声说："嘿！老爷子，什么，你陪？您老身板还好着哪，再活二十年，等孙子从国外归来娶个孙媳妇，你还得替他们看孩子呢！"

庄宝盒的话驱散了弥漫在车厢里的淡淡悲伤，我感谢生命中有这样一个朋友，尽管我们疏远冷淡过，但是一旦重聚，心灵还是相通的。

庄宝盒和女儿失去了联系，他们唯一的联系方式便是手机，从上个月也打不通了。庄宝盒颇为无奈，他承认这些年照顾小美少了，见面多是给她钱而忽略了作为父亲的监管责任。

公路上十分拥堵，原来那天正是农历的十月初一，一个给死去的亲人烧香上坟的日子。即使是现代社会已经适应了飞机、火箭、互联网、手机的日子，人们依然没有从灵魂的束缚中摆脱出来，依然需要精神的慰藉，这才是人类一代代相传、生生不息的源泉所在。

通往静安园的路已经新修了，明晃晃地闪耀在阳光下。我父亲一直紧盯着车窗外，不放过任何一处景色，他已多年没来过这里，幻想着能认出曾熟悉的山形地貌，但后来失望了。几十年并不漫长，但是已经发生了翻天覆地的改变，正如人的改变一样，当年我还是孩子，现在已经人到中年了。

目的地终于到了，车子跃上高坡的那一瞬间，我感觉到父亲全身都绷紧了，他脸上的神情庄严而且凝重。他把母亲的骨灰盒抱得紧紧的，生怕惊吓到她。

门旁的保安看到我们的车驶进时，双脚并拢打了一个标准的敬礼。不单我父亲被惊呆了，就连一向见多识广的庄宝盒也被眼前的气势震撼，下意识地扮了个鬼脸。

静安园里鸟语花香,绿树成荫。父亲站在这片陌生又分明熟悉的土地上，震惊得说不出话来。他眯起眼来眺望这块曾工作和战斗过的地方，回眸时眼里已经充满了泪水。我不知道他这是因为感慨还是悲喜交加，但我确信走进墓地的一瞬间他的精神便轰然倒塌了，迷失在这片美丽而庄严的墓地里。

我把母亲轻轻抱在怀里，一步步走向墓地的深处，父亲抿着嘴紧跟在我的身后。我希望母亲永远就这样安详地睡着，不要醒过来，因为她一旦醒来同样会发出惊诧的感慨，以她的脾气也许会把这里闹得鸡犬不宁。

母亲的墓地离一条小道儿很近，前后都有邻居，这好比母亲住在一片城市的高岗上，她每天只要站在屋檐下就能看到这座城市的繁华和这座城市的灯红酒绿。现在一切世间的烦恼都被抛在后面，我们只是虔诚地抱着她走向本属于她的圣洁之所。当初选择这个地方也许是冥冥之中老天特意的安排。她跟随父亲漂泊半生，唯有葬在这里才合适。她一生都献给了这个国家、献给了丈夫，如果苍天有灵，她每天醒来的时候能在熟悉的地方走一走、放松一下心情，那该是何等的幸福。

我移开沉重的石板，下面有两个墓穴，唐方说，这样当我父亲某一天归西的时候，他就可以安然地和母亲在一起了。我感谢这个女人，她为我想好了一切，但我从心理上又拒绝这个女人，我把她归于一只飞在高空里的鸟，只是偶尔地落到我的肩头，总有一天还会远走高飞。

父亲虔诚地看着我把母亲的骨灰盒放在冰冷的墓穴里，脸上没有一点儿悲伤，倒是有一种如释重负的感觉。他一边烧纸一片念念有词，母亲不会孤独多久，他很快就会过来陪她。他说儿子把我们的家选在这里也好，不愁找不到熟人，弄不好还会和老庄做邻居，到那时候，他们可以永远开心快乐地生活在历史里。

这只是父亲的一种美好愿望，老庄不可能安置到这里来，这里的墓穴早已经卖完了，扩建遥遥无期。我担心父亲的话会刺激到庄宝盒，但他已经独自爬到山坡上去了。那里有一条通往灵依河支流的小道。

我让父亲先回到车上去，我跟在庄宝盒的后面朝着山上爬去，那片乱石滩依然十分难行，我们走了大约一个小时才到达。随着干旱天气越来越普遍，灵依河的支流已经很少有洪水经过的痕迹了，一些生长茂盛的植被已经干枯而死，呈现出少有的荒凉。几经风吹雨打，老庄的坟基本抹平了，若不是坟前的几块石头还在，几乎已经看不出痕迹了。我不知道老庄是不是嫌弃这个地方，是不是觉得孤寂，这里一年四季除了鸟和野兽出没很少有人来。

庄宝盒蹲在父亲的坟前，点着一支烟叼在嘴上，沉默无语地清理那些石头，把它们一一摆平，然后把点着的香烟放在石头上。我带来了纸和香，还有水果和酒，把它们一一摆好的时候，庄宝盒已经把纸点燃了。他把纸一张张捻开，在即将烧到手指的时候才抛开，看着那些纸舔着火舌，像是个顽皮的孩子在玩火。我跪下来磕了三个响头，然后大声说："庄叔，从此后你有伴儿了，我妈来给你当邻居了！"

这话让庄宝盒意外地感动，他的手剧烈地抖动了一下，仿佛被通红的烙铁烙伤了手，急促地缩回去。他突然跪到地上，头碰着地上的石头呜咽不止。

我不知道他为什么如此悲伤，我一向认为他不喜欢父亲，而这一天他的悲伤发自肺腑，哭声犹如鬼泣一般撕心裂肺。显然，这是他心头积压已久的感情的最好释放，他经历了那么多、感慨了那么多，却从来没有在人面前哭过，这是唯一的一次。从这一点上说，他内心其实比我更强大。

那天我俩坐在老庄的坟前很久，他已经平静下来，递给我一支烟，自己叼一支在嘴边。我俩慢慢地看着太阳落山，雾气在灵依河滩上缓缓地升起。我想当然地认为他也盼着父亲能进到那个陵园里，哪怕是个犄角旮旯，也算是对老庄生平的一种肯定。当初他是那么光芒四射，他有着那么厚重的历史。但是我们却无法做到，至少现在和今后一段时间无法做到。出发前我向唐方打听过情况，她说排队已排到十年以后了，即使能想办法，也只能等到三年后。

庄宝盒的脸色在渐渐暗下来的暮色里越发阴沉，透着无法剔除的绝望，他现在顾不得太多，如何摆脱眼前的困境才更为重要。作为朋友我有责任帮他，我跟他商量，省城是没法子待了，他唯一可以做的就是回到从前的生活。

"我还可以回到从前的生活？"庄宝盒似乎很吃惊地望着我。

我说："那是你的本质！你是从野狼沟走出去的，你曾有个好妻子、好女儿，有个人人羡慕的好职业，你为什么就不能回到从前？"

看来我把他激怒了，或者说他认为我只是故作姿态，激动起来，如同一只被激怒的野兽，挥舞着手臂说："我是从山里走出去的，我是也曾有过一个漂亮能干的妻子！可是，牛玉琴死了，女儿也离开了我。县城那个肛肠科也关掉了，我什么也没有了。我就是一个疯子，一个时代狂！我追求金钱、追求女人、追求虚荣，现在一切都丢了，一切都不复返了！我还有什么脸活在这个世界上！”

庄宝盒的情绪越来越激动，语无伦次，我有必要给他泼一盆冷水。我也站起来，激动地挥着手臂说：“你并没有失去什么。你失去的只是这些年附在身上的浮华，只是岁月在你身上堆起的泡沫。你就好像生活在一个没有航标的河流里，苦海无边，回头是岸！”

庄宝盒眼神发呆地望着我，似乎是问我又是在问自己：“我还会有岸吗？”

我走过去，摇晃着他的肩膀，大声地对他说：“有，有！宝盒子，我的朋友，你只要回头，阳光海岸在等着你！”

十月，小文突然回来了。

他从广州飞北京，途中回家两周。我只是知道他在米国的一家跨国公司工作，经常到亚洲出差，奶奶下葬的时候他正忙于公司一桩业务，没有来成，这次是特意回家看奶奶的。

到家的第二天我便带他到奶奶的坟上祭拜，站在奶奶墓碑前的小文俨然是个大小伙子了，他高大健硕，头发蓬松，满脸胡须，就连小时候细小的眼睛都变大了，眼窝深陷像个西方人。

这大概算是入乡随俗的最有力证明。小时候看电视剧《苏东坡》，其中有一场景，苏东坡调笑妹妹：“未出堂前三五步，额头先到画堂前；几回拭泪深难到，留得汪汪两道泉。”苏小妹嘻嘻一笑，当即反唇相讥：“一丛衰草出唇间，须发连鬓耳杳然；口角几回无觅处，忽闻毛里有声传。”

我不清楚小文还记不记得，他曾多次让我给他解读这两首诗，但如今，站在我面前的这个小伙子看我的眼神却是陌生的，看爷爷的目光也是冰冷的，直到站在奶奶的坟前他的眼里才腾起一层迷雾。

气氛压抑而凝重，何文瑞向着奶奶的坟墓献上一束黄色的雏菊，然后恭恭敬敬地鞠了一个躬，算是他对至死没有见上奶奶一面所做的最好忏悔。我甚至听到他爷爷的喉咙里发出了含混的声音，那里面裹挟着许多失望与不解。儿子似乎并没有意识到我们对他的不满，他优雅地抬起右手，在胸前画了一个十字，嘴里分明发出低沉而含糊的声音：“阿门！”

我惊异的程度不亚于当初听到他是再生人时。小文在国外的这些年，我疏于对他的关心，他竟然成了一个基督徒。我并不反对信仰自由，但是在一个充满红色基因的家庭里他却摇身一变成了上帝的臣民，这无论如何让我心生愧疚，让我父亲极度伤心失望。

我们家什么时候变成了这副模样？一点欢乐祥和的气氛都没有了，晚上四个男人各怀心事，小文躲在里屋用手机发短信，老爷子坐在客厅里看电视，我则躲到阳台上抽烟。庄宝盒也算是我们家的一员，他没有地方待了，只好躲进厕所里，在便盆上一蹲就是两个小时。

回来的三天小文逛了一趟街，又去看了几位要好的高中同学，回来就说胸闷气短，到医院检查说是对烟尘过敏。他在家的时候也没这些毛病，怎么出了几天国就变得不堪一击？小文情绪有些低落，他连连摇头跟我说："爸，一句半句我也跟你说不清楚，我说不习惯就不习惯了！"

他只好改签机票，提前返回米国。他提前走的原因还有我家实在太小，六十平方米的房子里装了四个大男人，因此从第二天我便在一家小宾馆替他开了个房间。庄宝盒的身份早在公安的内部系统上备了案，通缉他的理由是涉嫌非法集资和金融诈骗。满开花在发生金融危机之后第一时间就带着他美丽的公主破网而出，这时候正在欧洲某岛国过着有滋有味的生活，庄宝盒倒成了落水狗或者说是过街老鼠，正等待着命运对他的审判。

庄宝盒从野狼沟回来后就病了，起初只认为是感冒，没几天便口舌生疮，嗓子痛得说不出话来。我劝他最好到医院做个详细检查，但他不愿意出门，怕被人发现。

后来病情越来越重了，一张嘴满屋子里都是臭味。我再劝他，他苦笑着说自己的病心里有数，就去给他开几支青霉素回来就行。在医院的时候他经常拿它唬人，一瓶青霉素八十万单位，四五毛钱的成本，撕了商标换上谁也不认识的外文冒充治疗性病的进口特效药，一瓶要价到三千块钱。一个疗程要收病人三万块。

我大惊失色，他竟是这样赚钱的！赚的都是黑心钱。而庄宝盒不以为然地说这叫周瑜打黄盖或者叫善有善报、恶有恶报。到他那里看病的多是有钱、有权、有势的人。人活着为了事业、理想、幸福的不多，为女人的却不在少数。对于这个观点我颇认同。现代人越来越浮躁、越来越道德沦丧，老祖宗曾说"饱暖思淫欲"，就是教育大家要时刻警醒不要犯这样低级的错误，他们却固执地认为那是多管闲事。

见我拿大眼瞪他，庄宝盒不满地回击我："你甭拿驴眼瞪我！我不会得性病，最多就是病毒性感染，打打消炎针就好了！”

这大大增强了我对庄宝盒的信心。

小文说他还要到北京跟大客户谈一笔业务，那时候我正忙着写一本关于再生人现象的玄幻小说，我同北京一家出版社的编辑通了电话，希望他们能列入本年度的出版计划。但那位编辑悲痛地告诉我，现在用出版社的钱出版你自己的书可能性微乎其微了。除非你是鲁迅、茅盾或者金庸什么的，要不你就写“女人的下半身是男人”或者“蹚过多少男人河的女人”这类的畅销小说。现在是全民感“性趣”的时代，没有“性趣”，再大的身份也不买你的账。

我还是决定陪着小文去一趟首都，去碰碰运气，说不定哪家出版社看我一脸正义的模样就良心发现了。如今的城乡一体化进程已经大大加快了，能写出千里共婵娟那样的千古绝句的人越来越少了，某个恋人想对方了，前脚打电话后脚就可能出现在面前。

我趁着儿子会见客户的空儿跑了几家出版社，但一无所获。正当我抱着装书稿的袋子站在路边一棵大树下的时候，对面人行道上来了位骑自行车的老人,老人的对面走着几个孩子。这几个孩子也许根本没有意识到有人,也许是故意那样做，并排打闹着朝老人跑过去。老人使劲地按着铃铛，但是车子已经刹不住了，摔倒在路牙石上。

几个少年哄笑着跑了。我顾不得手里的东西，跑上前扶起他，问他有没有摔伤。老人却反问我：“你不怕我讹上你？”

我的确没有这样想，但后来感到害怕了，因为救人而被对方讹诈的事屡见不鲜，连法院都头痛，宁愿昧着良心多判点儿钱给假摔的人。我一直奉劝自己少管闲事，当作家不是超人，你可以是哲学家但不是道德学家，更不是大善人，只有摆正了身份你才可能从容地生活在这个神奇的国度。

那天我的确是多管闲事了，后果不可预料，就在我起身要走开的时候，老人一把抓住我的手说：“年轻人，你不能走！我和你还有话说。”

路边围过来一些人帮我说话：“老同志，我们都看清楚了，跟这个人没关系！”但大多数人都在看热闹，他们大概看出我是外地人，所以都不想帮我说话。而老人不管这一切，固执地拉着我的手不让走，对大伙儿挥着手说：“你们都走吧，我找这位年轻人说说话！”

我就要奔五了，他叫我年轻人，可见他有多么老。既然他拦住我不让走，我也只能认了，陪他说到底。旁边有一个小茶馆，我俩拉着手就坐。老人见我吓出一头汗，兀自笑了，然后对着老板娘扬扬手说：“给我上两杯碧螺春。”

看来我遇到惯犯了，不但要赖我撞倒了他还要加上喝茶的钱，反正我出门的时候身上就带着几十块零钱，其他全在宾馆的包里，实在掏不出只能报警。

我被老人硬拖进茶馆，正不得脱身，老人却笑逐颜开地一把抢过我的书稿径自翻出来看，然后说他刚才就看到我拿的书稿了，肯定是在出版社碰了壁。我惊诧地问他是怎么知道的，他笑着说他就是某某杂志社的退休编辑，焉有看见作者而认不出的？我忙问他认不认得我，他摇摇头说并不认识我，但是他见过众多像我一样来北京寻找帮助的基层作者。

“看你无助的样子我就知道你碰了壁。不是我夸我们那个时代好，那时候我天天守在办公室里，盼着有作者送上好稿件来。如果你找上门来，我不但双手欢迎还要请你吃饭。”。

老人说的是实情，我也的确知道他说的那本文学杂志在文学界赫赫有名，但我还是怀疑他就是那里退下来的编辑。常听同道的朋友说那些编辑都很牛逼的，走到哪儿都有官员陪同，一般作者递上去的文稿看也不看就扔到垃圾箱里。这也难怪，全国那么大、作者那么多，又良莠不齐，他们哪有那么大的耐心每篇稿子都看。

我试着提了几篇小说，都是当年我曾读过的，老人眼里透出惊喜，他说这些都是他亲手编辑的，你怎么会记得起来？这回我彻底相信他就是当年大名鼎鼎的编辑了，一边喝着茶一边谈当年的感想。我感慨如果不是这次碰撞还认识不了他，他也感慨如今文学已经病入膏肓，后来我们统一到文学本该回归到它本来的面目，这很正常。

“人人都想挣钱，出版社把国家给的书号当成了资源，焉有文学繁荣的理由？！”老人感叹地说。他说现在帮着一家文化公司校稿，如果我觉得合适，他帮我找这家公司出版。

“稿费你是甭想要了，但至少可以在全国发行。”他说。

我俩正在边喝边聊，儿子冲进来，原来他谈完业务准备陪客人吃饭了，却四处找不到我。一路打听，听说我被一个老人强拽进了茶馆，以为遇到了碰瓷儿的，欲进来解救我，但见我跟老人相谈甚欢，十分不解，问我想和这老头儿纠缠一辈子吗？

那是我和小文离开北京的最后一个夜晚，客户要宴请小文。五星级的宾馆大厅里流光溢彩，钢琴流水般的音乐在耳畔流淌。我和小文坐在大厅中央的沙发上，一个身穿白衣裙的女人款款地走过来，问我需要点一首什么曲子。我摇摇头，女人眼里明显闪着不屑，但脸上却挂着不变的职业微笑。不一会儿就有人过来礼貌而坚定地请我起身，说那个位子已经有人预订了。

我正要起来的时候，一只手却轻轻地按住了我。我抬头看，原来是儿子，他礼貌而自信地从西服兜里掏出一张大额的美元放到桌面上，轻声地说：“请弹一首理查德·克莱德曼的《童年的回忆》献给我的父亲！”

所有的人都被儿子的气势镇住了，甚至可以说被那张美元镇住了，悄然地退下。白衣女人重新回到大厅中央的白色钢琴边，缓缓坐下来，白色的纱裙很自然地包围起她来，宛若白云上坐着的仙女。仙女的十指开始在键盘上跳动，顷刻间熟悉的旋律响起，是那么的流畅，如行云流水般透明。

我瞠目结舌，这个结果是我远远想不到的。回去的路上我默默地对儿子说：“你在米国比在中国融入得好。”

小文有一丝不安，他说其实漂泊在异乡最大的悲哀就是异乡永远是异乡、故乡在不知不觉中变成了异乡。

而我显然在迷雾里看不到希望。我打开手机，准备给远在省城的父亲报一声平安，却突然看到唐方发来一个段子：“财富让通胀给毁了，幸福让房价给毁了，安全让食品给毁了；权威让作秀给毁了，民心让乱象给毁了，希望让平庸给毁了；法治让人治给毁了，风气让金钱给毁了，良知让贪婪给毁了；爱情让小三给毁了，青春让教育给毁了。”

这年头浇淳散朴，关心国家大事的人少了，发段子的人却多了。我感到欣慰的是至少小文是一个特例，他已经跳出这个沉沦的国度，也许远方有他寻找的幸福。

小文走后的这年初冬，我父亲永远地走了。

那天早晨我去给老人买早点，老爷子平时最喜欢吃油条和豆浆。楼下的油条铺子却意外地关门了，我只得步行到另一个小区去买。那里的素包子远近闻名，当我提着早点悄悄走过父亲房间的时候，破例没有看到他早起。我推开虚掩着的门，看到父亲安然地睡着了。

我把他送到医院抢救，但一切努力都是徒劳的，医生说他死于心脏猝死，这种病在老年人中占相当的比例。他死时面带微笑，没有半丝痛苦，当我发现并且呼唤他的时候，其实他已经在去往天国的路上了。

我把父亲和母亲葬在了一起。陵园的工作人员讲，从早晨起我母亲的墓前就聚集了大批的灰喜鹊，它们盘踞在树上呀呀嘈嘈地议论着，仿佛要发生什么大事。后来从其他地方又飞来一些黑喜鹊，也加入了议论的行列，并且有一只大鸟飞临静安园的上空，它凌空展翅的宽度有两米。

当载着父亲骨灰盒的车子缓缓驶入的时候，那只大鸟停留在陵园的制高点，它站立起来足足有一米高，我相信他是奉命来护送父亲的灵魂去天国的神鸟。所有的喜鹊也都列队静默，向着父亲致敬。我是唯物主义者，不相信迷信，也不认同父亲能感天动地，他没有那么大的人格魅力，但是那天我的确看到了这只大鸟和许多喜鹊光临他的墓地。

爸妈都走了，他们过早离开了这个世界。儿子也走了，他说不上什么时候回来。缠在我身上的所有羁绊都松开了，已经没有什么压力了。我可以安静地躺下来，想有所思而有所不思，好好地睡一觉，理一理我这些年烦琐的生活，给自己一个定位、一个总结。至于思念，庄子曾无数次地告诉我，对于生者来说生是快乐的而对于死者来说死也是快乐的；我们各自在索取各自的快乐，这个世界充满了和谐与再生。

我决定搬离那套房子，把它还给庄宝盒。虽说搬出去我就一无所有了，但是我依然行走在这个城市。我这一生没有轰轰烈烈的壮举，而正是这种平庸的生活让我格外落寞与平静。人这一生，风光的日子有多少，惊涛骇浪就有多大；普通的日子有多少，你就有多少平静的生活。我收拾起全部家当，不过就是几箱书、几床被褥，还有父亲留下的遗物。

我告别过去，走下楼去，想在一片空地上把老人的衣物全部烧毁。这时候我的身边已经聚集了许多乞讨者，他们流浪于这个城市很久了，他们把我当成了富人，看着我把没有补丁的衣裳烧掉，目光中冷漠多于祈求。我终于放弃了最初的想法，留下这些衣裳供他们在这个冬天取暖，转身朝着车子走去，在我身后乞讨者的欢呼声不绝于耳。

那天我忘了庄宝盒的存在，后来我才意识到他并不在家，至于他去了哪里我无暇顾及。我已经无家可归，把行李全部搬到了办公室。

当天下午唐方就知道了，她在电话里说："嗨嗨，你是打算走还是故意制造这么一个噱头？如果你觉得方便就搬到我家住，如果你觉得不方便，我给你另找个住处。"

我对她的同情心报以衷心地感谢，但是我还是决定暂住在办公室。

夜晚，我孤独地躺在办公室的沙发上想起了很多。想到了我的童年、想到了我的青春和爱；想到了我的爷爷、我的父亲和母亲；还想到了远涉重洋的儿子。他们一个个离我那么近又那么远。我听到这个城市夜晚依然不能停下来的躁动，后来有一群老鼠在我的枕边游走，告诉我这个世界远没有那么安分。

连续几天我都没有庄宝盒的消息，我现在自顾不暇，哪还有闲心顾及一个大活人?！但当一个爆炸性的新闻在这个城市以冲击波的速度传遍的时候，我才意识到自己犯了一个致命的错误，不该把他一个人留在那个空荡荡的房子里。

庄宝盒失踪了！

庄宝盒最初就住在我的家里。由于交通不便、水电设施没到位，很少有人住进小区里去，这让那些期待回迁的人非常失望，集合起来去找政府。小区的后续施工已经停了，鲜有施工人员，于是大家轮流看守，想找到有关人员理论。这好比老鼠和猫玩的游戏。

父亲死后很多人盯上了我家的房子，他们希望我出卖或者出让，很多房介公司每天把求房电话贴满楼道和房门，希望我同他们联系，这样他们就可以掌握第一手房源，加价出售给那些急需或不差钱的客人。

有一天他们去看我的房子，没想到敲开门看到的正是庄宝盒。

这个消息不胫而走，当天就有上百人包围了我的楼房。他们打出横幅，要求惩治黑心的开发商和侵吞房款的人。庄宝盒不得不仓皇而逃。

有关庄宝盒藏身哪里不得而知，但是他终于在一家医院出现了，那时候他发着高烧，昏迷不醒。据说送他到急诊室的是一位女性，全身包裹，戴了一个大口罩，没留下任何信息，只留下住院押金就走了。

当天夜里庄宝盒的高烧就退下去了，他原来就是一个单纯的感染。但就在这时候，住在同一病房的老人意外地认出了他，这所医院立刻成了舆论的中心，医院外面的草坪很快成了汇集仇恨的海洋。

一大早，城市的新闻媒体便像鲨鱼嗅到了血腥味儿，不断向这里聚集。在这之前这座城市已经发生多起同类事件。城市发展太快了，快到市民们还没有适应这种日新月异，心理承受不住，疯狂地围堵那些开发者。

庄宝盒撞到了市民的枪口上，新闻早消息、手机短信、电视早餐，越来越多的现代化手段助推着市民们蜂拥着向市中心医院的草坪挺进。

当我从电视上看到这个场面的时候已是接近中午，大家围堵住通向医院的各条通道，连正常的交通都瘫痪了。警察倾城出动，封锁了附近所有的道路。各路新闻媒体都像打了鸡血跃跃欲试。电视台甚至出动了直播车进行现场直播。

庄宝盒已经被重重包围，除非他变作一只鸟、一只昆虫，否则他绝不可能逃离这座城市。我想这个结果也是庄宝盒绝对没有预料到的，姓满的跑了，他成了替罪羊。

这件事破例成为当天市政府早工作会议上的内容，于阳书记在第一时间做出指示，要妥善处理好这一突发事件，作为政府部门既不能袒护无良开发商，又不能激化市民矛盾，必要时可以动用武警等特殊力量加以解决，这就意味着有可能将市民的行动升级成为一场势力的较量，所有闻出味道的人们都兴奋异常，这个城市好久没有这么激情洋溢、幸灾乐祸了。

接到唐方电话的时候我正在一个新闻发布会现场，于书记召开全市建设工作会议，他临时放下手头工作启动紧急处置预案。我赶到医院大门外的时候特警已经把大门封锁了，只许人出不许人进。我向现场总指挥说明我是庄宝盒的朋友，总指挥立刻用一种带有疑问的寒光逼视我，好在这时候于书记派出的第一位工作人员出现了，他就是顾问杨革文，他对特警说可以放我进去，我对于缓解整个事件会有帮助。

我实在不知道去现场可以做什么，或者能够给庄宝盒什么样的帮助，但我宁愿冒一次险。我们从小一起长大，我们是同学，又同样娶了牛家的女人，有着割不断的联系。我想告诉他虽然不知道接下来会发生什么，但我愿意与他一块儿去面对。

我走进那家三甲医院，医院空间狭小而且陈旧。住院部在门诊楼的一旁，正好处在中心大街的拐角处。整个楼层的病人被要求待在房间里并锁上门。而庄宝盒所处的四楼已经被警察占领了，他们三步一岗、五步一哨，即使是电影中的敌特机关恐怕也没有如此森严。我在人们的注目礼中庄严走过，有一种含笑上刑场的壮烈与凛然。

庄宝盒双腿抱在胸前，蜷缩着坐在病床上，几天不见他已经不成人形，脸色漆黑、眼窝深陷，嘴唇上起了一层水疱，如果不是我熟悉他，根本认不出他是谁。

他迎着我咧了咧嘴，发出无声的微笑，像一个惹了事的中学生，无助且善意地望着我。我俨然他的班主任，当他低下头的时候，我安慰地拍了拍他的后脑勺。

“别怕，我来了！”

庄宝盒说：“难得吧，我成了中央首长，有这么多警卫。”

我点点头，微笑着说：“这样也好，你就安心地疗养，权当是中央首长了。”

说话的时候庄宝盒的脸色仿佛映着明月，但顷刻就黯淡下去了，整个屋子也跟着陷入黯淡中。他喃喃地说：“其实这里更像是监狱，一层一层的岗哨，即使是只蚊子也难以飞出去。”

我用玩笑的口吻问他，要出去干吗？没看到楼下聚集的那些人吗？他们视他为那个烂尾工程的罪人，只要是出去，他们就会把他撕成碎片。

他震惊地抬头望着我，似乎从我的嘴里才明白事情的真相。他的眼神空洞，没有一丝热量。他用低低的声音问我：“我就那么十恶不赦吗？难道就无解了吗？说句不甘心的话，我也是一个受害者。我把这些年积累的血汗钱都投进去了，有上千万哪！不，是好几十个亿，我就是再活上一万年，也还不了那么多的债。”

我冷笑地说：“你没听有人说，人生的苦乐都是恒定的，有人前面吃苦，是为了后面享乐；有人一上来就享乐，结果后面吃苦；还有人把苦乐平均分配。其实命运就是概率，也许有极个别宠儿，但对绝大多数人来说是一视同仁的。”

他似乎很迷茫地抬头问我：“你说我有过享乐吗？”

我说：“享乐的定义每个人是不一样的，当你认为你是在享乐的时候，一瓶水也许会喝得痛快淋漓；如果你认为是痛苦，即使是你在酒里兑了金子，喝进胃里的也许永远是苦涩。”

庄宝盒笑了，这是我看到的最灿烂的笑容，这笑容使我想起了当年，在谈到占有牛玉琴时的得意与灿烂。他说：“你还别说，我见过最奢靡的享乐，老满曾把钱摆在女人的肚皮上，但最终徐晓芸投靠了我，我把金箔掺在酒里，灌到徐晓芸的嘴里，她只要一笑那些金子就会发出金灿灿的光芒来，但这也没有留住她，徐晓芸又投降了他。”

我冷笑道：“你并没有成功，你充其量是个失败者！”

庄宝盒望着窗外一抹天空，怔怔地说：“我也一直在问自己，我为了什么？图什么？我是一个成功者还是一个失败者？正如老满把钱铺满女人的肚皮却买不到女人的真心一样，我把带金子的酒灌到女人嘴里，充其量只能增加屎的含金量，最后成了人们的笑柄。”

他这个比喻很好、很巧妙，到这时候他还不忘开玩笑，我不由得哈哈大笑了，笑声也感染了庄宝盒，他的脸上有了一丝血色。一个警察推开门，莫名其妙地望着屋子里的我俩，他实在不明白，在如此严肃的时刻我们居然还会笑得出来。

通过这两天发生的事，我相信庄宝盒已经悟出了一些道理，这有助于他面对今后的生活。但庄宝盒马上又沉下脸来说，他未来的时间不多了，路也走到头了,不知道接下来会怎么面对这个残局。我问他是怎么到医院来的，庄宝盒想了想，说他那天烧迷糊了，感觉有人打开了房门，把他背上出租车送到了这里。

“你认为会是谁呢？想不到在这样的时候还有关心或者说帮助你的人。”我故意说。

庄宝盒不满地瞥我一眼道：“我好像还没有坏到一个朋友也没有吧，你不是在千人声讨之中也敢来看我吗？”

我笑道：“我跟其他人不一样！我就是一个耍笔杆子的穷文人。大家都相信我没有钱，现在这个社会仇富、仇官现象严重，但是没有人仇恨文人。”

但那个把庄宝盒送进医院的人实在神秘。除了我和已经仙逝的老爸没人知道庄宝盒藏在哪里，除非一个人……

“小美！”

当小美的名字从我俩嘴里蹦出来的时候，我看到了庄宝盒脸上的诧异。父女俩一直生活在这个城市，只是庄宝盒平时无暇顾及或者说小美经常性地不回家罢了。这从表面上看是庄宝盒的原因，他家里养着另外的女人和孩子，关注度不放在小美身上。小美的心敏感易受伤，她不容易接受父亲家里出现另外的女人，这才造成了父女间无法弥补的隔阂。

小美一度从那个离婚的大男人身上寻找慰藉，从某个方面讲，这怪庄宝盒没有当好父亲，从另外的层面看，是我没当好伯伯。我跟她经常联系，也有能力帮助她，然而我同样疏于关怀。扪心自问，不单是对小美，即使是对小文我又关心了多少？

深刻剖析自己是痛苦的，尤其是面对自己的亲人。我苦笑着说：“其实现在还猜测谁送你来没有多大意义，重要的是你得好好活着。我一会儿就下去说服那些警察，让他们撤走！”

庄宝盒冷笑道：“你认为会撤走吗？即便他们走了，楼下那些愤怒的市民能撤走吗？满开花那个王八蛋走了，我就是替罪羊！”

我说还有政府，这个项目的牵头方是于阳。满胖子的背后也许有一场黑幕，他们不会坐视这个项目塌下去。只要政府出面，银行就会介入，新的资金也会像流水一样哗啦啦地流进来。明年这个时候他就会渡过难关，人们像欢呼新皇帝一样拥满街道。

“你不要痴人说梦了！”庄宝盒挥手打断我，重新把双腿抱在胸前，把头抵在膝盖上，他的眼神更黯淡了，脸色也更黑更浓重。

他说：“让我们欢呼胜利吧！”

这是电影《地道战》中的台词。从小我俩就喜欢看这部电影，看了不下几十遍，我谙熟这句台词毋宁说我熟悉那个时代更恰当，我们因为一同走过那个时代而更默契、更会意。

他提议出去走走，我俩一前一后穿过走廊，走到楼顶的平台上，从这里可以看到整条大街。

我不明白庄宝盒这个时候为什么要走到这里来，只是隐约地感到他有些不同寻常。我怕他发生什么意外，急忙靠近他，保持着一步的距离。

我俩已经站在平台的最前端了，临街的四周安装了高高的铁丝网。在靠近铁丝网的地方安着一排排连椅。这里视野开阔，阳光也格外灿烂，如果单纯坐在这里晒太阳，那将是不错的地方。

庄宝盒已经走到边缘，从楼顶向下俯视，密密麻麻的人群仿佛都是蚂蚁，被警方的人墙严密地挡在后面，烦躁不安地走来走去。那些停靠在辅道上的警车是庄宝盒最后的防线，一旦它们失守，他将死无葬身之地。

我这才深切感受到他现在面临的危险，庄宝盒是在用一句电影台词暗示我些什么。我对那部电影记忆犹新。影片最后，八路军战士围困住那个双手沾满中国人民鲜血的日本鬼子，薅起他的衣领，蔑视地说：“龟田，你看看人民群众的力量吧！”然后便是无数人民群众举着森林般的刀枪欢呼着冲过来的镜头，解说员深沉而有力地说：“让我们欢呼胜利吧！”

此刻，庄宝盒没有欢呼胜利的心情，他成了那个龟田，在人们愤怒的围歼中走向失败，走向自己的末日。

我心里一阵战栗。

当我还在揣摩庄宝盒那句话的时候，他已经胸有成竹、冷静地一步步靠近墙边。院方早在修建围栏时就犯下了一个致命的错误，既然要防止人们从楼顶上掉下去，就不应该在靠近铁丝网的地方安装座椅，这使得他们先前的防范措施完全归于失败了。庄宝盒趁我不注意，抬起一只脚，很安然地放到椅子上，解开鞋带并把鞋子摆好，便穿着袜子轻松地向上攀去。

“宝盒子，不要！”

我所做的努力只有一声惊呼。话音未落，庄宝盒已经伸出一条腿稳稳当当地骑到铁丝网的顶上，那张纤弱的铁丝网由于承受不住一个成人的体重而剧烈地摇晃着。庄宝盒的整个身子立刻悬空，他脚下是人流熙攘的街道和惊恐四散的人群，连医院大门口的警车都惊动了，下意识地发出一声震耳欲聋的尖叫。

正躲在门岗室里的杨革文显然看到了楼顶的情况，他第一时间冲向警车，拿起对讲机吼着：“楼上的人听着！你们现在已经威胁到了这个城市的安全、威胁到医院的安全了，我命令你们马上退回去，同我们的人谈判！”

我不知道他为什么这样说话，我以为他会采取和颜悦色的态度劝他，但显然他没有这份耐心，他想用威胁安全的话而逼他就范。

这大概就是典型的官腔，在官场上混总会染上许多毛病，烙上许多特定的烙印。我最初对这件事也缺乏思想准备，不相信庄宝盒会跳楼或做出危险的举动，我太了解他了，他胆小得像只兔子，一只毛毛虫或一只张牙舞爪的蚂蚁都会把他吓趴下。他只不过是一时冲动才做出这样不理智的举动。我完全可以劝他回来，把矛盾化解在可控的范围内。而杨革文的话通过防暴车的喇叭扩散出来，却起到了推波助澜的作用。随着他的喊话，一队全副武装的警察从楼道里冲出来，冲在最前面的警察手里持着盾牌和狼牙棒，身后则是端枪瞄准的狙击手，个个神情紧张，随时准备射击。

“敌人把我们包围了！”庄宝盒手舞足蹈地说。

这又是一句电影台词，只是我不记得是哪部电影了。我俩完全被包围了，警察把我俩团团围住。而更可怕的是那辆防暴车，它身价百万，有着装甲车的威猛和坦克的坚固，塔顶安装有监控器，可以根据情况三百六十度旋转。

此时我和庄宝盒一定是这个城市最抢镜的人。对面楼上，新闻媒体都把长枪短炮对准了我们，而我们面对的则是警察黑洞洞的枪口。我想，这一刻我的形象一定狼狈而且绝望，脸肯定苍白得跟擦腚纸似的。

但是我已经顾不得这些了，我是唯一靠近并且为他性命担忧的人。我试图冲过去把他拉回来，但是已经晚了。庄宝盒身体悬空，像只机敏的猴子一样向下攀缘。途中他竟然回过头来冲着我发出歇斯底里的笑声。

“书盒子，没想到吧？我是故意引你到天台的，我想让你见证一个伟大的时刻！”

我霎时明白了庄宝盒的用意，他想制造一个轰动事件，作为向市民的交代，或者他想用这样一种死向社会谢罪，他故意制造这样一个结果让大家放弃对他的审判。

我语无伦次地说着：“庄宝盒，你这样做是最傻最傻的！其实你在这场金融危机中不是主要人物，那个满开花才需要承担责任。你只是误入歧途，是一个被人利用和受伤害的人，要相信政府会为你洗刷罪名、为你主持公道！”

庄宝盒倒挂在那里，脸部因为充血而变得通紫，脸上浮起一丝冷笑，狰狞地说：“他们会为我洗刷罪名？会为我主持公道？你白写了这么多年书，白当了这么多年剧作家。这年头欠了一屁股债的是穷人，捞得钵满盆满的是富人。富人决定这个国家，决定我们这些穷人的命运！”

我悄悄向他挪动着脚步，一边说道：“你说得没错！这个世界是没有那么多公平。耕种土地的人都是穷人，买卖土地的才是富人；喝酒看度数的是穷人，喝酒看牌子的是富人。我也一样，我写了半辈子书，依旧是个穷人，而那些盗我版权、卖我书的人，却个个都是富豪。”

我的话起了作用，庄宝盒垂下头，似乎在回味和消化我的话，他再抬起头时已经泪流满面了，他突然号啕大哭着说：“书盒子，咱们从小一起长大，你告诉我，我是那种没有良心的坏人吗？我是那种毫无人性、投机取巧、把自己的快乐建筑在别人痛苦之上的人吗？”

我坚定地说：“你不是，我也不是！我们从小就受到良好的教育，我们都是红色的后代，我们热爱这个国家、热爱人民，我们只是受到了挫折，上了坏人的当。”

庄宝盒绝望地哭起来：“可我有冤无处申，有苦无处诉！我只能以死向那些受了损失的人谢罪！你说的，我们从小长在红旗下、生在新社会，可是，我没有从父亲那里得到一丝好处。当年我下乡拼命地表现自己，弄到一个工农兵大学生的名额，结果还缩了水。我没有多少本事，这些年拼命赚钱，无非就是想让小美有一个美好的未来，可现在却眼睁睁地看着她被万恶淫为首的世界吞没。你以为我没心没肺是吧？我眼不瞎耳不聋，这个世界上的事我都清楚，我只是不想说、不愿说，闷在心里……”

庄宝盒说到这里，痛苦地停了一会儿。他倒挂在那里已经神志模糊了，即使是一个身体健康的人这样长时间倒挂也会大脑充血而变得异常危险。我苦苦劝他道：“宝盒子，看在我们兄弟多年的分上，你先下来吧！你把内心的苦都告诉我，我也把内心的苦都告诉你。如果你还觉得不行，咱们就回野狼沟，回到水磨头村。我们放弃这个城市，兄弟俩在大山里住下来，理清思路，重新生活！”

庄宝盒凄然地大笑道：“你说我们还有未来吗？我还有未来吗？”

我大声说：“有！每个人都有走不完的路，都有不灭的梦想！都有着不尽相同但共同向往的美好未来！”

我还有很多话要说，然而已经没有机会了，庄宝盒挂在上面的时间够长了，警察派过来的谈判专家已经到位，楼下张开一个巨大的气垫，专家非常严肃地对我说：“何书盒同志，我们领导请你下去，一切交由我们负责！”

我还试图争辩，两个人过来架起我，半拖半拽地向着楼梯口走去，我只有拼命地扭过头，用尽力气大声地说：“宝盒子，你要挺住！留得青山在，不怕没柴烧！”

看来，这只能是我的美好愿望了，庄宝盒的手渐渐松开了……

就在这时，楼梯口出现了一个人，一个年轻且漂亮的面孔。

这是时隔几个月我又一次见到小美。虽然说我们一直生活在同一座城市的屋檐下，却像生活在不同的世界。我不明白在我和这个孩子之间到底发生了什么？那些再生人的表象已经化作一缕晨雾随着太阳出来而蒸发了。周愚公随着年龄的增长已经决定提前退休了，他在研究完最后一个病例之后下过这样的定义：再生人只是一种产生自愚昧地区、愚昧时代的特殊文化现象。这种事往往都是大人们口口相传、孩子们耳濡目染，久而久之，为了引起其他人的关注而不自觉进入的一种表演形式。他们所表现出的种种异常行为，都是无意中听到或看到的发生在身边的事，有些出自想象或故意夸大其词。

那怎么解释他们描述的许多人和事？许多都是连他们自己也不知道的、没有经历过的。比如小美就详细地描述过千里之外的雪原景色，还有她爷爷生前那些往事。我向他抛出我的疑问。周愚公没有正面回答，而是打了个比喻，说你在河边挖过沙子吧，当你不停地挖下去时，看似那么坚实的地下就会冒出涓涓细流，不久就会汇集成水坑。那些看似无本之源的水，会通过不同的渠道汇集到低洼处。正如所谓的再生人，从不同的渠道汇总到各种信息，通过表演的方式宣扬出去，而人们只看到了表象而不知那些秘密渗透的渠道。

我承认人的行为不少都具有功利性，表演的成分也夹杂其中，但是小美不可能是功利性，小文也不会一生下来就演戏。这其中还是有未解的科学之谜。我很想再跟周愚公争执几句，把我多年的困惑向他表达，但是我忍住了，毕竟周愚公就要急流勇退了，毕竟这么多年已经过去了，小美和小文都长成了正常的孩子，我没有必要再去揭开那块伤疤。

小美自从大学毕业以后一直不肯见我，当然也极少见庄宝盒。我只能主观地把这一切归之为都很忙，但是实质地想，在我和庄宝盒之间、在庄宝盒和庄小美之间一定有了误会或者不能说清的东西。也许是交流不畅，也许是代沟，其中还掺杂着亲情以外的成分，总之我们形同陌路。庄宝盒也许从心里期待小美的到来，他不经意外表下掩藏的是父亲慈爱的心。我大声说："小美，你来得正是时候！你能让你爸爸走下来！"

小美注意力全部集中到父亲身上了，没有理睬我。她脸色苍白，挂着悲怆的神色，面对着命悬一线的父亲，她下意识地咬紧发梢，似乎踌躇不安，但她的神情依然镇定。

四周突然安静了下来，大家都把目光聚焦到她身上，连架我的警察都松开了手。现在唯一的希望就是用亲情打动庄宝盒。只有让小美劝说父亲，才会有好的收场。

小美站在那里纹丝不动，似乎是在熟悉环境，我发现她很像一个资深的演员，演技超群。她先是微笑地看了一下周围的人，然后转向我，用平静的口吻说："何伯伯，我来晚了，我爸爸的事难为你了。"

这颇让我感动。她上来不是声嘶力竭地制止父亲，却是先向我道歉，而这显然对庄宝盒是种藐视，这连庄宝盒都感觉出来了，绝望而哀怨地看了女儿一眼。事不宜迟，我甩开警察走过去，把双手搭在她肩上，信任地拍了拍，对她说："小美，拜托你了！你一定要救下你爸爸！"

我用力推了她一把！

如果说那天我苦口婆心地劝说了半天是无效的，那么庄小美到来后情况却发生了改变。当小美被我推了一把向前走去的时候，庄宝盒停止了手上的挣扎。他的手臂已严重痉挛，手指也抠不住铁丝网开始向外滑落。他离坠落不远了！

小美一边往前走一边说："爸爸，你不能采取这样极端的方式！那天我送你来医院就是不想让你死，因为这个世界上你是我唯一的亲人。"

小美的话震撼了庄宝盒，他惊愕地抬起头来，望着因为紧张而全身发抖的女儿。先前我和他还在讨论，到底是谁把他送到医院，看来果真是小美。

庄宝盒的脸上露出一丝惊喜，他大声地说：“我知道那天送我来医院的就是你！这个世界上也只有我的女儿才不嫌弃我。我今天见你一眼就心满意足了，我可以去见你娘了，她还在那边等我！”

庄宝盒说这些话的时候脸色越来越紫，手指越来越无力了，小美肯定也注意到了，她语气变得急促起来：“爸爸，我知道你还是喜欢我娘的，你只是觉得欠了她太多的情。其实我今天是来陪你的，我怕你一个人黄泉路上太寂寞。”说罢，她趁着庄宝盒惊诧的一刹那，敏捷地跳上座椅，向着铁丝网攀去。

“不要……”庄宝盒似乎想阻止女儿，但是他显然已经没了力气，在他做出腾出一只手去制止的动作后，整个身体一沉，便向着楼下坠去……

所有的努力都白费了，小美虽然已经翻过铁丝网，下意识地用手一捞，但只抓到了父亲的衣角。庄宝盒的身躯已经完全失控，向下坠落了。容不得多想，她纵身一跃，抱住了父亲的腰，两个人急速地朝着地面坠下……

庄小美最后一跃堪称完美！

她在父亲脱手后抱着父亲朝地面坠去。楼下是一个探出的平台，上面安装着霓虹灯架，在平台的前方才是警察安置的气垫。如果按照正常的抛物线，庄宝盒必定会落到平台上去，那些乱七八糟的铁架子极有可能把他洞穿而死，而庄小美奋力一扑，使他身体的重心发生了改变，刚好触到气垫的边缘。

小美朝着气垫的中心滚去，而庄宝盒被气垫弹了一下，重重地摔到水泥地上。

这个情节被摄像机完整地捕捉下来，在后来的节目中反复播放。慢镜头清晰地显示，庄宝盒目光惊恐，面带狰狞；小美目光平静，面带微笑，这一瞬间感动了整个城市。

小美是幸运的，当时只是摔晕了，被抬上担架送到急救室的时候就已经清醒过来。电视镜头一直紧跟着她，特写显示她脸色苍白，腮边挂着两行清泪，深深刺痛了每一个人。后来我才知道，那个紧追着拍摄的摄影师是丁凡，他扛着几十斤的机器整整拍了一个上午，衣服都让汗水湿透了。

庄宝盒却没那么幸运，他从气垫上弹到地面，当场昏迷了过去，被送到急救中心，他先是没有呼吸后是没有心跳，于书记组织颅脑专家给他做了开颅手术，三天后庄宝盒呼吸有了，心跳也有了，但是却没有了意识。大家这才意识到他有可能成了植物人。

这座城市有关“花开锦绣”城的争议从此告一段落。

庄宝盒奋不顾身的一跳不但平息了众怒，而且还成就了这个项目。第二年春天于阳新引进一方有实力的国有房企，夏天便让翘首企盼的人们全部住进了新房。人们在这年春节到来之时自发地组织了大规模的文艺演出，七八十岁的老人都上市政广场扭秧歌、跳街舞，他们要把最美好的祝福送给为这个城市带来幸福生活的人们。

庄宝盒的奋力一跳还成就了庄小美，她成了这个城市最美、最可爱的人。各种诸如道德模范、五好家庭、德艺双馨奖项纷至沓来。据说当天晚上她朝思暮想的女一号演员梦就正式实现了。当时女二号已经按照潜规则进入导演的房间，洗好澡、喷上香水单等着导演临幸了。导演在关灯时偶然地瞥了一眼电视新闻节目，当即表示他思贤若渴，女一号非庄小美莫属。

一个阳光惨淡的日子，我去医院探望庄宝盒。

他被安置在郊区精神病医院里，这里与外界隔绝。于阳曾通过秘书向我表达过，把他安置在这里是为了减少大家对他的过度关注。他反正已经不省人事了，住在哪里都一样。

我进入安装着防护网的房间时，电视里正播放着庄小美的电视剧。那是一部爱情喜剧，小美在其中扮演一个从大山里走出来的贫穷女中学生，她凭借着努力最终成为城市的白领，她的爱情也是完美的，找到了属于自己的白马王子——一个管理这座城市的市长的儿子。

“十年寒窗无人问，一朝成名天下知。”

医生说他正在实验借助电视剧来刺激庄宝盒恢复记忆。他举了个例子，前不久医院收了一个植物人，是某企业的老板，住进来的时候连条件反射都没有了，但医生用一百元的钞票反复刺激他，说这一百块钱是他的，那人竟然奇迹般地恢复了记忆。

躺在病床上的庄宝盒骨瘦如柴，房间里到处弥漫着一股屎臭的味道。任凭房间外面精神病人号叫，庄宝盒却依然睡得香甜。我想他也许会永远这样睡下去了，对于老朋友来看他都无动于衷。

陈院长向我保证，庄宝盒的医疗费有保障，政府差额拨款。不过有件蹊跷事，那天临下班的时候来了一个女人，戴墨镜，脸上遮着纱巾。她给了院长一张卡，卡上有一百万元。她说这是庄宝盒的医疗费和住院费，医院可以放心使用。如果病人还没有起色，这个卡上的钱没了，她还会打过来，直到他走的那一天。

这事的确蹊跷，我在好几个女人中筛选，但最终不得要领。我问陈东平，如果有一天他真的死了，院方打算怎么处理，陈院长不假思索地回答："那也没问题，那个女人早就考虑到了，她说如果庄先生死了，就埋在野狼沟的静安园里，她在那里替他选好了一块墓地。"

我释然或者说被感动了，天底下还有这么善解人意的女人，我都无法为朋友办到的事，她轻而易举地就办到了。他死后可以回到曾经生活和工作过的地方了，可以和我的父母继续为邻、或者离他父亲更近了，或许那本身就是个双穴，他可以和父亲葬在一起，庄宝盒留下的遗憾也就不复存在了。

我想详细打听这个女人的情况，陈院长警惕地望着我，说那个女人已经特别关照过了，不能对任何人说起她。

"对不起，老何，我只能告诉你这么多。我只能说她是一个心地善良的女人，也是一个很有钱的女人。"

那年冬天我的小说样书已经静静地摆在了案头，等待我签字印刷，我觉得完成了人生中的一件大事。我人生的路怎么走才有意义？我行进到了一个十字路口，何去何从无从选择。我准备用一个冬天来考虑会做些什么。

我已经成了这个城市的飘客。我没有房子、没有亲人，连朋友都没有。自从于阳当了书记或者说杨革文退下来，唐方和我的关系突然疏远了。她说这种疏远对我来说是好事。

我决定辞职。但辞职后干些什么、怎么养活自己，心里没有底。唐方却给了我一个很好的建议，说我不妨去全国各地走走，欣赏一下名山大川，感受一下神奇的大自然，说不定我会走出自我，成为一个真正的大家。

我打点行囊离开这座城市。先到父母的坟前告别，然后起身去水磨头村。唐方已经为这个贫穷的山村注入了新鲜的动力。我见到牛玉琴的父亲时，他正要去县里开表彰会。在我印象里，他当村书记一直骑大梁自行车，最好就是开拖拉机，那天他的门前面却停了一辆崭新的奥迪。不过，后备厢里搁着几只鸡和两箱山鸡蛋。他尴尬地说牛金岭又要生孩子了，她的娘已经走了，他得替孩子娘操办这事。

老人走了，我竟没有送她一程。即使送她，我也只是一个不关乎她命运的人。我只是陪她走过一程。

我破例没有到牛玉琴的坟上去，对于牛家姐妹来说我已经不那么重要了，我是飞过这里的一片云、一阵风，我归于哪里，连自己也不知道。我不想打扰他们的平静。

由于莫名其妙的情愫我在村中住了一夜，第二天起程去旅行。那天夜里我栖身在农家院子里，第一次感到夜的孤独。

院子已经荒置，树木全都枯死了，只有南墙边上的一簇玉竹尚泛着青色。山里的晚风泛着凉意，不经意间裹挟了河水的湿气，吹得竹叶沙沙作响。

厢房的窗棂是木头的，中间镶嵌了玻璃，那些玻璃上尚留着过时的宣传画。晚上十点多的时候山里又停电了，天空一点儿月色也没有。我独自躺在床上，聆听着外面的动静，怎么也睡不着。

从明天开始，不，从我告别城市的那一天起，我其实就是一个流浪者了。今后我会面对更多的孤独、更多的艰险、更多的无奈。我把自己置身于世外，再没有安逸的路要走，再没有美酒和美女相伴，但我相信还会有这样宁静的夜晚。

正在我似睡非睡之间，突然听到外面有人走动，尽管声音很轻，但我还是从风声中把她剥离出来。我不由得惊出一身冷汗来，坐起来，大声地问："谁！谁在院子里？"

外面的人似乎有些迟疑，站在阴影里，对我说："是我，何书盒，你不要害怕，我是牛玉琴！"

当我听到牛玉琴三个字时，全身的汗毛都竖起来了。牛玉琴已经死了多年了，她怎么会来到我的院子里？我想起身去窗子那边看一看，但是身上有块沉重的石头压着，压得我喘不过气、翻不过身来。我呼吸困难，只好躺在那里大声地说："牛玉琴，你已经死了！你不能出现在我的面前！你有什么困难可以告诉我，明天我到你的坟头去给你烧纸，但无论如何你不能吓我，我快要被你吓死了！"

我明显听到牛玉琴掩饰的笑声，她往树下浓荫处躲了一躲，说："好，何书盒，我不吓你，我也不靠近你，就站在这里跟你谈谈。"

我镇定了许多，胸前也轻松了许多。我坐起来，靠近窗户问她："你说吧！你想跟我谈什么？"

牛玉琴说："其实也没有多少好谈的。我只是问你，你当初有没有真心喜欢过我？当我嫁给庄宝盒之后，你有没有恨过他？还有，如果我不嫁庄宝盒，或者说你不娶我姐，你会不会对我穷追不舍？直到娶到你心爱的女人为止？”

她问的正是这么多年我的困惑。我想，在我即将告别这里的时候，我还有什么理由再隐瞒？！我立刻大声回答她：“会！假如如你所说的这样，我一样会疯狂地追你！疯狂地爱你！因为人生只有一次，今生今世得不到你我不甘心！”

牛玉琴站在原地不动，她显然被我勇敢的表白打动了。过了很久她才轻轻地叹了口气，仿佛云在天边轻轻划过。她说：“何书盒，你是我遇到的最傻的男人，你不该出生在这个浑浊的、毫无正义感的世界，你应该到一个更清静、美好的世界去。那里没有尔虞我诈、没有恶人袭扰、没有弱肉强食，有的只是云淡风轻、天地祥瑞。你在那里尽展才华，表达你的思想，或者收获你的爱情。你爱的人也许不是我，但一定是一个非常美丽、贤淑可爱的女人。”

我仿佛被她说动了，这正是我要寻找的地方、我要寻找的爱情！我扑到窗前。大声问她：“牛玉琴，告诉我，有这样的地方吗？这样的地方在哪儿？”

牛玉琴说：“它在一个很遥远的地方，你也许要历尽千辛万苦，要爬过高山、涉过大河、穿过沙漠。难道你不惧怕吗？难道你还要去寻找吗？”

我撼着窗棂，发誓地说：“我一定去！只要有你说的这个地方。”

牛玉琴的声音已经越来越远了，我感觉她正走出院子。因为这时候天就要亮了，我看到东方有一丝明亮，接着，我听到了雄鸡报晓的叫声。我最后问她：“牛玉琴，我天亮就走，你还有什么要叮嘱我的吗？”

牛玉琴的声音已经飘荡在那片竹子的上空了，她说：“我相信你的恒心和毅力，我也相信你会找到那个地方。我只是告诫你，人生有三重境界，起初看山是山、看水是水；悟时看山不是山、看水不是水；彻悟看山仍然是山、看水仍然是水。如果你做到了第三点，你就开始行动吧！”

伏在窗棂外的一声鸡鸣打断了我和牛玉琴的对话。我猛然惊醒，看到清晨的亮色正徐徐在屋子里展开。

原来做了一个梦。

若干年后，我终于决定西行。

我首先走进一座富丽堂皇的大厅，里面开着中央空调，并且有音乐盘旋，一排排的专用座椅供客人休息。更诱人的是那些服务生都身穿空姐的制服，举止高雅，她们随时能够满足客人提出的任何要求。

但是门口有警卫，最后时刻我被拦住了，他们要求我出示身份证和工作证。我的身份证能够正常出示，但是它不能证明我从事什么样的工作，我只能拿出我的作协证，但工作人员同样扔出来，他说这个只能证明我是个剧作家但不能证明我是个奉公守法的人。

我说我要西行，必须走。工作人员似乎对我有些同情，指着另外一个地方说，你从那边的通道过去吧，很多证件不全或者因各种原因无法从这个进站口进去的人，都选择走那里。

我按照他的指点走进一座行将倒塌的火车站。这里果然不需要安检和查看证件，但是十分拥挤。那个摇摇欲坠的钢架式结构空间里挤满了同样西行的人。售票员神情古怪，身穿盔甲，每当有乘客钻过铁栅栏挤到窗口的时候，她都会把脸贴到玻璃窗上，不厌其烦地问其姓名、籍贯、职业、婚姻状况、是否独生，甚至连健康情况、有无同性恋倾向、肛交史、舔阴癖都要一一记录在案，她说上面有规定，要详细记录在案以备定期来查的。

当我掏出钱表示要买一张西行火车票的时候，那个女人的眼神更怪了，她打量着我说，现在开行的列车有高铁、动车、磁悬浮，还有空中波音航线和直达包机；列车上有软卧，飞机上有商务舱。只要完善手续就可以享受这一切。我比其他乘车的人看上去要体面，不是穿得体面而是身份体面，为什么非要坐这种普通的火车？

我说我的穿戴只是外表，长相也徒有其名，再说我已经脱离社会好长时间、已经流浪好长时间了。

女售票员查阅着电脑，说档案里记录我曾经是一名剧作家，而且非常有名。她在这里工作久了知道剧作家也是一种职业，除非我是那种业余的，连作品都无法证明。而其他乘客都是平民百姓，乌七八糟身份的人都有。有一些人关系复杂甚至年代久远，或者因为时代变更他们屡屡变动身份，已经辨别不清是什么派别、什么立场、什么观点了，电脑里没有一点儿他们的信息。

我笑了，开玩笑地问："剧作家有什么特别吗？"

女售票员说："从严格意义上来说作家和平民百姓没有什么区别。可是按照一般的规律，作家还是受人尊敬的职业，或者说是属于特权阶层的人，特别前几年是这样，现在不好说了。”

她接着介绍：“刚才你去的那个地方全是现代化的设施，既安全又便捷快速，通常那些公务员、国家干部、公安、检察院、法院甚至国企的老板都从那儿走。换个说法，那些有权有势有身份、有钱有门路的人都从那里上车。他们都有 VIP 卡，可以从贵宾室上车，朝发夕至，沿途风光无限，还有免费的午餐。”

她指着眼前不屑地说：“再看我们这里吧！设施陈旧，空气污浊，人满为患，遍地都是垃圾。甭说你还不一定买得上坐票，即使你买上又能怎么样？车上同样是拥挤不堪。厕所没有水、餐厅的盒饭卖到你恨不得吃钱为止。还有那些不断走来走去的乘警，他们会不停地检查你的身份证、检查你的信誉卡记录，直到你自卑成为一个有劣迹的公民为止。”

我开怀地大笑起来，对她说：“你甭说了，我正是要这样的结果！你忘记了刚才的话，我是一名剧作家，要体验生活！我没有那些桎梏，我想去哪儿就去哪儿！为什么要放过这个体验民情的机会？”

女售票员的脸上明显带着委屈，她歪着头，反复审视我，看我是不是精神有问题。平时也有像我这类的人来买票，但那都是迫不得已，有时还会当场骂人，我却是个例外。她突然对我心生好感，怜悯地说：“这是最后一趟西行的列车了，你也是最后一个拥有硬卧的幸运者！出了检票口，你会看到一辆涂着绿色车皮的车，最后一个车厢、最后一个铺位是你的位子。你到车上去寻找一个胸牌是零零柒号的乘务员，她会提供给你最周到的服务和帮助。在到达目的地之前，这辆车会一直不停地开下去，中途没有任何站点停靠，只到一个叫奈何桥的地方，列车会有一个短暂的停留。那里是两个不同世界的边界，列车要换轨，如果这时候你不想再往前行了，可以找我这个朋友帮忙，她会从一个特别通道帮助你下车并返回来。”

我连声说：“谢谢！”

也许是售票员对我的暧昧激怒了周围的人，有人恼怒地大声喊：“不许跟售票员调情，我们都等得不耐烦了！”

我刚想解释一下，从斜对面冲过一个手拿高音喇叭的女人，大声对着我的耳膜说：“为了维持公共秩序和体现公平正义，请你主动出列！如果这次旅途有什么不明白的地方，我们有专门的工作人员解答，他们都是从各个职能部门抽调下来的，有水平、有能力，只是象征性地收费，每人每次一百元钱！”

我交了一百元钱，同情的天秤立刻向我这边倾斜过来。

“这不是明抢嘛！”身后的人发出抗议的声音，我看到几名维持秩序的大汉迅速向人群围拢过去，试图把他从人群中揪出来。

抗议声马上就哑了火，我扭头看到那是一个老兵，一条腿膝盖以下全没有了，拄着一只单拐，嘴角一条明显的疤痕向上挑着，整张脸因此显得十分狰狞。

我一面往出口挤一边注视着他，他竟然冲着我笑了，笑意里带着明显的得意。列车已经鸣笛在催，我顾不得道谢，仓皇地冲出检票口。火车静静地卧在轨道上，像一条绿色的草蛇，即将向草地或者沙漠游走。从窗口探出来的每只脑袋都有规律地向后转，他们的眼神里充满了对即将离去的这个世界的无限留恋。唯有我拉上窗帘，沏上一杯绿茶，把我写的书放在旅行桌上，心情坦然地闭上眼睛，静想着那个不久就要到达的未来之地的种种灿烂。

桌子上摆的是我的小说书样，我还没来得及出版。我躺在属于我的卧铺空间里安然地入睡，一路西行不止。火车于耳畔发出铿锵之声，直到我听到了车轮制动的声音和那些即将跨过奈何桥的人们悲怆、绝望的哭喊才睁开眼睛。

这时候已经临近黄昏了，我面前站着一位面容姣好的女子，双手支撑在床头说：“先生，我受朋友之托特来提醒你，前面就是奈何桥了。过了这座桥你就永远回不了头了，你是下车还是继续跟着我前行？”

我惬意而舒适地躺在床上，仰脸看着这个漂亮的女子。她离我很近，胸线半掩半露，身上散发着迷人的香气。我想我没有理由离开这位姑娘，她的世界一定是温柔而美好的。

我表达了我对西行的执着，言辞之间透露出我对于她的迷恋。女子把身子俯得更低，丰满的双乳几乎要触到我的脸上。她把一条毛毯轻轻盖在我的身上，然后在我的额头轻轻地吻了一下说：“那你睡吧，我的宝贝！无论车外如何变幻，你都不要理会，当你醒来的时候，就会到达目的地了。”

我又一次睡着了。再次醒来的时候，我发现正躺在无边无际的沙漠上，眼前既没有那位姑娘也没有那趟西行的列车，周围一片荒芜。目光所及的地方有一棵枯木，枯木上立着一只说不上名字、样子丑陋的大鸟。那只大鸟停留在枝头上一动不动，仿佛要等待我醒来。当它看到我睁开眼睛试图坐起来的时候，扑闪着翅膀朝着大漠的深处飞去。

我在醒来的那个早晨又一次陷入了绝望，这是在哪里或者说去哪里一概不知，我为什么会来到这片荒无人烟的沙漠或者我究竟要怎样活下去也一时想不起。

脚下十分柔软。我站起身，沙子却执着地要把我掩埋，所以得不停地挪动着脚步。我手搭凉棚朝着远方眺望，眼前除了黄沙还是黄沙，远到方圆几十公里，连一片草、一棵树都没有，只有近处的枯木是个例外，它黑漆漆地矗立在那里，仿佛刺进眼底的一根芒刺。

我终于迈步前行。我不想就这样被困在沙漠里。那只大鸟是我唯一的方向，因为有水才会有生命，那只鸟飞走的方向，一定有水源或者其他的有助于生命的东西。冥冥之中似乎这是上帝在帮我，不过他幽默地跟我开了一个智力玩笑。

我一步步朝前走着，离原地越来越远。我不知道这是不是在下赌注，前进的方向都是未知的，因此我的命运也是未知的。我离陆地越远，那么我离死亡就越近。沙漠里炙热的太阳和漫天的狂沙会把我晒干、揉碎，我会永远地融化在这大自然里，化成一缕黄沙或者被晒成一具木乃伊。

我突然间害怕起来，这是在拿生命开玩笑！我本可以慵懒而低微地活着，享受人间的生活，却宁愿跑到这沙漠里，把生命交给大自然，让它们定夺我的生死；我本可以循规蹈矩地活着，享受世界的阳光，金色的沙滩，绿色的草地和带着花香的风，现在我却来冒这种风险。

这是个混沌的早晨，天空充满了白色的雾气，根本看不清太阳在哪个方向或者说根本就没有太阳。我从一开始就怀疑这儿是另一个世界，没有蓝天白云、太阳和月亮，连空气都是稀薄的，鼻孔周围充斥着甜甜的味道。

我不能停留在这个陌生的地方，我不知道黑夜会在什么时候降临。也许我还有一天的时间，也许我只有一个小时、一刻钟，黑暗就要把我吞没了。我必须迅速找到前进的方向。我拔腿朝着鸟儿的方向奔跑，那只鸟儿已经飞走一会儿了，如果再晚我可能就赶不上它了。

然而我的脚步越来越沉重，脚下的沙子采取各种各样的手段阻止我，让我屈服于它们的意志或躺下来最终成为它们免费的晚餐。如果我想活着，就得运足全身的力量同它们搏斗，我每一次重重地抬起腿又轻轻地落下，那些沙粒便会欢呼着把我的脚紧紧抱住，直到我再次将它们踢开。

我终于在一座沙丘面前站下，全身的力气已经用尽了，那些沙粒抱住我的脚和双腿把我拽倒，它们欢呼跳跃着爬到我的身体上面，猖狂者甚至爬到我干渴的嘴唇、鼻孔和头发里。我挣扎呐喊着，拼尽最后一丝力气朝着沙丘的顶端爬去，我想在死之前最后看一眼前进的方向，如果那里出现一个村庄或是一片森林我就有活下去的希望了。

就在这时头顶刮过一阵风或者说是我感知到一阵风，一个黑色的影子出现在我的头顶上。等那个影子飞临上空并且滞留不动的时候，我看清原来是那只飞走的大鸟。那只大鸟尾部朝下，像一架飞机的尾翼，而两只翅膀扑闪着送来一股凉风，把我头上脸上的沙粒全部吹走了。那些沙粒退走时发出低沉的叹息，我对着大鸟说："谢谢你救了我，你得给我指引方向！"

大鸟并没有回答我，而是扑动着翅膀消失在那座沙丘的后面，我攒足了力气，手脚并用地朝着沙丘顶上爬去，我感觉到离天空越来越近了。

我终于爬到了山顶。看到眼前一个方圆数公里的盆地；尤其让我感叹的是我看到一抹绿色正波浪般地朝我眼前涌来，越接近那个盆地的中心绿色越浓。

我禁不住张开双臂高喊起来，至于我喊了些什么无人听到。那只大鸟恐怕也没有听到，因为我的喊声被卡在了嗓子眼儿，我所发出的只有蚊子般大小的吟声。但是生的希望越来越在我的心中膨胀，全身都充满了力量，我深一脚、浅一脚地朝着那片绿色奔去。

我终于到达了那片绿地的中心。到达那里的时候才发现那里同样荒无人烟，连那只大鸟也不见了。但是我已经远离了危险，这里绿草如茵，鲜花遍地。肚子里已经咕咕叫了，口渴难忍，我在那个地方四下走动，希望能找些吃的或者能找到水源。

这时候天已经越来越亮了，我看到天空出现了九个太阳。我不知道这是幻觉还是这里天生就是这个样子，但我越来越感觉到温柔，连吸进的空气都是热的。我忍受不住饥渴，站在那里大声高喊："有人吗？谁能告诉我这是什么地方吗？"这时候我隐约听到了鸟的叫声。方才那只消失的大鸟又回来了，它焦虑地在空中盘旋了一会儿，便尖叫着朝着一座沙丘奔去。

当我怀着好奇或者孤注一掷跟着那只大鸟来到沙丘后头的时候，看到一个年轻的女人正躺在草地上，她的身旁半跪着一峰骆驼。这是一个皮肤白皙、头发乌黑的年轻女人，装束十分简单，简单到只穿了一件兽皮，脚上蹬着一双草鞋。尤其让我感到惊讶的是她怀里居然抱着一个婴儿。这个婴儿浑身赤裸，正安然地吸吮着母亲的乳头。

这是我见到过的最美丽的女人了，像是神话世界里的飞天或者瑶池里的仙女。更让我疑惑的是我似乎在哪里见过她，但分明又不认识。她迎着我询问的目光凄然地笑着说：“你好，朋友！你怎么会困在了这个地方？”

我一时猜不透这个女子为什么只身在这荒漠里，又为何如此疲惫不堪？我的心路历程似乎用一两句话也根本说不清楚。女子似乎意识到我的窘迫，宽厚地说：“其实你不用告诉我什么，凡是来到这里的人都是经历了九死一生，你不说我也知道你心里想什么。”

“那你为什么在这里？”我打断她问。

她说：“我带着孩子，本来是走不了这么远的路的。我之所以在你到达之前赶到这里，只是想告诉你一件事，这里已大大地超出人类的世界了，你现在正在天与地之间的衔接处，你往前走或往后走的结果是不一样的，这需要你做出选择！”

这个陌生的女人竟然是为我而来！可我此时饥渴难耐，我急不可待地大声说：“你先不要告诉我这些，我现在饥渴难忍，快要死了！你先告诉我哪里能找到吃的，或是能喝到水？”

女人没有说话，腾出一只手来朝着前方指了指。我看到在前面不远的地方有一个洼地，那里的水草格外肥美。在水草的地方有一片闪光，那是水反射出来的白光。我刚想抬腿朝那个地方跑去，女人却叫住我，然后对我说：“你太急于喝到那里的水了，那个清泉里的水的确又清又甜，但是，你没有在意我刚才说什么。我想告诉你，这里的水不是轻易可以喝的，在这之前你需要先确定该不该喝。因为这是你最后的选择，这个选择会影响到你的过去、现在和未来。”

头顶上的九颗太阳越来越炙热，发出明亮的光芒，空气也越来越黏稠。我身体里的血液都要凝固了，嗓子眼儿冒火，眼睛也因为缺水而昏花了。我强忍着不让自己变成一头失控的野兽，问她：“我已经忍耐不了多久了，你快告诉我，我为什么不能喝这里的水？我要决定和回答你什么？”

女人似乎对能劝住我感到一丝欣慰，她微微低下下颌，用母性的手抚摸着婴儿毛茸茸的头颅，沉默片刻，才抬起头来对我说：“你没有看清楚我是谁吗？你从那么遥远的地方来，就没有怀疑在这荒芜的沙漠上怎么会有这么草肥水美的地方？怎么就没有感觉我不同寻常的地方？”

她的话让我吃惊，在这之前我渴望喝上一口水或者吃上一口饭，忽略了她和这个婴儿的存在，经她提醒，我才觉得她和婴儿的出现都不同寻常，甚至连那只不断飞来飞去的大鸟儿都不同寻常。这里远离尘世，为什么会有这么一片绿地和水草？而且，这个女子分明说在等我……

我细细打量她，发现她很像一个人，这就是牛玉琴。牛玉琴从我的世界里消失很久了，久得足以让我忘掉了她的模样，而此刻我分明看到眼前这个女子就是年轻时候的牛玉琴！

我惊呼一声："你是牛玉琴！"可我的声音太小了，只是脑海里空洞的一抹回声，但我的眼神却分明告诉她，我认出了她。

她露出了开心的笑容，点点头，然后说道："我就是牛玉琴！我离开你和庄宝盒、离开小美已经有十几年了，可我却从来没有忘记你们。因为我没有喝这河里的忘情水。"

她用手指了指身边那片水源，我吓得差点跳起来，疑惑地问："这就是传说中的忘情水吗？喝过的人就会把前世忘掉了，而那些没有喝过的人还会记得过去。"

牛玉琴又点点头，说："是的！当年庄宝盒的父亲、我的公爹就没有喝，所以小美才有他的记忆。你的儿子小文也同样是，他身体里的那个人好几次都躲过这里，也许是想告诉你，你爷爷到底发生了什么。"

我已经相信她就是牛玉琴了，也相信了她说的话。我的身体也不那么难受了,进入到忘我的境界。我小心翼翼地坐到她的身边,充满了深情地问她："牛玉琴，你为什么在这里，真的是在等我？这个婴儿又是谁？"

牛玉琴脸上浮起两朵红云，看上去特别美。她俯身轻轻吻了吻婴儿的额头，然后才娓娓对我说，当年她死后灵魂便飞到了这片地方。她朝着身后的某个地方指了指，我果然看到远处有一片绿色的草原，她说："我投胎到了那里，长成一个草原姑娘。我在那里爱上了一个男人，他是名骑射手，我们相爱并且生下了这个孩子。"

这个故事让我意外却又着迷。我当年曾暗恋的美丽女孩死后竟然来到这么遥远的地方，并且再次投胎长大成人，收获了这样一份爱情。那么，这个男人一定很优秀，一定很伟岸，优秀和伟岸到牛玉琴宁愿穿过整个世界来等他。我被感动了，分明又心生嫉妒。我说："我倒要看看他是怎样的一个好男人！"

而牛玉琴听了我的话眼睛里一抹晶亮的东西竟突然黯淡下去，她垂下眼帘说："也许我永远等不到他了。他打猎的时候被草原上突如其来的龙卷风卷走了，他的灵魂迷失了。"

"可你为什么会找到这里，而且你还带着孩子？"我怀疑地问她。牛玉琴用手指了指草地上落着的那只大鸟，它在我和牛玉琴说话的时候一直垂头丧气地低头不语，她说：“你就没有怀疑它是谁？它为什么在这沙漠深处？现在我来告诉你，它是庄宝盒！”

我听了大声争辩道：“这怎么可能？！庄宝盒在精神病院里，他成了植物人。”

牛玉琴说：“没错！庄宝盒还没有死，这只鸟是他的灵魂。他费了很大的力气才找到我，他每天夜里就飞到我的身边，而天亮之前飞回去。”

“那么远的距离他是怎么找到你的？他每天这样飞来飞去会不会疲惫不堪？还有……如果有一天他死了，会不会喝这泉里的水，忘掉前世的一切烦恼？”

我一股脑地问她。牛玉琴没有回答我，那只鸟儿也没有回答我，它闭着眼似乎睡着了。

这时候天空已经非常明亮了，在这片草地的地平线上升起了一片又一片的红云。牛玉琴说现在就由我来决定自己的命运了。如果我还想喝这泉里的水，那她只能祈求怀里的婴儿由神来保护了；但如果我不喝这里的水，她会把孩子托付给我，让我带他重返人间。

“可我实在是太渴了。”我内心挣扎着说。

我不想就这么死掉，可是我怕走不出眼前这片沙漠。牛玉琴似乎看出了我的犹豫，朝着身后挥了挥手，那头一直卧着的骆驼便顺从地站了起来，伴随着一阵叮咚的驼铃声，迈着优雅的步履朝着我们走过来。我惊喜地看到骆背上挂着一个皮囊，里面盛满了水。

骆驼来到牛玉琴跟前，虔诚地前腿跪下。牛玉琴挣扎着站起来，先扶我坐上驼峰，然后把婴儿递给我，对我说：“何书盒，我知道你还眷恋着生命，你带着孩子走吧！你就把他当成你的孩子，你把他培养成人，成为一个好人、一个对社会有用的人！”

我急切地问她：“牛玉琴，你为什么不走？”

牛玉琴歉然说道：“我爱的人还没有消息，我会在这里一直等下去。”

说话的时候她已经把那个皮囊取下来了，果然是水！在皮囊的下面还有一袋子糌粑。牛玉琴叮嘱我先喝一小口，吃一点糌粑，这样才能走出沙漠。说罢，她果断地拍了拍骆驼的臂部，那头骆驼便重新站起来，驮着我和那个幼小的婴儿朝着前方走去。我只听得牛玉琴对那只鸟说：“庄宝盒，希望你把他俩护送出去！”

我在牛玉琴深情的注目中叮咚上路了，怀里的婴儿脸上现出灿若晨星的微笑，而在我的前方，那只鸟箭一般地直刺天空……

2016年初夏第五稿于新篘园